L'ARBRE DE NUIT

DU MÊME AUTEUR :

BIBLIOGRAPHIE SÉLECTIVE

Éditions Ouest-France :
La généreuse et tragique expédition Lapérousse, 1985.
Océans des hommes, 1987, Grand prix du livre maritime.
Carnets de voyages des peintres de la Marine, 2002, 2008, 2009.

Éditions Seghers :
Tentation de la haute mer, Prix Corail, 1992.

Éditions Chandeigne :
Nefs, galions et caraques, 1993.

Éditions Philippe Lebaud-Kiron :
Le livre de l'aventure maritime, 1995.
Tragédies de la mer, 2002. Réédition, éditions Oxus, 2007.

Éditions du Chêne :
Le livre des terres inconnues, 2000.
La France des Gens de mer, 2001.
Marchands au long cours, 2003.
Les Terres-Neuvas (Avec Laurent Girault-Conti, sur des photos
    d'Anita Conti, 2004, *Prix Salon nautique – Le Point,* 2004).

Éditions de Monza
De la Royale à la marine de France, 2004.

Éditions Gallimard
Les esprits de Vanikoro, 2006.

Éditions Chasse-Marée-Glénat
Les sauveteurs, 2008.
Arsenaux de marine en France, 2008.

www.editions-jclattes.fr

François Bellec

L'ARBRE DE NUIT

Roman

JC Lattès

Maquette de couverture : Atelier Didier Thimonier.
Maître du Retable de Sainte Aute, « Le Martyre des onze mille vierges.
Détail : les nefs », vers 1520. © Bridgeman/Giraudon.

ISBN : 978-2-7096-3809-8

À Carven

« Quel est donc cet arbre qui sent si bon dès que le
soleil se couche et jusqu'à ce qu'il se lève ?
— Je n'ai vu cette plante
nulle part ailleurs qu'en Inde, à Goa. »

Garcia da Orta
Colloques des simples
Goa, 1563

L'atelier occupait une maison trapue, alignée avec une dizaine d'autres qui lui ressemblaient le long de la rive nord de l'île du Pollet. Les vitrages ouvraient sur l'avant-port, souligné au premier plan par la grève du carénage. Le paysage s'arrêtait aux remparts derrière lesquels la ville honnête se tenait la nuit à l'abri des désordres des marins de passage. Pointant au-dessus, les pignons et les cheminées de l'hôtel élevé par le grand Jean Ango rappelaient l'âge d'or des armements dieppois. Sur la droite de la tour aux Crabes, la vue prenait la mer par l'embouchure de l'Arques et le chenal d'entrée de Dieppe. On distinguait à peine la falaise du Bon Secours. Tout était repeint en grisaille par la mélancolie des fins d'hivers normands. On sentait à la légère opacité de l'air qu'il pleuvait lentement, comme si le temps était engourdi, asphyxié sous le ciel épais. N'étant pas partie bien loin après s'être dissoute dans une aube sombre, la nuit revenait déjà.

Ils avaient allumé les chandelles. Dans un silence studieux scandé par le battement d'une horloge, rien ne bougeait dans l'atelier, sinon le geste circulaire précautionneux d'un gamin accroupi qui touillait une préparation d'un noir visqueux dans un poêlon posé sur un fourneau en terre.

Penché sur une haute table placée devant l'une des deux fenêtres qui, avec la porte vitrée, donnaient le jour à l'atelier, un homme jeune approchant d'une vingtaine d'années était absorbé par son travail. Le contre-jour d'un des candélabres l'auréolait d'un halo de saint ébouriffé par un blasphème. Il avait la blondeur normande des hordes qui, déboulées jadis de la nuit du septentrion selon les chroniques affolées de sacrilèges, s'étaient trouvées si bien qu'elles n'étaient jamais reparties. Le dessinateur était occupé à tracer à l'encre un réseau de fines lignes directrices alternativement rouges ou noires rayonnant selon les pointes de roses des vents. Des faisceaux de traits s'entrecroisaient à partir de foyers formant un grand cercle. Il s'aidait d'une équerre, de deux compas et d'une règle en ébène.

François Costentin leva la tête et écarta la plume du vélin. Il en rinça le bec en égratignant la surface d'une écuelle d'eau, puis il le sécha sur une houppe de coton. Mieux que l'oie courante, plus raide, la plume de coq de bruyère était parfaite pour tracer finement les traits de son canevas. La décoction de noir de fumée, de noix de galle et de gomme arabique dont le garçon surveillait la cuisson était en train de devenir du noir de Chine. L'encrier pour le rouge contenait une composition écarlate de mercure, de soufre et d'arsenic. Réalgar et cinabre. Autrement dit une préparation magistrale d'empoisonneuse ou de sorcière. Il coucha délicatement sa plume sur un reposoir en liège, se redressa et croisa ses mains derrière la nuque, poussant les coudes en arrière pour détendre ses muscles et décrisper ses doigts contractés par la minutie de ses gestes. Contemplant son travail, il apprécia son harmonie insolite.

— L'œuvre d'un alchimiste et d'un grand initié.

— Rien que ça ! s'exclama un homme en blouse noire, occupé à repasser à l'encre le dessin d'un vélin en cours de sublimation lente en mappemonde.

— Ça m'a échappé. Une bouffée de vanité.

— D'orgueil légitime au contraire. Nous sommes peu nombreux à savoir dessiner la Terre et la plupart des gens sont incapables de lire nos portulans. Même les plus grands les regardent parfois sans y rien comprendre. Les hommes meurent sans avoir jamais réfléchi plus loin qu'une vingtaine de lieues de leur clocher. Contempler le monde d'un coup d'œil est un privilège exceptionnel. Nous œuvrons pour d'autres initiés comme tu dis. Des pilotes ou des grands personnages.

— Pour les rois.

Le maître hydrographe Guillaume Levasseur posa sa plume et se tourna vers son assistant.

— Et pour les rois. Nos cartes les intéressent parce qu'elles révèlent des terres sauvages sur lesquelles certains aimeraient bien projeter l'ombre de leur couronne. Ceux-là font enfermer à triple serrure les portulans sur lesquels nous portons ce que nous savons de la géographie.

— Les hydrographes comme toi, vous êtes des maîtres à penser.

— Certes. Seulement voilà, nous allons devenir des maîtres nostalgiques réduits à l'état d'artisans sans clientèle.

Levasseur quitta son tabouret et commença à parcourir la pièce en balançant les bras, une habitude quand il réfléchissait loin selon son expression. Dans la pénombre, les chandelles entrecroisaient ses images projetées sur les murs comme des génies combattants mis en scène par les manipulateurs d'un théâtre d'ombre oriental. Le maître était voûté, bien qu'il fût encore jeune puisque sa barbe et des cheveux ondulés comme ceux du Christ de l'église Saint-Jacques étaient d'un châtain franc. Le velours noir de sa blouse était parcouru de reflets d'un vert fatigué de gris et en vérité l'homme lui-même semblait s'être usé d'un coup, derrière un masque dramatique aux orbites creusées par les chandelles. François fut gêné de percevoir la fragilité d'un des meilleurs hydrographes normands, fameux au-delà des frontières du royaume.

Le maître commença sa vaticination habituelle. Sinon taciturne, du moins peu bavard, il était volubile quand il parlait de son art, illustrant ses discours de gestes démonstratifs.

— Nous besognons pendant des mois sur chacune de nos œuvres. Une après l'autre. Les imprimeurs amstellodamois, eux, imposent d'un coup de presse l'empreinte de gravures au burin à un vulgaire papier. Pour une poignée de florins, ces maquignons peuvent céder un pur-sang au prix d'une haridelle parce qu'ils vendront cent sœurs bâtardes de la carte originale. Le portulan manuscrit étouffe, écrasé par le poids du cuivre flamand.

Il jeta les bras en l'air dans un geste d'impuissance.

— Les pilotes n'ont que faire de nos enluminures pour contourner l'Afrique. Les créatures que je peins quelquefois sur mes meilleurs vélins les feraient plutôt douter du sérieux de mon art.

Il montra du pouce un ailleurs général, par-dessus son épaule.

— Ceux-là sont pour ces messieurs du parlement. Ils voient des nègres en Afrique. Ça les conforte dans leur conviction qu'ils ont tout compris. Les nègres sont à leur place, donc le monde est en ordre. Ils applaudissent mon imagination. C'est grâce à leur clientèle que nous pouvons servir à juste coût ceux qui ont vraiment besoin de nous.

Le jeune aide écoutait le discours sans en saisir le sens. Il était gonflé de fierté d'être l'assistant d'un savant, une occupation autrement plus importante que le rinçage d'un pont à coups de faubert qui constituait la plus valorisante des activités des garçons de son âge embarqués à la pêche. Il regrettait que les pêcheurs qui constituaient son univers familial ne s'intéressent pas à des choses aussi belles. Le soir de son entrée dans l'atelier magique de maître Guillaume, son père lui avait répliqué qu'il n'avait que faire des peaux de mouton de monsieur l'érudit. Et qu'il allait lui ficher la paix avec ces bêtises s'il ne voulait pas embarquer vite fait à coups de sabots-bottes dans ses fesses de fainéant. Il tourna la tête vers François.

— Ça veut dire quoi « imagination » ?

— Imaginer, Yvon, c'est représenter ce que l'on n'a pas vu. Maître Guillaume sait les contours de l'Afrique grâce aux navigateurs mais ils ne sont pas allés voir dedans. Alors, il imagine les caravanes, les maures et les nègres.

— C'est pas une imagination, les nègres. C'est sûr qu'il y a dans ces pays des sauvages tout noirs et des lions avec des crinières énormes. – Yvon haussa les épaules et tourna la tête d'une moue entendue. – Tout le monde sait ça !

La protestation fit rire le maître et l'arrêta un instant.

— Tu as raison, mousse. Tout le monde sait ça. Eh bien, il est sacrément plus malin que nous, le monde.

Il vint s'appuyer des deux paumes au rebord de la table de François.

— Tu te consacres avec conscience à une tâche rébarbative. Elle n'est pas gratifiante mais elle est utile. Ton marteloir d'une parfaite harmonie géométrique est le fondement d'un portulan. Il sera son squelette et sa raison. C'est sur lui que je construirai ma carte.

Il suggéra de la main droite le trait imaginaire du dessin à venir.

— Les pilotes prépareront leur route sur notre carte. Les trente-deux directions de tes roses des vents guideront leurs nefs jusqu'à bon port. Elles seront les lignes de vie des marins qui leur feront confiance.

— Que Dieu garde quand même un œil sur eux ! commenta François.

— Un œil d'autant plus attentif que nos cartes sont fausses.

Ses ombres entraînèrent le cartographe dans une nouvelle pérégrination. Le portulan, la carte marine dessinait correctement la Méditerranée qui l'avait inventée. Aucun hydrographe ni aucun pilote de l'univers antique et médiéval ne s'était soucié ni de la forme ni des dimensions de la Terre alentour qui ne servait à rien. Quand les découvertes avaient fait exploser les besoins des navigateurs à travers les océans, la rotondité de la Terre s'était rappelée avec force aux uns et aux autres. Depuis lors, le portulan méditerranéen faisait de son mieux pour se distendre jusqu'aux Indes orientales. Faute de savoir faire autrement, et parce que des méridiens courbes se rejoignant aux pôles auraient extraordinairement compliqué le travail des pilotes, les cartographes dessinaient les nouveaux portulans océaniques comme s'ils déroulaient une Terre cylindrique. Pedro Nunes, un maître portugais, avait proposé aux pilotes de corriger l'erreur par des calculs à n'en plus finir. Ils avaient juste levé un sourcil par politesse. Pilotes et cartographes acceptaient d'un commun accord des portulans erronés mais commodes d'emploi.

— Les Portugais sont parvenus en Inde et ont poursuivi vers la Chine sans aucune carte, puisqu'ils découvraient un monde pas encore dessiné. Alors, notre projection plate fait largement l'affaire.

— Les découvreurs ont défriché les routes. Maintenant, les pilotes qui les exploitent sont beaucoup moins trempés.

— De toute façon, puisque Dieu a modelé notre planète en boule et que sa volonté a des conséquences mathématiques trop compliquées, il faut bien s'en accommoder, Guillaume.

— Pas sûr. Un Flamand aurait trouvé le secret de la projection de la Terre ronde sur un plan. Sur les cartes marines de Mercator, on pourra tracer des routes droites d'un simple coup de règle.

— Il serait parvenu à concilier l'inconciliable ?

— C'est en tout cas ce que l'on dit. Si c'est vrai, nos marteloirs seront bientôt à jeter au feu. Tu imagines cette carte diabolique multipliée par l'imprimerie ? Mercator va allumer la mèche d'une bombe hollandaise dans notre profession.

François n'écoutait plus. Évadée de sa table à dessin, la route rectiligne du Flamand venait de le conduire en Inde. Contemplant son travail d'un regard transparent, il voyageait dans des collines bleues plantées d'Indiennes gracieuses, de fleurs immenses et d'arbres exotiques chargés de muscades et de fruits inconnus.

Le pavillon de sa famille avait longtemps flotté en course. Robert Costentin l'arborait huit décennies plus tôt quand il avait pris à l'abordage deux galions espagnols bourrés d'or. La règle en ébène dont il se servait et une pierre magnétique montée en argent prélevée sur l'un des galions résumaient l'héritage ésotérique de son arrière-grand-père. Et puis les Français avaient renoncé à l'aventure maritime. La fortune éphémère des Costentin n'avait pas mieux survécu que celle de Jean Ango à la mort de François Ier. Trois générations plus tard, Albin, peseur juré, contrôleur des balances, mesures et capacités de la ville avait au moins inculqué à son fils l'amour de l'arithmétique et les fondamentaux de la géométrie.

La vie de François avait basculé dix ans plus tôt, le jour où son père l'avait conduit au Pollet dans l'atelier de Guillaume Levasseur. Il était resté fasciné par un plan de Dieppe qu'il avait compris aussitôt. Cette intelligence précoce avait tellement surpris le maître qu'il avait proposé de le prendre à l'atelier pour l'initier à l'hydrographie. Adèle Levasseur étant morte du mal endémique de la poitrine avec leur enfant qu'elle portait, Guillaume traitait son assistant comme le fils qu'il aurait pu avoir. Doué pour l'étude, François, dont la voix devenait plus grave, avait absorbé le latin auquel le père Anselme avait été heureux de l'initier après le catéchisme. Il l'enseignait comme saint Joseph parmi les copeaux, les gouges et les rabots de son presbytère-atelier. Grâce à cette clé de la langue savante, François déchiffrait à s'en user les yeux les livres de la bibliothèque du cartographe, un meuble massif que huit larges pieds pattus étaient prêts à asseoir au besoin sur une terre battue aux sabots. Habitées par une colonie de livres augustes venus se poser là, ses étagères fléchissaient sous le poids du monde. L'Inde ! Une formidable aventure. Aller voir de ses yeux Goa que décrivaient les livres, la plus belle ville du monde d'après les voyageurs qui en rentraient éblouis.

La voix de Guillaume le ramena de mauvais gré au Pollet.

— Il fait doux ce soir. L'hiver cherche à nous abuser mais il prépare ses mauvais coups de vent de noroît.

— Mon père dit pareil, confirma Yvon.

— Il pense ça, ton père ?

— Et même qu'il pourrait y avoir quelques veuves avant l'avril dans le quartier des pêcheurs.

D'humeur désagréable, François les interrompit.

— En attendant l'avril, le Seigneur ne nous éclaire plus suffisamment pour honorer son œuvre. Mon marteloir attendra un nouveau jour. À moins que ton Mercator débarque cette nuit pour le jeter au feu. Cela m'arrangera plutôt car je préfère confectionner les compas marins et activer les aiguilles. Dieu merci ils occupent le plus clair de mon temps chez toi.

Dans un claquement de sabots, le mousse vint présenter son œuvre.

— L'encre est bonne maintenant ?

Le maître saisit la queue du poêlon et le porta à ses narines, le renifla, le fit tourner à la lumière pour apprécier les reflets du liquide et sa fluidité.

— Elle est parfaite, Yvon. Tu es un excellent cuisinier d'encre. Mets-la à décanter au frais. Nous la filtrerons demain. Couvre le feu et va vite rejoindre ta mère. Ne traîne pas avec les galopins de ton quartier. Je sais qu'ils te houspillent.

— C'est vrai qu'ils sont tous après moi. Ils disent que je sens l'encre.

— Dis-toi qu'ils crèvent de jalousie parce que tu ne sens pas le poisson comme eux.

François coiffa les chandelles d'un éteignoir, l'une après l'autre, précautionneusement, pour ne pas risquer de faire tomber des gouttes de cire sur leurs travaux. Pendant ce temps, selon le rituel de chaque soir, Guillaume remontait l'horloge calée sur le dessus de la bibliothèque. Son cadran argenté gravé de la signature de David Leroy, maître serrurier à Tours, imposait son heure imperturbable à l'atelier. Malgré sa considération pour l'artiste qui avait limé du métal jusqu'à le faire palpiter, il en avait démonté le timbre. Depuis l'ablation de son complément naturel, le marteau obstiné qui ne rencontrait plus d'obstacle rebondissait dans le vide en émettant de un à seize dougoudoung résignés, à raison d'un, deux ou trois aux quarts d'heure. Aux heures rondes, quatre battements annonçaient les un à douze battements informatifs consentant enfin à donner l'heure. Les errants de l'*Odyssée* avaient eux aussi inhibé les chants des sirènes, les laissant crier en silence à leurs oreilles bouchées de cire : *Viens, fameux*

Ulysse, gloire éternelle de la Grèce, arrête ton navire afin d'écouter nos voix. Comme l'heure ultime, les sirènes étaient assassines. Sauf que le stratagème du fils de Laërte avait déjoué leur ruse mais que, ce 9 mars 1605, l'horloge de Guillaume courait toujours.

Ce même jour, le soleil commençait son coucher de faux monnayeur derrière la palmeraie de Marrakech. Il tentait de faire croire qu'il transmutait en or les quatre boules de cuivre du minaret de la Koutoubia. Même les têtes coupées exposées pour l'exemple place Jemaa-el-Fna – l'assemblée des trépassés – ne s'y laissaient plus prendre. Dans le méchouar, un palabre languissait depuis le milieu de l'après-midi. Felippo Gaspari de Morsiglia, ambassadeur d'Henri IV, s'efforçait de convaincre le grand vizir d'échanger contre rançon deux captifs portugais qui se momifiaient depuis un quart de siècle les fers aux pieds. Chevalier du Saint-Sépulcre, sociétaire de la Compagnie du corail, Morsiglia était une figure de l'aristocratie marchande corse de Marseille. Il avait obtenu le monopole du commerce des cuirs, du sucre et de la cochenille grâce à la faveur d'un prince Saadien. Cette protection l'avait fait choisir pour conduire une ambassade délicate, assez importante pour avoir valeur de bonne manière du roi de France envers Philippe III d'Espagne, roi du Portugal. Il s'agissait d'obtenir la restitution du frère du provedor de la Casa da India, l'administration de l'Inde, la charge royale la plus prestigieuse de Lisbonne, et du fils de dom Aires de Saldanha, vice-roi des Indes, faits prisonniers en 1578 avec quelques milliers de Portugais lors du désastre de Ksar el-Kébir où avaient disparu le jeune roi Sebastião et avec lui la dynastie d'Avis.

En retrait, un Européen vêtu d'un caftan à l'orientale suivait l'interminable négociation grâce au truchement d'un drogman qui la lui traduisait en français. Il devait sa présence dans l'espace diplomatique du palais d'Ahmed el-Mansour à la reconnaissance du secrétaire du sultan qu'il venait de débarrasser de ses vers. Jean Mocquet était apothicaire et chirurgien, voyageur dilettante instruit sur tout, curieux de tout. Ses connaissances étonnantes lui avaient fait attribuer la charge sur mesure d'intendant du Cabinet des Singularités du roi au palais des Tuileries, fondé autour de ses trouvailles en Guyane, en Amazonie et en Afrique. Il les avait offertes à Henri IV qui l'honorait en retour d'une confiance amicale, voire d'une flatteuse familiarité. Présenté à Morsiglia, l'ambassadeur avait accueilli le voyageur avec chaleur, pas mécontent de déployer son habileté de négociateur devant un témoin ayant l'oreille du roi.

Le voyage de Mocquet était accidentel. Il était venu chercher à Lisbonne un passage pour Goa à bord de la flotte de 1605. Le ferment de sa curiosité était un livre publié là-bas par un botaniste portugais. Garcia da Orta y révélait la nature et l'utilité d'une infinité de plantes, d'épices et d'herbes médicinales indiennes. L'apothicaire avait imaginé aller herboriser sur place, ce livre à la main, se réclamant d'une démarche humaniste pour obtenir un passeport. Malheureusement, au moment où il avait bon espoir d'embarquer, Lisbonne s'était énervée. Le bruit venait de se répandre qu'une escadre hollandaise avait bloqué Goa pendant trois semaines. Que les Bataves avaient attaqué Mozambique et Macao. Tout étranger avait été aussitôt suspecté d'espionnage. Refoulé sans ménagement de toutes les antichambres, il avait saisi par dépit une opportunité de traverser de Lagos à Tanger.

— Même en les oignant d'huile de sésame, tu ne transformeras jamais une paire de figues en testicules !

L'aphorisme viril – un proverbe persan glissé par Jean Mocquet à l'oreille du drogman – fit éclater de rire l'assistance. Pour le plaisir d'un commentaire spirituel, le grand vizir donna finalement son accord à l'échange avantageux de deux captifs relativement dévalués depuis l'époque de Ksar el-Kébir. Contre une rançon faramineuse, Pedro César et Antonio Saldanha furent défaits de leurs chaînes et rendus à l'ambassadeur. Ils tombèrent en pleurs dans les bras de leur sauveur quand leur fut racontée l'anecdote des figues, et ils lui jurèrent évidemment une reconnaissance aussi longue que leur épreuve, à la hauteur miraculeuse de l'efficacité de son intercession.

La galère *La Lionne* attendait la délégation sous la citadelle portugaise de Mogador. L'apothicaire royal accepta avec gratitude l'invitation de l'ambassadeur de se joindre à son train qui retournait à bord et de rentrer avec lui à Marseille après une escale à Lisbonne le temps d'y déposer leurs obligés de la part du roi de France.

Le lendemain, il rassemblait ses paquets quand le secrétaire d'Ahmed el-Mansour vint informer l'érudit apprécié d'Henri IV que le sultan souhaitait connaître son opinion sur des scènes étranges peintes aux franges du désert. Jean Mocquet fut trop heureux d'aller voir les grottes de Fam el-Hisn. Il déclina finalement l'offre de Morsiglia et défit ses bagages.

Sur la route d'Arraiolos à Evora, une petite troupe de cavaliers approchait de la ville à la tombée du jour par un temps lourd à odeur d'orage. Le soleil déclinant illuminait violemment l'aqueduc de Agua de Prata sous lequel elle allait passer. L'ouvrage architectural barrait d'un signe jaune de chrome un ciel sombre que le contraste rendait violet. À une portée de pistolet, la foudre fendit en deux un arbre mort dans une déflagration sèche qui leur fit rentrer instinctivement la tête dans les épaules. Elle effraya une monture qui se cabra, précipitant son cavalier sur le chemin. Dom Fernando de Fonseca Serrão se brisa la nuque, gardant gravée sur la rétine l'image éblouissante de l'aqueduc blanchi par l'éclair.

Les branches de la grande famille des Fonseca se ramifiaient en Espagne et au Portugal. Elle ne comptait plus les détenteurs de hautes charges militaires, religieuses et civiles des deux côtés de la frontière. C'est un Fonseca, dom Juan Rodriguez, qui avait reçu des rois Catholiques, au temps de la gloire de Colomb, la mission d'explorer les marges des découvertes de l'amiral pour contourner les privilèges exorbitants qu'il avait naguère obtenus d'eux.

Deux heures avant minuit, dona Margarida de Fonseca Serrão apprit qu'elle était veuve à vingt-quatre ans. Parce qu'elle n'avait jamais imaginé que sa vie fluide puisse changer du tout au tout, elle fut plutôt bouleversée par l'étonnement d'être brusquement seule qu'anéantie par une profonde douleur. Elle s'était mariée par convention familiale, sans déplaisir, avec une certaine reconnaissance et même avec joie, à un homme qu'elle ne connaissait pas, plus âgé qu'elle de neuf ans. Elle avait vécu six ans auprès de lui la vie tranquille et confortable d'épouse bien traitée que lui offraient le rang, la fortune et les prévenances de dom Fernando. Son sentiment se partageait entre une tendresse reconnaissante et l'admiration sincère d'un homme de devoir, structuré par un attachement séculaire aux valeurs du Portugal et au service de son roi.

Les relations intimes du couple n'éveillaient pas en elle de sensations notables. Dona Margarida s'interrogeait quelquefois sur un rite pas désagréable mais sans révélations. Une affaire qui avait apparemment le pouvoir de faire briller les yeux, rougir les joues et générer les fous rires niais des lingères et des servantes. Emilia et Maria Helena, ses cousines encore célibataires, avaient entendu dire que l'on prenait des plaisirs très vifs à ces privautés destinées à donner aux familles une descendance. Elle ne comprenait pas en quoi consistaient ces sensations qui faisaient glousser ces femmes et semblaient leur ôter la raison. Peut-être dom Fernando n'était-il pas informé de pratiques ou de gestes apparemment plus diversifiés que ce qu'il savait faire. Ils n'avaient pas d'enfant, ce qui meurtrissait son mari et faisait naturellement chuchoter sur sa stérilité probable puisque le potentiel créateur des hommes était un postulat.

Encore abasourdie, Margarida veillait le corps de dom Fernando pendant cette nuit interrompue par le drame. Elle ressentait comme une fatigue sur les épaules l'étonnante impression d'être désormais libre, maîtresse de sa vie. Mains sur les genoux, elle égrenait machinalement son chapelet pendant que l'on arrêtait les pendules et que l'on voilait les miroirs pour mettre en deuil la maison affolée.

Les fébrilités de cour leur étant insupportables, les Fonséca s'étaient installés après leur mariage à Evora. Tout autant éperdue de valeurs chrétiennes que de théâtre et de poésie, la ville se serrait sur la vieille acropole romaine de Liberalitas Julia, autour de son temple de Diane. L'une des maisons nobles de la ville haute dont l'élégance subtile agaçait les Lisboètes, leur hôtel s'ouvrait sur l'esplanade du palais des évêques-inquisiteurs, dominé par le cône impérieux du clocher saintongeais de la Sé, la cathédrale. La noblesse de la famille leur valant des amitiés prestigieuses, dom Fernando et Margarida recevaient sans ostentation, selon les usages nuancés de la société discrète et cultivée de la capitale de l'Alentejo.

Dom Fernando se distinguait totalement en cela de son frère aîné, dom Alvaro qui, avant de partir prendre une haute charge à Goa, avait été tout occupé à mener les intrigues et la vie brillante et compliquée des fidalgos proches du palais et de la Casa da India. Goa était une abstraction très floue pour la jeune femme. Une destination ambiguë excessivement lointaine où – selon son expression – l'on gagnait des fortunes en perdant son corps et son âme. Margarida se réclamait pourtant d'un bisaïeul navigateur presque aussi indistinct que Goa. Parti exercer en France la profession de pilote hauturier, Jean Alfonse avait un jour disparu. Valentina était revenue avec son fils – le grand-père de Margarida – à Arraiolos. La famille était fière de cet homme de mer insolite auréolé des vertus des découvreurs portugais, tracassée quand même par l'abandon inexpliqué de sa femme et de son fils. Il leur avait laissé en héritage la pratique du français, une langue courante chez les fidalgos mais à laquelle les femmes avaient rarement accès parmi les études sérieuses réservées aux hommes. Peut-être Margarida tenait-elle de son aïeul aventureux un nez finement sculpté mais volontaire, surmontant une bouche petite aux lèvres charnues. Peut-être aussi le secret de son charme troublant. À l'ombre d'un double arc de sourcils épais soulignant un front doucement bombé et pas plus large que nécessaire, ses yeux verts pailletés luisaient à l'abri de longs cils comme s'ils irradiaient une énergie intérieure.

Son père était mort quand elle était enfant. Sa mère vivait toujours à Arraiolos avec sa tante, dona Zenóbia de Galvão. Margarida pouvait se flatter de l'affection filiale du nouveau vice-roi du Portugal. Le comte et la comtesse de Castelo Rodrigo vouaient en effet à son père une amitié construite de souvenirs de jeunesse et cimentée d'une estime admirative. Ils avaient étendu leur intimité à sa fille, née le même jour sagittaire que leur fils.

Les convenances imposaient à la nouvelle veuve de se doter dans les meilleurs délais d'une compagnie que ne pouvait lui fournir une maison limitée à un maître d'hôtel et deux domestiques. Tante Zenóbia présentait le profil idéal. La senhora de Galvão avait tourné quarante-cinq pages de vie, uniformément vierges à l'exception de la page 16. À cette page-là, vingt-neuf ans plus tôt à Ksar el-Kébir, son époux tout neuf, écuyer de dom Sebastião, s'était évanoui dans le désert et dans l'histoire avec son roi. La terre des Maures avait absorbé son mari comme une goutte d'eau sous le soleil. Zenóbia avait revêtu à seize ans le linceul noir des regrets éternels promis si imprudemment aux défunts, qui rendait plus austères encore sa silhouette mince et son port rigide. Elle était confuse de partager avec tout un peuple l'horreur de la mort sans sépulture d'un jeune souverain dont personne n'avait pu expliquer la disparition sur le champ de bataille. Son cœur était assez lourd et patient pour s'être consacré à souffler sans faiblir sur la flamme résumant son bel écuyer de chair en un concept lumineux. Zenóbia accepta sans hésitation, comme un saint devoir, de quitter Arraiolos pour s'installer à Evora auprès de sa nièce.

Un lendemain maussade s'était levé sur Dieppe, réveillé en sursaut par l'angélus. Le jeudi traînait en longueur sous un ciel gris. Le plafond de nuages était remonté, taché de macules effilochées et sombres annonciatrices d'un retour du vent. Quand, très tôt comme la veille, Yvon alluma les chandelles au milieu de l'après-midi, un fâcheux encombrait l'atelier depuis plus d'une heure. Cet ancien conseiller au parlement de Normandie était glorieux d'avoir siégé à Caen au temps où Rouen prétendait ne pas reconnaître Henri IV. Affriandé par la renommée dont jouissait Guillaume Levasseur, M. d'Amblimont était très irrité. Il s'agaçait de constater que sa position sociale ne le rendait pas apte à saisir clairement les relations entre le nord marqué haut dans le ciel par l'étoile des marins et celui posé sur l'horizon par l'aiguille des boussoles. La connivence entre le cosmos et les humeurs profondes de la terre échappait à son privilège de tout comprendre mieux que le vulgaire. Les roses des vents peintes sur les mappemondes abandonnées ici et là sur les tables aux quatre coins de l'atelier et sur les murs accentuaient ce désagrément. Elles indiquaient en tous sens un nord multiple et frondeur. Leurs fleurs de lys désignaient au gré du cartographe la falaise du Bon Secours ou l'église Saint-Jacques et au-delà d'elle Saint-Valéry-en-Caux, voire Rouen dans son dos. L'impertinence des portulans désorientait le visiteur mais il y avait plus grave. Cette terre que l'on disait ronde – ce qui ne dérangeait pas sa vie quotidienne posée bien à plat ni ses déplacements jusqu'à Paris ou aux foires d'Amiens – avait bien piètre allure, allongée sur la table. Orient et ponant se tenaient à distance de part et d'autre de la mappemonde, sans suggérer l'idée d'un rapprochement nuptial aux antipodes.

— Et tu prétends que cette peau aplatie comme une morue sèche représenterait à merveille la sphère terrestre, pleine de matière je présume ? Où est passé tout cet intérieur ? En quoi cette incohérence aiderait-elle les navigateurs à parvenir en Inde ?

Le notable ne se laisserait pas berner par des concepts aussi abscons. Il ricana.

— Nous savons bien que depuis la Baltique jusqu'aux bancs des Terres-Neuves, maître Guillaume, pêcheurs et maîtres de barques brocardent tes peaux prétentieuses dont ils n'ont que faire.

Occupé à transvaser l'encre neuve dans une bouteille en grès, Yvon dressa l'oreille. M. d'Amblimont, un personnage d'une importance vertigineuse, traitait les vélins de maître Guillaume avec la même insolence que son père. Moins la menace du sabot dans les fesses mais quand même, c'était très contrariant.

— Grand bien leur fasse, monsieur le marquis ! Que savent-ils de la sphère vos maîtres de barques ? rétorqua le maître. La Terre se rétrécit là-haut. L'Atlantique n'y est pas plus large que la Méditerranée. Dans la mer des Provençaux, les Phéniciens n'avaient eux non plus nul besoin de cartes marines.

Le conseiller honoraire tapotait sa botte droite d'un court fouet de cuir, exaspéré un peu plus d'ignorer ce que ces « fénissiens » venaient faire là-dedans. Le cosmographe lui assena alors que la gloire des cartographes et celle des pilotes au long cours étaient justement de s'être échappés de ces diverticules pour parcourir les océans aussi loin que pouvaient aller les navires. Amblimont planta son chapeau sur sa tête d'un coup de poing en regrettant de s'être découvert en entrant, et tourna les talons en grommelant un improbable à se revoir.

Guillaume salua du bras la croupe du cheval pommelé qui ramenait le conseiller honoraire dans la société raisonnable, structurée par les parlements, le cadastre et le bon sens inné des aristocrates. Il referma doucement la porte et resta le front collé au carreau. Ce geste familier le déchargeait de la tension accumulée par le dessin du monde. Sa pensée évadée outre-mer et son regard accommodé à quelques centaines de toises sur l'autre rive de l'avant-port se rejoignaient avec gratitude sur la ligne des toits de Dieppe. Ce soir, elle ne serait pas illuminée par l'une des heures dorées de la côte normande, quand le soleil apparaît un instant en gloire entre le plafond de nuages et l'horizon de l'ouest.

— Tu as décontenancé M. d'Amblimont. J'ai peur que tu n'aies perdu un acheteur. C'est la troisième fois depuis l'an neuf qu'un visiteur important repart fâché. Tu ne fais pas de grands efforts pour être aimable.

Une bourrasque ébouriffa l'avant-port et ébranla les vitrages, les rappelant au quotidien. Maître Guillaume s'assura que la clenche était bien engagée et tourna la tête à demi en direction de son assistant.

— Ça y est. Le temps change. – Il revint vers François. – Sont-ils aimables, ces sots arrogants ?

Parce qu'ils étaient d'accord tous les deux, le silence occupa la place jusqu'à rendre distinct puis insistant le battement de l'horloge. Elle marquait quarante minutes après cinq heures quand retentirent étonnamment les neuf coups de l'angélus. Pour faire enrager le sacristain, deux enfants de chœur étaient montés dans le clocher de Saint-Jacques et avaient appelé à la prière mariale avant l'heure.

François ne sut pas que ce 10 mars 1605 n'avait pas été non plus un jour ordinaire à Marrakech, à Evora et à Goa.

DIEPPE

Deux années s'étaient écoulées.

Guillaume Levasseur travaillait à une nouvelle mappemonde. Il achevait de dessiner à la mine de plomb les contours de l'Afrique et tout l'océan Indien jusqu'à Sumatra. Le marteloir de François s'était recouvert d'un portulan de l'Atlantique. Il faisait la fierté de l'officine d'un maître hydrographe revendeur du Havre à l'enseigne du Dauphin instruit.

— Est-elle bien la bordure de la terre australe ou antarctique comme nous le pensons ? Est-elle luxuriante ou désolée ? Peuplée de cyclopes ou d'hommes à tête de chien comme des voyageurs l'affirment ?

— La Grande Jave ! Tu marmonnes, Levasseur, l'interpella François, occupé à ajuster la rose d'un compas de mer en cours de montage. Cela fait plus de dix ans que je te vois plongé dans tes perplexités, et les taches opaques de tes mappemondes ne sont toujours pas plus nettes. Pourtant, vous semblez tous d'accord entre vous.

Le maître jeta à François un regard par-dessus l'épaule.

— Oui. Mais d'accord sur quoi ?

Levasseur et toute l'école normande postulaient l'existence d'une terre massive dans le prolongement de Java. Là devait se cacher l'amorce de la Terra Australis, le continent d'équilibre du monde. Ils l'avaient baptisée Grande Jave, dans la continuité des îles découvertes au débouché du détroit de Malacca. Fertile et accueillante, elle régnait en majesté comme un phare dans la brume au cœur d'une région indécise où il fallait juxtaposer l'Inde méridionale, Taprobane, la Grande Jave, Java mineure, Sumatra, la Magellanique et la Nouvelle Guinée. Supputer leur latitude, leur longitude, leur forme, leur dimension, autant d'incertitudes qui s'entrecroisaient sans se recouper logiquement.

François rejoignit le maître devant l'ébauche de la mappemonde. Des coups sourds ébranlant le sol indiquaient que les charpentiers navals avaient commencé à démonter l'étrave de la *Marie-Salvatrice*. Un grain soudain avait bousculé la flottille qui rentrait de la première marée après l'octave de Pentecôte. La barque avait violemment heurté le musoir de la jetée en faisant éclater son beaupré. Les haleuses du chenal avaient réussi à la rentrer à la cordelle, coulant bas. La *Marie* s'était échouée à demi immergée devant le carénage. Dès la première vive-eau, des bœufs l'avaient tirée sur le haut de la grève. Elle était accorée depuis quelques jours sous leurs fenêtres.

— Je me suis accommodé de tes mystères au point de ne plus m'interroger sur eux. Mais, grand Dieu, comment se fait-il que tant de doutes subsistent autour de la Java, alors que l'on visite cette région depuis plus d'un siècle ? Qui fait autorité dans ce désordre ?

— Les Portugais. Ils ont débroussaillé les premiers l'océan Indien et les parages du détroit de Malacca.

— Qui leur ouvrait la porte de l'Asie.

— Elle était grande ouverte. Alors, ayant découvert les îles aux épices, ils ont aussitôt poursuivi vers la Chine et vers le Japon — le cartographe leva les yeux au ciel — Cipango !

Marco Polo avait affirmé que l'on trouvait là-bas des palais aux murs et aux toits d'or. La Terre Australe pouvait attendre un peu. D'autant plus que, sinon l'or natif que Colomb cherchait fébrilement aux Indes occidentales, les Portugais avaient trouvé mieux : des montagnes de grenaille végétale valant plus que leur poids en or fin. Les îles où naissaient le poivre, la muscade et le girofle.

— Les Moluques. Le nombril du monde ! Leur principal souci fut de porter exactement sur les cartes la latitude et la longitude du nombril du monde.

Guillaume promenait un compas à tracer au-dessus de l'Indonésie. Sa pointe s'immobilisa sur l'archipel à peine esquissé.

— Pour légitimer leur titre de propriété. Ils ont tiraillé leurs mappemondes les uns d'un côté, les autres de l'autre.

— Qui ça, les autres ?

— Les Espagnols. Ils trichaient tous sur leurs mesures pour tenter de faire entrer de gré ou de force les girofliers dans l'hémisphère que leur avait attribué le pape, car la démarcation passait juste aux environs des Moluques.

Le compas balaya l'espace, comme s'il marquait un méridien traversant la carte à l'endroit de l'archipel mythique.

— Parce que les girofles relèvent de l'autorité du Saint-Père ? Les girofliers auraient-ils donc une âme ?

— Il n'y a pas là matière à sourire. Depuis l'arbitrage d'Innocent III, les rois catholiques avaient reçu le monopole de faire commerce sur leurs terres de mission outre-mer. Alors, le monde fut partagé équitablement entre l'Espagne et le Portugal.

— Quelle vergogne !

— Alexandre VI Borgia, le père de Lucrèce, n'était pas à une turpitude près en appliquant ce droit d'usage. Vlan ! Le sceau des Borgia plaqué sur une galette de cire chaude de l'acte d'enregistrement. La terre des hommes ? Elle a deux ayants droit, pas un de plus.

— C'est inique !

— Tordesillas. Une bourgade dont le nom a enfiévré les rois. Tordesillas ! C'est là que les diplomates ont entériné le partage pontifical entre les deux couronnes. Quand le questionnement s'étendait à l'infini dans l'émerveillement des terres nouvelles, quand la Terre se dilatait de bonheur, le souci de leurs cosmographes affublés de robes de notaires fut de faire enregistrer par leurs tabellions la possession de quelques îles tropicales.

Les cognements avaient cessé au-dehors, et de violents éclats de voix indiquaient que l'on se chamaillait sur le chantier de la *Marie-Salvatrice*. Les altercations entre gens de mer étaient inhabituelles au Pollet. Titulaires taciturnes de la grève du carénage, les charpentiers de marine y maniaient la scie, l'herminette et le maillet à calfater à gestes et à bruits mesurés de sculpteurs. La dispute ne dura qu'un instant et les querelleurs s'étaient déjà dispersés quand Guillaume, intrigué, parvint à la fenêtre. Il continua vers la bibliothèque et s'y adossa, poursuivant sa démonstration de géographie politique.

— François Ier s'est fâché mais ça changeait quoi ? Gonneville, parti de Honfleur, est revenu avec un sauvage, des plumes de perroquets et du bois brésil sans même être capable d'expliquer d'où il rentrait. Et puis la tentative dramatique des frères Parmentier appareillés de chez nous du temps de ton arrière-grand-père a refroidi les rares tentations d'armer pour la mer des Indes.

François était accoudé à la mappemonde qu'il parcourait du regard en jouant avec le compas à tracer.

— Nous ne savions pas y aller ?

— C'était trop tôt. La science nautique portugaise n'était pas encore parvenue ici. – Il choisit un ouvrage et le brandit. – La *Cosmographie* d'Alphonse de Saintonge. Le premier traité publié chez nous. Pas prêt en ce temps, ni aucun autre. Nul ne savait comment se rendre aux Indes orientales et nul n'en avait le courage, hormis les Portugais.

Au temps dont parlait maître Levasseur, les dimensions de l'Atlantique dépassaient l'entendement des peuples européens. Aucun obstacle matériel mais une barrière mentale leur en interdisait l'accès plus loin que les îles Canaries. Non pas un interdit religieux. Beaucoup plus que cela. La peur. La peur de l'indicible au seuil de la mer des Ténèbres. Une terreur animale. Les marins lusitaniens avaient osé provoquer les mythes et ils les avaient vaincus. Les vessies crevées abandonnées dans leur sillage étaient les trophées d'une formidable victoire sur l'obscurité, sans doute leur plus remarquable contribution aux progrès de l'humanité.

Guillaume remit la *Cosmographie* à sa place en écartant les livres voisins d'une main soigneuse.

— Les vents porteurs, les courants, les dangers et les havres sûrs étaient les secrets d'État des Portugais acquis et assimilés année après année par deux ou trois générations de découvreurs. Ils ont vraiment gagné de plein droit la possession des Indes.

La lettre avait été déposée selon l'habitude par Rafael dans le tiroir du bas à droite du contador, l'inévitable cabinet en palissandre posé sur son haut piétement torsadé dans le salon des agapanthes.

Dona Margarida de Fonseca Serrão et dona Zenóbia de Galvão rentraient à pied à la tombée de la nuit. Elles avaient, en voisines, rendu une visite spirituelle au recteur de l'université. L'ornementation baroque de la salle des actes occupant l'ancienne chapelle du collège des jésuites du Saint-Esprit leur était devenue familière au fil de ces entretiens réguliers dans une odeur indatable d'encaustique, de bougie et de vieux vélins. En ce second jour de juillet, la chaleur avait été torride, réverbérée par les galets pavant les ruelles et par les crépis mauresques à la chaux. Cet inconvénient entraînait paradoxalement l'un des charmes romantiques d'Évora puisque, s'éveillant à la fraîche, la ville blanche vivait des étés noctambules sous la lune.

— Senhora, un secrétaire de dom Pedro de Estuniga est venu me remettre un pli pour vous. Sa seigneurie commandait une caraque dans la flotte de Goa qui a mouillé avant-hier sous le fort de São Julio de Barra.

— Mon Dieu ! Un courrier de Goa ? J'imagine que cette missive a voyagé pendant plusieurs semaines.

— Pardonnez-moi, senhora, le messager m'a confié que la traversée de son navire avait duré six mois pleins.

Les deux femmes en restèrent coites un instant.

— Eh bien, ma tante, voyons aussitôt ce courrier qui a tant voyagé pour nous parvenir.

— Prendrons-nous le temps de nous défaire et de nous rafraîchir, Margarida ? Ce message attendra bien quelques minutes encore.

— Il n'attendra pas plus, ma tante chérie. Ni ma curiosité. La flotte vient d'arriver à la grâce de Dieu après six mois de mer. Il convient d'honorer cette missive qu'elle vient d'apporter. De la recevoir avec un empressement à la hauteur des dangers qu'elle a affrontés. Rafael va nous défaire de nos capes et nous fera apporter de la citronnelle.

Margarida prit le bras de dona de Galvão et l'entraîna vers le petit salon d'été. Un paysage des Açores aux agapanthes était peint en bleu sur un grand panneau en carreaux de faïence régnant entre les deux portes-fenêtres ouvertes sur une terrasse fleurie. Évora était folle d'azulejos.

La lettre cachetée était imprégnée d'une senteur poivrée, indéfinissable et lointaine. Sans doute avait-elle été conservée dans le coffre enfermant les libertés du capitaine, les épices exemptes de droit accordées aux officiers et aux équipages des navires de retour. Il en émanait une odeur pathétique mêlée de moisi, d'âcreté, de santal et de muscade comme la manifestation impalpable mais insistante d'un ailleurs complexe et provocant.

Dom Alvaro de Fonseca Serrão, intendant de l'arsenal des galères de Goa, portait encore le deuil de son épouse Maria de Graça, emportée en deux semaines par une fièvre sèche, quand il avait appris la mort accidentelle de son frère cadet par la flotte de 1605 appareillée peu après de Lisbonne. La menace hollandaise ayant fait suspendre pendant plusieurs mois les mouvements des armadas, il avait confié à la fin de l'année suivante à un capitaine de la première flotte de retour cette lettre sollicitant la main de sa belle-sœur Margarida. Dom Alvaro annonçait en manière de résumé conclusif qu'il monterait à bord de l'amirale de la prochaine flotte envoyée de Lisbonne dès son arrivée dans l'avant-port de Goa, en espérant bien y retrouver sa future femme. La phrase était abrupte, assez maladroite en tout cas pour laisser planer un doute sur la disposition de son auteur, entre espoir d'homme amoureux et injonction de chef de famille. Elle laissa Margarida perplexe. La jeune femme connaissait peu son beau-frère, conservant de lui l'impression vague – qui ne la dérangeait pas – d'un mondain et d'un intrigant ambitieux. L'annonce du décès prématuré de sa belle-sœur Maria de Graça lui causait un chagrin sincère. Elle était convaincue que cette femme fragile et douce n'avait pas eu un caractère assez marqué pour accompagner outre-mer un homme dévorant la vie avec l'appétit de dom Alvaro.

Sa surprise assimilée, la première réaction de Margarida fut un haussement d'épaules.

— Alvaro est très présomptueux. Qu'il attende sur les quais de Goa s'il le veut. Je fais mon deuil. Lui, il a manifestement achevé le sien. Il tourne les pages de la vie bien trop vite. Il la feuillette. Ne le pensez-vous pas, ma tante ?

Dona de Galvão le pensait en effet mais avec indulgence. Elle y voyait plutôt le signe d'une vitalité de bon aloi. Vivre à Evora était un privilège dont elle se félicitait chaque jour mais Zenóbia trouvait aussi absurde qu'inconvenant de décourager un homme riche et de belle prestance. Le ciel avait imposé à dom Alvaro l'épreuve d'un deuil. Son besoin de fonder très vite un nouveau ménage chrétien en terre de mission était appréciable. Sans interrompre un aussi beau plaidoyer, Margarida fit comprendre par une mimique éplorée qu'elle jugeait d'une ingénuité désarmante cette analyse chrétienne des motivations de son beau-frère. Sa demande en mariage toute affaire cessante la laissait de marbre et elle s'amusait de l'agitation de sa tante. Après une gorgée de citronnelle, dona de Galvão insista sur le fait que la vie brillante de Goa n'était pas réprouvée par les prêtres. Ils la jugeaient dangereuse mais propre à procurer aux âmes fortes des satisfactions spirituelles d'une extrême intensité. Quant aux indulgences méritées par les voyageurs, elles étaient à la hauteur des risques et de la dureté du voyage. Margarida lui dédia, les yeux mi-clos, un sourire câlin.

— Ma Zenóbia que j'adore, je comprends avec plaisir que, si j'acceptais de me rendre à l'impérieuse demande d'Alvaro, comme tu m'y encourages, tu me suivrais sans hésitation puisque tu me vantes les Indes avec un tel enthousiasme. Tu sais bien qu'il me faudrait de toute façon être accompagnée d'un chaperon.

Dona de Galvão, qui n'avait pas songé à cette conséquence, en resta muette. Les Portugaises de pure souche demeurant beaucoup plus longtemps désirables en Inde qu'en métropole, Margarida jugea pertinent de faire valoir l'hypothèse d'un remariage, qui fut repoussée d'un haut-le-corps. Réorientant ses arguments, la jeune femme proposa plutôt à sa tante un voyage expiatoire vers ces champs d'honneur lointains où, comme Leonardo de Galvão son époux à peine entrevu, des jeunes hommes fougueux avaient construit l'empire lusitanien. Radoucie, tante Zenóbia suggéra qu'elles examinent l'une et l'autre cette folie à tête reposée.

Après une semaine de réflexion, le mardi 10 juillet au début de l'après-midi, d'accord avec sa tante, Margarida de Fonseca Serrão prit la décision de partir pour Goa.

À ce moment au Pollet, François interrogea Guillaume comme il s'était mis à le faire chaque jour sur l'exploration des Indes orientales et des Amériques. Le cartographe s'étonnait un peu de la curiosité nouvelle de son assistant.

— Nous n'avons pas été des découvreurs et nous ne serions pas non plus assez entreprenants pour aller faire commerce aux Indes ? Ango n'était-il pas un brillant armateur au long cours ? Et le voyage de la *Dauphine* ?

— Ah ! La *Dauphine*. La nef est partie de chez nous en effet. Avec Jean de Verrazane. Un Lyonnais de famille florentine. Au nord de la Floride espagnole, il a découvert une baie où débouchait un fleuve bordant une presqu'île. Ce n'était pas un site particulièrement remarquable mais il était plaisant malgré des giboulées d'avril. Les Indiens Algonquins l'appelaient Mannahatta, Manhattan ou un nom comme ça. Verrazane l'a baptisée la Nouvelle Angoulême en l'honneur de François Ier. Il avait reconnu tout autour un littoral immense.

— Et puis ?

— Et puis rien. Le roi a renoncé à la Nouvelle Angoulême.

Guillaume réfléchit pendant quelques secondes en balayant l'Atlantique de la main.

— Franchies dix lieues depuis le littoral, nos compatriotes sont trop attachés à la glèbe pour penser à la mer.

— Pas assez pauvres pour aller chercher ailleurs une terre plus fertile ?

— Pas assez combatifs en tout cas. Les colons partis il y a une quarantaine d'années derrière le capitaine Jean Ribault pour la Floride se sont laissé massacrer à l'épée et au couteau par les Espagnols. Leurs sept navires avaient eux aussi appareillé de Dieppe. D'ici même, ajouta-t-il en désignant l'avant-port à travers la fenêtre.

— Nous étions en guerre contre l'Espagne ?

— Non. Ils étaient simplement haïs comme Français. Ils avaient aussi le tort d'être luthériens. C'est drôle finalement. Nous ne sommes pas assez teigneux pour aller disputer quelques arpents de terre ni à des Indiens idolâtres ni à des fous de Dieu. Qu'ils soient catholiques ou protestants, en cuirasse ou en soutane, nous renonçons. Peut-être bien que nous ne sommes pas conçus pour essaimer. Nous sommes bien chez nous.

Guillaume Levasseur se leva brusquement et alla vers la porte. Planté jambes écartées, il regardait l'avant-port, s'appuyant sur ses deux mains ouvertes de part et d'autre du chambranle. Se retenait-il de bondir ou craignait-il au contraire d'être aspiré au dehors ? se demanda François. Il avait compris depuis longtemps que ni la duplication des cartes par l'imprimerie qui mettait en colère la corporation des hydrographes normands ni le mystérieux Mercator qui excitait leur curiosité n'étaient les principales raisons de la diatribe de son maître. Son obsession était d'étayer son schéma des Indes Orientales, leur corrélation et leur équilibre. Guillaume était meurtri d'être tributaire de ce que voulaient bien révéler les Portugais. Il était mal à l'aise surtout de faire autorité sur des pays qu'il n'avait jamais vus. Il avait trop à faire ici pour voyager au loin disait-il. Il savait bien en réalité qu'il n'avait pas eu le courage de partir.

François qui manipulait nerveusement une plume la reposa brusquement et plaqua sa main sur l'Inde à peine esquissée.

— Moi, je vais aller en Inde.

Guillaume se retourna et sourit. Réalisant après quelques instants qu'il ne s'agissait pas d'une boutade, il se figea, les sourcils froncés. François restait silencieux, interloqué, comme dépassé par les conséquences d'une pulsion inconsciente. Il se mit à parler lentement en regardant le maître dans les yeux.

— En vérité, au contraire de toi, ce n'est pas la Jave qui m'intéresse. Ni les mystères de la terre australe. Cette abstraction m'est indifférente. Non. Moi, je vais aller voir de mes yeux les contrées que tu dessines par-dessus mes marteloirs. Respirer l'Inde. Marcher dans les rues de Goa.

Stupéfait, le cartographe lui rendait son regard, le front réprobateur. François cherchait ses mots ou plutôt rassemblait ses idées fragmentées de silence en silence.

— Je veux vivre le quotidien de cette capitale dont Linschoten nous a donné quelques estampes. Elles magnifient surtout ce qu'elles ne montrent pas. Là-bas s'exprime aujourd'hui le génie de notre civilisation. Son avenir peut-être, dans un nouvel Éden où races, cultures et religions se mêleront sans se détruire l'une l'autre.

Guillaume réagit sèchement. La déclaration d'émancipation de son assistant l'avait blessé. Parce qu'elle ravivait la nostalgie d'une quête à laquelle il avait lui-même renoncé, il fut brusquement un peu jaloux de François.

— C'est donc ça qui te travaillait depuis deux semaines. D'où te sort une folie pareille ? Quel optimisme, jeune naïf ! L'intolérance est viscérale et universelle, voyons.

— L'homme ne peut être naturellement mauvais. Les cultures ne se combattent pas forcément.

— Les races s'abhorrent depuis que l'homme est sur la terre. La haine de l'autre est l'une des armes dont sont dotés le règne animal et l'humanité. Topinambous et Margaïas s'entretuent, se dévorent au nom de la coutume. On étripe, on viole, on brûle en éprouvant la jouissance suave et forte d'exercer un droit naturel de torture et de mort.

— Les gens civilisés ne se dévorent pas entre eux.

— Tiens donc ! À pleines dents ! Au sein même de la chrétienté, la controverse entre papistes et luthériens n'est pas seulement théologique. Il n'est pas besoin de partir outre-mer pour déterrer des preuves à charge dans les charniers de Wassy et d'Anvers. Compterais-tu pour rien la Saint Barthélémy ? Tu étais presque né. Et les autodafés ? On flagelle, on empale, on pend, on met en quartiers, on brûle, on noie en braillant le nom de Dieu. Comment reconnaît-il les siens là-haut parmi ces clients de Satan ?

François regardait Guillaume avec attention. Décontenancé, il n'osait pas gratter trop fort le vernis de ses propres certitudes mais il ne comprenait pas très bien la raison de son irritation. Voulait-il démolir son rêve ?

— La cupidité fait le reste dans les nouveaux mondes. Le père Las Casas a dénoncé il y a à peine cinquante ans la destruction des Indiens d'Amérique par les Espagnols. Crois-moi : ton nouvel Éden est forcément avide, injuste, cynique et haineux.

François se ressaisit et frappa à nouveau la table de la main comme s'il voulait faire prendre acte de sa détermination mais il s'imposait surtout à lui-même un point de non-retour.

— Eh bien, Guillaume, voilà autant de bonnes raisons pour que j'aille voir par moi-même ce qu'il en est.

Ils se disputèrent avec irritation, l'un construisant son projet, l'autre en démontant aussitôt les arguments. Des marchands de Saint-Malo, de Laval et de Vitré venaient d'armer de compagnie des navires pour les Indes orientales. L'estime dont on honorait la tradition corsaire des Costentin faisait espérer à François un passage à bord d'un Malouin. En débarquant à Goa d'un bateau français, il serait traîné tout droit dans l'une des geôles du vice-roi comme espion et luthérien. Si le pavillon malouin n'était pas un bon passeport, il tenterait sa chance à bord d'un Portugais. Il en partait une dizaine chaque année de Lisbonne. Un expert en compas marins pouvait espérer y être toléré pour cause d'utilité publique.

— Partir pour Goa ! Mon pauvre ! Seul un miracle te ferait embarquer sur une caraque portugaise. Réveille-toi, François.

Au même moment, au Havre, à l'enseigne du Dauphin instruit, Jean Mocquet fut séduit par un portulan de l'Atlantique. Il venait de débarquer d'une hourque hollandaise arrivant de Salé à l'issue d'une traversée de six semaines contre un gros temps du nord. Avant de gagner Paris, le conservateur des singularités royales était allé fouiner dans les officines havraises. Il était en quête de beaux instruments nautiques, aiguille marine ou quadrant nocturne pour enrichir les collections des Tuileries et faire rêver la cour d'aventures outremer. Le revendeur lui apprit que son auteur, Guillaume Levasseur, était l'un des meilleurs cartographes normands, dont les mappemondes étaient réputées au-delà de la Manche. Mocquet décida de se rendre à Dieppe pour y négocier la commande royale d'une représentation magistrale de l'état de la Terre.

Le visiteur portait un manteau brun ou plutôt une manière de redingote souple tombant presque aux pieds de ses bottes cavalières, dont les manches et les boutonnières sur la poitrine étaient ornées de larges parements brodés ton sur ton. Une capuche de moine était rabattue sur son dos. Il s'était présenté comme médecin et explorateur. Il leur sembla bizarre qu'un inconnu aussi étrangement accoutré se prétendît un familier du roi de France et affirmât commander en son nom une mappemonde dans un atelier dieppois.

— Tu as vécu longtemps chez les Maures ?

— Deux ans et demi. Cela se devine j'imagine à mon allure. J'ai abandonné depuis longtemps mes vêtements civilisés en piteux état. Je me suis habitué à ce caftan confortable mais je quitterai ces oripeaux dès que j'aurai regagné Paris.

— Je crois connaître le Maroc à force de le dessiner sur mes portulans. Où as-tu séjourné ?

— Je viens de Marrakech, une palmeraie dominée par les neiges de l'Atlas, où les Saadiens ont leur capitale. J'ai embarqué à Salé.

— Tu as donc traversé le Maroc de bout en bout depuis l'Atlas ? C'est un bien grand pays.

— Le traverser n'est rien. Le plus long est de commencer le voyage.

Jean Mocquet s'était exaspéré deux mois dans l'attente du rassemblement d'une caravane. Il s'était mordu cent fois les doigts d'avoir décliné l'invitation de l'ambassadeur à rentrer au plus court avec lui.

— Nul n'est plus menteur, plus retors, plus indécis, plus impénétrable, plus paresseux qu'un chamelier. Quelques centaines d'individus de cette sorte peuvent palabrer à croupetons durant des lunes en buvant à petites gorgées une décoction brûlante de menthe, de sucre et de feuilles noirâtres. Les causes retardant le départ de la caravane sont innombrables. On attend on ne sait qui ni quoi. On attend comme une loi de l'univers. Selon les jours et les informateurs, la caravane est suspendue aux marchandises d'un gros négociant en retard, à un signe de la bienveillance d'Allah, aux sauterelles, à des tribus dissidentes signalées aux abords de la piste, aux phases de la lune ou à un dahir du Sultan. Il fait trop sec ou au contraire les pluies rendraient quelque part les gués impraticables.

L'étranger racontait le Maghreb comme s'il arrivait de Fécamp. Il mimait son récit avec une verve de bateleur de foire, et prenait un plaisir manifeste à raconter ses aventures. Leur interrogatoire tenait inconsciemment autant de la curiosité que de l'enquête d'identité. Était-ce un imposteur ? Son teint hâlé et sa tenue exotique pouvaient être tout aussi bien la preuve de sa condition qu'un travestissement. Un toupet clairsemé de poils bruns plantés en désordre entre des lèvres et des narines charnues, un nez affirmé au profil droit et des yeux brillants sous l'ombre d'arcades prononcées lui donnaient une physionomie autoritaire et chaleureuse à la fois. L'homme était attirant et il le savait. Guillaume et François l'écoutaient intensément, partagés entre le doute et la fascination.

— Le chamelier te jure chaque soir, la main sur le cœur, en confidence, un départ le lendemain à l'aube et il discute les détails en heure et place d'un rendez-vous qu'il sait parfaitement sans objet. La caravane est prête à partir te crie-t-il, et il faut te préparer dans l'instant. Et quand tu te présentes avec tes bagages, l'aube révèle seulement quelques ballots de laine et de suint de mouton, et leurs gardiens assoupis, la tête sous leur capuchon.

La terre des Maures qu'il évoquait était tellement lointaine, que la suggestion d'aller assiéger Ceuta avait jadis abasourdi le roi du Portugal lui-même. Néanmoins, Guillaume et François étaient intellectuellement familiers de la Barbarie. Depuis déjà trois siècles, les maîtres cartographes en recopiaient inlassablement les côtes, les fleuves, les villes et les montagnes.

— Si j'en crois les cartes que je dessine et en qui j'ai donc une certaine confiance, d'autres ports sont plus proches de Marrakech. Pourquoi diable t'es-tu engagé dans une si longue méharée ?

— Tu sembles étonnamment connaître le Maroc comme si tu l'avais visité, maître Guillaume. Les Portugais ont occupé et fortifié les ports marocains de la côte atlantique. Ils tiennent Safim, Azamor, Essaouira et El Jadida où ils ont érigé les citadelles de Mogador et de Mazagão.

— Les Maures n'ont plus d'autre accès à la mer que Salé ?

— Pratiquement pas. Mais à l'embouchure du Bou Regreg, c'est un port florissant qui commerce avec Gênes, Venise, les Flandres et l'Angleterre. Derrière une façade paisible, les remparts de mer et de terre d'une citadelle protègent Arssina al Kobra, l'arsenal. Ce repaire abrite des chebecs, des navires diaboliquement véloces montés par des marins intrépides. Les caraques portugaises font un large détour pour éviter de passer à leur portée.

— Les fameux corsaires de Salé. On les dit cruels.

— Quand ils abordent un malheureux navire, leur coutume est de traîner le premier captif monté à leur bord à l'extrême avant du chebec. Là, ils l'égorgent, pour arroser l'étrave de son sang.

— Quelle horreur !

Ils avaient jeté ensemble le même cri. Derrière eux, Yvon, les yeux exorbités, s'était plaqué la main sur la bouche. La barbarie venait de faire irruption sur la grève du carénage, où le sang humain n'avait plus coulé de mémoire d'homme depuis les invasions des Normani.

— Une offrande propitiatoire aux mauvais génies de la mer. Une coutume antique ordinaire, pas seulement chez les pirates. Mon guide m'a déclaré les yeux au ciel, que ces pillards sanguinaires sont des combattants au nom du jihad. La guerre sainte a bon dos.

— Et tu t'es hasardé sans crainte dans le repaire de ces bandits ?

François lança la question évidente, que Guillaume accompagna d'un geste approbateur des deux mains. L'étranger en faisait un peu trop.

— Jihad et commerce font bon ménage à Salé et les Français y sont bien vus. J'ai finalement été délivré de mon purgatoire par un Hollandais arrivant de Smyrne, venu débarquer un marchand de Fez opulent, ses quatre concubines aussi grosses que lui et une vingtaine d'esclaves mauritaniens étiques, mâles et femelles. Il m'a conduit au Havre.

— Tu as choisi une mauvaise saison pour traverser la mer de Gascogne. Le temps d'ouest est bien établi.

— J'étais trop pressé de partir. C'est vrai que j'ai été tellement secoué que je cherche encore mon équilibre depuis mon débarquement.

Ils cessèrent de l'interpeller. Guillaume et Jean négocièrent la commande en dimension, en charges, en coût et en délais, et le contrat fut conclu selon l'usage par une poignée de main. Ils commencèrent alors à discuter pour le plaisir. Ses voyages en Amérique et en Afrique faisaient de Jean Mocquet l'un des rares témoins érudits des nouveaux mondes. C'était une aubaine pour Guillaume Levasseur. Inversement, la fréquentation d'un cartographe fameux offrait à un grand voyageur l'opportunité de mettre en ordre ses idées et de frotter ses intuitions au jugement d'un expert. La somme de leurs savoirs réunis dans le petit atelier du Pollet n'était pas loin de résumer la science universelle. Ou du moins de couvrir l'étendue des connaissances sur les sciences naturelles, la cosmographie et la géographie. Et sur le fruit de leur hybridation : l'art de naviguer.

Mocquet s'était accoudé sur la table, penché sur la mappemonde autour de laquelle ils venaient d'élaborer le contenu de la commande royale. Guillaume et François le relancèrent.

— Après nous avoir excités de tes déboires, raconte-nous l'envoûtement de la Barbarie !

— On dit que les Arabes ont érigé des palais admirables à Séville et à Cordoue. Le Maghreb doit être fabuleux.

Jean se redressa et se frotta lentement les mains, les yeux levés vers une inspiration à venir de la charpente dont il venait en réalité de remarquer l'élégance. Guillaume lui expliqua que, comme souvent sur le littoral européen, elle était l'œuvre d'un charpentier de marine.

— Les sultans se sont entourés d'architectes éminents mais Marrakech est loin d'égaler la splendeur de Grenade. J'ai négocié pour amuser Henri un bel harnachement à la manière arabe mais que vous dire ? Le Maghreb est surprenant, sans pourtant être très rare en vérité.

— Fais-nous rêver !

— J'ai traversé l'Atlas sous bonne escorte par des cols enneigés jusqu'à atteindre le désert. On m'a conduit au pied d'une falaise creusée de cavernes. Quand je suis entré dans ces grottes, j'y ai vu les merveilles que l'on me promettait en grand mystère. En des temps immémoriaux, des hommes ont peint des fresques sur leurs parois. À la lueur des torches, j'y ai déchiffré de grands quadrupèdes, des singes, des lions. Des arbres.

— Des palmiers ?

— Non. Ce n'était pas une oasis mais de vrais arbres feuillus.

— Comment ces Sahariens antiques ont-ils appris à dessiner des arbres ?

— Ils les voyaient. Ces artistes ont vu de leurs yeux des

arbres et des animaux. Cela veut dire que le désert était autrefois fertile et couvert de forêts.

— L'Atlantide ? C'est bien étrange.

— Il n'y a pas que cela. J'ai acquis dans le Tafilalet une curiosité pour le cabinet. Une manière de bouquet minéral, une rose de pierre de quarante livres.

— L'œuvre d'un sculpteur berbère ?

— Une formation naturelle. Nul ne sait l'origine de ces concrétions que l'on trouve dans le désert. Dans les souks, les revendeurs volubiles affirment qu'elles sont sculptées par les djinns. Les érudits des medersas pensent certains à des effets de la foudre, d'autres à des étoiles filantes tombées du ciel. Tous y voient la volonté d'Allah.

— À ton avis ?

— Elles sont constituées de gypse. Je n'en sais pas plus. Elles relèvent d'une raison physique mystérieuse sans doute liée à la chaleur extrême des jours et au froid intense des nuits sahariennes. Comme si le sable fluide se cristallisait en pierre selon des tensions géométriques immuables, bien qu'aucune de ces concrétions ne soit semblable aux autres.

Ils restèrent longtemps silencieux. La magie du grand erg avait envahi l'atelier.

Guillaume, qui s'intéressait moins aux curiosités de la nature qu'à l'enrichissement géographique des portulans, interrogea Mocquet sur les raisons qui l'avaient conduit à Marrakech. Le voyageur leur expliqua comment il avait visité le Maroc parce qu'il avait manqué une traversée vers Goa.

— Préparé à un voyage de sept mois ou plus, ma traversée a duré deux jours.

François s'accrocha à l'Inde qui venait de surgir inopinément dans la conversation.

— Malgré ta familiarité avec le roi, tu n'es pas parvenu à trouver un embarquement pour Goa ?

— Non. Les étrangers sont malvenus. Bien que nos relations diplomatiques soient aussi cordiales qu'il est possible, les ressortissants français ne sont pas mieux accueillis que les Hollandais dans les comptoirs portugais.

— Pour tout t'avouer, je me suis mis en tête d'aller en Inde. Guillaume me jure que c'est impossible. Est-ce selon toi un rêve absurde ?

— Tu serais donc toi aussi un nouvel affolé de Goa ? Maître Guillaume a raison. C'est d'autant plus difficile que la recrudescence des attaques hollandaises rend les Portugais de plus en plus nerveux.

Le front têtu, François se mit à ronger nerveusement l'ongle de son pouce gauche, son regard accroché au visiteur.

— Mais !

Mocquet s'interrompit pour laisser l'horloge sonner les saccades molles de quatre heures.

— Mais ! – Il leva l'index, regardant dans les yeux l'un puis l'autre de ses interlocuteurs. – Il se pourrait bien que je dispose de la clé introuvable de Goa qui me fera ouvrir à deux battants le grand portail de la ville. Simple effet du hasard. À Marrakech, j'ai rendu un fier service à deux Portugais de grande noblesse.

Il leur confia que, mieux encore, le fils d'un récent vice-roi des Indes, son second obligé, était le frère du plus haut responsable de l'institution qui gérait leur exploitation. Son intendant ou quelque chose d'approchant, c'est-à-dire l'autorité qui contrôlait les passeports. Il comptait que les recommandations de son frère miraculé amolliraient suffisamment l'oreille de cet intercesseur pour en faire son avocat.

— La flotte qui conduira le nouveau vice-roi prendre ses fonctions à Goa appareillera de Lisbonne en février ou mars de l'année prochaine. J'ai bon espoir d'être cette fois du voyage. D'autant plus que je me réclamerai aussi de mon expérience de la chirurgie et de ma connaissance des drogues et des simples.

— Tes talents seront-ils reconnus à Lisbonne ?

— Le nouveau vice-roi désigné est le comte da Feira. J'ai honte de m'en réjouir mais on dit que sa santé est vacillante. J'espère qu'il se rétablira tout seul grâce à Dieu mais quel grand malade refuserait l'assistance d'un chirurgien apothicaire attaché au roi de France pendant un si long voyage ?

— Tu vas vraiment partir pour Goa ?

François était subjugué et il réfléchissait intensément à la façon de saisir ce fil conducteur inespéré. Relevant la tête, il jeta un regard éperdu à Guillaume qui haussa les sourcils pour montrer qu'il partageait l'interrogation. En ajustant ses manches, Mocquet modéra sa déclaration d'intention tout en faisant valoir habilement l'importance de sa condition et la familiarité de ses relations royales.

— Bien entendu, je repartirai si le roi m'y autorise quand je lui aurai rapporté mon périple au Maghreb et soumis les curiosités que je lui destine. Elles m'attendent à Rouen où j'ai ordonné de les transporter.

Jean furetait dans l'atelier, les mains derrière les poches de son caftan, examinant de près les cartes et les croquis qui tapissaient les murs. Il tomba en arrêt devant une mappemonde longue d'environ deux aunes, suspendue au mur du fond, tendue sur un cadre en bois. Ouverte comme un grand papillon noir et blanc, elle était constituée d'une mosaïque de douze feuilles de papier montées bord à bord.

— Magnifique. – Il était le nez collé à la carte. – Cette mappemonde est gravée sur bois. Ma culture cartographique élémentaire me fait imaginer que tu n'en es donc pas l'auteur.

— J'avais bien l'intention de te la montrer. Toi qui aimes les curiosités royales, tu n'auras pas perdu ton précieux temps en venant rendre visite à mon échoppe.

— Un travail flamand ?

Guillaume vint rejoindre son visiteur.

— Français. L'*Universalis Cosmographia*. C'est l'un des produits austères de l'imprimerie qui bouleverse la transmission des connaissances en réduisant son coût artisanal dans des proportions considérables.

— L'Asie me semble d'un dessin plutôt archaïque.

— Bien, le Parisien. Mais vois ici, en bas à gauche, et dans ce cartouche en haut. L'Amérique est très convenable.

Jean hocha la tête en faisant la moue.

— Je te l'accorde mais toi-même, tu fais mieux. Alors hormis sa dimension respectable, en quoi cette mappemonde en papier mériterait-elle une attention particulière ?

— Parce qu'elle est exactement centenaire. Cette Amérique a été dessinée en 1507.

— Peu de temps après les voyages de Colomb.

— Et surtout quinze ans avant le retour des survivants du voyage de Magellan. Quinze ans avant que quelqu'un décrive la face cachée de ce continent.

— Une connaissance antérieure restée secrète ?

— Non. Une intuition ! C'était un coup de génie d'érudits de Saint-Dié. Ils avaient entrepris d'éditer une nouvelle édition magistrale de la *Géographie* de Ptolémée en la mettant à jour. Ce Grec a compilé les connaissances antiques sur le monde. On avait oublié une science très avancée. Quand on a retrouvé les données de la *Géographie*, le monde redessiné a été largement diffusé, copié à la main et maintenant imprimé. Il reste le fondement de la réflexion sur l'image de la Terre.

Il prit son visiteur par le bras, le tirant vers le coin inférieur gauche de la mappemonde.

— Il leur fallait ajouter à leur ouvrage les découvertes inconnues des anciens : l'Afrique tout entière et les terres neuves outre-Atlantique. Que lis-tu ici ?

— America. J'y suis allé. Et alors ?

— C'était la première fois que le nom était porté sur l'Amérique méridionale. Parce qu'on venait de l'inventer dans l'atelier des Vosges.

— Il y a tout juste un siècle si je compte bien. Et pourquoi ce toponyme ?

— Une anthologie en langue latine rassemblant les écrits de plusieurs navigateurs venait de paraître en Italie. Ce livre qui connaissait un immense succès semblait attribuer la découverte de la terre inconnue gisant dans le sud de l'Asie supposée à un voyageur florentin, Amerigo Vespucci. Les éditeurs de la mappemonde ont cru légitime de dédier à ce voyageur le continent nouveau. Ils ont gravé son portrait ici, faisant face à celui de Ptolémée.

— C'était une usurpation ! La découverte d'un nouveau monde revient à Colomb. Il l'a très justement revendiquée.

— Une erreur historique à ne pas colporter. Colomb n'a

jamais parlé de nouveau monde. Il lisait tout autour de lui les preuves qu'il avait atteint comme il l'espérait la Chine et les parages orientaux de l'Inde en faisant route à l'ouest.

— J'imagine que l'on peut difficilement prendre très longtemps un Arawak tout nu pour un Mandarin.

Sans vraiment distinguer un Mandarin d'un « Araouac », Yvon, qui faisait barboter une nouvelle préparation d'encre sous le manteau de la cheminée, pouffa en imaginant deux monsieur d'Amblimont face à face, l'un en notable oriental enturbanné de tissus d'or, l'autre sous la posture d'un sauvage vêtu de chausses en plumes de coq. Il ne disposait que de ce volatile en mémoire pour habiller monsieur le comte car il n'osait pas l'imaginer tout nu.

— Tu raisonnes a posteriori, Jean. Le modèle grec retrouvé dirigeait la pensée. La réalité devait correspondre à la théorie. Colomb a tenté d'insérer les paysages qu'il découvrait dans le schéma du monde considéré en son temps comme acceptable par toutes les parties scientifiques et religieuses. Il ne foulait pas une terre inconnue. Il était en Chine ou dans ses abords immédiats.

— Et qu'est venu faire ton Amerigo Vespucci là-dedans ?

— Rien. C'était un grand voyageur comme toi. L'agent commercial des Médicis à Séville. N'as-tu jamais entendu parler de lui à Paris ? Même à la cour ? C'est incroyable.

— Je confesse ignorer ce nom et cette mappemonde m'était inconnue.

Levasseur se tourna vers François.

— Quand je te dis que notre peuple ignore tout de la mer et de l'outre-mer !

Il revint vers le visiteur.

— Amerigo Vespucci avait simplement écrit qu'il avait vu un monde nouveau. C'était d'ailleurs exact puisqu'il s'agissait d'autre chose que la Chine. C'était l'Amérique méridionale découverte peu de temps avant ses voyages. Les cartographes de Saint-Dié lui ont attaché accidentellement son prénom selon l'usage sans qu'il n'eût rien fait pour cela.

— Et l'erreur n'a pas été relevée ?

— Dès que les apprentis sorciers se sont aperçus qu'ils s'étaient mépris, ils ont remplacé America par Terra Incognita, en prenant soin de rappeler qu'elle avait été découverte par Colomb. Mais le nom était si flamboyant qu'il est resté.

— La France a inventé l'Amérique ! Je pense que le roi lui-même l'ignore.

— Tu lui raconteras. Vingt ans après la mort de Colomb on a découvert les mines d'or et d'argent du Mexique et du Pérou.

— L'Eldorado mythique !

— C'est à ce moment-là seulement que nous, les cosmographes, avons acquis la certitude que cette America n'était pas la Chine de Marco Polo ni l'Inde. C'était un continent inopiné. Il était d'ailleurs bien gênant parce qu'il barrait du nord au sud la route vers les Moluques. Nous l'avons admis après le voyage de Magellan. Ces érudits vosgiens perspicaces l'avaient imaginé avant.

Pendant ce colloque sur la façon dont on était passé du monde hypothétique au monde constaté, François se torturait pour trouver le prétexte sous lequel il allait relancer son projet de voyage en Inde. Brusquement, Jean se tourna vers lui et lança :

— Tu te disais prêt à partir aux Indes orientales, jeune homme ? J'ai l'habitude de voyager seul mais je m'interroge sur l'utilité d'un assistant car la route a une dimension particulière. La traversée sera très longue et éprouvante. Tu serais un candidat convenable après tout.

Il recula de deux pas pour les placer tous les deux dans son champ de vision.

— J'ai beaucoup appris en deux heures en t'écoutant, Guillaume. Tu es un merveilleux pédagogue.

Le cartographe fit un geste de dénégation.

— L'image de la Terre est une fantastique aventure. Il suffit de la raconter. Tu parviens bien à nous faire rêver du Maroc.

— J'imagine que François pourrait m'en raconter beaucoup pendant une aussi longue traversée. Ses connaissances de la navigation, des portulans et des aiguilles pourraient le rendre utile à bord et contribuer à nous faire vivre quelques mois à Goa. Je suis prêt à le prendre au pair. T'en séparerais-tu le temps du voyage ? Sous réserve que ce beau garçon ne s'installe pas définitivement là-bas auprès d'une princesse indienne, car je ne réponds de rien là-dessus !

Guillaume prit son temps. Il avait conscience de sa responsabilité dans une décision qui ne lui appartenait pas. Il ressentait probablement plus que François lui-même le poids d'une alternative dont la gravité dépassait tout ce qu'un Dieppois pouvait envisager depuis l'aventure dramatique des Parmentier. Pire, puisque le voyageur proposait à François de s'immerger avec lui dans un monde totalement lusophone sans autre ressource que leur détermination. Il prit un ton de père noble.

— Je m'en porte garant. Encore faut-il que cet écervelé soit sûr de lui. On annonce quelquefois par vantardise des intentions qui s'abandonnent au pied du mur.

François se serait jeté au cou de l'apothicaire s'il ne s'était pas maîtrisé. Il croisa les bras, pensant trouver ainsi une contenance correspondant à la fois à son bonheur fou d'adolescent et aux réactions pondérées qui seyaient à un jeune adulte déclaré être assez expérimenté pour être précieux à un grand voyageur.

— Puis-je répondre ? La providence semble t'avoir placé sur ma route, Jean. Je saisis ton offre avec gratitude. Je serai avec bonheur ton assistant et je te promets de contribuer à dénicher les singularités les plus incroyables pour ta collection royale.

Il ajouta ingénument :

— Quand partirons-nous ?

— Nous n'en sommes pas là. J'espère bénéficier d'appuis efficaces grâce à mes obligés de Marrakech et il ne me semble pas impossible que cette facilité te soit étendue puisque tu seras mon assistant. Je ne te promets rien.

Une colonie de mouettes rieuses se chamailla sous leurs fenêtres, comme si elles les appelaient au voyage tout en se moquant d'eux.

— La flotte appareillera avant Pâques. Je n'aurai pas trop de trois mois pleins pour retrouver mes contacts, m'assurer de protections solides et gérer si tout va bien les formalités de notre embarquement à la maison de l'Inde. Il me faut donc être à Lisbonne au début de décembre au plus tard. Nous devrons gagner le Portugal dans la deuxième quinzaine de novembre. Ce n'est pas la meilleure saison pour traverser la mer de Gascogne, mais nous n'avons pas le choix.

L'apothicaire royal alla reprendre sa besace, la mit à son épaule et revint vers François.

— Nous sommes le onzième jour de juillet. Dans trois mois, tu rechercheras dans les ports de Normandie ou de Bretagne l'opportunité d'un passage vers Lisbonne dans les premiers jours de novembre. Ce sera ta première tâche. Tu me seras immensément utile si j'en juge par mes longs déboires à Salé. Je reviendrai de Paris à la mi-octobre. Nous partirons dès la première occasion. C'est à toi de la dénicher. Besslâma !

Jean quitta aussitôt Dieppe à cheval par le chemin de la vallée de la Scie. D'après le *Guide des chemins de France*, l'indispensable viatique imaginé par Charles Étienne, il comptait faire étape au relais de Saint-Albin-sur-Scie. En se remettant en selle le lendemain à la pointe du jour, il serait à Rouen avant la nuit pour récupérer ses paquets. Il prendrait à l'aube le coche d'eau du vendredi pour Paris.

Accoudé à sa table, François regardait par la fenêtre la rentrée de la flottille des harenguiers comme un exotisme marginal car il était déjà loin de Dieppe, sous les murs de Goa la dorée. La page était tournée brutalement. Presque arrachée. Se remémorant cette étonnante journée, il se demanda comment diable cet apothicaire – royal peut-être mais cela n'expliquait pas tout – avait pu gagner à Marrakech l'amitié et la protection à venir d'un vice-roi des Indes. Il n'était pas encore très sûr de la réalité de cette rencontre ni de ce qui allait arriver. Ce Parisien était intéressant, érudit, intelligent mais tellement bizarre. Dire que s'il était passé par Marseille à bord de la galère de son ambassadeur, ils ne l'auraient pas connu.

Quand il rentra chez lui place du Puits-Salé, son père était solennel et sa mère en larmes parmi des voisins jacassant. Yvon avait colporté dans toute la ville l'incroyable nouvelle que François partait aux Indes orientales avec un Parisien ami des sultans, des rois et des pirates sanguinaires.

Comme il l'avait annoncé, Jean Mocquet toqua au carreau le 16 octobre. Sous son chapeau à bord rebroussé, l'ami du roi avait meilleure allure que lors de sa première apparition au Pollet. Son pourpoint de soie puce et un col plat de dentelle apportaient une touche d'élégance citadine à une sobre tenue de voyage, un manteau de drap gris comme ses chausses amples prises dans des demi-bottes à revers. Un caban de feutre couleur de tourbe jeté sur son bras gauche le mettrait au besoin à l'abri de la pluie. François, dont la garde-robe était très rustique, en fut un peu intimidé.

Il apprit aussitôt à Jean qu'un négociant de Rouen attendait sous trois semaines le passage d'un caboteur venant de la Baltique, armé pour Lisbonne. Il se préparait à charger à son bord vingt fûts de vin de Bourgogne. Ne tenant plus en place depuis deux semaines, il suggéra qu'ils partissent au plus vite mais l'apothicaire royal le modéra d'un geste.

— J'enrage car mon coffre est resté sur le quai à Paris. J'ai assez tempêté pour espérer qu'il me sera livré sans faute par le coche d'eau de la semaine prochaine. J'avais repéré le Soleil d'or lors de mon passage en juillet et je m'y suis installé. Au demeurant, l'auberge est plaisante. Assez près du port pour jouir si je veux de son spectacle, assez éloignée pour ne pas en subir tout le temps les bruits ni les odeurs.

François bouda un bon quart d'heure de n'être pas déjà parti.

Jean avait par contre tant de questions en tête que cette attente forcée ne l'énervait pas vraiment. Sa culture humaniste était interpellée par les contradictions d'un siècle en expansion, écartelé entre un fonds antique et des connaissances qui s'ouvraient chaque année un peu plus. Il s'efforçait en voyageur intelligent de concilier ce que l'on disait des terres neuves et ce qu'il en avait vu de ses yeux.

— J'ai bien l'intention de profiter de toi pendant ces quelques jours, Guillaume, puisque de toute façon nous devons nous en accommoder.

L'apothicaire prenait plaisir à se mariniser leur disait-il, en arpentant chaque jour le quai du bassin des harenguiers avant de les retrouver au Pollet. La saison du hareng frais venait de commencer. Habituellement salé et mis en caque, il passait en ce moment à portée de marée fraîche des criées de la Manche. Son meilleur prix enfiévrait le port de l'animation des grandes saisons de pêche. Tout le quartier Saint-Jacques était enguirlandé de filets comme si l'on y jouait un mystère de Noël. Gris, ocre ou bruns, ils séchaient au soleil en haut des mâts, étalés sur le quai ou tendus aux murs. Ils s'accordaient aux coques noircies au brai et aux harmonies sourdes des voiles de lin pâlies au fil des jours de mer, des blouses courtes et des chausses de grosse toile écrue des pêcheurs. Jean découvrait cette corporation, une fourmilière solidaire et introvertie, vieillards, femmes et enfants tous occupés à quelque chose quand les hommes étaient en mer. Rescapés, veuves et orphelins, avait corrigé Guillaume, car les pêcheurs vivaient un malheur continu, passé, présent ou à venir. Maîtresses d'un quartier habité d'hommes hypothétiques, représentés par leurs vêtements de mer suspendus aux fenêtres pour sécher, les femmes étaient à la peine partout le long du littoral normand. Attelées aux cordelles pour haler les bateaux à contre-vent dans le chenal, hotteuses voûtées par le poids des mannes aux retours des marées aux harengs, en charge des filets déchirés chaque jour par la calamité des thons et des dauphins qui s'y prenaient par accident. Inspectés, rincés, séchés, réparés par les ramendeuses, les filets faisaient l'objet d'une véritable industrie de combat. Les femmes étaient aussi pêcheuses à pied sur l'estran, ce territoire hybride partagé selon le balancement des marées entre l'homme et la mer. Traquant les praires et les palourdes enfoncées dans le gros sable, les coques, les oursins, les bulots, elles disputaient les moules aux algues brunes accrochées aux rochers. Dans l'eau jusqu'à la ceinture, elles poussaient leur haveneau à la poursuite des crevettes grises. Gagnant peu à la pêche, chaque famille subsistait grâce à la somme des insuffisances glanées durement par ses membres.

Jean déroulait chaque jour une série de questions nouvelles. Ce lundi, leur entretien serait le dernier car il attendait son coffre le lendemain à Rouen. François avait déjà couru Dieppe pour n'oublier dans ses adieux aucune relation ni cousin.

— Quand s'élevaient chez nous les cathédrales, si je t'ai bien suivi, nous aurions donc perdu le fonds antique de la géographie, son étendue, le rayon de la Terre, tant de données fondamentales sur notre monde.

Le cartographe se passa la main sur la tête.

— Disons que nous les avions égarées. Les géographes scolastiques distinguaient l'espace à vivre des hommes et les secrets inaccessibles de Dieu. Le monde latin et ses bordures formaient une manière de disque circonscrit par l'océan périphérique comme par un fleuve.

— Le bord du monde ?

— Non. Ils s'accordaient sans discussion sur la rotondité de la Terre. Ce n'était pas une limite physique. Au-delà commençait un domaine satanique dans lequel il ne convenait pas de s'aventurer. Une frontière théologique si tu préfères, un espace réservé et obscure interdit aux chrétiens où il n'y avait d'ailleurs rien à voir d'utile, ni dessus, ni dedans ni au-delà.

Jean se planta devant le cartographe.

— Je sens bien que la prétention des laïcs à expliquer rationnellement la sphère du monde ne saurait entrer en conflit ouvert avec l'Église ni transgresser ses commandements.

— Les dogmes ne sont pas négociables.

— Cela dit, des repentirs vont devenir très vite indispensables en ces premiers jours du nouveau siècle.

— L'image biblique du monde est en effet mise à mal par la géographie constatée.

— L'imposture ne peut pas durer longtemps.

— La négation systématique des antipodes par saint Augustin avait été le motif de la réfutation de la proposition de Colomb de rejoindre l'orient en faisant route à l'ouest. Les révélations du Génois ont ébranlé l'ordre scolastique du monde. Le Saint-Office n'a pas ressenti les effets de ce séisme mais les exégètes se sont remis discrètement au travail.

— Le ver est dans le fruit.

— Il hiberne.

Guillaume se mit, tout en parlant, à tailler une plume avec attention à l'aide d'un petit couteau à manche de corne.

— Cela dit, beaucoup de religieux érudits sont d'une grande ouverture d'esprit. Certaines congrégations ne lisent plus les Écritures avec les mêmes yeux. De toute façon, la controverse est dépassée. Le monde est en train de se dessiner qu'on le veuille ou non. Il faudra bien s'en accommoder, que l'on soit chrétien, musulman, hindou ou agnostique.

L'apothicaire royal jouait avec un in-octavo dont il faisait courir les pages sous ses doigts.

— Guillaume, j'en viens à une vraie question. Qu'en est-il du paradis de Colomb ? J'ai visité cette région de la Guyane et de l'Amazonie. J'y ai vu un fleuve d'une prodigieuse largeur mais j'y ai rencontré des anthropophages noirs comme des démons plutôt que des créatures séraphiques. Le pivot de l'univers pourrait-il s'appuyer là sur le paradis des justes ?

Au moment où Vasco de Gama arrivait à Calicut, Colomb faisait son troisième voyage aux Terres Neuves. Il avait écrit aux Rois Catholiques avoir eu l'impression que son navire peinait à monter une pente. Très loin au large, l'eau de mer peu salée révélait qu'un fleuve puissant s'écoulait de la terre vers laquelle il se dirigeait. Or, quatre fleuves coulent de l'Éden selon la Bible. C'étaient peut-être là des indices sérieux du paradis terrestre.

Le cartographe cessa de s'occuper les mains et reposa la plume et le scalpel sur la table.

— Il arrive que les Écritures soient difficiles à interpréter.

— Soit. D'un autre côté, le paradis terrestre est forcément quelque part. Qui oserait poursuivre une quête aussi impie ?

— Ne t'inquiète pas. Le paradis est ailleurs. J'ignore où Dieu l'a installé mais certainement pas sur la Terre.

— Des milliers d'îles, de déserts et de forêts vierges restent inaccessibles et inexplorés. Ce sont autant d'endroits secrets pour cacher un secret de Dieu.

Guillaume rapprocha ses deux mains ouvertes en coupe, comme s'il comprimait un volume sphérique.

— La terre est de moins en moins inaccessible. Elle est en train de devenir trop petite pour cacher longtemps ton secret de Dieu ! Imagine le déménagement en catastrophe du paradis terrestre affolé par l'approche de conquérants espagnols l'épée au poing ou de marchands luthériens brandissant leurs pesons ? L'exode des âmes devant des hordes de pécheurs et de mécréants, comme un couvent de nonnes en fuite à l'annonce d'une troupe de Kazakhs ?

Mocquet éclata de rire et applaudit.

— Bravo, le Dieppois. Ton raisonnement est irréfutable. Le paradis terrestre est un mythe.

Jean et François se mirent en route le lendemain mardi 23 octobre pour Rouen. L'À Dieu vat ! solennel de Guillaume qui les confiait à la Providence fit fondre en larmes la petite foule rassemblée en grande excitation place du Puits-salé autour des parents de François. Ils embarquèrent deux semaines plus tard, le 5 novembre, sur l'*Albatros*, un caboteur de Galway. Il arrivait presque au jour dit de Königsberg avec des bois de mâture de Lituanie à destination de Lisbonne. Sous la croix de saint Patrick et le commandement d'un

capitaine natif de Dublin, son gaillard d'arrière vertigineuse-
ment pentu et une propreté méticuleuse trahissaient l'origine
hollandaise de cette flûte ventrue au nom neutre, tout autant
que le parler hermétiquement rocailleux de son équipage en
majeure partie zélandais.

Parvenant à peine à fournir des équipages aux caraques de
Goa, Lisbonne avait concédé aux marins hollandais la redis-
tribution de leurs cargaisons indiennes jusqu'aux Flandres.
Parce que des alliances dynastiques diffuses entre les deux
couronnes avaient permis à Felipe Second d'Espagne d'être
reconnu par les Cortes comme leur roi Filipe Premier, le
Portugal s'était trouvé impliqué dans la répression militaire de
la rébellion des Provinces Unies. Les magasins de Lisbonne
fermés aux caboteurs bataves s'étaient proposés aux Anglais.
L'*Albatros* allait prendre au retour des chitas, des toiles peintes
du Gujarât et de Coromandel pour un négociant londonien
de Mayfair, mais le but premier de son voyage jusqu'à Lisbonne était d'en rapporter une pleine cale de poivre. Amsterdam continuait à contrôler en sous-main la revente des
produits orientaux en Europe. Insatisfaite de ce second rôle,
elle étendait méthodiquement ses tentacules en direction de
l'Insulinde.

Après une escale à la Corogne pour décharger du sel pour
les pêcheries et prendre quelques fûts de vin de Galice, Jean
et François débarquèrent le 10 décembre à Santa Catarina en
amont de la tour de Belém. Ils gagnèrent Lisbonne d'un saut
à bord d'une barge du Tage.

LISBONNE

Le toit vibrait à chaque instant sous les coups de gueule des cloches concurrentes de deux églises voisines faisant les unes la promotion de São Miguel, les autres celle de Santo Estevão. Au point que le bourdon de la cathédrale devait appeler chaque dimanche les cousins chamailleurs à un peu plus de discrétion. Comme tous les jours de grand soleil en cette saison instable, Jean et François étaient allongés à plat dos sur les tuiles. La tête appuyée sur leurs manteaux roulés, ils contemplaient le miroitement de la mer de Paille, les yeux mi-clos dans l'ombre minimale du bord de leurs chapeaux. Au cours de ces heures jubilatoires sur leur toit de l'Alfama, ils n'étaient pas parvenus à décider s'il s'agissait d'un lac, d'un élargissement du Tage ou d'une rade maritime. Des barges pataudes passaient et repassaient. Leurs voiles démesurées étant inutiles en l'absence du moindre vent, elles dérivaient au gré du fleuve et des courants de marée, de droite à gauche puis de gauche à droite et encore et encore, avec une lenteur pathétique, dans le violent contre-jour d'un soleil bas sur l'horizon. Loin derrière la ligne à peine suggérée des rives de Cacilhas, leur regard traversait le Baixo Alentejo, franchissait la Serra de Monchique, l'Algarve et Sagres, le promontoire sacré où avait vécu le prince Henri. Plus loin encore, la terre

des Maures, la Mine et le cap de Bonne Espérance condui-
saient à l'Inde enfin, où leur imagination se posait, épuisée
de fatigue et de bonheur.

Au-dessus d'eux, le château São Jorge de l'Alcáçova conservait la mémoire des grandes heures de la conquête. Là-haut,
João Second avait accueilli Bartolomeu Dias revenant du cap
des Tempêtes et Manuel Premier, Vasco de Gama rentrant
de Calicut. Dégringolant de la vieille citadelle maure comme
un éboulis, les toits imbriqués se bousculaient au fil des
ruelles, des impasses et des escaliers, jusqu'à mourir sur le
mur d'enceinte de l'arsenal des galères. Alignés face au fleuve,
les navires de combat effilés semblaient prêts à contrer un
improbable retour des envahisseurs. Assurant au quotidien
des liaisons rapides et la routine des stations de garde à
l'ouvert du Tage, ils gagnaient quelquefois la récompense de
courir aux Maures comme jadis avant la reconquête, en pour-
chassant les pirates de Salé au cri de *Sant'Iago* !

Sé, la cathédrale, restait elle aussi sur ses gardes, trapue,
ramassée entre ses deux clochers, des tours crénelées comme
des donjons de château fort. Plus loin vers l'ouest, le regard
plongeait vers la Baixa, une vallée de tuiles, un désordre ocre
rose au travers duquel la Rua Nova gravait la rectitude d'un
urbanisme d'État. La vue rebondissait sur les pentes du quartier du Chiado, planté du signal ambitieux de l'église du
Carmel. La façade voisine abritait derrière une sobriété ostensible São Roque, le couvent des jésuites. Alentour, la Compagnie de Jésus mêlait subtilement les aristocrates de sa clientèle
aux gens du peuple sur les hauteurs du Bairro Alto, au plan
aussi carré que la règle selon Ignace de Loyola. Au-delà, après
Belém, Estoril et Cascais, c'était l'Atlantique.

Aussi loin que portait leur regard, des fumées montaient
droit ou se déchiquetaient au contraire quand le vent donnait
vie à d'innombrables moulins. Leurs voiles blanches tournaient alors sur les lignes de crêtes, translucides sur le ciel
comme des fleurs de pissenlits soufflées par des amoureux.

Ils avaient pris à bail la pièce constituant le second étage
d'une maison étroite de l'Alfama dont le rez-de-chaussée était

occupé par la boutique de José Rebelo. Ils l'appelaient entre eux Pépé José, traduction la plus appropriée du Tio José affectueux dont on le saluait dans la rue de São Pedro. Son commerce de morues salées embaumait tout l'immeuble, selon François qui affirmait respirer avec bonheur l'air de Dieppe. Il tentait de faire apprécier à Jean la différence entre l'odeur agressive du poisson d'étal et la senteur mesurée et goûteuse de la morue salée. L'apothicaire royal restait très réservé quant aux effluves tenaces de ce quartier de pêcheurs.

Tio José avait tenu à leur expliquer l'anormalité de son adresse dans une rue inadéquate appartenant aux poissonnières de pêche fraîche, puisque son commerce relevait de la rue des bacalhoeiros, territoire de la corporation des morutiers. Il jetait autrefois ses filets sous le nez des sardines et des aloses du Tage en compagnie des pêcheurs de sa rue. Carlota, sa femme, était morte depuis longtemps en mettant au monde Rafaela, leur fille cadette. Une rafale inattendue lui avait fait perdre quelques années plus tard son bateau et son fils aîné. Un confrère l'avait lui-même sorti de l'eau par les cheveux. Il avait alors décidé de distribuer ses engins de pêche à ses voisins et de consacrer son local libéré au détail sédentaire des morues sèches. L'étage qu'ils occupaient aurait dû héberger le ménage de son fils s'il avait eu la sagesse d'abandonner la pêche avant de se noyer.

Rafaela aidait son père dans son commerce et tenait la maison. Elle portait des seins menus sous une blouse blanche vaporeuse. Son tablier brodé de fleurs personnalisait une jupe en laine rouge gonflée par une superposition de jupons tombant à mi-mollets. Elle vivait bras et pieds nus et hâlés. Un foulard coquet empaquetait ses cheveux courts d'un châtain sombre, ce qui surprit François, habitué aux nattes blondes des Normandes. Ils s'étaient aussitôt plu tels quels. La senhorita Rebelo préparait leurs repas et entretenait leur logis, étant entendu que, hors de la morue qu'elle savait accommoder de plus de trois cents façons, toute fantaisie, viande ou autre poisson, devait lui être apportée par leurs soins. *Bacalhau* fut le premier mot retenu par François.

Il s'était mis à la pratique du portugais avec le concours bénévole de Rafaela. Elle engrangeait manifestement le français plus vite qu'il ne maîtrisait la langue de Camões mais ses progrès étaient encourageants. Jusqu'au jour où une incursion malencontreuse de Tio José en pleine séance de travaux pratiques dans le grenier chaud et tranquille avait mis fin à coups de morue verte à ces cours particuliers bien utiles. Jean avait alors décidé premièrement que leurs conversations se dérouleraient exclusivement en portugais, deuxièmement que, pour acquérir un accent acceptable et un vocabulaire d'usage courant, François serait dans la rue à l'aube au retour des pêcheurs et qu'il s'y ferait des amitiés linguistiques. Il se frayait donc chaque matin un chemin coloré et bruyant entre les étals et les commères de la rue de São Pedro, traversait la placette de São Rafael où l'on voyait encore une tour du rempart arabe, traversait le vieux quartier juif et arrêtait sa course rue des Bacalhoeiros.

Un hôtel étonnant s'y était élevé. Propriété des descendants du grand Albuquerque, ce qui était en soi remarquable, les pierres de sa façade étaient taillées à facettes comme des pierres précieuses. On l'appelait la *Casa dos Bicos,* la maison des pointes. Ou des diamants parce qu'elle ressemblait, selon ce que croyaient savoir quelques riverains avertis, à un palais diamanté de Ferrare. L'étrangeté de cette construction lui valait un attroupement presque permanent de Lisboètes. Ceux qui en avaient le loisir dans les autres quartiers arrivaient en visite. Ils voyaient dans cette curiosité une matérialisation ornementale des joyaux serrés dans les chambres fortes de la Maison de l'Inde.

Les Armazéns. Selon la rumeur les rais de lumières tombant de vasistas quadrillés par des barreaux laissaient deviner dans la pénombre des entrepôts interdits des monceaux de trésors, l'ivoire en buissons, la nacre et les perles à pleins couffins. La beauté de l'Orient s'était cristallisée là, disait-on, comme au cœur d'une géode. Diamants, pierres fines et cristaux fabuleux s'échappaient des coffres et roulaient par terre à peine leurs couvercles de fer étaient-ils libérés de leurs verrous.

On se regardait d'un air entendu en apprenant que parmi les quelque quatre-vingts membres de son personnel, gardiens, secrétaires, magasiniers, peseurs, priseurs, notaires, manutentionnaires, comptables et juristes, la Casa entretenait deux joailliers occupés à plein temps par les gemmes, l'ambre, le corail et le musc.

Les étrangers exclus de ce secret d'État découvraient la prospérité de la nouvelle capitale du monde dans le quartier de la Baixa. La Rua Nova dos Mercadores, la nouvelle artère commerçante, traversait la ville basse d'un trait étonnamment rectiligne, étirant sur plus de quatre cents pas son large pavement d'empedrado dont les motifs décoratifs noir sur blanc paraient le sol comme un tapis. L'ordonnance inusitée des façades à étages sur arcades, le revêtement de pierres de la rue étaient d'une nouveauté architecturale stupéfiante. Une sorte de retour à l'ordre minéral romain, du temps où Lisbonne était Felicitas Julia, un castrum dédié à Jules César dont on trouvait encore des bribes à l'Alfama. Les étalages de la Rua Nova étaient dignes de cet écrin dont les pierres de taille étaient venues à grands frais des carrières de Porto. Comme une récompense de ses efforts et de ses larmes, la Reine du Tage était un fabuleux bazar.

Dans l'ombre des échoppes des orfèvres, des lapidaires, des ébénistes, des peaussiers et des marchands de curiosités mirobolantes, les tissus peints en balles et en rouleaux, les tapis, les métaux précieux, les bois tropicaux, les pierres dures, les coquillages, le corail, les objets d'art et les meubles indiens délicats, toutes choses et matières étaient surprenantes, merveilleuses à voir et à caresser, luisantes, résonnantes, sonnantes, éclatantes de couleurs et de sons acides ou graves, clairs ou mats. Jean convenait que Paris n'offrait aucune artère aussi spectaculaire aux chalands. Cette mise en scène hallucinante à portée du tout venant matérialisait la démesure de l'œuvre du peuple portugais et l'ampleur de sa réussite.

François traînait inlassablement le long de la Rua Nova, abasourdi chaque fois de l'alignement sans discontinuité d'un exotisme luxueux. Les olives vertes confites en saumure aromatisée aux herbes et au piment, les noires Kalamata de Grèce étaient déjà une curiosité fabuleuse pour un Normand ordinaire, comme les dattes Mejhoul venues des palmeraies du Maghreb par pleins paniers. C'était peu devant la richesse du monde rassemblée sous les arcades. Elle semblait s'être lovée à leur ombre pour libérer ses saveurs, ses couleurs, toutes les vibrations perceptibles par chacun des sens. Il caressait avec la même émotion sensible les robes de soie et les tuniques de satin douces à la vue, onctueuses au toucher. Il comptait et recomptait les porcelaines peintes au bleu de cobalt de fleurs, de pagodes et d'animaux gracieux. Le plus éblouissant peut-être pour François était que ces décors inimaginables confirmaient les enluminures des portulans. Les cartographes dieppois peignaient par ouï-dire ce que les artistes potiers chinois représentaient effectivement de leur pinceau parce qu'ils le voyaient de leurs yeux. L'émule de Guillaume Levasseur bouillait de ne pouvoir rapporter aussitôt cette confirmation à Dieppe. La Chine fabuleuse se montrait avec complaisance sur les aiguières et sur les vases enfouis jusqu'au col dans de la balle de riz. Sur les assiettes, les coupes et les bols, encore groupés en lots de douze par des liens de raphia ou de fibres de coco. Ces simples ficelles le fascinaient plus encore que les objets qu'elles rassemblaient, parce qu'elles avaient été nouées à l'autre bout du monde dans les comptoirs de Macao. Elles lui transmettaient les gestes simples de mains à tout faire, et cette banalité donnait vie à ce rassemblement d'objets trop précieux.

À force de revenir, il s'était lié d'amitié avec un marrane dont l'épicerie ouvrait sous l'une des premières arcades de la rue. Là, le poivre, le girofle, les noix de muscade en sacs ou en jarres de terre vernissée saturaient l'odorat. Le Majorquin parlait un français mêlé de catalan. Il avait la particularité d'être issu d'une famille de cartographes apparentés au grand Mecia de Viladestes. Cette filiation avait aussitôt renforcé une amitié réciproque. Il portait lui aussi sur la profession le jugement désabusé de Guillaume Levasseur. Le bannissement des juifs d'Espagne avait dispersé en 1492 la communauté majorquine. Son père s'était converti avec l'espoir de réveiller la tradition familiale éteinte mais il avait fermé l'atelier de Palma peu après l'annexion du Portugal par Filipe Premier. Il avait compris que son art était sinistré et que l'on pouvait après tout faire fortune plus sûrement en négociant les produits des Indes qu'en dressant des cartes marines pour s'y rendre. De toute façon, sa science dépassée ne savait rien des océans. Rafi s'était installé à Lisbonne. Il avait pris le commerce à la mort de son père. Son entreprise florissante desservait maintenant par cabotage Alicante, Barcelone et tout le littoral jusqu'à Narbonne.

Les épices matérialisaient le rêve indien de François. On connaissait bien sûr le poivre à Dieppe comme un produit extrêmement coûteux. Ses vertus gustatives et thérapeutiques le rendaient utile sinon indispensable. L'exotisme venait à Lisbonne de sa multiplication. Au lieu de compter du doigt quelques-uns de ces grains fripés conservés jalousement dans les cuisines normandes, il éprouvait un plaisir tactile à plonger ses deux bras jusqu'au coude dans l'opulence des couffins de poivre, comme il l'aurait fait dans un vulgaire sac de blé. Il s'imbibait des Indes, expliquait-il à l'épicier. Sa culture des parfums végétaux s'était formée aux arômes des simples, thym, sauge, fenouil, laurier ou estragon. Comparées à la râpure insistante des muscades, les plus prégnantes des herbes des cuisinières comme le basilic ou le romarin étaient loin d'avoir la puissance des épiceries indiennes. Le fruit du giroflier était plus exceptionnel encore, puisqu'il gardait le souvenir du clou unique qu'un notaire de Rouen avait sorti un matin de son mouchoir dans l'atelier de Guillaume. Ils se l'étaient passé précautionneusement de main en main, chacun le posant à son tour au creux de sa paume, comme ils auraient reçu une hostie, pour le flairer soigneusement avec une gravité initiatique. Dans l'échoppe du Majorquin, les clous étaient en tas assez imposant pour submerger le goût rien qu'à se lécher les lèvres. François comprit au fil de ses visites à la Rua Nova que l'on pût accepter des morts par myriades pour accomplir obstinément un dessein aussi démesuré.

Le parquet en bois ciré rouge de la vaste pièce semblait s'excuser d'apparaître ici et là sous les tapis de Chine et de Perse presque jointifs, mais tout ce luxe était éclipsé par la statue dorée qui leur faisait face. Entre les deux portes-fenêtres qui donnaient sur le Tage, une statue plus grande que nature semblait les appeler d'un signe aussi énigmatique que son regard filtrant entre des paupières bridées. Posée sur un socle en ébène en forme de fleur de nénuphar, elle était coiffée d'une manière de tiare pointue et bizarrement accoutrée depuis une veste longue ajustée dont les épaulettes étaient recourbées en griffes vers le ciel jusqu'à un simple caleçon drapé entre ses jambes nues. François comprit au premier regard que l'Asie était là devant lui, à son aise, ayant pris possession de ce cabinet de travail lisboète. Il sentit que cet ambassadeur androgyne costumé de façon ridicule le jaugeait sans aucune sympathie, comme un petit homme négligeable. La gêne lui fit détourner les yeux.

Sitôt leur arrivée, Jean s'était employé à retrouver Antonio Saldanha et Pedro César afin de réactiver la reconnaissance éternelle qu'ils lui avaient jurée à Marrakech. Saldanha passait l'hiver près de Faro en Algarve mais l'apothicaire comptait surtout sur Dom Pedro, malencontreusement parti inspecter ses fermages dans l'Alentejo. Dès son retour à Lisbonne, le fidalgo était intervenu avec chaleur auprès du provedor, qui avait aussitôt accepté de recevoir celui à qui son frère devait la liberté. L'audience avait été fixée au lundi 9 janvier.

L'officier qui les accompagnait leur désigna de la main un groupe de personnages penchés sur une table et il se retira. Leur tournant le dos face au jour, trois hommes vêtus du même costume ajusté noir et du col blanc tuyauté à la portugaise examinaient un grand parchemin. Leurs silhouettes se découpaient sur des portes-fenêtres ouvrant sur le jardin du palais, au-dessus duquel se profilaient des mâtures et les bigues d'un chantier naval. Le palais royal dont la Casa da India occupait tout le rez-de-chaussée fermait à l'est le nouvel arsenal. Jean et François attendirent en silence que l'on fît attention à eux, détaillant le grand panneau d'azulejos qui recouvrait le mur opposé à la statue. Le décorateur avait assemblé côte à côte deux paysages en carreaux de majolique polychrome. Le premier représentait Lisbonne vue du Tage. L'autre panorama à vol d'oiseau devait décrire l'île fluviale de Goa.

Le personnage central se retourna, les aperçut et leur fit signe de patienter un instant. L'entretien des officiers de la Casa avait été jusque-là inaudible.

— Je récapitule nos dispositions. Le grand mât fissuré de *Nossa Senhora de Jesus* ne traversera pas l'Atlantique sud sans se rompre. Nous ne disposons pas de mât de rechange fiable, et les pins que nous venons de recevoir de Moscovie sont trop frais pour être ouvrés maintenant. Il est donc impossible de mettre la caraque amirale en état d'appareiller dans des délais convenables. D'après l'état de la liste navale, *Nossa Senhora do Monte do Carmo* pourra être réarmée à court terme moyennant la reprise de son calfatage. Je la donne au vice-roi.

— On l'abattra dès demain en carène.

— Sitôt son carénage terminé, que l'on fasse passer l'équipage, les rechanges et les approvisionnements de la *Jesus* sur la nouvelle caraque amirale. Et les meubles du comte da Feira bien sûr.

Les secrétaires roulèrent le document, s'inclinèrent et passèrent près de Jean et François pour gagner la porte, les dévisageant avec curiosité. Baptista Fernão César tendit alors les deux mains vers eux, son regard hésitant un court instant avant de s'adresser à Jean, le plus âgé de ses deux visiteurs.

— Approche, mon ami. Je te dois d'avoir retrouvé mon frère bien-aimé. Pedro m'a averti que le service que je pourrais te rendre n'équivaudrait pas au centième de celui qui fait de lui ton obligé. Comment puis-je honorer notre dette ?

La tenue austère du provedor était anoblie par la croix de l'ordre d'Avis qu'il portait suspendue à un collier d'argent. Son sourire se dessinait dans une courte barbe carrée très soignée, contredite par des sourcils touffus et des cheveux noirs décoiffés à la diable. Il avait l'allure d'un décideur bienveillant, pressé et exigeant.

Dom Baptista Fernão écarquilla les yeux et inspira longuement en faisant chuinter l'air entre ses lèvres. La requête était au-delà du raisonnable.

— L'embarquement d'un étranger sur une nau d'une armada de l'Inde est soumis au bon vouloir du roi du Portugal.

Agrippé aux bras du fauteuil sur lequel il s'était assis derrière la table de travail, il rejeta sa tête en arrière, s'appuyant la nuque contre la sphère armillaire qui couronnait son haut dossier, symbole de la continuité des découvertes. François se dit qu'il devait être malcommode voire dangereux d'avoir cet ornement glorieux juste derrière la tête.

Le provedor leva les yeux au ciel et se pencha en avant.

— Les passeports pour Goa relèvent en réalité du vice-roi du Portugal par délégation de Felipe Troisième d'Espagne. Je ne parviens pas à prendre acte de notre dépendance et je ne crois pas que je m'y habituerai jamais. Ni aux procédures espagnoles tatillonnes d'un Conseil des Indes qui nous complique la vie.

Il secoua la tête comme s'il chassait une mouche importune.

— Le comte de Castelo Rodrigo vient tout juste de prendre ses fonctions. Nous apprécions de longue date son intransigeance courageuse chaque fois que nos privilèges sont un peu plus menacés. Je me porte garant que le vice-roi signera ton sauf-conduit sur ma recommandation.

— Quelle bonne nouvelle, votre seigneurie !

— Tu n'es pas bienvenu pour autant. Même avec son aval, le blocage viendra d'ici même. De la Casa. Mes officiers sont écorchés vifs par l'intrusion des étrangers dans notre empire. – Il marqua un temps. – Comment t'expliquer ?

Malgré les énormes revenus du poivre, la couronne portugaise n'avait jamais eu les moyens d'amener l'énorme machine indienne à son meilleur rendement. Les Néerlandais venaient tout juste de rassembler des initiatives brouillonnes hollandaises et zélandaises et de fonder une compagnie unique sous contrôle de la ville d'Amsterdam. On commençait à comprendre à Lisbonne que les initiales V.O.C. identifiant la Compagnie unifiée des Indes Orientales martelaient lettre par lettre l'avènement de l'ordre nouveau des marchands luthériens et le déclin annoncé de l'empire. Il n'y avait pas que cela. Dom Baptista leur rappela comment, vingt ans plus tôt, une glorieuse armada espagnole avait traîné sa misère et sa honte tout autour des îles britanniques, se dissolvant dans la tempête, harcelée par les frelons anglais qui la piquaient à mort.

— Cet humiliant désastre fut l'un des signes annonciateurs de la fin de l'hégémonie espagnole sur le Nouveau Monde.

— Ce n'est pas pour vous déplaire, si j'analyse bien vos rapports avec l'Espagne.

— Non bien sûr mais la destruction de la grande armada annonça la naissance d'une nouvelle puissance maritime. Les Stuart s'installent eux aussi en Orient. Ils viennent de fonder une compagnie des Indes. Trop de concurrents nous tournent autour.

L'un des deux assistants entra dans la pièce et s'immobilisa poliment. Le provedor lui fit signe de s'approcher. Les deux hommes échangèrent quelques mots à voix basse. Dom Baptista Fernão acquiesçait de la tête. L'officier regagnait la porte quand il le rappela.

— Manuel ! Va informer dom Afonso de Noronha que nous avons remplacé sa caraque amirale, avant qu'il l'apprenne par les lingères de dona Beatriz.

Jean avait profité de cet aparté pour résumer la conversation à François. Il partageait sa surprise de l'apparente facilité de l'intrusion des Européens du nord aux Indes orientales. Il attendit le moment de reprendre la conversation suspendue.

— Comment cela est-il possible, votre seigneurie ? Si nous en croyons un maître cartographe normand réputé, la science nautique portugaise échappait encore, il y a quelques courtes années, à tous les marins des mers du nord.

— Les Hollandais ne savaient rien en effet il y a peu d'années de la géographie de la mer des Indes.

— Ni encore moins de l'art de naviguer par les étoiles, votre seigneurie.

Le provedor approuva de la tête. Il s'occupait les doigts en manipulant une sphère de Canton en ivoire ouvragé grosse comme une orange, à l'intérieur de laquelle tournaient librement deux boules gigognes. Les artisans du Guangdong étaient fameux pour leur habileté à sculpter dans l'ivoire jusqu'à cinq ou six boules concentriques.

— Maintenant, ils le savent. Notre savoir nautique et les fondements de notre marché commercial nous ont été volés.

Le regard de dom Baptista restait fixé sur sa boule d'ivoire, comme s'il tentait d'y deviner le futur.

— Des milliers de Portugais ont peiné, sont morts de fatigue et de privations pour déverrouiller la route maritime directe vers les Indes orientales.

— J'ai constaté à Dieppe que la communauté des cartographes normands à laquelle appartient mon assistant vous rend hommage, votre seigneurie.

Le provedor fronça le front et leva un regard oblique vers Jean.

— Combien d'humanistes savent cela ? Nous avons prolongé la route des Indes jusqu'en Chine après un siècle d'efforts. C'est l'héritage de la dynastie d'Avis que l'on se prépare à piller. L'œuvre de quatre générations d'initiatives et de courage sans équivalent avant elles. Et qu'aucun peuple ne renouvellera jamais. Voilà pourquoi la Casa abhorre les étrangers. Peux-tu comprendre cela ?

La question n'appelant en réalité pas de réponse, Jean profita du malaise ambiant pour traduire le sens de la conversation à l'intention de François.

— Je t'entends parfaitement, Jean. Je comprends que notre cause est suspendue à l'agitation de Lisbonne, déclenchée par la publication de l'*Itinerarium*. Je connais bien cet énorme ouvrage. Guillaume a couru l'acheter à Paris dès sa parution en latin. Nous en avons écorné les pages à force de les tourner.

En entendant *Itinerarium*, César releva la tête et regarda François à qui il n'avait jusqu'alors pas prêté attention. La publication en latin, la langue universelle, de l'*Itinerarium in orientalem Indiam* de Jan Huyghen van Linschoten avait ébranlé l'Europe. L'ouvrage révélait l'organisation commerciale des Indes. Il désigna François de l'index.

— Ce jeune homme connaît l'ouvrage détestable du Hollandais ?

— Mon assistant fait profession de cartographe, répondit hâtivement Jean, qui se demanda aussitôt si leur hôte allait trouver en lui un interlocuteur intéressant ou le considérer au contraire comme suspect.

Le provedor observait François avec attention.

— Ce Linschoten a fait un patient travail d'espion pendant la douzaine d'années qu'il a passées à notre service. Pour notre malheur, cet homme de mer érudit avait acquis ses entrées au plus haut sommet du vice royaume des Indes.

— Comment cela a-t-il été possible ?

— Il a tout simplement trahi l'affection que lui portait l'archevêque de Goa. Dom Joào Vicente da Fonseca en avait fait son secrétaire particulier pendant les cinq années de son épiscopat.

François réagit vivement, sitôt la phrase traduite.

— Un pilote hollandais secrétaire de l'archevêque des Indes ! Introduit dans les secrets d'État ! Comment peut-on être aussi stupide ou aussi ingénu !

Dom Baptista Fernão esquissa un sourire devant le geste de confusion de l'apothicaire.

— Inutile de traduire *estúpido* ni *ingénuo*. Disons que sa seigneurie accordait une confiance chrétienne trop généreuse à son secrétaire.

François demanda à Jean de transmettre à leur hôte l'objection que cette fuite était fort dommageable sans doute mais que l'*Itinerarium* n'était pas un manuel de navigation au long cours. Là résidait le plus gros du problème. Le provedor opina de la tête.

— Ton ami a raison mais ce n'est pas tout. Des manigances d'agents étrangers permettent périodiquement des divulgations des secrets d'État. Il y a une centaine d'années, ici même, dans cette maison, une copie du padrão real tenu à jour par le cosmographe-major grâce aux journaux des capitaines a été dérobée à l'intention d'Hercule d'Este, duc de Ferrare, malgré les gardes, les verrous, les armoires de fer et les cadenas de l'atelier des cartes.

Frappant le bras de son fauteuil de la pointe de son index, dom Baptista Fernão prit le temps de laisser son visiteur se préparer à ce qu'il allait lui annoncer.

— Mon ami, au risque de te décevoir, je ne chercherai pas à contourner le barrage d'une xénophobie exacerbée par trop d'importunités. L'humiliation des officiers et du cosmographe major de la Casa légitime leur hargne. Je la respecte.

Le provedor laissa un instant Jean à sa déception puis il repoussa brusquement son siège et se leva. Il alla vers Jean et posa sa main sur son épaule.

— Comme mon frère Pedro, je suis maintenant ton débiteur. Parce que tu l'as arraché des griffes des Maures, je te promets de rechercher une meilleure idée.

Le palais royal dont ils sortirent étirait trois étages de loggias et de galeries perpendiculairement au fleuve sur lequel il s'achevait par une tour carrée dans l'esprit de la Renaissance. Ses arcades abritaient les échoppes, les étals et les épiceries d'un petit bazar.

Jean et François cheminaient à travers les embarras du terre-plein, encombré d'amoncellements de matériaux de construction. Du côté opposé au palais, à côté d'un grenier à grains, on achevait une nouvelle douane, et toute l'esplanade était en cours d'embellissement. En bordure du Tage, la Ribeira avait été longtemps un arsenal au cœur de Lisbonne. Quand l'énormité des nouvelles caraques avait obligé à déplacer les quais d'armement vers des eaux plus profondes en aval, l'esplanade avait été colonisée par les marchés hebdomadaires au bétail et les foires aux chevaux. Promue place royale par Filipe Premier, on travaillait à sa domestication par un plan d'urbanisme soucieux de majesté.

Jean s'arrêta pour souffler et hocha la tête, les mains sur les hanches. Du côté opposé au Tage le front de ville se dressait comme un rempart contre le désordre de la Ribeira. Un alignement de hautes maisons de pierres blanches, les unes juchées sur des arcades, les autres couronnées par des loggias, répondait assez harmonieusement à la longue façade du palais.

— Je reconnais qu'aucune esplanade au monde ne sera aussi propice aux fêtes que celle-ci.

— J'ai peine à croire qu'il n'y a pas d'aussi belle place à Paris.

— Pas encore. Henri vient tout juste d'ordonner de raser le marché aux chevaux du Marais pour y établir une place carrée de noble architecture sur des arcades formant galeries.

Jean promenait un regard circulaire sur le chantier confus.

— Vois-tu, François, Lisbonne se donne une figure avenante mais elle est décidément renfrognée et suspicieuse. Il est clair que dom Baptista Fernão ne pourra vraiment rien pour nous malgré sa sympathie.

Ils firent un long détour à travers la Baixa, pour ne pas se retrouver trop vite en tête à tête avec leur désappointement.

Une semaine plus tard, un officier vint demander Jean Mocquet et lui fit savoir que le vice-roi souhaitait le recevoir au plus tôt. Le cinquième comte da Feira était un homme bouffi plutôt que gros, d'allure maladive mais noble, dont le visage translucide émergeait comme une monnaie-du-pape de son col de dentelle. Son aisance à pratiquer le portugais, ses références royales et ses connaissances rares en médecine et en herboristerie firent obtenir à Jean la faveur exceptionnelle d'être réclamé par le futur vice-roi des Indes à titre d'apothicaire personnel. François fut engagé au titre d'assistant. Cette décision ne laissait aucun recours aux fonctionnaires de la Casa. Le provedor avait tenu parole.

Depuis cette victoire inespérée, les deux Français attendaient dans une oisiveté impatiente la constitution de la flotte. Pendant leurs heures de plénitude contemplative sur leur toit, ils s'interrogeaient quelquefois sur la légitimité de leur aventure. Pourquoi diable s'obstinaient-ils à vouloir partir à tout prix ? Lisbonne leur proposait des perspectives infinies. Malgré la méfiance envers les étrangers, ils y étaient nombreux, surtout les Génois. L'expérience professionnelle de François lui donnait de bonnes chances d'assurer comme eux sa fortune dans l'atelier d'un cosmographe ou d'un fabricant d'instruments nautiques. Jean trouvait quant à lui dans ce caravansérail de la route des Indes matière à des connaissances nouvelles. La ville était fascinante par sa capacité d'assumer les preuves de son passé sous sa modernité impérieuse. Forts de leurs relations, ils y avaient l'un et l'autre leur place. Au fil des jours, ils avaient compris que leur débat était de pure forme. Ils étaient déjà en route.

La méthode d'imprégnation de portugais portait des fruits encore verts. François faisait lentement des progrès qu'il vérifiait de temps à autres auprès de Rafaela lors d'entretiens de contrôle sur les plages bordant le Tage quand perçait le printemps. Et puis l'arrivée annoncée des beaux jours fut contredite par le retour d'un temps atlantique exécrable. La serra de Sintra semblait définitivement perdue dans les nuages. Leurs écharpes ressuscitaient les oriflammes au sommet des tours ruinées du vieux château des Maures et faisaient fumer les cheminées démesurées du palais d'été dont Manuel Ier avait fait une nouvelle Alhambra. Leurs lambeaux s'accrochaient aux ferronneries des quintas désertées. Les villas de la saison caniculaire étaient abandonnées derrière leurs volets clos à la froidure, à l'humidité, aux mousses et aux scolopendres. Sintra était sombre et trempée, sous ses frondaisons centenaires portées par des branches torturées laquées de noir par la pluie comme des dragons chinois. Les vents d'ouest rageurs sautaient par-dessus la serra et fondaient sur Lisbonne. Des grains drus transformaient alors les ruelles pentues d'Alfama en ruisseaux boueux de montagne qui maculaient le Tage de traînées ocre, et balayaient la mer de Paille jusqu'à cacher la rive de Cacilhas.

La saison favorable au voyage de la flotte tirait à sa fin car dans quinze jours au plus elle perdrait tout espoir de s'accrocher à la mousson d'été dans le canal de Mozambique. On s'en préoccupait au palais royal, on se rongeait les poings à la maison de l'Inde, on s'énervait à bord des navires en attente et l'on priait à la cathédrale.

Le vent tomba enfin, puis consentit à s'établir de l'est, portant au large. Sous le ciel débarrassé de ses nuées et redevenu bleu, Lisbonne se mit d'un coup à frémir quand la nouvelle se répandit en volant le long des trottoirs depuis la Baixa jusqu'au Bairro Alto que le Leste soufflait sur le Tage. L'appareillage de la flotte fut immédiatement fixé au surlendemain samedi 29 mars à la marée descendante du soir. Le risque était maintenant si grand de manquer la mousson que, par crainte d'une nouvelle foucade du vent, on renonça au jour de plus qui aurait placé l'appareillage de l'armada sous le signe de Pâques. Elle n'avait plus un seul jour à perdre. Même celui du Christ ressuscité. La ville se divisa à s'en invectiver sur ce choix laïc qui embarrassait les prêtres.

La capitale était à longueur d'année une vaste manufacture préparant l'armement prioritaire des armadas. Charpentiers, menuisiers, forgerons et ferronniers, fondeurs, calfats, cordiers, voiliers mouillaient leurs chemises à entretenir, réparer, caréner, armer les naus, caraques, galions, flûtes de charge, caravelles et galères, tous ces navires qu'il fallait tenir prêts à contribuer, selon leur rang et leur vocation, à l'entreprise portugaise. Prêts à maintenir coûte que coûte sa plus noble composante : la *Carreira da India*, la ligne de l'Inde. Il fallait continûment construire de nouveaux navires car la fortune de mer et la fatigue des carènes dans les mers australes décimaient les flottes. La tâche était si lourde que les Lisboètes semblaient devoir se contenter des reliefs de leurs grandes naus. Hors des maçons, carriers, couvreurs et tailleurs de pierres inutiles aux chantiers navals, tous les corps de métiers du fer, du bois, du lin et du chanvre travaillaient d'abord pour les Indes. Les sécheries de poissons, les biscuiteries, les abattoirs et les confiseries par salaison transformaient à longueur d'année farines et vivres frais en denrées de conserve pour la Carreira. Dans les faubourgs, les mulets roulaient pour elle les meules sur les olives des moulins à huile, et les tonneliers rêvaient d'outre-mer en assemblant leurs douves à grands coups de maillet. Le contraste était saisissant entre les marchés populaires volubiles et colorés approvisionnés chaque jour en légumes, en fruits, en viandes et en volailles, et le silence comptable, sombre et recueilli des chais et des magasins aux vivres pour le long terme des mois de mer à venir. Malgré la fébrilité du départ proche, on y ressentait déjà la gravité du grand voyage.

L'apothicaire royal rendait des visites régulières à la maison de l'Inde, soucieux de prévenir les malveillances et les traîtrises. Il avait accompli depuis longtemps les formalités de leurs passeports avant la cohue déclenchée par l'ordre d'appareillage immédiat. Sauf lorsque le provedor ou dom César accompagnaient personnellement ses démarches, il était accueilli de mauvaise grâce. Sur l'ordre exprès de dom Baptista Fernào, l'apothicaire de la Casa lui remit contre décharge l'objet de ses fonctions : une botica, le coffre compartimenté contenant les drogues et les potions courantes nécessaires sinon suffisantes à l'exercice de ses responsabilités de médecin du vice-roi. Deux cruzados d'or, deux réales d'argent et trois sacs de cinquante réis de zinc constituant ses sept mille cinq cents réis d'appointements lui furent poussés du bout du doigt par un comptable dont l'obséquiosité outrée jusqu'à la parodie dénonçait la fureur rentrée. Ce salaire couvrait dix mois de traitement du personnel attaché directement au capitaine-major. Le barbier qui exerçait les fonctions de chirurgien recevait sept mois d'avance avant le départ pour Goa, et les autres gens de la maison quatre voire trois mois seulement. Jean s'amusa à imaginer que le comte da Feira avait pris soin de se garantir, en payant d'avance, une survie au moins aussi longue que la charge de son médecin personnel.

Margarida, sa tante, leur servante Carmen et leurs malles de cuir embarquèrent le lendemain dimanche à Cacilhas sur une barque qui traversa le Tage pour les conduire à bord de *Nossa Senhora do Monte do Carmo*. L'énormité de la caraque les affola quand elles accostèrent la muraille sombre qui les plongeait dans l'ombre. Devant leurs yeux, d'étroits parallélépipèdes de bois larges de quelques doigts dessinaient sur la coque une échelle virtuelle se perdant vers le ciel. Tout cela montait et descendait, ou semblait monter et descendre parce que la barque s'était mise à rouler sous leurs pieds.

— Mon Dieu ! Devrons-nous escalader cette montagne et nous rompre les os avant même de partir ? Je n'aurai pas la force de grimper à bord, Margarida.

— Moi non plus ma tante mais je vois descendre vers nous ce que je suppose être un secours charitable.

Les passagères furent en effet enlevées dans les airs l'une après l'autre et déposées sur le pont par la chaise suspendue destinée aux hôtes de marque, hissée à force de bras par des gabiers. Pendant leur ascension, Margarida retrouva avec nostalgie la balançoire de son enfance, Zenóbia ferma les yeux et récita un *Ave Maria* et la jeune Carmen claqua des dents.

La pièce dans laquelle elles entrèrent était meublée de six lits de sangles superposés se faisant face trois par trois. À leurs pieds, deux bancs étaient jetés de part et d'autre d'une table suspendue par des courroies de cuir. Comme tous les meubles ingénieux des postes d'équipages, on pouvait la relever au plafond et l'y maintenir par des taquets pour dégager l'espace quand elle ne servait pas. Un lanterneau large de deux mains ouvrant sur le pont du gaillard laissait tomber une lumière joyeuse qui s'efforçait d'égayer l'indigence de cette cellule. Bien qu'étant prévenue de l'austérité monacale des navires au long cours, Margarida se cacha les yeux des deux mains quand elle découvrit leur demeure. Zenóbia de Galvão interpella l'homme qui les avait conduites jusque-là le bonnet à la main.

— Mon Dieu ! Voyons les autres pièces.

— Quelles autres pièces ?

— Serait-ce là tout notre appartement ?

— Oui, senhora.

Leur guide était abasourdi. Son regard allait et venait de la dame furieuse à la belle chambre dont elle ne voulait pas.

— Je vous assure, senhora, que vous êtes les privilégiées de cette nau ! À part le capitaine et l'entourage du capitaine-major, il n'y a pas de meilleur gîte.

— Prétendez-vous vraiment que nous allons rester confinées ici ma nièce et moi pendant plusieurs mois ?

— Je le crains, senhora. Je serais étonné que sa seigneurie trouve meilleur logement que celui-ci qu'il vous a destiné.

L'homme se racla la gorge.

— C'est une chambre pour six personnes.

— Vous n'allez pas me dire que nous devrons la partager avec...

— Si, senhora. Quatre dames vont embarquer tantôt. – Il était finalement un peu peiné par sa détresse. – Vous serez ici entièrement chez vous. Vous y serez tranquilles et surtout vous pourrez vous y enfermer à l'abri.

— Nous enfermer ? Ne le sommes-nous pas déjà à bord de ce navire ? Et à l'abri de quoi, grand Dieu ?

— Votre servante ne sera pas autorisée à coucher dans la coursive devant votre porte comme les esclaves mâles et les valets. Elle devra chaque soir rejoindre le quartier des femmes. Votre porte ne sera donc pas gardée.

— Serions-nous à la merci de pirates ? Des sauvages prendraient d'assaut cette forteresse flottante ? Vous plaisantez !

— Aucun bateau ne peut être plus sûr que la population qu'il transporte, senhora. Et les navires de la carreira emmènent en Inde le Portugal tout entier, depuis les fidalgos jusqu'aux chemineaux. Le plus dangereux n'est d'ailleurs pas forcément le va-nu-pieds.

Zenóbia resta les bras ballants, les larmes aux yeux. Elle insista d'une voix blanche.

— Ce réduit infect manque d'air. Je paierai votre prix mais il faut absolument nous mettre ailleurs.

— Senhora, partout ailleurs c'est pire. Vous n'aurez qu'une échelle à gravir pour atteindre le gaillard et y respirer l'air de la mer. Vous êtes vraiment chanceuses, je vous l'assure. Je m'appelle João Luis pour vous servir. Vous pourrez me faire chercher aux abords du mât d'artimon quand vous aurez besoin de moi. Je n'en serai jamais très loin.

François et Jean plongèrent leurs visages dans l'eau bienvenue d'une vasque en marbre blanc émergeant comme un
nymphéa d'un sol limoneux encore gorgé des pluies récentes.
La carriole dont ils venaient de sauter entre le Tage et le très
long mur d'un couvent les avait bringuebalés depuis le largo
de São Raphaël au pied de l'Alfama. Elle s'était aussitôt remise
à cahoter imperturbablement vers l'ouest, et les dos de leurs
anciens compagnons de route adossés, couchés, assis ou
accroupis sur leurs ballots selon la relativité de leurs fortunes,
ne réagirent pas à leur adieu de pure forme quoiqu'à grands
gestes de bras.

— À se revoir ! *Adeus ! Felicidades !*

— Ils devraient être joyeux à l'idée du formidable voyage
qu'ils vont entreprendre tout à l'heure, mais regarde-les ! Ils
sont déjà rentrés en eux-mêmes, comme s'ils suivaient leur
propre enterrement.

— Ils le suivent, François. C'est la mort qui conduit cette
charrette. Les Bretons redoutent de voir passer sur la lande
la charrette aux essieux grinçants dont l'Ankou, la mort, tient
les rênes, debout, la faux dressée. La moitié peut-être des
passagers de ce char à bancs dont nous faisions partie il y a
un instant ne reviendront jamais à Lisbonne. Peut-être plus,

peut-être moins. Le destin hésite encore à faire son choix. Toi ? Moi ? Nous deux ?

— Ni l'un ni l'autre ?

— C'est possible aussi.

— C'est au moins une hypothèse à privilégier. Ils ont peur parce qu'ils sont sages mais leur espoir est grand de rentrer riches. Et sur ce point, peut-être sont-ils fous. – Jean afficha un air désinvolte – D'où venons-nous ? Où allons-nous ?

— *Donde vêm ? Onde vão ?*

— Bien François ! Tu es en progrès.

Autour d'eux, des femmes portant uniformément la jupe rouge, le chemisier blanc et le boléro noir traditionnels comme si elles s'étaient échappées d'un pensionnat jacassaient continûment, sous le prétexte de remplir leurs jarres aux griffons de la fontaine.

— Je t'ai heureusement convaincu de voyager légers pour que nous puissions nous arrêter ici, d'où nous rejoindrons sans peine le Restelo.

— Oui, Jean. Sauf que, nos coffres ayant disparu dans l'immensité de l'Empire lusitanien, nous serons réduits à séduire les élites et les belles Goanaises vêtus de nos seules chemises élimées, plus imprégnées de sueur que le Saint Suaire. Je suis convaincu que nos hardes sont déjà bradées par les revendeurs furtifs de la place du palais.

— Nous appartenons tous les deux à la maison du vice-roi des Indes. Cela accorde à nos bagages et à mon coffre de drogues un sauf-conduit aussi sûr qu'une escorte militaire. Et puis j'ai toute confiance en la diligence de Pedro César.

— Tu nous as fait trimballer dans une carriole de paysan. Rafaela s'est étonnée que nous ne rejoignions pas le Restelo en barque, comme tous les gens de bonne condition. Veux-tu m'apprendre l'humilité ?

— Je ne t'ai pas jeté ici dans la boue pour te permettre de te rafraîchir la tête dans l'eau miraculeuse qui semble entretenir la gaîté de ces femmes.

— Elles sont bien joyeuses, comparées à nos compagnons de voyage ! Seraient-elles des sirènes placées là pour détourner

les voyageurs de leur destin ? Ces passagers ont-ils eu tort de
ne pas retirer les bouchons de cire de leurs oreilles ?

— Ils le sauront bientôt, François. Et nous aussi.

Mocquet prit son compagnon par l'épaule et le fit pivoter
sur lui-même.

— Le monastère des Hiéronymites de Belém !

François prit le temps d'apprécier.

— Somptueux, j'en conviens.

— Plus que ça. Grandiose. Tu ne pouvais raisonnablement risquer la mort sans avoir consacré quelques instants à
l'admiration propitiatoire de ce joyau. Il mérite l'hommage
de quelques minutes du sablier de ta vie résiduelle qui s'écoule
maintenant inexorablement. Manuel l'a érigé en action de
grâce pour la magnifique découverte de la route des Indes,
dont tu entends aujourd'hui profiter sans la mériter en rien.

— Jean !

— Je te provoque bêtement, et je t'en demande pardon.
Je me suis porté garant du bien-fondé de ton aventure.

Il feignit une solennité de prétoire.

— Moi, Jean Mocquet, apothicaire et conservateur du
cabinet des singularités du roi Henri Quatre de France,
j'accorde aujourd'hui, veille de Pâques de l'année 1608, à
François Costentin – Il leva le doigt en regardant à la dérobée
– Notez greffier. C, o, s, t, e, n, t, i, n, natif de Dieppe,
arrière-petit-fils de Robert Costentin, armateur, ma protection pour que lui soit donné le privilège de poser le pied sur
le sol indien.

Il fit un pas sur la droite.

— Quelle noble action justifierait cette sollicitude ?

Il reprit sa place d'un pas à gauche.

— Eu égard à son implication dans la réflexion novatrice
des ateliers dieppois à la recherche d'une explication globale
de la Terre. Eu égard aux efforts des cosmographes qui pré-
tendent, au creux douillet de leurs cabinets, mettre en ordre
le monde selon de meilleures idées que les navigateurs qui
s'échinent à le découvrir à grands périls.

François s'amusa de constater le plaisir que prenait son compagnon de voyage à ces postures théâtrales. Ils rirent en s'asseyant côte à côte sur la margelle de la fontaine, les pieds ballants, face au monastère qu'ils découvraient sur toute sa longueur. François fit remarquer à Jean qu'en se préoccupant de sa bonne espérance, il ne faisait que prier pour le succès de la sienne, puisque leurs sorts seraient liés. Au moins dans une certaine mesure car ils étaient déjà convenus que les Indes se mériteraient chacun pour soi.

João Iᵉʳ avait été stupéfait quand les infants lui avaient demandé la permission de marquer leur entrée en chevalerie en allant convertir en église la mosquée de Ceuta sur la rive maghrébine du détroit de Gibraltar. L'esprit de la reconquête achevée deux siècles plus tôt mobilisait toujours les jeunes fidalgos pauvres en quête d'aventures héroïques. Ils trouvaient ressources bienvenues et plaisirs virils à la course contre les pirates maures à l'ouvert du détroit mais les provocations des musulmans ne constituaient pas des motifs suffisants pour déclencher une opération militaire en Afrique.

— C'est si loin ! avait rétorqué le roi.

Les infants avaient insisté. Après un an de préparatifs, la flotte s'était éparpillée au cours d'une traversée laborieuse mais l'étendard de l'infant Henrique était entré dans Ceuta le 21 août 1415. L'Afrique était devenue moins lointaine, au point de suggérer d'en faire le tour pour atteindre les Indes. Les Portugais s'attendaient à un cabotage d'une longueur inusitée. Comme tous les Européens, ils ignoraient la haute mer en ce temps, sinon quelques morutiers valeureux qui avaient d'autres chats à fouetter que l'Afrique. Le premier obstacle était le cap Bojador qui gardait la mer des Ténèbres à la latitude des îles Canaries. Nul ne l'avait jamais franchi. L'infant Henrique avait lancé navire après navire. Leurs capitaines, tous de fière lignée, renonçaient, effrayés de courir non à leur mort qu'ils offraient à l'infant, mais à leur suicide. Le verrou mental avait cédé dix-neuf ans après la prise de Ceuta, ouvrant enfin la route au long de l'Afrique, encore que l'on n'eût encore aucune idée de sa dimension. Avait-elle

d'ailleurs une fin ? Ptolémée le niait, qui rattachait l'Éthiopie
à un continent austral d'équilibre du monde, mais une carte
vénitienne inspirée des Arabes affirmait au contraire que la
mer Atlantique et la mer des Indes étaient en communication.
Les Portugais avaient atteint l'équateur. Contrairement aux
rumeurs, l'eau n'y bouillait pas en tourbillons furieux. Au
contraire, des calmes désespérants engluaient les navires et il
y pleuvait beaucoup. Bartolomeu Dias avait découvert le cap
de Bonne Espérance dix-sept ans plus tard. Et dix ans après
cet exploit, Vasco de Gama était enfin parvenu à Calicut,
quatre-vingt-trois ans après la prise de Ceuta. Quatre générations humaines. Dom Manuel avait fait porter un message
gourmand aux Rois Catholiques.

*Nous vous faisons savoir avec grand plaisir que nos navires
ont navigué sur la mer des Indes et qu'ils ont découvert Calicut
et d'autres royaumes circonvoisins. Ils y ont visité des cités
immenses et très peuplées, construites de riches palais. Ils y ont
fait la traite des drogues et des épiceries les plus rares et des
pierreries des plus belles eaux.*

Isabelle de Castille et Ferdinand d'Aragon avaient verdi de
rage. À cette époque, les Indes espagnoles découvertes grâce
au raccourci de Colomb n'étaient encore que des friches
malsaines. Les hidalgos en quête de la fortune promise par
l'amiral pataugeaient dans la boue. Les palais aux toits d'or
n'étaient que de misérables cases couvertes de feuilles. Les
coquilles qu'ils fracassaient avec hargne ne livraient pas la
moindre perle mais des mollusques insipides. Les quelques
fragments d'or battu arrachés aux nez et aux oreilles de naturels terrifiés ne pesaient guère plus que les moustiques qui les
importunaient par millions. Qui était le plus fou, de l'amiral
illuminé qui les avait attirés là-bas en croyant voir ce qu'il
ne voyait pas, ou de ceux qui l'avaient cru car il disait ce
qu'ils voulaient entendre ?

Le Portugal avait gagné la course vers les Indes. Les flottes
y partaient désormais chaque année de Restelo. Dom Manuel
avait décidé d'ériger un sanctuaire hors les murs de Lisbonne,
à moins de deux lieues de la mer, au plus près de la plage

où l'on rassemblait les passagers. Il serait plus qu'un oratoire pour voyageurs inquiets : un espace de gratitude et de foi digne des cathédrales. Aussi grandiose que la basilique Saint-Marc, le monastère des Hiéronymites serait aussi en résonance avec les églises blanchies à la chaux que l'on commençait à bâtir pour le Christ à l'autre bout du monde. À l'emplacement d'un ermitage fondé par Henri le Navigateur, le monastère voué à saint Jérôme faisait la synthèse de toutes les richesses de l'art gothique, de la Renaissance, du baroque et du style manuélin, métissant les influences française, espagnole et lusitanienne dans une surprenante boulimie.

Dans le flou du grand beau temps qui faisait évaporer l'humidité du sol, on devinait la mer derrière le bosquet indistinct des mâtures de la flotte au mouillage que structurait le rectangle vertical translucide de la Tour de Belém. Cavaliers, carrioles et mulets chargés de ballots passaient continûment. La plupart des voyageurs qui défilaient devant eux étaient des gens de la terre, comme en témoignaient leur costume de velours, la couverture bariolée jetée sur leur épaule et le long bâton des piétons. Les marchands vêtus de sombre passaient sur des charrettes, couvant leurs marchandises d'échange d'un air important. Ils attendaient depuis plusieurs semaines à Lisbonne l'ordre d'embarquer, leurs cruzados entortillés autour du ventre ou pendant comme un gros testicule sous leur manteau. Certains d'entre eux, venant des provinces septentrionales du Douro ou des Beiras, avaient été détroussés avant même d'atteindre la capitale par les brigands qui infestaient les défilés propices de la sierra da Estrela malgré les patrouilles de cavalerie. Tous allaient à leur rythme vers la plage de Restelo comme s'ils étaient attirés par un destin fatal.

Jean interrompit leur rêverie, sauta à terre, saisit son bagage et agrippa le bras de François pour l'entraîner vers le monastère.

— Viens ! L'heure passe. Nous allons consacrer quelques instants à la bonne conservation de nos dépouilles mortelles, et si c'est trop demander, au salut de nos âmes.

Ils entrèrent par le portail sud, sous la statue de l'Infant debout, revêtu de sa cotte d'armes, tenant son épée dressée vers le ciel. Contrastant avec la lumière extérieure réfléchie par le calcaire blond, la pénombre de la nef de Santa Maria révélait une manière d'allée forestière de six piliers octogonaux ornementés. Ils projetaient plus qu'ils ne semblaient la porter une voûte aux nervures affirmées dont la légèreté éclatait à quelque soixante-dix pieds au-dessus de leurs têtes dans le chef-d'œuvre de l'architecte João de Castilho. Soutenu par le tour de force de deux seuls piliers, le transept était d'une gracilité stupéfiante. Cet acte de foi architectural irradiait un silence absolu, comme s'il absorbait l'agitation populaire qu'ils avaient laissée derrière eux en entrant. Ils s'agenouillèrent côte à côte, chacun dans sa prière ou sa méditation.

Le nom du comte da Feira fit tourner frénétiquement la clé du cloître. Le portier leur indiqua qu'il laissait la porte ouverte et que l'on dirait à onze heures, comme chaque samedi, la messe pour le repos de l'âme de dom Manuel.

François recula devant l'exubérance du décor.

— Dieu ! Cette architecture éblouissante au sortir de la nef d'une pureté si intense. Quel choc !

— Ton impression devant un chef-d'œuvre ?

— Je ne sais que dire. Magnifique, incongru, indiscret, féminin ? Vois ! Ces manières de palmiers qui soutiennent le cloître. C'est un délire de pierre.

L'appareil ornemental de l'architecture selon dom Manuel rendait un hommage foisonnant aux navigateurs et à leurs découvertes. Ce n'était pas une simple vitrine mais les preuves du génie lusitanien. Le style manuélin fondait l'expansion culturelle portugaise sur les *descobrimentos* auxquels il s'identifiait.

— Surpris ? Déçu ?

— Bousculé en tout cas. Si tu ne m'assurais que ce cloître est censé aider à l'élévation spirituelle, je le croirais bâti sur deux étages pour servir de cadre galant à des fêtes vénitiennes. J'admire en ce lieu de méditation les trésors de la mer et les richesses des pays lointains. Au premier coup d'œil, il m'invite moins à la prière qu'il m'incite à courir au voyage.

— Alors, l'architecte avait du génie.

François tournait sur lui-même, la main en visière au-dessus de ses yeux.

— Notre église Saint-Jacques de Dieppe est aussi belle, encore que plus austère, plus trapue que cette construction qui semble se chauffer au soleil. Nous avons eu l'instinct de la construire en pleine ville et non pas sur le front de mer. Sans doute pour mieux nous assurer de sa protection au cœur de la communauté.

— Peut-être tout simplement pour l'abriter des vents d'ouest. Non ?

Ils gagnèrent la galerie haute. Appuyés des bras sur le parapet, de part et d'autre d'une colonnette, le cloître leur apparaissait dans la totalité de son plan carré à pans coupés. François reprit son analyse. Ce long palais ornementé avait été érigé pour la prière au bord du Tage dont la largeur annonçait l'attraction de l'Atlantique. Ce monastère avait une toute autre signification que l'église de Dieppe, dédiée à la contemplation de l'œuvre de Dieu. La contemplation. C'était ça ! En étouffant toute curiosité vers un extérieur possiblement démoniaque. Il sentait bien la différence. C'était indéfinissable, mais cela le troublait comme un regret. Il agrippa des deux mains la colonne de pierre sculptée, levant les yeux vers une vergue imaginaire.

— Jean. Pourquoi va-t-on ici à toutes voiles vers cet extérieur ?

Il s'accouda et poursuivit après un temps, le menton sur ses mains croisées :

— À Dieppe, on prie avec ferveur pour la rémission des péchés du monde et l'on allume des cierges pour le repos des âmes des péris en mer. J'imagine qu'en ce lieu, on prie pour les marins qui sont en mer et que l'on met des cierges en action de grâce pour la grandeur du Portugal. Je perçois une formidable dynamique. Je l'avais déjà ressentie en découvrant Lisbonne, qui surgit de la mer de Paille. Notre regretté roi

François n'a pas réussi à intéresser ses sujets à l'aventure marine.

— Il a fait des efforts pour cela mais il est vrai que Sully les voue maintenant à la glèbe et aux bœufs de labour.

— Et ton protecteur Henri entend les satisfaire d'une poule au pot dominicale. Quel fier programme pour un pays bordé de quatre mers !

Ils débattirent en plaisantant à demi de l'influence de la morue sur le destin des Portugais et du hareng en caque sur la fortune d'Amsterdam. Ils se demandèrent si nourrir les Français de saumon les aurait transformés en découvreurs. Ils accusèrent le pot où cuit la poule d'être l'urne canope du destin maritime des Français, et ils conclurent en tout cas que les peuples marins savaient au moins que la mer nourrit l'homme.

— Dis donc, Jean ! À force d'être en avance, nous allons finir par manquer l'appareillage. Je n'envisage pas de revêtir l'habit noir de ces moines. Nous avons beaucoup de longs mois de mer devant nous pour réfléchir sur le monde. Ne serait-il pas grand temps d'y aller ?

— Nous y allons, François. À nos risques et périls, mais nous y allons.

Alors qu'ils sortaient par le vestibule du monastère, une troupe de moines déboucha du portail ouest de Santa Maria. Elle rejoignit une vingtaine de prêtres et d'acolytes regroupés là, les attendant, affairés à se partager plusieurs brassées de cierges, une croix, des encensoirs et des bannières annonçant qu'une procession s'organisait. Laissant les gens d'Église préparer leur entrée en scène, ils se hâtèrent vers la plage. Son accès était interdit par un cordon de soldats chargés de contenir à distance les passagers clandestins, les larrons alléchés, les espions fureteurs et les simples curieux jusqu'à la fin de l'embarquement. Un sergent examina attentivement leur sauf-conduit, triplement étonné de leur état de passagers français, à pied et sans bagages. Il les dévisagea longuement l'un et l'autre, relut le passeport, hésita un instant puis le rendit à Jean. Il leur fit signe de passer d'un signe de tête impérieux supposé masquer sa perplexité et l'arbitraire de sa décision.

L'étendue en bordure du fleuve était d'un noir bruissant comme si un essaim s'y était abattu, encombrée de carrioles, de chevaux et d'impedimenta. Quelques imprécations perçaient d'un brouhaha de pleurs et de prières, de piété populaire bruyante mais contenue.

— *Praia das lágrimas !*

— La plage des larmes. Il suffit d'écouter.

Une cloche sonna le troisième quart d'heure de dix heures. Ils se frayèrent un chemin vers l'extrémité opposée de la plage, et se posèrent pour apprécier la situation et décider de la conduite à tenir. Pas loin de dix mille personnes devaient être rassemblées au Restelo avec carrioles et bagages. À l'écart de la foule, une troupe de cavaliers entourant la voiture du vice-roi émergeait d'un carré de piétons planté de piques et d'étendards. On eût dit une armée sur le pied de guerre. Les religieux qu'ils avaient laissés derrière eux au monastère se dirigeaient à pas pressés en cohorte désordonnée vers le groupe des personnalités.

Après quelques minutes de flottement, la procession s'ébranla, bannières hautes, les moines noirs ouvrant la marche. Derrière les prêtres marqués d'une croix allaient les dignitaires conduits par le vice-roi, les capitaines puis les notables de Lisbonne et des faubourgs alentour. Tous tenaient à la main des cierges allumés. On les distinguait à peine, mais ce courant de feu en marche ne manquait pas de grandeur malgré la modestie de ses flammes. La population la plus proche du cortège s'y agglutina comme absorbée dans son sillage. Des bribes de répons flottaient dans les bouffées de vent. Ils entendaient les reprises en chœur monter sourdement comme un ressac. La procession se dirigeait vers le Tage où d'innombrables embarcations à voiles et à avirons étaient échouées ou attendaient dans quelques pieds d'eau.

Un souffle de pierre sculptée selon le style exotique flamboyant du règne de dom Manuel semblait flotter sur le fleuve à une encablure de la plage. Gracieux comme un ouvrage de dame, le fort de Belém était léger comme un navire sous voiles. Posées sur le miroitement du fleuve, les treize naus des Indes mouillées en pleine eau étaient noires au contraire comme des châteaux forts, magnifiées par le contre-jour. Leurs équipages étaient massés tout au long des plats-bords et des porte-haubans, s'agrippant aux gréements jusque dans les hunes. D'un port de plus de mille tonneaux, les caraques étaient les plus gros navires au monde et la flotte était l'une des plus puissantes jamais envoyées à Goa. Son importance s'expliquait par la personnalité de son capitaine-major, dom João Forjaz Pereira, nouveau vice-roi des Indes, et parce que l'on célébrait à quelques jours près, ce samedi 29 mars 1608, le cent dixième anniversaire de l'arrivée de dom Vasco à Calicut.

Brusquement, le brouhaha se morcela jusqu'à construire un silence qui fit taire les oiseaux. De proche en proche, les hommes mirent bas leurs coiffures et la foule s'affaissa autour des charrettes et des chevaux, laissant seul debout le prieur des Hiéronymites. On l'entendit nettement prononcer le *Confiteor*, la confession générale au nom des pécheurs agenouillés. François en saisissait des bribes familières. *Confiteor Deo omnipotenti, beatae Mariae semper Virgini, beato Micheali Anchangelo... et vobis fratres et tibi pater... mea culpa, mea culpa, mea maxima culpa...* Le reste se perdait dans le vent. En cette veille de Pâques, le capitaine-major et ses officiers demandaient sans doute pardon au ciel de s'en remettre plutôt aux vents qu'à ses saints pour conduire la flotte à bon port.

Quelques instants de recueillement plus tard, on vit l'officiant brandir un ostensoir dont il balaya la flotte et l'assemblée d'un large geste circulaire. Un éclair de lumière en jaillit comme une étincelle quand il accrocha le soleil au passage. Ceux qui partaient en mer venaient de recevoir l'absolution collective. Au temps de l'infant Henri, le Saint-Siège avait accordé le privilège de cette procédure d'exception pour absoudre de leurs péchés ceux qui allaient mourir au cours du voyage, sans oublier personne. L'Église ne devait perdre aucune de ces âmes particulièrement méritantes, et elle offrait d'autre part aux mécréants et aux chrétiens peu assidus la possibilité de racheter d'un coup leurs erreurs au prix fort en embarquant pour les Indes. Partir était bien un acte de foi. Il marginalisait singulièrement les pénitences courantes mesurées en dizaines d'*Ave Maria* sucés comme des bonbons au miel.

Derrière eux, une horloge paroissiale sonna onze heures. Les coups de cloche résonnèrent comme un glas. François frissonna et se signa. La mort tournait autour de cette plage populeuse comme un requin évaluant un banc de dorades. Il plongea son visage dans ses mains, écrasé par le sacrement qu'il venait de recevoir sans y être préparé. Nanti de cette bénédiction, viatique ou extrême-onction, il partait inexorablement pour un interminable voyage, sans savoir quand il rentrerait ni même s'il en reviendrait jamais.

Alors qu'ils étaient encore à genoux, stupéfaits par la gravité inattendue de l'instant, l'assistance explosa, redevenant d'un coup une foule vocifératrice. La hâte d'embarquer souleva une bousculade furieuse, traversée par les tourbillons du reflux précautionneux des parents et des carrioles vides au fur et à mesure des embarquements des passagers.

— Restons en retrait. Nous risquons d'être séparés et je ne te vois pas négocier tout seul dans un portugais malhabile un passage vers *Nossa Senhora do Monte do Carmo*.

— J'espère que nous atteindrons quand même le bord du Tage avant qu'ils lèvent l'ancre. Je nous trouve bien attardés dans notre coin.

La tranquille assurance de Mocquet commençait à inquiéter François.

— Nos coffres sont déjà à bord et rien ne nous empêche donc d'embarquer tranquillement. Savourons le plus longtemps possible cette plage solide sous nos pieds, que les charrettes ont labourée comme un champ de bonne terre.

Le courant humain s'écoulait lentement comme un magma visqueux, convergeant vers la zone d'où partaient les embarcations. Se tenant à sa lisière, s'écartant pour laisser refluer les charrettes, ils avançaient pas à pas vers le fleuve en contournant les familles en détresse naufragées sur le rivage. Le spectacle s'épurait et prenait toute sa démesure. La flotte de l'Inde avait fière allure, encore à sec de voiles comme une forêt en hiver.

À l'écart, une barque austère restait inoccupée. Au contraire des embarcations pimpantes peintes de motifs aux couleurs vives, elle était badigeonnée d'un goudron uniformément noir et terne. Son propriétaire, un pied sur le plat-bord, tournant le dos à la plage, regardait l'animation du plan d'eau. Une épaisse touffe de cheveux débordait comme un paquet d'étoupe d'un béret plat crasseux dans la tradition basque. Sa culotte large en tissu épais s'arrêtait en haut du mollet. Il était noir depuis la tête jusqu'à des pieds massifs et cornés comme des pattes d'éléphant, tel Charon, le passeur taciturne de l'Achéron. Un enfant accroupi à la proue, voûté par l'attention, la tête sur les genoux, semblait hypnotisé par le spectacle. Jean désigna du doigt le passeur à François et l'interpella :

— Hé l'homme ! Si tu es le propriétaire de cette épave, peux-tu nous conduire aux bateaux ? Mon assistant et moi embarquons sur la caraque amirale.

Le nautonier se retourna et vint vers eux. Ils virent qu'il boitait bas.

— Je suis ton homme, fidalgo, pour peu que tu m'appelles capitaine, et que tu extirpes de la bourse cachée dans ta ceinture cinquante réis du meilleur zinc pour toi, ton compagnon et vos précieuses hardes.

— Cinquante réis pour faire un voyage long de deux misérables encablures !

— Tu es libre de chercher un autre passeur, fidalgo.

— C'est dix fois trop, par Hermès, patron des menteurs et des commerçants ! En admettant que nous osions mettre le pied dans ta barcasse qui ferait cracher de mépris un pêcheur de poulpes espagnol, je te paierai à l'arrivée, service rendu. À ton avis, tiendra-t-elle jusqu'aux navires sans couler bas ?

— Personne ne fait plus crédit sur cette plage. On en part plus souvent qu'on n'y revient. Encore moins si tu es français comme le dit ton accent et donc possiblement luthérien, encore bien moins si tu as si peu de bagages. Et encore beaucoup moins si tu prétends avoir d'assez puissantes relations pour embarquer sur la nau amirale, ce que contredit la médiocrité de ton équipage et te rend suspect.

Il se signa, brusquement grave.

— Et puis ça porte malheur de faire crédit à un chrétien qui traverse pour l'outre-mer. L'avenir des navigateurs est dans les mains de Dieu. Les nefs du Portugal aux Indes et des Indes au Portugal, Dieu les emmène et Dieu les ramène dit le dicton. Notre Dame du Bon Retour qui veille là-bas – il désigna du pouce la tour de Belém – a bien du souci pour adoucir le destin des milliers de pêcheurs qui accourent ici chaque année pour se rendre tout droit en enfer.

Malgré sa pratique quotidienne des étals poissonniers de la rue Sào Pedro et les cours particuliers de Rafaela, François n'était pas encore accoutumé à la prononciation lusitanienne. Le passeur avait un parler populaire torrentueux. Hors d'un aphorisme qui lui était devenu familier – *As naos de Portugal para a India e da India para Portugal, Deos as leva e Deos a traz* –, il n'avait attrapé au passage que quelques mots émergeant d'un torrent de consonnes chuintantes.

Le passeur regarda Jean sous le nez.

— Au moment de l'absolution générale donnée tout à l'heure sur la plage, as-tu pensé à demander aussi le pardon de ton suicide, aujourd'hui veille de Pâques ? Parce que décider d'embarquer pour les Indes c'est avoir dans la tête la volonté de renoncer à la vie.

Il se signa encore, en se tournant cette fois vers la tour. Amusé par ses invectives, Jean savait que cette idée d'une mise en péril volontaire des âmes et des corps restait ancrée dans la culture lusitanienne comme une malédiction depuis l'époque pionnière du franchissement du cap Bojador.

— Ne t'inquiète pas pour mon âme, capitaine. Je n'ai pas l'intention de la céder au diable ni de mettre fin à mes jours. Mon assistant non plus. Tu profites de l'émotion de ce lieu magique et de la cohue de l'embarquement pour faire grimper tes prix. Aurais-tu navigué jusqu'au cap de Bonne Espérance pour justifier des prétentions de pilote des Indes ?

L'homme se rembrunit et s'assit sur le plat-bord de la barque, les deux mains ostensiblement posées bien à plat comme si elles prenaient des vacances. Il détourna son regard vers le Tage. Par timidité ou par pudeur sans doute, perçant sous la brutalité de son personnage.

— Je vais te confier quelque chose qui ne te regarde pas mais que j'ai envie de te crier à la figure. C'est vrai que je n'ai jamais navigué aux Indes. J'étais un gamin à peine sorti des jupes des femmes et j'avais l'âge d'être un grumète à bord d'une caraque, quand notre bon roi Joào Troisième a obtenu de l'empereur de Chine, juste avant de mourir, le droit de fonder la Cité du Nom de Dieu en Chine.

— Macau pour les Chinois. C'est plus simple.

— Tu sais cela, le Français ? Mon père qui était un petit fonctionnaire avait rendu des services au contremaître d'une caraque de la flotte qui partait pour le Cathay. Il lui a proposé pour le remercier de m'embarquer à bord. Sa main flattait amicalement mes cheveux. J'étais ému et terrifié.

Ses yeux étaient revenus vers Jean. Il se gratta la tête en repoussant son béret sur l'arrière de son front.

— Tu réalises ? Le contremaître ! Le seigneur du gaillard d'avant d'une caraque des Indes. Même l'amiral n'ose pas se risquer dans son territoire sans solliciter son autorisation.

Il hocha la tête avec une moue de gravité.

— Il y a peu de vrais marins comme eux à bord de ces énormes coques dont les membrures sont aussi fragiles que des os de vieilles femmes sous les fards dont elles se barbouillent. Alors, l'amiral, le capitaine et tous les lieutenants mangent dans la main de ces professionnels. Même si la honte de leur ignorance et le dégoût de déroger à leur rang les font crever de rage de s'en remettre à des gens du peuple.

Le passeur se farfouilla à nouveau le cuir chevelu d'avant en arrière, en dérangeant le bonnet plat qu'il remit en place d'un geste automatique.

— Tu ne peux même pas réaliser ce que pouvait représenter la perspective d'aller en Chine il y a cinquante ans. Je pense que tu sais où sont tous ces pays toi, parce que tu as l'air très instruit. Moi, je sais juste, un demi-siècle après, que c'est aussi loin que la lune, quelque part de l'autre côté de la terre, sous nos pieds.

Il tourna le torse vers le Tage en gardant son regard dans les yeux de Jean, et inclina son bras tendu vers le sol, semblant désigner de l'index un rat crevé échoué là par la marée.

— C'est là-bas.

Il remonta le bras à l'horizontale, pointant la rive de Cacilhas.

— C'est infiniment plus loin que Sagres où je ne suis jamais allé non plus. Le sanctuaire de notre regretté dom Henrique qui a fait la grandeur du Portugal avant l'arrivée de l'usurpateur espagnol.

Il cracha sur le côté en laissant retomber son bras dans un geste de lassitude. Jean glissa à François qui s'impatientait qu'il lui traduirait plus tard un discours dont il ne voulait rien perdre.

— Pour revenir à mon histoire, pendant que je ronronnais, mon père a sifflé brusquement entre ses dents qu'il ne voulait pas que son fils serve de chèvre, ni à lui ni à personne de l'équipage. Le contremaître est devenu écarlate, a retiré brusquement sa main de ma tête et a tourné les talons en jurant. Je ne savais pas ni ce qu'était la Chine ni à quoi pouvaient servir les chèvres à bord d'une caraque des Indes, encore que les galopins de ma bande m'aient suggéré plus tard des explications viriles. J'ai surtout compris que mon père ne me laisserait jamais partir.

Non loin d'eux, une altercation éclata sur une barque qui s'éloignait. Un passager se débattait en hurlant. Ils le virent sauter à l'eau. Immergé jusqu'à la poitrine, il repoussa avec hargne les mains qui tentaient de le retenir et marcha péniblement vers la plage, les bras en l'air. Dès qu'il eut atteint le rivage, il se jeta à genoux et embrassa fougueusement le sable dont il s'enfourna une poignée dans la bouche. La confusion régnait à bord de l'embarcation vers laquelle il se retourna en brandissant le poing et en criant quelque chose qu'ils ne comprirent pas. L'homme se prit la tête dans les mains et s'éloigna comme un somnambule, en titubant.

— La raison lui est revenue juste à temps, commenta le passeur qui reprit son monologue en se frottant lentement les mains. Plus tard, quand j'ai eu l'âge de décider tout seul de ma vie, une maudite échelle pourrie d'où je décrochais des figues m'a rendu à moitié infirme et tout entier inapte à servir à bord d'un navire de la ligne des Indes.

— Le regretterais-tu, toi qui nous traites de fous parce que nous voulons partir ?

— Je pleure ce voyage jour après jour, nuit après nuit. Je serais allé au Cathay. Une princesse chinoise mince comme une anguille, dont la peau de soie aurait senti le musc et des odeurs encore plus suaves dont tu n'as même pas idée m'aurait fait un homme. Je serais rentré à Lisbonne hâlé, grandi et vêtu de satin. Et je serais reparti m'établir aux Moluques. Rien qu'à prononcer le nom de cet archipel, on sent le miel et la cannelle sous la langue. On dit que l'air y est tellement parfumé de noix muscade et de girofle qu'on le respire avec précaution pour ne pas le gâter.

Il gonfla les narines en fermant les yeux, puis ricana grassement, rendossant brusquement ses hardes de marinier claudicant comme pour se faire pardonner l'indécente richesse de ses rêves.

— Mon petit-fils n'ira pas lui non plus servir de chèvre à tous les fornicateurs moines ou soldats de ces bateaux du diable.

Il avait incliné la tête vers le gamin qui se tenait à la proue et regardait intensément la flotte en fronçant les sourcils sous le soleil, bouche ouverte, totalement absorbé. Condamné à mal vivre sa vie dans sa peau familiale de passeur de Restelo, frustré comme son grand-père de ses tentations d'aventures et de princesses parfumées.

— Chaque année, lors de l'appareillage de la flotte des Indes, je transporte de quelques coups de rames ceux qui partent à ma place. Des moines et des évêques, des officiers et des soldats, des greffiers. Et puis des artisans maçons ou charpentiers plus utiles à la société.

— Tous sont des passagers légitimes, chacun à leur place.

— Si tu le dis. J'ai embarqué des vrais parasites aussi. Des escrocs, des poètes, des chercheurs de fortune. Des filles, des veuves, des orphelines parties voir là-bas si la vie est meilleure et les membres des hommes aussi fermes, ce dont je doute eu égard à la moiteur des tropiques. Et beaucoup de fidalgos le nez en l'air, comme toi. Tu n'es même pas portugais ! Comme si nous manquions d'aliénés à Lisbonne ! Des milliers de fous qui vont pourrir là-bas et faire un bon terreau pour les fleurs des cimetières.

Après un rapide coup d'œil circulaire, ramassant instinctivement sa tête dans les épaules, l'homme noir baissa le ton.

— Le roi attribue les flottes et les caraques pour les récompenser à des amiraux et à des capitaines imbus de leurs titres et empêtrés d'honneurs, dont aucun n'a jamais mis le pied sur un bateau avant de recueillir les bénéfices de leur charge. Ils ne savent même pas du premier coup d'œil distinguer la poupe de la proue ni dans quel sens elles vont partir. Elles auraient pourtant bien besoin de chefs de mer expérimentés ces caraques dont nous tirons gloire.

On brocardait en effet les capitaines, aussi bien dans les tavernes irrespectueuses d'Alfama que dans les salons médisants et jaloux des palais du Bairro Alto. Un aphorisme populaire affirmait qu'ils suivaient le sillage de l'amiral dont le fanal les guidait jusqu'aux Indes.

— Comment trouverait-on sur les cent cinquante lieues qui séparent Lagos de Braga, assez de bons capitaines pour armer les flottes de notre empire ? Nous sommes coincés entre l'Atlantique qui est notre jardin, et l'Espagne qui est notre abomination. Dire que les cortes ont acclamé un Espagnol comme notre roi !

Jean s'écarta légèrement, mais tout à sa diatribe le marinier oublia de cracher sur le roi d'Espagne.

— Je ne dis pas cela pour t'inquiéter, fidalgo, puisque justement tu seras passager de la nau amirale. Tout vice-roi qu'il est, c'est le pilote et lui seul qui saura lui dire où ils sont sur la mer vide, et c'est lui qui ordonnera la direction à prendre. Peut-être même qu'il fera semblant de savoir, le pilote, mais mieux vaudra que les autres coques de cette flotte vaniteuse et empanachée suivent son fanal comme l'étoile de Bethléem. Moi, je te répète que c'est Dieu qui vous mènera aux Indes et qui vous en ramènera éventuellement. Qu'il t'accorde dans sa bonté un pilote-major capable de te conduire à Goa, fidalgo. Et bonne chance !

Il fit mine de partir mais il revint après trois claudications majestueuses.

— Cela dit, persistes-tu vraiment à vouloir que je vous transporte vers votre perte, toi et ton compagnon de malheur avec ma barcasse de pêcheur de poulpes comme tu dis ?

— Maintenant, nous perdons du temps. Vas-tu te décider à nous conduire à bord de la caraque amirale ?

— Tu veux parler de cette grande coque calfatée à la hâte pour remplacer tant bien que mal une autre nef au mât branlant ? Elle prend déjà l'eau de toutes les coutures de son bordé avant même d'avoir levé l'ancre. Écoute ! Encombré de ton compagnon qui jargonne, tu as peu de chances de débarquer jamais de cette nef de fous. Sinon dans un linceul jeté par-dessus bord aux tubaroes.

Le passeur poussa un soupir en tendant sa main droite paume ouverte vers le ciel.

— Alors, tu n'es plus à cinquante réis près, ni tes héritiers si du moins tu es assez fortuné pour en avoir malgré ton modeste bagage.

Jean lui compta les cinquante réis dans la main.

— C'est vraiment dommage, le Français. Tu m'aurais remercié plus tard à genoux de t'avoir dissuadé de t'embarquer pour l'enfer faute d'avoir bien compris les termes du contrat.

Tout en parlant, il fourgonnait dans le désordre de l'embarcation encombrée de ses voiles et de son gréement pour dégager un espace à l'arrière et disposer les deux avirons.

— En tout cas, tu peux constater que je ne racole pas les clients. C'est toi qui vois, fidalgo. Je suis à tes ordres. Pour le retour, je ne prends aucun rendez-vous.

La foule, brusquement excitée, devint bruyante comme si une porte avait cédé sous une émeute. Sur tous les navires de la flotte, les grand-vergues montaient lentement vers le ciel, ensemble, hissées par des cabestans virés chacun par plus de cent marins entraînés par les sifflets des maîtres. Leurs stridulations s'entendaient de la plage.

— Tu vois ! Ils appareillent !

Le passeur eut un gros rire.

— Il est émotif, ton ami. Il en verra d'autres. Ils préparent seulement l'appareillage. Le plus pénible effort à accomplir pour mettre la flotte en état de lever l'ancre, c'est de hisser les grand-vergues et leurs immenses voiles. Il faut encore attendre trois ou quatre heures que le jusant porte vers les Cachopos tout en laissant assez d'eau sous les quilles.

— Les Cachopos ?

— La barre de l'embouchure du Tage laisse deux passages. Un seul est praticable par les caraques. Ce banc est redoutable. Il va, il vient au gré des courants et des marées. Bien des bateaux y ont laissé leurs carcasses avant même de sortir du Tage et d'atteindre l'Atlantique. Il y a pire ! D'autres y font naufrage en revenant quand ils se croyaient sauvés de tant de périls.

Tout en bougeant la barque à grands coups de bras pour la faire pivoter et la pousser dans l'eau, il leur raconta par bribes comment, moins de deux ans plus tôt, *Nossa Senhora de Salvação* et *Nossa Senhora dos Martyres* s'étaient perdues au retour des Indes sous les canons de la forteresse de São Julião da Barra. C'était au milieu de septembre. Une mauvaise combinaison d'un vent de sud-ouest et du courant de marée. Elles avaient vomi leur poivre sur cinq lieues comme une femelle d'esturgeon pond ses œufs. On était accouru à la pêche miraculeuse de toute l'Estrémadura mais les soldats veillaient le long du littoral.

— Parmi les corps des malheureux venus périr au rendez-vous des Cachopos, on a retrouvé celui du père Francisco Rodrigues, procurateur des jésuites du Japon. Noyé à une portée de pistolet du Portugal après trois décennies de mission aux Indes.

— Peut-être que Nossa Senhora a eu une inattention. On confie tant de navires à sa garde.

Charon se redressa. Il hocha la tête sans remarquer la plaisanterie, tout à sa philosophie d'homme de mer.

— Tu vois, le destin est le même pour tous les passagers d'un navire, qu'ils soient maître ou journalier. Le satin n'est pas un meilleur rempart que la bure contre la noyade. Quand ils nagent tout nus pour sauver leur carcasse, les plus puissants des maîtres envient les bras musclés de leurs domestiques.

— S'ils savent nager, ce qui est peu probable. À ton avis, vaut-il mieux mourir à l'aller qu'au retour ?

— C'est selon ce que tu préfères. Respirer la vie le plus longtemps possible, au risque de crever plus tard de mille morts à l'autre bout de la terre. Ou te noyer tout de suite, avant d'être miné par les fièvres et par les maux indescriptibles qui vont te pourrir le sang.

— Tu es un sage, capitaine, quitter la vie en bonne santé est un privilège que le destin réserve seulement aux justes et aux héros. Du moins, je l'espère. On embarque ?

Abandonnant derrière elle une rumeur de pleurs et de bénédictions percée de souhaits de bon voyage, l'embarcation faisait rames vers l'escadre au mouillage. Les treize navires des Indes grandissaient à chaque coup de pelle. Fasciné, François n'avait jamais vu – ni aucun Dieppois – de tels mastodontes, barrés par leurs grand-vergues longues de plus de vingt brasses. Outre l'énorme amirale de deux mille tonneaux, la flotte comprenait trois autres grosses caraques ou naus de voyage : *Nossa Senhora da Oliveira, Salvação* et *Nossa Senhora da Ajuda*. Une cinquième, la Palma, était aux ordres du vice-amiral dom Cristóvão de Noronha. Huit galions plus ordinaires, *São Jerónimo, Nossa Senhora da Conceção, Espirito Santo, São Bartolomeu, São João Evangelista, Santo António, São Marcos* et *Bom Jesus* complétaient la litanie. Trois grosses flûtes de charges emportant des vivres, de l'eau, des voiles et des espars de rechange accompagneraient la flotte jusqu'aux parages du Brésil.

La barque cogna violemment contre une manière de falaise d'un brun presque noir. Le garçon se précipita pour tourner prestement une amarre dans un anneau qui pendait au flanc du monstre, comme on attache un cheval au mur d'un relais de poste. Deux cordages flasques terminés par une pomme tressée tenaient lieu de rampe de part et d'autre d'un alignement de barreaux d'une sorte d'échelle plaquée sur la coque. Tandis qu'ils trébuchaient, malhabiles, pour enjamber les bancs, empêtrés dans les voiles, le passeur leur confirma qu'ils devaient bien monter à bord par ce chemin de chèvres.

— Débarque tes passagers et dégage immédiatement ta foutue barcasse. J'attends les écrivains de la Casa !

L'ordre tomba de tout en haut. L'origine du météore était un géant barbu, un avatar d'Adamastor sans doute, le titanesque gardien du cap des Tempêtes, avant que dom Manuel ne le rebaptise cap de Bonne Espérance. Jean se jeta le premier à l'assaut de la forteresse. François qui n'avait pas compris les termes exacts de l'injonction avait du moins saisi son sens général. Il suivit Jean d'instinct, cognant des deux genoux contre les blocs de bois, refermant les poings sur les tire-veilles, les phalanges aussitôt râpées jusqu'au sang par le bois rugueux, le nez collé contre une odeur épaisse et grasse de couroi fraîchement passé sur les œuvres vives. Le Dieppois qu'il était analysa instantanément les ingrédients de cette couverte protectrice contre les coquillages, les algues et les herbes marines : brai, soufre, suif et huile de poisson le rassurèrent par l'universalité de leur senteur.

La barque déséquilibrée par son élan vint lui écraser les mollets par-derrière et le Tage le rattrapa par en dessous, le trempant jusqu'aux genoux. Il commença l'ascension main après main, à droite, à gauche, un pied rejoignant l'autre, se posant prudemment d'équerre sur chacun des degrés étroits. Il s'attendait au mieux à s'écraser la figure et s'arracher le nez si son pied venait à manquer, au pire à retomber à plat dos sur la barque. Et donc à se casser les reins comme sa grand-mère Adèle tuait sec les lapins d'un tranchant de main derrière les oreilles. Le Golgotha ! Non. Ce bateau était dédié à Notre Dame du Mont Carmel. C'était ça ! Il escaladait le Mont Carmel, les yeux louchant sur la coque à distance de nez, l'esprit congelé pour ne pas penser au vertige.

François fut brusquement extrait de son ascension par deux bras qui le projetèrent sur le pont sur lequel il s'étala avec soulagement. Penché sur le plat-bord, Jean aidé d'un matelot hissait déjà à larges brassées leurs bagages ceinturés d'un filin que l'on avait jeté du bateau. Les yeux au ras du pont qui sentait la résine fraîche et le brai, il découvrait comme une grande place régnant entre les deux mâts principaux, dont un arbre énorme fait de troncs entés, assemblés par de fortes liures de cordages et des colliers de fer, se perdant derrière la grand-vergue pour réapparaître à une prodigieuse hauteur. À droite, à gauche, les gaillards très surélevés et pentus le surplombaient comme les tribunes d'un cirque. Sur la piste, Adamastor agitait autant de bras qu'un avatar de Vishnou, alternant les stridulations d'un sifflet et des ordres abscons criés à un essaim de matelots. Les grumètes, des enfants mêlés à eux, tout autant ahuris par le code du sifflet que par les hurlements de leur dresseur, couraient en tous sens, s'observant l'un l'autre pour tenter de faire de même. Un adolescent, coiffé comme une coulemelle d'un chapeau incongru, insigne ostensible d'une certaine ancienneté, gardait à l'œil le géant barbu, leur traduisant ses injonctions en les faisant traîner derrière eux des cordages qu'ils élongeaient, tournaient à des cabillots ou lovaient à plat pont pour mettre en ordre le tillac.

Se redressant, François tâta du pied le pont qui sonna ferme. Il fit par réflexe de marin l'inventaire des innombrables manœuvres de chanvre qui permettraient de hisser, de brasser, de carguer, de larguer, de border chaque voile séparément pour la faire servir au mieux. Les deux Français traînant leur balluchon s'agglutinèrent à la colonie, s'installant dans une encoignure. Ils apprirent de leurs voisins que le personnage tonitruant était le gardien. Ayant tout pouvoir sur les grumètes, il était titulaire du tillac qu'il ne quitterait pas de tout le voyage. Pas plus que le maître ni le contremaître ne s'absenteraient un seul instant de leurs territoires respectifs des gaillards de poupe et de proue, sinon pour assister aux conseils. Autour d'eux quelques centaines d'individus encore anonymes attendaient l'appel général pour devenir des passagers. Les mains crispées sur leurs affaires, ils étaient écrasés par les dimensions formidables du navire. Évitant d'attirer l'attention et s'efforçant de ne gêner personne, ils s'étaient massés le plus loin possible, le premier rang forçant du dos sur ceux derrière. Leur foule silencieuse et ratatinée était de teinte neutre. Elle était relevée de place en place par les habits noirs, bruns ou blancs des jésuites, augustiniens, franciscains et dominicains embarqués en grand nombre. Plus hardis parce que sûrs de servir Dieu là où ils allaient, ils n'avaient aucun doute en ce moment sur la légitimité de leur présence.

On leur désigna du doigt le maître d'équipage sur le toit de la dunette à la poupe, reconnaissable au sifflet qu'il portait en sautoir attaché à une chaîne d'or, au centre d'un cercle pérorant de hauts personnages. Presque tous étaient habillés d'un vêtement à la fois austère et riche, consistant en un pourpoint noir structuré par des galons et des liserés dorés, fermé par une ligne de boutons, sous une courte cape assortie. Leurs jambes étaient couvertes par de larges culottes noires ou de couleurs vives à passepoil d'or, serrées sous le genou sur des bas noirs. Ils entouraient respectueusement un homme enfoncé dans un manteau de velours noir brodé d'or, assorti à un béret planté d'une glorieuse plume blanche. Jean reconnut dom João Forjaz Pereira. On devinait de loin dans cet olympe, aux gesticulations du maître, que le capitaine-major se faisait expliquer l'agitation de l'équipage.

Ostensiblement à l'écart, accoudé au bastingage, un homme de grande taille drapé dans un damas violet et coiffé d'un bonnet rond de même couleur, un évêque apparemment, scrutait les quatre coins du ciel en prenant des poses théâtrales.

— C'est l'archevêque de Goa là-bas à gauche ?

Un matelot qui passait daigna répondre à l'interrogation stupide, les yeux au ciel et en tordant la bouche.

— L'homme en violet est maître Joaquim Baptista Fernandes, le pilote-major de la flotte. Tu ferais bien de ne pas l'oublier, parce que le vice-roi lui-même n'aura pas le droit de s'opposer à ses décisions.

Le matelot souleva son bonnet et s'éloigna en ricanant. François affecta une profonde stupéfaction.

— Le pilote-major ! Notre fanal, si j'ai bien compris les médisants lisboètes, c'est donc ce monseigneur pontifiant.

— Mon cher, il faut bien de toutes façons te fier à lui comme tout le monde. La primauté du pilote est un principe absolu à bord des navires de la ligne de l'Inde.

— Et si c'est un mauvais pilote ?

— Cela a conduit quelques caraques au naufrage, mais la plupart du temps, c'est une bonne option. Disons la moins mauvaise. Ça te va, monsieur l'apprenti cartographe ?

François contemplait avec consternation le tillac encombré.

— Comment retrouverons-nous jamais nos coffres dans cette fourmilière ? À supposer qu'ils y soient parvenus.

— Ils ont sûrement été embarqués te dis-je. Mes drogues pour le vice-roi sont une priorité d'État.

— Ah bon ? Et où les rangerons-nous ? Toi qui sais tout, qu'attends-tu les bras croisés pour te mettre en quête de notre logement ? Un trait de lumière divine ?

— Un logis sous le gaillard m'a été promis de mauvaise grâce à la Casa, sur ordre du vice-roi, eu égard à nos fonctions officielles. Son médecin devra être prêt à intervenir jour et nuit. En principe, cet appartement nous espère.

— En principe ! Nous sommes à vue de nez un bon millier de candidats à un gîte. Nous nous y prenons beaucoup trop tard.

Sa récente expérience du Maghreb permettait à Jean d'attendre avec une patience de vieux routier que les choses urgentes se décantent. À l'aune de la vie quotidienne à Dieppe où tout était réglé par les usages, François trouvait cette improvisation bien légère. Sa grogne piqua l'apothicaire qui cachait quelque inquiétude en réalité.

— Regarde alentour, bon Dieu ! Tu peux comprendre qu'il serait maintenant inopportun de déranger le maître de ce navire pour une affaire d'aubergiste. Il prépare notre appareillage pour l'autre bout du monde. Du calme, le Dieppois !

François restait bougon.

— Je n'envisage pas vraiment de coucher une demi-année en plein air comme un sauvage ou un chemineau.

— Tu as encore le temps de débarquer. Une fois pour toutes, nous trouverons où étendre notre paillasse dès que nous serons en mer. Fiche-moi la paix à la fin.

Vexé, François s'éloigna en direction de l'écoutille qui découpait un rectangle béant au centre du tillac. Elle donnait accès à des degrés rustiques entre escalier et échelle de meunier disparaissant de pont en pont dans les profondeurs de la caraque. Agrippé à la filière tendue entre des chandeliers de fer forgé, il se pencha pour scruter le cratère dans lequel vivait déjà une population active. Il revint vers Jean après quelques minutes d'investigations.

— D'accord !

— Quoi encore ?

— On attend tranquillement. On s'agite beaucoup là-dessous à ce que je viens de voir mais le ventre de cet immense navire est encore vide de sa raison d'être, la cargaison de retour. Tout juste transportons-nous j'imagine un lest de quelques coffres de fer bourrés de réis, de portugais et de cruzados gardés par des soldats qui n'en croient pas leurs yeux. Il ne peut donc manquer de recoins tranquilles, au profond desquels chacun pourra ignorer les saisons, les latitudes, les courants d'air et la foule.

— Tu es complètement dans l'erreur. Quand j'ai pris mes consignes de santé à la Casa, on m'a d'abord mis en garde, solennellement, avant tout, contre l'odeur.

— L'odeur ? Une odeur d'étable en effet. Ce n'est pas un inconvénient insupportable. Sauf pour un Parisien à la rigueur.

— Ne fanfaronne pas. Rien n'est drôle à bord d'une nef des Indes. Il s'agit d'une odeur létale. Il paraît qu'à fond de cale dans quelques semaines, un homme sain ne résistera pas une heure au puissant remugle nourri dans ce bas-ventre.

Dans ce cloaque qui sentait déjà mauvais avant de partir allaient se concentrer les émanations de leur misère ambulante. Les fanaux s'y éteindraient sans le moindre vent. Il était prouvé que les humeurs malignes tapies dans les fonds des navires entretenaient les fièvres, le mal de jambe et le mal de bouche qui semblaient liés à la même cause marine, mais nul ne savait laquelle. On ferait au mieux pour aérer car on savait que l'aération est en mer une thérapie inestimable pour le moral et pour la santé, et surtout que les exhalaisons nauséabondes étaient la cause des maladies nautiques. Sous la surveillance étroite du sergent d'armes, on brûlerait chaque jour dans l'entrepont des rameaux de laurier, de thym et de bois de santal. L'odeur générique mêlée de poix, de soufre et de goudron du gréement et des cordages de rechange serait plutôt ressentie comme un parfum, voire comme un principe de salubrité parmi les humeurs mortifères.

Jean saisit l'épaule de François dans un geste familier.

— Nous ne tarderons pas à en juger par nous-mêmes, mais tout ira bien pour nous deux j'en suis sûr, puisque je suis garant de ta santé et toi de ma navigation.

Deux mains gantées de gris parurent au ras du pont. Elles précédaient un chapeau noir, suivi aussitôt d'un visage souligné d'une barbiche rousse, posé sur une collerette plissée comme la tête d'Holopherne présentée par Judith aux habitants de Béthulie. Il se compléta par degrés d'un homme austère en drap noir, et s'enrichit d'un second, puis d'un troisième personnage de même facture. Les fonctionnaires de la maison de l'Inde venaient arrêter solennellement la liste des marins, des militaires, des fonctionnaires de la Casa da India et des passagers.

La vérification du rôle d'équipage et du contingent de soldats avait eu lieu la veille. Les fonctionnaires avaient émargé à la Casa avant d'embarquer. Restaient seulement à formaliser les anomalies constatées. L'appel devait surtout recenser les passagers ne relevant pas directement de la couronne. Leur inventaire révéla d'abord la présence d'une petite colonie de religieuses et d'une cinquantaine de femmes, certaines très jeunes. Depuis la fondation de l'empire, le métissage avait porté d'autant plus de fruits que les Indiennes étaient belles. Peu de nobles familles de reinols arrivés du royaume restaient strictement portugaises. Néanmoins, des îlots de castiços pur souche émergeaient de l'océan des mestiços de mère indienne. Il restait à Goa assez de notables soucieux de la pureté de leur sang pour que les *orfaès del reino* – les orphelines du royaume – soient assurées de trouver très vite un époux de bonne condition à l'issue de la traversée. Elles allaient voyager avec les femmes mariées, sous le contrôle des religieuses, enfermées dans un enclos du premier pont sur l'arrière de l'étable.

Dans l'entrepont, la vérification des manques et des surplus constatés lors de l'enregistrement du millier d'hommes d'équipage et de soldats traînait en longueur. Toutes les ruses s'ingéniaient à la rendre impossible, à embrouiller l'écrivain et à énerver le maître d'équipage et le sergent d'armes qui en débattaient contradictoirement. Certains matelots malencontreusement désignés par les recruteurs pour faire partie des contingents forcés des villages côtiers et fluviaux avaient acheté des permutants. D'autres avaient purement et simplement déserté. Au contraire, mal ajustés dans des identités et des uniformes que des soldats leur avaient cédés volontiers, des adolescents flottant dans des habits trop grands s'ingéniaient à cacher leur jeune âge. Le monde était vraiment mal fait. Débusqués par les soldats, des dizaines de clandestins tentaient plus simplement de s'affranchir des procédures d'embarquement en se coulant dans le désordre ambiant. Tous encouraient des sanctions très lourdes, ainsi que leurs familles et leurs garants.

Quelques prostituées avaient embarqué sous des habits d'honnêtes femmes du peuple. La froideur de leurs regards apprêtés contredisant leurs sourires câlins ne laissait aucun doute sur leur profession. Dénoncées comme succubes par les prêtres mais de libre accès à Goa, elles étaient parquées au premier pont dans un quartier particulier de l'enclos des femmes. Elles y resteraient sous la vigilance d'un soldat. Moins compréhensives que les militaires de faction, les religieuses tendraient un second barrage intérieur rapproché. Elles étaient blêmes rien qu'à l'idée de fornication flottant autour de ces créatures, encore qu'elles eussent une notion très abstraite des raisons de la connotation satanique entourant tout ce qui était bon en général et les jeux de l'amour en particulier. Elles savaient en tout cas que ces jeunes femmes faisaient planer un terrible danger sur les âmes candides rassemblées à bord de *Nossa Senhora do Monte do Carmo*, et elles prieraient chaque soir la sainte patronne du navire de les élever à la hauteur de leur mission. Elles l'appelaient d'ailleurs de son vrai nom de gloire : Nossa Senhora do Vencimento do Monte do Carmo, attristées que les marins aient pris l'habitude de le raccourcir en omettant la victoire.

Six mantes noires surgirent du gaillard d'arrière et allèrent rejoindre le groupe des femmes. Quand elles passèrent près de lui, François reçut le choc d'un rayon vert imprégnant fugitivement sa rétine, jailli de deux grands yeux qui glissèrent sur lui dans leur investigation effrayée de la foule qu'ils découvraient brusquement. Il se dit qu'ils étaient couleur d'émeraude, encore qu'il n'ait jamais vu aucun de ces fameux diamants verts que les Espagnols rapportaient de la région de Cartagena.

La formalité permit d'apprendre que les trois plus jeunes de ces six femmes se nommaient Custodia da Costa, Jeronima de Torres et dona Margarida da Fonseca Serrão. Deux vierges et une jeune veuve de noble famille partaient, comme les orphelines mais en vue de meilleurs partis, apporter en Inde quelques gouttes de pur sang portugais sous la protection personnelle du vice-roi. Les chaperons quadragénaires garantissant la pureté de leurs trois protégées les poussèrent sans s'attarder vers leur refuge. En réalité, les regards des hommes étaient indifférents. Ils avaient pour l'instant d'autres préoccupations.

Lorsqu'elles repassèrent devant eux dans un bruissement de jupons, François qui savait maintenant que les émeraudes s'appelaient Margarida espéra leur éclat mais elles restèrent à l'abri de paupières baissées, moins par pudeur que par précaution parce que le pont était encombré de cordages soigneusement lovés et de paquets en grand désordre. Il eut une bouffée de tendresse pour cette jeune femme dans le monde superstitieux et misogyne des marins. La présence de cette inconnue en mante noire était un présage de bonne traversée, et il ressentit comme un bonheur misérablement égoïste de partager avec elle cette prison dans laquelle il venait de s'enfermer de son plein gré. De savoir que, comme lui, elle allait se heurter à l'absolue liberté de la mer comme un phalène prisonnier de la lumière se cogne à la nuit. Sur le tillac, l'appel fastidieux continuait, égrenant des noms qu'ils ne saisissaient pas.

— Moqt Jon !

L'écrivain leva la tête, et répéta plus fort avec agacement :

— Moqt Jon ?

Jean réalisa brusquement qu'il s'agissait de lui. Il s'avança.

— Jean Mocquet. C'est moi !

— Es-tu dur d'oreille, Français ? Ou déjà terrassé par le mal de mer ?

— Pardonnez-moi !

— Tu es inscrit pour sept mille cinq cents réis au titre d'apothicaire temporaire du vice-roi. Les as-tu touchés ?

— Oui, avant-hier à la Casa da India.

— Alors, pourquoi n'as-tu pas pointé parmi les fonctionnaires ?

— C'est le provedor lui-même qui m'a recommandé au vice-roi. Alors, j'ai peu d'amis à la Casa.

— Je comprends. Tu voyages avec ton assistant Cchtente. C'est lui ?

— François Costentin. Oui, c'est moi !

— Bien. Le principal est que vous soyez là tous les deux. Signez ici.

Ayant déposé leurs paraphes sur le rôle des passagers, *Nossa Senhora do Monte do Carmo* leur parut d'un coup un peu plus conviviale. Leur traversée sembla d'autant moins aventureuse à François, que les yeux verts de Margarida luisaient quelque part dans la pénombre du château arrière.

Les six femmes gravirent l'escalier roide en s'empêtrant dans leurs jupes, et regagnèrent au fond d'une étroite coursive le logement qui leur avait été attribué à l'extrême arrière sous le gaillard. Il était isolé des autres appartements. On y accédait en passant devant le réduit dans lequel le père António Paixão, provincial des augustiniens de Goa, allait effectuer le voyage et contribuer à la sauvegarde de ce gynécée.

Margarida retint la senhora de Galvão sur le seuil de la chambre.

— Laissons nos amies se défaire d'abord. Voulez-vous bien ma tante ?

Elle rejeta le capuchon de sa mante, passa le doigt sur le chambranle dont l'ocre rouge sentait encore le frais et s'y adossa.

— Je commence à m'habituer à ce taudis encombré comme un vieux grenier de vêtements et de malles. Depuis hier, je m'y sens déjà chez nous. Custodia et Jeronima qui partagent notre cellule sont de bonnes familles et ont de belles âmes. Leurs parentes sont discrètes et aimables. Nous ne pouvions sans doute trouver meilleure compagnie. Les hommes et les femmes en détresse que nous venons d'apercevoir sur le pont me semblent infiniment plus mal lotis que nous, ma tante.

L'homme que vous avez houspillé hier n'y pouvait rien. Finissons de nous installer au mieux, plutôt que gémir sur notre sort. Nous savions ce que nous faisions, moi en partant épouser mon beau-frère à Goa, et vous en acceptant par affection de m'y accompagner.

— Margarida ! Je ne comprends pas ton insouciance devant la médiocrité de notre condition à bord de cet horrible navire. Tu n'es même pas consciente des incommodités qu'elle va nous causer. Si longtemps ! Des mois, serrées à six dans ce trou à rats.

La jeune femme fronça les sourcils et répliqua vivement.

— Détrompez-vous, Zenóbia. Je suis bourrelée de terreur. Vous l'êtes probablement moins que moi et j'en suis heureuse. Je lutte pour être forte, comme mon père m'a appris à le faire à Arraiolos quand j'étais une enfant. Alors, c'est vrai que je n'ai pas remarqué l'inconfort de notre installation.

Derrière la porte, leurs compagnes emplissaient la pièce de leur fébrilité en riant aux éclats.

— Entendez comme elles sont heureuses. J'attends avec angoisse le moment où le départ des derniers visiteurs dressera la frontière invisible. Celle qui nous séparera d'un coup de ceux qui resteront sur la rive. Ce sera un instant terrible et nous serons du côté de l'inconnu. J'y pense le jour et j'en rêve la nuit.

Zenóbia poussa un soupir.

— Le désespoir peut commencer lors d'un adieu sur un perron, Margarida. J'en ai fait l'expérience.

— Moi aussi, ma tante. Fernando est mort au bord de la route qui le ramenait chez nous à Evora et me voilà partie pour épouser un inconnu. Anxieuse et curieuse, triste et enthousiaste. Nous verrons bien. En tout cas, le pas est franchi.

Elle se retourna et entrebâilla la porte.

— Custodia, Jeronima, pouvons-nous entrer maintenant ?

Pressés par les maîtres car l'heure de l'appareillage approchait, les trois investigateurs décidèrent après une heure et demie de palabres et un court conciliabule que les listes étaient arrêtées et que Dieu reconnaîtrait les siens. Comme tous les navires armés pour l'Inde, la caraque allait convoyer outre-mer un nombre incertain d'âmes. Leur credo était d'arriver dans un paradis tropical dont les turpitudes faisaient fulminer les prêtres. En cas de malheur, elles seraient dirigées selon leurs qualités personnelles vers le purgatoire ou le paradis de Dieu. Toutes étaient protégées en tout cas de l'enfer par l'absolution générale accordée avant le départ. Une vingtaine de malchanceux débusqués de leurs rêves furent poussés du pied vers l'échelle par les soldats. Eux au moins, étaient hors de danger.

Le coup de canon fit courber d'instinct toutes les échines et rentrer les têtes dans les épaules. Un petit anneau de fumée bleue voleta quelques secondes comme une auréole en quête d'une tête assez sainte pour s'y poser, puis y renonça et s'évanouit pendant que la détonation roulait le long des berges.

Le signal de se tenir prêt à l'appareillage général monta en tête du grand mât, et le mât de misaine arbora celui de virer les ancres à pic. Ayant vérifié que les pavillons d'aperçu indiquaient partout que la flotte était prête, le conseil des principaux du navire venait de contresigner collectivement l'ordre de départ. Le pont fut aussitôt envahi par des matelots accourus de toute part. Le maître d'équipage avait dégringolé du toit de la dunette au balcon du gaillard et se tenait juste au-dessous du vice-roi et du capitaine, dom Afonso de Noronha, avancés de deux pas pour se rapprocher, sans se commettre, à portée de voix des forces vives de la caraque.

Le signal de l'appareillage avait partout réveillé la flotte et généré une joyeuse animation sur les ponts et dans les mâtures qui se couvrirent d'oriflammes répétant les signaux du capitaine général. Les bourdons des églises se mirent à sonner au loin à toute volée, bientôt couverts par la cloche du fronteau du gaillard d'avant. Trompettes, hautbois, sacqueboutes, flûtes à bec, cornets à bouquin, cymbales et tambours concouraient à donner à un incident naturel de la vie des gens de mer sa dimension festive d'événement historique. Après s'être concerté pour la forme avec le capitaine-major et le capitaine, le maître saisit son sifflet, en tira une harmonieuse modulation et hurla brusquement, les mains en porte-voix :

— Largue la misaine !

L'ordre répercuté par le sifflet du contremaître fit s'activer les gabiers du mât de misaine à déferler la voile de l'avant. Elle s'abattit depuis sa vergue, révélant la croix de l'Ordre du Christ, laissée mollement battante appuyée sur le mât. Retenue par son ancre, soumise au reflux de la marée et au vent de nord-est, la caraque oscillait lentement d'un bord et de l'autre, la proue face à Lisbonne, la misaine recevant le vent à contre, tournant le dos à l'Atlantique comme si elle renâclait à partir. François qui jaugeait parfaitement la difficulté savourait à l'avance la manière dont allait se retourner cap pour cap ce vaisseau dix fois plus gros que tout ce qu'il avait connu. Tous les autres navires de la flotte, aidés de leurs embarcations, s'étaient embossés face à l'aval en profitant de la marée montante du matin. Ils appareilleraient donc en un instant après la caraque amirale. Bastião Cordeiro, maître d'équipage de l'amirale, ne pouvait être au-dessous de sa tâche. Sûr de son art, il avait manifestement mûri une manœuvre inutile et extrêmement osée par pur plaisir et par coquetterie d'offrir au vice-roi des Indes le panache d'un appareillage en majesté. Sur ces navires en alerte alentour, tous les hommes d'équipages avaient les yeux fixés sur le spectacle attendu d'une invraisemblable manœuvre.

— Vire à pic !

Sous le gaillard d'avant, le grand cabestan se mit à tourner, mû par la force libérée des hommes énervés par l'attente, entraînés par un chant rythmé par le tambour et par le cliquetis des linguets qui empêchaient la machine de dévirer. Poussant de la poitrine et des bras sur les barres, ils commencèrent à embraquer tour après tour le câble gros comme une cuisse, déhalant la caraque contre le courant. Écrasé sous l'effort, l'énorme cordage qui reliait la nef à son ancre suait l'eau dont il était imbibé dans une forte odeur de goudron et de vase. Après quelques minutes qui semblèrent des heures, le contremaître, cramponné à un hauban du mât de misaine le corps au-dessus du Tage, constata que le câble d'ancre était à la verticale. Arrêtant la rotation du cabestan d'un coup de sifflet et d'un grand geste du bras, il se retourna vers l'arrière et rendit compte :

— L'ancre est à pic !

— Brasse la misaine à tribord ! Largue la civadière ! Vire à déraper !

Les hommes s'arc-boutèrent plus dur sur les barres pour arracher l'énorme ancre en fer forgé, enfoncée des deux pattes dans le sol portugais comme si elle refusait de le quitter. Elle apparut enfin noire, luisante et dégoulinante comme un squelette de monstre marin.

— L'ancre est haute !

— À saisir ! La barre toute à droite !

Sur cet ordre relayé à travers l'écoutille, les timoniers postés sous le gaillard amenèrent promptement la manuelle sur sa butée tribord, à grandes brassées de palan. Le long barreau de bois traversait le pont pour agir loin en dessous sur le timon.

Emportée doucement par le courant, *Nossa Senhora do Monte do Carmo* commença à dériver en culant, pivotant lentement sur bâbord sous l'effet de couple généré à l'avant par la misaine et la petite civadière établie sous le beaupré, qui recevaient le vent à contre, et à l'arrière par le frein du gouvernail en travers. Quand la caraque fut perpendiculaire au vent, François expliqua à son compagnon que l'énorme surface de sa coque trouvait là une ferme position d'équilibre et que, sans erre, elle n'avait pas le moindre espoir de poursuivre sa giration.

— Alors ?

— Alors, il reste l'alternative de jeter une ancre à nouveau ou d'aller s'échouer à la côte.

— Est-ce une manœuvre habituelle ? Elle semble bien compliquée. Non ?

On s'activait au bossoir tribord à immobiliser la grande ancre à son poste de mer, à entraver cette masse de fer active, prête à tout démolir autour d'elle comme un taureau de combat dès que la caraque se mettrait à rouler au sortir des passes.

— Largue la grand-voile !

Ses cargues brusquement libérées, la lourde voile de toile épaisse s'abattit au-dessus des têtes dans un grondement chuintant qui affola les passagers dont le front reflua en désordre. L'immense croix rouge de l'Ordre du Christ se déploya comme un défi adressé aux forces du mal, contre lesquelles semblait lutter la voile en battant furieusement au vent, agitant en tous sens manœuvres et poulies dans une sarabande infernale traversée de claquements terrifiants.

Le décor venait de changer d'un coup. La caraque était maintenant magnifique sous le ciel très bleu parsemé de petits cumulus de beau temps. Impressionnante comme un monument élevé à la mémoire des découvreurs et à la gloire du Portugal. Se penchant vers l'écoutille ouverte à ses pieds, le maître lança un ordre que personne n'entendit mais auquel répondirent le bruit d'une chute dans l'eau et une vibration du pont. Quelques instants plus tard, la caraque s'inclina d'un mouvement très doux sur tribord et amorça un léger recul qui surprit et déséquilibra les spectateurs. Elle réagissait souplement au coup de frein brutal causé par l'ancre d'embossage que l'on venait de laisser tomber du tableau arrière, dont le grelin venait de se tendre brusquement en grinçant. Le paysage alentour commença à tourner comme par enchantement.

— Change la misaine ! Brasse la grand-voile à bâbord et fais servir ! La barre au milieu !

Les matelots de pont actionnèrent fébrilement les treuils à brasser pour réorienter la grand-vergue sous les encouragements stridulants du maître canonnier, responsable des grandes écoutes et titulaire pour cette charge d'un des quatre sifflets de la maistrance. D'autres, renforcés par des grumètes, embraquaient main sur main, au sifflet du gardien, les palans des amures de la grand-voile pour lui faire prendre le vent. Le bateau bruissait de gazouillis impérieux comme une volière en chaleur. Les forces du mal ayant sans doute renoncé, l'énorme voile se gonfla brusquement en claquant. La paix et le silence régnèrent tout d'un coup dans la mâture. Dès qu'il jugea que le cap du navire et la situation de la voilure étaient dans sa main, le maître lança par l'écoutille :

— File en grand !

Sa retenue tranchée à la hache, le grelin disparut par le sabord en fouettant l'air, abandonnant l'ancre d'embossage au fond du Tage. Une bouée en liège se dandinant au bout de son orin indiquerait dans le sillage l'emplacement de ce matériel de la couronne à la barge de l'arsenal qui viendrait le récupérer. Les signaux d'appareillage furent halés bas, ordonnant aux autres navires de la flotte de déraper dans l'ordre de préséance de leurs capitaines.

— À hisser le petit hunier !

L'ordre lâcha les gabiers impatients à l'assaut des haubans du mât de misaine. Ceux du grand hunier se tenaient prêts au pied du grand mât. Quand la caraque prit de l'erre en avant, le maître peaufina tranquillement son échafaudage de toile, ajoutant encore quelques croix du Christ dans le ciel. Depuis le temps où Henri le Navigateur en était le gouverneur, ces croix peintes sur la toile grège symbolisaient la foi chrétienne et affirmaient le poids moral de l'ordre dans la motivation des découvertes. Elles rappelaient aussi sa participation déterminante à leur financement quand le Portugal n'était encore qu'un petit État pauvre. C'était avant qu'il devienne le plus riche du monde et que les cours étrangères surnomment avec une aigre envie Manuel Ier le roi du poivre.

— À hisser le grand hunier ! Largue l'artimon !

Le triangle de l'artimon se déploya brusquement et prit le vent en claquant comme un coup de mousquet au-dessus du château arrière, faisant reculer les gens importants qui s'y sentaient déjà marins.

Le maître se signa et confia la caraque aux ordres du pilote de la barre du Tage. Toutes ses voiles dehors et pleines, *Nossa Senhora do Monte do Carmo* courait au grand largue prête à manœuvrer rapidement pour franchir les passes, entraînant la flotte derrière elle. L'autorité du maître, sa science ésotérique capable de faire évoluer le monstrueux navire, de le plier à sa voix comme un cheval dompté avaient médusé les témoins. Brusquement, François cria « Bravo ! » et la foule explosa en applaudissements, en rires et en commentaires animés. Sur la dunette, le vice-roi lui-même, qui avait montré un front soucieux, battit des mains avec élégance, entraînant aussitôt les félicitations du capitaine et les applaudissements courtisans de leur entourage. Ne supportant pas l'hommage inconsidéré rendu à l'habileté d'un rustre, le pilote-major pour la haute mer s'était retiré avant la fin de la manœuvre en affichant un air préoccupé.

Margarida était fascinée par ce cérémonial qu'elle avait suivi dans le petit groupe de spectateurs impressionnés du gaillard. Elle applaudissait à s'en faire rougir les mains.

— Quelle démonstration du génie des hommes. De leur capacité à mettre en ordre la nature et à la dominer. J'en tremble d'excitation et de vanité. Je participe à ce voyage ! Je n'ai plus peur de l'aventure qui commence. J'ai hâte de la vivre maintenant. Ma tante ! Nous sommes parties !

— Dieu t'entende, Margarida. Moi, je tremble d'angoisse. Tout ici est démesuré. Cela dépasse mon entendement. Cesse donc de te donner en spectacle.

La jeune femme faisait des grands signes enthousiastes en direction du rivage. Sur la plage rendue au peuple qui se pressait jusque dans les premiers pieds d'eau, tous les bras s'agitaient au rythme des *ola !* qui arrivaient par vagues auxquelles répondaient les marins en jetant leur poing droit vers le ciel.

On vit alors avant de les entendre les éclairs de la salve tirée de la terrasse de la tour de Belém, qui semblait s'être volatilisée brusquement en un nuage opaque. Toute l'escadre y répondit dans un fracas de poudre qui ébranla la caraque. Les salves protocolaires saluaient à la fois les couleurs royales et Notre-Dame du Bon Retour. En vérité, on s'adressait plutôt à elle en ce moment. Les hommes se découvrirent et se signèrent. Certains se mirent à genoux comme les femmes. La voix profonde du provincial des augustiniens lança le *Salve*

Regina, repris en chœur par l'assemblée. *Mater misericordiae, vita dulcedo et spes nostra, salve !*

Quelques minutes plus tard, sur tribord, le fort de Sào Julio de Barra s'illumina lui aussi de salves d'honneur et de bon voyage. *Ora pro nobis, sancta Dei Genitrix !* La flotte répondit au salut avec la même bruyante gratitude alors que la caraque s'engageait dans le chenal des Cachopos... *et a morte perpetua liberemur. Per eundem Christum Dominum nostrum. Amen !*

Ayant franchi la barre, le navire fut soulevé par la grande houle de l'Atlantique et retomba lourdement, faisant jaillir une gerbe d'écume. Un millier de nobles et de prolétaires, de clercs et de laïcs, de militaires et de civils se jetèrent sur le plat-bord et vomirent.

Nossa Senhora do Monte do Carmo

Dès la sortie du Tage, le pilote ordonna de saisir l'ancre de veille restée prête à être jetée d'urgence lors du franchissement des passes. Elle serait inutile pendant longtemps. Le maître d'équipage fit battre et sonner la fin des postes d'appareillage et appeler la première veille de quatre heures. Il enclenchait ainsi une routine dont les relèves allaient se succéder pendant des mois, nuit et jour, quel que soit le temps. Bastião Cordeiro fit du même coup basculer le navire dans la règle quasi monastique de l'univers marin.

La flotte hissa les pavillons d'aperçu du signal de faire route selon la volte du vent de garbin, un vieux mot hérité des Arabes pour dire de gouverner au sud-ouest. Le mauvais temps avait abandonné derrière lui une grosse houle que le navire courant au grand largue, mal soutenu par sa voilure, prenait de la hanche tribord, tanguant et roulant fortement. Tout ce qui, mal saisi, pouvait bouger, glisser, rouler, tomber ou cogner entretenait un vacarme lancinant rythmé de tribord à bâbord et retour. Les marins aguerris s'occupant de ce qui était de leur ressort, les passagers étaient trop malades pour assujettir leurs biens en vadrouille et mettre fin à ce harcèlement sonore épuisant.

Comme attendu, l'installation des deux Français fut mouvementée. Un neveu imprévu du capitaine-major avait occupé la chambre en bois, close par une vraie porte, destinée à l'apothicaire et à son aide. On les avait totalement oubliés et Jean posait problème. Le vice-roi consulté avec embarras sur le conflit d'intérêt entre son neveu et son apothicaire ayant très à propos exigé que son médecin demeurât à portée immédiate de ses appartements, l'attribution tardive d'un logement équivalent obligea à déloger quelqu'un d'autre. Un flot de protestations indignées roula sous le gaillard au fur et à mesure que se déplaçait la conséquence de la réquisition inopinée du neveu prestigieux. Le versement par Jean d'une gratification propitiatoire au maître d'équipage, quasiment le propriétaire du gaillard d'arrière, fit germer une solution.

La victime de cette fâcheuse affaire fut un haut fonctionnaire de la monnaie de Goa, un homme décharné au bec d'aigle dont le regard jaune perçait entre des paupières parcheminées. Sa ladrerie le perdit sur cet astéroïde où tout avait un prix. Il fut délogé sur l'intervention polie mais ferme de l'écuyer du comte, pour raison supérieure de service, voire pour raison d'État. Blême, le fidalgo partit rejoindre le campement de trois fonctionnaires établis sur le premier pont entre deux canons. François eut le réflexe enfantin de s'incliner trop obséquieusement quand il quitta les lieux le menton haut et le poing enserrant le pommeau d'une épée morale. Jean le rabroua.

— Tu es un imbécile.

— Il méritait cette petite moquerie.

— Tu viens de nous faire stupidement un ennemi mortel. Ce fidalgo a subi un affront qu'il n'oubliera pas. Il cède devant le vice-roi. Là-bas, il sera puissant et nous ne serons plus dans l'ombre du pouvoir.

Maître Bastião opina en agitant vivement la main.

— Les fidalgos sont chatouilleux là-bas.

La bonne humeur avec laquelle ils avaient vécu l'incident, la libéralité de Jean et la protection du comte da Feira les ayant rendus intéressants voire sympathiques, le maître s'attarda un instant auprès d'eux. En bordure de l'abri du gaillard d'arrière, l'appartement qu'allaient partager François et Jean, au débouché de la coursive desservant les logements de tribord, était grand comme leurs deux paillasses. Limité par des cloisons de bois sur deux côtés contigus, il était théoriquement clos sur les deux autres par des portières en toile, comme une manière de lit à baldaquin. Ouvert à tous vents, leur abri dont n'aurait pas voulu un valet de ferme dans la vie normale faisait pourtant l'envie des malheureux passagers en quête d'un gîte. Il serait parfaitement adapté à tous les climats à venir.

Leur encoignure donnait sur le tillac où régnait la plus extrême confusion depuis le rappel aux postes de navigation. Tandis que Jean et François chancelaient, rétablissant leur équilibre sans cesse bousculé en se retenant aux parois, le maître d'équipage avait pris d'instinct la posture souple des gens de mer pour absorber le roulis en pliant un genou puis l'autre. Oscillant sur ses jambes écartées, il leur expliqua en quelques mots quel processus cumulatif avait alimenté de proche en proche cette pagaille générale.

— Le bateau est partagé en un grand nombre de quartiers grands ou petits. En gros, depuis les soutes aux câbles d'ancres sous la flottaison à l'avant, jusqu'au sommet de la dunette à la poupe, les places sont d'autant plus prestigieuses que tu montes de pont en pont et que tu vas de l'avant vers l'arrière. Les appartements du capitaine-major et du capitaine occupent l'extrême arrière de la dunette, deux étages au-dessus de nous. Le pilote, le second pilote et moi-même logeons un pont en dessous, près de nos occupations à la mer. Les autres chambres du gaillard sont réparties entre les officiers, les hauts fonctionnaires, l'entourage du capitaine-major et les personnalités comme le principal des Augustiniens de Goa.

— Et nous !

— Et vous, les Français. Je me demande d'ailleurs comment vous êtes arrivés dans la suite du vice-roi. À titre exceptionnel six passagères nobles y sont aussi mises à l'abri.

Jean coupa la parole à François, le laissant la bouche ouverte alors qu'il allait demander où nichait la titulaire des yeux verts.

— Je comprends bien que l'attribution des logements est un difficile compromis entre les exigences des postulants et la réalité volumétrique d'une nef surpeuplée.

— C'est évident mais les passagers de marque comprennent rarement aussi vite que toi.

La place était une affaire majeure sur toutes les nefs des Indes, même à l'aller quand elle partait à vide. Les logements avaient été concédés au nom du roi selon les règlements de la Casa da India, en tenant compte des interventions supérieures. Le plan d'hébergement avait été arrêté longtemps à l'avance. Hors des logements prestigieux de l'arrière, les canonniers, les soldats et les religieux dont une quarantaine de franciscains gîtaient à l'entrepont sous le tillac et l'équipage sous le gaillard d'avant. Le petit peuple occupait le premier pont où les sœurs, les orphelines et les femmes avaient un quartier réservé sur l'avant. Elles allaient cohabiter quelques temps avec les veaux, les moutons, les chèvres et les brebis pour la viande et le lait de la table du vice-roi, les poules et les pintades, les bœufs et les cochons qui, n'étant pas destinés à faire souche en Inde, ne franchiraient vraisemblablement pas l'équateur. Ces bestiaux affolés dont on entendait les protestations n'avaient pas compris pourquoi on les poussait à coups de piques dans des barques, avant de les hisser dans les airs par des sangles. Leur immolation, comme une réminiscence des libations propitiatoires d'Ulysse, annoncerait la dernière viande fraîche distribuée avec parcimonie. Viendraient les salaisons.

— Seulement, comme à chaque appareillage, cette ordonnance administrative a été bouleversée dès l'arrivée des passagers à bord. Les officiers et les personnages importants ont aussitôt rempli leurs logements de leurs meubles et de leurs assistants.

— Voire de parents inopinés, comme le neveu du vice-roi.

— C'est clair et c'est assez naturel au fond. Du sommet de la hiérarchie jusqu'au moindre notable, chaque titulaire d'une place assignée a débordé, encombrant les espaces de circulation dévolus au service du bord de coffres et de ballots. Tu n'as qu'à voir le résultat.

— C'est en effet un joli capharnaüm dans les coursives.

— En plus, les domestiques et les esclaves vont dormir au seuil des portes de leurs maîtres. La nuit, vous devrez faire attention où vous mettez les pieds.

Ils apprirent que les libertés contribuaient au désordre ambiant. Ces franchises de marchandises de retour étaient accordées au personnel embarqué selon son rang. Depuis le capitaine jusqu'au dernier matelot, des coffres et des ballots dont le volume et le nombre étaient fonction de la position hiérarchique permettaient d'abonder les soldes tout en réduisant à bon compte les dépenses de la couronne. Elles étaient exemptées de droits, à l'exception du denier à Dieu destiné au monastère des Hiéronymites de Belém. Un matelot disposerait ainsi du droit de rapporter à Lisbonne et de vendre en franchise dix quintaux de poivre et une caisse de liberté d'une valeur cent vingt fois supérieure à son salaire mensuel de mille réis. Les maîtres et les pilotes étaient titulaires de trente quintaux de poivre et de trois caisses. Chacun emportait aux Indes la pacotille qu'il troquerait contre des marchandises de retour. La caraque était un grand bazar car les marchands passagers emportaient des articles d'échange. Ils avaient chargé en aussi grande quantité que possible miroirs, quincaillerie et ustensiles de cuivre ou de fer, armes blanches, velours et draps de laine dont ils comptaient multiplier par quatre la valeur. Fruits secs, salaisons, vin, fromages et huile d'olive pouvaient rapporter jusqu'à sept pour un.

— *Quem nada leva à India nada traz !*

— Qui n'emmène rien en Inde n'en rapporte rien, traduisit François.

— L'horreur du vide.

— Et cette horreur du vide encombre la caraque.

Maître Bastião ajouta qu'un autre dicton plus pessimiste disait que le premier voyage était pour voir, le second pour comprendre et le troisième pour faire des affaires, suggérant que, en dépit des apparences, la fortune ne sautait pas forcément au cou des voyageurs débarquant à Goa. Lui-même préférait exercer le dangereux métier de navigateur plutôt que négocier aux Indes. En tout cas, les passagers étaient répartis un peu partout, eux et leurs biens, selon leur influence, leur culot ou leur débrouillardise.

— Selon leurs moyens aussi, j'imagine. Non ?

Le maître d'équipage éclata de rire en bourrant l'épaule de François d'une poigne amicale. Lui-même, le contremaître Bento Martinho et le gardien Jose Baptista – les trois titulaires statutaires des volumes fonciers du navire – tiraient des profits substantiels de leurs fonctions. La plupart des soldats et des matelots avaient vendu un bon prix aux passagers les plus mal lotis leurs espaces personnels de l'entrepont et du gaillard. Pour les mieux situés, le loyer leur rapportait autant qu'un an de solde.

— Les hommes supputent la valeur résiduelle de leur peau s'ils atteignent la fin du voyage et ils s'efforcent de l'optimiser.

— Ça vaut le sacrifice d'un peu plus d'inconfort. D'autant plus que j'ai vu passer quelques hommes traînant des hamacas, remarqua Jean.

— Tiens, tu connais ça ?

— J'ai vu au nouveau monde ces couches suspendues que les Indiens nomment des hamacas. Les Espagnols en ont rapporté. C'est ingénieux et ça devrait plaire aux gens de mer.

— Exact, confirma le maître. Ces lits de filets sont en train de gagner le monde maritime.

— C'est paraît-il très confortable après quelques jours d'accoutumance de la colonne vertébrale. Tu le confirmes, maître Bastião ?

— Moi, j'ai passé l'âge de cette singerie. En tout cas, certains marins sont d'autant plus prompts à vendre leur paillasse, qu'ils ont adopté ce couchage peu encombrant que l'on peut accrocher n'importe où – il leva un index d'attention – et que la vermine ne peut coloniser.

À peine appareillée, *Nossa Senhora do Monte do Carmo* était déjà morcelée et soumise à des transactions. Le moindre espace avait un propriétaire, déclaré tel en tout cas. Son prix établi avant le départ d'après le cours habituel avait été ajusté dans les premières heures des embarquements pour tenir compte des occupations abusives des grands et des disponibilités financières de la clientèle courante. Il serait sans cesse réévalué, disputé, acheté, vendu, racheté et revendu tout au long de la traversée selon les saisons chaudes ou froides, sèches ou trempées. Chaque décès libérant un morceau de pont en friche, la caraque serait un marché foncier animé. Il atteindrait des sommets vertigineux au retour, quand les épices auraient alors priorité sur les hommes.

Traînés par quatre gamins à tout faire, leurs coffres vinrent consolider et assujettir l'angle mou de leur territoire, qui entendait flotter au vent plutôt que protéger leur intimité. En raison de la transparence des frontières de leur royaume, Jean jugea préférable de confier son coffre à drogues à la garde du sergent. La belle ordonnance des cordages si bien rangés pour l'appareillage n'avait pas survécu à la première heure de mer. Le pont et le gaillard d'avant prenaient sous leurs yeux l'allure d'une foire de gros bourg ou d'un congrès de bohémiens. Dans l'anarchie générale, certains matelots n'avaient pas hésité à occuper voire à louer sous le manteau des emplacements gagnés dans les soutes. Ils étaient occupés à les débarrasser de leur matériel, entassant sans vergogne voiles et agrès sur le tillac. Un arrangement tacite de non-ingérence réciproque faisait fermer les yeux des maîtres sur les abus coutumiers des subalternes placés sous leur autorité.

Plus d'une centaine d'hommes avaient commencé à ériger dans ce désordre des tentes et des ranchos, des cahutes plus élaborées recouvertes de cuirs de bœufs. Les grumètes dont le refuge affecté était au pied du grand mât déployaient des peaux de vache et des toiles huilées qui les abriteraient entre deux corvées dures ou nauséabondes, quand ils ne seraient pas assujettis à des postes de veille aux écoutes ou ailleurs.

Ces adolescents maigrelets et souffre-douleur seraient corvéables à toute heure aux ordres hurlés par le gardien.

— Tu vois ? Notre équipage se débrouille très bien pour s'installer.

— Mais comment pourra-t-on manœuvrer le navire dans ce chantier ?

— Manœuvrer quoi ? C'est fini pour plusieurs mois. On réglera un peu les voiles de temps en temps. On démontera les ranchos avant de mouiller à Goa. D'ici là, ils ne dérangent pas vraiment.

Un passager perdu traversa le tillac, traînant ses hardes et poussant sa malle comme un bousier roulant sa boulette de crottin. Le roulis le précipitait brusquement en avant jusqu'à partir en courant ou l'arrêtait au contraire dans son effort. Il trébuchait, furieux et vindicatif, sur des corps affalés dans leurs vomissures. La scène avait le caractère ingénieux, pitoyable et drôle du quotidien des insectes.

Le premier crépuscule nauséeux des voyages en mer plongea la caraque dans une léthargie initiatique propre à souder la communauté temporaire qu'elle emportait à la grâce de Dieu. Les quelques femmes installées là comme des corps étrangers aux propriétés plutôt maléfiques géreraient toutes seules leurs états d'âme et leurs vapeurs. Le bruit courait que des capitaines ayant découvert des passagères clandestines les auraient abandonnées sur la première terre rencontrée. Ceux qui rapportaient ces histoires ignoraient si ces îles étaient habitées ou désertes.

Jean et François avaient pour voisin immédiat un sexagénaire borgne que les matelots évoquaient généralement en se frappant le front de l'index. L'illuminé occupait un espace prismatique minimal compris entre la cloison du gaillard d'arrière, le pont et une toile tendue de l'un à l'autre par quelques clous plantés dans le bois de la caraque. Selon maître Bastião, l'homme au passé chaotique devait une tolérance amicale à sa pratique courante des traversées et à un incommensurable amour des hommes. Son seul bien apparent, hormis un manteau gris de toute saison et de toute demi-saison usé jusqu'à la trame, était un exemplaire des *Lusiades* de Luis de Camões délabré par trente-six années de consultation quotidienne au soleil, au vent ou sous la pluie. La seule occupation connue de cet ami de l'homme, quand il ne se rendait pas utile à ses proches, était d'en déclamer des extraits édifiants. Il vivait en mer une manière de sacerdoce laïque et masochiste, soucieux, quand il arrivait au terme du voyage, de négocier aussitôt le suivant.

Le philanthrope glissa sa tête entre leurs rideaux disjoints. Sa barbe blanche rendait plus nue sa calvitie.

— Bonjour. Je m'appelle Carvalho. Sebastião de Carvalho. Nous sommes voisins et cela va durer quelque temps. Puis-je entrer ?

Sans attendre d'invitation formelle, il franchit la paroi en enjambant le coffre de François, s'assit dessus et engagea une manière de monologue. Il avait installé soigneusement son livre compagnon à côté de lui, comme s'il allait participer à la conversation. Les égratignures des menus incidents de la vie avaient gravé la couverture de cuir comme le font les scarifications rituelles de certains peuples africains.

— C'est ma septième traversée. J'ai survécu aux six premières. J'ai donc échappé aux statistiques de mortalité qui auraient déjà jeté deux fois mon corps par-dessus bord. Dans mon âge viril, j'ai participé à l'expédition punitive de dom João da Costa contre le samorin de Calicut dont l'armée avait pris Chale par surprise. J'en ai rapporté une claudication au niveau du genou gauche. Comme Fernão de Magalhães, que vous vous obstinez à appeler Magellan au-delà des Pyrénées. J'y ai aussi laissé mon œil droit comme Camões.

Il souleva le bandeau beige ou sale qui masquait son orbite et ricana gentiment, sans rancune.

— Comme l'un et l'autre, je n'ai gagné aucune reconnaissance. J'ai eu en réalité une formidable chance.

— L'ingratitude suffirait-elle à ton bonheur ?

— Si tu ne le sais pas déjà par la médisance publique, j'ai coiffé quelque temps le capuchon des franciscains. Après mes humanités à Coimbra, un appel impérieux m'avait poussé vers la prédication de l'Évangile.

Sebastião était profès depuis déjà trois ans quand était parue chez l'éditeur Antonio Gonçalves l'édition originale des *Lusiades*. Il avait dévoré d'une traite ce chef-d'œuvre. L'orgueil de la conquête des Indes l'avait empli d'une énergie mystique, comme une révélation divine. La vie monastique ne pouvant être un engagement suffisant au service de la Lusitanie, son devoir était aux Indes, une épée à la main.

— Dieu se serait trompé sur ta vocation ?

— C'est moi qui avais mal interprété son appel. J'ai quitté le monastère et je me suis enrôlé pour les Indes. Je suis arrivé à Goa juste au moment où l'armée partait porter la guerre au sud.

— Tu y as été blessé grièvement. Cela aurait mérité récompense il me semble.

— L'explosion accidentelle d'une de nos couleuvrines sous les murs de Calicut m'a rendu borgne et boiteux. Je ne suis pas un héros.

Pendant qu'il soignait ses blessures physiques et morales de religieux défroqué et de soldat réformé, un rêve lui avait appris que son destin était en réalité de soutenir les passagers des caraques des Indes en leur administrant comme un viatique les accents homériques des *Lusiades*. Jean avoua ne pas être très familier de ce texte obscur, et Sebastião admit que son livre culte était d'un abord assez difficile si l'on n'avait pas le goût des humanités ni de la poésie. Il dépassait donc sensiblement le niveau intellectuel de son auditoire.

— J'agrémente mes lectures de commentaires personnels pour rendre le texte plus compréhensible. Vous apprécierez Camões.

— C'est très improbable.

— Si, si. J'ai tout le temps de vous faire aimer ses vers. Il est le ciment qui lie le destin personnel de chaque passager pour construire l'empire du Portugal. Chaque tesselle d'une mosaïque ignore sa cohérence. Non ? Bon voyage en tout cas. Vous pouvez être tranquilles. Les bateaux sur lesquels je navigue bénéficient d'une bienveillance spéciale du ciel.

Il sembla fermer les yeux, mais il clignait en réalité son œil gauche. Il disparut et repassa aussitôt la tête dans l'entrebâillement des toiles.

— N'oubliez pas d'aller toucher vos vivres si vous ne voulez pas rester le ventre vide. La distribution a commencé. Quand fermera la cambuse, les retardataires devront faire pénitence en jeûnant. Vous me suivez ?

En ce premier matin à la mer, tout le navire convergeait sur le tillac. Cette agora plantée de tentes et de cabanes de cuir ressemblait d'autant plus à un campement de nomades que de la fumée et des odeurs de friture s'échappaient de la grande écoutille percée sur l'avant du grand mât. La nourriture était cuite à la diligence de chacun à l'entrepont, sur deux grands fourneaux placés de part et d'autre du grand mât, l'un pour les gens de mer, le second pour les autres. Ces *fogões* consistaient en des bassins de fer reposant sur une sole en briques. Ils contenaient des braises alimentées par du bois de chauffage. Gardés chacun par deux soldats, ils seraient allumés chaque jour sur le coup de huit heures par le sergent, maître absolu du feu qu'il transportait dans un falot de fer blanc percé de quelques trous pour laisser passer l'air comburant. Deux grumètes renouvelaient le bois et tisonnaient les braises juste assez pour qu'elles rougeoient sans flammes, sous le regard attentif d'un caporal dont l'unique fonction était de surveiller les feux. Il était adjoint pour cela au sergent qui reviendrait à quatre heures de l'après-midi les éteindre soigneusement et noyer les braises que les grumètes jetteraient aussitôt à la mer sous le contrôle de soldats. Le feu était une terreur à bord, surtout lors des voyages de retour car les cargaisons étaient alors éminemment combustibles. Les clous de girofle étaient disait-on de la véritable poudre à canon.

Les vivres étaient distribués crus pour la journée ou pour le mois, à égalité démocratique des parts, par deux cambusiers surveillés par l'œil vigilent de l'écrivain, à la fois notaire, greffier et intendant, comptable de chaque gobelet de riz ou d'eau. Détenteur des clés du magasin et des cales à eau et à vin, même le capitaine ne pourrait y descendre sans lui. Les valets des gens de qualité et les esclaves qui coûtaient assez peu pour être très nombreux à bord assuraient la confection des repas. Ceux qui n'avaient pas de domestiques ou qui ne pouvaient s'arranger au sein d'une collectivité organisée devaient se débrouiller seuls, ce qui mettrait les malades trop faibles pour se déplacer en grand risque d'inanition. Ce système était paradoxal. Il était généreux quant au souci de la couronne de préserver au mieux la santé à bord. Il était individualiste à l'extrême puisqu'il éludait le principe d'une cuisine qui eût distribué des rations chaudes préparées collectivement. La Casa fournissait à profusion l'ordinaire et entretenait le feu.

À bord de ce navire sans cuisiniers, on pourrait compter pendant les huit heures d'ouverture des *fogões* jusqu'à quatre-vingts pots de cuivre, de fonte ou de terre mijotant à la fois sur les fourneaux. Il fallait prendre son tour mais on avait tout le temps pour cela. Jean avait assez voyagé pour ne pas prêter trop d'attention au contenu de son écuelle. François, fort de ses souvenirs de mer, lui proposa de prendre en main leur cuisine et leur garde-manger. L'ami des hommes approuva sa détermination.

— De toute façon, à bord, il est inutile d'avoir des talents culinaires. Quand les légumes auront été consommés dans un état de blettissement croissant, nos brouets consisteront quoi qu'il advienne en variations sempiternelles sur des bouillis de bœuf, de porc salé ou de morue. Chacun en recevra une arrobe pour le mois.

— Une quoi ?

— Ça ne sait décidément rien un transpyrénéen. Une trentaine de livres.

— Trente livres ! Soixante pour nous deux. Je les mettrai où ?

— Viande ou poisson, à l'air libre et surtout suspendu pour échapper aux rats. Pas aux cafards qui courent au plafond. Elles donneront à la caraque une allure de marché.

Devant la moue dégoûtée de Jean, leur mentor enthousiaste sourit largement sur sa denture naufragée.

— Nous avons embarqué avec les salaisons un petit nuage de mouches lisboètes ! Tu verras. Tu les trouveras sympathiques ces diptères volant autour de ton étal de boucher quand tu regretteras la terre à en pleurer.

Les ingrédients de base, sel, huile et beurre rance, ail, moutarde, oignons et légumes secs – pois chiches, fèves et lentilles – seraient distribués continûment. Des pruneaux, des figues et des raisins secs, de la pâte de coing, du sucre, des amandes et du miel témoignaient du souci de la couronne de nourrir aussi convenablement que possible ses navigants selon ce que pouvaient conseiller les médecins. Le biscuit, ce pain littéralement cuit deux fois pour mieux se conserver, provenait des fours royaux du Vale de Zebro sur la rive gauche du Tage. À raison de deux livres par personne et par jour, cet aliment incontournable de l'aventure marine à la voile avait l'aspect, le goût et la consistance d'une petite assiette de terre cuite épaisse. L'art consistait soit à faire gonfler le biscuit dans du sel, soit à le ramollir dans du vin, de l'eau de mer ou du bouillon avant de le disputer aux vers et aux charançons qui la colonisaient avec bonheur.

Chacun était libre de joindre quelques rafraîchissements à ses bagages, et l'on pouvait encore acquérir à prix d'or, dans les premiers jours du voyage, quelques exceptionnelles volailles du marché parallèle. On se procurerait éventuellement du poisson frais auprès des pêcheurs par désœuvrement ou pour gagner quelques réis. La pêche donnait rarement en pleine mer soit par manque de poisson, soit parce que les lignes de pêche à main se rompaient sous le poids des thons.

L'eau douce était un souci majeur lors des voyages au long cours. Carvalho ne manqua pas de leur souligner son acuité pendant qu'ils attendaient leur tour, prenant un air grave qui sacralisait le sujet.

— Chacun recevra la même ration d'eau et de vin à raison d'une canade, soit un peu moins d'une pinte et demie par jour. Nous resterons maîtres de la revendre si nous voulons.

Son œil unique prit successivement à témoin leurs quatre pupilles.

— Depuis l'infiltration des Hollandais tout au long de la route des Indes, il est interdit aux navires de la Carreira da India de faire escale en chemin, de crainte de tomber sur un mauvais parti. Aucune aiguade n'est donc envisageable. Il faudra vivre sur nos réserves. La question sera d'apprécier la durée de la traversée. S'il devient clair que le voyage sera plus long qu'espéré, la ration tombera à deux quarts d'eau.

— C'est peu mais convenable pour une population désœuvrée qui ne fera aucun effort physique.

— Tiens donc ! Monsieur l'apothicaire du vice-roi. Les salaisons attisent la soif. Ce sera toujours convenable à ton avis dans la touffeur de l'équateur, quand une température de fournaise régnera partout, dehors et dedans ? Les futailles qui sont solidement arrimées au fond des cales sont déjà aussi farouchement gardées par des soldats que le cavedal, le trésor royal pour l'achat du poivre.

Après une longue semaine, la grande houle s'était apaisée et la caraque effaçait sans difficulté une mer moutonnante de sud-est. Dans le boudoir du gaillard d'arrière, Dona de Galvão avait des nausées à en mourir, et l'expression n'était pas une simple formule imagée. Elle gémissait, effondrée en chien de fusil sur sa couchette, un mouchoir imbibé d'eau de fleur d'oranger sur le front. Ses cinq compagnes occupaient leurs esprits et leurs mains en enfilant à longueur de journées des aiguilles à broder ou à tapisser. Elles jetaient parfois quelques cartes solitaires ou batailleuses, lisaient et relisaient beaucoup. Leurs trois servantes désœuvrées s'affolaient de leur incapacité de se trouver assez d'utilité laborieuse dans ce réduit imprégné d'une odeur de papier d'Arménie. En l'absence de commodités, elles évacuaient vingt fois par jour seaux et bassines pour s'occuper les mains.

Malgré leur monotonie, les repas étaient des moments forts qui relançaient leur conversation. Elles maintenaient un semblant de vie mondaine, dressant une table convenable sur une vraie nappe brodée, disposant chacune son couvert en argent, sa timbale et son assiette au chiffre de famille qui méritait mieux que le brouet qu'elle recevait. Les recluses enjolivaient l'ordinaire indigent en offrant à tour de rôle un dessert de confitures ou de fruits secs de leurs provisions personnelles. Ce supplément leur donnait surtout l'impression d'une manière d'intimité conviviale. Chacune avait sa recette thérapeutique qu'elles accueillaient en battant des mains comme s'il s'agissait d'une surprise. Custodia proposait des mandarines confites. Jeronima, des écorces de citron macérées dans du vieux xérès. Dona Elvira et Maria Emilia, leurs chaperons, déballaient avec une lenteur rituelle leurs confitures de courge de l'Algarve l'une et de coings l'autre. Margarida détenait huit bocaux de citrons confits. Elle avait suggéré de rationner ces douceurs acides, sous peine de consommer leurs réserves avant même de traverser l'équateur. Elles s'étaient mises d'accord sur une petite cuiller par personne à la fin du dîner vers dix heures du matin. Étant réputées être d'or le matin et de plomb avant le sommeil, les sucreries avaient été bannies du souper qu'elles prenaient tôt, à quatre heures de l'après-midi, au moment de l'extinction des *fogões*. Ces douceurs et un peu de bouillon constituaient l'essentiel de la subsistance de Zenóbia de Galvão.

Elles se réconfortaient en s'accordant sur le fait que leurs journées n'étaient finalement pas beaucoup plus vides qu'au Portugal. Sans doute les relations mondaines étaient-elles réduites à leur plus simple expression. Elles ne voyaient personne, mais comment auraient-elles reçu dans leur trou ? Et comment pourrait-on imaginer les convier à quelque réception formelle ? Chacun vivait à bord replié sur ses pensées. Leurs sorties fréquentes sur le gaillard constituaient le plus clair de leur vie sociale. Les civilités s'y bornaient à des courtoisies gestuelles et à quelques propos n'appelant pas de réponses sur les santés réciproques et sur le temps. Juste polis, sans jamais risquer de passer pour des conversations galantes.

Le tillac était plus animé. Devenu un rendez-vous populaire, il se remplissait un peu plus chaque jour de convalescents réconciliés avec l'océan. On appelait ce lieu de rencontre le *converso*, par un jeu de mot sur *convés*, le mot portugais pour désigner le pont. On y jouait beaucoup, à longueur de journée jusqu'à ne plus y distinguer un chien d'un loup, un fil blanc d'un fil noir. Des petits groupes de joueurs affairés et experts tournaient le dos aux badauds qui regardaient par-dessus leurs épaules. Ils jouaient avec des éclats de rire et des grandes claques bruyantes, ou au contraire dans un silence tendu quand les enjeux étaient importants. Les dames et les échecs étant plutôt les jeux élégants des élites du gaillard d'arrière, on abattait à satiété les cartes sur le pont et les dés roulaient dans tous les recoins du navire. C'était, sinon le meilleur, du moins le seul moyen de mettre son ennui entre parenthèses. Voire de faire fortune avant l'heure grâce aux paris et aux jeux d'argent, bien qu'il fût interdit de miser ses biens personnels. Le capitaine et les franciscains veillaient attentivement à faire respecter la règle sur les jeux de hasard, moins par souci de protection de cette société capable de se débrouiller toute seule que pour prévenir disputes et désordres. Pour préserver tout au moins le ciel des imprécations et des blasphèmes. En fait, les jeux étaient tellement nécessaires au maintien de l'ordre social à bord de cette nef désœuvrée où l'on s'ennuyait lentement, que les batteurs de cartes et jeteurs de dès étaient laissés en paix aussi longtemps qu'ils contenaient leur excitation.

Le père Vicente Martins de la Compagnie de Jésus avait imaginé que les parieurs chanceux pouvaient utilement contribuer par quelques aumônes au soutien de l'infirmerie. Des infirmiers élus chaque semaine parmi les fidalgos et tous les titulaires de charges entretenaient de leur générosité les plus pauvres malades. L'idée était d'étendre autoritairement ces libéralités aux amateurs de distractions réprouvées par l'Église. Les joueurs s'étaient vite adaptés au règlement et surtout aux extorsions du père Martins en acquérant des réflexes de pensionnaires ou de prisonniers au secret. Tels des ventriloques, ils étaient capables de mettre en doute l'impartialité de la Vierge, d'injurier le ciel et de menacer ses saints de décapiter leurs statues au retour sans desserrer leurs dents bloquées par un trismus rageur.

Rien ne se passait comme ailleurs sur ce bateau en route pour les Indes, mais l'un dans l'autre, la vie y suivait encore un cours normal. Une preuve de cette normalité était l'ouverture d'un lupanar clandestin. Il avait commencé à fonctionner sous l'entrepont, sous le contrôle du gardien car la Casa fermait les yeux. L'onanisme ne la dérangeait pas, et pour le reste elle préférait de beaucoup ce commerce immoral à l'homosexualité de circonstance et aux tentations pédophiles qui avaient naguère causé des ravages dans la population fragile des mousses et des grumètes. Les quelques prostituées mêlées aux passagères étaient exfiltrées à tour de rôle du quartier des femmes par une écoutille dissimulée aux regards, les conduisant directement au pont inférieur sans franchir l'accès gardé par les soldats, d'ailleurs parfaitement au courant de la supercherie dont ils bénéficiaient hors de leurs gardes à titre de contrepartie. Quelques bagages sous une couverture trompaient facilement la vigilance et le comptage des sœurs, qui n'imaginaient même pas que des manigances aussi abominables neutralisaient leurs prières frénétiques pour que perdurât la moralité de leur troupeau.

François avait beau scruter la coursive pendant des heures à travers les discontinuités des portières de leur poste d'observation, la senhora qui habitait pourtant tout près d'eux ne parut pas sur le tillac. Jean qui brocardait ses mines de matou déconfit lui avait rapporté d'un de ses séjours prophylactiques dans les appartements du comte que l'objet de ses rêves partait épouser son beau-frère, intendant de l'arsenal des galères de Goa. Elle prenait souvent le frais sur la dunette où il ne pouvait espérer accéder sans une autorisation expresse qu'il n'avait aucune chance d'obtenir.

Sur les instructions du pilote, le capitaine-major avait ordonné de faire route au sud pour reconnaître Madère. Le 15 avril qui était un mardi, on vit le pic du Teide. Chacun s'attendait à le voir monter de l'horizon comme cela était raconté par tous les voyageurs mais il apparut brusquement au matin sur tribord avant, haut dans le ciel. Du moins son sommet blanc de neige, translucide comme un quartier de lune en plein jour. Il flottait dans l'air car sa base était absorbée par le voile dû à l'humidité atmosphérique. Parce que l'on s'en rapprocha jusqu'à sentir distinctement l'odeur de terre, chacun espéra que l'on y ferait escale, puisque les vaisseaux de la Carreira da India y prenaient naguère des légumes et un excellent vin. Malheureusement, le temps pressait, et de toute façon la menace hollandaise avait fait interdire les escales de rafraîchissement. Le capitaine général ordonna de changer la route au sud-sud-ouest. Ceux qui n'avaient pas l'habitude de la mer ressentirent pour la première fois la frustration profonde d'une terre inconnue rangée à courte distance. De ses vallées devinées luxuriantes et calmes, de ses villages tout blancs accrochés aux collines, suggérant une vie bucolique plus enviable assurément que toute autre. Au large d'une île inaccessible, chaque passager d'un navire au long cours rêve ardemment d'y finir ses jours.

Dans la nuit, le vent se mit à forcir et l'on constata le lendemain matin que *Nossa Senhora da Ajuda* et le galion *Bom Jesus* qui avaient sans doute manqué le signal de changement de route avaient perdu la flotte. Selon le code des signaux, la caraque amirale alluma pendant trois nuits un fanal dans la hune, ne comptant pas trop quand même sur ce lumignon pour rallier des navires hors de portée visuelle.

L'Atlantique était d'un bleu d'azulejo. À contre-jour vers le sud, il luisait au loin dans un friselis étincelant comme une coulée d'or. Si la légende était exacte, le métal mythique pouvait bien être en train de naître là-bas sous la chaleur maximale du soleil de l'équateur. Les passagers accoudés au bastingage en débattaient à longueur de journée. Les plus excités s'étiraient au-dessus de la mer cramponnés d'une main aux haubans, comme s'ils étaient entraînés par leur main libre jetée en direction de l'or natif. Ils transpiraient d'énervement que l'on passât si près des sources de l'or sans prendre la peine d'aller en recueillir quelques seaux. Un marin illettré de Lagos qui connaissait les parages s'était fait une réputation d'érudit en expliquant à qui voulait l'entendre, sur un ton de docteur de Coimbra, que c'était plus compliqué que pouvaient le croire les ignorants.

— Quand on met le cap sur la nappe d'or en fusion, car c'est bien de l'or que l'on voit là-bas, elle s'enfuit sans se laisser approcher.

— Comment cela se peut-il ?

— C'est très lourd, l'or.

— C'est vrai. Comment cela se peut-il ?

— Comment peut flotter l'or ?

— Puisqu'il est liquide, il est plus léger.

— Admettons. Mais comment peut-il s'enfuir vélocement ?

Quand l'auditoire s'échauffait de n'y rien comprendre, l'homme laissait tomber un argument irréfutable qui laissait cois les plus incrédules :

— L'or vous court devant comme l'horizon.

— Comme l'horizon ? C'est vrai ça ! Nous ne l'avons toujours pas vu de près depuis le départ de Lisbonne.

— Aucune caravelle, même la plus rapide, n'est jamais parvenue à attraper l'horizon.

Sa notoriété lui procurait de modestes revenus au titre de dispensateur de conseils de vie courante à travers tant d'étrangetés nautiques.

Laissant l'or inaccessible naître au loin par son travers bâbord, *Nossa Senhora do Monte do Carmo* avait atteint la zone des alizés. Bien groupée autour de la nau amirale, la flotte courait toutes voiles pleines, semant la mer d'une constellation de croix de l'Ordre du Christ se détachant en rouge sur le beige un peu gris des voiles gonflées. L'armada était allègrement poussée vers le Brésil par le flux régulier qui tourne depuis des millénaires autour de l'Atlantique Nord et dont la branche tropicale souffle immuablement du nord-est. Bartolomeu Dias avait découvert ce phénomène puissant et mesuré en suivant la grande volte atlantique qui l'avait écarté de l'Afrique pour le ramener vers la formidable récompense de la découverte du cap de Bonne Espérance. Les alizés étaient la révélation des Portugais. Le sésame qui ouvrait la route des Indes par un itinéraire détourné, plus long mais paradoxalement beaucoup plus rapide, salvateur même puisqu'il évitait les calmes équatoriaux dans lesquels s'engluaient à mourir les mauvais pilotes et tous ceux qui n'étaient pas initiés à ce secret d'État. La compréhension des alizés était la première clé du cadenas compliqué qui interdisait l'accès à la route commerciale des Indes. Grâce à la domestication du vent, les pilotes et les équipages d'une génération moins aguerrie, moins orgueilleuse que celle des pionniers un peu fous, pouvaient maintenant faire route dans leurs sillages sans être des héros comme eux.

Un roulis doux et ample faisait geindre les jointures de la caraque, craquer les cloisons et grincer les emplantures des mâts. Les passagers avaient repris vie après quelques semaines d'accoutumance léthargique à l'univers étrange des marins, comme si les alizés gonflaient tout autant les cœurs que les voiles. Ayant tombé leurs vestes, les néophytes coiffés de mouchoirs noués aux quatre coins crurent pouvoir déclarer hardiment que le voyage ne serait pas aussi terrible qu'on l'avait annoncé.

— Les beaux parleurs qui nous prédisaient mille morts étaient de fieffés menteurs.

— Des hâbleurs bien pusillanimes, lâcha d'un ton méprisant un jeune homme tout en noir, depuis le *capelo*, le bonnet à la phrygienne couronnant son front sombre jusqu'à l'immense cape qui le désignait comme un étudiant de Coimbra.

Son vocabulaire rare échappait à la langue usuelle mais ses interlocuteurs se tapèrent sur les cuisses.

— Tu as cent fois raison !

— Il a les mots justes, non ?

— Il a dit quoi, exactement ? Je n'ai pas bien entendu.

— C'est un intellectuel.

L'explication impressionna l'auditoire qui se réfugia dans un silence prudent.

— En tout cas, ce qu'il dit des pessimistes est sacrément mérité.

— La traversée sera très ennuyeuse mais nous constatons qu'elle sera supportable.

— Où serait-on mieux au monde qu'à bord de cette magnifique et puissante *Nossa Senhora do Monte do Carmo* ?

Quelques passagers plus instruits, parce qu'ils étaient des rescapés d'une précédente traversée aux Indes et des miraculés d'un retour sain et sauf, étaient plus réservés. On ne les entendait pas car des journées de mer faciles avaient amené la caraque dans l'environnement euphorisant des alizés. Questionnés avec avidité par leurs compagnons de voyage, c'est tout juste s'ils se souvenaient de quelques inconforts passagers, de quelques anecdotes triviales et plutôt risibles qui faisaient éclater de rire l'auditoire.

— Raconte la fille de Portalegre qui montrait son cul aux gens de la dunette !

— Et le jour de la pluie de lézards ?

— Dis-nous le bœuf qui pissait dès qu'approchait le contremaître.

Ils ne travestissaient pas la vérité par pudeur ni par souci d'être applaudis. Une étonnante amnésie frappait les survivants des traversées de la Carreira da India dès qu'ils posaient le pied à terre. Le plus utile, le plus amical, le plus rafraîchissant et le plus sain des vents de mer, l'alizé était un flux d'optimisme.

Les deux *estrinqueiros*, les maîtres voiliers chargés de l'entretien de la voilure et du gréement, étaient détenteurs de tous les secrets des nœuds marins et des épissures pour lier ou réparer les manœuvres rompues. À califourchon sur leurs petits bancs de travail, ils avaient la charge de recoudre et de renforcer les voiles en toile épaisse, maniant de leurs mains durcies par les cals des instruments de couturières qui auraient pu appartenir au géant Polyphème. Ils appartenaient à la caste des gabiers, l'élite des gens de mer embarqués parmi les va-nu-pieds constituant l'équipage. La qualification de ces professionnels de la mâture les distinguait des vulgaires brasseurs d'écoutes au ras du pont. Ils étaient seuls capables de s'occuper de la voilure tout en haut des mâts, de l'enverguer, de la ferler et de la déferler, de la changer et d'établir les bonnettes. Ils en tiraient à bon droit une incommensurable fierté et aimaient se faire remarquer par leur courage et leur agilité, offrant tous les jours et surtout le dimanche un spectacle très prisé.

À bord des caraques des Indes, les gabiers avaient coutume de pousser la démonstration jusqu'à des excentricités dangereuses, allant et venant dans la mâture pieds et torse nus, vêtus seulement de leur large pantalon serré à la cheville. C'était à qui serait le meilleur acrobate, grimpant jusqu'aux hunes par les haubans, dégringolant le long des étais, prenant d'assaut les vergues par leurs drisses ou par les balancines, se propulsant comme des singes le long des marchepieds qui couraient sous les vergues, passant main sur main du mât de misaine au grand mât par les bras du petit hunier ou le long du maroquin, un fort câble reliant horizontalement les hauts des deux mâts. La figure la plus hardie consistait pour les plus inconscients à progresser comme un quadrumane sous le maroquin. Parvenus au milieu du vide, ils lâchaient doucement les mains et se dépliaient avec précaution jusqu'à rester suspendus un instant par leurs pieds en équerre. Les voltiges de ces jeunes hommes étaient époustouflantes, et on les applaudissait au-dessous comme au cirque.

Le jeu tourna mal le dimanche 20 avril. Cherchant à distraire un groupe de compatriotes, un garçon de Setúbal s'était lancé dans une danse grotesque debout sur la grand-vergue.

— Bravo !

— Encore, Carlito !

— Bravo ! Tu es le meilleur, Carlito.

Le pied lui manqua brusquement et il tomba cassé en deux, le ventre sur la vergue, basculant lentement en arrière sans parvenir à s'agripper à rien dans sa quête affolée d'une sauvegarde. Il disparut derrière la voile gonflée, glissant sur elle en la griffant de ses dix ongles. On vit Carlito réapparaître sur l'avant et s'écraser sur le plat-bord au niveau de la grande ancre, sur laquelle son long hurlement rauque se brisa dans un bruit mat de sac de farine balancé de l'épaule. Le corps flasque rebondit et tomba à la mer. Ses cheveux défilèrent le long du bord comme un paquet d'algues et se perdirent sur l'arrière. Les autres gabiers redescendirent en silence de leurs perchoirs, le regard tourné vers la dunette, inquiets d'une sanction possible. Les spectateurs natifs de Setúbal furent honteux et gênés d'avoir troublé la fête.

— Quel maladroit ! jeta l'étudiant de Coimbra.

Sebastião de Carvalho le fixa d'un œil furieux et feuilleta hâtivement les *Lusiades* d'un doigt expert.

— Voilà. Camões. Chant quatre. Écoutez !

« Ô mon fils, je n'avais que toi comme consolation, comme un tendre soutien de ma vieillesse lasse

qui va s'achever dans les larmes amères du désespoir. Pourquoi me laisses-tu triste et infortunée ?
Pourquoi, fils chéri, t'en vas-tu loin de moi chercher un tombeau dans la mer et servir de pâture
aux poissons ? »

Il referma son livre en le claquant.

— Ce malheureux garçon méritait une meilleure oraison
funèbre que le mépris d'un étudiant prétentieux.

Il jeta un regard circulaire impérieux à l'assistance mais les
parties de cartes avaient déjà repris.

Deux morts furent immergés au cours de la semaine, après
des services religieux solennels. Ils devaient beaucoup moins
ces égards à leurs mérites passés de chrétiens excessivement
ordinaires, qu'à l'opportunité de relancer la prière à bord de
la caraque. Ce n'était pas faute d'exercices spirituels qui jalonnaient chaque journée. L'équipage se rassemblait le matin à
l'issue de la veille de l'aube, pour réciter la longue oraison
du point du jour. Chacun confiait à ce moment au ciel et à
ses saints un fragment particulier de la caraque, gouvernail,
misaine, coque, fûts d'eau douce ou grand mât auquel il était
attaché par son occupation. Tous priaient globalement pour
les âmes voyageant à bord. Le soir à neuf heures, le sifflet du
maître appelait d'une même stridulation au quart de prime
et au *Salve Regina*. Le chapelain célébrait la messe chaque
matin, et celle du dimanche donnait lieu à toute la pompe
habituelle. Sauf qu'elle omettait la consécration et la communion, eu égard peut-être à l'état épouvantable dans lequel
seraient bientôt les bouches et les corps. Ils étaient, de toute
façon, garantis *usque ad Indiam* par leur absolution collective.

Les processions étaient quotidiennes, qui rendaient leur
utilité aux religieux en transit entre deux monastères. Après
les paroxysmes des premiers jours de mer, si la piété naturelle
des marins n'avait nul besoin d'être ravivée, l'assistance des
passagers aux offices, aux vêpres et aux rosaires s'était fâcheusement raréfiée dans la routine de la traversée. Les moines

s'étaient transformés en démarcheurs de la foi dans les recoins les plus profonds de la nau. Dans cet étiage préoccupant de la pratique religieuse, le glas appelant à l'office des morts contribuait à inviter à la prière et à rendre ce troupeau de brebis versatiles et ingrates digne de la sollicitude divine quand viendraient les épreuves. Le chapelain n'aurait alors pas trop de toutes les fois ardentes réunies pour faire de *Nossa Senhora do Monte do Carmo* un ex-voto collectif. *Se queres aprender a orar, entra no mar* disait un dicton populaire. « Si tu veux apprendre à prier, prends la mer. »

Les deux victimes avaient succombé à une mort naturelle et ne présentaient aucun symptôme de maladie contagieuse. Cousues à gros point dans leur linceul, leurs dépouilles furent déposées sur une forte planche. L'usage était d'utiliser pour les immersions la glissière qui servait d'habitude à hisser la marmite de l'équipage sur le grand fourneau. L'instrument de passage dans l'au-delà fut fourni par le gardien puisque la cérémonie avait lieu sur son territoire. Sur un coup de son sifflet, deux grumètes soulevèrent la planche débordant le plat-bord, et les cadavres tombèrent à la mer les pieds devant. Les plus proches témoins vérifièrent fébrilement, en se pliant en deux sur la lisse, qu'ils flottaient bien la tête vers l'ouest et les pieds vers l'est selon le comportement naturel des corps au nord de la ligne équinoxiale. Et surtout qu'ils ne suivaient pas le navire, ce qui aurait été un épouvantable présage.

Outre ces cas bénins, la santé du vice-roi déjà malade en embarquant était devenue très préoccupante. Le jour de l'accident du gabier, dom João Forjaz Pereira avait eu un malaise pendant la messe qu'on disait sur la dunette pour les notables. Il restait claquemuré depuis une semaine dans ses appartements. Ses fonctions avaient aussitôt appelé Jean à son chevet où ses visites régulières s'étaient transformées en longues veilles d'où il revenait affairé et soucieux. Le vice-roi, qui présentait les symptômes d'une légère pathologie poitrinaire froide lors de son arrivée à bord, s'était mis à tousser quelques jours après l'appareillage. Les quintes étaient de plus en plus rapprochées et le malade devenu fiévreux crachait un peu de sang. Jean avait composé une thériaque grâce aux drogues et aux épices qu'il était allé chercher dans son coffre d'apothicaire, accompagné par le sergent. Son traitement consistait encore en fumigations et en inhalations d'eucalyptus, en gargarismes au sirop de violette et en tisanes édulcorantes, en frictions au camphre et en sirops expectorants qui soulageaient le malade sans améliorer visiblement son état. Un cataplasme à la graine de moutarde très chaude avait fait hurler le patient, et Jean avait renoncé à ce révulsif trop brutal pour une peau d'aristocrate.

Comme le chapelain, les pilotes et les maîtres d'équipages de la flotte, le barbier avait été nommé par le provedor de la Casa. Ce rustre obséquieux était natif de Caria, un des bourgs les plus en amont de la haute Zêzere, ce qui ne laissait pas présumer une grande agilité culturelle selon les marins d'Alfama. Un jugement à relativiser puisque les habitants de la vallée mettaient réciproquement au défi les Lisboètes de distinguer à vingt pas une gargoulette d'un mulot endormi. Le maître était en tout cas ulcéré de partager ses prérogatives avec un étranger apparemment plus savant que lui en médecine. Déjà avant l'appareillage, il vouait à Mocquet une inimitié haineuse depuis leur première rencontre accidentelle à la Maison de l'Inde. Il pratiquait avec une certaine dextérité des saignées répétées qui ne donnaient aucun résultat. Tout en sachant saigner dans les règles de l'art, Jean était extrêmement réservé quant à cette thérapie qui vidait de son sang un malade déjà affaibli. Il mettait en doute la capacité des bouillons revigorants d'apporter à un corps les principes vitaux qu'il perdait à chaque coup de lancette. Il n'avait cependant aucun titre à mettre en doute devant l'entourage du vice-roi une pratique universelle d'épuration des humeurs, à contester l'argumentation savante de l'université en opposant à ce barbier ordinaire une logique de bon sens. Sa perplexité restait entière, partagé qu'il était entre le respect d'une science réputée admirable et l'impression confuse d'une terrible erreur. Jean était en réalité terrorisé par l'hypothèse lancinante que la saignée salvatrice pût être en réalité une pratique homicide dont la médecine aurait un jour à rendre compte devant l'histoire des hommes et devant Dieu.

On se pressait ce jour-là au bastingage d'où l'on pouvait contempler avec un sentiment de gratitude une colonie de dauphins qui jouait avec l'étrave, passant d'un bord à l'autre, jaillissant toute ensemble, replongeant en souplesse sans soulever la moindre gouttelette d'eau. Le spectacle avait rameuté la foule sur le pont où l'on s'écrasait encore plus que d'habitude. Ceux qui ne voyaient rien s'informaient et renseignaient ceux de derrière. Les uns disaient que l'on approchait du Brésil. D'autres, que l'on voyait des sirènes et ils assuraient l'œil canaille et les mains en situation qu'elles avaient des seins en poire. Des seins comme des melons, surenchérit un agriculteur de l'Algarve qui disait avoir vu déjà des poissons-femmes dont la nature ressemblait tout à fait à celle d'une fille et que l'on entoura aussitôt d'un respect jaloux.

Un homme dont les yeux semblaient décolorés d'avoir servi trop longtemps crut comprendre que l'on arrivait aux Indes. Il éclata en sanglots quand on s'esclaffa alentour en le traitant de vieil imbécile. Il serrait dans ses mains un bouquet fané. Sa femme avait cueilli ces fleurs. Il faisait le voyage pour les déposer sur la tombe d'un dominicain de la mission de la Guadalupe de Chaul. Leur fils. Et il savait qu'il n'y parviendrait pas.

À part ce mélancolique, pour la première fois depuis le départ de Lisbonne, la caraque s'était brusquement animée d'exclamations joyeuses et de rires comme en émet une foule en fête. Juché sur le gaillard d'avant, Sebastiào déclamait une strophe de circonstance :

« Déjà, ils naviguaient sur le vaste Océan, fendant les flots tourmentés. Les vents soufflaient avec douceur et gonflaient les voiles rondes des navires. Une blanche écume ourlait la mer là où les étraves labouraient l'onde sacrée que sillonnent les troupeaux de Protée. »

François l'écoutait d'une oreille, tout occupé à suivre les ébats des dauphins, fraternisant avec un caporal qui croquait une gousse d'ail, un remède universel contre le mal de mer avait-il expliqué par une mimique suggestive. Calamiteux pour qui ne peut s'en guérir, ce mal-être pouvait entraîner une mort par anémie au cours d'un aussi long voyage.

Une forme sombre frôla son bras gauche. La silhouette exhalait une fragrance exotique. Grâce au hasard d'une trouée opportune dans le quadruple alignement des dos qui lui cachaient la mer, dona da Fonseca Serrão ajouta une nouvelle pépite au trésor de cette matinée exceptionnelle. Il lui fit un peu plus de place, isolant d'urgence le soldat et son ail d'un coup de flanc impérieux.

— *Bom dia, senhora*, parvint-il à articuler malgré l'émotion qui paralysait ses cordes vocales.

Ayant éliminé les expressions pouvant rappeler les cours particuliers de Rafaela, une révision en catastrophe de sa pratique du portugais ne lui avait délivré aucune formule complémentaire qui fût d'une syntaxe assez assurée pour être à la hauteur de la circonstance.

— Bonjour monsieur, dit-elle en fronçant le nez malicieusement.

— Vous parlez français ?

— Bien sûr. Je ne me trompe pas à votre accent épouvantable ? Vous êtes Français, n'est-ce pas ?

Offert dans le capuchon d'une mante de velours noir dont s'échappaient quelques cheveux frisottés indociles, le visage de la jeune femme était tiré par la fatigue. Ses lèvres devaient être plus rouges dans des circonstances plus toniques. Sa pâleur faisait ressortir l'éclat de son regard d'un vert profond. Elle n'était pas jolie, elle avait un charme lumineux. Il y succomba instantanément. Il bafouilla.

— De... oui, Français... de Dieppe.

— J'ai eu un bisaïeul qui a longtemps vécu en France où il fut semble-t-il honoré. C'était un navigateur confirmé. Ce sont des dauphins, n'est-ce pas ?

— Oui, senhora. Les navigateurs les chérissent comme des intercesseurs. On dit que s'ils manquent à sauver un noyé en le portant sur leur dos, ils prennent au moins soin de son âme.

— Je les aimerai encore plus. Quel magnifique spectacle !

Terrorisé à l'idée qu'elle pourrait repartir tout de suite, François s'accrocha à son ancêtre.

— Est-il indiscret de vous demander dans quel port votre aïeul a-t-il exercé son art ?

— Il a vécu d'abord à La Rochelle où mon arrière-grand-mère l'avait rejoint. Il est parti plus tard tout seul en Normandie, je ne sais où.

— Probablement à Dieppe ou au Havre-de-Grâce. On l'appelait alors Franciscopolis car il avait été fondé par notre roi François. Il n'acceptait pas que notre pays fût tenu à l'écart de la conquête maritime du monde.

Elle releva poliment l'allusion.

— Il est vrai que le Saint-Siège a longtemps fait la part belle au Portugal et à la Castille, et votre roi a eu raison de protester.

Elle se penchait par-dessus bord pour suivre les dauphins qui jouaient sur l'avant. Elle répondait avec désinvolture.

— Que faisait-il ? Pardonnez-moi. Ma question est peut-être indiscrète.

— Qui ? Alfonse ? Notre tradition familiale affirme qu'il aurait été le pilote de votre Iago Cartier. C'est très probablement une légende mais nous y tenons beaucoup. Vous savez, nous autres Portugais sommes excessivement jaloux de nos relations avec la mer. Il était parti seul et il a disparu. Ma grand-mère ne l'a jamais revu. Nous avons perdu sa trace mais pas la tradition de parler quelquefois français, confirmat-elle avec un petit rire qui fit frissonner François. Ma mère réside toujours à Arraiolos. Connaissez-vous le Portugal ?

Elle avait prononcé quelque chose comme Arlsh, ce qui rendait inintelligible l'information sur sa géographie familiale, mais de toute façon, François avait la tête ailleurs. Dans l'atelier de Guillaume. Il murmura comme s'il réfléchissait à voix haute :

— Jean Fonteneau. Nous sommes en train d'évoquer Jean Fonteneau, autrement dit Alfonse de Saintonge !

— Vous avez entendu parler de Jean Alfonse !

Sa bouche s'était arrondie de surprise en prononçant « Jon » à la portugaise, et ses yeux écarquillés montraient que François venait de prendre la main. Il s'élança :

— Je m'appelle François Costentin. Je suis d'une famille d'armateurs et de marins. Je m'initie à l'art de la cartographie dans l'un des ateliers normands qui développent au nord de la Loire la facture des portulans et l'art de naviguer. Nous considérons Alfonse comme l'un de nos maîtres. Nous le tenons pour Saintongeais et nous pensons qu'il avait appris sa science au Portugal. Il fut en tout cas l'un de ceux qui ont transmis l'art lusitanien de la navigation au reste de l'Europe.

— Mon arrière-grand-père était un vrai Portugais !

François fut à nouveau parcouru par un frisson délicieux quand elle égrena un nouveau rire pour lui tout seul. Il s'enhardit à regarder la jeune femme dans les yeux. Margarida était un peu plus âgée que lui, sans doute d'un petit lustre. Il décida qu'elle sentait l'ylang-ylang. Du moins par ouï-dire car il n'avait pas la moindre connaissance des huiles aromatiques rapportées de l'Orient mythique par les navires de la route de l'Inde. Ces effluves étaient beaucoup trop coûteux et surtout bien trop futiles et émollients pour atteindre jamais les communautés maritimes de Normandie. À Dieppe, hors des fumigations curatives en cas de maladie, se parfumer aurait fait honte comme un gaspillage, une faiblesse, une impudeur et une prétention sociale ridicule. Ylang-ylang rebondissait depuis longtemps dans son oreille comme une invitation lascive à tous les plaisirs sensoriels de l'Orient. Il était sûr que c'était ça. Le parfum. La magie de l'Inde, enfin. Ou déjà. Il débrouillait cette problématique d'ambiance tout en consacrant fébrilement toute son intelligence à soutenir la conversation la plus importante de sa vie.

— Votre ancêtre a vraiment été le pilote de Jacques Cartier, senhora. Il était considéré à cette époque comme le meilleur navigateur du royaume de France. Et comme tous les gens de mer normands je connais la raison pour laquelle votre famille a perdu sa trace.

François se sentait léger au point d'entrer en lévitation quand un cri rauque rendit brutalement tout son poids à son corps prêt à décoller, le faisant retomber des deux pieds sur le pont.

— Margarida !

L'appel en forme d'invective émanait des lèvres cireuses d'un des chaperons. Ou du moins de ce qui en restait après trois semaines d'intense mal de mer. Ses yeux avaient gardé assez de force pour briller de colère à travers leur détresse, au fond d'orbites creuses bistrées par la souffrance et la malnutrition. Il sembla à François que ce visage était tendu d'un vélin vierge, comme ceux qu'il travaillait à l'atelier.

— Apaisez-vous, Zenóbia ! Je suis sortie respirer l'air marin parce que j'en ai un aussi grand besoin que vous et d'ailleurs que tout le monde à bord. Vous devriez en faire autant, plutôt que rester effondrée sur votre couche malsaine.

— À qui parles-tu ainsi en aparté ?

— Ma tante ! Je parle à un fidalgo français dont je sais à peine le nom, pour la raison bien étrange en vérité qu'il semble en savoir plus que nous-mêmes sur mon bisaïeul. La foule alentour est assez nombreuse pour rendre bouffonne toute idée de tête-à-tête comme vous dites. Alors, même si les convenances vous semblaient dépassées, étant veuve et non plus fille, vous ne me convaincrez pas de renoncer à la fin de son récit. Venez plutôt voir les dauphins !

La malheureuse escorte se cassa sur le plat-bord, vomit en se recroquevillant puis s'enfuit pliée en deux, après un regard implorant. François, qui avait autrefois souffert terriblement du mal de mer au cours d'un premier embarquement comme novice, eut pitié d'elle. Il connaissait l'effet dévastateur de la nausée sur un estomac tordu par les spasmes, quand remontent des filets de bile âcre du tréfonds d'un corps et d'une âme vidés jusqu'à souhaiter la mort comme un bienfait.

— Votre tante devrait effectivement respirer un air neuf sur le pont, senhora, et s'efforcer de se nourrir un peu. Elle est épuisée, et elle aura besoin de toutes ses forces quand viendront les maladies. Le mal de mer n'en est pas une. C'est un simple avertissement. Ce sera pire très bientôt.

— *Voadores ! Voadores !*

Pour achever de rendre mémorable cette journée bénie, les poissons volants venaient de saisir l'occasion pour entrer en scène comme des cabotins. En réalité, les exocets, des petits corps vifs que l'on imaginerait issus du croisement d'un maquereau et d'une libellule, échappent à leurs prédateurs, thons et bonites en fuyant un instant leur milieu, planant quelques secondes au ras de la mer avant de plonger à nouveau dans un petit bouquet de gouttelettes vers les péripéties secrètes de la lutte sous-marine pour la vie. Les vols les plus réussis, prolongés loin par quelques ricochets sur les vagues, justifiaient des salves d'applaudissements et des commentaires enthousiastes. Bouillonnante de vie, la mer était vraiment en fête.

Margarida lui effleura le bras d'un doigt ganté de dentelle noire, et il sentit ce stimulus comme une décharge électrique.

— S'il vous plaît, monsieur, poursuivez !

Il remercia mentalement Jean Alfonse de lui offrir cette incroyable opportunité d'intéresser une jolie femme qui ne l'aurait sans doute même pas regardé sans ce hasard.

— Alfonse était un homme d'action passionné. À cette époque, les gentilshommes corsaires de la reine Elizabeth d'Angleterre faisaient une guerre sans relâche aux intérêts des Espagnols. Nous ne les aimions pas beaucoup nous non plus depuis qu'ils avaient massacré nos colons en Floride. La course aux galions espagnols souda la communauté maritime normande et la rapprocha des Anglais.

— On dit pourtant que vous ne vous entendez pas avec eux.

— Mieux qu'avec les Espagnols en tout cas. C'était courant vous savez. Guillaume le Testu, un fameux cartographe havrais, est mort à Nombre de Dios en aidant son ami Francis Drake à attaquer un convoi muletier chargé d'or du Pérou.

François était maintenant tout à fait à l'aise.

— Du temps de votre bisaïeul, le mien armait en course pour la mer des Antilles. La guerre aux Espagnols était une motivation forte qui pouvait rapporter la fortune, et ce fut le cas pour notre famille.

Margarida écoutait fascinée ce jeune inconnu érudit de condition modeste qui, en quelques minutes, lui était devenu presque familier.

— Qu'est-il arrivé à mon arrière-grand-père ?

— Alfonse était parti courir au large du cap Saint-Vincent.

— C'était un corsaire ?

— Oui. Il avait une lettre de marque de François Ier. Les corsaires réguliers et les pirates de toutes origines attendaient les flottes de l'or de retour de la Nouvelle-Espagne à Saint-Vincent. C'est sur ce cap remarquable qu'elles recalaient leur navigation après leur traversée de l'Atlantique avant de faire route sur Cadix.

— Je suppose que les flottes étaient protégées par la marine ?

— Bien sûr. La zone était infestée de galions espagnols armés en guerre. C'était en 1544, à la fin septembre. C'est à cette époque de l'année qu'arrivaient les convois. Les navires avaient quitté Veracruz dès la fin de la période des vents violents du nord pour se regrouper à La Havane avant de traverser l'Atlantique. La date est connue parce que, cette année-là…

— Charles Quint et François Ier ont signé la paix.

François acquiesça, un peu surpris de ses connaissances historiques.

— Votre bisaïeul n'a pas eu de chance. Quand il a été pris en chasse par trois galions espagnols, il ignorait que les hostilités avaient cessé entre la France et l'Espagne. Depuis quelques jours, depuis le 19 septembre exactement, il n'était donc plus un corsaire mais un pirate.

— Il a été pendu ?

— Je ne crois pas. Selon des prisonniers rentrés en France, il aurait été torturé à mort quelques années plus tard sur l'ordre du neveu de Charles Quint, Maximilien, qui gouvernait l'Espagne en despote. En tout cas, personne ne l'a jamais revu.

Margarida se dégagea doucement. Elle regardait François avec une intensité qui lui fit détourner le regard, et ses joues avaient trouvé un peu de sang pour rosir d'excitation.

— Je n'imaginais pas que ce voyage en mer allait m'apporter l'explication d'un mystère de famille. Vous venez de me confirmer qu'il n'a pas abandonné sa femme et son enfant. Vous comprenez que nous étions conduits à l'imaginer comme une douloureuse hypothèse. Je sais maintenant qu'il est mort en Portugais comme un homme de courage et de conviction.

Il fit l'effort de la fixer dans les yeux.

— Alfonse de Saintonge était unanimement respecté chez nous comme un homme d'honneur et de bien.

— J'en suis certaine et je vais m'en emplir le cœur. Merci, monsieur. Merci vraiment de tout cela. Je rentre consoler ma tante. Je ne vous dis pas adieu. Nous nous reverrons j'imagine ?

Avant qu'il pût articuler un mot, elle disparut comme elle était arrivée. Le vent dissipa son parfum sur la mer et les poissons volants se transformèrent en libellules.

Des conciliabules animèrent les religieux dans les derniers jours d'avril, alors que des centaines de calendriers entaillés chaque jour au couteau dans le bois de la caraque alignaient la trentième encoche du premier mois de mer. On approchait de l'Ascension qui tombait le 9 mai, et du dimanche de Pentecôte le 18. L'annonce circula que l'on allait mettre en scène deux mystères, deux spectacles populaires édifiants dont on faisait grand cas dans les villes et les villages, et qui constituaient en mer un divertissement particulièrement apprécié.

Le mystère de l'Ascension fut une réussite. Le balcon du château de proue avait été aménagé en scène masquée par un rideau ouvert et fermé par des grumètes. De part et d'autre, on avait accroché des tentures de cuir peint et doré à la manière de Cordoue, destinés à la vente en Inde. Le parterre était accroupi en désordre pressé sur le pont du tillac et débordait en grappes sur tout ce qui pouvait être mis à profit pour imposer une fesse ou un pied supplémentaire dans un espace comble. Les notabilités avaient pris place sur des sièges alignés sur le balcon du château arrière, autour du fauteuil du vice-roi qui resta vide.

Les figurants avaient été recrutés parmi les passagers mâles, y compris Marie de Magdala, Salomé et quelques bergères musclées coiffées de perruques en filasse, rattrapant leurs fausses poitrines indociles sous des blouses mal ajustées. Une douzaine de moutons, trois chèvres et un bœuf hissés là par des palans vivaient sur scène leur dernière heure éblouissante d'animaux de boucherie. Le spectacle ne manquait pas de réalisme ni d'une certaine grandeur. Il s'ouvrit sur un préambule musical. Deux flûtes à bec basse et contrebasse, deux hautbois, un cornet à bouquin, huit voix d'hommes et une harpiste inattendue gardée de près par trois religieuses firent la surprise d'interpréter très correctement trois motets de Palestrina et furent vigoureusement applaudis.

Le jésuite qui avait mis le spectacle en scène jouait les rôles du récitant et du souffleur. Il rappela en criant les volets successifs du scénario tout en indiquant par des gestes explicites à sa troupe paralysée par le trac les postures, les mimiques et les mouvements de scène adéquats, vingt fois répétés dans l'entrepont et perdus dans l'angoisse de la représentation. La découverte du tombeau ouvert souleva un murmure d'excitation qui fit se dresser le parterre pour mieux scruter les profondeurs de la coursive d'où venaient de ressortir les femmes en agitant vigoureusement les bras au-dessus de leurs têtes pour suggérer l'incrédibilité de leur constatation. L'apothéose fut le tableau final quand, au-dessus des apôtres immobilisés dans des poses extatiques, Jésus fut hissé prestement dans les airs par les soins de gabiers reconvertis en machinistes dans un bruyant concert de cymbales et de tambour. On put le voir quelques instants plus tard assis à la droite de Dieu sur la hune de misaine, bénissant l'auditoire qui hésita un instant sur la conduite à tenir, faillit s'agenouiller puis choisit d'éclater en applaudissements laïcs. Quelques coups des pièces légères du gaillard assurèrent la gloire des canonniers.

Margarida était assise au premier rang du balcon parmi les femmes du château. François la salua à plusieurs reprises en inclinant la tête sans attirer apparemment son attention, mais quand les personnalités se levèrent à la fin du spectacle à l'imitation douloureuse du capitaine dom Afonso de Noronha que l'on dut aider à se redresser, elle feignit d'avoir accroché sa jupe, se retourna vers lui et lui dédia un joli sourire.

Rentrés dans leur alcôve, Jean montra son agacement.

— Tu me préoccupes, François. Je te sens subjugué par deux yeux entraperçus. Nous sommes partis depuis un peu plus d'un mois et tu es déjà déboussolé, toi qui fais profession de régir les aiguilles.

— Je t'ai connu meilleur humoriste.

— Tu sais bien au fond de toi que j'ai raison. Que connais-tu des femmes, François ?

— Et toi, le Parisien ? Je ne t'ai jamais interrogé sur ce point parce que cela ne me regarde pas. Nous renonçons à ce genre de questions. D'accord ? Je ne te questionne pas sur ta vie, et tu ne cherches pas à expliquer mon état.

— Ne te fâche pas ! J'imagine seulement te rendre service.

— Je n'ai besoin de rien, merci. D'ailleurs, qui pourrait trouver matière à me reprocher quoi que ce soit au cours de ces instants dont tu soulignes la fulgurance ? J'ai révélé à cette jeune femme des secrets de famille précieux pour elle et rien de plus. Je sens qu'un influx passe entre nous. Pourquoi ne pourrions-nous être amoureux l'un de l'autre ? Cela est-il anormal ou immoral ?

Jean se prit la tête entre les mains.

— Amoureux ! Le mot est lâché. Ayant insulté un fonctionnaire de la monnaie dès ton embarquement à bord et te mettant en plus en tête de séduire la fiancée d'un notable goanais de haute noblesse, il va te falloir bientôt choisir entre la prison ou l'assassinat. Puis-je te demander un instant de lucidité ?

Calmé d'un coup, François riait de bon cœur, ce qui acheva de mettre son compagnon en colère.

— Je suis sérieux, François. Fais très attention à ne pas dépasser les limites étroites des bons usages. Personne ici ne te fera de cadeau, tu le sais. Nous sommes trop visibles maintenant pour risquer un mauvais coup mais à Goa, on règle très simplement les comptes entre particuliers.

Réalisant que leur chambre était ouverte à toutes les indiscrétions accidentelles ou malveillantes – les premières pouvant se transformer en secondes pour une poignée de réis – ils avaient baissé le ton, jusqu'à chuchoter.

— Jean ! Je ne cherche pas à séduire Margarida. Je l'aime et c'est tout.

— Après lui avoir parlé cinq minutes ?

— Je suppose que ce que je ressens est bien cela dont il s'agit. Ça ne m'est jamais arrivé avant. C'est fantastique.

— Soit ! Tu es tombé amoureux.

— De toute façon, que puis-je y faire ?

— Je n'ai pas terminé. Tu es amoureux. D'accord. Maintenant, réfléchis un peu, François. En admettant, c'est une hypothèse, en admettant que cette jeune femme réponde à ton inclination, voire même que vous ayez une aventure, à quoi cela vous mènerait-il ? Tu n'as aucune autre fortune que ton art de cartographe. Tu ne serais jamais accepté dans la société portugaise. À plus forte raison si tu avais commis l'imprudence et la vilenie de blesser un homme de la lignée des Fonseca.

— Oui sans doute. Mais il y a un monde hors de la société portugaise.

— Certes, il y a un monde. J'imagine parfaitement dona Margarida Costentin lavant les langes de vos enfants dans un lavoir dieppois.

François eut brusquement les larmes aux yeux. Jean le prit par les épaules.

— Je suis odieux et j'en suis peiné. Je t'en conjure, ne laisse pas grandir ton fantasme d'adolescent. Raisonne-toi, François. Nous sommes engagés dans une aventure à haut risque. Pas seulement en termes de voyage au long cours. Tu te mets en danger de mort.

Le lendemain, des nappes très fines de nuages apparurent haut dans le ciel qui tourna au blanc. Un halo entourait le soleil. Chaque soir, Sebastião de Carvalho obtenait le même succès avec la strophe 38 du chant VI des *Lusiades*.

> « La flotte fatiguée mais joyeuse poursuivait sa longue route sur une mer tranquille, poussée par un vent doux. C'était l'heure où la lumière du jour a quitté l'hémisphère oriental. Les hommes de la première veille se couchaient, ceux de la seconde prenaient le quart. »

Le samedi 17 mai, veille de la Pentecôte, un événement sembla assez remarquable pour que la représentation du mystère fût annulée pour cause de miracle, alors que l'on se préparait à la dernière répétition. Ils avaient retrouvé Sebastião sur le gaillard d'avant. Il venait d'achever sa déclamation du crépuscule. Le temps virait à l'orage. La nuit était tombée, sauf une lueur crépusculaire vers l'est comme une émanation du Nouveau Monde quelque part devant eux. Soudain, un vent léger se leva d'un coup et le feu Saint-Elme se posa sur la grand-vergue comme si l'Esprit Saint descendait en personne pour célébrer la Pentecôte sur *Nossa Senhora do Monte do Carmo*.

— *O Corpo Santo ! Lá em cima !*

— *O Corpo Santo !*

Tout le monde criait, le nez en l'air, bras tendus vers le haut du grand-mât. Les maîtres saluèrent le météore au sifflet selon la tradition. On se prit à témoin que l'on distinguait nettement deux lueurs autonomes. Les deux ionisations distinctes de l'air étaient un bon présage puisque saint Nicolas et sainte Claire se manifestaient de concert, tandis qu'une seule aurait été un mauvais signe répétait-on en se congratulant. La nouvelle du miracle se répandit dans tout le navire. Les religieux partirent annoncer que le rosaire de neuf heures serait érigé en prière collective d'action de grâce. Dieu gardait manifestement le regard posé sur la nef.

Sebastião feuilleta fébrilement les *Lusiades* dont le vent jouait avec les pages, les lui enlevant des doigts.

— Camões a tout dit ! Écoutez !

« J'ai vu, de mes yeux vu l'aigrette brillante que les gens de mer tiennent pour sacrée, pendant la tempête et les bourrasques, quand s'abattait l'ouragan noir et gémissait le vent. »

Il obtint ce soir-là des applaudissements particulièrement chaleureux. Se retournant vers Jean, il referma son livre et s'en cogna le front.

— Ils ont bien tort de croire à un signe heureux du ciel. Je connais bien ces parages. Veille de Pentecôte ou pas, le feu Saint-Elme annonce que le temps devient instable. C'est une très mauvaise nouvelle en réalité puisque nous sommes déjà en retard.

Il avait dégonflé sa voix de prédicateur pour leur parler en aparté. Jean qui passait toujours le plus clair de son temps au chevet du vice-roi savait que l'on s'inquiétait de la dégradation du temps dans les hautes sphères du château arrière. Le souffle d'air était retombé. Sans prendre vraiment au sérieux le voyageur poète, sa prédiction l'impressionna désagréablement.

Le surlendemain lundi, la cloche, les sifflets et les gongs annoncèrent que l'on franchissait l'équateur, attendu depuis quelques jours. Sous l'œil condescendant du pilote-major, oracle de cette effervescence, tout le navire se précipita aux bastingages pour voir à quoi ressemblait cette ceinture fameuse du globe terrestre. Les plus naïfs s'attendaient à une ligne tracée sur la mer, à un cercle de feu au mieux, d'eau bouillonnante au moins, voire à une manière d'octroi gardé par des êtres amphibies. Les plus avertis avaient annoncé que la caraque basculerait, légèrement avaient-ils précisé pour calmer les inquiétudes. Chacun put constater que, malgré les affirmations des érudits prenant la foule à témoin, rien ne changeait en réalité, ni le ciel plombé, ni la continuité horizontale de la mer ni la distance de l'horizon indéfiniment repoussé plus loin. Ni l'ennui.

Sauf à penser que le pilote s'était trompé dans ses calculs, cet événement vraiment très ordinaire déçut beaucoup et un mécontentement général ternit l'atmosphère. Peu remarquèrent que l'altération du temps était plus inquiétante que cette frustration. L'orage avait été un signe avant-coureur. L'alizé qui mollissait depuis quelques jours avait fait place à des vents indécis sous un ciel menaçant, et une touffeur moite avait envahi les entreponts comme si elle avait absorbé l'air respirable. Un vent rageur, tourbillonnant et inutilisable se levait seulement pour jouer quelques instants avec les grains tropicaux qui noyaient chaque soir la caraque sous des cataractes tièdes.

D'abord saluées avec joie comme la mousson en Inde, elles firent en réalité régner une nouvelle tyrannie. L'humidité joncha le navire de hardes de rechange et de matelas noircis de moisissures, de vivres ramollis et gâtés, de coffres et de paillasses grouillant de vers qui semblaient être apparus par millions. Rien ne séchait, malgré la chaleur, dans cet air saturé d'humidité. L'odeur aigre de la fermentation des linges mouillés s'imposa parmi les autres puanteurs tandis que, sous les vêtements trempés sans espoir de séchage ni de rechange, se réveillaient l'inconfort, les frissons et les rhumatismes.

Un soir, le crépuscule lavé de ses pluies offrit un formidable spectacle comme seule sait en produire la réfraction de la lumière dans la zone intertropicale. Le ciel rouge et pur d'une lumière insoutenable comme la gueule d'un four de verrier était tacheté de nuages déchiquetés et noirs montant de l'horizon de l'ouest comme si un vol de chauves-souris monstrueuses allait s'abattre sur le navire. Au loin, des amas de nuages aux formes rondes et nettes faisaient surgir de l'océan une terre montagneuse et violette abritant sans doute un Eldorado. Le gaillard d'avant était occupé à refus par les curieux accourus au spectacle.

> « Voici la grande machine du monde, formée de
> l'éther et des éléments, telle que la fabriqua le haut
> et profond Savoir auquel n'est assigné ni principe
> ni terme. Ce qui cerne ce globe rond et sa surface
> polie, c'est Dieu. »

Quand Sebastião se tut, la beauté de l'instant plongea la foule dans un profond silence, chacun perdu dans sa propre méditation pendant que le ciel s'obscurcissait d'épuisement.

La nuée montait toujours de l'ouest, comme un rideau noir, jusqu'à couvrir entièrement le ciel et les plonger dans une obscurité de tombeau.

— On ne voit plus ses mains. C'est le signe de la nuit noire, dit la voix de Carvalho.

Ils prirent conscience que le silence était tombé sur le gaillard d'avant où les conversations s'étaient éteintes. Dans la vague d'étrave, on discernait d'autant plus clairement les lueurs vertes provoquées dans les eaux tropicales par les minuscules noctiluques. Leur bioluminescence excitée par les remous faisait naître de bien étranges illuminations froides dans la mer. Marins et passagers les regardaient avec horreur entourer leur navire comme des signes évidents d'une vie sous-marine inimaginable, d'où pouvait jaillir à tout instant une apocalypse.

Seul brûlait le feu de garde, une braise contenue jour et nuit comme une salamandre dans un gros fanal cadenassé, suspendu à hauteur d'homme au mât de misaine, entretenu par un factionnaire et gardé par un soldat. On avait allumé comme chaque soir selon un rituel immuable le lumignon du compas surveillé par un mousse et les deux fanaux de poupe conformes aux instructions remises aux capitaines, eux aussi gardés à l'œil toute la nuit. Ces trois lueurs tremblotantes étaient les seules lumières du navire, qui glissait chaque soir dans la pénombre sous la lune ou la clarté stellaire quand le ciel n'était pas trop nuageux. En ce temps des feux follets et des vers luisants, les hommes voyaient la nuit aussi bien que les chats.

— Je suppose que le phénomène de la nuit noire survient souvent les nuits de nouvelle lune, quand d'épais nuages étouffent la clarté stellaire, dit la voix de Jean. À ton avis, Sebastião, serait-ce à l'origine du mythe de la mer des Ténèbres ?

Le philanthrope avait étudié les antiques à Coimbra, et il avait approfondi ses connaissances au cours de ses multiples traversées. Il cita les *Odes* d'Horace. *Oceanus dissociabilis* :

l'océan qui sépare. Les *Géorgiques.* L'océan se perdait pour
Virgile là où régnait le silence éternel d'une profonde nuit.

— La mer des Ténèbres était beaucoup plus redoutable
que la nuit noire, bien que personne ne s'y fût aventuré. On
risquait des rencontres indescriptibles. Sur la face cachée du
dessous de la Terre une horreur jamais vue entretenait les
interdits des théologiens.

— La terreur sacrée des ténèbres a traversé le Moyen Âge
jusqu'au temps des découvertes. Les éclipses totales de soleil
terrorisent les peuples naturels et font hurler les chiens à la
mort.

— La mer ne fait plus peur, dit une voix anonyme. Je
veux dire qu'elle reste un danger physique mais que les
mythes se sont dissipés.

— Que non ! rétorqua François. Mon maître Guillaume
Levasseur de Dieppe m'a assuré qu'il y a un siècle et demi
persistait encore la croyance d'un avertissement matériel le
long des côtes africaines. Une main surgie de la mer aux
abords de l'archipel du cap Vert brandissait une interdiction
formelle. *Non procedes amplius !*

— « On ne va pas plus loin ! » commenta Sebastião. Nous
étions pourtant depuis longtemps passés outre.

— Quelqu'un connaît-il le bestiaire océanique d'Olof
Månsson ? demanda François à la cantonade. – Il poursuivit,
encouragé par un silence qui valait réponse. – C'est un des
trésors de la bibliothèque de Guillaume. Il a été publié il y
a une cinquantaine d'années. Ce livre décrit des animaux
monstrueux des mers septentrionales. Son auteur était évêque
d'Uppsala, l'université suédoise universellement reconnue.
Pas n'importe qui. Je vous dis qu'il n'y a pas que des mythes
au fond de l'océan.

Des bruits feutrés entrecoupés de cognements et de jurons
indiquèrent que, se guidant main après main, la foule abandonnait le gaillard à tâtons. Jean, François et Sebastião débattirent encore quelques instants de la pérennité des légendes.
L'arrivée des Bataves en mer des Indes en faisait même
naître de nouvelles. On commençait à voir passer ici ou là

le Hollandais volant fonçant toutes voiles dehors à travers la tempête, illuminé comme par une aurore boréale, les aigrettes du feu Saint-Elme accrochées à ses vergues. Tous les marins savaient que son capitaine, au lieu d'implorer Dieu comme son équipage agenouillé en prières dans une tempête des parages du cap de Bonne Espérance, avait blasphémé et s'en était remis à Satan dans un éclat de rire insolent. Il errait depuis pour l'éternité, dévoré par les feux de l'enfer.

— J'ai croisé deux fois le Hollandais, confirma le philosophe. Tu as raison, François. Il n'y a pas que des mythes sur l'océan. Quel dommage d'aller dormir par une si belle nuit !

Le 26 mai, un événement bouleversa la caraque. Il était attendu car la santé du capitaine-major était chancelante mais ses conséquences allaient se révéler considérables.

Dom Forjaz Pereira s'éteignit à l'aube.

Assis sur son coffre, François était plongé dans la lecture des *Coloquios dos Simples* de Garcia da Orta par intérêt pour ce monument de l'histoire naturelle et pour améliorer sa pratique du portugais. Il avait relevé le panneau de toile pour jouir de l'espace du tillac qui, bien que peuplé de gisants crasseux, hirsutes, barbus et dépenaillés comme une cour des miracles, ouvrait sur le château avant, illuminé par le soleil levant. Jean, qui avait passé la nuit au chevet du mourant, entra brusquement à contre-jour dans son champ visuel.

— François, le vice-roi vient de passer.

— Mon Dieu ! C'était un homme de valeur.

— Tout à fait. J'ai besoin de toi immédiatement. Le temps presse.

— De moi ? Que puis-je imaginer faire d'utile dans la fièvre qui doit agiter le château ?

— Il va faire terriblement chaud aujourd'hui. Le corps va se gâter très vite. Un vice-roi des Indes ne se jette pas à la mer comme un mort ordinaire. Nous allons donc lui faire des honneurs de pharaon et tu vas m'aider à l'embaumer.

François retomba sur le siège dont il venait de se lever et écarquilla les yeux dans une expression d'incrédulité qui dérida Jean et le fit sourire. La perspective d'éviscérer le cinquième comte da Feira lui paraissait monstrueuse, et il se demanda en un éclair comment diable Jean Mocquet, érudit parisien familier de la cour, pouvait avoir acquis une telle familiarité avec les dépouilles humaines. Comment il pouvait entretenir un rapport aussi banal avec la mort, même s'il avait des notions de médecine. Il referma le livre des simples et le posa soigneusement sur le coffre de Jean en prolongeant sur lui un regard attendri par les beautés de la nature.

— Je ne suis pas médecin, moi. Ni embaumeur.

— Je ne te demande pas ton avis. Tu es supposé être mon assistant. Et puis, de toute façon, le barbier imbécile ne sait pas s'y prendre convenablement. Va quérir le sergent et viens me rejoindre avec lui. Il t'ouvrira le chemin.

Pénétrant pour la première fois dans les appartements du vice-roi en soulevant une portière de velours grenat, François fut oppressé par la chaleur qui régnait dans la chambre basse de plafond. Des tentures épaisses masquaient les vitrages ouvrant sur la galerie arrière qui dominait la mer. Dans la pénombre, les officiers, le prieur des Augustiniens de Goa, le chapelain et les gens de la cour faisaient leur devoir de deuil et affirmaient leurs prérogatives. Tous étaient vêtus de drap ou de velours noir relevé d'élégants friselis de dentelles, de perles et de liserés d'or révélés par la lueur d'une lanterne dont le cristal était contenu dans une résille d'argent à la manière indo-portugaise. Des gouttes de sueur mettaient d'autres perles à leurs fronts.

Dans la faible clarté, le mort était à peine plus blafard que lorsqu'il l'avait aperçu sur la dunette le jour de leur embarquement. Malgré l'état de faiblesse qui avait précédé sa mort, il n'avait pas perdu son embonpoint. Il était recouvert jusqu'à la poitrine du pavillon royal portugais frappé de l'écu blanc aux cinq écussons bleus rappelant les plaies du Christ, entouré de la bordure rouge marquée des sept places fortes prises aux Maures pendant la reconquête. Dans ce petit espace désorienté par le lent roulis du navire, il apparut à François que le passage de la lumière à l'ombre était plus rapide, plus discret et moins durable dans les esprits que l'accession à la gloire.

Jean pria le sergent de faire apporter dans la chambre mortuaire le coffre aux drogues, quantité de benjoin noir de Sumatra et de camphre de Chine utilisés pour les fumigations en cas d'épidémie, ainsi qu'un fourneau dont son assistant répondrait. Un soldat veillerait à la porte, prêt à appeler au feu. Les dignitaires au regard sombre oscillaient de concert au rythme du roulis selon une verticale mouvante, tout en réfléchissant chacun en son intérieur à l'optimisation de son avenir personnel. François contint un fou rire nerveux tant le balancement régulier de cet alignement d'hommes puissants et noirs au visage impénétrable, rythmé par les grincements du roulis, était en décalage grotesque avec la solennité du moment. Les marionnettes se retirèrent de mauvaise grâce sur l'insistance de Jean.

La procédure d'embaumement était une variante noble de la conservation des harengs, plus complexe et plus méticuleuse que le saurissage, songea François pour se convaincre d'une décontraction que démentaient ses narines pincées. Le réalisme de la scène était rendu moins perceptible par l'inhalation obsédante des vapeurs de camphre et de résines exhalées par la mixture chaude qu'il triturait sur le feu. Il pensa fugitivement à Yvon préparant l'encre sur le fourneau de l'atelier de Dieppe sans parvenir à se soustraire à son présent inimaginable. Dans l'atmosphère irrespirable par manque d'air frais et par excès d'aromates, François se liquéfiait en détournant les yeux du champ opératoire où l'apothicaire s'affairait tranquillement. Les viscères soigneusement empaquetés dans des linges furent évacués par un page blafard avant de gagner de mains dignes en gants nobles une destination inconnue, hors en tout cas de son domaine temporaire de responsabilité.

Après une bonne heure d'opérations, le capitaine-major aminci fut rhabillé et rendu à ses officiers. Le corps fut alors couché dans un cercueil en bois de camphre aux poignées d'argent apporté en grande cérémonie par les charpentiers. Ils disposaient dans la soute aux voiles d'un mobilier funéraire d'urgence succinct mais de qualité en cas de disparitions exceptionnelles. Le cercueil fut enfoui dans un coffre de zinc dont le forgeron vint souder le couvercle au plomb, accompagné du sergent dont l'œil inquisiteur ne quitta pas le pot empli de braises dans lesquelles rougissait le fer.

Le décès de dom Forjaz Pereira privait Jean Mocquet de son protecteur dans un environnement hostile. Il espéra que sa qualité d'apothicaire le ferait tolérer comme étant utile puisqu'au demeurant ses appointements étaient déjà payés jusqu'à Goa. Quant à François, il lui restait à faire ses preuves.

Ce ne fut pas la seule mauvaise nouvelle de la journée. Les instructions royales prescrivaient, en cas de décès du vice-roi, d'ouvrir à l'arrivée à Goa le paquet contenant le décret nommant son successeur. La charge de capitaine-major, elle, passait aussitôt au vice-amiral, dom Cristóvão de Noronha. Dès que le sarcophage du comte da Feira fut déposé sur deux tréteaux dans une chambre transformée en chapelle mortuaire et recouvert à nouveau du pavillon royal, le conseil des principaux ordonna de signaler à la nef vice-amirale de mettre en panne et de se préparer à recevoir une embarcation.

La délégation protocolaire ramena sur les quatre heures du soir le nouveau capitaine-major, qui embarqua avec les honneurs au canon dus à son rang. Trois heures plus tard à peine, il apparut que la fin du voyage serait placée sous la dictature d'un despote vicieux et prévaricateur.

Son homonyme dom Afonso de Noronha, capitaine de *Nossa Senhora do Monte do Carmo*, était depuis longtemps malade. La contrariété du décès de dom Forjaz Pereira et de la prise de fonctions du nouveau capitaine-major le fit mourir de chagrin en moins d'une semaine. Selon sa volonté, son corps fut jeté à la mer le 1ᵉʳ juin. Sans doute cet homme intègre fut-il heureux de quitter son navire non comme un courtisan mais à la manière d'un simple marin. Sebastião consacra en son honneur sa lecture du soir à la strophe 150 du chant X des *Lusiades*.

> « Récompensez vos serviteurs chacun selon son aptitude dans l'emploi qui est le sien. Que les religieux s'attachent à prier pour votre règne, d'expier par leur jeûne et leur ascèse les vices de l'humanité. Que leur ambition soit impalpable car le vrai ministre de Dieu ne recherche ni la vaine gloire ni la fortune. »

La flotte commença à s'éparpiller. Ce ne fut pas visible d'abord, sinon par les gabiers qui décelèrent aussitôt les changements discrets de cap ou de gréement des naus alentour. Les ordres étaient pourtant formels et acceptés de tous, car capitaines, maîtres et pilotes les avaient paraphés avant le départ. « Le 26 mars 1608, les pilotes et les maîtres d'équipage des nefs et galions qui font en cette année 1608 le voyage aux Indes ont été convoqués et il leur a été notifié de la part de sa majesté ordre de ne pas s'éloigner de l'amirale au cours du voyage, sous peine de graves poursuites et perte de leurs biens et charges. »

La tentation était trop forte pour tous les petits maîtres du destin de ces nefs de guider la main divine. De se mettre en situation de prétendre à des charges brillantes en démontrant qu'ils ne se contentaient pas de suivre le fanal de l'amiral et qu'ils étaient capables d'arriver seuls en Inde, si possible avant lui. À Lisbonne, cette habitude de transgresser les ordres royaux réjouissait la bonne société, faisait la risée des quartiers du port et agaçait extrêmement le palais. La forte personnalité du comte avait retenu les ambitions personnelles. Les disparitions du capitaine-major et du capitaine de la nau amirale étaient de nature à excuser a posteriori toutes les initiatives. Il fallait souhaiter aux équipages et aux passagers placés bon gré mal gré entre les pattes de ces jeunes loups d'être guidés par de bons pilotes ou d'avoir des chapelains en communication directe avec le ciel.

L'énorme navire, toujours glorieux malgré ses épreuves, était désormais entre les mains de dom Cristóvão de Noronha.

Le lendemain de l'immersion du corps de dom Afonso, un religieux vint leur rendre visite sur les dix heures. C'était un jésuite d'une jeune trentaine d'années. Il venait donc vraisemblablement d'achever sa longue formation spirituelle, intellectuelle et théologique. Sa soutane noire et son large chapeau rond de prêtre lui donnaient une allure trop sévère pour son âge, démentie par des yeux brillants très sombres et des cheveux bruns en désordre. Il leur adressa la parole en français.

— Me pardonnerez-vous une intrusion ? Je vous ai remarqués lors de la cérémonie d'hier et d'ailleurs, je vous ai entendus le soir de la nuit noire. Vous vous en souvenez ? Bien malgré moi, précisa-t-il, en agitant les mains dans un geste de dénégation. Vous êtes apparemment Français. Je me prénomme Antão.

Il avait ôté son sombrero et il s'efforçait de se recoiffer de la main tout en parlant. Il séjournerait peu de temps à Goa, car il devait y embarquer pour Macau où il allait rejoindre le collège de São Paulo fondé par la Compagnie de Jésus.

— Tu parles bien français, mon frère.

— Et l'espagnol aussi bien sûr. Comme nos trois pères fondateurs Francisco Xavier, Iñigo de Loyola et Pierre Favre.

Il avait dit cela sans forfanterie, comme une constatation.

— Je me nomme Jean Mocquet. J'ai embarqué comme apothicaire du défunt vice-roi et j'attends de savoir ce que je suis maintenant. Le reste du temps, on dit de moi que je serais un fureteur itinérant.

Jean désigna François de la tête.

— Lui, il sait tout sur les cartes marines et les aiguilles.

Frère Antão leur serra chaleureusement les mains entre les siennes.

— Cela m'intéresse prodigieusement. J'ai étudié les mathématiques et l'astronomie. J'ai travaillé la sphère dans les traités de navigation de Pedro de Medina et de Martin Cortés.

— Rien que ça ! Il se trouve que mon ami et moi savons de qui il s'agit. C'est un petit miracle. Non ?

— Le Seigneur vous a mis sur ma route.

François restait silencieux. Ils étaient tous les deux un peu impressionnés par leur interlocuteur.

— Le Seigneur t'a aussi mis sur mon chemin puisque je suis un voyageur curieux. Tu te rends à Macau. Des perspectives de pénétration missionnaires seraient donc concevables en Asie hors de l'Inde ?

— Nous avons très bon espoir. Le père Bento de Góis est parti de Goa il y a cinq ans dans une caravane de marchands persans. Il a atteint la Chine méridionale après avoir séjourné trois ans dans le nord de l'Inde auprès du Grand Moghol Akbar.

— Bigre. C'est une approche bien compliquée. Non ?

— Ce souverain éclairé protège les arts et les lettres. Il parle portugais. Sa vision syncrétique de l'islam, du christianisme et de l'hindouisme est très intéressante.

— Et la Chine ?

— Nous avons fait un grand pas depuis que le père Matteo Ricci est parvenu à vaincre les réticences de l'empereur Wanli et à se concilier sa sympathie.

— Veux-tu dire qu'il aurait converti l'empereur de Chine ?

— Nous n'en sommes pas encore là mais il l'a intéressé. Pour être tout à fait franc, il l'a ébranlé en remontant et en mettant en marche deux horloges à sonnerie qu'il avait apportées à Pékin.

— Interprètes, mécaniciens et bateleurs...

— Théologiens aussi. Et catéchistes avant tout. Mais nous ne reculons pas au besoin devant les arguments matériels. *Ad majorem Dei gloriam.*

François restait perplexe.

— Tout jésuite omniscient que tu sois, comment es-tu devenu familier de la science nautique ?

— Notre approche de Dieu passe par l'étude de l'univers qu'il a créé. Le *ratio studiorum*, notre formation nous oblige à apprendre les mathématiques, les sciences et l'astronomie comme des compléments indispensables des humanités. Non par vanité mais pour mieux comprendre l'œuvre de Dieu. L'astronomie offre un champ illimité à une réflexion sur la cosmogonie et l'eschatologie.

— Et le rapport avec la Chine ?

Jean confirma la validité de l'approche des jésuites.

— Tous les voyageurs ont rapporté le grand intérêt des lettrés chinois pour le zodiaque.

— Les Chinois en sont imprégnés. En réalité, mon intérêt pour l'astronomie est pragmatique. Imaginez-vous que le père Ricci vient de demander à Rome l'envoi d'astronomes pour rectifier les tables dressées par l'observatoire de Pékin.

— Un observatoire chinois ?

— Absolument. Selon Matteo, une puissante tour de pierres de taille a été érigée il y a plus de cent cinquante ans sous les empereurs Ming, à cinq lieues au levant de la cité interdite. Sur sa terrasse, d'immenses quadrants et des instruments de passage en bronze ornés de dragons tourmentés scrutent le ciel avec une précision remarquable.

— Ils sont probablement braqués sur les applications quotidiennes de l'astrologie.

— Bien sûr, mais même si l'astrologie détourne malencontreusement l'admiration de la volonté de Dieu, l'astronomie nous semble d'une manière ou d'une autre un bon vecteur du christianisme en Chine. J'espère être autorisé à m'y consacrer.

Le sentiment des deux Français d'être les plus savants de tous leurs compagnons de route venait de trouver ses limites. Le jésuite restait devant eux en souriant, trop courtois sans doute pour les interroger. François décida qu'il était temps de se mettre en avant.

— Mon ami, apothicaire, médecin et grand voyageur, part herboriser. Moi, je suis en quête de la Terre Australe. Ce continent antarctique inconnu interpelle les navigateurs depuis son apparition dans les fondements retrouvés de la géographie grecque mais personne ne l'a jamais vu.

Il se trouva quand même un peu pédant, et relativisa leur condition.

— C'est-à-dire que nous ne sommes pas nous non plus des commerçants.

— Si je lis bien la Bible, vous cherchez le pays d'Ophir.

François regarda Jean en coin. Frère Antão était décidément à la hauteur de la réputation de son ordre. Il révisa mentalement toute la problématique des Indes sans y trouver Ophir.

— Les preuves de la Grande Jave, cette terre que nous assumons à Dieppe là où les autres ont la prudence de laisser un blanc, seraient dans la Bible ?

— Je ne me risquerai pas à affirmer cela sans le secours des exégètes. Je sais simplement que, selon le premier livre des Rois, la flotte du roi Salomon a rapporté quatre cent vingt talents d'or du pays d'Ophir.

— Fantastique ! Alors, puisqu'on n'a pas encore découvert la terre du roi Salomon dans l'océan Indien, elle est forcément quelque part plus au sud.

— Dans l'océan Pacifique ?

— C'est trop loin mais assez logiquement, nous situons la Grande Jave entre les deux océans. Peut-être est-ce ton pays d'Ophir ?

Jean se mit à siffloter et leva les yeux au ciel.

— Je ne prétends pas être un géographe et je ne suis pas non plus iconoclaste mais je me souviens de la leçon du plus renommé des cosmographes de Dieppe. Guillaume s'étonne que la Genèse prétende donner au Tigre, à l'Euphrate, au Gange et au Nil des sources voisines au cœur de l'Eden. Au vu de ce que nous savons de la géographie du Moyen-Orient, il s'agit d'une étrangeté sur laquelle tes exégètes sont peu bavards. Non ? Alors, comment dirais-je...

— Il serait hasardeux de prendre la Bible pour un manuel de géographie. C'est ce que tu veux dire, mon frère ?

Jean, François et Antão de Guimarães convinrent que ce sujet méritait d'être approfondi. Ils décidèrent alors, contents les uns des autres, de se retrouver tous les trois sur le gaillard d'avant chaque soir après souper.

L'équipage et les passagers de *Nossa Senhora do Monte do Carmo* rassemblaient plus d'un millier d'âmes comme on dit joliment. Impondérables certes, elles étaient alourdies par un même nombre de corps mortels. Ils vaquaient ces corps, à leurs occupations nautiques les uns, ou ne faisant rien les autres, mais tous pareillement affamés, assoiffés et malades, ils se nourrissaient, buvaient, transpiraient, vomissaient et faisaient leurs besoins. Les femmes avaient leurs périodes car la vie suivait son cours. Peu se révoltaient. Ils attendaient. Pendant encore plusieurs mois, ils allaient continuer à essayer de se distraire, à s'ennuyer beaucoup. Ils allaient souffrir de plus en plus, en silence ou en gémissant. Ils allaient éventuellement mourir à la fin, rieurs et agonisants côte à côte. Forts ou faibles, ils étaient condamnés à une insoutenable promiscuité, avec des usages, des codes, des règles de préséance. Des passe-droits aussi, imposés par des chefs autoproclamés, des vilenies, des abus, des escroqueries, des jalousies voire des haines. Et quelques crimes bien sûr, parce que trop de biens sans défense se trouvaient à portée de main.

Beaucoup de générosité aussi. De ces amitiés spontanées qui fleurissent sur les gravats des épreuves. Pourtant, ni la courtoisie ni la dignité ne seraient bientôt plus des valeurs sociales, leur avait annoncé Sebastião fort de son expérience, quand chacun se battrait dès le mois de juin contre la maladie des navigateurs ou pour ravir un peu plus d'eau que sa part. On avait déjà commencé à déménager pour mieux survivre. À acheter l'ombre, ou au contraire le soleil. Rien n'était encore vraiment insupportable mais tel avantage devenait un inconvénient au fil des jours. Ayant acquis avec bonheur un abri contre les orages de l'équateur, on l'échangeait déjà à perte contre une place en plein air à la fraîcheur revigorante des alizés. Les vaticinateurs prévenaient qu'il faudrait dans quelques semaines trouver un abri contre les embruns glacés du cap de Bonne Espérance. Avant de fuir dans le canal de Mozambique les miasmes délétères des entreponts pour revenir aspirer sur le tillac quelques bouffées d'un air moite et appauvri en se forçant la poitrine comme une dorade sortie de l'eau. Des flux migratoires parcouraient la caraque comme les bancs de poissons vont et viennent selon les saisons, faisant la fortune des spéculateurs.

Et puis, il y avait l'odeur. Elle avait commencé à s'enfler dès les premiers jours de traversée jusqu'à rendre compacte une humeur nauséabonde, omniprésente, qui remplissait le navire comme une infecte cargaison de charogne. À bord d'une caraque de l'Inde, les vomissures, les sanies, les sueurs et les excréments de plus d'un millier d'êtres humains crasseux par fatalité s'accumulaient pendant deux ou trois cents jours de mer, sans d'autre idée de toilette ni de lessive que les pluies tropicales. L'eau douce embarquée à Lisbonne grâce à un réseau d'adduction exemplaire était bien trop précieuse en effet pour commettre le sacrilège de s'en laver le corps. Elle-même était rendue puante par des sulfures nauséabonds provenant de la réduction des sulfates par les matières organiques contenues dans le bois des futailles. La malédiction de l'odeur.

Elle se mélangeait à toutes les pourritures perverses et dégoulinantes des salaisons et des légumes corrompus, à tout ce qui peut sentir mauvais d'une manière ou d'une autre, à l'urine de cohortes de rats, à leurs cadavres se momifiant dans les recoins inaccessibles de la charpente et jusqu'aux déjections du bétail de boucherie et aux fientes de la basse-cour. Les pompes activées à longueur de journée par les grumètes s'efforçaient d'épuiser ce cloaque comme un tonneau des Danaïdes. Pourchassée à grands seaux d'eau de mer, l'odeur surnageait, résistait, s'arc-boutait. Elle enlaçait comme une pieuvre gluante. Elle encollait les bois du navire comme un parasite immonde, indestructible, renaissant sans cesse comme les têtes de l'Hydre de Lerne.

C'est cette puanteur *sui generis* que les nefs apportaient en Inde à travers mille périls, en plus des métaux fins qui les lestaient au nom du roi. C'est elle aussi que l'on échangerait à Goa contre du poivre et du girofle.

La maladie se déclara le dimanche 8 juin pendant la messe. Ou du moins, couvant depuis quelques jours, elle sembla se manifester comme si, depuis le malaise du défunt vice-roi, l'office dominical était le révélateur de tous les maux. Le chapelain fut le premier à remarquer, en se tournant vers l'assistance dans un geste d'oraison, que plusieurs visages des premiers rangs étaient meurtris de légères bouffissures violettes. Il s'en ouvrit à Jean qui était sur ses gardes depuis quelques jours.

— Je guettais comme vous les premiers symptômes, padre. Selon mes questionnements là-dessus au cours de mes voyages aux Amériques, le mal se déclare régulièrement aux abords du soixante-dixième jour de mer. Il tombera demain.

— Cette précision est impressionnante.

— À bord des bateaux portugais qui font route directe le long du golfe de Guinée, il apparaît aux approches de Luanda. Les marins le nomment pour cela le mal de Luanda.

— Est-ce donc une question de durée ou de région malsaine ? Quelle relation serait possible entre ces facteurs indépendants l'un de l'autre ?

— Personne n'explique cette fatalité. Ni les médecins, ni les apothicaires, ni les astronomes, ni les philosophes, ni les archivistes, ni les gitanes qui disent deviner tout.

— Ni les prêtres, cher fils. Marie et le Seigneur semblent parfois inattentifs à nos prières.

— Ils ont tant à écouter. Ce mal semble craindre la terre ferme puisque l'on y guérit presque aussitôt et qu'il s'y déclare très rarement. Les parasites qui nous infestent à bord sont familiers de nos cités. Ils y propagent la peste ou le typhus mais jamais ces symptômes.

— La corruption de nos vivres ?

— Elle ne produit pas des effets aussi terribles ni dans les villes ni dans les campagnes.

— L'air marin, alors ?

— Il est humide et chargé de sel. Mais puisque les populations du littoral n'en sont pas importunées, il n'est pas en cause non plus. Il semble clair que nous transportons avec nous cette maladie mystérieuse. Elle semble se cacher dans les cales. Pas de tous les navires. Seulement dans les caraques des Indes.

— Je suis bien ton raisonnement, Jean. Mais alors, quel est donc cet influx si particulier et si néfaste tapi au fond des caraques ? Un miasme ? Un parasite ? Un effluve ? Une humeur ?

— Peut-être un épuisement de l'air des entreponts. Trop longtemps respiré par trop de poumons, empuanti, il perdrait chaque jour un peu de certains principes vitaux qui viendraient à manquer à la longue.

— Cela ne se peut. L'exposition continue au grand air ne suffit pas à guérir les malades.

— Bien sûr. Cette hypothèse n'est pas satisfaisante. Le vieillissement de l'eau de nos futailles qui se traduit par une putréfaction nauséabonde est une explication résiduelle.

— Certains affirment en effet avoir été guéris par l'absorption d'eau de source ou d'eau de pluie mais ce n'est pas prouvé.

— J'ai beaucoup réfléchi à cette calamité nautique bien étrange. Elle pose un problème insoluble aux médecins et aux philosophes. Elle dépasse l'intelligence humaine.

Le père écoutait l'apothicaire avec attention.

— Une malédiction ?

— Rien d'autre ne tient.

— Mon fils, dans son livre qu'il a consacré à la *Cité de Dieu*, saint Augustin désapprouvait les longs voyages en mer comme étant contraires à la volonté divine. Ces signes et les morts qui vont survenir pourraient être des marques aveuglantes du mécontentement de notre Seigneur.

— Pourquoi pas ? Puisque la science des docteurs est dépassée, tu as peut-être raison.

— Le caractère sacré de cette punition expliquerait que les misères causées par le mal de Luanda dépassent l'entendement que Dieu nous a concédé.

— Attention aux développements de ta proposition, padre. Si elle est juste, tes compatriotes laïcs auraient dû lire saint Augustin et réfléchir un peu avant de conquérir la route maritime des Indes derrière la Croix du Christ.

— Ils l'ont vaincue grâce à Dieu.

— Saint Augustin se serait donc mêlé de ce qui ne le regardait pas. La route est ouverte en tout cas. Alors maintenant, mon travail consiste, sans trop contrarier le Seigneur, à soulager les corps mortels de cette nef avant que tu bénisses leur plongeon sans retour vers les abysses.

— Qui pourraient bien correspondre avec l'enfer quelque part dans les profondeurs insondables.

Le chapelain se signa, lui destina un signe amical de la main et s'éloigna courbé sous le poids de sa réflexion.

Parmi les plaies tapies dans l'espace clos des navires, on distinguait difficilement les effets de la maladie que l'on nommait d'une manière générale mal de bouche, mal de gencives ou mal de jambes selon ses attaques. Par sa régularité, ses effets ravageurs et son issue fatale, elle se distinguait des fièvres intermittentes, erratiques, périodiques, jaunes, tierces ou quartes, et de tous les autres maux : les flux de ventre, la dysenterie, les œdèmes et le mal de poitrine. Depuis qu'ils armaient des flûtes au long-cours, les Hollandais avaient appris à craindre le fléau, que l'on nommait depuis lors *scorbut* selon deux hypothèses

étymologiques parentes soit du norrois *skyr-bjugr* œdème, soit
du néerlandais *scheurbuik* signifiant déchirure du ventre.

Jean avait emporté un livre de François Martin de Vitré
qui venait de paraître à Paris, enrichi d'un traité du scorbut.
Ce dimanche d'alerte, il en lut un extrait à François.

> « Des pustules livides paraissent sur toute la peau,
> qui ressemblent au commencement à des morsures
> de puces, mais qui enfin se rendent malignes et
> dégénèrent en ulcères très douloureux. La couleur
> du visage le plus souvent paraît blême et parfois
> jaunâtre, l'haleine devient puante. Les gencives sont
> pleines de petits ulcères, avec surcroît d'une chair
> baveuse et livide qui leur couvre parfois toutes les
> dents et leur empêche l'usage des viandes solides.
> La plupart de ceux qui sont attaqués de cette
> maladie, s'ils ne sont diligemment secourus, meu-
> rent en peu de jours. »

— Mon Dieu ! Voilà donc ce mal qui nous guette.

— Et encore, je t'ai épargné la description de l'intérieur
du corps. Nous allons faire ce qu'il faut pour essayer de passer
inaperçus mais il est redoutable.

L'annonce de la maladie s'étant répandue, Sebastião fit
irruption dans leur logis en brandissant ses *Lusiades*.

— Il a tout dit ! Écoute son récit toi qui es médecin :

> « Une maladie la plus laide et la plus cruelle que
> j'aie jamais vue fit mourir beaucoup de mes compa-
> gnons dont les restes furent enfouis pour toujours
> dans une terre étrangère et lointaine. Qui pourrait
> croire cela sans l'avoir vu ? Les gencives enflaient
> de façon si monstrueuse dans la bouche que la chair
> gonflait tout en se putréfiant. Elle pourrissait en
> dégageant une puanteur fétide qui infectait l'air
> environnant. N'ayant pas à bord ni médecin avisé
> ni chirurgien habile, l'un d'entre nous peu expert

en cela tranchait dans la chair pourrie comme si elle était morte. Et il fallait faire ainsi car ceux qui la conservaient en mouraient. »

Il les regarda l'un puis l'autre. Jean opina de la tête.

— Même les poètes s'en mêlent. C'est un véritable cours de médecine. La pourriture de bouche est effectivement la conséquence la plus courante de la maladie. Les gargarismes sont de peu d'effet, depuis le vin rouge jusqu'aux sirops opiacés, aux électuaires et aux thériaques, voire au vitriol. Le meilleur désinfectant reconnu pour se rincer la bouche est sa propre urine.

— On se moque de mes lectures et de la poésie homérique que ne comprennent pas la plupart de nos passagers ignares dont l'inculture offense le Seigneur. Mais tout y est, comme si Camões avait décrit notre bateau : « Nos vivres étaient corrompus, avariés, malsains, nuisibles à nos corps affaiblis ! » Il savait bien de quoi est pétrie notre aventure.

Il poursuivit en articulant, son œil valide fermé, la barbe dressée, l'index sentencieux :

« Si notre troupe n'avait été lusitanienne, crois-tu qu'elle serait demeurée si longtemps fidèle à son chef et à son roi ? »

Le philanthrope s'échappa aussitôt, pressé d'aller révéler à quelques désœuvrés dépoitraillés à la respiration douloureuse qu'ils étaient les nouveaux héros en armure de l'épopée lusitanienne.

On attribuait au gibier chassé aux escales, à l'air respiré à terre ou à l'eau de source les guérisons rapides dues en réalité à la consommation de légumes et de fruits dont on faisait peu de cas. Au contraire, on suspectait l'acidité de certains fruits d'épaissir le sang. L'oseille et l'épine-vinette étaient considérées comme de bons antidotes, et l'effet salvateur des jus d'agrumes était reconnu à l'époque, sans que l'on puisse expliquer pourquoi. Les voyageurs prévoyants emmenaient des réserves de jus, de décoctions ou de sirop d'orange et de citron dont les vertus étaient d'ailleurs altérées par la cuisson.

Le garde-manger se balançait au plafond de leur cahute, hors de portée des larcins au passage et des rats. Jean remarqua à haute voix que les vautours attendent l'immobilité des mourants pour se poser sur leur cadavre, que les végétaux ne restent pas immobiles et que les eaux dormantes se putréfient. Ils tombèrent provisoirement d'accord sur la constatation que le mouvement est consubstantiel à la vie. Ils en déduisirent que la prostration des passagers pendant plusieurs mois, une circonstance anormale dans la vie d'un homme, pouvait entrer dans le processus de déclenchement du mal étrange des vaisseaux au long cours.

— Encore qu'il y ait des contre-exemples. Les prisonniers qui se dessèchent dans le secret des tours ou des in-pace meurent plutôt de vieillesse ou de désespoir que de scorbut.

— Sait-on de quoi ils meurent ?

— Je t'accorde le doute. Quant aux grumètes qui courent, s'activent et volent d'un bout à l'autre du navire à longueur de journée, ils n'en sont pas exempts.

— Si la réponse était facile, conclut Jean, les maîtres à penser de la médecine que ce mal rend ridicules ne nous auraient pas attendus pour la trouver.

— J'ai peut-être une sorte de réponse.

François montra son coffre du doigt, l'ouvrit et s'agenouilla pour y farfouiller plus commodément. Il se redressa en tenant un paquet.

— Voilà. Je l'avais enfouie au creux de mes hardes. Ma mère me l'a remise à mon départ de Dieppe, comme un talisman. Cette liqueur est réputée salvatrice. Mon frère la tenait d'un compagnon de Samuel Champlain qui l'avait ramenée de la première expédition au Canada. Elle a fait des miracles parmi les compagnons de Jacques Cartier atteints par cet étrange mal alors qu'ils hivernaient à la recherche du royaume de Saguenay.

— J'ai eu très vaguement connaissance de cet épisode du second voyage de Cartier.

— Selon mon frère, c'est une décoction de feuilles et d'écorces d'un arbre que les Iroquois nomment *annedda*. À l'oreille, c'est un nom comme ça. Connais-tu cet arbre ?

— Je sais seulement que c'est un résineux. Magnifique ! Tu as fait des progrès rapides, monsieur l'apprenti apothicaire, au point de prétendre maintenant me reprendre et surclasser mes drogues par la médecine des Amérindiens !

— Et je te fais remarquer que puisque les Indiens souffrent eux aussi du même mal, il n'est donc pas comme nous le répétons l'apanage des navigateurs.

Jean fit une moue admirative.

François déballa soigneusement la fiole contenant la décoction des Iroquois, et fit sauter de la pointe de son couteau la cire noire qui protégeait son bouchon. Le liquide doré avait la fluidité d'un sirop et, démentant une odeur âcre, sa saveur résineuse laissait un arrière-goût sucré. Jean balaya aussitôt la suggestion d'en faire profiter Antão et Margarida.

— Ta générosité t'honore et je m'y attendais, mais ils n'accepteraient pas ni l'une ni l'autre de garder égoïstement ce secret vital. La moindre indiscrétion laissera penser que tu disposerais d'une potion miraculeuse. Qu'elle soit ou pas un remède, ta drogue deviendra un trésor plus précieux que les coffres de la monnaie gardés par les soldats. On ira jusqu'au crime pour t'en déposséder et l'on se battra ensuite pour en lécher les gouttes sur ton cadavre.

— Le capitaine-major me ferait protéger.

— Il te ferait mettre aux fers pour se l'approprier. Et puis, serait-il miraculeusement efficace, ton élixir te vaudrait aussitôt un procès en sorcellerie. Ce navire héberge assez de dominicains excités pour qu'ils ordonnent un autodafé.

François soupira. Jean lui promit de vérifier avec discrétion que l'objet de sa passion avait pris la précaution comme la plupart des officiers de faire provision de sirop d'agrumes dès qu'il aurait l'opportunité de se rendre à l'arrière. Il pensait que l'approche du péril allait rendre le nouveau capitaine-major plus civil à son égard, et qu'il ne tarderait pas à être convoqué dans ses appartements.

— En attendant, inspecte régulièrement tes poignets et tes cuisses. Pour le moment, je ne vois pas d'ecchymoses sous tes yeux de chien battu.

Dans la chambre des dames du château d'arrière, la nouvelle de l'apparition du mal de bouche avait été reçue avec fatalité comme une épreuve attendue. Après avoir prié la Vierge toutes ensemble, les six femmes s'étaient félicitées d'avoir pensé à rationner les confitures et les macérations d'agrumes, de courges et de coings. Elles leur devaient une bonne santé relative pensaient-elles à juste titre. Elles étaient navrées cependant de l'incoercible mal de mer de Zenóbia de Galvão. Margarida s'inquiétait beaucoup de la voir dépérir sans parvenir à se sustenter. Elle avait émis le souhait de faire appeler le médecin français attaché au capitaine-major. Le secrétaire du comte da Feira l'en avait vivement dissuadée, offusqué qu'elle pût imaginer consulter le médecin appointé par le vice-roi comme un rebouteux de village. Il lui avait fait envoyer le barbier pour libérer la malade chronique de l'excès de bile responsable de ses humeurs nauséeuses. La saignée avait laissé un peu plus pantelante une femme qui n'en pouvait plus. Cette déconvenue remit dans la mémoire de dona da Fonseca Serrão la rencontre, le jour des poissons volants, de ce jeune homme de Dieppe qui savait tant de choses sur João Alfonse. Elle se demanda s'il était atteint du mal. Elle se dit qu'il avait bien de la chance d'être entre les mains expertes de son compagnon de voyage et elle enragea de se voir interdire stupidement de faire appel à lui pour ranimer sa malheureuse tante.

Le mal se répandit comme une épidémie. Ses premières victimes furent regroupées d'abord au premier pont, où les pères de la Compagnie de Jésus qui s'étaient préparés à cette tâche firent de leur mieux pour organiser un hospice où régna vite une odeur insoutenable. Cet espace de souffrance fut naturellement placé sous le double sacerdoce de Jean pour les emplâtres, les onguents, les électuaires et les thériaques, et du barbier assisté de l'aide pilote pour les saignées qui horrifiaient l'apothicaire. Les victimes avaient peu de chances de résister plusieurs mois aux effets des saignées répétées. La veine basilique du bras gauche – c'est-à-dire la plus volumineuse des veines superficielles de sa face interne – devait être ouverte largement dès le second jour du traitement. Les Anglais scarifiaient la veine du petit doigt à la manière des Arabes. Le principe était d'évacuer au plus vite les humeurs noires sans polluer le sang vermeil.

Jean s'affolait tout autant d'autres pratiques barbares. La rate était suspectée de jouer un rôle fondamental dans l'évolution de la maladie. Il se disputait sur ce point avec le barbier à mots feutrés mais incisifs.

— La charge de la rate est, selon les docteurs, d'attirer l'humeur noire de peur qu'elle ne se mêle avec le sang.

— Je t'accorde que le dysfonctionnement de l'organe ne faisant point son devoir corrompt la masse du sang et dérègle les fonctions vitales.

— Il faut donc la détruire.

— La soigner ! L'oindre d'emplâtres, de gommes et d'onguents. Beaucoup de plantes, de racines et d'épices européennes ou exotiques peuvent entrer dans leur composition.

— Il faut la calciner par des cautères.

— C'est une pratique mortifère !

— C'est la prescription d'Hippocrate.

D'un accord tacite, le tandem fonctionnait malgré tout puisque les prérogatives du barbier étaient respectées et que Jean pouvait faire de son mieux pour en limiter les effets néfastes avec l'aide dévouée des religieux.

Comme il s'y attendait, Noronha appela l'apothicaire en consultation. Il fut accueilli par une engueulade introductive pour avoir été incapable de guérir le comte da Feira. Jean faillit rétorquer qu'il devait après tout sa nomination de capitaine-major à sa carence supposée. Faute de mieux, il fut confirmé dans ses fonctions par le nouveau maître du destin de la flotte.

Depuis qu'ils s'étaient rencontrés, François et Jean retrouvaient chaque soir Antão de Guimarães sur le gaillard d'avant. L'air y était plus vif et les joueurs bruyants moins nombreux. Ils y échangeaient leurs connaissances sur la géographie, les sciences nautiques et l'ouverture de l'Asie à la culture occidentale. Ils faisaient le point quotidien sur les perspectives de bonne traversée offertes au navire et à ses passagers par Dieu et par ses acolytes mortels en charge de la navigation. Au fil de leurs conversations, une familiarité nourrie d'une réelle sympathie réciproque leur faisait aborder des domaines qui les ravissaient mutuellement.

Le 21 juin, jour du solstice d'été qui était bizarrement devenu l'hiver depuis qu'ils avaient franchi l'équateur le lundi de Pentecôte, leur entretien prit un tour inattendu. François venait de développer la controverse entre les astronomes grecs, arabes et provençaux sur la longueur de la Méditerranée, et de rappeler en conclusion que les découvreurs avaient démontré par l'expérience que le rayon de la terre était plus grand qu'on le croyait, et que les dimensions des continents étaient moindres.

— En réalité, personne ne sait exactement chiffrer les dimensions des terres et des mers d'est en ouest, car la mesure de la longitude échappe toujours aux cosmographes et aux navigateurs.

Antão rebondit sur la dernière phrase.

— Il est surprenant que la longitude reste si étrangement fugitive, alors que les pilotes mesurent aisément la latitude, la seconde dimension du monde. Les traités de la sphère sont disons... elliptiques sur ce point. Quelle est là-dessus ton opinion ?

— Mon Dieu ! Frère Antão me ferait-il l'immense honneur de juger un assistant cartographe capable d'éclairer un jésuite sur l'ordre du monde ?

— Ne dérange pas le Seigneur inutilement. Parle, mon frère. Je te dirai ensuite si tes lumières ont éclairé les régions obscures de mes connaissances.

Le religieux rit franchement en se tournant vers Jean, qui se frotta les mains et se carra confortablement sur la glène de cordage qui lui servait de fauteuil.

— Je ne vois pas très distinctement ce que je vais réussir à t'apprendre.

— Bien au contraire, François. J'ai des notions d'astronomie sans avoir l'expérience d'un pilote hauturier. Les subtilités du domaine maritime échappent à la majorité des terriens. Même aux jésuites. Je pense en réalité que la plupart des savants n'y entendent goutte, quoi qu'ils en laissent supposer.

— Antão a raison, renchérit Jean. Personne ne comprend rien à la navigation, hormis les pilotes.

— Et encore, pas tous les pilotes. Tant pis pour vous. On ne peut résoudre la longitude parce qu'elle est insaisissable.

— Allons donc ! protesta Jean. L'argument est trop facile.

— La longitude, la longueur du monde d'occident en orient selon la langue grecque, nous est inaccessible parce que, du fait de la rotation de la terre, elle réside en un rapport intime entre la circonférence et le jour, c'est-à-dire entre l'espace et le temps.

Antão opina de la tête.

— Je suis d'accord qu'il s'agit de trouver un intermédiaire mesurable et fiable entre les trois cent soixante degrés de la circonférence terrestre imaginés par commodité arithmétique à Babylone et la durée du jour de rotation, tout aussi arbitrairement découpée en vingt-quatre heures depuis les Romains.

— Jusque-là, cela semble logique, interrompit Jean. Un rapide calcul mental me fait proposer qu'une minute de temps vaut quinze minutes de circonférence terrestre et le tour est joué. Je ne vois pas où est le problème.

— Exact mais faux. Le problème est que l'on ne sait pas apprécier cette relation simple avec assez de précision, faute de sabliers, d'horloges ou de clepsydres, d'instruments de mesure du temps d'une sensibilité et surtout d'une régularité que seul le diable pourrait nous offrir.

— Il me surprendrait, mon frère, que le diable fasse un cadeau pareil aux créatures de Dieu. Il faut donc chercher ailleurs.

— On cherche, frère Antão. Depuis longtemps, tu le sais sûrement.

Il savait en effet que l'on pouvait contourner cette difficulté en observant l'heure locale des phénomènes universels que sont les éclipses de la lune ou du soleil. Des tables astronomiques donnaient les prédictions de l'heure de ces occultations à l'endroit où elles avaient été calculées, à Cadix, Salamanque, Coimbra ou Marseille. La différence des heures locales du phénomène autour du monde équivalait à leur différence de longitude selon le rapport que venait de rappeler Jean. Grâce aux horloges mécaniques, on déterminait assez bien l'heure locale d'un instant à partir de la culmination du soleil méridien marquant précisément midi.

À l'objection que les horloges étaient imprécises, le jésuite rétorqua que c'était vrai dans le long terme mais qu'elles suffisaient à transporter un temps convenable dans le cours d'une journée. Il était possible en tout cas de comparer les heures locales d'observation d'un phénomène céleste et de déduire de leur différence l'écart des lieux d'observation autour de la Terre. C'est-à-dire de mesurer une longitude.

— Antão, nous n'avons jamais reçu un interlocuteur aussi

éclairé que toi dans l'atelier de Guillaume. Il serait aux anges de participer à notre conversation. Il est d'ailleurs bien plus érudit que moi, qui ne fais que répéter sa science.

— Je n'ai aucun mérite. Quelques-uns de nos frères ont pratiqué de telles observations.

Jean était un peu agacé de rester le témoin d'une discussion sur les mathématiques et l'astronomie. Il affecta de traiter sur un ton plaisant l'un des rares sujets qui lui échappaient.

— Je vous entends bien l'un et l'autre. L'occurrence d'une éclipse est exceptionnelle. Tes frères jésuites désoccupés ont tout le temps mais les navigateurs ne peuvent compter là-dessus. Sinon des naufragés sur une île inconnue, attendant faute de mieux la prochaine éclipse de lune ou de soleil pour savoir où ils sont.

— Où ils ne sont pas, Jean, puisque leur île inconnue n'est pas portée sur les cartes.

Cessant de plaisanter, l'apothicaire leur rappela d'un coup qu'il était assez savant pour les prendre l'un et l'autre à revers.

— À supposer que les théories de Copernic soient vérifiées un jour, seraient-elles de nature à résoudre le problème de la longitude ?

François se tassa sous le choc et jeta un regard éperdu en direction du jésuite qui ne réagit pas. Il baissa instinctivement le ton, voûté comme pour se rendre moins visible à des inquisiteurs aux aguets. Il murmura, la bouche presque collée à l'oreille de Jean :

— Claironner le nom de Copernic en public, c'est de la folie ! La Congrégation de l'Index a voué aux gémonies ce Polonais et son hérésie. Son œuvre posthume est à l'index depuis plus de soixante ans. L'Inquisition est partout ! Aurais-tu retenu une place sur le bûcher ?

— En effet, mes frères, murmura Antão. On a brûlé vif Giordano Bruno il y a juste sept ans. Le Saint-Office accusait ce philosophe de postuler l'infinité plurielle du monde.

François vérifia d'un rapide regard circulaire l'absence d'oreille à portée d'écoute sur le gaillard et poursuivit à voix basse :

— Entre nous, il est légitime au moins de se poser une

question de principe. Je dis bien, de se poser la question. Il ne s'agit pas de prendre parti car l'incertitude est naturelle. Toi-même, le savant parisien qui as vu les nouveaux mondes, peux-tu décider raisonnablement si la terre tourne autour du soleil ou bien l'inverse ?

À sa stupeur, Antão vint calmement à son aide. Tenant son chapeau à bout de bras, il le promena lentement d'un geste de semeur, en faisant remarquer à Jean qu'il le voyait se déplacer de la gauche à la droite de son champ de vision. L'ayant immobilisé, il lui demanda de tourner la tête de droite à gauche et de constater que son œil percevrait exactement le même déplacement. Tout étant apparence pour des yeux d'homme, que la voûte céleste et le soleil tournent autour de la terre, où que la terre tourne autour du soleil, qu'elle tourne sur elle-même ou que tout cela tourne dans un univers plus grand encore ne changeait en rien la nuit contemplative des bergers ni le ciel ingénieux des marins.

Il conclut après un temps suspensif :

— Ni le secret de la longitude. Ni l'œuvre du Créateur.

François était pétrifié. Il avait souvent parlé de cela avec Guillaume Levasseur qui réfléchissait beaucoup au problème et considérait en tout cas qu'il pouvait sans la moindre difficulté gérer l'astronomie nautique établie selon les principes de Ptolémée, sans s'interroger pour autant sur la Genèse ni sur le système de Copernic. Il ne quittait pas des yeux le jésuite qui se pencha vers eux.

— Le débat est de longue date. Le premier à imaginer que le soleil pourrait bien être le centre de l'univers fut Aristarque de Samos près de trois cents ans avant la naissance du Christ.

— Ptolémée a réfuté cette hypothèse.

— Peut-être a-t-il eu tort. En tout cas, Kepler, un luthérien, travaille à confirmer les théories de Copernic. Il appuie son calcul du mouvement des planètes sur les observations de l'astronome danois Tycho Brahé.

— Toi, un religieux, tu parles de ce bouleversement d'un dogme comme d'une banale hypothèse scientifique. Je ne comprends plus.

— Attendez, mes amis. Un mathématicien de l'université de Padoue, un nommé Galilée, a soulevé une nouvelle émotion parce qu'il affirme lui aussi que la terre tournerait autour du soleil.

— Admettrais-tu donc l'hypothèse d'une terre en vadrouille dans le ciel ? Je rêve !

Antão fixa Jean et joignit les mains en souriant, les yeux au ciel.

— La volonté divine échappe en réalité aux mortels. Surtout aux philosophes autoproclamés qui se pensent assez intelligents pour oser l'interpréter, la contester ou la glorifier. Quelle vanité ! L'œuvre de Dieu est immense, Jean. Je prie chaque jour pour qu'il m'éclaire.

Il rapprocha sa tête d'eux pour leur parler encore plus bas.

— Savez-vous que ce sont les mathématiciens et les astronomes du collège romain de la Compagnie de Jésus qui ont réfléchi autour du père Christopher Clavius à la réforme du calendrier décidée par Grégoire XIII ?

— Quel rapport avec l'ordre du monde ?

— Mes frères s'intéressent à la justesse de son fonctionnement. Ils ont accueilli avec déférence ce Galilée dérangeant quand il est arrivé à Rome.

— Malgré sa réputation sulfureuse ?

La lunette de Galilée passionnait les jésuites. Son système optique était capable de grossir la perception du cosmos au point de révéler dans le ciel des merveilles jusqu'alors invisibles, de voir le réel divin et non l'imaginaire des poètes, des idolâtres et de certains scolastiques. C'est pourquoi ils tenaient Galilée pour un astronome de génie. Il les connaissait bien pour avoir fréquenté leurs collèges dans sa jeunesse. Pour le reste, assura Antão, ils attendaient sereinement le jugement des pères théologiens, les conclusions que leur général tirerait de ce débat et les directives qu'il leur fixerait.

Jean extirpa dans le réa d'une poulie une plume restée coincée, perdue par l'une des dernières volailles de la basse-cour. Il la fit tourner alternativement dans un sens puis dans l'autre entre le pouce et l'index, comme pour donner plus de légèreté à ses propos.

— Et tu te rendras à la décision de ton général ?

Antão ferma les yeux sur un sourire énigmatique qui devait être perçu comme un signe d'évidence tout en laissant imaginer aussi bien son contraire. Jean laissa planer le doute.

— Je n'ai personnellement aucun titre à oser déclarer quelque idée là-dessus, mais je laisse le soin de m'éclairer aux astronomes plutôt qu'aux évêques et à saint Augustin. Voire aux jésuites, Antão, bien que votre démarche pragmatique me plaise beaucoup.

— Tu n'as pas de chance, cher Jean. Le père Clavius est réputé être l'un des meilleurs astronomes d'Europe. On peut donc être jésuite et astronome à la fois.

Jean leva les deux bras en signe de renoncement.

— En fin de compte, que Dieu ait décidé de faire tourner le monde dans un sens ou dans l'autre ne change pas grand-chose à l'identité de la terre si l'on a l'humilité de considérer que l'homme n'est qu'une petite boulette de matière physique dans l'univers.

— Alourdie du poids incommensurable de son âme.

— Je te l'accorde. Mais cela n'empêche pas la possibilité d'un monde infini. Cela change-t-il quelque chose à la prépondérance de l'âme ?

— Tu rejoins Galilée.

Les astronomes jésuites et plusieurs cardinaux ouverts à la réflexion comme le cardinal Bellarmine s'efforçaient à l'époque de concilier l'apparemment inconciliable. Ils constataient que maisons professes et observatoires, théologiens et astronomes ne traitaient pas des mêmes problèmes. Ou du moins qu'ils ne les abordaient pas de la même façon ni dans le même but. L'Écriture et la nature n'étaient pas en contradiction si l'on ne tentait pas de les rapprocher à tout prix. Elles étaient simplement deux lectures différentes du monde. Jean, qui n'avait aucune préférence quant à déclarer Copernic hérétique ou bon chrétien, se dit convaincu que l'alternative n'intéressait pas Dieu, soucieux de distinguer plutôt ceux qui avaient compris son œuvre et ceux qui se trompaient.

— Lesquels seront les élus ? Je ne me prononce pas sur ce point. Je laisse aux savants le soin de trancher cette querelle scolastique sur le centre de l'univers. Nous ne tarderons plus à avoir leur réponse.

— Tu ferais un bon jésuite, commenta Antão, qui prit un air sévère. Mes bons amis, ne vous méprenez pas. J'accepte le débat sur ce sujet sensible mais la querelle n'est pas seulement scientifique. L'Église forme un tout reposant sur une doctrine unique. Les jésuites n'en sont qu'une partie. Une partie très critiquée. On nous déteste. L'Inquisition est extrêmement puissante à Goa et il en faut bien peu pour être soumis à la question comme hérétique. Je ne vous le souhaite pas.

Il les dévisagea longuement l'un puis l'autre.

— À Rome, le bûcher sur lequel on calcine les hérétiques est toujours prêt à être mis à feu sur le Campo dei Fiori. À Goa, m'ont dit mes frères, les autodafés ont lieu régulièrement au Campo de Santo Lázaro devant l'hôpital des lépreux.

— Je te donnais récemment le choix entre la prison ou le couteau d'un sbire, murmura Jean. J'avais oublié l'Inquisition. Nous ne sommes qu'au tiers voire au quart du voyage. Ça va être difficile, François !

Dans l'effervescence quotidienne de la maladie, on faillit oublier la finalité du voyage. Le 27 juin à l'aube, une vigie cria la terre, et son hurlement enfla dans des proportions incroyables. Les insomniaques et les pratiques nocturnes du gaillard d'avant se dressèrent d'un bond. Les grabataires du tillac se retournèrent sur le ventre, et se mirent debout en prenant appui sur leurs genoux et sur leurs bras. Un instant plus tard, une émeute surgie des profondeurs les piétina pour accéder au bastingage. On avait souvent signalé le Brésil à tort car les nuages tropicaux bien nets dépassant derrière l'horizon ressemblent à des montagnes, surtout quand le soleil couchant les rend opaques et sombres. Tout le monde commettait cette erreur à bord des navires au long cours. Colomb avait déjà contraint ses marins à tourner sept fois leur langue dans leur bouche avant d'annoncer à chaque instant, les yeux fous, qu'on apercevait le royaume du Khan.

Au soir, le pilote fit sonder et reconnut formellement le lendemain dans la ligne grise qui avait grandi le cap de Santo Agostinho par 8° sud, à une trentaine de milles marins au sud de Recife, la capitale de la capitainerie de Pernambouco. C'était, selon le *Routier de la côte du Brésil* du pilote Luis

Texeira, « une terre basse et très boisée ressemblant au museau d'une baleine, au-dessus duquel est un relief rond comme une montagne ». La description de l'atterrissage fit le tour du navire, et chacun prit son voisin à témoin que l'on distinguait bien le museau, bien qu'aucun passager n'eût la moindre idée de la morphologie des baleines.

Le virage brésilien était un moment majeur du voyage, bien que l'on n'y fît pas escale. Tous les atterrissages faisaient craindre un naufrage mais celui-là était un marqueur temporel. La date de l'identification visuelle du cap Santo Agostinho renseignait sur la probabilité du rendez-vous avec la mousson. Dès que l'on avait reconnu le museau de baleine, la procédure consistait à descendre en latitude, cap au sud, relativement tranquillisé par les informations nautiques qui assuraient « qu'il n'y a rien d'autre que les écueils soulignés par des brisants et qu'il faut seulement se garder de ce que l'on voit ».

Les *Abrolhos* – ouvre l'œil –, des récifs sournois mais utiles au large d'Espirito Santo par 18° sud, marquaient le point tournant décisif. Les navires devaient y arriver impérativement avant la fin du mois de juin au plus tard. Cela leur laissait en effet juste assez de temps pour traverser l'Atlantique Sud poussés par les vents et les courants d'ouest du Brésil vers le cap de Bonne Espérance, et s'accrocher aux dernières semaines de la mousson. Ils avaient absolument besoin d'elle pour remonter le long de l'Afrique orientale. Les capitaines avaient l'ordre formel de rentrer à Lisbonne s'ils atteignaient les récifs après le 30 juin.

Les veilleurs annoncèrent les *Abrolhos* le jour de la fête de Sào Floréncio qui tombait le 4 juillet.

La flotte avait fondu jusqu'à se résumer aux quatre galions *Espirito Santo*, *Sào Bartolomeu*, *Sào Jeronimo* et *Santo António*, et aux flûtes qui devaient rentrer de toutes façons au Portugal après avoir transféré leurs vivres et leur eau. La caraque amirale envoya l'ordre de mettre en panne par pavillons appuyés d'un coup de canon. Ce fut facile car la flotte faisait bien peu de sillage, roulant lentement dans une longue houle paresseuse. Elle s'immobilisa sous des voilures réduites laissées battantes, roulant à peine un peu plus.

Les signaux avaient convoqué le conseil général des maîtres et des pilotes. Francisco Fernandes, maître de l'*Espirito Santo*, annonça d'emblée que les coutures du galion étaient tellement disjointes que les pompes peinaient à franchir l'entrée d'eau. Il demandait à relâcher à Recife le temps d'un abattage en carène pour reprendre le calfatage. Il espérait pouvoir reprendre rapidement sa route isolément car, selon lui, les bons marcheurs de la flotte pouvaient poursuivre vers les Indes malgré leur léger retard, pourvu qu'ils descendent un peu plus que d'habitude en latitude pour gagner du vent. Comme on ne lui avait encore rien demandé, sa déclaration irrita ses confrères. La vraie question étant justement de décider de la poursuite ou non du voyage, il fut le seul en effet à défendre cette option que son homonyme Joaquim Baptista Fernandes, le pilote-major, approuva de la tête.

Manuel Afonso, capitaine du *Sào Bartolomeu*, Pantaleào Afonso et Gonçalves Pousado respectivement pilote et maître du *Sào Jeronimo*, Francisco Alvares, maître du *Santo António* donnèrent d'une seule voix l'avis contraire : la saison était trop avancée et les alizés trop mous n'avaient aucune raison de se renforcer. Il était périlleux de descendre trop en latitude. De toutes façons la date limite fixée par la Casa était dépassée. Ils étaient prêts à jurer que la mousson était manquée. Si elle continuait, la flotte serait contrainte d'hiverner à Mozambique pour y attendre pendant six à huit mois la renverse des vents. Dans ce cimetière, les maladies tropicales tueraient probablement la moitié des équipages. Le conseil des maîtres et pilotes préconisa formellement de rentrer au Portugal comme le prescrivaient les ordres royaux.

Les recevant à son bord puisqu'il était le maître d'équipage de la caraque amirale, Bastiào Cordeiro déclara partager pleinement cette analyse. Le pilote-major le toisa comme s'il découvrait un crapaud sur le tapis de la grande chambre et affirma que le voyage était encore possible. L'atmosphère était tendue jusqu'au malaise. La crispation des maxillaires, la rigidité des tendons des cous, la fureur de regards aussi terribles que ceux des samouraïs partant en guerre, tant de pensées violentes muselées par la présence du capitaine-major témoignaient de l'irréductibilité des antagonismes et trahissaient l'ampleur manichéenne des enjeux. La gloire au nom du roi ou les lazzis du peuple brocardant les couards. La fortune ou seulement ses effluves et le mépris des épouses et des amantes frustrées. Et d'un autre côté, la vie banale pas mauvaise à tout prendre avec ses hauts et ses bas, ou bien la mort qui confondrait tous ces hommes en colère dans la même fournée du tribunal de Dieu.

Dans un silence vibrant, Francisco Alvares doyen d'âge demanda un vote à main levée. Ayant compté et recompté les voix, il déclara solennellement que l'on devait retourner à Lisbonne. Bastiào Cordeiro bondit de son siège et ordonna à l'écrivain de dresser céans le procès-verbal de la décision majoritaire et de le faire parapher aussitôt par le conseil. L'affaire était entendue. Le capitaine-major restait étrangement silencieux, comme étranger au débat ou dépassé par les événements. Soudain, il frappa violemment du poing sur la table.

— Bande de couards émasculés ! Cette flotte puissante a été armée pour Goa par notre roi Filipe parce qu'il importe cette année encore de conduire dans nos territoires ceux qui auront la charge de les défendre ou d'y exercer des fonctions, et d'en rapporter les richesses que les entrepôts indiens rassemblent pour la Casa. C'est toute la nation portugaise qui respire au rythme des flottes depuis que la route des Indes a été ouverte par deux générations de prédécesseurs intrépides. Dieu a voulu que je prenne le commandement de celle-ci en cours de route. Des capitaines indisciplinés ont déjà abandonné l'escadre malgré les ordres royaux formels. Ces félons qui seront punis ont au moins le mérite personnel d'avoir décidé de gagner indépendamment Goa parce qu'ils savaient pouvoir compter sur des équipages valeureux. Personne à leur bord n'a tenté de les dissuader de faire route. Comment seriez-vous loyaux à votre roi en laissant ces parjures faire

voiles vers les Indes sans oser les suivre ? La date du retour
à Lisbonne n'est dépassée que de quatre jours et vous reculez
de peur devant la mission qu'il vous a confiée. Vous n'êtes
que des pleutres indignes de vos charges !

Il martelait ses invectives du poing. Chaque coup faisait
vaciller les ombres portées par la chandelle, et tressauter le
crucifix en ivoire posé sur la table comme si le Christ lui-
même sursautait sur sa croix.

— Je jure sur ce crucifix sur lequel je pose ma main que
je conduirai en Inde le restant de la flotte sans jamais reculer
d'un empan. J'ordonnerai de jeter à la mer ou de pendre aux
vergues comme mutins ceux qui failliraient à leur devoir.
Suis-je clair ?

Ayant repris la main, Noronha précisa calmement ses
intentions :

— Nous descendrons comme autrefois chercher les grands
vents d'ouest qui règnent aux quarantièmes degrés sud en
franchissant vent arrière le méridien de Tristan da Cunha à
la latitude de l'île sur laquelle nous recalerons notre estime.
Je vous promets que nous allons rattraper le temps perdu et
que nous serons aux Aiguilles de l'Afrique avant la seconde
quinzaine de juillet. Nous prendrons par le dehors de São
Lourenço où l'alizé nous poussera tribord amures vers la
mousson finissante. Nous arriverons à Goa comme le roi nous
en a donné l'ordre.

La route *por fora* – par le dehors – consistait à éviter le
canal de Mozambique et à chercher les alizés du sud-est dans
l'est de l'île de São Lourenço que ses habitants Malagas ou
Madagas nommaient Madagascar. On se recalait ensuite sur
les Mascareignes qui tiraient leur nom de leur découvreur,
Pêro Mascarenhas. Curieusement, alors qu'elle permettait de
tirer parti d'un régime des vents très favorable, cette alternative au transit besogneux et inquiet par Mozambique était
rarement utilisée. La controverse sur cette route opposait les
commerçants, soucieux d'arriver au plus vite pour faire de
meilleurs profits à la plupart des autres, qui mettaient en
avant la crainte d'une recrudescence des enflures des jambes

et des gencives pour recommander de faire une escale de rafraîchissement à Mozambique pendant une dizaine de jours. La route par le dehors risquait aussi d'amener les navires jusqu'à Cochin, trop au sud et trop tard dans la saison pour remonter jusqu'à Goa.

Dom Cristóvão dégrafa son col et s'épongea le front d'un mouchoir de dentelle dont la féminité sembla incongrue dans cette assemblée de navigateurs en colère. Il étendit les jambes en reculant son fauteuil pour signifier que le conseil était levé. Son discours avait pétrifié l'assistance qui se rassembla, visages fermés, pour un conciliabule bourdonnant. Une décision prise à la majorité du conseil des maîtres s'imposant à chacun quel que fût son rang, les menaces de l'amiral étaient illégitimes et ses intentions de pure forme. D'un autre côté, par ordre du roi, nul ne pouvant s'opposer aux décisions d'un pilote-major, l'avis favorable de Joaquim Baptista Fernandes, bien que minoritaire, était à prendre en compte. Sans même polémiquer sur le fond, la jurisprudence maritime exigeait de clarifier la forme de ce cas d'école.

En tout état de cause, si le destin de *Nossa Senhora do Monte do Carmo* était assurément dirigé vers les Indes par les intentions affichées du capitaine-major et de son pilote, restait à savoir si la flotte se plierait à un ordre illégal ou si elle suivrait la décision collective du conseil. Tout bien pesé, après un débat animé, les partisans du retour à Lisbonne durent se rendre à l'évidence. Si l'amirale poursuivait sa route vers Goa comme le faisaient déjà les galions dissidents, le retour de quelques caraques au Portugal – même si elles obéissaient à une décision raisonnable et conforme à la règle – soulèverait dans la société lisboète un tourbillon d'opprobre dont aucune réputation ne sortirait indemne. Contrairement à leur sentiment et aux instructions royales, les meilleurs professionnels de la flotte acceptèrent le dos voûté et le front bas de parapher la décision de mettre le cap sur l'Atlantique sud.

Aux abords du quarantième parallèle de latitude sud, un flux d'ouest déchaîné balaye tout le tour de la Terre, soulevant une mer énorme. On entre dans le domaine des quarantièmes rugissants. Obligés de traverser l'Atlantique Sud pendant l'hiver austral pour attraper la mousson, les Portugais s'étaient frottés aux mers tempétueuses dès la conquête de la route des Indes. Un siècle plus tôt, déjà, la flotte de Pedro Alvares Cabral qui partait installer l'empire et qui venait de découvrir le Brésil avait été balayée par une terrible tempête dans les parages de Tristan da Cunha, un îlot volcanique projeté par les forces telluriques pour surgir en plein Atlantique. La plupart des navires avaient disparu dans le cataclysme, avec Bartolomeu Dias, le découvreur du cap de Bonne-Espérance. Devant la constance des mers démesurées, les Portugais évitaient depuis longtemps de se frotter aux vagues démentes des parages du volcan noir qu'ils avaient rendu à sa solitude désolée. Ils ne dépassaient plus la latitude de 33 degrés sud, voire 35 quand la saison n'était pas trop avancée.

En plein hiver austral, Cristóvão de Noronha entendait aventurer la flotte deux degrés plus bas encore en latitude, dans l'espoir de se faire pousser à une allure d'enfer vers le cap de Bonne Espérance. Téméraire ou insensée, sa décision quasi régalienne était lourde de conséquences. Le commandement accidentel du capitaine-major légitimait évidemment son désir d'exercer avec panache cette charge inespérée. Chacun pouvait comprendre sans malveillance que la perspective de ramener piteusement à Lisbonne une poignée des navires de la flotte éparpillée n'était pas envisageable par un homme de son ambition. D'autant plus que les capitaines frondeurs étaient en train de faire voiles au plus court vers Goa.

Dans l'instant, si l'instabilité du vent minait l'espoir de parvenir à attraper la mousson par la queue, la mer encore très maniable ne suggérait nullement les tempêtes promises dans les latitudes australes. L'optimisme régnait encore puisque le pire n'est jamais certain. La controverse avait déjà gagné tous les navires. Elle agitait les équipages mais elle laissait les passagers plutôt indifférents. Le paradoxe était que l'idée de rentrer, d'abréger leurs privations, leur gêne et leur lassitude était insupportable à des malheureux en survie. Dans la monotonie d'un farniente obligé qui allongeait encore la durée exaspérante de journées vides, les passagers étaient physiquement et moralement épuisés au point d'admettre déjà, à peine partis, que mourir en route était une issue éventuelle de leur voyage. Ils venaient de passer un peu plus de deux mois en mer. Le plus dur restait à faire : traverser l'Atlantique sud dans ses parages rugissants et remonter le canal de Mozambique jonché d'écueils. Encore cinq ou six mois au mieux étaient à endurer. Restait donc à revivre deux fois encore le calvaire passé, aggravé par des conditions de santé, de climat et de mer bien pires. Mais si les augures du navire disaient vrai, si l'on allait hiverner à Mozambique, le voyage allait durer encore un an. Ou une éternité pour ceux qui y seraient ensevelis en vrac dans une fosse commune.

On transféra le corps de dom Joào Forjaz Pereira sur la flûte *Cabo Espichel* avec les honneurs de son rang. Le ciel construit de petits nuages très purs lui jeta un semis de fleurs blanches sur la longue houle lisse comme le miroir déformant d'un montreur forain de curiosités. Toutes les embarcations avaient été mises à l'eau. Elles s'affairèrent jusque tard dans la nuit pour transférer les réserves des flûtes logistiques vers les navires de la flotte.

La dernière rotation évacua sans ménagement quelques parasites mâles et femelles ayant troublé l'ordre de *Nossa Senhora do Monte do Carmo* et importuné le Seigneur par leurs turpitudes et leurs fornications. Parmi eux, l'un des précieux voiliers était lié au sort de sa concubine. Embarquée clandestinement étant enceinte, elle avait accouché à bord, assistée dans les fonctions de sage-femme par une nonne en robe noire serrée d'une ceinture de cuir. Sœur Clara de la Miséricorde se préparait à entrer à vie au couvent des augustines de Santa Monica de Goa dont on commençait la construction. L'une des missions secondaires de son institution serait le baptême et la catéchisation des enfants abandonnés sous son porche. Sœur Clara avait aussitôt conduit au bastingage et jeté à la mer comme une ordure l'enfant mort-né dans le péché, inapte au baptême, éliminé hors de la vue sans autre linceul qu'une loque dégoûtante. Certains furent fondés à reprocher à cette religieuse un geste inhumain mais aucune bonne âme horrifiée n'était en mesure de lui suggérer une alternative. Les communautés de la Carreira da India géraient au mieux leurs crises de société selon des critères propres à leur univers clos.

Une cinquantaine de scorbutiques avaient été jugés assez gravement délabrés pour être ramenés à Lisbonne. Ils étaient partagés entre la déception de manquer le voyage et le soulagement de recouvrer la santé. Aucun de ces rapatriés sanitaires n'imaginait qu'il était en réalité déjà trop malade pour survivre dans un sens ou dans l'autre à deux mois supplémentaires de malnutrition. Dans la grande loterie du voyage au long cours, ces perdants n'allaient pas plus revoir Lisbonne qu'ils n'auraient connu Goa.

L'un des condamnés à être renvoyés au Portugal par mesure disciplinaire était particulièrement remarquable. Jorge Rangel était rien moins que l'aide du pilote-major. Il lui était reproché d'avoir faussé le compas de route par une faute professionnelle d'une extrême gravité. C'est une fois encore Jean qui apporta la nouvelle au retour d'une de ses visites au château. Sur son affirmation répétée que son assistant serait en mesure de remplacer son aide au pied levé, maître Fernandes avait fini par accepter d'examiner les connaissances du Français. Extrêmement réticent en raison du secret d'État couvrant les routes et très dubitatif sur le plan professionnel, il avait subordonné ses préjugés à la fortune de mer. L'opportunité était incroyable pour François, et sans doute cette disgrâce inattendue de l'aide du pilote indiquait-elle que le ciel continuait à veiller sur lui et donnait un nouveau coup de pouce à son destin.

L'entrevue eut lieu dans la chambre du pilote-major. Vu de près, l'être détestable de loin s'humanisa. Son visage au front haut était ascétique, et son regard luisait d'intelligence au fond d'orbites caverneuses assombries encore par des sourcils noirs et touffus, attentivement rééquilibrés par une barbe courte, lisse et soignée. François imagina qu'il ressemblait à

Torquemada. Encore qu'il se demandât si le grand inquisiteur portait la barbe.

Le personnage majeur de la caraque amirale semblait enfermé à contre-emploi dans le rôle hermétique distribué aux gens de sa profession. François savait que la plupart des pilotes de la Carreira da India étaient à la fois complexés et extravertis. Ils cachaient leurs doutes personnels derrière un masque hautain, et ils assumaient les approximations de la science nautique en s'abritant derrière l'infaillibilité que leur conféraient les prescriptions royales. Oracles dont la vérité était garantie par la couronne, ils étaient tout à fait conscients de l'incommensurable étendue de leurs lacunes, qui relevaient majoritairement des insuffisances d'un art pionnier encore tâtonnant. Maître Fernandes échappait-il à la règle ?

Assis hiératiquement sous un portulan de l'Atlantique piqué sur la cloison de bois à la fois comme une enseigne corporative, un décor mobilier et un instrument de travail, le pilote l'avait invité sèchement à entrer mais n'avait pas étendu son accueil à une invitation à s'asseoir. Affichant un air absent, il passait une peau d'isard pyrénéen sur les flancs d'un astrolabe nautique. François ni aucun pilote ou carto-graphe de Bretagne ou de Normandie – ni aucun Français à plus forte raison – n'avaient jamais vu de leurs yeux un astrolabe, s'ils en connaissaient l'usage et la description par les traités de navigation. François vécut cette révélation d'un objet mythique comme un choc. Il contint son émotion car, au-delà de cette mise en scène, l'éclat de l'instrument étin-celant de tout son alliage cuivreux pouvait indiquer que son propriétaire ne l'avait pas souvent exposé aux embruns. Ce n'était pas un indice suffisant pour juger de l'expérience de maître Fernandes, mais cette constatation facilita son appli-cation à prendre un air simplement attentif supposé montrer à son interlocuteur qu'il n'était pas impressionné.

D'autant plus que le pilote-major aurait été mieux avisé de manipuler une arbalète, un instrument en bois d'une nou-velle génération dérivé du vieux bâton de Jacob, moins spec-taculaire, beaucoup moins coûteux mais plus précis. Mieux, chaque pilote habile pouvait construire une arbalète de ses mains en suivant les instructions données par tous les livres de mer. François en avait construit une lui-même sous la direction de Guillaume. Décriée par les pilotes ibériques, les Hollandais en faisaient grand cas. L'astrolabe était déjà un instrument désuet au début de ce nouveau siècle. François se sentit fort de cette insuffisance.

La récapitulation de ses connaissances instrumentales traversait distraitement sa pensée, comme s'il vivait la scène en spectateur. Les bras ballants devant l'impressionnant examinateur, il était en réalité assez bouleversé pour qu'il se demandât si le pilote entendait son cœur cogner dans sa poitrine. Le mage rompit enfin le silence. Il parla en nasillant un peu, détachant les mots articulés jusqu'à la caricature. C'était une chance pour le Français, concentré à l'extrême sur sa compréhension encore besogneuse du portugais. Maître Fernandes était imbu de sa science ésotérique et de ses prérogatives, mais il était confronté à un problème assez épineux pour mériter qu'il portât attention – sans concéder un iota de sa morgue – à ce jeune homme présomptueux que sa nationalité française rendait sinon irrecevable, du moins douteux. Il avait rapidement apprécié malgré sa réserve initiale la culture fine et la discrétion de Jean Mocquet, qui n'avait pas cherché, comme il le craignait, à rivaliser avec lui auprès du vice-roi en matière de sciences impénétrables. À priori, l'assistant de l'apothicaire français ne pouvait donc être médiocre.

L'entretien en forme d'examen se déroula dans une sorte de *lingua franca* rendue possible par les progrès de François et surtout grâce à son imprégnation des ouvrages portugais de la bibliothèque de Guillaume Levasseur. Il sentit en tout cas qu'il était maintenant capable de se débrouiller en terre lusitanophone.

— L'aiguille est fausse depuis trois jours. Elle s'est mise à tirer de trois quarts au nord-est. Malgré mon interdiction formelle, mon aide a voulu s'attirer l'intérêt d'une passagère en lui montrant le compas de route. Cette pucelle était dans ses purgations et ses humeurs ont gâté l'aiguille. J'ai renvoyé cet imbécile à Lisbonne où il sera incarcéré à la Casa et jugé. Sa faute est majeure. Il méritait la cale si la flotte n'avait trop de soucis pour perdre du temps à cela.

François, qui avait senti une bouffée de chaleur l'envahir à l'idée que Margarida pût être la cause néfaste de cette affaire, fut aussitôt rassuré par la révélation de la virginité de la fautive mais il resta rouge de l'indécence de son analyse. Il fut surtout horrifié à l'évocation de la cale, une punition extrême qui consistait à précipiter le supplicié à la mer depuis l'extrémité de la grand vergue, et à le faire passer d'un bord à l'autre en le halant sous la coque par un filin. On réchappait quelquefois à la noyade, marqué à vie par des déchirures sur tout le corps causées par les coquilles de la faune parasite de la carène.

D'autre part, la dégradation d'une aiguille marine était un accident gravissime affectant le destin d'un navire au long cours et donc celui de tous ses passagers. Les ouvrages traitant de l'art de naviguer par les aiguilles dénonçaient la dangerosité possible de minéraux, de légumes et de produits divers, mais tous les maîtres étaient d'accord sur l'effet perturbateur avéré de l'ail et des menstrues. Laisser gâter un compas aussi stupidement était d'une légèreté inconcevable.

François hocha la tête sans artifice car il était réellement consterné. Il pensa aussi que cette approbation matérialisait sa compréhension professionnelle de la nature de l'accident et de la gravité de la faute. Afin de renforcer sa position, il se croisa les bras en s'adossant à la cloison, pour signifier qu'ils n'étaient plus en examen mais en train de dialoguer entre experts.

— Je saurais neutraliser l'aiguille au feu, la toucher à nouveau et vérifier sa variation.

Le pilote fronça les sourcils qui semblèrent encore plus charbonneux, et le regarda en coin, partagé entre agacement et curiosité.

— Tu sais toucher les aiguilles ?

— Bien sûr. L'atelier dans lequel je m'instruis et travaille depuis sept ans à Dieppe produit des portulans comme celui qui est derrière toi et des compas de mer.

— Tiens donc ! Et tu la toucheras avec quoi ?

— Avec la pierre qui est dans mon bagage. J'espère me rendre utile et gagner ma vie grâce à elle à Goa. Elle me vient de mon arrière-grand-père. Il l'avait prise comme butin sur un galion espagnol qu'il avait capturé en course.

Cette annonce ébranla le pilote-major. Très peu de pilotes hauturiers possédaient en propre un fragment de la pierre d'aimant ou pierre d'Hercule, et la caraque n'en disposait pas. Le fait que le jeune Français pût détenir un tel trésor était extraordinaire.

— Admettons que tu ranimes l'aiguille avec ta supposée pierre. Comment pourrais-tu mesurer sa variation au sud du cercle équinoxial ?

François savait qu'il passait une épreuve critique pour la suite de leur aventure, aussi bien à bord qu'à Goa. Il lui fallait impérativement trouver sa propre raison d'exister hors des connaissances médicales de Jean.

— Je connais le règlement de la croix du sud selon João de Lisbonne. Je pourrais utiliser la méthode de la médiane des ombres au lever et au coucher du soleil le même jour selon Francisco Faleiro. Un instrument d'ombre comme en décrit Pedro Nunes me donnerait la direction vraie du sud lors de la culmination du soleil.

Le maître s'était rencogné dans son fauteuil, éberlué sans vouloir le paraître.

— Je ne suis pas un navigateur de profession, mais mon maître Guillaume Levasseur a réuni à Dieppe une biblio-thèque très complète des auteurs portugais et de leurs inter-prètes espagnols, et je m'y suis souvent plongé. Je mesurerai sans difficulté la variation de l'aiguille d'une manière ou d'une autre.

Il faillit ajouter « aussi bien que toi » mais il eut le réflexe de maîtriser cette vanité maladroite. Il venait de débiter d'une traite tout ce qu'il savait de la question. Il n'aurait jamais imaginé utiliser ses connaissances théoriques sur la navigation dans l'hémisphère austral et il se félicitait chaudement d'avoir été un lecteur assidu de la bibliothèque de l'atelier.

Maître Fernandes prit le temps de cacher sa surprise et son intérêt.

— Tu sembles connaître les auteurs. Reste à savoir si tu les as compris et assimilés sans pratiquer toi-même la navigation. Va voir l'aiguille et fais-toi une opinion. Reviens ici demain avant la méridienne. Tu me feras part de tes observations, et je verrai si tu es aussi capable que tu l'affirmes quand je prendrai la hauteur du soleil. Tu m'apporteras ta soi-disant pierre d'Hercule.

Le pilote-major se leva. Il se drapa dans son manteau épiscopal et dans l'attitude douloureusement préoccupée qui convenait à son personnage. En réalité, l'aplomb du Français le stupéfiait. Le saluant très bas en reculant vers la porte, François se dit que son affaire n'était pas trop mal engagée. Il avait quitté Dieppe depuis huit mois, et il s'étonna d'avoir si rarement songé à ses parents. À peine l'image de Guillaume Levasseur dans l'atelier du Pollet lui revenait-elle quand il débattait de cosmographie. Il se demanda comment il pourrait bien leur faire comprendre un jour à quel point étaient étonnantes les choses qui l'entouraient et qu'ils n'imaginaient même pas. Dans la plénitude de sa nouvelle vie, il eut honte de son ingratitude et de sa vanité.

François se glissa dans la pénombre de la timonerie et salua les hommes de quart. Comme les nouvelles se propageaient vite, ils étaient déjà au courant de ses fonctions sensibles et ils le regardèrent avec moins de méfiance que de curiosité.

L'aiguille placée à la vue des timoniers était contenue dans une boîte cubique en bois vernis. L'intérieur du réceptacle de forme octogonale était peint en blanc, joliment décoré de volutes. La rose en papier semblait flotter dans l'air. Elle était structurée en trente-deux directions autour des huit vents principaux indiqués par de larges flèches ornementées, peintes à la détrempe. Le nord était marqué par un écu aux armes du Portugal. François était habitué à des roses plus petites, plus austères car imprimées en noir sur un carton plus épais, plus marin. Cette rose gracile, peinte peut-être par une femme, lui plut comme une démonstration de la possession tranquille de l'océan par les Lusitaniens. Elle indiquait que l'on suivait un rhumb au sud-est.

Afin de vérifier l'ensemble des compas de la caraque et fort des ordres du pilote-major, François avait demandé que l'on apportât sur le tillac le compas du pilote et le compas de variation qui servait à mesurer la justesse des aiguilles en observant les astres. Il sortit les examiner attentivement, rentra dans la timonerie, recommença à plusieurs reprises son va-et-vient. À sa demande, les grumètes transportèrent les deux compas à l'intérieur, puis les ramenèrent sur le tillac sous le regard dubitatif des timoniers partagés entre respect et sarcasmes.

— Quand s'est produit l'incident de la fille ?

Ils se concertèrent, avançant des dates évasives sur lesquelles ils ne parvenaient pas à s'accorder. Un avorton trapu assis sur le banc de quart leva une main aux doigts poilus au bout d'un bras musclé.

— C'était lundi dernier. Le jour où nous avons aidé à transporter ici les grilles de l'archevêque de Goa qui font l'objet de toutes les attentions. Même que je me suis écrasé l'index en les manipulant. Maître Baptista a ordonné de libérer l'entrepont pour y accueillir un afflux de malades. On ne pouvait paraît-il laisser se gâter à la pluie le travail du meilleur maître ferronnier de Tolède. Dites donc ! Je me demande comment fera monseigneur pour protéger ses œuvres d'art sublimes pendant la grande mousson. À moins de les planter à l'intérieur de son palais.

Son rire lui secoua les épaules. Il désignait d'un doigt entortillé d'un chiffon sale quatre larges panneaux de ferronnerie portant un aigle bicéphale, solidement arrimés à la cloison tribord. Un capharnaüm de caisses et de ballots concourait déjà à encombrer le local, laissant juste assez de place pour manœuvrer les palans de l'appareil à gouverner.

— C'est cet après-midi-là que Jorge est venu avec la fille lui montrer comment nous gouvernons. J'étais là. J'allais quitter mon quart. Découvrant ces ferrailles, il s'est emporté en criant que l'on prenait la timonerie pour un débarras, que cette fois-ci maître Fernandes allait piquer une colère et qu'elles allaient aussitôt partir ailleurs.

— À mon avis, il voulait impressionner la demoiselle, glissa un grand échalas édenté par le scorbut.

— Peut-être bien, Tinoco ! En tout cas, les ferrailles sont toujours là et c'est lui qui est parti !

Il recommença à tressauter de rire, ses mains aux doigts largement écartées reposant sur le haut de ses cuisses comme des araignées de mer.

— En réalité, ce n'est pas très gênant, et nous préférons tous voir le capitaine-major de bonne humeur. Pas vrai les gars ?

— Magnifique. Comment t'appelles-tu ?

— Simão pour te servir, mon petit maître !

— Eh bien, Simão, mon sentiment est que ces œuvres d'art ne vont effectivement pas rester longtemps ici. Et je te garantis que c'est sur l'ordre du capitaine-major lui-même que tu t'écraseras un autre doigt en aidant à les transporter ailleurs.

François les laissa interloqués par son assurance, fit ranger les compas portatifs et se rendit dans la chambre du pilote-major. Il était une demi-heure avant midi.

— Maître ! Je crois pouvoir avancer que ton aide ne mérite pas la prison et que la fille n'y est pour rien.

Maître Fernandes était concentré sur le portulan de l'Atlantique, sur lequel il promenait un compas à tracer. Il leva la tête, lui lançant un regard distrait, sa main immobilisée mémorisant le geste en cours.

— Le coupable, bien involontaire au demeurant, est l'archevêque de Goa.

Dans un geste de colère, le pilote brandit son compas comme un couteau, la bouche ouverte de stupéfaction. François ne lui laissa pas le temps d'exploser. Il fit par jeu le geste de se protéger le corps des deux avant-bras croisés et reprit aussitôt :

— Je n'entends ni injurier monseigneur ni encore moins te manquer de respect. Le jour de l'incident, on venait de déposer dans la timonerie les grilles de fer destinées au palais archiépiscopal. Je les ai vues. Elles sont énormes.

— Et alors ?

— Tu sais bien que João de Castro a écrit son impression que les masses de fer jouent peut-être un rôle indistinct dans la variation des aiguilles magnétiques.

Maître Fernandes retomba sur son siège et resta un instant silencieux, médusé par le culot de ce jeune homme. Il se détendit parce qu'il était légalement le seul titulaire du savoir nautique à bord de la caraque, tapotant la paume de sa main gauche des branches de son compas replié, ce qui était moins un geste d'agacement que le signe d'une réflexion en cours.

— Oui. João a suggéré, il est vrai, d'expliquer ainsi un affolement incohérent de ses aiguilles devant Mozambique.

— Il est une référence incontournable.

— Lui seul a émis cette hypothèse que personne n'a encore acceptée comme certaine. Si c'était vrai, on l'aurait vérifiée depuis longtemps. Et puis, à bord des vaisseaux de guerre, les aiguilles seraient rendues folles par les canons de fonte noire. Cette idée n'a aucun fondement véritable.

François se planta sous le nez du pilote.

— Maître ! Et si nous étions — il corrigea — si tu étais en train de confirmer la théorie de maître João ? J'ai fait plusieurs essais avec les deux autres aiguilles. Elles varient nettement quand on les porte à l'intérieur de la timonerie et reprennent leur ancienne direction quand on les ramène sur le tillac. Je serais à ta place, j'ordonnerais immédiatement que l'on enlève ces ferrailles élégantes mais nuisibles de là où elles sont, et qu'on les entrepose aussi loin du château qu'il est possible.

— Et si, comme c'est probable, cela n'a aucun effet sur l'aiguille ? Qui supportera le ridicule de cette initiative spec- taculaire qui mettra le capitaine-major en fureur ?

— Va voir toi-même, et refais mes expériences, maître. La subtilité de ton art ne pourra qu'impressionner dom Cris- tóvão. De toute façon, qui à bord serait en mesure de mettre en doute tes affirmations même si elles étaient infondées ? Et je suis sûr qu'elles ne le seront pas.

À compter de ce jour, François devint l'ombre discrète et attentive du pilote. Il le retrouvait chaque jour un peu avant midi sur le point le plus élevé de la dunette, à bâbord, côté du soleil, sous les regards glacés des dignitaires vêtus de noir. Les saluant obséquieusement, partagé entre souci de les flatter et tentation de les narguer, il disposait religieusement sur un tabouret tendu de velours bleu les deux objets résolvant le secret de la latitude : la dernière édition du *Tratado del Esphera y del Arte del Marear* de Francisco Faleiro ouvert aux pages des tables de déclinaison du soleil, puis l'astrolabe nautique qu'il déballait à gestes attentifs de son velours de protection.

Il avait frissonné d'excitation la première fois qu'il avait pris en main l'astrolabe. Il avait pensé fortement à Guillaume, là-bas à Dieppe. C'était un disque de laiton épais d'un pouce et large comme une main ouverte, ajouré en forme de croix grecque circonscrite par un anneau large et plat portant graduées les distances zénithales du soleil. Au nadir, la croix s'évasait dans un élargissement du métal à la manière d'un pied de candélabre dont le but était de lester l'instrument qui pesait quelque cinq livres. Sur cette surface plane était poinçonnée la date 1608. Il était donc flambant neuf, et cela expliquait son éclat.

— Que signifient ces quatre poinçons ?

— Quatre étoiles à six branches encadrant la date, avec un G en bas. C'est la signature d'Agostinho Góis Raposo. Le meilleur facteur d'instruments de Lisbonne. Agostinho me l'a apporté juste avant notre appareillage.

L'alidade en forme d'éclair zigzagant pivotait autour d'un axe planté à l'intersection centrale des branches de la croix. Elle était barrée de deux larges pinnules sur lesquelles l'ombre et l'image du soleil jouaient et se rencontraient dans l'alchimie du secret de la latitude quand maître Fernandes officiait à midi, brandissant l'astrolabe à bout de bras. Il avait appris à François comment introduire son majeur dans l'anneau central de suspension, et glisser l'index et l'annulaire sous deux cornes améliorant la prise de part et d'autre. Parce que le pilote tenait son instrument comme une balance romaine, les curieux disaient alentour qu'il semblait peser le soleil. Sa déclinaison additionnée ou retranchée selon les cas de la distance zénithale mesurée à midi donnait sans autre mystère la latitude. L'opération ésotérique pour les sommités de la dunette était d'une simplicité qui rendait François assez fier d'appartenir aux initiés.

Il s'entendait désormais à merveille avec le pilote-major et cela agaçait les passagers importants. Oracle du navire, maître

Fernandes avait été rapidement séduit par les connaissances exceptionnelles du passager français. Alors qu'ils discutaient un matin de la meilleure manière de ranimer la vertu d'une des aiguilles devenue folâtre à la pleine lune, il lui demanda comment diable en savait-il autant ?

— Pourquoi es-tu tellement supérieur à cet imbécile de Jorge Rangel ? Ton prédécesseur renvoyé pour faute grave était un assistant titulaire instruit et nommé par la Casa.

François lui dit la passion des cosmographes dieppois pour les avancées de leur art et l'intérêt des écoles normandes pour la science nautique portugaise qu'ils étudiaient et admiraient. Leur communauté formait un noyau éclairé, modeste mais exemplaire.

Fernandes était lisboète. Son père, titulaire d'une charge honorable à l'arsenal des Indes, lui avait transmis un désir inassouvi en le poussant à étudier les mathématiques et la sphère afin de se présenter à l'examen de l'école des pilotes. Elle était alors hébergée dans l'arsenal. Le cosmographe major João Baptista Lavanha la dirigeait d'une main de fer. C'est lui qui venait de rédiger le nouveau règlement sur la formation, l'examen des connaissances, les devoirs et le statut des pilotes. C'était un maître, comme avant lui Pedro Nunes, son plus illustre prédécesseur.

François saisit l'occasion de faire valoir l'adhésion novatrice des Dieppois à la projection cartographique réduite selon le nouveau canevas de Mercator, qui résolvait le problème de la projection légitime de la sphère terrestre sur le plan de la carte.

— Nous renonçons tous par commodité à rétrécir les degrés de longitude depuis l'équateur jusqu'aux pôles. Les cartes marines sont fautives de ce fait.

— Nunes a proposé naguère des calculs permettant de compenser l'erreur fondamentale commise quand on établit les problèmes de navigation sur une carte plate. Personne ne s'en sert.

— Parce qu'ils étaient trop compliqués. Mercator propose une solution graphique. Il dessine la carte marine selon une projection allongeant la longueur des degrés de latitude de l'équateur au pôle.

— L'artifice est grossier. Le Flamand prétend résoudre la relation variable entre la latitude et la longitude en dessinant des cartes marines difformes.

— Les maîtres cartographes de Dieppe se passionnent pour ce canevas révolutionnaire. Son emploi est d'une simplicité incomparable au regard des horribles calculs suggérés par Nunes.

Maître Fernandes fronça les sourcils Il appréciait son nouvel assistant mais il trouvait qu'il en faisait trop pour son âge.

— Qu'il ait tort ou raison, la question est secondaire puisque la mesure de la longitude nous échappe comme un secret de Dieu. Mon souci est d'apprécier du mieux possible la justesse du compas et la route que nous parcourons chaque jour. Je les reporte sur des portulans qui ont fait leurs preuves et je les vérifie grâce à l'astrolabe. Ne perds pas ton temps en élucubrations.

Toutes voiles dehors, la flotte courait quelque huit cents lieues par jour. À la vitesse d'un *Ave Maria*, disait le pilote. Cette unité de mesure pieuse s'expliquait par un procédé simple et laïc. Comme tous ses confrères, maître Fernandes mesurait la course en appréciant la durée du défilement le long du bord d'un billot de bois jeté à l'étrave sur un coup de sifflet du contremaître. Sachant que la caraque mesurait 170 pieds, il en déduisait par l'arithmétique la vitesse du navire. La prière à la Vierge Marie était un texte idéal pour effectuer la mesure du temps car il se murmurait en un tiers de minute. Il présentait l'intérêt supplémentaire de doubler l'opération d'un message en direction de Notre Dame.

Ave Maria, gracia plena, Dominus tecum : benedicta tu in mulieribus, et benedictus fructus ventris tui, Jesus. Sancta Maria Mater Dei ora pro nobis peccatoribus, nunc et in hora mortis nostrae. Amen.

Quand le billot passait à *Santa Maria Mater Dei* la caraque courait mille lieues, et huit cents quand il défilait à l'*Amen* final. La plupart du temps, la reprise d'un second *Ave* était nécessaire pour attendre le passage du marqueur. Au second *Amen*, la course journalière n'était plus que de quatre cents lieues.

Les tâches des gens de quart et les travaux de routine des tiers de service ne manquaient pas à bord du grand navire, depuis ses soutes encombrées jusqu'au fouillis de son gréement. Dans les villes et dans les campagnes, on partageait le temps entre la lumière éclairant les travaux et la nuit consacrée au repos des corps. L'équipage s'activait au contraire à longueur de jour et de nuit. Le temps coulait continûment, comme la poudre de marbre des horloges à sable d'une demi-heure retournées huit fois par quart de quatre heures, rythmant les veilles des marins. Le mousse chargé de renverser les sabliers annonçait chaque basculement par une formule rituelle qui variait selon les navires. À bord de la *Monte do Carmo*, le gamin, raidi d'orgueil par la gravité de sa fonction amplifiée par son adresse publique, criait à toute gorge, les bras raidis le long de son corps maigrelet tendu comme un arc :

« L'horloge est écoulée. Elle était bonne. Meilleure sera celle qui commence à courir et bon voyage à la grâce de Dieu ! »

Les mousses chargés des horloges devaient aussi surveiller la nuit le lumignon éclairant le compas, au long des quarts de prime, de minuit et d'aube. On les accusait de tricher quand nul ne les observait, pour raccourcir leur veille en anticipant légèrement les retournements. On leur attribuait pour cela le sobriquet de *comedores de areia*, ou mangeurs de sable.

Au contraire, le jour qui traînait en longueur n'invitait pas les passagers désoccupés à la moindre activité ouvrière. Le tiers monde constitué par les mourants au dernier stade de leur maladie s'arrachait les ongles à griffer le pont pour tenter de ralentir l'accélération des minutes conduisant à l'éternité. Dans cette vacuité atlantique, le temps sans pesanteur s'écoulait donc étonnamment de plusieurs façons selon ses usagers, et cette constatation faisait souvent l'objet des conversations de Jean et François avec Antão sur le gaillard d'avant.

Le jésuite était fasciné par sa découverte de l'élasticité des jours de la caraque, un peu plus longs quand elle suivait la course du soleil en l'accompagnant vers le ponant, un peu plus courts quand elle faisait route vers le levant, à sa rencontre. Colomb avait été la première dupe des bizarreries de ce phénomène, parce que le premier à faire longuement route à l'ouest. De graves anomalies apparentes dans la rotation du ciel nocturne d'un bord à l'autre de l'Atlantique l'avaient plongé dans une profonde stupéfaction.

Parce que les marins s'étaient accoutumés à ces incohérences, l'heure était recalée chaque jour à midi sur la culmination du soleil. À ce moment unique s'établissait une relation physique entre le microcosme du navire et le temps universel, qu'ils fussent l'un ou l'autre en avance ou en retard depuis la veille. Sur l'ordre du pilote, le sablier était retourné à l'instant où le soleil, ayant ralenti son ascension matinale, hésitait à basculer vers son coucher. Un coup de cloche piquait le commencement d'une journée nouvelle.

La récompense la plus gratifiante de la contribution de François à la mesure de la latitude et à la justesse des aiguilles fut la rencontre quotidienne de dona Margarida da Fonseca Serrão et la conviction qu'il l'avait émue. L'exceptionnel devint banalité dans l'espace protégé de la dunette sur laquelle personne ne pouvait plus trouver matière à s'effrayer de leurs rencontres, pas même dona de Galvào, la tante irascible. Il est vrai que trois mois de mer, de mal de mer et de gens de mer l'avaient rendue plus tolérante.

Dans un environnement interminablement âgé, grave et ennuyeux, l'apparition inattendue d'un homme jeune et aimable sur le gaillard d'arrière y avait naturellement excité des pulsions à des degrés divers. François s'était donc attiré l'amitié éperdue de Custodia et de Jeronima, les deux autres passagères privilégiées de *Nossa Senhora do Monte do Carmo*. L'intérêt candide et passionné des adolescentes masquait très opportunément la complicité qui le rapprochait de dona da Fonseca. Il avait renoncé à soutenir de véritables conversations avec les deux jeunes filles qui, espérant tout de l'avenir, ne savaient dramatiquement rien sur l'amour, ni sur les Indes, ni d'ailleurs sur quoi que ce fût. Outre une imprégnation profonde de bonnes manières et de religion, leur culture se résumait à un badigeon de grammaire, des effluves de lectures édifiantes et un frottis de musiques ennuyeuses saccagées par des cousines réputées mélomanes.

La nourriture de leur curiosité étant nécessaire à la légitimité de ses rencontres avec Margarida, il avait eu l'idée d'un cycle d'entretiens sur la botanique puisés dans les *Colloques des simples*. Leur expliquant de jour en jour les vertus du girofle et du bois d'aloès, les variétés de poivre et pourquoi elles ne devaient pas confondre l'assa odorante et le benjoin, ni le cubèbe et le myrte sauvage, il disposait dans l'œuvre magistrale de Garcia da Orta révélée par Jean de quoi assurer, comme Shéhérazade occupant les nuits du roi Shahriar, des cours réguliers durant un voyage d'une durée infinie. Sous couvert de questions marginales, François racontait à Margarida l'environnement culturel et nautique de son bisaïeul dont il partageait l'expérience. La subtilité de ces apartés publics les réjouissait l'un et l'autre. Elle, séduite et amusée, lui, follement amoureux. Pas plus le confinement dans lequel ils vivaient à bord que la disparité sociale de leur rencontre ne laissaient présager ni félicité à court terme ni lien durable plus tard quand ils seraient en Inde.

Il trouvait dans les complications de la constatation éclatante de son amour une épreuve à la hauteur de ses sentiments. En se remémorant chaque nuit ses conversations avec la jeune femme et en interprétant ses attitudes et ses sourires, il était sûr qu'elle répondait à son amour. Il se trompait. Encore qu'elle commençât à être troublée par cet aimable garçon français dont la conversation intelligente lui apprenait tant de choses rares. Les duègnes se tenaient à l'écart dans une réserve attentive et silencieuse dont il avait déduit que, n'en sachant pas plus que leurs protégées sinon quant aux rapports avec les hommes, ces femmes ne s'intéressaient à rien. Ce qui les aidait sans doute à attendre sans impatience des lendemains identiques à la veille.

Sauf que l'inventaire des passagers s'allégeait chaque jour de deux ou trois élus libérés par le ciel de leurs tumeurs puantes. Un cercle clandestin se réunissait même chaque dimanche à l'extrême avant sur la plate-forme de poulaine, autour du mât oblique de beaupré portant la civadière, pour parier sur le nombre de corps jetés à la mer jusqu'à la grand-messe suivante. La réalité n'était pas plus effrayante tout bien pesé qu'une des épidémies de peste noire ou de choléra contre lesquelles les gesticulations des confréries de flagellants n'étaient pas moins inefficaces que les saignées du barbier. Il arrivait qu'un parieur heureux contribuât en mourant lui-même à établir la statistique exacte qui l'aurait déclaré vainqueur *ante mortem*. Il était admis d'un commun accord que ses gains étaient alors reportés sur les paris de la semaine suivante. Pour le reste, selon la règle, ses hardes et ses marchandises devenues encombrantes étaient vendues à l'encan au profit de ses héritiers. On mettait aussi aux enchères sa place à bord, qui constituait au contraire un vide convoité. Quelques réis pour l'empire d'un va-nu-pieds ou des réales d'argent s'il s'agissait des meubles d'un marchand étaient comptabilisés pour être scrupuleusement reversés par la Casa aux ayant-droits indiqués par les dispositions testamentaires du défunt.

Le vent commença à fraîchir, la mer à se creuser et le climat devint plus âpre. L'un des derniers jours de plein air avant que chacun se calfeutre à l'intérieur du navire, François lut à son cercle de femmes, à l'abri de la voile d'artimon, la légende de l'arbre triste ou arbre de nuit dans les *Colloques des simples*. Garcia da Orta avait présenté comme l'interlocuteur candide de ses dialogues un docteur Ruano, déclaré un ancien condisciple de l'université de Salamanque.

« — Quel est donc cet arbre qui sent si bon dès que le soleil se couche et jusqu'à ce qu'il se lève ?

— Je n'ai vu cette plante nulle part ailleurs qu'en Inde, à Goa.

— Je sais qu'il a la taille d'un olivier et que ses feuilles ressemblent à celles du prunier. Dis-moi le nom et les vertus de ces fleurs. Leur senteur est la

plus agréable que je connaisse quand je passe auprès
d'elles. Ont-elles d'autres vertus qu'être douces à
respirer ? Les gens de ce pays adorent ce parfum.
On dit que cela explique leur penchant pour Vénus.

— À tel point qu'ils préfèrent se priver de manger
pour dépenser leurs biens en parfums. J'ai vu des
rois faire joncher le sol de leurs palais de ces fleurs
chaque nuit. Les Malais nomment cet arbre *singadi*
et les Goanais *parizataco*. Ils racontent que la fille
d'un grand seigneur nommé Parizataco tomba amoureuse du soleil qui, après l'avoir possédée, la délaissa
pour d'autres amours. Elle se tua et fut brûlée selon
la coutume de ce pays. De ses cendres naquit cet
arbre dont les fleurs haïssent le soleil et ne se montrent pas en sa présence. »

— Quelle belle histoire ! dit doucement Margarida. Est-ce
pour ne pas l'entendre que le soleil s'est caché aujourd'hui,
pétri de honte et de remords ?

Elle disparut dans la descente conduisant aux appartements
du gaillard. L'hiver s'installa alentour.

Le 10 juillet, un nuage noir fondit sur la flotte et une rafale fit gîter brutalement la caraque sur bâbord. Les extrémités des basses vergues plongèrent dans l'eau tandis que l'Atlantique s'engouffrait sur le tillac, balayant quelques malchanceux qui s'étaient installés à l'abri du plat-bord, expédiés à la mer cul par-dessus tête par le coup de roulis. Quand le vacarme des caisses et des meubles précipités contre les cloisons cessa, le navire resta d'interminables secondes dans cette position instable, hésitant entre chavirer et se rétablir.

Rassemblés dans un même réflexe professionnel, le maître d'équipage siffla l'ordre d'affaler en grand les huniers et le timonier fit mettre rondement le gouvernail tout à gauche pour lancer le redressement. *Nossa Senhora do Monte do Carmo* reprit son allure avec majesté, dépassa la verticale en ranimant un grand fracas quand le mobilier désarrimé glissa en sens inverse de bâbord à tribord, et retrouva son calme après quelques balancements comme si de rien n'était sauf les écoutes rompues battant l'air comme la chevelure ophidienne d'une Gorgone en colère. Les visages décomposés reprirent leurs couleurs tannées. Jean aida à relever une cinquantaine de blessés dont quelques-uns étaient condamnés à court terme par la gangrène, et l'on dégagea avec beaucoup d'efforts trois morts, écrasés et noyés dans les fonds par des futailles désarrimées.

L'armée navale se dispersa définitivement. Non par fronde. Ayant pris la mesure de leur insuffisance et perdu temporairement leur morgue, les capitaines avaient réuni leurs conseils avant de faire réduire la voilure et prendre une allure de cape aussi rapide que possible tout en ménageant le gréement. Les réponses à la résolution de l'équation étant multiples et les navires étant plus ou moins bons marcheurs, les décisions individuelles avaient désorganisé la flotte. Les ordres pour la route, signifiés lors des conseils solennels du capitaine-major, pesaient peu devant l'austère réalité de l'environnement.

Grâce à l'entremise de Simão le timonier, un prélart vint renforcer leur façade donnant sur le tillac. Il était fixé de guingois car il avait été taillé dans un hunier trapézoïdal mis au rebut. Achevant de transformer leur loggia rudimentaire en sombre cahute de chemineau, cette portière arrivait à propos car une dépression passant loin sur l'avant avait fait tourner au sud le vent devenu hargneux. Des rafales soulevaient une mer dépeignée, blanchie de crêtes déferlantes et de traînées d'écume baveuse comme si elle était en crise d'épilepsie. *Monte do Carmo* se frayait un chemin avec peine dans ce désordre, repoussant les vagues de sa joue tribord. Lors des mesures de vitesse, le billot lancé à l'avant mettait trois *Ave* et plus pour parvenir à la poupe, et il défilait assez loin d'elle pour confirmer que la caraque dérivait autant qu'elle avançait.

Périodiquement, après trois, quatre ou cinq lames franchies sans heurt, la proue retombait et tossait brutalement contre un mur d'eau en opposition de phase. L'énorme machine semblait alors s'arrêter net et entrait en résonance comme si elle haletait, se concentrait et reprenait son souffle. Quelques secondes plus tard, les embruns échappés en gerbe et pris à revers par le vent venaient gifler leur cloison précaire d'un crépitement sec qui s'achevait en dégoulinade ravageuse.

La mer avait pris possession du navire. Elle coulait et refluait d'un bord à l'autre du tillac au gré du roulis et du tangage, pénétrait jusque dans les coursives balayées de torrents qu'aucun stratagème ne parvenait à contenir, tombait en cascades dans l'entrepont par toutes les ouvertures malgré le soin pris à les obstruer. Le flux et le reflux lavaient les vomissures et emportaient dans des raz de marée miniatures des épaves de mobilier et de vaisselle bringuebalées à grand bruit dans un chaos de catastrophe. Des prédateurs se disputaient à coups de poings quelques objets précieux en déshérence comme des malandrins courant au pillage sur la côte après une fortune de mer.

Les mal lotis qui logeaient dehors s'étaient réfugiés certains dans les coins les plus profonds et les plus ignobles laissés vacants par les occupants permanents des ponts inférieurs. Partageant la condition des grumètes, la plupart faisaient le dos rond sous des prélarts qui laissaient passer l'eau, ou se recroquevillaient en claquant des dents sous des peaux de bœufs. Les mousses se relayaient frénétiquement aux brinqueballes des pompes au pied du grand-mât car, dans les fonds inondés, la mer suintait par les fissures du calfatage disjoint.

Le coup de roulis du 10 juillet avait jeté en l'air tous les pots mis à cuire et éparpillé les braises incandescentes. Les brandons avaient enflammé un tas d'étoupe servant aux calfats pour reprendre l'étanchéité des coutures. L'inondation avait aussitôt éteint l'incendie mais le sergent avait interdit de rallumer les fourneaux. Depuis, la nourriture ne consistait plus qu'en lambeaux coriaces de morue sèche mal dessalée à l'eau de mer, accompagnés de délayages froids et crus de lentilles et de pois concassés. Un soir qu'ils absorbaient ce brouet en grelottant dans leurs manteaux humides, Jean fit remarquer à François qu'ils n'étaient pas terriblement à plaindre puisque depuis Magellan, bien des navigateurs avant eux, réduits à la disette, avaient été conduits à tromper leur fringale en absorbant des macérations de vieux cuirs et des décoctions de sciure de bois.

Le scorbut qui sévissait toujours n'était plus un sujet d'angoisse. Question d'habitude peut-être. Sans doute aussi parce que les mourants ordinaires étaient ramenés à la mesure d'un problème récurant de société quand la collectivité tout entière, sains et malades confondus, vivait dans la hantise d'une catastrophe.

L'agitation du navire perturbait la dignité des services divins et transformait les processions en défilés grotesques. Les prières avaient pour cela gagné en nombre et en ferveur dans les oratoires que l'on improvisait sur tous les ponts. L'extériorisation de la foi restait encore mesurée car les marins de métier étaient coutumiers de ces mauvais temps d'hiver qui faisaient le plus clair de leur vie sitôt sortis du Tage ou du Douro. Les passagers néophytes imaginaient quant à eux que le plus dur était atteint. Ni les uns ni les autres ne s'étaient jamais frottés à la folie des mers australes.

Calfeutrés dans les intérieurs, ils entendaient dans un état de veille léthargique les craquements de la charpente, les cognements du bordé contre la mer, le ressac des masses d'eau déversées au-dessus de leur tête sur le tillac, en quête de dalots pour retourner au plus vite à la mer. Leurs corps physiques, leurs viscères et leurs organes sensoriels de l'équilibre percevaient surtout les propulsions de la nef vers le ciel et ses aspirations vers l'enfer, conjuguées continûment avec son roulis ample d'un bord sur l'autre et son tangage d'avant en arrière. Échappant aux lois naturelles de la gravitation terrestre, leur véhicule marin était entraîné dans une rotation tridimensionnelle sans plus de début ni de fin que le grand ordre de l'univers. Ceux qui se risquaient à grimper marche par marche la large échelle montant de l'entrepont chancelaient en parvenant sur le pont, bousculés par une gifle glacée, par un contact physique inattendu avec l'air transparent. Titubant, appuyés au vent dont ils découvraient la consistance comme s'ils traversaient un torrent, ils suffoquaient. Le hurlement de la tempête contribuait sans qu'ils en aient conscience à l'affolement de leur organisme fatigué. Le souffle de hauteur constante s'imposait comme un continuo dont seule l'intensité changeait dans les rafales. Il épuisait nerveusement ceux qui gîtaient sous les abris précaires du tillac. À l'exception d'un canonnier qui passait des heures en plein vent, le front levé et les yeux clos, un sourire extatique sur les lèvres. Sa famille était du bas Alentejo, *Alem Tejo*, l'au-delà du Tage que les Lisboètes et les gens du nord méprisaient comme une terre de paysans arriérés. Elle occupait une masure adossée au double rempart de Santiago do Cacém. La forteresse abandonnée avait été l'une des bastilles avancées des chevaliers de Santiago du temps de la reconquête de l'Algarve, quand elle était encore *al-Gharb*, le Couchant pour les occupants musulmans de la péninsule Ibérique. Elle dominait une plaine endormie, plantée de chênes-lièges jusqu'à la lagune de Saint-André. La tache blanche de la ville et du port de Sines était posée au loin sur la ligne sombre de l'Atlantique, juste en retrait de son cap, avancé comme un rostre de galère en plein milieu d'une formidable façade océanique lancée d'une traite du cap da Roca au cap Saint-Vincent. Tous les fondateurs de l'épopée lusitanienne étaient venus se ressourcer au contact de ces quelque six cents lieues de déferlantes venues s'abattre là depuis l'autre côté de l'Atlantique. Là, ils avaient compris la dimension physique et spirituelle de l'océan.

L'équipage raillait la fierté du canonnier : être né à Sines où Vasco, fils d'Estevão de Gama, alcade et capitaine de la forteresse, avait vécu comme lui une jeunesse de gamin des bords de mer mais quelque onze décennies plus tôt quand même. Tous s'amusaient de son idée fixe qui provoquait leurs moqueries.

— Pero va encore nous infliger dom Vasco.

— Pero ! Il paraît que dom Vasco et toi êtes nés dans la même maison ? Est-ce vrai ?

— Mais alors, comment as-tu fait ton compte pour n'être ni fidalgo ni amiral ?

— Ni même maître ou contremaître ? Ni sergent ?

— Quel autre Alantejan que Vasco de Gama est-il jamais devenu une personnalité honorable parmi vos paysans et vos pêcheurs d'anchois en saumure ?

— Dom Pero, votre excellence est-elle satisfaite de son logement à bord ?

L'homme en avait entendu d'autres. Il comprenait que ce jeu sempiternel dans lequel il entrait gaiement par connivence, commencé en plaisanterie, avait fini à la longue par les rendre tous un peu jaloux. Cela lui confirmait sa particularité. Fort de cette assurance, ce jour-là, il les remit à leur place d'un discours qui les médusa.

— Vos bruits de bouche m'empêchent d'entendre le vent. Pendant que vous échangez des paroles imbéciles, il nous parle et vous ne l'écoutez pas. Notre maison était ouverte aux vents d'ouest. Pour les culs-terreux de ma province, comme vous les nommez, le vent est un ami mortel. Toutes les familles de l'Alentejo pleurent des disparus en mer. Il les a submergés dans ses colères mais il prend soin de leurs âmes errantes puisque, par sa faute, ils sont morts sans sépulture. Il les accompagne vers nous pendant les nuits tempétueuses. Ses tourbillons font voler autour de nos maisons leurs implorations pour une tombe chrétienne et leurs cris d'amour. Chaque nuit de tempête, mon père me réveillait et m'obligeait à sortir sur le seuil. « Écoute ! » me disait-il en me serrant l'épaule pour me mettre de force face au courant d'air qui me traversait. « Le vent est revenu nous parler. Portées par son souffle, des millions de voix nous crient l'aventure de la mer, le destin des innombrables vies anonymes qui ont fait la gloire des peuples marins et la grandeur du Portugal. Tu as la chance incomparable d'être l'un des auditeurs qu'il a choisis pour se faire entendre. Fais-lui au moins la politesse de le recevoir. Écoute-le ! »

Les moqueurs s'étaient tus, cachant leur émotion derrière leurs figures goguenardes.

— Il me disait aussi que nul garçon n'était vraiment un homme s'il n'avait pas entendu le vent sur un pont de bateau par une nuit de vent d'ouest. Je sais maintenant écouter la tempête et je ne m'en lasse pas. Elle semble s'éloigner parfois. Elle n'est pas partie. Je l'attends parce qu'elle va revenir. Elle reprend sa respiration pour souffler encore plus fort. Le vent est l'élément le plus puissant de la nature. Il domine la mer jusqu'à la mettre en furie, arrache les toits et déracine des chênes. Quand il se condense en nuages, il est le maître de recroqueviller les récoltes, de les réduire à l'état de paille desséchée ou de déchaîner au contraire des torrents dévastateurs. Je suis un simple canonnier. Je ne m'exprime pas très bien mais je dialogue avec la tempête. Elle me répond et j'entends une musique divine derrière ses paroles. Vous me traitez d'aliéné. Peut-être bien que je le suis dans ma tête. Oui. Peut-être. Mais je connais, moi, plusieurs habitants des abords du cap de Sines que le vent continuel a rendus vraiment fous.

Le familier du vent balaya son auditoire subjugué d'un regard de prédicateur.

— Fous ! Parce qu'ils n'ont pas voulu l'écouter. Parce qu'ils n'ont pas su communier avec lui.

Pero laissa s'appesantir un instant le malaise.

— Quelqu'un d'entre vous qui êtes tous si intelligents a-t-il déjà parlé au vent ?

Personne n'avait apparemment parlé au vent et nul n'osa le brocarder comme à l'accoutumée. Le cercle des curieux se désagrégea silencieusement. Quelques-uns restèrent sur le plat-bord, oreilles grand ouvertes, puis se replièrent dans les intérieurs. Ils n'avaient discerné aucun message mais ils reviendraient

La caraque courait sous une voilure de cape, la civadière, la basse voile de la misaine descendue à mi-mât et la grand-voile dont on avait réduit la surface en délaçant les bonnettes et en prenant des ris jusqu'aux branches horizontales de la croix de l'ordre du Christ. Dessillé par l'aggravation régulière du temps, le capitaine-major avait réuni son conseil. Les partisans de tout rentrer sauf la civadière avaient finalement été convaincus par le contremaître de la nécessité de conserver misaine et grand voiles réduites pour répartir les efforts sur plusieurs mâts. Carguer les papefigues – comme on nommait les basses voiles – aurait fait prendre un risque se résumant en une alternative. Soit l'éclatement de la civadière trop sollicitée, laissant la caraque en panne à sec de toiles en travers de la houle, soit l'ébranlement du beaupré, entraînant corrélativement la fatigue de l'étrave puis son ouverture. Dans les deux cas, la perte du navire serait probable.

Au fur et à mesure qu'ils descendaient vers les latitudes australes, le vent halait de l'arrière, glissant insidieusement plus à l'ouest. En quelques jours, la mer désordonnée s'était reconstruite en un paysage marin de vallées grises ébouriffées d'embruns comme par un blizzard neigeux. Ils avaient atteint le domaine mythique des mers montagneuses, le théâtre de vérité où allait se jouer leur apocalypse.

Le tableau de poupe était un point faible de l'architecture de tous les navires, conçus pour tailler la mer et lui tenir tête en faisant face, tout en offrant aux sommités du château arrière un confort digne de leur importance. Un navire de haute mer était une manière de compromis entre le château médiéval arc-bouté contre les barbares et le palais de la Renaissance ouvert à la lumière. Parce que l'océan allait attaquer de l'arrière, les charpentiers avaient obstrué les vitrages élégants des chambres par des mantelets étayés à l'intérieur par des madriers.

Venant de l'horizon, une houle énorme et lente les rattrapait par la hanche tribord. Leurs yeux mi-clos brûlés par le sel et cinglés par la pluie et le grésil, les gens de quart sur le gaillard d'arrière voyaient avec horreur la ligne d'horizon se déformer, se gonfler, générer une montagne encore estompée par les grains et les embruns en rafales. L'onde monstrueuse approchait en grondant et se dressait, ourlée d'écume, grandissant encore et encore, démesurément. Et la menace s'effaçait d'un coup comme un mauvais rêve. La lame soulevait la poupe, montait lécher avec une surprenante délicatesse le balcon du capitaine, inondant quelquefois avec discrétion le pont du gaillard comme les vaguelettes venaient mourir sur la plage d'Estoril à la marée montante. À cette allure vent de l'arrière, malgré le mugissement continu des haubans vibrant comme des bourdons de cornemuses, les mouvements de la caraque étaient étonnamment doux, comparés aux brutalités des jours derniers. L'onde passait sous la quille et l'énorme bateau se cabrait puis retombait dans un mouvement d'avant en arrière, comme un cheval de manège.

Cette tranquillité surprenante était l'une des fourberies des divinités marines. La survie du navire dépendait de la résistance du gouvernail, du tableau de poupe, des voiles, de la mâture et du gréement. Elle était surtout à chaque instant entre les mains en feu des timoniers. Qu'ils laissent la caraque abattre en grand sur tribord et partir en travers de la houle en cédant à l'incitation câline de la mer, leur voyage s'arrêterait là, dans l'inexorable lenteur d'un chavirement sous voiles et d'un engloutissement corps et biens.

Dans la timonerie, une quarantaine des hommes les plus forts et les plus valides étaient répartis sur les deux bras des palans actionnant la manuelle du gouvernail. Agrippés de toutes leurs phalanges, muscles raidis, les orteils arc-boutés contre des cale-pieds, la sueur leur brûlant les yeux, ils luttaient sans cesse main sur main pour exécuter au plus vite les ordres hurlés par le timonier de mettre la barre toute à droite, au centre ou toute à gauche. N'ayant pas vue sur le dehors, se fiant moins à la boussole affolée qu'à la dynamique des mouvements, des accélérations qu'il ressentait de tout son corps, il s'efforçait d'anticiper les abattées, de tenir le bateau sur le bon cap et de l'y ramener au plus vite. À peine l'onde géante s'éloignait-elle sur l'avant qu'une autre montagne grandissait déjà sur l'arrière. On relevait les hommes épuisés de fatigue physique et nerveuse à chaque retournement de l'horloge à sable.

Depuis plusieurs jours, le pilote ne prenait plus les hauteurs du soleil. Les nuages déchiquetés qui traversaient le ciel en hâte comme pressés d'aller porter ailleurs leur malfaisance se découpaient sur l'arrière-plan d'un plafond uniforme de couleur grise. Son épaisseur et sa consistance suggérées par les ocelles, les stries, les rouleaux ou les flocons qui le sculptaient en bas-relief de valeurs claires ou sombres ne laissaient pas présager le retour du ciel bleu.

Des débris végétaux annoncés à grands cris comme des terres promises, des lanières d'algues géantes, quelques frégates et goélands que les Portugais appelaient globalement alcatraz, des fous que les vétérans du cap des Aiguilles nommèrent *mangas de veludo*, les manches de velours, indiquèrent le jeudi 17 juillet sinon un nouveau monde, du moins une terre proche.

Le samedi, un disque blafard apparut en fin de matinée entouré d'un halo luminescent. Dès que l'heureuse nouvelle de l'apparition du soleil lui fut apportée par François,

Joaquim Baptista se mit aux aguets et parvint à prendre hauteur à la culmination. Une image pâle et floue lui permit de mesurer très approximativement une distance zénithale de 56 degrés. En regard de la position du soleil dans le zodiaque, les éphémérides du mois de juillet lui assignaient une déclinaison astronomique de 18 degrés trois quarts nord. En retranchant de ce nombre la distance zénithale selon le règlement du soleil puisque l'on était dans l'hémisphère sud, le résultat indiqua que la caraque avait atteint grosso modo une latitude australe de 37 degrés un quart. Elle naviguait donc à une centaine de lieues en dessous du parallèle de Tristan da Cunha.

Le pilote ordonna de virer vent arrière, lof pour lof dans le vocabulaire des marins, et de venir sur le rhumb de l'est quart nord-est pour se rapprocher de l'île en regagnant sa latitude, la seule coordonnée sûre de son estime. Afin de ne pas manquer la moindre déchirure de l'humeur brumeuse qui les enserrait, les vigies de la hune du mât de misaine furent doublées par des veilleurs installés dans la poulaine devant l'étrave, sous le mât de beaupré. Au plus près possible de la mer, ils pouvaient espérer couler leurs regards inquiets au-dessous du plafond des nuages.

Du château jusque dans les profondeurs les plus misérables, une inquiétude poisseuse coulait le long des dos. Comment maître Fernandes pouvait-il espérer atterrir sur un rocher dans ce chaudron de sorcière, même s'il comptait sur l'aide de Dieu ? Et dans ce cas qu'adviendrait-il de la nef et de ses âmes si, au milieu d'une nuit bouchée d'embruns, des brisants étaient brusquement hurlés droit devant par les vigies ? Et ce vent qui soufflait sans discontinuer en tempête et ces cordages qui ne cessaient pas de vibrer, de résonner, de vrombir comme les anches de gigantesques orgues interprétant une marche funèbre.

Au cours de la litanie du soir de cette journée anxieuse, bénie par l'apparition fugitive du soleil et par l'espérance de terre, une lueur inattendue filtra à l'horizon. Très loin derrière eux au couchant, la vie continuait son cours normal. Ces heures éblouissantes sont familières des communautés des bords de mer, comme si le Seigneur accordait de temps à autre à ces populations dignes de son intérêt le privilège d'un instant de soleil rasant avant de se coucher. L'astre rejoint au couchant la mer en pleine gloire, pour revenir le lendemain, comme Mesektet, le navire de la nuit, permettait au pharaon de traverser le monde souterrain des ténèbres et de la mort avant de renaître plus fort. Le foyer lumineux dora un instant d'une lumière rasante un paysage marin montueux comme les serras pelées du Minho. La nef n'était donc pas abandonnée du Seigneur dans l'antichambre de l'enfer. Ses passagers eurent à nouveau foi en sa clémence.

Quatre jours plus tard à dix heures du matin, une des vigies de la poulaine cria la terre sur bâbord avant. La foule souterraine réapparut sur le tillac et les gaillards. On était loin de l'excitation qui avait salué l'approche du Brésil moins d'un mois plus tôt dans le monde des vivants. Étourdis par le vrombissement des agrès et inhibés par le flux humide et glacé qui les bousculait et leur tannait brusquement la peau, les revenants contemplaient sans mot dire, hébétés, partagés entre horreur, déception et indifférence, la terre annoncée. Ils ne voyaient qu'une bande mince de rochers noirs soulignés par une ligne d'embruns explosant en silence car le vent dissolvait le bruit de leurs détonations. L'île disparaissait à une centaine de pieds au-dessus de la mer, comme absorbée par un plafond de nuages diffus. La côte inhospitalière défilait à un peu plus de cinq lieues au vent de la caraque, qui ne courait donc aucun risque d'être drossée sur elle. Le tout nouveau routier de la Carreira da India rédigé par le pilote Gaspar Manuel ne signalait pas de danger isolé dans le sud de l'île, mais des vigies volontaires redoublaient d'attention sur l'avant, pour veiller les écueils éventuels.

Le capitaine-major appela en conseil le maître, le contre-maître, le gardien et le pilote-major. Eu égard à l'imprécision consubstantielle des méthodes de navigation, atterrir exactement sur Tristan da Cunha était quasiment improbable et pourtant ils avaient été bien près de se perdre dessus. D'un autre côté, à quelques encablures près, ils auraient pu tout autant la doubler sans la voir. La reconnaissance de l'île relevait d'un hasard exceptionnel mais maître Fernandes était en droit de s'en enorgueillir. Accompagnant son maître, François apporta roulé sous son bras le grand portulan signé de Sebastião Lopes sur lequel le pilote suivait la traversée. Maître Fernandes se plaça d'autorité en face de dom Cristóvão car c'était indubitablement son jour de gloire. Tapissée de madriers et encombrée par les étais qui renforçaient le tableau de poupe, la salle du conseil en désordre, inondée d'eau fétide et plongée dans le noir ressemblait à un fortin assiégé. François se dit qu'ils étaient sans doute effectivement en guerre sans merci contre l'Atlantique Sud, sinon que l'océan n'avait rien à y perdre, et eux tout. Il déroula la carte et empêcha le vélin récalcitrant de s'enrouler aussitôt, en immobilisant ses coins indociles par des petits parallélépipèdes de plomb emballés dans de la toile à voile, le stratagème universel des cartographes et des pilotes.

Sans se perdre en compliments ni sur l'art du pilote ni sur le travail harassant des gabiers pour rétablir les manœuvres qui se rompaient sans cesse, le capitaine-major confirma sa stratégie.

— La mâture et le gréement tiennent bon et nos voiles sont presque neuves. En larguant un ou deux ris, ce vent d'enfer peut nous faire parcourir mille lieues par jour vers le méridien du cap de Bonne Espérance. Maintenant que nous sommes recalés sur Tristan da Cunha, quel chemin reste-t-il à courir, pilote ?

— Le méridien du cap des Aiguilles est à neuf mille lieues devant nous. Un chemin journalier de mille lieues est effectivement plausible. Je ne puis le garantir mais nous pouvons raisonnablement espérer être dans huit à dix jours à l'ouvert du canal de Mozambique.

— Vers le premier jour d'août ?

— Oui. Ou le lendemain.

— La traversée en droiture vers Goa est encore possible ?

— Peut-être. Nous arriverons à la limite de la saison navigable. Tout dépendra de la décroissance de la grande mousson. Si elle reste active en nous attendant quelques jours, nous pouvons espérer parvenir à Goa avant qu'elle perde sa force.

Dom Cristóvão s'esclaffa et plaqua sa main sur l'océan Indien.

— D'autant plus que, comme je le répète, je n'ai pas l'intention de bouliner contre les vents parmi les récifs de la Juive au risque d'être obligé de relâcher dans le comptoir pourri de Mozambique. Non ! Après le franchissement des Aiguilles, nous continuerons à courir cinq à six jours sur le parallèle actuel et nous tirerons un bord libérateur vers les Mascareignes par le dehors de Sào Lourenço. Vas-tu encore dénicher une objection dans un de tes maudits grimoires, pilote ?

— Absolument pas, dom Cristóvão. Il reste à espérer que les alizés du sud-est seront en place et vigoureux.

— Ils le seront ! Ils nous pousseront en douceur dans des eaux à nouveau bleues. C'en sera fini de ce purgatoire et nous arriverons sans encombre à Goa. J'ai eu raison de persister. Notre recalage sur Tristan en est la preuve.

Il balaya l'assemblée d'un regard conquérant.

— Quelle voilure pouvons-nous porter maintenant que nous avons l'affaire à notre main ?

Les maîtres restèrent silencieux, se consultant du regard. Bento Martinho, le contremaître, propriétaire des mâts de l'avant et donc le principal responsable de la voilure de fuite se prit le front dans la main comme s'il doutait lui-même de la pertinence de sa réponse.

— Cela ne me concerne pas mais il serait déraisonnable de relâcher les ris du grand papefigue qui prend la principale force du vent. Je propose quant à moi de larguer deux bandes de ris à la misaine. Puisque nous allons courir vent arrière,

elle sera partiellement masquée par la grand-voile et ne souf-
frira donc pas plus que maintenant. L'effet de la misaine sera
d'autant plus utile que la civadière ne sert plus à grand-chose
car elle est pratiquement masquée à cette allure. Il faudra la
rentrer avant qu'elle soit emportée par la mer et le beaupré
avec.

— Je partage l'avis de Martinho. Il serait par ailleurs tout
à fait déraisonnable de déferler l'artimon, commenta sobre-
ment Bastiào Cordeiro, pressé de retourner surveiller sa
grand-voile.

Ils se turent, plongés chacun dans ses inquiétudes. Le
capitaine-major balaya le portulan de la main et frappa la
table de son poing.

— Excellent. Largue deux ris dans ta misaine, Bento, sans
te commander. Et toi, pilote, fais prendre le rhumb de l'est.
À vous revoir peut-être.

Il neigeait, quand ils ressortirent, sur un fond de ciel noir.
L'île avait disparu comme un mirage. François alla ranger le
portulan, descendit les échelles et traversa d'un pied prudent
le tillac rendu encore plus glissant que d'habitude par une
pellicule collante de neige à demi fondue. Il gravit péniblement les degrés conduisant aux deux étages du gaillard
d'avant, alternativement écrasé sur les marches ou s'agrippant
pour ne pas en décoller selon que le tangage soulevait ou
abaissait la proue en dérangeant les lois de la gravitation. Il
constata que la civadière prenait effectivement mal le vent et
qu'elle se débattait avec furie en agitant bruyamment ses
écoutes et ses poulies. En contrebas sur le plateau triangulaire
de la poulaine, deux grumètes et une dizaine de volontaires
silencieux et déjà blancs de neige s'usaient les yeux à percer,
au-dessus et en abord de la voile de proue, les flocons qui
tourbillonnaient dans les courants d'air. À ses pieds, derrière
eux, il découvrit le crâne chauve de Sebastião de Carvalho
dans son manteau gris, à l'abri précaire du coltis, la solide
paroi avant du gaillard. Le philanthrope disputait au vent les
pages des *Lusiades*. Ayant trouvé le chant adéquat, il déclama,

tenant le livre ouvert des deux mains, solidement campé sur ses jambes écartées :

> « Les vents étaient si forts qu'ils n'auraient pas été plus furieux s'ils avaient entrepris de renverser l'inébranlable tour de Babel. Portée par les vagues démesurément gonflées par la tempête, la nef puissante semblait un minuscule esquif que l'on s'étonnait de voir si bien se comporter sur la mer. »

Un homme s'était retourné et François reconnut Pero. À part cet interlocuteur obstiné des tempêtes, les autres guetteurs n'avaient pas prêté plus d'attention que d'ordinaire au vieux radoteur. En fait, ils ne l'avaient même pas entendu tant leur angoisse du naufrage était grande.

François sourit, les héla à travers le cornet de ses deux mains en porte-voix et leur indiqua par gestes qu'il les avait reconnus et appréciés. Il resta longtemps accoudé au bastingage, hypnotisé par l'opacité floconneuse derrière laquelle se cachait l'avenir.

Un mugissement le fit regarder vers l'arrière. Une lame monstrueuse dominait la poupe sur laquelle elle se brisa en faisant éclater les rambardes. Balayant le gaillard comme un raz de marée, elle déferla en cataracte de balcon en balcon jusque sur le tillac. Les marins connaissant les latitudes australes redoutaient ces ondes de poupe géantes et inattendues qui emportaient par surprise les hommes de quart. *Nossa Senhora do Monte do Carmo* fut brutalement portée en avant dans une accélération qui le fit chanceler, puis se cabra violemment, le projetant à genoux dans les haubans du mât de misaine. Son crâne heurta un cap de mouton qu'il enserra désespérément de ses deux bras, la figure en sang et les mains éraflées et meurtries. Il n'eut pas le temps de perdre connaissance, submergé aussitôt par un déluge glacé qui le suffoqua.

Quand il reprit son souffle, osa desserrer sa prise et se releva, la vague scélérate s'enfuyait sur l'avant. Les yeux écarquillés, il la suivit instinctivement et revint en titubant vers la rambarde. La civadière avait été emportée et la poulaine, nettoyée de sa neige, était ruisselante. Déserte. Vide de sa douzaine d'hommes transis. Vide de Pero et de Sebastião. Il lui fallut quelques secondes pour remettre de l'ordre dans sa mémoire. Alors, il esquissa un signe de croix comme on projette quelques gouttes d'eau bénite sur un cercueil, et s'écroula sur le plat-bord en sanglotant.

Le mercredi 30 juillet, le plafond de nuages fut percé de trouées bleues, comme si son masque commençait à s'user. Ils étaient entrés la veille dans leur cinquième mois de mer. Les vagues étaient toujours aussi monstrueuses mais ils s'y étaient habitués. L'approche de l'océan Indien raffermissait les cœurs et donnait à nouveau une impatience d'arriver à leur troupe prostrée, épuisée de subir. On venait à nouveau prendre l'air et converser sur le tillac, relativement abrité du vent et des embruns par le château arrière.

Derrière les nuages atlantiques, ils découvraient enfin le beau ciel de l'Afrique. Personne ne se souvenait avoir jamais vu de ses yeux un bleu aussi bleu, de cette nuance inqualifiable que l'on ne connaissait pas au Portugal. Des Méridionaux grincheux qui n'avaient pas compris la portée de ce bleu nouveau suggérèrent que le ciel de l'Algarve était au moins aussi beau. Ils justifiaient leur comparaison par l'argument défendable qu'elle était proche de l'Afrique. On les traita de provinciaux chauvins aux yeux mal nettoyés. Un homme bien mis et manifestement instruit avança alors que le prince Henri ayant gouverné l'Algarve, il avait forcément contemplé à Sagres le plus beau bleu de tous les bleus. Un bleu princier.

Les gens du Sud l'applaudirent. L'étudiant de Coimbra lui demanda hautement de ne pas mêler le prince Henri à une discussion décousue qui ne respectait pas les principes de la dialectique universitaire.

Le jeune homme avait apparemment survécu dans l'ombre. François et Jean qui assistaient à cette agitation joyeuse sur le tillac ne se souvenaient pas l'avoir jamais revu pendant tout le voyage. Entortillé dans sa cape parce qu'elle n'était plus un signe extérieur d'intelligence mais un vêtement trop mince contre le froid, il portait toujours sa coiffure à la phrygienne. L'une et l'autre étaient devenues moins noires que ses cheveux et beaucoup plus glorieuses d'avoir été délavées par tant de souillures, de pluie et d'embruns.

Ils débattirent de la faculté fréquentée par cet étudiant orgueilleux. Les mathématiques, la cosmographie et la sphère l'auraient rapproché de François. La médecine ou l'histoire naturelle l'auraient attiré vers Jean, mais les universitaires se méfiaient tout autant de la médecine que des sciences. Son indifférence le désignait donc comme s'exerçant aux lettres anciennes, à la philosophie ou à la rhétorique. Et plutôt à cette dernière discipline tant il soignait le fond et la forme de ses rares interventions. François résuma leur analyse : les poches manifestement aussi vides que son ventre, « affamé comme un étudiant » selon le dicton populaire, l'inconnu se drapait dans son vêtement universitaire comme s'il arborait un symbole de supériorité sociale, une marque d'appartenance à un état acquis par l'étude et l'effort, très au-dessus de la naissance providentielle des nobles et de la fortune vulgaire des négociants. Au-delà de ce mépris moins provocateur que désespéré, que diable allait-il faire en Inde sans un réis ni la moindre capacité d'y exercer une activité utile ? Jean rabroua François, lui faisant remarquer qu'il n'avait lui-même aucune motivation raisonnable pour entreprendre le voyage, et que la force qui attirait irrésistiblement un Dieppois à Goa pouvait sans questionnement superflu y appeler un Portugais de son âge.

Incomparable ou pas, le ciel africain avait en tout cas rincé la mer de son ton gris sur gris et la peignait en vert profond strié d'écume redevenue d'une blancheur oubliée. C'était encore l'hiver mais il avait des couleurs de printemps, et le navire s'ouvrait comme éclot un bourgeon. La cérémonie de la méridienne fit sortir à nouveau les passagères de marque.

La dunette était silencieuse. François remarqua que la traversée collective d'un espace de misère et de mort faisait bouillir la convivialité bruyante des passagers du tillac, tandis que le château restait morcelé en cercles qui ne se recoupaient pas. Il se demanda si cette réserve était la victoire des valeurs morales de la noblesse sur l'infortune, ou si elle était le fruit de la morgue et des préventions d'une classe sociale prétentieuse et introvertie. Ce serait un intéressant sujet de débat de leur cercle de réflexion quand le gaillard d'avant serait redevenu praticable.

L'accident survint un peu avant midi.

François venait d'extraire de sa poche en velours l'astrolabe qui fascinait d'habitude Margarida. Il aimait à imaginer – à tort – que l'intérêt qu'elle y portait était un artifice pour justifier leurs rencontres. Ce jour-là, elle était restée à l'écart, au milieu du petit groupe des femmes encoconnées de plusieurs couches de capes et de châles. Près du tableau arrière, les notables entouraient le provincial des augustiniens dans son manteau à capuchon. Le charisme de frei António Paixão était renforcé depuis la mort de dom Afonso de Noronha. Tous vêtus de noir des pieds à la tête, on eût dit une haie de buis taillés autour d'une statue de bronze patiné.

Le pilote-major palabrait avec le maître d'équipage, tout en surveillant d'un regard attentif un grain qui rattrapait la caraque, courant au ras de l'eau. Quand il passa, obscurcissant d'un coup le ciel comme une éclipse de soleil, une bourrasque de vent et de pluie souleva leur petite foule et la jeta pêle-mêle contre la rambarde. Dans une détonation de bordée d'artillerie, la grand-voile se désintégra, réduite en une seconde aux lambeaux de ses laizes dont les coutures venaient de lâcher tout ensemble. Ses débris suspendus à la vergue comme une guirlande d'oriflammes battaient furieusement, prolongeant le vacarme par un fracas de claquements semblable au feu roulant d'une compagnie de mousquetaires.

Les femmes serrées l'une contre l'autre comme un groupe de pleureuses antiques contemplaient alternativement la misère du grand-mât et la stupéfaction de l'état-major de la caraque, attendant quelque geste de sauvegarde à la hauteur de la catastrophe. Avant que le maître ait eu le temps de faire affaler la grand-vergue, la misaine brusquement démasquée s'effondra avec lenteur sous la gifle de la tempête, dans l'éclatement de ses haubans et le craquement insoutenable de son mât rompu net. Les voiles ayant disparu, l'océan révélé de tous côtés leur sembla immensément vide et désespéré. Vergues, espars, cordages et voile en lambeaux avaient recouvert le gaillard d'avant sous un chaos d'où s'échappaient des hurlements.

Confiteor Deo omnipotenti, beatae Mariae semper Virgini...
Le provincial entonna le *Confiteor* d'une voix ferme. Les notables autour de lui et au-dessous d'eux les passagers du tillac s'affaissèrent en pliant les genoux comme naguère la foule sur la plage du Restelo lors de la confession générale. Pétrifié, François était resté debout assistant en spectateur à cette scénographie dramatique.

Il sentit brusquement une forme noire se coller à lui. Margarida lui tendit un visage blême aux lèvres violettes de froid, dont les yeux écarquillés cherchaient frénétiquement son regard. Elle était secouée de tremblements convulsifs dans sa cape collée au corps par la pluie battante.

— Nous sommes perdus, n'est-ce pas ?

Il le pensait à cet instant mais il prit le temps de réfléchir très vite. En fait, elle l'avait réveillé de sa léthargie. Il tremblait lui aussi, et il était encore incapable d'aligner assez de mots sensés pour faire une phrase, voire même de la prononcer. Il avait de toute façon besoin d'une réponse convenable à la question fondamentale qu'elle lui posait. En raison du gigantisme de leurs espars et de la lourdeur de leurs manœuvres, les énormes caraques étaient plus handicapées que les autres navires par un démâtage. Un tel accident dans une mer énorme était d'une gravité extrême. D'un autre côté, les marins hauturiers étaient coutumiers de ces avaries spectaculaires. Tout dépendrait des réactions des maîtres et de l'équipage dans les minutes à venir. Et justement, Bento Martinho, le contremaître, venait de se dégager sain et sauf des ruines de son empire, gris de poussière, plus furieux que décontenancé. François aperçut Jean sur le tillac qui, courant vers les blessés, disait au passage quelques mots à Bento et lui donnait l'*abraço*.

Ces réactions viriles d'hommes de sang-froid le détendirent. Faisant abstraction de l'environnement catastrophique comme on tente d'échapper à un gros souci en pensant à autre chose, il analysa la pression et la chaleur du corps de la jeune femme contre le sien. Il l'enlaça dans un élan tendre et se souvint en un éclair de son même geste instinctif quand il s'était agrippé au cap de mouton de la misaine le jour où Sebastião, Pero et les vigies avaient été emportés par la mer. Quand cela s'était-il passé ? La veille ? Trois jours plus tôt ? Une semaine ? Un mois ?

Dans une bouffée de hargne, il décida qu'elle et ses compagnes seraient sauvées. Que le prix à payer pour arriver en Inde ne pouvait être le sacrifice païen de leurs vies parmi des milliers d'autres. Qu'il n'était pas concevable qu'elles disparaissent elles aussi n'importe où et n'importe quand. Qu'elles périssent sans laisser de traces dans une horreur indicible quelque part hors du monde paisible qu'elles avaient laissé derrière elles en confiance. Il tenta d'occulter sa peur en riant de la sienne, espérant que sa voix ne serait pas trop blanche.

— Dans quel état êtes-vous, Margarida ! Vous tremblez comme une feuille ! Perdus ? Allons donc ! C'est un accident. Pas un naufrage. Nous venons de démâter. L'avarie est spectaculaire et très grave, c'est évident, mais elle est courante et les marins y sont accoutumés. Notre caraque est solide. C'est l'une des plus puissantes nefs du monde et elle n'est nullement en danger de couler. Nous avons des voiles et des espars de rechange. Tout ce qu'il faut pour la réparer. Cela sera promptement fait.

Doutant qu'elle crût à son mensonge, il relativisa le présent en feignant de s'inquiéter de l'avenir.

— Par contre, nos avaries sont telles que nous serons contraints maintenant d'hiverner à Mozambique pour rétablir notre gréement. Je crains que ce soit la vraie mauvaise nouvelle de la journée car on dit que l'on s'y ennuie encore plus qu'à bord.

Il avait failli dire « que l'on s'y ennuie à mourir » et il fut terrifié du cynisme d'une expression désinvolte quand on la révisait selon la grammaire brutale de la Carreira da India. Soucieux de la rassurer par un ton léger, il s'aperçut que sans y prendre garde il l'avait appelée par son prénom et non pas senhora comme à l'accoutumée.

— J'ai terriblement confiance en vous et je sens que je ne le regretterai jamais. Je suis terrorisée. Je n'avais pas imaginé dans mes pires suppositions qu'un voyage aux Indes serait un tel cauchemar.

Elle parcourait du regard le spectacle de désolation en hochant la tête, les yeux vagues.

— Personne ne m'avait prévenue. Personne ne m'a jamais raconté ces horreurs quotidiennes, ce froid, cette immensité sans nulle trace de vie, ces épreuves toujours renouvelées. Ces jours qui ne finissent que pour recommencer encore plus vides et plus détestables. Ces malades qui se décomposent, ces malheureux emportés par la mer, ces morts par dizaines dont on se débarrasse aussitôt comme s'ils étaient des charognes pestilentielles. Personne ne m'a mise en garde. Pas même dom Alvaro, l'homme que je vais épouser là-bas. Cet enfer humide et froid est-il un secret honteux ?

Choquée, elle semblait ne plus vouloir s'arrêter de parler. François s'efforça de canaliser son monologue.

— La plupart des voyageurs au long cours affirment qu'ils ont tout oublié de leur calvaire en posant le pied à Goa tant la cité est merveilleuse et le pays admirable et doux. Vous oublierez vous aussi tout cela.

— Comment peuvent-ils proférer un tel mensonge ? Sont-ils fous ou sont-ils pervers ? Quelle ambition, quel plaisir des sens, quel profit, pourraient-ils effacer tant de détresses physiques et morales ? Tant d'humiliations quotidiennes ? Comment de telles abominations pourraient-elles ne pas graver dans les mémoires des images indélébiles ?

Margarida se déchargeait de sa peur en tremblant de colère.

— Ces conquérants qui ont fait notre empire, ces administrateurs et ces commerçants qui lui ont donné une consistance étaient-ils imbéciles ou trop orgueilleux ? Ces prêtres appelant de nouvelles missions sont-ils exempts de tout sentiment humain ? Nos compagnons d'infortune qui se répandent chaque jour en dévotions, ces religieux qui les encouragent et méprisent tant de misère étalée alentour, sont-ils chrétiens ? Cet empire vaut-il cet enfer de souffrances et de morts ? La gloire du Portugal est-elle au prix de ce combustible humain brûlé en cachette pour entretenir son éclat ?

Son ton était monté jusqu'à un registre aigu car elle ne maîtrisait plus ses nerfs. Sa main se cramponnait au bras de François. Elle tremblait maintenant par saccades. Il fallait la calmer et gérer au mieux leur cataclysme commun. Il posa sa main sur la sienne. Il ne lui avait jamais touché la peau et ce contact nu accéléra son cœur et se répercuta dans tous ses organes sensibles, du cerveau jusqu'au bas-ventre. Elle le sentit et elle eut le réflexe d'écarter son corps. Il retira sa main aussitôt, lui rendant sa liberté mais elle resta accrochée à lui. Il était à la fois confus d'avoir surpris sa pudeur et pas mécontent qu'elle sache qu'elle le bouleversait. Il la laissa décider elle-même du moment où elle s'en irait. Elle se dégagea doucement et lui sourit un peu, restant perchée sur son avant-bras, qu'il tenait absolument immobile comme un oiseleur apprivoisant une palombe.

— Vous êtes injuste. – Il n'avait pas osé cette fois l'appeler Margarida dans leur état d'intimité accidentelle. – Les religieux qui partagent notre sort sont admirables de dévouement. Sans doute l'inhumanité de la route maritime lusitanienne était-elle le prix à payer pour accomplir un aussi noble dessein. Peut-être Dieu qui a ordonné de porter la foi chrétienne sur cette terre de mission a-t-il voulu que l'empire des Indes continue à se mériter.

Il fut malheureux de la médiocrité onctueuse de son sermon mais il fallait bien trouver des choses à lui dire vite et sans interruption, comme on frotte avec frénésie les membres des cholériques et des noyés pour tenter de leur redonner un peu de la chaleur qui les abandonne.

— Nous sommes dans sa main. Il nous met à l'épreuve. Sans doute nous soumettra-t-il à la tentation dès que nous serons arrivés à bon port. Les mortels qui ont reçu l'absolution collective au départ de Lisbonne ne sont que des hommes. Ils font ce qu'ils peuvent.

— Vous êtes tolérant, François. Et optimiste. Je suis si lasse. Vous qui savez la navigation. N'y a-t-il vraiment pas d'autres chemins ou d'autres saisons moins rudes pour parvenir aux Indes ?

Il n'avait jamais réfléchi au problème. L'indignation qui submergeait la jeune femme lui avait rendu des joues et des lèvres un peu roses. Ce stimulus était salutaire en cet instant où mieux valait détourner son esprit de leur condition et lui donner des forces pour les jours à venir. En tout cas, elle lui avait retourné son prénom et cela donnait aussi des couleurs à cette journée noire. Elle lui sourit franchement et rejoignit les femmes. Rassurées prématurément quant à la capacité de tous ces hommes d'expérience de les sauver, elles descendirent se changer, oublier le vacarme du gréement en folie et rendre grâce à Notre Dame.

L'urgence était dans l'immédiat de tenir la caraque au vent sans tomber en travers de la houle pendant que l'on reconstruirait au plus vite une voilure de manœuvre. Dans l'ouragan qui ne faiblissait pas, la caraque conservait un peu d'erre bien qu'elle fût à sec de voiles. Elle avait déjà commencé à s'orienter naturellement en travers de la mer et le roulis recommença à ravager ses intérieurs, rendant impossible l'escalade des haubans du grand-mât. Très heureusement, les débris de mâture qui traînaient dans l'eau à l'étrave se comportèrent accidentellement comme une ancre flottante, cet assemblage de toile et de bois que l'on jette à la mer au bout d'un filin pour freiner la dérive d'un bateau désemparé dans la tempête et le maintenir face au vent. *Monte do Carmo* continua sa giration jusqu'à se retourner presque cap pour cap à une position d'équilibre moins inconfortable, dérivant lentement en recevant la mer de trois quarts de l'avant. Les gabiers purent alors grimper sur le marchepied de la grand-vergue pour la débarrasser de ses loques bruyantes en coupant au couteau les rabans d'envergure.

La décision fut prise par les maîtres de descendre la grand-vergue à mi-mât et d'enverguer sur elle la rechange du petit hunier. On commença à assurer provisoirement le beaupré par des grelins frappés sur le moignon du mât de misaine, en déblayant le gaillard d'avant et la poulaine pour rétablir la civadière. Tout cela fait, on pourrait dégager à la hache les débris traînant à la mer. Reprenant sa liberté, le bateau pivoterait alors sous l'effet de la civadière, du gouvernail et d'une ancre flottante mouillée sur l'arrière du château. On la confectionna sur le gaillard avec des espars en croix et des épaisseurs de toiles et de cordages lestées par des gueuses. Sitôt franchi le vent de travers, on établirait la voile de fortune pour faire route. C'est à ce moment qu'il faudrait prier pour le succès de la manœuvre. Il resterait à tenir bon quelques jours jusqu'au franchissement du cap des Aiguilles. On chercherait alors un abri le temps d'enverguer la rechange de la grand-voile et d'améliorer le gréement car l'opération lourde et dangereuse exigeait l'immobilité de la mâture. La journée perdue serait largement compensée par une vélocité quatre à cinq fois plus grande jusqu'à Mozambique où l'on construirait un nouveau mât de misaine pendant l'hivernage inéluctable.

Dom Cristóvão, qui avait perdu sa superbe, se contenta d'approuver ces dispositions d'un signe de tête. Les prêtres installèrent partout des confessionnaux de fortune et se relayèrent tout l'après-midi pour encourager les passagers à s'en remettre à la volonté du Seigneur. Tous ceux qui possédaient des images pieuses voire des retables précieux dissimulés par précaution les sortirent de leurs bagages et les offrirent à la ferveur de tous. Un homme qui semblait devenu fou courait de confesseur en confesseur en hurlant des fautes excessivement vénielles. Il leur demandait à tue-tête s'il était pardonné et si l'absolution collective distribuée à Lisbonne était toujours effective. On le regardait avec commisération. Il dérangeait vraiment car l'accident avait rassemblé équipage et passagers autour des prêtres, en une communauté silencieuse. Ni le pilote-major ni les officiers n'étaient plus en cet instant les maîtres de la caraque. Était venu le temps des prêtres.

La religion reprit l'avantage devant un *Agnus Dei* entouré d'angelots et encadré de cierges plantés dans des chandeliers d'argent. Une fervente action de grâce remercia le ciel de n'avoir pas voulu que *Nossa Senhora do Monte do Carmo* soit inscrite au mémorial des naufrages de la Carreira da India. Ou du moins pas tout de suite. Pas encore.

Au crépuscule, la caraque reprit lentement de l'erre en avant. Les vivats éclatèrent sur le tillac et des gens qui ne se connaissaient pas tombèrent dans les bras les uns des autres en pleurant. Sur la dunette, maître Fernandes eut largement le temps de réciter quatre *Ave Maria* pendant qu'il mesurait l'allure. Elle faisait espérer franchir le cap des Aiguilles dans une dizaine de jours.

Le sergent eut à son tour son heure de gloire quand il annonça, les mains en porte-voix, que les *fogões* seraient rallumés à huit heures le lendemain et que l'on pourrait à nouveau manger chaud. D'autant plus que les parages étaient réputés poissonneux. Dès la fin de son ovation, la pêche commença en bousculade. Des gabiers malins négocièrent à prix d'or les lignes qu'ils avaient préparées à l'avance. Le premier poisson ramené à bord à grandes gesticulations sous les applaudissements fut mis aussitôt aux enchères selon la coutume, pour que son produit fût remis au provincial pour ses œuvres. La vente atteignit vingt fois le prix ordinaire selon la rumeur admirative qui s'enfla au cours des enchères. Le corps de l'offrande étant un merlu, endémique dans les eaux du cap, le don resta modeste mais ce poisson symbolique, quoique maigriot, était la première nourriture fraîche depuis la consommation en des temps oubliés des volailles et des derniers animaux de boucherie.

Quand Jean rentra tard de l'hôpital improvisé dans l'entrepont où il réduisait les fractures, oignait les plaies d'un baume opiacé et frictionnait les hématomes au camphre, François lui rapporta le bilan de la situation, des dispositions prises et de l'espoir de franchir les Aiguilles en fin de semaine prochaine.

— Les Aiguilles ? Je n'ai jamais entendu parler de ça. Je croyais que nous allions franchir le cap de Bonne Espérance. Sommes-nous sur le point de passer l'Afrique, oui ou non ?

Jean fut étonné d'apprendre que le Cap des Aiguilles, inconnu en dehors des cercles maritimes, était pourtant véritablement la pointe la plus australe de l'Afrique, un peu dans l'est du cap de Bonne Espérance et environ cent trente lieues plus bas que lui, par trente-quatre degrés et demi de latitude sud. Parce que les vents et les courants dans ses abords étaient instables et risquaient de porter à terre, ils passeraient comme tous les navires de la Carreira da India en se tenant au large, sans le voir, sinon les nuées d'oiseaux qui marquaient ses parages jusqu'à quatre-vingts lieues.

— C'est dommage, regretta Jean, car ce toponyme suggère un paysage tourmenté. Une montagne de pics rocheux plongeant dans la mer.

Il fut à nouveau détrompé puisque, les sciences subtiles subjuguant la géographie, la fin de l'Afrique était décidément bien surprenante. Le cap des Aiguilles était en réalité une pointe basse, peu remarquable parmi d'autres formant une large avancée au dessin confus. Les pilotes portugais avaient acquis la certitude quelques années auparavant que les aiguilles magnétiques les plus parfaites n'indiquaient pas précisément le nord. Elles tiraient plus ou moins à l'est ou à l'ouest selon l'endroit où elles se trouvaient. En mesurant cette variation en divers points de leurs routes, ils avaient constaté qu'elle était nulle dans ces parages. Les aiguilles y étaient exactes. C'est pour cela qu'ils avaient donné ce nom à la fin de l'Afrique. C'est en franchissant le méridien des Aiguilles qu'ils entreraient officiellement dans l'océan Indien. La réputation du cap de Bonne Espérance était en quelque sorte usurpée car c'était ce puissant promontoire qu'avait remarqué Dias. Le baptisant cap des Tempêtes, il avait honoré ses fureurs. Manuel Ier avait fait sa gloire en lui donnant un nom plus optimiste.

— Camões, le poète, était moins confiant. Sebastião m'avait répété vingt fois les menaces qu'il a mises dans la

bouche écumante du géant Adamastor, son gardien légendaire. Je les connais maintenant par cœur :

« Je suis ce cap immense et mystérieux que vous
nommez cap des Tempêtes. Sachez que des tour-
mentes démesurées rendront ces abords funestes à
toutes les naus assez insensées pour tenter à nouveau
ce voyage. J'infligerai à la première flotte qui fran-
chira ces eaux indomptées un châtiment si soudain
que ses terribles effets surviendront avant même
qu'elle ait entrevu le danger. »

— Cette prophétie était le point d'orgue des lectures édifiantes de Sebastião. Il avait l'intention de déclamer ces vers
au moment où nous aurions tourné l'Afrique. Il m'avait confié
qu'il préparait une surprise. Je crois qu'il avait imaginé l'apparition d'Adamastor dans la hune du grand-mât. L'Atlantique
l'a pris avant son heure éblouissante. Dieu reconnaît-il vraiment les siens, Jean ?
— Carvalho a été emporté par la mort en quelques
secondes. C'est une chance inespérée pour lui qui avait côtoyé
tant d'agonies. Il est sûrement au paradis des poètes homériques, en train de parler de conquêtes avec ses héros. Je suis
même sûr qu'il en sait plus qu'eux sur l'histoire du Portugal.

Ils étaient comme souvent à demi allongés sur leurs paillasses, méditant tous les deux le souvenir du philanthrope.
— Jean ? La senhora da Fonseca Serrão ne comprend pas
non plus pourquoi tant de misères sont nécessaires à l'accomplissement de ces traversées, ni pourquoi personne n'en parle
jamais. Comme si le Portugal cachait la difficulté de la route,
au lieu de la proclamer au contraire pour dissuader les autres
nations de la suivre.
— Tu sais bien la fameuse amnésie de la Carreira. Je me
demande si cette perte de mémoire n'est pas une bonne
maladie.
— C'est à nous de constater et de rendre compte. Tu te
devras, tu leur devras de faire une relation édifiante de notre
voyage dès notre retour en France.

— Si tant est que nous y ramenions nous-mêmes nos os.
Et si possible dans leur emballage.

Des débris de végétaux défilèrent à nouveau le long du bord
le 8 août et les manches de velours vinrent tourner autour de
la caraque, emplissant l'air de piaillements aigres. Maître Fernandes fit venir au rhumb est-nord-est le lendemain et au
nord-est le surlendemain en faisant doubler les vigies. La
longue houle antarctique se disloquait en une mer désordonnée qu'ils apprécièrent d'abord comme un soulagement
jusqu'au moment où il fallut se rendre à l'évidence : les parages
du cap étaient à la hauteur de leur réputation. Les vents d'ouest
et de sud s'y heurtaient au courant débouchant du canal de
Mozambique. Cet antagonisme soulevait, surtout pendant
l'hiver, une mer énorme, hachée et creuse, destructrice, dans
laquelle s'étaient affolées les caravelles de Bartolomeu Dias.
C'est sur son conseil que Vasco de Gama avait renoncé à
incorporer ces petits navires mythiques dans la flottille qui
avait conduit l'assaut final vers Calicut. Les grandes caraques
et les galions étaient seuls capables d'affronter ces parages qu'ils
abordaient sous voilure de cape, leur tillac balayé par les
paquets de mer, bourdonnants d'oraisons et de lamentations.
Nossa Senhora do Monte do Carmo recommença à cogner
dans cette mer furieuse en soulevant des gerbes d'embruns
tourbillonnants. Sa voilure de fortune très mal équilibrée
obligeait à un jeu subtil du geste et du sifflet entre le maître
et le gardien pour soulager le gouvernail. Grumètes, matelots
de pont et passagers requis d'office actionnaient sans relâche
les treuils à brasser la vergue et les palans des amures de la
pseudo grand-voile. Tant de pompes, de treuils et de palans
maniés à tour de bras depuis un mois avaient épuisé les
hommes souffrant de dénutrition. À peine relevée, la bordée
de repos s'écroulait de fatigue sur place à même le pont. La
mer qui allait et venait autour des corps prostrés comme
autour de châteaux de sable ne les réveillait pas. Seuls les
coups de pieds du gardien parvenaient à les émouvoir quand
revenait leur tour.

Le 13 août à l'aube, la terre apparut sur bâbord avant,
découvrant un littoral de rochers et de dunes souligné par

des récifs sur lesquels la mer brisait avec force. Le pilote sembla satisfait de ce paysage peu engageant et ordonna de longer la côte jusqu'au soir, espérant y trouver avant la nuit l'un des abris indiqués par le routier. Courant un bord vers le large par mesure de précaution, la caraque revint en vue de la côte le lendemain à l'aube. Concentré sur son portulan, scrutant le paysage, revenant au routier, se perchant dans la hune pour voir plus loin, maître Fernandes montra tout à coup du doigt à une heure de l'après midi une ouverture dans les déferlantes qui marquaient le récif. Elle soulignait un îlot qui se détachait du rivage. Il ordonna de se diriger vers lui. La nau fut trois heures plus tard à l'abri de ce qu'ils avaient pris pour un îlot, une presqu'île en réalité, reliée à la terre ferme par un cordon rocheux au ras de l'eau, qui protégeait une petite baie de la houle d'est et du vent. On ferla rapidement le restant de voilure et les embarcations furent mises à l'eau dans une grosse houle lisse qui ne brisait pas.

Précédée d'un canot chargé de sonder et d'annoncer des bancs de sable qui semblaient aussi perfides que les Cachopos du Tage, la caraque franchit en fin d'après-midi un étroit passage à la remorque de ses chaloupes dont les armements avaient trouvé un restant d'énergie dans la senteur lourde d'humus et de végétation qui les faisait frémir d'émotion. Elle entra lentement dans une anse abritée où elle mouilla.

La chute de la grande ancre réveilla une nuée d'oiseaux aux cris perçants et dérangea une famille de loups marins qui détalèrent dans des gerbes d'eau. Quand les oiseaux consentirent à se taire tous ensemble, un silence absolu s'abattit sur la petite baie, comme si le temps s'était arrêté. La profondeur de ce silence blanc les surprit comme une étrangeté. Ils vivaient dans un vacarme continu depuis cent quarante jours, dont les trente derniers dans le hurlement ininterrompu de la tempête. Ils entendirent alors bourdonner leurs oreilles. La disparition brusque des sons de leur environnement sensoriel les déstabilisait et cette vibration à l'intérieur de leur crâne leur donna l'impression indistincte d'un malaise. Leur équipage de zombis arrivait d'un monde indicible.

Na era do nascimento de Nosso Senhor Jesus Cristo de 1488,
O mui alto, mui excelente et poderoso Principe el Rei D. Joào II
de Portugal, mandou descobrir esta Terra et por estes padroes por
Bartolomeu Dias, Escudeiro de sua Casa.

Ayant gratté de leurs couteaux les lichens qui l'avaient
colonisée, ils déchiffraient l'inscription lettre après lettre, en
s'étirant le cou, en revenant en arrière, recommençant à plusieurs reprises l'enchaînement de leur lecture hésitante car elle
était à contre-jour. Les soldats s'étaient jetés le sabre haut sur
un arbuste parasite que l'on voyait depuis le mouillage, dont
les branches hachées jonchaient le sol. Ses larges feuilles
épaisses et veloutées d'un vert amande étaient portées par des
branches molles retombant jusqu'au sol à la manière d'un
figuier. Juste en retrait de la crête qui mettait la végétation
à l'abri de l'air marin, il était parvenu à s'imposer et à tenir
tête contre le vent océanique. Il semblait issu d'un fût gris
contrastant avec la fluidité de cette masse ligneuse enchevê-
trée. Maître Fernandes avait désigné d'un geste vif la colonne
de pierre qu'ils prenaient pour un tronc.

— Voyez ! C'est un *padrão*, un signal portugais. Notre
signature. L'arbre a poussé à proximité. Il a pris appui sur

lui et ses branches l'ont comme absorbé. C'est la raison pour laquelle on ne le voit plus ni de la mer ni du point de mouillage.

Le pilier cylindrique était un peu plus grand qu'un homme. Sa tête était taillée en forme de parallélépipède plus large que le fût, comme une caisse à rouets de tête de mât. Les découvreurs emportaient dans leurs cales ces signaux de pierre depuis que dom João Second avait ordonné d'attester dorénavant l'avancée lusitanienne le long du littoral de l'Afrique par des marques durables. Elles jalonnaient d'année en année la progression des pouvoirs spirituels et souverains du roi du Portugal jusqu'à l'Inde.

La face tournée vers le mouillage était sculptée profondément. François avait aussitôt reconnu l'écu du pavillon royal qui recouvrait la dépouille de dom Forzaz Pereira quand il avait aidé Jean à embaumer le vice-roi. La face opposée du signal tournée vers la mer portait l'inscription qu'il traduisit mentalement.

L'an 1488 depuis la naissance de Notre Seigneur Jésus-Christ,
le très excellent et puissant monarque le Roi
D. Jean II du Portugal a envoyé découvrir cette Terre
et planter ces Padrões par Bartolomeu Dias écuyer de sa maison.

— La signature de Bartolomeu Dias, écuyer de João Second ! Le découvreur du cap de Bonne Espérance !

— Lui-même.

— Il a donc abordé ici.

— Oui. Deux fois. Dias a franchi le cap sans le voir, comme nous, dans la tempête. Quand elle s'est apaisée, il a fait route vers l'est, cherchant l'Afrique contre laquelle il se cognait depuis qu'il avait dépassé les derniers signaux plantés par son prédécesseur, Diego Cão. Ne trouvant rien que la mer libre après plusieurs jours, il a compris qu'il avait dépassé la fin de l'Afrique. Il est remonté vers le nord et il est entré dans une baie où paissaient des troupeaux. Les Cafres leur ont lancé des flèches alors qu'ils tentaient de débarquer. Ils ont poursuivi leur route.

La petite troupe s'était rassemblée autour de maître Fernandes. Ce savant hautain et secret qui ne leur avait jamais adressé la parole ravivait pour eux une aventure vieille de cent vingt ans. Ils l'écoutaient comme ils auraient suivi l'homélie d'un prédicateur.

— L'équipage décomposé de terreur a fini par se mutiner. Il a été contraint de reculer au seuil de la voie ouverte.

Le pilote toucha la pierre et la caressa amoureusement de la main.

— Alors, Bartolomeu Dias a abordé ici et il a ordonné d'ériger ce padrão, frustré de sa victoire. C'était le jour de São Bras. Nous sommes sur l'îlot de la Croix.

— Et il est rentré la mort dans l'âme.

— Pas encore. Ses hommes étaient honteux de leur couardise. Ils lui ont accordé deux jours de route. Deux jours ! La quête lusitanienne du passage au sud de l'Afrique durait depuis soixante-treize ans. Il acheva son voyage et son rêve dans l'estuaire d'une rivière qu'il baptisa Rio do Infante parce que João Infante, le second de Diaz, qui commandait l'autre caravelle, mit le premier le pied à terre. Après avoir fait demi-tour, effondré de tristesse, Dias a tenu à repasser ici, pour embrasser le signal ultime de son expédition victorieuse et inachevée.

Une émotion inattendue étreignait ces marins et ces soldats rudes. Un grumète s'était instinctivement découvert et ils avaient tous enlevé l'un après l'autre bonnets et morions. Les mains croisées sur sa ceinture, le pilote-major fixait le signal comme s'il voulait le graver sur sa rétine. Il fit à voix basse un dernier commentaire :

— Il a dit plus tard s'en être séparé comme s'il abandonnait un fils sur un rivage lointain.

François caressait à son tour la colonne de pierre, partageant leur méditation collective. Il se tourna vers le pilote.

— Si Bartolomeu Diaz a nommé cette presqu'île l'îlot de la Croix, c'est qu'il en avait érigé une, monumentale sans doute. Probablement en bois. Peut-être faite de troncs d'arbres abattus. Ou d'espars. Elle a disparu depuis si longtemps. Nous pourrions peut-être trouver la trace de son emplanture.

— Je ne le pense pas. Les padrões étaient surmontés d'une croix en fer fixée au plomb dans une cavité percée à leur sommet. Elle a probablement été dérobée par les Cafres pour qui le métal dur est d'une valeur infinie.

Le ciel tourmenté était parcouru par des nuages véloces entre lesquels le soleil perçait de longs moments. L'observation de la méridienne serait possible sans difficulté. C'est pour effectuer cette observation qu'ils avaient débarqué d'une chaloupe à dix rameurs, flanqués de trois grumètes et d'une douzaine de soldats en armes portant cuirasses. On y avait descendu avec précaution un coffret plat contenant un grand astrolabe en bois large de trois empans, le trépied de fer auquel il serait suspendu, les arquebuses, les poires à poudre et des sabres d'abattis. Les instructions de la Casa da India prescrivaient de mettre à profit toute relâche pour mesurer à terre les latitudes avec la plus grande précision afin de permettre au cosmographe-major de parfaire le tracé du planisphère d'État, le padrão real, dans le secret relatif de la Casa da India. François devait à ce souci cartographique dont il mesurait l'importance la chance inestimable de ce débarquement inopiné.

L'Afrique était là, tout autour. Le rivage se perdait à quelque distance dans une forêt dense. Quatre arbres morts dont les branches blanchies servaient de perchoir aux oiseaux perçaient la canopée comme un Golgotha. On ne voyait âme qui vive. Quelques moutons nomades paissaient en bordure de mer. Leur aspect très normand fit regretter à François les éléphants, les lions et les rhinocéros qu'il attendait. Ceux que Guillaume peignait sur ses portulans. Le petit Yvon aurait été déçu lui aussi. Bien ou mal intentionnés, quelques indigènes auraient utilement complété le tableau. L'Afrique australe était bien banale après tout.

Il en souriait. Une manière de surmonter l'onde de gratitude qui le submergeait. Un concours de circonstances fabuleux lui permettait de se trouver là où les portulans de Guillaume Levasseur dessinaient le point tournant de l'Afrique, l'amer le plus remarquable de la navigation. Dans une bouffée d'attendrissement, il pensa à son maître penché là-bas sur sa table haute de l'atelier studieux du Pollet. Malgré l'allégresse de son explosion de bonheur, il était angoissé d'un sentiment indéfinissable. D'une nostalgie qu'il ne parvenait pas à analyser, comme si une vibration de l'atmosphère l'interpellait, l'imprégnait d'un message qu'il ne comprenait pas.

La végétation ou le sable ensevelissent prématurément les monuments érigés par les hommes à la gloire éternelle de leurs souverains. La nature n'apprécie pas les architectes et elle enfouit leurs œuvres à la première inattention de l'histoire. Des capitales impériales se sont dissoutes jusqu'à être oubliées. Ici, cent vingt ans plus tôt, dans ce paysage inchangé, s'était déroulée une cérémonie d'une signification immense pour l'histoire de l'Occident et de son expansion. Rien n'avait bougé ou si peu depuis que deux caravelles avaient mouillé sur ce plan d'eau. Ni la mer tempétueuse ni le ciel nuageux ni la végétation, sinon les grands arbres morts qui perçaient la forêt. Une graine s'était posée là. L'arbuste avait grandi jusqu'à masquer le signal de prise de possession. De toute façon, personne ne visitait plus ce rivage.

— Tu savais où nous étions, maître Fernandes. Suis-je dans le vrai ?

— D'après mon estime depuis les premiers signes avant-coureurs de la terre, et au vu de la géographie particulière de ce site, je pensais en effet que nous étions entrés dans la baie de São Bras. Je n'avais aucune certitude car depuis plusieurs décennies les abords du cap ne sont plus fréquentés par les navires de la ligne, qui se tiennent très au large par précaution.

— Nous sommes des manières de naufragés.

— Devrions-nous nous en réjouir ? Le littoral africain présente de très nombreuses anfractuosités comme celle-ci. Le hasard nous a conduits ici plutôt qu'ailleurs.

Derrière eux, une lame tinta en heurtant un objet métallique. Un soldat fouillait le sol de son sabre pour le plaisir de perturber l'activité processionnaire d'une colonie de grosses fourmis rousses. Le fils d'un pêcheur de Setúbal, que rien ne prédisposait à se rendre intéressant, venait de retrouver la croix la plus australe plantée au temps des découvertes. L'ayant grossièrement débarrassée de sa gangue de terre et frottée sur son pantalon, il la tendit à maître Fernandes. Le pilote-major la reçut sur ses deux paumes ouvertes, dans un geste de respect sacré qui surprit et émut François. Il la contempla longuement en silence. Tordue et en partie fondue, elle avait été probablement abattue par la foudre.

— Quel est ton nom ?

— Gomes. José Gomes, maître.

— Eh bien, José, tu viens de déterrer le jour de l'Assomption la marque extrême de l'insigne génération de nos rois de la dynastie d'Avis. Dias a marché ici même. Pour la première fois, son expédition maritime avait dépassé les confins de l'Afrique. Il était le premier à savoir que, contrairement aux hypothèses des géographes antiques, elle avait une fin. Que la route maritime des Indes était une réalité.

— Quand il a marqué sa découverte majeure de cette croix de l'ordre du Christ, il devait être joliment gonflé d'orgueil, maître.

— Il était encore plus rongé d'amertume, José. Parce que ses équipages qui renonçaient à leur gloire populaire de parvenir les premiers à Calicut, lui refusaient l'immortalité. Tu comprends ça ?

Fernandes regardait fixement la croix rouillée posée sur ses mains.

— Bartolomeu n'est jamais revenu ici. Il était dans la première flotte commandée par Cabral. Il a disparu dans les latitudes australes d'où nous revenons nous-mêmes.

— La prophétie d'Adamastor !

Grumètes et soldats écoutaient sans mot dire. Ce bout de ferraille tordue était-il assez important pour bouleverser tout d'un coup un homme d'habitude méprisant et glacial ?

Les sondant du regard l'un après l'autre, le ton de maître Fernandes se fit incisif.

— Je vous demande expressément de ne parler à personne de notre trouvaille en rentrant à bord. Si elle est ébruitée, je serai obligé de remettre cette croix à dom Cristóvão. Parce qu'elle est digne du roi, il sera trop heureux de la porter fièrement au vice-roi pour être offerte au Castillan. Cette relique inestimable doit être conservée sur le sol portugais et y rester toujours. Je la déposerai moi-même à la Casa da India, notre maison, dès mon retour à Lisbonne. Elle y sera en lieu assez sûr pour que nul, quel que soit son rang, n'ose l'emporter hors de nos frontières.

Ils promirent et, curieusement, ils tinrent parole.

Maître Fernandes observa la culmination du soleil à l'aide du grand astrolabe suspendu. On pratiquait ainsi depuis le voyage de Vasco de Gama et on ne pouvait faire mieux pour déterminer les coordonnées de la Terre. Il détermina que l'île de la Croix était exactement à la latitude de 33° et demi.

Ils descendirent à regret le tertre haut d'une trentaine de toises. François foulait avec allégresse le sol de l'Afrique australe, traînant les pieds dans l'herbe rase pour mieux sentir la consistance souple du sol et pour faire durer le plaisir. Il faisait lever à chaque pas des insectes nerveux et des dizaines de papillons de toutes les couleurs. Un papillon noir qui voletait alentour se posa sur son avant-bras. Par association d'idées, il fut désespéré de ne pas partager cette plénitude avec Margarida. Il lui aurait fait les honneurs du propriétaire précaire qu'il était à cet instant. Il fut honteux de constater que son égoïsme l'avait conduit à l'oublier complètement, tout à son enthousiasme émerveillé de folâtrer dans les herbes foulées par les découvreurs. Les grumètes suivaient en se chahutant, portant sur leurs épaules le matériel astronomique. Maître Fernandes s'arrêta brusquement et retint François par la manche.

— Sais-tu pourquoi je t'apprécie ? – Il ne lui laissa pas le temps de répondre et poursuivit, les deux mains sur ses hanches, feignant de reprendre son souffle. – Ce n'est pas seulement pour tes connaissances qui me sont utiles. C'est d'abord parce que tu es capable de comprendre ce que nous avons fait. On nous jalousait le poivre à pleines mains. Nul n'a songé à nous créditer de nos efforts pour y parvenir. L'Espagne s'est enorgueillie des découvertes de ce Colombo qui nous doit tout, et elle a jeté finalement sa couronne sur notre empire. Les Provinces Unies, l'Angleterre, commencent à courir à la curée. Le destin du Portugal est de n'être jamais reconnu. Je sais parfaitement que les siècles futurs oublieront que c'est nous qui avons ouvert les océans à l'expansion de la civilisation chrétienne.

Il le planta interloqué, et reprit sa descente, rattrapant les grumètes à grandes enjambées. François le regarda s'éloigner et murmura :

— Merci, Joaquim Baptista. Merci pour tout.

Pour rembarquer dans la chaloupe, ils traversèrent à nouveau avec dégoût le tapis vivant qui semblait défendre l'îlot, grouillant de crabes plats aux carapaces noires et luisantes, aussi répugnants qu'une cohorte sombre de cafards. Leur troupe chassa à coups de bottes, de savates ou de talons nus selon leur condition les crustacés qui faisaient face à l'agression de tous leurs petits yeux rouges et de leurs pinces menaçantes qu'ils agitaient dans un crissement frénétique d'invasion acridienne.

Le choc de l'embarcation contre la coque de la caraque et l'odeur de brai ramenèrent brusquement François à cet après-midi du 19 mars où il avait embarqué au Restelo. Il se dit qu'il avait vieilli – il corrigea : mûri – de cinq mois. C'était beaucoup au quotidien et peu dans une vie. Il était maintenant presque un vieux marin. La coque avait pris elle aussi une patine de coureuse des mers, et arborait une courte barbe d'algues vertes accrochée à la flottaison. Il flatta de la main son flanc de bois râpeux tandis qu'il grimpait à bord d'un pied assuré en se déhalant sur les tire-veilles.

Quand le pilote-major et son parti avaient pris place dans la chaloupe les soldats avaient été contraints de repousser sans ménagement la ruée des candidats à l'excursion. Dom Cristóvão qui avait d'autres soucis s'était rendu un peu plus impopulaire en interdisant à quiconque d'aller à terre.

— Même pour chasser ces moutons ? avait demandé le sergent incrédule. Les viandes fraîches font merveille contre le mal de Luanda.

— Même pour chasser. Dans ces parages de la terre des Cafres, des nègres ont souvent lancé des sagaies empoisonnées sur nos gens. Ils sont assez hardis pour être venus quelques fois en pirogues gesticuler autour des bateaux au mouillage.

Ils venaient de compter cent quarante jours de mer sur un pont mouvant sans jamais de répit, une surface instable, dure, inconfortable, glissante, puante, humide, perfide, artificielle et insensible. Leur besoin de terre était insoutenable. Ivres qu'ils étaient de l'odeur charnue de l'humus et de la forêt, la hargne les avait pris d'être interdits de paradis terrestre à portée de la main. Les plus déterminés avaient juré qu'ils iraient à la nage capturer et rôtir sur place cette viande qui les faisait saliver d'envie. Voire la manger crue et brouter l'herbe à s'en faire éclater le ventre. Les marins avaient découragé les téméraires en leur affirmant qu'ils se noieraient avant d'atteindre le rivage dans leur condition physique délabrée. À ceux qui s'étaient vexés de cette mise en doute de leurs capacités, ils avaient appris que ces eaux grouillaient de tubarões.

À croupetons, le dos courbé, occupant leurs mains à des épissures et à des nœuds savants comme seuls savent en imaginer les gabiers, les matelots se regardaient l'un l'autre comme s'ils assumaient la frustration collective et portaient une terrible information. Ils révélèrent que la région était infestée de requins, et toute la mer devant eux. Un gabier ajouta une histoire de naufragés déchiquetés vifs sous les yeux de leurs compagnons. Des scènes à faire vomir.

La découverte du padrão fut marginalisée parce que, sur les deux heures après midi on cria que l'on avait aperçu un *peixe mulher*, un poisson-femme. Ce 15 août était exceptionnel.

La caraque gîta sous le poids des curieux agglutinés au bastingage ou étagés en grappes le long des haubans. L'agriculteur de l'Algarve qui avait déjà fait rêver de sirènes aux seins comme des melons avait hurlé, les yeux exorbités et le geste fou, qu'il venait d'en voir une nageant à proximité du bateau.

Dans la cohue, François tomba dans les bras d'Antão de Guimarães qui conversait avec Jean. Ils se réfugièrent sur les ruines désertes du gaillard d'avant qu'ils ne fréquentaient plus depuis qu'ils étaient entrés dans les mers australes. Quand fut reconstitué le récit en désordre d'une journée éblouissante et qu'ils eurent entendu plusieurs fois que François avait touché de la main le padrão planté par Bartolomeu Dias, Antão parvint à orienter leur discussion sur le sujet d'actualité. Le jésuite, formé à la sexualité par la pratique de livres fondamentaux feuilletés d'un doigt déférent et par des débats théologiques encadrés par des règles d'usage, était brutalement invité par l'incident du poisson-femme à des travaux pratiques échappant aux références de son séminaire.

— Comment ce poisson de tradition sud-africaine tellement éloignée géographiquement de la culture Méditerranée se serait-il greffé sur un fondement grec ? Jean, toi dont le savoir est encyclopédique, est-ce une tradition cafre qui rejoindrait la nôtre ? Ou au contraire une importation portugaise de nos sirènes dans cette mer ?

— Selon l'approche zoologique, ces animaux marins, dont quelques-uns vivraient ici sous réserve qu'on les aperçoive vraiment, sont dotés de particularités anatomiques qui ont fait leur réputation dans la culture africaine.

Non des poissons mais des mammifères, leur baptême de poissons-femmes était fondé sur une lointaine similitude. Leurs nageoires atrophiées, une tête vaguement humanoïde et surtout des mamelles proéminentes les avaient fait appeler vache marine, d'autant mieux que ce mammifère broutait les herbiers marins des estuaires des fleuves, certains autour du bassin atlantique et d'autres dans l'océan Indien jusqu'aux Philippines. Les variétés vivant outre-mer avaient d'ailleurs accrédité en Europe l'existence fabuleuse des sirènes quand les premiers navigateurs ibériques les avaient découvertes. Christophe Colomb lui-même avait rapporté deux fois avoir vu des sirènes sautant haut dans la mer dans le golfe de Guinée et plus tard dans les eaux d'Hispaniola. Abusé en partie seulement, le grand amiral avait modéré très honnêtement son récit en précisant que leurs traits n'étaient pas vraiment féminins et qu'elles étaient franchement laides en réalité.

Le long du bord, le guet à la sirène, d'abord joyeux et traversé de réflexions gaillardes, faisait long feu. Le péroreur n'était finalement qu'un affabulateur bavard que les spectateurs frustrés commençaient à invectiver en s'éloignant. Sans doute ce modeste fauteur de trouble avait-il vu passer fugitivement l'un des loups marins qui colonisaient la baie.

— Nous ne verrons pas de sirène aujourd'hui. Pour faire d'une bizarrerie animale un poisson-femme, il fallait franchir un grand pas. Où est né le mythe, Jean ?

Si c'était un mythe, il était bien antérieur aux découvertes, les sirènes remontant très loin dans la culture occidentale.

Homère en faisait déjà des êtres maléfiques entre femmes et oiseaux. Ulysse se confronta victorieusement à elles, qui tentaient de le perdre par leurs chants enjôleurs. Chez les Égyptiens, l'oiseau à tête humaine figurait l'âme séparée du corps. La représentation de la sirène marine, la sirène poisson était arrivée au Moyen Âge dans les bagages des hordes de Normanni abattues sur l'Europe de l'Ouest quelques décennies avant l'an mille.

Antão les écoutait de profil arrière, continuant à scruter la mer avec une attention soutenue. Il réagit, sans quitter le plan d'eau des yeux.

— Cette sirène des Danois était si gracieuse avec sa queue bifide et ses longs cheveux que mes frères s'en émurent et la déclarèrent aussitôt démoniaque. L'Église ne s'est pas encore prononcée sur leur nature.

— La science non plus d'ailleurs, remarqua Jean.

— Elles sont l'une et l'autre moins sûres que toi, François, qu'il s'agirait d'un mythe. Ta formation de cosmographe te rend matérialiste, c'est sans doute dans le fil de la pensée d'aujourd'hui. Tu ne crois pas aux créatures démoniaques. Et pourtant ! Les frères mineurs chargés des exorcismes ne comptent plus les cas de possession. Ils sont très souvent appelés pour conjurer le démon habitant des lycanthropes persuadés, la bave aux lèvres et montrant les dents, qu'ils sont devenus des loups. Satan les posséderait jusqu'à les transformer en bête sauvage.

— Sans faire offense à Satan, je penserais plus simplement qu'ils sont atteints d'une forme d'épilepsie. Non ?

— Qui sait ? Vous êtes l'un et l'autre des prosélytes des nouveaux mondes. Il nous reste à faire coïncider les curiosités que l'on y constate avec notre héritage biblique. Il est lourd. L'œuvre de Dieu est immense et les créatures sataniques sont innombrables. Elles dépassent à l'évidence notre entendement de chrétiens.

Jean le coupa en affectant un ton navré.

— Antão, tes frères ont fait mieux que condamner les sirènes aux enfers, puisqu'ils ont longtemps débattu avant de décider que la femme pouvait bien, après tout, être dotée elle aussi de l'âme qui lui était jusqu'alors déniée.

Le jésuite fit volte-face, se retournant vers eux, l'index accusateur.

— Faux, monsieur l'apothicaire. Cette légende relève d'une déformation malveillante d'un débat linguistique lors du synode de Mâcon en 585. Les anticléricaux ont inventé cette calomnie sur l'âme de la femme en se frottant les mains, et l'on colporte depuis une histoire imbécile.

— J'aurai au moins quelque chose à mettre aujourd'hui au crédit de l'Église. En tout cas, pseudo-sirène ou vache marine, le poisson-femme est très prisé au Mozambique. Ses dents réduites en poudre font merveille contre les hémorroïdes, les flux de sang et les fièvres chaudes.

— Elles entrent naturellement dans le bazar de la pharmacopée animiste à côté des crapauds séchés, du sang de salamandre et du venin de cobra, ajouta Antão en affectant pour plaisanter un ton pédant.

Jean pointa à son tour Antão de l'index.

— Cette fois, l'abbé, c'est toi qui colportes des inepties. Ne brocarde pas la médecine naturelle et ses drogues qui te paraissent étranges. Je les étudie avec soin au cours de mes voyages sans préjuger leurs vertus car notre médecine n'est pas beaucoup plus avancée que celle des peuples que nous disons sauvages. Je témoigne des qualités thérapeutiques de la dent de vache marine car j'ai expérimenté sa poudre.

— La poudre de dent de vache marine !

— Parfaitement. Et alors ? J'ai constaté qu'elle a des effets visibles. J'ai l'intention d'ailleurs d'en négocier une livre ou deux à Mozambique où on les chasse, à un prix moins dément que celui auquel j'ai payé mes expériences. Quant à des détails plus scabreux, pardonnez-moi d'être trivial : les naturels trouvent que la nature de ce mammifère ressemble fort à celle des femmes. De l'Éthiopie au Monomotapa, les nègres y prennent dit-on leur plaisir bien que cela leur soit interdit par des décrets royaux.

— C'est absolument dégoûtant !

— Si tu commences déjà à t'énerver, François, tu vas souffrir. Tu as voulu venir en mer des Indes. Tu en apprendras bien d'autres et je n'ai pas fini. Les pêcheurs qui traquent ces mammifères tranquilles pour arracher leurs dents en abuseraient parfois quand ils sont morts. Nécrophilie zoophile ou zoophilie nécrophile ? Tu vas avoir du travail, Antão, pour enseigner ton catéchisme. J'oubliais ! Dans l'archipel des Comores, pas très loin d'ici, on pratiquerait la coutume du viol rituel des poissons-femmes.

— As-tu quelques autres cochonneries à nous dire ?

— Pour l'instant, non. Puisque ce sujet te retient, Antão, du simple point de vue anatomique, en nous plaçant aux bordures séparant la création du monde et la création de l'homme, sans mettre en cause bien sûr la primauté de l'âme immortelle, ces mammifères étranges peuvent-ils être des intermédiaires manqués entre les animaux et les humains ?

Le jésuite leva les bras au ciel.

— Tu oublies que Dieu a créé l'homme à son image, c'est-à-dire aussitôt parfait, sans essai préliminaire.

— On débat encore des hommes-chiens et des loups-garous dans les amphithéâtres universitaires mais encore plus chez les scolastiques. On garde la mémoire confuse de naufragés humanoïdes nus et sales, se nourrissant de poisson cru et ne parlant aucune langue compréhensible, trouvés ici et là, sur des plages de la mer du Nord.

— Encore faudrait-il savoir de quoi il s'agissait exactement, mais l'âme doit dominer toute réflexion inspirée par quelques parentés physiques aussi troublantes soient-elles.

Ils s'étaient accoudés tous les trois au bastingage. L'eau était d'un vert profond. Jean se retourna, s'étira les bras puis s'appuya sur les coudes en se croisant les jambes, les regardant en biais d'un air désinvolte.

— Il y a quelques années, une caraque embouquait le canal de Mozambique, pas très loin d'ici donc. Les maîtres et les principaux passagers ont signé un rapport collectif attestant qu'ils avaient vu passer près de leur bord un monstre marin Il avait une effroyable grandeur et il grondait horriblement.

La bête portait un bouclier rond devant sa tête et une selle sur le dos.

— Les hommes voient ce qu'ils veulent voir, Jean.

— Tu as raison, Antão. C'est pour cela qu'une règle prudente exige que les commissaires de l'arsenal de Venise chargés des inventaires jurent avoir touché ce qu'ils disent avoir vu.

— Le monstre aurait-il pu être l'un de ces météores marins souvent décrits, une colonne d'eau se perdant dans les nuages ?

— Je serais enclin à le penser. Mais le bouclier ? La selle ? Une hallucination ou une chose inconnue ? Que savons-nous du fond des mers ? À peu près rien.

Ils n'en surent pas plus ce jour-là car on appela l'équipage et les hommes valides à hisser la grand-voile que l'on avait achevé d'enverguer. La voile neuve monta dans un effort collectif qui rassembla de bon cœur toutes les énergies. En transfilant la rechange de la voile d'artimon sur l'étai du grand mât, les gabiers avaient établi sur l'avant une voile axiale triangulaire, une manière de trinquette qui tiendrait lieu de misaine mal fichue mais convenable. Arborant à nouveau la croix des Chevaliers du Christ dans le ciel africain, *Nossa Senhora do Monte do Carmo* était digne d'honorer Marie, sa patronne.

La messe de l'Assomption put commencer. Le provincial avait posé sur l'autel recouvert de soieries bleues et blanches un portrait identifié comme étant celui de São Lucas. Les litanies remercièrent Marie de son intercession dans l'épreuve passée et la supplièrent de rester vigilante. Neuf grumètes parmi les plus jeunes tenaient des cierges allumés, sous l'œil noir du sergent qui s'énervait de l'habitude des religieux d'allumer partout des flammes incontrôlées sous prétexte de dévotion. La procession qui suivit fut la plus belle de toutes celles organisées à bord depuis le départ, surtout depuis que la mer dérangeait leur ordonnance. Elle fut aussi la plus fervente parce qu'approchait la Juive.

Mozambique

Le lendemain à l'aube, la caraque sortit à la remorque des chaloupes. Le maître ordonna de déferler l'artimon et le grand hunier, et de faire servir la grand-voile. La navigation reprit son cours presque normal en route à l'est. La mer restait énorme mais elle ne leur faisait plus peur.

Le recalage sur la baie São Bras mettait en principe le pilote-major à l'abri des énormes erreurs d'estime menaçant les navires qui franchissaient le cap des Aiguilles sans voir la terre. L'incertitude sur la longitude rendait les chemins d'ouest en est très incertains. L'art du pilote et des saints intercesseurs était de faire virer les caraques au bon moment pour embouquer le canal de Mozambique. Ni trop tôt ni trop tard. La malchance était de choisir par hasard, parmi tous les points tournants possibles, celui qui menait droit sur les écueils, les basses de l'Inde qui infestaient le passage. Quand il ordonna de venir en route au nord-est puis au nord-nord-est, maître Fernandes jugeait que la route était claire jusqu'à Mozambique. Ou du moins un peu moins opaque.

Les équipages redoutaient particulièrement un tore presque parfait de dix lieues de tour aperçu pour la première fois par Lopo de Abreu qui l'avait baptisé du nom de sa caravelle. Baixios da Júdia, les récifs de la Juive. Des écueils mythiques.

Un anneau fin de madrépores au ras de l'eau, enserrant un lagon aux eaux de jade. Une île stérile qui ne servait à rien, sinon à tuer. Le routier mettait aussi les pilotes en garde contre João de Nova qui faisait trembler les marins les plus fanfarons. « Quand tu te trouveras à cette hauteur et que tu verras des quantités d'albatros, sache que tu es à proximité de l'île de João de Nova. Et si tu vois les albatros par groupes de six ou sept, tu en es à une dizaine de lieues, parce qu'ils y viennent de loin pour se nourrir. »

Quand il ordonna de mettre le cap sur Mozambique, maître Jose Baptista raconta aux usagers de la dunette les drames survenus dans ses parages. On venait de publier à Lisbonne la relation par un certain Manuel Godinho Cardoso de la perte du Santiago. Il y avait presque vingt ans jour pour jour, le 19 août, alors que l'on venait de fêter à bord l'heureux passage de la Juive, le galion s'était écrasé sur João de Nova dans le premier sommeil. Le naufrage avait fait dans les quatre cents victimes.

— Quatre cents noyés ! gémit un fidalgo d'une voix blanche.

— La plupart n'ont pas eu le temps de se noyer. Ils ont été déchiquetés par les requins. Ils arrivent de partout dans ces parages régulièrement alimentés en nouveaux naufragés.

— On n'en réchappe jamais ?

— Ça dépend. Le galion *São João* a été réduit en un instant en charpie, en pulpe de bois et en esquilles d'os. Les gens de la *Conceição*, un autre galion perdu sur João de Nova, ont pu gagner la terre. Ils ont accompli une longue pérégrination à travers un territoire hostile. Quelques-uns ont survécu aux sauvages, aux fauves et aux serpents.

Les vigies de quart et les guetteurs bénévoles s'usèrent inutilement les yeux en veillant aux brisants. Continûment rappelée à l'attention de la Vierge par des prières et des processions, *Nossa Senhora do Monte do Carmo* passa sans encombre.

Encore sous l'émotion d'avoir tenu la senhora da Fonseca dans ses bras, François fut consterné d'être privé de sa rencontre quotidienne avec elle. Les femmes du château arrière se déchargeaient mal de la peur panique qui les avait envahies lors de l'effondrement de la mâture. La précarité du gréement de fortune, aussi bienvenu fût-il, leur faisait redouter d'assister à nouveau à un tel cataclysme. Aucune d'entre elles ne se sentant assez courageuse pour entraîner les autres sur la dunette, la communauté décida d'un commun accord de ne plus y monter jusqu'à Mozambique, d'autant plus que Custodia restait prostrée sur sa couchette, souffrant probablement de dysenterie. Margarida n'insista pas. Cela lui convenait très bien car elle ne souhaitait pas rencontrer François dans l'immédiat, après l'instant d'abandon qui les avait rapprochés corps à corps lors du démâtage.

L'air devenait moins froid puis de plus en plus doux et chaud. Ils furent surpris de franchir si vite le tropique du Capricorne. Les passagers ne comprenaient pas pourquoi on ne poursuivrait pas sur Goa puisque, passées des semaines interminables, leur navire escaladait maintenant allègrement les degrés de latitude aux marges de l'océan Indien. On était presque arrivé. Les notables de l'arrière étaient d'autant plus virulents que dom Cristóvão lui-même était hors de lui. Maître Fernandes étant seul juge, il n'était pas tenu d'expliquer sa décision d'hiverner. Il fit malgré tout de son mieux pour faire comprendre au capitaine-major et aux gens du château que, loin sur leur avant, les vents instables allaient très vite souffler du nord-est, provenant de là où ils allaient justement. Sous sa voilure partielle la caraque serait encore moins capable que les navires indemnes de remonter contre le vent. Depuis toujours, la mousson sèche interdisait les Indes aux voiliers occidentaux à voilure carrée, conçus pour tirer le plus efficacement possible leur cargaison vers leur destination, pourvu que l'on attendît sans énervement un vent soufflant dans le bon sens. S'ils continuaient, ils devraient de toute façon faire demi-tour après quelques jours. La caraque poursuivait donc imperturbablement sa route de façon à retrouver la terre d'Afrique aux environs de la latitude de 16° et demi sud. Elle remonterait ensuite le littoral du Monomotapa en direction de l'île de Mozambique. Sous le soleil revenu, ceux qui n'avaient pas voix au chapitre pensèrent que cet hivernage décidé pour des raisons qui leur échappaient les reposerait des fatigues des quarantièmes à l'ombre des fameux cocotiers dont on leur disait merveilles.

Alors qu'ils passaient devant la baie d'Angoche le matin du 28 août, jour de Santo Agostinho, par 16° un quart de latitude sud, à une journée de mer ou deux à peine de leur destination, ils se réjouirent et s'étonnèrent d'y apercevoir deux galions au mouillage. Un coup de canon partit de l'un des navires qui hissa le pavillon d'attention. Loin des salves de joie habituelles, cette amorce isolée était surprenante. La caraque se rapprocha de terre et le pilote fit mettre en panne pour réfléchir. À des détails subtils qu'ils reconnurent aussitôt, les gabiers identifièrent de loin le *Santo António* et le *São Bartolomeu*. Maître Fernandes confirma que, selon le routier, la baie était large et saine sauf dans ses parages sud encombrés de bancs de sable. On pouvait ranger la rive nord, accore. La décision fut prise par le conseil du capitaine d'aller mouiller près des deux galions plutôt que leur envoyer une embarcation en restant sous voiles car leur présence inattendue en baie d'Angoche était de mauvais augure et suggérait de ne pas poursuivre la route. L'ancre tomba dans un hourvari de clameurs de joie et un grand tapage de tambours, de fifres, de cloches et de coups de mousquets. La fête se prolongea longtemps au dehors, mais l'euphorie fut de courte durée dans la pénombre du château.

Quand les capitaines appelés au rapport montèrent à bord, le ciel tomba sur la tête de dom Cristóvão. Mozambique était bloquée depuis un mois par une flotte batave d'au moins dix vaisseaux de guerre qui avaient débarqué des troupes et des canons d'assaut. Les Cafres allaient probablement se retourner contre les Portugais. La forteresse était sur le point de céder.

Les informations sur l'armada étaient catastrophiques. Les circuits immatériels de l'information africaine avaient apporté à Angoche la nouvelle que *Nossa Senhora d'Ajuda* qu'ils avaient perdue de vue près de Madère avait fait naufrage près du château de la Mine dans le golfe de Guinée. La plupart de ses gens s'étaient sauvés mais ils y avaient contracté le *bicho*, la rectite gangreneuse endémique au Ghana. Cet ulcère vermineux de l'anus gagnait le côlon. Son issue fatale était horriblement douloureuse.

Les deux capitaines avaient d'autres désastres à rapporter. Dom Cristovão leva les sourcils d'un air dubitatif et se carra dans son fauteuil pour montrer qu'il assumerait la situation. Les coutures du galion *Espiritu Santo* qui avait relâché à Recife pour calfater n'avaient pas tenu. Il s'était ouvert et avait coulé dans la tempête au large du cap de Bonne Espérance avec tous ses gens. Sauf seize, dont le capitaine et le pilote qui s'étaient honteusement sauvés en chaloupe. Le plus forcené de ces misérables, le maître d'équipage, avait coupé à la hache les mains qui s'agrippaient au plat-bord de l'embarcation. Ils étaient parvenus à Mozambique.

— Je les ferai arrêter sur-le-champ. On les pendra !

— Ayant eu la perspicacité de ne pas attendre ton verdict, dom Cristovão, ils ont disparu. Et quant à pendre quiconque, je te rappelle que les Hollandais nous interdisent pour l'instant l'accès au gibet de Mozambique.

Noronha pianotait de la main gauche sur le bras de son fauteuil et jouait nerveusement de la dextre avec son sautoir de perles et d'or.

— Quoi d'autre ?

Il apprit encore que la *Palma*, son ancien navire, s'était échouée à Mogincual, un peu plus haut, à quelques lieues de Mozambique. Ayant immergé trois cents morts du scorbut au cours de sa traversée de l'Atlantique, elle n'avait plus assez d'hommes valides pour virer de bord et elle avait été drossée sur les récifs. Le galion *Bom Jesus* qui avait lui aussi manqué le changement de route de Madère venait d'être pris par les Hollandais. Son capitaine, Francisco Sodré Pereira, était tombé dans le piège en se présentant devant Mozambique. Tentant de fuir mais rattrapé, il s'était rendu quand un lieutenant à ses côtés avait eu un bras emporté par un boulet. Appareillant sous pavillon hollandais avec un équipage de prise, le navire s'était empalé sur les récifs au nord de la grande passe où il avait été incendié.

— A-t-on des nouvelles de la grande *Nossa Senhora da Oliveira* ? Est-elle parvenue à franchir le canal ?

— La caraque était poursuivie par des vaisseaux hollandais. Elle s'est échouée volontairement. Son équipage a sauvé le cavedal, et l'a incendiée avant qu'elle fût prise.

— Le trésor royal est sauf. C'est déjà ça.

Ce n'était pas terminé. Ils savaient depuis huit jours par une poignée de rescapés parvenus à Angoche à bord d'un boutre arabe que la *Salvação* avait été mise intentionnellement à la côte près de Melinde par Manuel Veloso et António Alvares, son pilote et son maître dévoyés qui s'étaient enfuis en chaloupe avec le cavedal.

— L'Afrique et l'Arabie sont vastes mais les oreilles et les yeux innombrables y sont devenus extrêmement sensibles pour quelques poignés de réis. Ils n'iront pas très loin sans être retrouvés.

— Ou leurs cadavres dépecés par les anthropophages.

Il fallait certes que les traîtres fussent un peu fous pour espérer acheminer leur butin à travers l'entrelacs des réseaux de traites des esclaves, des perles, des armes, de l'ivoire et de l'or qui proliféraient en marge de l'organisation portugaise. Les quatre cents hommes de la *Salvação* qu'ils avaient abandonnés à leur sort s'étaient mis en marche le long du rivage vers l'Arabie, harcelés par les Éthiopiens. La cargaison de trois cents esclaves s'était fondue dans la nature. Un petit groupe de Portugais était parvenu à Angoche à bord d'un boutre omanais qui se rendait au Monomotapa chercher une cargaison d'esclaves. Ils avaient d'abord relâché dans les ports négriers de Zanzibar et de Kilwa. En arrivant devant Mozambique, ils avaient découvert avec consternation la flotte batave et ils avaient poursuivi leur route vers le sud.

— C'est à ce moment que nous les avons rencontrés. Ils nous ont empêchés par miracle de tomber à notre tour dans la nasse hollandaise.

— C'est tout ?

Dom Cristóvão venait de bondir de son fauteuil, les deux poings sur la table, l'œil haineux. Il avait vaincu le scorbut. Il avait échappé au naufrage de la *Palma* en la quittant pour prendre ses fonctions de capitaine-major à bord de l'amirale. Et tout cela ne servait à rien. Sa bonne fortune s'effondrait parce qu'il allait devoir rendre compte de la perte de trois des quatre grosses caraques et de deux galions sur huit. Et encore, sous réserve que *São Jeronimo, São Marcos, Nossa Senhora da Conceção* et *São João Evangelista* soient parvenus à passer en Inde avant le reflux de la grande mousson. Et trois cents esclaves de la caraque négrière perdus. Et tous les trésors monétaires royaux des navires naufragés.

Il se rassit en serrant les poings sur les têtes de lions qui défendaient son fauteuil en son absence. Il rejeta la tête en arrière, ce qui mit sa collerette plissée en grand désordre. L'émiettement de sa flotte n'était pas de nature à lui valoir les honneurs qu'il méritait après tant de courage et de peines. Il n'était pour rien dans le triste sort des bateaux perdus par fortune de mer ou par baraterie, débandés avant qu'il prenne le commandement de la flotte. Mais il serait son responsable en titre quand les fonctionnaires pointilleux de la Casa en établiraient le bilan. Il dénombrait à Lisbonne assez d'ennemis sans compter ceux qui le haïssaient à la cour, rendus tous encore plus jaloux par sa promotion inopinée, pour prévoir qu'on lui ferait endosser tous les malheurs. Le désastre d'une des armées navales les plus pitoyables de l'histoire de la Carreira da India. Sa disgrâce serait très injuste car les plus nobles et les plus courageux courtisans de Lisbonne n'imagineraient même pas l'enfer qu'il avait traversé ni les tempêtes qu'il avait vaincues.

Dans le décor misérable de ses appartements que les charpentiers n'avaient pas encore débarrassés de leurs barricades, cette vaticination excitait son dépit d'être passé sans y prendre garde du rang de dignitaire omnipotent à celui d'inculpé potentiel d'impéritie devant un conseil d'enquête. Les comptes allaient être épluchés avec un soin particulier ! L'idée se planta brusquement dans sa tête comme une banderille de feu. Les charges aussi importantes que celle du capitaine-major justifiaient des revenus en rapport. Les prélèvements dans l'énorme masse monétaire qui circulait à bord, le négoce personnel et les bénéfices sur les transactions officielles étaient dans l'ordre des choses. La bienveillance souveraine se manifestait ainsi envers ses grands serviteurs sans affecter la cassette royale. Le corollaire de cette tolérance était que la souplesse de la reddition des comptes conduisait aussi vite à la fortune qu'à la perte des charges et la confiscation des biens voire à un ergastule aussi profond et noir que l'oubli selon l'état d'esprit du vice-roi du Portugal. Et, justement, le marquis de Castelo Rodrigo serait de très méchante humeur quand il apprendrait le sort funeste de sa flotte. Jusqu'au vice-roi des Indes mort en mer au moment où la Hollande venait de déclencher une nouvelle offensive d'envergure contre l'empire !

À court terme, la situation n'était pas plus souriante que l'avenir lointain. Non seulement la mousson sèche mais aussi une puissante flotte batave se dressaient entre lui et Goa. Il disposait d'une trentaine de pièces d'artillerie par navires, servies par des canonniers désinvoltes et jamais entraînés, occupés à tout sauf au service des armes, d'ailleurs solidement arrimées et ensevelies sous les rechanges et les bagages. Sa puissance de feu serait dérisoire s'il devait affronter une dizaine de vaisseaux armés en guerre. La fuite étant exclue dans le piteux état de la caraque, faudrait-il se battre pour l'honneur, s'incendier ou se rendre ? Un influx de sueur froide lui mouilla le dos quand il imagina que la flotte entière dont il avait la charge pourrait bien disparaître en fin de compte. Le maître canonnier fit les frais de la colère du capitaine-major.

— Fais ouvrir les mantelets des sabords et dessaisir l'artillerie. Tu feras jeter à la mer tout ce qui gênerait sa mise en batterie. – Il lui hurlait à la figure. – Fais exercer jour et nuit tes fainéants au service des pièces sous peine de voir ta tête servir de boulet lors de la première salve ! J'allumerai moi-même l'amorce avec plaisir.

Le cent cinquante-septième mort du scorbut fut immergé sur les cinq heures du soir, par routine et par paresse d'aller lui creuser une tombe à terre. Le corps était à peine à l'eau qu'il se dressa brusquement, générant un hurlement collectif tout le long du plat-bord, le cri rauque de terreur animale que l'on pousse d'instinct quand la mort s'approche. Le cadavre que l'on avait pris pour un mort vivant s'enfonça d'un coup dans la mer dans un tourbillon écarlate. Les requins veillaient alentour.

Sur la terrasse du bastion São João qu'ils rangeaient sur bâbord, dom Estêvão de Ataíde, le gouverneur de Mozambique, accompagna d'un geste viril du bras le coup de canon minimal répondant chichement à leur salve tonitruante. Il était en cuirasse et coiffé d'un morion pour rappeler qu'il était sur le pied de guerre.

L'île calcinée sentait encore l'incendie. Les épaves échouées du *Bom Jesus* et d'un vieux galion désarmé achevaient de se consumer en dégageant une fumée noire et une sale odeur d'huile et de goudron. Au loin, comme une apparition miraculeuse allumée par les premiers rayons du soleil, le galion *São Jerónimo* était tranquillement embossé au fond de la baie. Son pilote avait conseillé ce mouillage dans les eaux saumâtres de l'embouchure d'un petit fleuve, pour tuer les tarets qui creusaient leurs galeries dans les coques. Hors de portée de l'artillerie hollandaise à l'opposée de la grande passe qu'ils venaient d'embouquer, ses canons et sa mousqueterie avaient découragé les chaloupes armées en guerre qui avaient tenté plusieurs fois l'abordage. Les quelque cent vingt-cinq hommes en mauvais état constituant la garnison de la forteresse venaient de résister vaillamment à deux mille Hollandais et Zélandais bien nourris arrivant d'Amsterdam *via* Sainte-Hélène. L'amiral

Willemsz Verhoeven avait levé le siège et décampé, trompé par l'annonce que la flotte portugaise arrivait tout entière, supérieure en nombre, en bon ordre et prête au combat. La nouvelle de l'arrivée des galions portugais à Angoche s'était transformée en rumeur alarmante en volant d'un tam-tam à un autre, amplifiée finalement à titre de précaution par un interprète affolé.

L'année précédente, les trente soldats de la garnison, la vingtaine d'habitants plus ou moins métissés et la trentaine de supplétifs cafres de dom Estêvão de Ataíde avaient déjà repoussé les quinze cents hommes de Paul van Caerden débarqués en grand tumulte. Vendant prématurément la peau de l'ours avant de l'avoir tannée, l'amiral hollandais avait eu l'imprudence de faire par fanfaronnade hommage de Mozambique aux États généraux des Provinces Unies avant même son appareillage d'Amsterdam. Dom Estêvão venait encore de tenir bon contre la Réforme avec l'aide du ciel. Avant de rembarquer, les assaillants dépités avaient mis le feu à ce qui restait debout de l'embryon de bourgade après un mois de siège. Depuis le pillage et les profanations de la dernière incursion batave, les images saintes et le mobilier sacré de la Miséricorde, de l'hôpital, de l'église São Gabriel et du couvent de São Domingos avaient été mis à l'abri dès l'apparition de l'escadre hollandaise.

L'inspection des défenses de Mozambique était une litanie. *Nossa Senhora do Baluarte*, *São João*, *São Gabriel* et *Santo António* veillaient sur les bastions et les remparts placés sous leur protection. Les deux derniers surtout avaient été à la peine quand plus de trois cents coups de canons de siège avaient effondré la muraille principale qu'ils encadraient sur le glacis. La brèche était tellement béante que les assaillants n'avaient pas osé s'y ruer tout de suite, craignant un piège. *São Gabriel* et *Santo António* avaient sans doute guidé les assiégés de leurs conseils, puisqu'il avait suffi d'une nuit fébrile pour y ériger une barricade en y jetant des sacs de sable et de terre et tout ce qui pouvait faire obstacle, jusqu'aux meubles du gouverneur.

Outre le galion *São Jerónimo* et la forteresse invaincue, restaient intacts à leur arrivée les fameux arbres à cocos que la plupart des passagers regardaient pour la première fois avec le bonheur que l'on éprouve en voyant de ses propres yeux des paysages ou des choses inimaginables que l'on connaît par ouï-dire. Les chauvins de l'Algarve objectèrent comme d'habitude qu'ils avaient chez eux des arbres à palmes beaucoup plus beaux que ces bizarreries. Que ces troncs interminables dénonçaient des végétaux dégénérés. Qu'ils étaient extrêmement déçus. Quand ils sentirent qu'ils énervaient leurs compagnons de voyage en gâchant leur plaisir, ils proclamèrent à grandes embrassades qu'ils n'avaient jamais vu aucun arbre aussi haut ni aussi étrange. C'était trop tard. En arrière de la foule qui leur tournait le dos, ils continuèrent à voix basse à se confirmer l'un l'autre que leurs palmiers étaient des arbres plus dignes d'intérêt que ces champignons. On les traita de culs palmés et on ne leur adressa plus la parole pendant plusieurs semaines.

Toute la matinée, les passagers débarquèrent avec leurs balluchons, les femmes retroussées jusqu'aux genoux, pataugeant depuis les embarcations échouées par petits fonds. Ataíde, le gouverneur indomptable, les rejoignit à deux heures après midi sur la plage au pied des ruines du vieux fort São Gabriel détruit lors du siège précédent, pour accueillir le capitaine-major. Toujours bardé de fer, il planta son épée nue dans le sable comme s'il était prêt à courir aussitôt aux remparts.

Transpirant dans son pourpoint de velours noir et ses passementeries dorées, dom Cristóvão débarqua à pied sec, porté à bras par deux marins jusqu'à la plage. Tout héros des quarantièmes sud qu'il était, il lut dans le regard pétillant du chevalier en armure le ridicule de son débarquement douillet, en complet décalage avec l'environnement. Il comprit que les navigateurs de passage, soucieux de protocole et imbus de leur état particulier, n'avaient pas l'allure assez guerrière pour être traités avec considération à Mozambique. Le discours lapidaire de bienvenue le fixa sur ce point.

Dans un formidable éclat de rire, dom Estêvão lui jura d'abord que s'il ne lui demandait rien pour la flotte, il ferait tout ce qui était en son pouvoir pour le lui procurer au plus vite. Mozambique était rasée et ses magasins étaient vides. Il se réjouissait par contre du renfort de trois navires armés qu'il venait de lui apporter, et il attendait d'eux de la poudre et des boulets. Le gouverneur décrivit ses hommes contents de cette misère, survivant aux fièvres, supportant la chaleur et mille petites plaies quotidiennes. Ils vivaient mal nourris été comme hiver, dans un environnement affreux aggravé par une population laide et misérable, mal aimés de leurs hôtes accidentels qui les tenaient pour responsables des malheurs de leur hivernage. Ils ne revendiquaient d'autre gloire que de servir aux avant-postes de l'empire dans une île longue de seize cents toises et large de quatre cents, catholique et blanche, accrochée au flanc de l'Afrique dont ils entendaient au loin les lions rugir et les anthropophages battre leurs tam-tams.

L'île perdue ne produisait rien sinon des cadavres, tellement pourrie de fièvres que son seul nom faisait trembler d'effroi les marins obligés d'y séjourner quelques mois. Dom Estêvão acheva une péroraison lyrique dans une belle envolée que n'aurait pas reniée Camões :

— Entre les appareillages pompeux de Lisbonne et les arrivées triomphantes à Goa la Dorée, la garnison de Mozambique maintient dans le sang, la poussière, la sueur, les anthropophages, les moustiques et les mouches un maillon de vil métal dans la chaîne dorée de la Carreira da India. Bienvenue en enfer, dom Cristóvão !

Alors qu'elles rassemblaient leurs affaires dans un grand chambardement de leur petite chambre, dona de Galvào qui bousculait sa paillasse devint brusquement fébrile et demanda d'une voix affolée que l'on approche un banc sur lequel elle monta péniblement. Quelques instants plus tard, il fut clair qu'une bague qu'elle disait avoir dissimulée sous le mince matelas de sa couchette du haut avait disparu. Elle tituba et perdit connaissance, rattrapée de justesse par Jeronima de Torres, la plus alerte d'entre elles. Margarida fut désespérée par cette détresse qu'elle partageait avec la même intensité. Elle savait que la valeur sentimentale inestimable du bijou dépassait de très loin sa valeur marchande. Elle fut moins en colère contre le voleur que contre elle-même qui avait laissé sa tante cacher ingénument un bien aussi précieux. La chambre mise sens dessus dessous, la bague resta introuvable.

La senhorina da Costa et dona de Galvào, trop affaiblies pour marcher jusqu'à leur quartier d'hivernage, furent débarquées sur des brancards. La jeune Custodia, surtout, était épuisée depuis deux semaines par la dysenterie. Les capitaines et les passagers importants seraient les hôtes du gouverneur à l'intérieur de la forteresse où ils allaient se barricader dans une chaleur de four à l'abri, pensaient-ils, des épidémies, imaginant sans doute que les remparts qui avaient arrêté les Hollandais impressionneraient de la même façon les miasmes et les moustiques. Surmonté des armes du Portugal, le portail de São Sebastião était le seul ornement majestueux de la muraille quadrangulaire construite en appareil régulier de pierres taillées dans le calcaire corallien de l'île. Le fort abritait le palais sans fioritures inutiles du gouverneur et de l'administration de Mozambique. La manière de cellule de nonne aux murs lépreux où les six femmes déposèrent leurs affaires leur sembla saine et spacieuse, voire gaie, parce qu'une vraie fenêtre aux carreaux gris de poussière et de sel laissait entrer largement le soleil et quelque chose à voir. Elle donnait sur une place quadrangulaire bordée par les quartiers de la garnison et les casernements pour les équipages, entourant la petite église de la confrérie des Militaires de São Sebastião. Les magasins et la poudrière occupaient le restant de la citadelle et complétaient l'appareil militaire de la caserne fortifiée.

Les religieux investirent avec un sentiment de reconquête les vestiges du couvent São Domingos, que les prétendus réformés avaient transformé le temps du siège en redoute d'artillerie. Les religieuses et les femmes s'y installèrent dans une ruine privative. Aucune écoutille complice ne permettait ici aux prostituées d'échapper à la surveillance des sœurs. Elles étaient hors d'elles à l'idée que les Éthiopiennes, sans rien connaître à la profession, allaient les remplacer au pied levé pendant l'hivernage, la meilleure saison pour travailler au cours de la traversée. Elles s'indignaient tout autant de savoir le métier gâché à Goa par des esclaves de toutes les couleurs et, pire – murmurait-on à Lisbonne –, par leurs maîtresses aussi acharnées qu'elles à se donner bénévolement. Les malades s'entassèrent dans l'hôpital où les barbiers de la flotte allaient saigner à tour de bras sous l'autorité du chirurgien major. On transporta quelques résidents mozambicains fiévreux prendre l'air à bord des caraques au mouillage. Inversement, les scorbutiques débarquèrent en priorité. La terre et la mer échangeaient leurs malades spécifiques dans l'espoir improbable d'un choc salutaire.

Les autres passagers campèrent où ils pouvaient, la plupart dans des ruines réhabilitées d'un toit de palmes. La problématique majeure de l'établissement portugais étant d'échapper aux fièvres, Jean préconisa d'aller chercher une situation sanitaire favorable hors de la bourgade. Ils prirent à bail une case du quartier indigène périphérique de Santo António, que leur céda un Asiatique à l'allure impassible et replète d'homme d'affaires louche. Leur logis élémentaire avait la qualité salvatrice d'être largement aéré par la brise de mer.

Le séjour des deux Français commença mal. Ils étaient installés depuis juste deux jours quand un sergent accompagné de quatre piquiers vint les prier de le suivre aussitôt chez le gouverneur. Ils traversèrent l'île étroitement encadrés. À peine entrés dans le fort São Sebastião, on les poussa dans une salle d'armes où des faisceaux de piques et une centaine de mousquets chargés étaient rangés sous bonne garde. La place forte restait aux aguets. Convaincus d'une méprise, ils furent stupéfaits d'être brutalement jetés à terre et de se trouver le cou pris dans un carcan de bois. Ils reconnurent alors dans un compagnon d'infortune Jean-Baptiste, le secrétaire génois du comte da Feira, fers aux pieds. Il se dit accusé de détenir des pamphlets contre le gouvernement des Indes, ce qui était stupide puisqu'il était l'homme de confiance du défunt vice-roi.

Au bout d'environ une heure, un ouvidor accompagné d'un greffier réclama leurs passeports. Jean les exhiba en refusant de les remettre au juge, alléguant qu'ils servaient tous les deux à bord de la caraque amirale par privilège du vice-roi du Portugal. On les débarrassa enfin de leurs entraves et ils furent conduits, libres de leurs mouvements, devant le gouverneur. Au débouché d'un escalier malcommode car ses marches de pierre étaient trop hautes, ils comprirent l'origine de leur mésaventure en reconnaissant, le menton haut et l'œil glorieux, le haut fonctionnaire de la monnaie de Goa qu'ils avaient délogé en s'installant à bord.

Dom Estêvão portait une tunique courte en toile bise maculée des auréoles laissées dans la poussière par cent suées nobles pour la cause du Portugal, encore mouillée de la dernière à l'emplacement de la cuirasse qu'il venait de quitter. Il l'avait déposée à portée de la main sur une table basse avec son casque et son épée, sous un grand crucifix d'ébène et d'ivoire, comme l'arme et le chambergo d'un torero de rejon en veillée de prière. Ses cheveux étaient hirsutes et trempés de sueur. Il était jambes nues et semblait en chemise de nuit. Ayant lu attentivement leurs sauf-conduits en fronçant les sourcils tandis que le fidalgo venimeux lui parlait à l'oreille, il les jeta sur la table encombrée de registres et il commença à jouer avec une dague. Jean remarqua qu'il était gaucher. Il les fixa l'un après l'autre dans les yeux, le regard dur.

— À Mozambique, la seule place assignée aux luthériens est le pilori.

— Nous sommes bons catholiques. Nos passeports ont été signés du comte de Castelo Rodrigo, vice-roi du Portugal, à la demande expresse du comte da Feira que je servais comme médecin. Tout le monde sait cela à bord de l'amirale et le capitaine-major dont je suis l'apothicaire sera très mécontent de notre traitement.

— Ici, ce n'est pas le capitaine-major qui commande, c'est moi. Même si ma mise de soldat est plus modeste que la sienne, j'ai tous les pouvoirs. Tes connaissances savantes, nous les vérifierons tout à l'heure. Quant à ta nationalité, elle est une référence pire que l'éventualité de ton hérésie. Je vais te dire pourquoi les étrangers en général et les Français en particulier ne sont pas les bienvenus dans cette île ravagée, humiliée, profanée d'année en année.

Le gouverneur se leva et se dirigea à pas raides vers l'une des étroites ouvertures sans fenêtres qui donnaient le jour à la pièce aux murs nus à laquelle le crucifix donnait une allure d'oratoire. La table et six chaises à bras recouvertes de cuir de Cordoue constituaient le seul mobilier de ce cabinet de travail d'une austérité médiévale. Appuyé contre l'encadrement de pierre, il regarda rêveusement au-dehors, frappant la paume de sa main droite du manche de son long couteau d'arme dont il tenait la pointe de la lame entre le pouce et l'index. De l'étage où ils se trouvaient, la vue portait sur le mouillage et, au-delà des mâts des trois naus, sur la terre ferme.

— Pendant les derniers jours du siège, cinq soldats catholiques ont déserté les rangs ennemis et m'ont demandé asile. Mon honneur m'interdisait de livrer des réfugiés placés sous ma protection. Le général hollandais a, sous mes yeux, fait éclater à coups de mousquets les têtes de dix des nôtres pris en otages. Il y avait parmi eux le gardien et le contremaître de *Nossa Senhora de Consolação*, une caraque de la flotte de l'année dernière à l'hivernage depuis un an. Son équipage n'était plus en état de résister. Des chaloupes l'avaient capturée et prise en remorque.

On eût dit qu'il observait l'escadre hollandaise au mouillage et les mouvements des assaillants.

— Les Hollandais nous ont crié avec des gestes obscènes qu'ils exécutaient dix Portugais contre cinq déserteurs parce que deux d'entre nous ne valaient pas un des leurs, même s'il était catholique. Que nous étions devenus les valets de nos maîtres castillans. Que nous n'étions même pas dignes d'être les bâtards des générations valeureuses qui ont fait notre empire. Seuls les sauvages se comportent ainsi. Les Portugais font la guerre sans haine mais quand on nous cherche, on nous trouve.

— Votre seigneurie, en quoi sommes-nous concernés mon assistant et moi par les exactions des Hollandais ?

La détente soudaine du bras de dom Estêvão les fit sursauter. La dague traversa la pièce en chuintant et se planta avec un bruit mat dans le chambranle de la porte. Il quitta son encoignure, alla tranquillement la reprendre et se mit à marcher de long en large sans les regarder, continuant à se tapoter la main du manche de son couteau d'arme

— Le Brésil te dit-il quelque chose, le Français ? As-tu entendu parler de Rio de Janeiro ? Il y a une cinquantaine d'années, un nommé Villegagnon a imaginé y implanter une colonie dans notre dos en retournant les Indiens contre nous. Il se trouve que, pendant l'assaut du fortin que vous aviez dédié à votre Coligny, mon père a eu lui aussi la tête emportée par un coup de mousquet. J'avais dix ans. Ma mère m'a élevé dans la haine des Français.

Jean resta silencieux un long moment, le temps de préparer sa riposte. On entendait voler les mouches, l'un des éléments constituants de l'air de Mozambique.

— Je comprends tout à fait votre sentiment, dom Estêvão. Il est noble et j'aurais la même rage en moi si mon père avait été tué en faisant face au vôtre. Cela étant dit, puisque vous ne nous avez pas convoqués ici entre quatre soldats pour une conversation amicale, je vais vous raconter des choses qui vont vous fâcher. Je sais comment vous avez contraint nos colons pacifiques de se retirer de ce qu'ils avaient cru pouvoir appeler la France Antarctique. L'amiral de Villegagnon espérait implanter au Brésil une communauté travailleuse, généreuse et craignant Dieu dans un lieu que ne peuplaient pas les Portugais, une baie que les Indiens nommaient Ganabara et dont ils avaient fait Genèvre. Il pensait pouvoir y faire cesser la guerre qui décimait des tribus adverses, obtenir leur amitié et exploiter pacifiquement avec leur aide des mines, des carrières de marbre et le bois de teinture.

Le gouverneur fit taire d'un geste les ricanements de l'homme de la monnaie qui se tenait debout, les mains posées sur le dossier d'une chaise et fit signe à Jean de poursuivre.

— Je connais assez bien cette partie du monde pour y avoir voyagé, votre seigneurie. J'étais au Maragnan et en Guyane il y a tout juste quatre ans. Quelques-uns de nos navires marchands aventurés à cette époque à la recherche de bois brésil ont eu le malheur de tomber dans le piège de vos garnisons. Ils ont été brûlés et leurs équipages exécutés pour l'exemple.

Jean ébranlait visiblement le gouverneur, qui s'était planté devant lui, mains dans le dos. Il durcit le ton.

— D'autres Français débarqués en Floride ont été capturés et massacrés par surprise il y a une quarantaine d'années sur l'ordre de Felipe Second d'Espagne. Les prisonniers ont été torturés par l'Inquisition au double titre d'ennemis et de luthériens. Mes quelques compatriotes catholiques ou huguenots aventurés outre-Atlantique aux franges de la Nouvelle-Espagne ou du Brésil n'ont jamais été assez fondamentalistes pour résister ni au puritanisme furieux des luthériens ni à votre catholicisme tortionnaire. Ils étaient des chrétiens tolérants. Nos colons et nos marchands étaient parvenus à s'entendre avec les Indiens mangeurs de chair humaine. Ils ont été torturés et mis à mort par vos compatriotes. On dit partout que vous êtes aussi impitoyables et sauvages que les Hollandais quand on s'approche de la chasse gardée de votre empire, dom Estêvão.

La dague traversa à nouveau la pièce dans un bruit de papier déchiré. Elle creusa dans le chambranle la marque d'un nouvel accès d'humeur, manquant de justesse un petit homme à la peau basanée qui, entrant à cet instant, ouvrit la bouche de surprise.

— Attention, le Français ! Tu vas trop loin et tu n'es pas en situation de te comporter ainsi. L'Inquisition n'aime pas vraiment qu'on l'accuse de catholicisme tortionnaire comme tu dis. Et puis cesse de nous assimiler aux Castillans qui ont usurpé notre trône. Je les abhorre encore plus que je hais les Français.

Dom Estêvão fit signe au nouvel arrivant de récupérer son arme au passage et de s'approcher. À son regard fuyant et à son court vêtement d'un noir roussi et lustré, ils l'identifièrent comme étant un marrane. Le chirurgien-major de la garnison exerçait avec une résignation aigre les fonctions les plus déprimantes offertes aux médecins de la Carreira da India. Ses principales occupations à Mozambique étaient de constater les fièvres malignes, d'attendre le retour périodique d'épidémies contre lesquelles il ne pouvait rien, d'agiter les bras en moulinet pour repousser un instant le nuage de moustiques et de contresigner chaque jour la liste des morts dressée par le curé doyen. La rumeur estimait à une vingtaine le nombre de cadavres jetés quotidiennement dans les fosses communes creusées dans le cimetière, un terrain vague qui s'étendait à l'est des glacis de São Gabriel sous le bastion Santo António. Ils étaient plus raisonnablement moins d'une dizaine, ce qui faisait quand même beaucoup pendant la durée d'un hivernage. On disait que Mozambique était un ossuaire, et il était vrai que les fossoyeurs devaient creuser et recreuser à la pioche des tombes et des fosses dans un terrain devenu impraticable aux pelles tant il était constitué d'ossements intriqués.

L'interrogatoire scientifique parut ridicule à François qui fut impressionné par la capacité de Jean de s'y prêter en feignant une attention déférente. Il se souvint que, dans une vie antérieure, il avait révélé son plaisir à jouer la comédie pendant leur visite du monastère de Belém. L'examen de contrôle tourna à un échange pédant de concepts abscons. Il s'agissait de savoir, en assenant Orta, Avicenne, Pline et Dioscoride, si une racine verdâtre reconnue de part et d'autre comme turbith purgatif était ou non turbid, terbet, thapsie laiteuse, turpetum ou tripolion, gomme ou racine gommeuse et dans ce cas turpiti gommosi, ce qui changeait tout quant à sa capacité de purger le flegme, en association éventuelle avec le gingembre.

La dague vola une troisième fois vers le chambranle de la porte, et le gouverneur déclara que ce débat suffisait à l'éclairer sur les capacités médicales du Français.

Jean et François furent priés de se tenir hors de la forteresse et de ne se livrer en aucun cas à des pratiques thérapeutiques tant qu'ils n'y seraient pas expressément conviés sur son ordre personnel en cas d'épidémie. Il leur recommanda de ne pas manquer l'appareillage quand la flotte reprendrait la mer.

— Il vous resterait sinon l'alternative de rester à Mozambique exercer votre art jusqu'à ce que mort s'ensuive, ou de retourner à Lisbonne à fond de cale, des fers autour des chevilles, grignotés lentement par les rats.

La sentence qui les libérait n'était manifestement pas du goût de leur dénonciateur, et ils surent gré à dom Estêvão de ne pas leur tenir rigueur de la mort de son père devant Fort Coligny.

Le lendemain, l'état de Custodia da Costa s'aggrava d'un coup. Elle s'éteignit à une semaine de ses dix-huit ans en demandant à ses compagnes de l'excuser de les quitter en chemin.

La senhora de Galvào restait écrasée par la disparition irremplaçable de sa bague. L'histoire de ce bijou de famille était fabuleuse. Henri le Navigateur, qui le tenait de son père João Premier, l'avait offert à Gil Eanes dont descendait la grand-mère de Margarida. Gil venait d'oser franchir en 1434 le cap Bojador et d'entrer le premier dans la mer des Ténèbres. Zenóbia assumait la faute d'avoir maladroitement égaré le bijou culte de la famille et elle avait perdu du même coup son talisman. Malgré les réconforts et les cajoleries de sa nièce qui la suppliait de ne pas l'abandonner, dona de Galvào se laissait mourir. Parce que le chirurgien-major multipliait des saignées imbéciles, Margarida remua ciel et terre pour obtenir la visite du médecin français. Devant l'inflexibilité du gouverneur, elle brava les convenances et sa fierté pour aller elle-même à sa recherche dans le village. L'apothicaire et son compagnon s'étaient volatilisés sans se soucier de leur sort. Dans son affolement de ne pouvoir empêcher sa tante de s'en aller dans l'inattention égoïste de tous, il lui monta une sorte de rage. Elle détesta vraiment François.

Le 28 septembre, Zenóbia fut transportée à l'hôpital et un prêtre lui administra l'extrême-onction. Le 30, Margarida dormait épuisée par ses veilles quand une sœur vint en hâte l'avertir à six heures du matin que la senhora de Galvào la réclamait. Dès qu'elle entra dans la salle où reposait l'agonisante, elle lui fit signe de s'approcher de son visage. Elle lui demanda dans un souffle de prier les sœurs infirmières de se retirer un instant et de les laisser seules avec les mourants autour d'elles.

Margarida réapparut vingt minutes plus tard. Elle était blême. On attribua cette pâleur mortelle au chagrin d'avoir fermé les yeux de tante Zenóbia mais il n'y avait pas que cela.

François se tourna sur le côté, s'appuya sur son coude et parcourut du regard le dos de la mulâtresse couchée en chien de fusil. Elle était frêle. Ne sachant pas grand-chose de l'anatomie des femmes, il lui sembla que la plus grande partie de sa chair était contenue dans ses fesses rebondies, indécentes comme un luxe épicurien dans la culture frugale de Mozambique. Il effleura sa colonne vertébrale du dos de son index, dénombrant ses vertèbres une à une. Sa peau ambrée, ses attaches fines et ses longs cheveux noirs confirmaient que non seulement les Portugais mais aussi toutes les races orientales se métissaient depuis longtemps avec délice dans les abris ombreux des pourtours de la mer des Indes.

Il l'avait baptisée Fleur, pour sa souplesse légère qui contrastait comme un remords de la nature avec la morphologie et les articulations lourdes des Cafres. Elle était un joli rêve après leur cauchemar. Pour parfaire l'effet, il lui plantait dans les cheveux des étoiles mauves qui fleurissaient en grappes sur des arbustes de leur voisinage. En herboriste royal, Jean nommait la fleur *Hibiscus pedunculatus*, de la famille des Malvacées. Cette gentille agacerie contrariait la jeune femme car cela n'était pas l'usage à Mozambique. À Dieppe non plus cela ne se faisait pas, pensait François, faute d'*Hibiscus pedunculatus* sans doute.

Fleur était comprise dans le loyer de leur case. Elle la balayait méticuleusement, derrière en l'air, avec une poignée de feuilles de latanier, chassait les fourmis, les insectes rampants et les lézards, et préparait le cange, une bouillie légère de riz et de mil pilés constituant l'ordinaire du lundi matin au dimanche soir. Dans certaines circonstances qu'elle déterminait elle-même, elle l'agrémentait de mocates, des galettes plates de mil en partie mal cuites et partiellement brûlées sur un réchaud au charbon de bois. Quelques très grands jours étaient marqués d'un macaoua, un poisson séché frit au gerselin, une sorte d'huile de colza d'une amertume à rendre anorexique.

Elle secouait aussi leurs nattes et le cas échéant, elle restait après son travail passer la nuit sur celle de François. Elle avait annoncé gaiement savoir jouer simultanément avec tous les locataires de la case. Devant l'incompréhension manifestée par ses nouveaux maîtres, elle n'avait pas voulu s'expliquer plus avant. Elle avait dit plus tard à François qu'il était différent des autres locataires. Plus distingué et pas affolé comme eux par les femmes. Fleur était très intriguée par sa pudeur et trouvait bizarre qu'il attendît l'absence de son compagnon pour la garder la nuit. Cette liaison occasionnelle avait mis quelque temps un léger froid dans ses relations avec Jean. L'apothicaire n'était pas jaloux, lui-même fréquentant une Éthiopienne d'assez fière allure, et n'imaginant d'ailleurs pas faire le voyeur. Simplement, il s'agaçait de donner à la mulâtresse, qui n'aurait eu aucune gêne à faire l'amour en sa présence ni même à le faire simultanément avec lui, l'impression que François le bernait dès qu'il avait le dos tourné.

Le vocabulaire portugais de Fleur était limité à quelques mots de base, parmi lesquels *claro* jouait un rôle déterminant. Elle répondait ainsi, sourcils froncés par l'attention, à tout ordre ancillaire sans forcément que cela signifiât qu'il serait suivi d'effet ni préciser quand. *Claro* indiquait que la jeune femme avait enregistré le souhait. Qu'elle eût ou non l'intention de lui donner suite, il n'y avait pas lieu d'y revenir. De toutes façons, l'environnement élémentaire de l'île empêchait de lui demander autre chose que les tâches évidentes qu'elle accomplissait d'elle-même parce qu'il n'y avait rien d'autre à faire au quotidien. Sinon aller chercher tous les deux jours l'eau à la source de la Cabaceira, sur la terre ferme. L'unique puits de l'île de Mozambique ne donnait qu'un peu de liquide boueux et légèrement saumâtre qu'il fallait faire bouillir et laisser décanter. La citadelle disposait de citernes remplies à la saison des pluies. La quête répétitive de l'eau potable procurait à Fleur le plaisir ineffable de traversées en pirogue qu'elle appelait du nom distingué d'almadie comme les Portugais. De jour et de nuit, leurs rapports étaient gentils, naturels et très agréables, sans complications mentales.

Dans un froissement râpeux et tintinnabulant devenu familier, François traversa la portière faite de lanières de latanier enjolivées d'éclats de nacre, de grosses graines couvertes d'un tégument gris luisant et de porcelaines cauris. Elle arrêtait les mouches en laissant passer l'air et les moustiques, les *mosquitos*, l'engeance dont le nuage diffus faisait vibrer les nuits tropicales. Il se redressa sur le seuil en s'étirant comme un chat. Il faisait encore frais mais il sentit comme chaque matin une buée perler déjà sur son front. Il l'attendait avec plaisir parce qu'elle manifestait dans la fraîcheur éphémère de l'aube la toute-puissance des tropiques et du même coup la dimension de son aventure.

La plage toute proche donnait sur une étendue laiteuse d'un vert pâle. Elle s'étirait d'un trait clair vers l'est, jusqu'aux îlots São Jorge et Santiago qui découvraient à trois ou quatre lieues au large, à travers un plan d'eau d'un bleu tirant sur le mauve. Ces effets contrastés de la mer signifiaient que toute cette partie du rivage était infestée de hauts fonds, obligeant les navires à gagner le mouillage en les contournant par le nord des îles et de la forteresse. De l'autre côté, vers l'ouest, la baie était profonde et saine mais depuis la première attaque des Hollandais quatre ans plus tôt, les navires désarmés restaient abrités sous les canons du fort São Sebastião. L'aurore se préparait à terminer sa courte veille et à passer la suite au jour. Au-dessus des îlots, le ciel était comme à l'accoutumée d'un bleu lumineux qu'un semis dru de flocons roses faisait paraître vert. Ils annonçaient l'arrivée imminente du soleil.

La façade de mer de la forteresse s'enflamma brutalement d'un orange vif quand il parut. Sur la gauche, vers la terre ferme, Mozambique était un tapis de palmes et de chaumes roussâtres, depuis les toits pentus des quartiers cafres jusqu'aux terrasses de ce qui restait de la bourgade européenne. Surgissant des vagues de cette petite mer végétale, les mâts des navires au mouillage se dessinèrent d'un coup en traits de lumière vive sur le fond de ciel d'Afrique encore sombre, dont le gris sembla brusquement violet. Le soleil montait étonnamment vite comme s'il était pressé de se décharger de la chaleur torride qui allait écraser nature, bêtes et gens, et faire bourdonner les mouches.

François et Jean logeaient là depuis trois mois déjà. Jean était parti depuis une semaine nomadiser sur la terre ferme à la recherche de fruits et de baies. Le lendemain de leur débarquement et avant d'être brutalement interdit d'exercer la médecine, il avait soigné les brûlures superficielles de Pascoal Flori d'Almeida, le facteur responsable des acquisitions du comptoir, un miraculé de la combustion accidentelle d'un baril de poudre qui avait fait vingt morts lors du siège. Partant en tournée de traite, son obligé lui avait proposé de l'accompagner pendant quelques jours.

Un gros insecte traversé d'un très long bâton se rapprochait lentement à contre-jour en compagnie d'une manière d'arbre ambulant. Les formes grotesques se révélèrent être Jean, aidant sa marche lourde d'une canne démesurée, et un jeune Cafre portant sur sa tête un énorme ballot d'herbes et de feuillages. L'apothicaire venait de débarquer d'une almadie. Il était visiblement éprouvé par sa randonnée au Macuana et à la Cabaceira. Il avait contracté le mal de Luanda pendant la remontée du canal de Mozambique. Quelques taches d'hémorragies cutanées dont des hématomes révélateurs sous les paupières, une poussée de pétéchies, les jambes lourdes et les articulations douloureuses ne trompaient pas sur la gravité de cette attaque qu'il soignait au sirop de violette et aux bouillons d'herbes.

Son sac porté en bandoulière était comme d'habitude gonflé des raretés de sa récolte. Le bilan de son équipée comprenait deux éléphants rencontrés nez à trompe au sortir d'un couvert, et une brassée d'une plante de la famille des aristoloches. Sa racine amère broyée dans de l'eau guérissait de l'antac, comme on nommait ici une maladie contractée lors du commerce avec les femmes cafres. Un chef macua qu'il avait libéré d'un abcès dentaire lui avait offert le choix entre une sagaie d'apparat et deux vierges luisantes de beurre de karité. Il s'appuyait sur la sagaie.

Assis sur le banc qui leur tenait lieu d'antichambre sous l'auvent de palmes, Jean quitta ses sandales avec précaution. Tous les Européens souffraient à Mozambique d'ulcères plantaires causés par la chaleur du sol, qu'il ne fallait surtout pas laver dans les eaux douces infestées de larves d'insectes. L'eau de mer qui les soulageait un moment empêchait leur cicatrisation.

Il grimaça de douleur et ferma les yeux.

— Je souffre beaucoup des jambes maintenant. Cette tournée m'a épuisé. J'ai laissé Pascoal continuer seul.

Il creusa ses reins et redressa péniblement son buste. L'humidité saturante qui ne se transformait jamais en pluie s'évaporait déjà en brume légère. Le spectacle de lumière étant terminé jusqu'au soir, le paysage était redevenu ennuyeux. Une nouvelle journée blanche commençait, terriblement identique aux autres. François écrasa sur son poignet un moustique qui se sublima dans une petite éclaboussure rouge. Elle n'était pas causée par l'éclatement du minuscule système artériel de l'insecte diptère mais témoignait seulement de son dernier repas. Il s'agissait donc d'une femelle. La tentation d'une dernière gorgée avait été fatale à la noctambule attardée qui avait passé la nuit à se goinfrer de sang en inoculant assez d'hématozoaires pour faire monter la fièvre dans tout le quartier de Santo António. Jean se méfiait de la nocivité possible de ces cousins piqueurs et il savait gré à Fleur des bâtonnets qu'elle allumait chaque soir avant de les quitter pour retourner dans sa case familiale. Dégageant une fumée piquante, la combustion lente de cette substance fibreuse composée apparemment de bouse et de pulpe de végétaux séchés avait le pouvoir d'écarter les moustiques et leur insupportable bourdonnement suraigu.

— Raconte !

Jean avait appris des informations prodigieuses sur la situation de Mozambique en accompagnant la tournée de traite de Pascoal d'Almeida.

— En apparence, Mozambique qui ne produit rien est bienheureuse de trouver sur la terre ferme sa maigre subsistance, le mil, le riz, des légumes et un peu de bétail étique. Elle est sur ce point totalement dépendante de Muzura, un royaume secoué de guerres tribales endémiques.

— Elle y puise même une mauvaise eau à boire.

— Mais pas que ça. L'horreur et la stérilité de cette île insalubre cachent en réalité un trésor africain. Les Portugais collectent dans tout le Monomotapa, à grands peine et danger sans doute, des défenses d'éléphant et de l'or.

La poudre et les pépites d'un or exceptionnellement pur étaient charriées à foison par toutes les rivières du royaume depuis le Zambèze nommé Couama jusqu'au cap des Courants. Les Cafres les recueillaient dans des claies très fines tendues dans leur lit. Ils collectaient aussi des pierres de bézoard. Jean détrompa François sur la nature de ces curiosités. La pierre de bézoard n'était pas un minéral mais une concrétion ligneuse grosse comme un œuf de poule qui se formait dans la panse de certains ruminants, en particulier des boucs et des gazelles.

— Et cette cochonnerie a de la valeur ?

— Quelle affaire ! Mieux encore que la corne de rhinocéros ou la dent de vache marine ! La plus précieuse production de ce pays sous le tropique du Capricorne.

— Et pour quelle raison cet œuf dégoûtant est-il un œuf d'or ?

— Garcia da Orta le considère comme un fortifiant contre la lèpre, les infections et les maladies de langueur. Vrai ou faux, on le croit efficace en tout cas et ça suffit à lui donner son prix. D'autant plus qu'on considère aussi cette panacée comme un antidote du poison et des morsures de serpents ou des chiens enragés. Et comme un stimulant de l'insuffisance sexuelle.

Fleur émergea à ce moment du cliquetis de la portière. Elle portait pour sortir la chemise en indienne longue et décente exigée par les prêtres et tenait par son anse la cruche qui servait à remplir la jarre de réserve.

— Bonjour François. Ah ! Bonjour maître João. Tu es de retour ? Pas trop fatigué ? Il n'y a bientôt plus d'eau. Je vais

à la Cabaceira. Je fais quelque chose maintenant ? Non ?
Claro.

Elle alla cueillir au passage une fleur d'hibiscus et elle attira
de loin l'attention de François pour lui montrer qu'elle voulait bien lui faire le plaisir de se la planter dans les cheveux.
Elle s'éloigna, la cruche en équilibre sur la tête.

— Dom Estêvão achève les trois ans de son mandat et
l'on attend dom Rui de Melo pour le relever. Sous son allure
de moine soldat et quoi qu'il en dise quant aux faibles ressources de l'arrière-pays, le gouverneur tirera de ses fonctions
plus de trois mille écus, toutes soldes et dépenses de la garnison, libéralités et redevance royale payées.

— Au moins défend-il dignement sa fortune les armes à
la main.

— Sa charge n'est pas seulement une prébende, j'en
conviens. Ses pangais, comme ils appellent les grandes pirogues du canal de Mozambique, vont troquer le long du littoral des cotonnades d'indigo et des bimbeloteries de verre
apportées par les caraques contre des défenses d'éléphant du
plus bel ivoire et des pierres de bézoard.

— Ton ami le facteur ne doit pas être mal placé lui non
plus pour tirer fortune de ses fonctions particulièrement exposées aux tentations et aux opportunités.

— Je n'ai pas questionné Pascoal qui m'honore de sa
reconnaissance et de son amitié sur ses revenus personnels
mais c'est très vraisemblable. Un Francisco Mendes dont je
sais seulement qu'il est juge des orphelins ou quelque chose
comme ça, une fonction en tout cas d'une marginalité sociale
extrême, parviendrait malgré tout à être presque aussi riche
que le général. Les titulaires de charges trafiquent à perdre
haleine. Bien entendu, tout cela déchaîne les haines et les
passions au château.

Une salve d'artillerie roula sur les collines de la terre ferme,
soulevant un nuage piaillant de mouettes et de fous blancs
et bruns. Elle fut suivie d'une douzaine de coups sporadiques
d'un registre moins grave. Comme chaque mercredi, dom

Estêvão réchauffait les pièces des remparts et les maîtres canonniers des caraques entraînaient un peu leurs servants en économisant la poudre.

— À en juger par leur obstination, les Hollandais semblent savoir que Mozambique n'est pas un simple hivernage morbide.

— Ils ont été parfaitement informés par Linschoten. La menace se précise, comme dans tout l'Empire mais ici peut-être encore plus parce que c'est loin de tout.

— Le Portugal pourra-t-il résister à ces pressions ?

— Nous venons de constater de nos yeux qu'il en a la capacité mais la balance est inégale. D'un côté, les rouliers de la mer pétris de vase, d'écailles de harengs et de sel marin, le professionnalisme commercial implacable de la hanse, le savoir-faire bancaire et les capitaux des juifs réfugiés de partout, l'austérité et la rigueur morale luthérienne. De l'autre, un petit million de Portugais disséminés sous la langueur tropicale à l'ombre de leurs forteresses et de leurs crucifix plantés depuis le Maroc jusqu'à Macao. Le déséquilibre va devenir intolérable. Ont-ils beaucoup de grands serviteurs de la trempe de dom Estêvão ?

Jean reprit son souffle.

— Je suis épuisé, François. Ce voyage n'en finit pas. Quand j'attendais à Marrakech la caravane pour Salé, je m'énervais d'être retenu quelques semaines dans un paradis. J'étais un sot. Nous avons manqué disparaître dans la mer antarctique, nous sommes dans cette fournaise incandescente depuis début septembre et il nous reste bon gré mal gré au moins trois mois à attendre dans un désœuvrement fiévreux. Glacé ou torride, c'est toujours l'enfer. Quel jour sommes-nous ?

— Le 10 décembre, si je n'ai pas fait d'erreur en cochant les jours. Un mercredi, comme vient de le confirmer l'artillerie. En fait, plus que toi peut-être, qui es un voyageur aguerri, ma crainte obsessionnelle est d'oublier de compter les jours. De ne plus en éprouver l'envie ni le besoin. Nous avons quitté Rouen le 6 novembre, voici treize mois à quatre jours près.

— Treize mois pour arriver dans ce lieu désolé.

— Un an de vie passé à ne rien entreprendre, à subir, à végéter en s'occupant du mieux possible pour ne pas devenir fous. Libres de notre impuissance à influer sur quoi que ce soit, même pas sur notre survie immédiate. Je ne pense plus à Dieppe où s'installe l'hiver, à mes parents qui me croient depuis longtemps arrivé à Goa ni à Guillaume Levasseur qui a achevé cinq ou six portulans depuis mon départ.

Jean fixait avec attention ses orteils qu'il faisait jouer précautionneusement.

— Ta noble amie aurait-elle remplacé tes proches dans tes pensées ?

François le regarda avec curiosité.

— Quelle noble amie ?

— Dona Margarida. Non ?

— Ah !

— Tu ne songerais même plus à cette jeune femme ?

— C'est vrai. Son destin m'est devenu indifférent depuis que nous avons été éloignés du château. Et pourtant, elle m'a tant bouleversé à bord. Fleur, ma sauvageonne, satisfait mon désir. Comme c'est étrange.

Il fit une longue pause parce qu'une idée encore confuse lui venait à l'esprit.

— Nos jours coulent sans mesure, comme une horloge dont l'échappement serait cassé. Oui. C'est ça ! L'échappement du temps est cassé. Il file continûment sans plus de repères ni de structure. A-t-il encore une signification ? Une finalité ? Il est sans dimension, comme la nature qui a l'éternité pour elle. À quoi pensent les arbres et les légumes ? Reviendrons-nous sains d'esprit de cette épreuve ? Nous ne sommes pas encore arrivés à Goa que l'idée de mon voyage de retour m'affole déjà. Je ne supporterai pas de revivre comme un cauchemar obsédant la même épreuve interminable en sens inverse. La même traversée tâtonnante du temps déréglé. Continuerai-je alors à encocher les jours ? Je commence à comprendre pourquoi tant de voyageurs disent avoir tout oublié de leur traversée vers les Indes. Ils s'en débarrassent à l'arrivée comme d'oripeaux sales et honteux.

Tout en monologuant, François traçait d'un roseau rêveur les motifs géométriques d'une sphère céleste sur le sol : la résurgence de sa vie antérieure sur le sable de sa condition temporaire. Ce dessin savant incongru dans un village cafre le surprit. L'exotisme de son geste résidait-il dans l'ésotérisme d'un symbole cosmographique tracé sur le sol africain ? Ou au contraire dans le transfert sur un support sauvage de la synthèse de l'intelligence de la culture occidentale ? Comme Alexandre prit l'oracle de court en tranchant le nœud du char de Gordias, il résolut ce dilemme d'un zigzag exterminateur.

— Je ne parviens pas à associer cette étrange notion d'hivernage à une canicule dont aucun Dieppois n'a jamais eu la moindre idée au cours des plus beaux des étés normands. Dans deux semaines, là-bas, ce sera Noël. Comment célébrer la Nativité dans ce pays de nègres, à l'ombre parcimonieuse des cocotiers ?

Jean leva la main.

— Bethléem et les Lieux Saints ne sont pas particulièrement enneigés en hiver. Les palmes font partie du décor d'Israël. Nous retournons aux sources, François. Les musulmans gagnent le paradis d'Allah en faisant le voyage de Médine et de La Mecque. Peut-être assurons-nous le nôtre ?

— Nous allons bien vers la Rome orientale, la terre de mission atteinte à grand-peine par les envoyés d'un roi chrétien, mais le moins que nous puissions dire est que nous n'avons pas vraiment la ferveur de pèlerins. Notre égocentrisme nous rend surtout anxieux de nos misères.

— De toutes façons, je ne suis pas sûr que saint Pierre nous crédite sans autre formalité d'un pèlerinage en Terre Sainte. On doit débattre là-haut depuis longtemps de l'ambiguïté des découvertes. De la balance des poids relatifs du poivre et des âmes en friche dans les expéditions des Portugais. Poursuivant l'œuvre charismatique d'Henri le Navigateur, sont-ils surtout allés aux Indes en leur âme et conscience pour y sublimer des sauvages en chrétiens ou pour transmuter des épices en monnaies d'or ?

Le soleil était haut maintenant. Cinq marins de la caraque passèrent en traînant les pieds dans la poussière, un peu éméchés, malgré l'heure matinale, d'avoir déjà bu trop de vin de Porto, plus courant dans l'île que l'eau potable. Ils manifestèrent leur surprise de découvrir que des gens aussi distingués que les deux Français vivaient aux confins du quartier indigène. Comme ils n'allaient nulle part, ils eurent le temps de s'arrêter. En se coupant l'un l'autre la parole pour surenchérir, les mornes fêtards leur expliquèrent d'un air fanfaron, comme tous les matelots du monde, qu'ils revenaient de chez des filles, des beautés éthiopiennes à la peau claire qui valaient le voyage.

— Comment l'hivernage est-il supporté là-bas ?

— Au château ? Pas très bien, répondit un grand maigre au nez aquilin qui semblait le guide de leur troupe avinée.

— Ça s'énerve même beaucoup.

— La fin de l'hivernage sera rude à la forteresse.

— Dom Estêvão et dom Cristóvão ont failli se battre il y a moins de huit jours.

François haussa les épaules.

— Ces deux-là ne peuvent pas se supporter. Ces deux seigneurs se vouent une haine mortelle. Cela dit, la question de leur préséance est insoluble.

Les marins s'esclaffèrent.

— Ils voulaient se battre au canon !

— Au canon ?

— C'est dépassé, la préséance. Ils en viennent maintenant aux mains pour affaires.

Ils apprirent que le capitaine-major avait ordonné de saisir et de charger sur les navires les marchandises de traite d'une flottille de pangais prête à partir au Couama, au prétexte que la flotte devait embarquer pour Goa toute marchandise ayant une valeur commerciale. Fou furieux de cette malice grossière, le gouverneur avait donné l'ordre de couler ses propres pirogues au canon. Comme on lui objectait des possibles dégâts collatéraux, il avait rétorqué que l'on pouvait bien couler au besoin les vaisseaux avec, pourvu que sa marchandise ne tombe pas dans les mains de dom Cristóvão.

— L'un et l'autre ont été retenus aux épaules et aux bras par leurs gens. On les a saignés dans l'urgence, de crainte de flux de sang à la tête.

— Comment des fidalgos peuvent-ils en arriver à des querelles de brigands ?

Jean réfléchit un moment parce qu'il ne savait pas aussitôt la réponse.

— Vois-tu, François, les proconsuls prennent vite le goût du pouvoir absolu favorisé par leur éloignement de la métropole, de ses directives, de son contrôle et de ses sanctions. Leur solitude, les privations, la chaleur, leur lassitude, la crainte de la mort, les tentations sont capables de déranger les esprits les plus forts au-delà de toute raison. La fièvre endémique du lucre n'est pas le moindre des dommages physiques et mentaux causés par les Indes à ceux qui s'engagent dans cette aventure. Sans doute seuls les plus endurcis, les plus cyniques sont-ils capables de résister. Tous les découvreurs et les grands capitaines étaient d'abord des aventuriers.

— Il est juste de remarquer que dom Estêvão, qui a repoussé avec un grand courage deux attaques hollandaises successives, vit depuis près de trois ans dans un lieu que nous abhorrons après seulement trois mois de farniente.

— Et *Monte do Carmo* ? demanda François au grand maigre.

Une partie des équipages était restée à bord des navires pour les remettre en condition. Eux-mêmes ne manquaient pas d'ouvrage, car on achevait la restauration du mât de misaine et la révision du gréement. On avait fait gîter la caraque d'un bord puis de l'autre pour nettoyer la coque de ses algues et de ses coquillages parasites.

L'équipage de la caraque avait fondu comme cire au soleil. Il faudrait compléter l'armement des navires grâce aux gens du *Bom Jesus* et aux hommes les plus valides de *Nossa Senhora de Consolação*. Les marins leur citèrent une dizaine de morts qu'ils connaissaient, parmi lesquels François identifia Simão, le timonier velu dont les grilles de l'évêque de Goa avaient écrasé l'index. Comme quelques centaines de marins malchanceux de la flotte, le calvaire de ceux-là s'était achevé à Mozambique. Dans le grand cycle du carbone, ils commençaient déjà à se fossiliser, indissolublement mêlés à des milliers d'autres anonymes avant eux.

Les religieux préparaient le mystère de Noël et la messe serait dite à la Miséricorde, la plus vaste ruine consacrée de Mozambique.

Ayant décliné très poliment l'offre d'une calebasse de toddy, une bière de palme qui parvenait à être à la fois forte, fade, aigre et douceâtre, les matelots reprirent leur route erratique en suivant leur ennui. Fleur revenait de l'aiguade, la cruche sur la tête et du bois pour le feu sous le bras.

— On regarde mais on ne touche pas ! prévint François.

Le surlendemain vendredi sur les quatre heures après midi, un sergent de *Nossa Senhora do Monte do Carmo* vint prévenir Jean que le capitaine-major le convoquait en consultation au fort São Sebastião. Il se pensait atteint de petite vérole. À la remarque qu'il y était interdit de séjour par dom Estêvão, l'émissaire rétorqua que lui-même ne savait plus très bien qui commandait au château mais qu'une manière de trêve des armes permettrait sans doute d'attendre la mousson sans le déclenchement d'une guerre civile.

Ils furent accueillis le lendemain matin à la poterne par un sergent de dom Cristóvão qui y prenait maintenant la faction en double des gardes du général. Lors de leur convocation musclée chez le gouverneur, ils n'avaient pas remarqué entre le rempart de mer de la forteresse et la courtine une construction blanche que la sentinelle leur dit être la chapelle de Nossa Senhora do Baluarte, Notre-Dame du Rempart.

Dom Cristóvão était couvert de pustules rouges et séreuses. Jean confirma le diagnostic du chirurgien-major. Il s'agissait seulement de bourbouille, une affection cutanée bénigne causée par la conjonction de la transpiration et d'un manque d'hygiène corporelle que le médecin traitait par des saignées régulières. Une démangeaison furieuse avait transformé le corps du capitaine-major en croûte écailleuse. Jean conseilla d'interrompre les saignées, de réinstaller le malade à bord de la caraque amirale et de maintenir constamment sa chambre ouverte au vent de mer. Il prescrivit l'absorption de lait et de pulpe de coco frais et des frictions à l'huile de ce fruit. Orta conseillait bien sûr la poudre de bézoard. L'opportunité était bonne de vérifier son efficacité. Les pierres étant en grande quantité dans une pièce forte de l'entrepôt de la forteresse, la seule difficulté était d'en obtenir une à l'insu du gouverneur. Il expliqua à un secrétaire du capitaine-major comment une obole déposée dans une bonne main lui permettrait de se procurer une pierre, et comment la râper en poudre. Il suffirait d'attendre que tout cela fasse effet. Jean promit à son patient qu'il serait sur pied pour assister à la messe de Noël. Moins par confiance en la science de l'apothicaire français que pour rompre avec tout ce qui pouvait lui rappeler dom Estêvão de près ou de loin, le malade ordonna de préparer immédiatement ses appartements à bord de *Nossa Senhora do Monte do Carmo*.

François laissa Jean rentrer en pirogue, et s'attarda autour de la citadelle. Ils n'avaient jamais visité les abords de l'unique monument de l'île, par mauvaise humeur d'y avoir été interdits d'accès. À l'extrémité de la presqu'île portant la forteresse, la chapelle du Rempart faisait face à la mer et aux peuples sauvages. Ce cube crénelé surmonté d'un clocheton était un édifice militaire autant que militant. La moisissure rongeait de noir son enduit à la chaux comme si la nature africaine rejetait un parasite en le digérant. François s'y rendit par curiosité mais surtout guidé par un tropisme lui faisant remonter le vent du large. Il descendit de deux marches dans un vide d'une fraîcheur de sépulcre. La nef résonnait encore du grincement du loquet de fer qu'il venait d'actionner. Elle était banale et nue, sinon un autel baroque en bois peint et doré presque sobre et la lueur rouge du Saint-Sacrement.

Près de l'autel, une masse sombre indiquait que des femmes, religieuses ou laïques, étaient en prière, agenouillées à même les larges dalles de tuf qui devaient provenir de la terre ferme. François n'était pas entré dans une église depuis leur visite de Santa Maria des Hiéronymites de Belém. L'environnement et son odeur de cierges le ramenèrent de façon inattendue dans un monde familier et solide. Une émanation de Lisbonne ou de Dieppe, d'un chez lui en marge des anormalités prégnantes qui s'imposaient depuis qu'ils avaient embarqué au Restelo. Il ferma les yeux, croisa les bras et s'adossa au mur bosselé et rugueux. Il ne priait pas, parce que l'idée ne lui était pas venue. Il imaginait très fortement qu'il était à Saint-Jacques de Dieppe. Il renonça assez vite à se convaincre que rien ne s'était passé mais il ressentit avec gratitude un apaisement l'envahir comme une renaissance.

Un froissement rythmé lui fit ouvrir les yeux. Les femmes remontaient la nef. Elles étaient quatre. François sut aussitôt que Margarida était parmi elles, et il la reconnut en effet, les yeux baissés, identique à la première vision qu'il avait eue d'elle au moment de l'appel des passagers des Indes. Juste amaigrie et le regard plus noir. Elle leva les yeux au passage, eut un sursaut, presque un recul, faillit s'arrêter puis détourna la tête et sortit dans le grincement incongru du loquet qui découpa brusquement un rectangle aveuglant de lumière. Le cœur de François s'accéléra. Il se demanda comment il avait pu ne pas se soucier d'elle depuis le début de l'hivernage et il en fut stupéfait.

Pétrifié quelques instants, il sortit d'un bond. Les quatre formes endeuillées étaient déjà à une trentaine de pas qui les rapprochaient de la poterne. Il les rejoignit en courant et se maintint à leur hauteur en marchant de guingois, la tête et le torse tournés vers elles.

— Bonjour senhora !

Elles tournèrent la tête vers lui, le regardant d'un regard vide qui le terrifia. Après un silence d'une dizaine de pas qui le mit mal à l'aise, Margarida répondit à son salut.

— Bonjour François. Comment allez-vous ?

Il bredouilla :

— Je vais bien et Jean Mocquet aussi. Nous vivons au-delà du village des Cafres.

Et, ayant inventorié du regard leur petite troupe :

— La senhorina da Costa et dona de Galvào ne vous accompagnent pas aujourd'hui. Seraient-elles souffrantes ?

— Custodia a été inhumée quelques jours après notre arrivée. Ma tante s'est éteinte peu après elle, le 30 septembre. Nous venons chaque jour prier pour elles à la chapelle.

Son ton et son regard étaient froids. Ils étaient juste indifférents, sans reproche, plus désabusés que déçus. Il reçut cette annonce comme une gifle. Avant qu'il ait eu le temps de composer une repartie acceptable, elle eut la générosité de l'en exempter en le questionnant directement.

— Où avez-vous disparu, François, depuis cette éternité ?

— Jean et moi avons été incarcérés puis interdits de séjour dans la citadelle par dom Estêvào. Nous sommes venus aujourd'hui, appelés par le capitaine-major qui est très souffrant.

— Dom Cristóvào a la chance de bénéficier de dérogations pour faire appel aux compétences médicales de votre ami. Zenóbia n'a pas eu la chance de son secours. Sans doute ne l'aurait-il pas sauvée de toute façon.

Elle le fixait intensément, comme le jour du démâtage. Il était tétanisé de ces malentendus, de ses manquements dont il mesurait d'un coup l'énormité. Leur groupe s'était arrêté de marcher parce que cette rencontre et cette conversation qui traversaient leur désert étaient exceptionnelles pour l'un et pour les autres. On approchait du solstice. Presque au zénith, le soleil ne faisait plus d'ombre.

— J'aimerais vous revoir quelquefois, avant la mousson. Et mes amies aussi, se reprit-elle. Dans ce monde de soleil, de chaleur et de mort, nous avons infiniment besoin de contacts humains familiers pour ne pas devenir folles. N'est-ce pas ? J'ai besoin de vous, François, si vous êtes vraiment un ami.

La rencontre fortuite de Notre-Dame du Rempart eut des conséquences heureuses sur l'équilibre physique et mental d'êtres épuisés, au bord de l'effondrement. François revit régulièrement les quatre femmes aux abords du Baluarte. Il avait renoncé à ses cours de botanique de salon car les sujets de curiosité de sa petite école devenaient encyclopédiques. Sachant très peu de choses au départ de Lisbonne et s'en trouvant fort bien, les jeunes femmes et leurs chaperons avaient découvert dans leurs épreuves le fondement d'une curiosité inassouvie dont on les avait dissuadées jusqu'alors. Elles voulaient maintenant tout savoir sur tout. François, qui manquait d'expérience en dehors de la science nautique et de la cosmographie, avait des notions suffisantes pour donner à ses entretiens un prestige de cours magistraux. Ces rencontres presque quotidiennes lui confirmèrent qu'il était profondément épris de Margarida.

La vie reprenait des couleurs en la compagnie de ce Français étrangement attirant malgré ses différences, contre lequel elle s'était jetée un jour par instinct de survie et près duquel elle se sentait sereine. Et puis il y avait cette impression étrange, quand il avait tressailli à son contact au moment où elle s'attendait à mourir dans l'Atlantique Sud.

*

Par une nuit pas plus chaude qu'une autre, un vent d'enfer arracha brutalement les gonds de la fenêtre qui traversa la chambre et éclata sur la cloison d'en face, éparpillant des fragments de verre comme une gerbe d'embruns. Dans l'ouverture béante une lune toute ronde éclairait alentour des squelettes vêtus de bure. Les moines hilares branlaient à toute volée des cloches de papier que leurs battants crevaient en silence et dont les lambeaux s'envolaient en tous sens au vent. François entra alors, vêtu d'une cape noire, volant derrière un astrolabe flamboyant qu'il brandissait comme s'il cherchait son chemin vers elle. Elle comprit qu'il allait mettre un terme à cette fantasmagorie. Le quadrant du Français se transforma en un bouquet de fleurs dorées qu'elle ne pouvait identifier car elles appartenaient à des espèces qu'elle n'avait jamais vues mais qui étaient très belles. Il les lui offrit galamment en mettant un genou à terre et elle ne sut qu'en faire puisque, hormis François, tout était contrariant dans cette nuit déplaisante. Elle ne trouvait fébrilement à portée de main qu'un désordre de vases en verre emplis de sable. L'aidant à atteindre plus loin, à bout de bras, une cruche inespérée d'où suintait de l'eau fraîche, il se pencha sur elle. Le velours de son ample vêtement lui caressa les seins, excitant ses aréoles et lui creusant les reins. Prise sous lui comme elle était d'habitude sous Fernando, elle s'effraya de sentir grandir en elle une vague impérieuse dont elle n'avait aucune expérience. Elle explosa. Elle se réveilla en sursaut, inondée de sueur, dans la nuit assez fourbe pour déclarer ne se souvenir de rien. Complice, la lune à travers la fenêtre lui confirma discrètement qu'elle n'avait pas rêvé, puis elle se cacha derrière un nuage car elle mentait effrontément.

La messe de minuit fut concélébrée par le curé doyen de Mozambique, le provincial des Augustiniens et les chapelains des navires dans le délabrement de la Miséricorde, débarrassée pour l'occasion des décombres de sa toiture et à peu près nettoyée, sauf l'odeur tenace de feu et les traces de l'incendie qui l'avait ravagée. La ferveur retrouvée de paroissiens qui ne pratiquaient pas – ou plus – beaucoup était telle que des centaines d'assistants durent se contenter d'entendre du dehors les chants qui s'échappaient de la nef à ciel ouvert au-dessus de laquelle brillait la croix du Sud.

La dernière semaine de janvier fut consacrée par maître Bastião et maître Martinho à enverguer les voiles. On put alors commencer sous bonne garde le chargement des défenses d'éléphant, des caisses de bézoard et des bourses de poudre d'or en dépit des tergiversations et des menaces du gouverneur que le chirurgien-major vidait de son sang et remplissait de potions calmantes. Le vent instable et mou passa au sud, hésita quelques jours puis s'y fixa, encore faible mais assez constant pour annoncer qu'il s'établissait. Le signe avant-coureur du retour de la grande mousson fut perçu avec une allégresse entretenue par la mise en perce des derniers fûts de vin de Porto. L'ordre de se préparer à l'appareillage fut donné le 15 mars 1609, un an à deux semaines près après le départ de Lisbonne, déclenchant dans une bousculade pire qu'au Restelo le rembarquement des passagers après six mois stériles à Mozambique. Un marchand d'écaille et de nacre à qui le pied manqua en escaladant l'échelle du *Sào Bartolomeu* tomba à la mer et fut dévoré par un requin qui lui enleva un bras puis l'autre. Ses débris furent ramenés à terre où cet accident fâcheux obligea le chirurgien-major et le curé doyen à corriger en maugréant l'état des décès qu'ils venaient d'arrêter et de cosigner. Le signal d'appareillage général fut hissé le lendemain.

Une salve d'adieu déclenchée sans qu'il en ait donné l'ordre mit le capitaine-major en fureur. D'autant plus que la citadelle eut la discourtoisie de n'y pas répondre. Le maître canonnier fut envoyé aux fers et le silence retomba sur Mozambique. Une palme sèche et roussie poussée par une bouffée de vent du sud balaya le cimetière sous le rempart. Elle vint se jeter contre deux croix jumelles en bois peint à la chaux qui l'arrêtèrent, réunissant un instant deux noms gravés parmi quelques autres privilégiés de la mémoire en bordure des fosses communes.

Zenóbia de Galvào 1562 – 1608
Custodia da Costa 1590 – 1608

La flotte poussée par les vents folâtres de l'intersaison passa au large des Comores le 29 mars, puis monta reconnaître Socotora le 7 mai, à l'ouvert du golfe d'Aden, afin de contourner par le nord les Lakshadweep dont l'archipel constituait, avec celui des Maldives, une immense barrière d'atolls coralliens parallèle à la côte indienne, mal cartographiée et trop dangereuse à franchir.

Quelques navires arabes arraisonnés en cours de route offrirent des distractions excitantes, comme des avant-goûts de l'Inde. L'un d'entre eux en particulier, un boutre planté d'une immense voile triangulaire amenant à Djedda des pèlerins pour La Mecque et le sépulcre de Mahomet à Médine. Il alluma les convoitises, partagées entre ses ballots de soieries fabuleuses, des femmes vêtues à l'arabesque nonchalamment offertes sur des coussins, et la profusion de plats de riz aromatisé, de confitures et de pâtisseries au miel dont elles se léchaient les doigts. Ces confiseries les firent saliver d'envie quand ils raclaient à fond de cale les dernières miettes de leurs biscuits moisis parsemées de crottes de rats. Très heureusement pour ses quelque deux cents passagers et leurs richesses, le capitaine arabe détenait un passeport irréprochable, signé de l'archevêque de Goa, dom frei Aleixo de Meneses, qui faisait temporairement fonction de gouverneur de l'Inde, et il ne transportait aucune épice de contrebande, cannelle ni girofle. Un autre boutre rencontré huit jours plus tard ne contenait que des cotonnades, des poteries vulgaires et des jarres de vin de palme, mais il fournit sous la menace des canons deux pilotes du Gujarât pas vraiment volontaires pour guider la caraque amirale dans les atterrages indiens. Elle se mit alors à la latitude de Goa par 15° 30' nord et maître Fernandes ordonna de faire route plein est.

La cérémonie de la méridienne avait recommencé, et avec elle les entretiens de François avec ses femmes. L'attitude de Margarida avait changé sans qu'il sût pourquoi. Elle était plus gaie, plus familière, le dévisageant souvent avec un froncement imperceptible des paupières lui confirmant une complicité secrète. Il se garda de parler à Jean de ces signaux indiquant, dans le langage d'un jeu platonique bien subtil, qu'il était probablement apprécié en retour. Margarida était tout à la fois une jeune femme de chair de même nature que ses rares amies et ses amantes expérimentales – bien que d'un abord plus compliqué –, une aristocrate d'une condition qui le dépassait, une compagne de fortune ayant partagé avec lui les épreuves d'une expérience humaine hors du commun, une relation familière de conversation et d'esprit. François avait réfléchi des nuits entières à cette complexité qu'il estimait gérer du mieux possible de son côté tout en ne voyant pas très bien à quoi cela pouvait aboutir, sinon à son désespoir, à une scène violente, à une déception réciproque ou pire, à de l'indifférence, quatre hypothèses inconcevables qui le décontenançaient.

Le vendredi 15 mai, dans l'aube glorieuse d'un ciel rose ocellé d'orange vif, l'horizon se souligna d'une bande grise, une manière d'effet d'optique ou un banc de nuages incroyablement persistant. Ils commençaient à respirer les Indes. Comme à leur arrivée à l'îlot de la Croix et à la baie d'Angoche, ils s'étonnaient de la puissance des effluves portés si loin en mer comme un appel insistant à toucher terre. L'odeur prégnante de la végétation tropicale qui se superposait avec délicatesse aux puanteurs de leur misère leur confirmait qu'ils ne rêvaient pas. Il fallut bien se rendre à l'évidence, ils arrivaient à leur destination.

Devant un littoral uniforme, sans repère caractéristique, le pilote-major et les deux Indiens embarqués en mer d'Oman finirent par se mettre d'accord sur la direction dans laquelle se trouvait Goa. La caraque longeait la côte de loin et l'on sondait continûment. Dans l'effervescence qui régnait sur la dunette, Margarida s'approcha de François l'index sur les lèvres pour lui imposer le silence. Elle posa la main sur son poignet, lui causant le frisson habituel de leurs contacts furtifs.

— C'est la fin de notre voyage, François. Nous avons partagé pendant plus d'un an des moments terribles souvent, intenses quelquefois. Dans quelques jours, je vais prendre ma place d'épouse d'un notable au cœur de la société goanaise dans laquelle je vais me fondre et dans laquelle vous ne pénétrerez pas. Je vous dois infiniment de gratitude. Vous m'avez probablement maintenue en vie car sans votre présence, votre intelligence et votre amitié, je ne suis pas certaine d'avoir eu la force ni l'envie de résister chaque soir pour attendre un nouveau matin abominable.

Elle marqua une pause et détourna les yeux vers la terre qui se fondait dans la nuit. Puis elle le regarda droit dans les yeux.

— Je vous dois encore quelque chose. Une révélation – elle cherchait un mot juste –, une plénitude de femme que je n'analyse pas encore car je ne puis la comparer à rien d'autre. François ! Je vous expliquerai cela un jour quand j'aurai compris de quoi il s'agit. Je vous appellerai je ne sais quand mais le moment viendra. Vous connaîtrez bien sûr la demeure de dom Alvaro, mon mari, mais elle vous restera fermée. J'ignore de mon côté dans quelle tanière vous allez nicher mais je saurai vous y faire retrouver. Tout se sait à Goa, me dit-on. Au revoir, François ! Prenez garde. Cette ville enchanteresse est réputée dangereuse. Elle est mortelle, surtout pour les étrangers.

Elle ajouta dans un sourire :

— Encore plus s'ils sont intelligents.

Et en détournant à nouveau son regard :

— Et à coup sûr s'ils sont amoureux. Ici, chacun fait de bon droit sa propre justice si son honneur est menacé.

Elle posa à nouveau son index sur ses lèvres et se jeta dans l'ombre. Il s'aperçut alors qu'il n'avait pas prononcé un seul mot. Il fut soudain affolé d'être déjà arrivé en Inde.

L'embouchure de la Mandovi apparut au soir. *Nossa Senhora do Monte do Carmo* tira des bords en attendant le jour sous un léger vent de terre, avant de passer les îles Queimadas, des cailloux pelés bien décevants, et remonta au petit matin la baie de Mormugao. Elle se présenta devant la passe de la barre de l'Aiguade dès que se leva la brise de mer. Selon la coutume, elle salua au passage le sanctuaire de Nossa Senhora do Cabo, auprès duquel un monastère de cordeliers recevait périodiquement l'archevêque pour des retraites spirituelles et quelques bouffées bienfaisantes d'air marin. La caraque mouilla devant Panjim, où l'on acquittait les droits de douane sur tout ce qui entrait à Goa en provenance de la métropole ou de l'empire des Indes. Depuis l'appareillage de Lisbonne, les marins venaient d'ajouter quatorze mois à leurs états de service. Leurs passagers fermaient une parenthèse de quatorze mois dans leur vie.

GOA

La chaise sur laquelle dom Cristóvão était suspendu entre ciel et mer se mit à tourner lentement sur elle-même. En dessous, une flottille d'embarcations pavoisées attendait, rameurs et dignitaires nez en l'air, pris entre une formidable envie de rire et l'angoisse d'une manifestation officielle manquée. Dans la joie explosive de leur arrivée à bon port, les équipages s'esclaffaient bruyamment en se tapant mutuellement dans le dos.

Les galions frondeurs qui avaient évité l'hivernage à Mozambique avaient apporté depuis longtemps la nouvelle du décès en mer du comte da Feira. L'ordre de succession contenu dans une enveloppe de soie scellée à la cire confiée au capitaine-major contenait le nom du gouverneur intérimaire en cas de malheur. Prévoyant l'hypothèse de décès en cascade car il était courant que les dignitaires honorés de la confiance du roi fussent décédés entre-temps, l'ordonnance assurait la transmission de la continuité de la vice-royauté. On avait dû ouvrir une fois jusqu'à six enveloppes successives pour trouver un gouverneur encore vif. Le titulaire du pouvoir pouvant être à bord de la caraque amirale, une galiote d'apparat était prête à le transférer en majesté jusqu'au monastère franciscain des Reis Magos. C'est là que, selon le protocole, les nouveaux vice-rois attendaient le moment de s'installer dans leur résidence transitoire de Panjim avant leur entrée solennelle à Goa.

On fut consterné de ne pas distinguer la marque du vice-roi parmi les oriflammes flottant aux mâts de la caraque. La délégation de bienvenue rapporta en hâte et grand secret que les instructions royales n'avaient pas été décachetées, car l'ordre était de les ouvrir à Goa selon la procédure au monastère de São Francisco de Assis. L'archevêque exerçant l'intérim fut trop heureux d'annuler le dispositif protocolaire. Bien qu'il fût le remplaçant du comte da Feira en tant que commandant de la flotte, le capitaine-major ne pouvait en aucun cas prétendre à un cérémonial exceptionnel. Les conseillers de dom frei Aleixo convainquirent finalement l'archevêque de ne pas ternir la fête de l'arrivée de la flotte, quitte à en adapter l'ordonnance aux circonstances. Les centaines de spectateurs accourus à bord d'une nuée d'embarcations ne feraient pas la différence entre les personnalités d'un niveau olympien vues de loin. Mieux valait qu'ils ignorent quelques heures encore la nouvelle alarmante qu'ils n'avaient toujours pas de vice-roi quand se multipliaient les importunités des Hollandais et de leur allié Raj Bongoen, le sultan de Johore.

Bien que pavoisés à outrance, les quatre navires rescapés étaient peu en comparaison de la grande escadre attendue mais on avait l'habitude à Goa de l'arrivée les unes après les autres des nefs ayant échappé aux tempêtes et aux récifs assassins. D'ailleurs, trois galions étaient déjà au mouillage depuis plusieurs mois : *Nossa Senhora da Conceçào*, *Sào Joào Evangelista* et *São Marcos*. Pas mécontents d'avoir devancé le capitaine-major et de le faire savoir, leurs canons tiraient des salves de retrouvailles à en chauffer au rouge, entraînant un feu roulant enthousiaste des forts de l'Aiguade et des Reis Magos. En des temps moins festifs, leurs feux croisés interdiraient au besoin l'estuaire aux Hollandais mais l'heure était au défoulement. Loin de la rigueur mesurée des saluts protocolaires au départ de Lisbonne et des mesquineries de Mozambique, il était clair qu'ici, on se faisait plaisir en ignorant les restrictions et les règlements.

Le succédané de vice-roi continuait donc à tourner sur lui-même dans le vacarme et la fumée, assis bêtement sur sa chaise suspendue par une poulie au bout de vergue tribord du grand mât. Après l'avoir soulevé dans les airs et transféré par-dessus le plat-bord par le jeu subtil de leurs palans, les gabiers attendaient, pour le laisser descendre main sur main, l'ordre du gardien décontenancé par la rotation intempestive de dom Cristóvão. Son vertige étant aggravé par le tournis et l'odeur de la poudre, il leva les deux bras en criant que l'on mît fin aussitôt à cette situation grotesque. Semblant balayer l'assistance et la flotte d'un geste noble en forme de salut circulaire et collectif, il retrouva d'un coup sa dignité et la sympathie de la foule qui l'applaudit à tout rompre.

— Quel talent ! murmura Jean, tandis que le capitaine-major disparaissait enfin, descendant par saccades vers la galiote accostée à tribord, dont les pommes des mâts pavoisées aux couleurs portugaises pointaient au-dessus du plat-bord.

Margarida quitta elle aussi le navire. Parmi les dignitaires montés à bord au mouillage de Panjim avec le gouverneur de la place et les inspecteurs de la douane, un homme cachant un début d'embonpoint sous un maintien rigide avait été annoncé comme l'intendant de l'arsenal des galères. Dom Alvaro de Fonseca Serrão venait accueillir sa belle-sœur en deuil et prendre du même coup possession de sa fiancée. Malgré un léger empâtement, son visage prolongé en pointe par une barbiche poivre et sel restait fin. Son allure reflétait une noblesse de longue date qu'une moue méprisante affichait comme un ordre de chevalerie. Sous sa peau d'aristocrate tannée par cinq siècles dédiés au service du Christ et du roi, une décennie d'intrigues de cour et trente mois de fonctions en Inde, son regard brillant trahissait un homme sensible, ordinaire, sous le masque figé des fidalgos de haute lignée.

Dona de Fonseca Serrão fut descendue précautionneusement dans une manchua, une galiote de plaisance à six
rameurs noirs en livrée orange et bleue, dont l'arrière était
couvert d'un tendelet brodé de soie. Trois femmes en grandes
robes passées sur des corsages amples d'une très fine coton-
nade blanche l'y attendaient en agitant des éventails. Elles en
avaient apporté un pour elle, comme un présent urgent de
bienvenue.

Dom Cristóvão ayant débarqué en majesté à Panjim et les
formalités de douane ayant été effectuées, *Nossa Senhora do
Monte do Carmo* reprit sa route pour achever son voyage.
Une courte promenade de demoiselle à la remorque de chaloupes à rames en remontant la Mandovi. Franchi le rétré-
cissement de Panjim, le fleuve s'élargissait comme le Tage
s'attarde dans la mer de Paille. Au détour d'un méandre, les
clochers de Goa apparurent enfin sur la droite, au-dessus de
la ligne des cocotiers, dominés par la tour du monastère des
Augustiniens. Dans le silence recueilli, on entendait au loin
les cloches sonner à toute volée pour porter alentour la nouvelle de l'heureuse arrivée de la flotte et remercier le ciel.
L'âme gonflée de gratitude, les passagers dont le cœur aspirait
à grands coups un flux d'allégresse oublièrent aussitôt, comme
tous les autres avant eux, leurs misères endurées pendant le
voyage.

Le fleuve était sillonné d'embarcations à voile. Certaines
étaient sur plan occidental mais la plupart étaient de facture
exotique, depuis de minuscules pirogues au fond desquelles
se logeaient un pêcheur assis et son filet mousseux comme
une gaze, jusqu'à de grands navires de charge pour la haute
mer, qui révélaient un savoir-faire ancestral bien antérieur à
l'arrivée des Européens en mer des Indes. Une infinité
d'allèges couvertes de nattes arrondies en forme de fuseau,
dont la proue et la poupe étaient recourbées en volutes élégantes, étaient propulsées imperceptiblement par des petits
rectangles de palmes tressées comme si elles avaient toute la

vie devant elles. Comme les frégates du Tage vues de leur toit d'Alfama, se souvint François.

Devant la ville, les masses des trois galions au mouillage dominaient des barques et des flûtes de charge. Plusieurs dizaines de galères et de galéasses étaient pressées l'une contre l'autre. La plupart, désarmées, étaient couvertes d'un taud d'hivernage, déjà prêtes pour la grande mousson. Le spectacle portuaire était à la fois intense et ralenti dans l'air déjà tiède bien que l'on fût encore au matin. Il semblait aux passagers agglutinés au bastingage tribord jusqu'à faire gîter le navire que non seulement la vie mais même le labeur étaient ici une félicité.

La ville se découvrait tranquillement à contre-jour, sur un plateau assez peu élevé pour donner l'impression qu'elle flottait sur une mer de cocotiers. En bordure du fleuve, défilait une vaste étendue qu'ils comparèrent à la Ribeira de Lisbonne, occupée de la même façon par les emprises d'un arsenal comprenant des entrepôts, des magasins, des offices et des chantiers navals. Trois navires dont une grande caraque étaient en construction. Quand ils les passèrent, des exclamations, des rires et des applaudissements saluèrent la fabuleuse découverte d'éléphants au travail, traînant dans la poussière des mâts et des madriers comme s'ils étaient des fétus. Goa l'incomparable valait décidément le voyage et ils n'avaient encore rien vu disaient ceux qui savaient, tandis que circulait de groupe en groupe l'aphorisme goanais *Quem viu Goa não precisa de ver Lisboa.* « Qui a vu Goa n'a pas besoin de voir Lisbonne. »

Des piles de ballots, de caisses et d'énormes couffins montraient que les stationnaires avaient déjà débarqué une partie du fret de retour sur les quais de la Mandovi alors que la flotte arrivait à peine. D'autres bateaux étaient en cours de déchargement. Ils arrivaient de Malacca, des Moluques, de Macao en Chine et de Nagasaki, d'Achem à la pointe nord de Sumatra, de Colombo ou de Galle à Ceylan, des factoreries indiennes fortifiées de Diu, Baçaim, Chaul, Mangalore, Cannanore ou Cochin égrenées le long de la côte de Malabar. L'énorme machine de la Carreira da India était en route pour faire tout converger vers Goa, projection tentaculaire de Lisbonne collée au flanc du sous-continent indien et ramifiée jusqu'au Japon.

Derrière ces quais animés, la ville et ses abords immédiats comptaient alors sur une lieue et demie de tour près de cent mille habitants. Le Portugal tout entier en avait à peine dix fois plus. Cette proportion expliquait pourquoi un seul petit millier de Lusitaniens de pure race décimés par les maladies, *reinols* venus du royaume et *castiços* nés dans le territoire de père et mère portugais, tenaient les rênes de l'empire. Ils partageaient les leviers du commerce avec des juifs, des Arméniens, des Vénitiens, voire quelques Flamands ayant saisi le vent de l'histoire. La population était pour tout le reste un mélange indien métissé de tous les peuples, jusqu'à la Chine et au Japon.

Le maître d'équipage siffla l'ordre de se préparer à mouiller quand ils arrivaient à la hauteur d'une esplanade occupée par un marché que leurs narines identifièrent comme dédié au poisson. On leur dit que ce terrain limoneux était effectivement le *bazar do peixe* encore nommé quai de Santa Catarina. C'est là que les passagers, leurs bagages et leurs marchandises débarqueraient. L'odeur familière était forte mais pas du tout désagréable par rapport à la puanteur qu'ils habitaient depuis plus d'un an. La rive était animée par une foule compacte dont l'écoulement lent établissait la tranquille assurance d'une oisiveté colorée fleurie de parasols clairs. Des portefaix toujours courant creusaient dans cette insouciance de légers tourbillons de poussière rouge, aussitôt retombés comme des anomalies fugitives. Sous le soleil torride de la saison sèche, la terre, la végétation et les êtres s'épuisaient à attendre les pluies et la fraîcheur de la mousson.

L'ancre tomba devant la Ribeira das Galés, l'arsenal des galères, en aval de l'esplanade du palais de la forteresse du vice-roi dont le quai empierré se prolongeait dans la rivière par de larges escaliers. Ils étaient à Goa. La ville mythique devenait un peu la leur et cette constatation brutale les laissa tout intimidés, brusquement libérés de leurs peurs et désoccupés de leurs petits tracas quotidiens. D'autant plus que des fonctionnaires, des soldats, des Noirs et des Indiens à demi nus montés à bord dès le mouillage les bousculaient, s'appropriant d'autorité leur univers construit jour après jour. Ces passagers au bout du voyage s'affolaient de la profanation du cénotaphe intemporel de plus de deux centaines d'âmes qui les accompagnaient. Elles voletaient désœuvrées alentour, gênées sans doute elles aussi d'être arrivées dans cette Inde que les Parques leur avaient interdite.

En arrière-plan de la rive vaseuse de Santa Catarina sur laquelle on débarquerait, la ville s'imposait d'un coup sous la forme d'un long palais opaque intégré dans sa muraille, que la rumeur désigna comme étant le plus magnifique hôpital de le Terre, placé là au plus court pour sauver d'urgence ceux qui pouvaient encore l'être à bord des flottes arrivées de Lisbonne. Le bruit courut qu'on y était si somptueusement traité, que des patients guéris retardaient leur sortie en s'inventant quelques douleurs nouvelles. Goa accueillait fastueusement les centaines de moribonds nécessaires au maintien et à l'exploitation de l'empire portugais des Indes. Montés à bord avant les fonctionnaires, les officiers et les jésuites, pères et novices de l'hôpital commençaient déjà à transporter sur le tillac une quarantaine de scorbutiques incapables de se lever, s'activant autour d'eux avec une compassion qui leur tirait des larmes.

Jean, dont les plaies étaient gagnées par la gangrène, s'était fait inscrire parmi la vingtaine de malades ambulatoires dont les ulcères aux jambes avaient atteint un stade inquiétant. Il laissait à François le soin de débarquer leurs coffres et de leur trouver un logement modeste. Le reliquat de son salaire d'apothicaire du vice-roi ayant échappé aux voleurs permettrait de tenir un mois ou deux ; ses plumes d'autruche permettaient d'espérer couvrir deux ou trois mois encore. Resterait d'ici là à trouver une utilité rétribuée, une hypothèse encore hasardeuse en raison de leur statut d'étranger. Ils se donnèrent l'accolade quand un novice vint prier poliment Jean de débarquer à son tour.

— Nous y sommes ! Chose encore plus fantastique, Jean, me voici pour quelque temps responsable de toi, mon guide. C'est le monde à l'envers ! Guillaume ne reconnaîtrait pas son assistant, ni mon père son fils.

— Tu as bronzé et ton collier de barbe convient à ta moustache à la portugaise. Les Goanaises qui adoreront ton accent français vont t'assaillir, et leurs maris te faire assassiner aussitôt par leurs sbires.

— Je les attends les unes et les autres.

— François ! Ne te laisse pas enivrer par l'euphorie de cette arrivée en triomphe ni par tes connaissances que tu crois utiles.

— Je viens de vivre comme toi une aventure fabuleuse. J'en sors forcément mûri.

— Je t'accorde que ni le plus brave des capitaines ni le plus érudit des docteurs dieppois ne comprendraient ce que tu as vécu. Tu as acquis une nouvelle assurance. Fais attention. À peine auras-tu mis le pied à terre, que tu seras dans un environnement dangereux.

— Je vais serrer mon passeport sur moi, hors de portée des...

Jean le coupa.

— Je ne parle pas des voleurs à la tire. Tu seras tout à l'heure un intrus suspect. Essaie de te faire transparent.

Des brancardiers prirent Jean en charge.

— Tu me visiteras sans difficulté à l'hôpital qui est, me dit-on, largement ouvert aux parents et amis. Prends garde à toi. À nous revoir en Inde. *Adeus !*

Cela faisait deux fois qu'on le mettait en garde en deux jours, et François s'en agaça un peu. Les cloches s'étaient tues, laissant monter le brouhaha de la foule égratigné par les cris d'alerte des portefaix, sous le continuo du bruissement des palmes des cocotiers. Le vent de mer s'était renforcé, donnant vie aux voiliers sur le fleuve. Il portait jusqu'à lui des coups sourds cadencés venant du chantier naval. Et toujours cet air parfumé d'épices et de fleurs inconnues, fluide, insistant et tiède, voluptueux, dans lequel ils avaient pénétré. *Pérola do Oriente, Roma de Oriente, Goa Dourada* : il savait qu'aucun qualificatif n'était assez beau ni assez fort pour décrire cette nouvelle merveille du monde. Il confia la garde de leurs coffres au sergent qu'il avait fini par trouver dans l'effervescence qui agitait le navire et alla prendre congé de maître Fernandes.

Le pilote-major l'accueillit avec une amitié sous laquelle perçait une légère émotion. Depuis leur rencontre imprévisible, leurs relations professionnelles avaient tissé entre eux des liens intellectuels, renforcés par leur appartenance au petit cercle des adeptes de la navigation par les étoiles. Joaquim Baptista sortit de son coffre un objet empaqueté de velours noir, le posa sur la table et le déballa avec précaution. C'était la croix tordue par la foudre du padrào de Bartolomeu Dias.

— Nous sommes peu nombreux à vouer encore un culte aux navigateurs qui ont défriché la route en silence avant de céder la place aux conquérants bruyants de l'empire et aux négociants avides qu'ils ont attirés derrière eux.

— C'est vrai que j'ai vécu cet instant avec intensité.

— Nous l'avons vécu tous les deux avec la même émotion. Toi, un étranger, tu fais curieusement partie des rares admirateurs attachés à accomplir le devoir de mémoire qu'ils méritent. Cela vaut à mes yeux tous les passeports. J'espère pouvoir te rendre service en souvenir de cet instant. En tout cas, je ferai de mon mieux pour que tu trouves ici une occupation rémunérée pendant le temps de ton séjour. Les compas des nombreux navires, galiotes et galères stationnaires, auront sûrement besoin de tes compétences.

Ils se donnèrent l'*abraço*. François appréciait l'accolade portugaise, un geste viril de cordialité sincère dont la spontanéité le ravissait car les Normands mesurés et pudiques ne l'avaient pas habitué à de telles manifestations d'affection.

— J'espère que mes compatriotes auront l'intelligence de ne pas se priver de tes connaissances au nom de préjugés dépassés par les événements. Bonne chance, François !

Sur le tillac, les passagers attendaient pour débarquer que les notables aient fini de quitter le bord, se pressant eux et leurs bagages dans une cohue que les soldats débordés avaient renoncé à mettre en ordre. La foule excitée parlait à la fois haut et fort comme si elle se libérait en hâte de tout ce qui lui restait à dire avant de se remplir la tête d'une nouvelle mémoire.

François Costentin posa le pied sur le sol indien le samedi 16 mai 1609 sur les six heures du soir. L'étrange était qu'il n'avait rien à faire là, ni aucun endroit précis où aller. À l'exception de son passeport et d'une pièce de dix sols, il n'avait rien sur lui. D'où il se trouvait, il ne voyait pas plus loin que quelques têtes dans la bousculade alimentée continûment du côté du fleuve par ceux qui débarquaient, reconnaissables à leurs haillons crasseux et à leur allure gauche, et de l'autre par tous ceux qui, habillés de taffetas ou de satin et le regard conquérant, étaient accourus au spectacle.

François s'aperçut que, vue de près, la masse indistincte des Goanais était structurée en groupes sociaux organisés chacun autour d'un parasol. Il abritait du soleil et désignait aux regards un personnage central chevauchant le plus souvent un pur-sang

arabe harnaché de soie, de perles, d'or et d'argent. Pages, esta-
fiers, valets de pied et domestiques indiens ou noirs en livrée
prenaient soin de garder la personnalité à l'ombre, de transporter les menus accessoires de son confort dont sa houka,
la pipe à eau héritée des Arabes, et d'en écarter les importuns.
Un palefrenier armé d'une éponge, d'un peigne et d'un plu-
meau en crin toilettait le cheval et en chassait les mouches
comme s'il se fût agi d'un animal de concours. Le passage du
cortège était dégagé à grands cris et gestes par un piéton gonflé
d'importance, porteur d'un sabre insigne de sa fonction. L'inu-
tilité du reste de la troupe trouvait sa justification apparente
dans l'affichage du rang social et de la richesse de son maître.
Tous ces hommes en escarpins, vêtement et chapeau noir,
collerette de dentelle, pantalons amples serrés à la cheville ou
au jarret, gilet et courte cape à l'espagnole ressemblaient moins
à des badauds qu'à des manières d'inspecteurs en tournée.
Leurs mentons étaient d'autant plus arrogants que ces curieux
de bonne extraction honoraient de leur présence un endroit
populaire seulement fréquenté en temps normal par les
pêcheurs, les portefaix et les servantes venues marchander du
poisson.

Un Cafre décharné, vêtu d'un simple pagne, le saisit brutalement par le bras pour l'écarter d'un cheval sur lequel un
gros homme promenait son ennui. François dégagea son bras
avec humeur. Il avait découvert les esclaves à Lisbonne sans
approfondir cette condition nouvelle pour lui. Ce mobilier
humain, dont les yeux creux brillaient de colère, était-il donc
attaché à son maître au point de le bousculer sans ménagements comme un simple gêneur ? Cette étrangeté lui traversa
l'esprit sans l'imprégner. À l'aune de la société dieppoise discrète et grise, et au sortir de plus d'un an de mer, le spectacle
était étourdissant.

Allongées dans des palanquins découverts, les femmes
de condition en robe rouge et manteau noir étaient entourées du même appareil de parasols, de servantes soyeuses, de
pages enrubannés et d'esclaves luisants. Leurs litières étaient

suspendues à un brancard unique rond et gros comme un bras, incurvé vers le haut en forme de bosse de dromadaire au-dessus de la passagère. On voyait peu d'hommes en palanquin, sinon un prince indien en turban, tunique et large pantalon de satin bleu ciel qui fendait allongé ce désordre, précédé de chevaux, d'archers et de musiciens. Les religieux venus accueillir leurs frères se faufilaient dans les interstices des hommes et des femmes de toutes races, couleurs et conditions qui se pressaient à se toucher, soldats, marins et domestiques, portefaix courbés sous leurs charges suspendues à des cannes en bambou, barbiers, vendeurs d'eau et bonimenteurs. Selon les usages de leur communauté, ils étaient enturbannés, bonnetés, chapeautés, encapuchonnés, voilés, crêpés, nattés, enchignonnés, rasés ou en cheveux désordonnés au naturel. Les Indiens étaient sans barbe mais ils avaient les cheveux longs, quelquefois liés derrière la tête par un cordon de soie. La plupart allaient torse nu, habillés jusqu'à mi-cuisses d'une manière de jupette ou d'un tissu de coton noué entre les jambes. Certains se distinguaient du vulgaire en portant une chemise de coton blanc. Des Indiennes et des métisses à la peau cuivrée, sveltes dans leurs voiles de soie fluide, proposaient avec la gracieuse insistance de professionnelles averties des colifichets, des broderies, des confitures, des chants ou éventuellement de l'amour. Dérangés dans leurs habitudes, poules, chiens et petits cochons gris titulaires de la place se poursuivaient entre les jambes en protestant. Tout cela sentait le girofle jusqu'à la griserie.

La foule se concentrait comme dans un entonnoir sur la droite de l'hôpital, là où s'ouvrait la ville par l'une des portes du front de mer. La file des nouveaux venus la franchissait très lentement. Elle était bousculée par les fidalgos, les fonctionnaires et leurs suites qui passaient d'autorité le poste de police, et doublée continûment par la population résidente ordinaire, brandissant fièrement ses avant-bras tamponnés d'une croix d'ocre rouge. Sous l'œil d'une escouade de soldats en armes, ils étaient tous contrôlés et fouillés un par un par une rangée de factionnaires dont les jambes de bois et d'autres infirmités attestaient de loyaux services passés. Ils avaient mérité ces charges réservées, comme la plupart des gardes postés aux issues de la ville et aux accès à la terre ferme. Des écrivains et leurs aides enregistraient l'état civil, les sauf-conduits et l'inventaire des biens de chaque arrivant. François présenta son passeport vers sept heures et demie, alors que le soleil déclinant chauffait au rouge les murs en latérite de l'hôpital.

— *Vigia ! Vigia !*

Le cri s'éloigna comme tous les quarts d'heure, répété en échos successifs par les forçats de la bordée de veille. Trois coups de cloche trois fois répétés du geôlier éveillèrent la réponse de neuf coups assourdis à l'autre bout de la prison. Des bandes de chiens rivales recommencèrent au-dehors à se provoquer par des aboiements sans queue ni tête. Quand un clocher voisin qui piquait ponctuellement chaque heure se mêla au vacarme en sonnant quatre coups, François se retourna sur le ventre et plaqua ses mains sur ses oreilles.

Il tournait sur lui-même sans trouver de position de repos depuis que, vers les dix heures, les prières et les litanies du soir avaient enfin cessé après plus d'une heure de chants éraillés. Dans son geste rageur, son talon cogna contre une chose dure qui hurla des imprécations. Un grand Cafre redressa son torse en se massant les lèvres de la main gauche et en brandissant vers lui son poing droit. Le forcené resta heureusement cloué par terre, retenu aux chevilles par des arceaux de fer qui luisaient dans la clarté jaunâtre d'un lumignon suspendu très haut, hors de portée de toute manigance. Ils étaient bien deux centaines de prisonniers de conditions diverses, enchevêtrés, entravés la plupart, dans une insoutenable macération chaude d'ordures humaines et de cette transpiration que l'on nommait par euphémisme l'odeur de la Guinée.

François passait à la Sala sa première nuit tropicale à Goa la Dorée. À vrai dire, ayant maîtrisé sa mauvaise humeur, sa déception et son inquiétude, il acceptait cette horrible nuit comme une nouvelle péripétie de son voyage initiatique. Il était soucieux surtout de recouvrer son passeport dans le grand hourvari du débarquement de milliers de passagers de la flotte, échenillée mais assez importante pour que l'événement de son arrivée marginalisât son cas particulier parmi les épiphénomènes.

Le factionnaire, à qui il avait tendu son sauf-conduit, l'avait dévisagé longuement et avait disparu dans le corps de garde. Il en était ressorti précédé d'un sergent rajustant son baudrier, qui l'avait fait encadrer aussitôt par deux soldats.

— Comment diable es-tu arrivé ici ?

— J'ai quitté légalement Lisbonne à bord de la nef amirale *Nossa Senhora do Monte do Carmo*, au titre d'assistant du médecin et apothicaire personnel de dom João Forjaz Pereira, capitaine-major de la flotte et vice-roi des Indes.

— C'est ça ton passeport ?

— Il est signé du vice-roi.

— Je conviens que ce billet est paraphé du comte da Feira. Seulement le problème est qu'il est mort, si j'en crois la triste nouvelle qui s'est répandue.

— Ça change quoi ?

— Ça change que la protection d'un défunt même haut placé n'étant pas une référence vérifiable, ton passeport n'est plus qu'un souvenir. À moins que tu sois un voyageur naïf, tu sais sûrement que les luthériens et les espions étrangers ne sont pas les bienvenus sur le territoire de Goa. Tu pourrais ressembler à ça.

— Fiche-moi la paix avec tes luthériens. Vous n'avez tous que ce qualificatif à la bouche. On me l'a déjà sorti à Mozambique Je suis catholique. C. A T. H. O. L. I. Q. U. E.

— Où es ton garant ?

— Il a été conduit à l'hôpital dès notre arrivée.

— Le médecin ? Son patient dans un cercueil et lui à l'hôpital ? Eh bien dis donc ! En attendant, c'est fâcheux. Tu as une meilleure raison pour que je ne t'incarcère pas sur-le-champ ?

— Pendant la traversée, j'ai servi d'assistant au pilote-major.

— Au pilote aussi ? Tu es un homme universel !

— C'est peut-être curieux en effet mais maître Joaquim Baptista Fernandes se portera garant de moi. Il m'a promis son aide. Tu peux immédiatement le faire interroger, il est encore à bord de la caraque.

Le sergent qui paraissait aimable et assez ouvert avait long-temps réfléchi à ce cas compliqué, sifflotant les yeux au ciel tout en grattant une joue rasée de longtemps de l'ongle de son index. Son visage s'était illuminé.

— Bon. Je te fais confiance. Tes références sont assez prestigieuses pour mériter examen.

François avait respiré un grand coup et s'apprêtait à remer-cier le sergent de sa mansuétude, quand était tombée la fin de la phrase :

— Ton cas sort du cadre de mes compétences, monsieur le Français universel. Je dois rendre compte à ma hiérarchie et il est trop tard pour que je la dérange ce soir. Je garde donc ton passeport et je t'arrête préventivement. C'est logique et c'est d'ailleurs la règle.

Il avait ri sans méchanceté. Sourds aux protestations de François, le sergent et les soldats avaient alors débattu avec animation de sa prison de destination. Les Cárceres relevaient de l'Inquisition, et même si la présomption de luthéranisme était recevable malgré les dénégations du suspect, seul le tri-bunal pouvait décider d'y enfermer quelqu'un. Dans ces conditions, l'Aljube de l'archevêque pouvait convenir. Mais d'un autre côté, il s'agissait d'une enquête de police relevant du droit commun et donc du Tronco, la maison carcérale attenante au palais du vice-roi.

En fin de compte, les criminels ayant priorité à la prison centrale saturée et François n'étant pas sous le coup d'une condamnation mais en attente d'un simple contrôle de police, il avait été dirigé vers la prison du vedor de Fazenda, le surintendant des finances, en bordure de la Ribeira. Ses chevilles s'étaient trouvées prestement enserrées dans des colliers de fer reliés par une chaîne.

— Je ne crains pas que tu t'enfuies parce que tu n'es pas en bonne condition physique et que tu ne connais pas la ville, mais c'est la règle et c'est d'ailleurs logique.

Le sergent s'était encore amusé de l'heureuse concordance entre la règle et la logique. François qui avait oublié Jean dans la calamité qui lui tombait sur la tête eut un brusque accès de sueur froide à l'idée de perdre sa trace dans les arcanes de cette cité méfiante et tatillonne.

— Mon compagnon Jean Mocquet a été débarqué voici quelques heures avec les malades pour l'hôpital. A-t-il été arrêté comme moi ? Où peut-il se trouver ?

— Les malades sont en grâce à Goa. Ton compatriote est sans aucun doute allongé dans des draps frais, occupé à dévorer une cuisse de poule. Ne t'inquiète pas pour lui. Il fera à coup sûr, comme toi, l'objet d'un mandat de police dès sa sortie de l'hôpital mais pas avant d'être guéri. Goa est le plus sûr et le plus agréable endroit au monde pour tomber malade.

La bonne humeur du sergent était sans limites.

Ils s'étaient mis en route et, sitôt la porte franchie, leur petite troupe avait tourné à gauche, longeant le haut mur de la rive Santa Catarina puis celui de l'arsenal des galères. François marchait péniblement, sa chaîne raclant le sol. Le petit nuage de poussière de latérite rouge qui suivait ses pas semblait consubstantiel au cliquetis métallique de l'entrave qui le soulevait. Débouchant sur une vaste place fermée à main gauche par le palais du vice-roi percé de sa porte monumentale, sa chaîne s'était mise à résonner plus fort sur le pavage de pierre blanche semblable à du marbre.

François avait parcouru une demi-lieue encadré par les deux soldats, avant de parvenir à la prison. Sa religion restant à démontrer, le geôlier métis n'avait pas tranché entre les quartiers réservés les uns aux catholiques, les autres aux mahométans et indiens, et il l'avait conduit à la Sala das bragas où les esclaves et les galériens récalcitrants étaient mis aux fers le temps de devenir plus dociles. François s'était jeté sur un châlit crasseux. Libéré de ses fers, il était quand même en prison.

Comme par miracle, les choses s'arrangèrent rapidement, grâce à la remarquable organisation de la Casa. L'administration des Indes était de plus en plus débordée par des fonctionnaires se conduisant en proconsuls, mais le souci d'ordre qui la régentait s'appliquait encore avec une rigueur sourcilleuse à la gestion équitable des intérêts et des biens personnels des vivants et des morts. L'ordre caritatif de la Misericórdia contribuait à cette protection. Ses frères soignaient les malades, secouraient les pauvres, les veuves et les orphelins, s'occupaient des infirmes, et apportaient aux prisonniers un peu d'humanité.

Dans ce vaste programme, il y eut place pour la détresse de François, libéré le surlendemain matin lundi 18 mai sur les onze heures grâce à l'intervention de maître Fernandes et à la caution morale d'Antão de Guimarães. Il récupéra sans trop de formalités son passeport à la porte de la rive de Santa Catarina, assorti d'un billet de recommandation du pilote-major pour son confrère maître Gaspar Salanha, en charge des instruments nautiques à l'arsenal. Son premier élan le jeta à la porte voisine de l'hôpital du Roi où il apprit que les visites de la matinée s'achevant à onze heures, les malades pourraient de nouveau recevoir des parents et amis à partir de la troisième heure de l'après-midi et jusqu'à la sixième.

Aqui neste lugar estava a porta porque entrou
o Governador Affonso d'Albuquerque e tomou esta cidade
aos mouros em dia de Santa Catarina anno 1510,
em cujo louvore memoria o Governador, Jorge Cabral,
mandou faser esta caza anno 1550 á custa de S.A.

Il s'était engagé dans une rue montant apparemment vers le centre-ville. Elle était bordée à main gauche par le mur d'un jardin. Il avait trouvé presque aussitôt sur sa droite la chapelle au fronton de laquelle il avait déchiffré l'inscription gravée en lettres d'or. Il éprouva l'envie d'y entrer puisque c'était le premier édifice religieux de la Rome orientale qu'il rencontrait. La porte était fermée. Un abbé qui passait, plongé dans ses pensées, mains dans le dos et les yeux sur ses pieds tourna la tête, fut surpris de le voir s'acharner sur le loquet et accourut à la possible profanation. Comprenant son extranéité, il lui expliqua que la chapelle avait été fondée par Jorge Cabral à l'emplacement de la porte par laquelle Albuquerque était entré dans Goa quand il avait repris la ville le 25 novembre 1510, jour de la fête de Santa Catarina. Elle s'ouvrait une fois seulement chaque année, le jour anniversaire. François s'excusa de son ignorance, un peu vexé d'avoir été si vite identifié comme un nouveau venu. Le religieux se dit confus à son tour de l'avoir pris pour un des nombreux militaires sans soldes que le désœuvrement transformait en pillards.

Régulière et coquette, aussi tranquille et nette qu'un décor de théâtre, la rue était bordée de maisons, certaines en latérite brute mais la plupart blanchies à la chaux, leurs arêtes et leurs coins soulignés en ocre rouge. D'un modèle uniforme à l'exception de quelques hôtels plus cossus, elles abritaient un ou deux étages sous un haut toit de tuiles à quatre pans. Cette ordonnance de façades bicolores était mouchetée de ventanas. Il découvrait cette particularité de Goa, des moucharabiehs en ferronnerie ou en entrelacs de bois peints en vert, derrière lesquels il devinait des femmes aux aguets qu'il supposait belles, parfumées et vêtues de robes diaphanes. Des fous rires, quelques provocations verbales et même un judas entrouvert démasquant fugitivement un visage qu'il n'eut pas le temps d'analyser, lui montrèrent qu'il ne se trompait pas. La rue était presque déserte. Gêné par ces regards insistants, il se surprit à se donner une contenance, comme un figurant inexpert s'efforçant de marcher avec naturel.

Débouchant sur le plateau, il découvrit un ensemble d'édifices religieux qu'il ignora, remettant à plus tard leur visite, et il se dirigea, montant toujours, à contre-courant d'une petite foule qui refluait sans doute d'une rue commerçante puisqu'elle était encombrée de paniers. Il parvint en effet presque aussitôt sur une placette où venait de se tenir un marché. Échoppes et petits étals couverts étaient en cours de fermeture. Il était midi passé.

Une jolie Indienne à la peau plus claire que ses yeux sombres lui proposa une nourriture dans un bol en porcelaine blanche et bleue qu'il jugea d'origine chinoise. Le pan de sa robe de soie orange jeté sur son épaule gauche recouvrait un petit boléro aux manches courtes d'où émergeaient des bras de fillette. Camarões. Il s'étonna de reconnaître des crevettes d'une incroyable grosseur. Elle poussa des hauts cris quand il lui tendit sa pièce de dix sols, et lui désigna ce qu'elle appela les xarafos, les changeurs dont les tables recouvertes de monnaies de métaux, dimensions et formes variés, faisaient office d'enseignes. Il en choisit un au hasard et en revint les poches lourdes de piécettes ternies.

Elle puisa son compte d'une main experte en faisant tinter la dizaine de joncs d'or cerclant son avant-bras, riant de sa méconnaissance des équivalences entre ces monnaies.

— Ce n'est pas compliqué du tout. Il suffit d'apprécier la qualité du métal. Ces bazarucos sont en bon calin de Chine. Quinze comme ça valent dix-huit pièces de mauvais calin. Il y en a aussi en cuivre. Cent cinq bazarucos usés ont la même valeur que soixante-quinze bazarucos de bon calin qui font une tanga d'argent. Six tangas médiocres s'échangent contre cinq tangas de bon argent. Trois cent soixante-quinze bazarucos ou cinq bonnes tangas font un pardau xerafin d'argent à l'image de São Sebastiano, qui vaut trois testons ou trois cents réis du Portugal. Il y a des pièces d'un demi-pardau. Deux pardaus font un cruzado. Ces petits morceaux de cuivre sont des arcos. Une tanga en vaut deux cent quarante.

Elle parlait très vite en triant les pièces du doigt. Elle en riait sur une rangée parfaite de dents que ses gencives rougies par le bétel rendaient plus éclatantes.

— Tu me suis ?

— Absolument pas.

— J'ai vu. C'est une affaire d'habitude. Cent cinq à cent huit bazarucos selon leur qualité s'échangent aussi contre un larin d'argent qui vient de Perse. On apprécie beaucoup ces espèces de lingots parce que leur métal est très pur. Cinq larins valent six tangas.

— Pour acheter des choses coûteuses, il faut des seaux de monnaie !

— On les règle plutôt en argent et en or. Une belle chemise pour toi coûte une tanga, mais un cheval d'Arabie se négocie autour de cinq cents pardaus. On parle aussi des grandes réales du Portugal qui font au moins cent trente-six réis et de pièces d'or d'Espagne, d'Inde, de Venise ou de São Tomé.

Elle avoua avoir vu les monnaies d'or étrangères sur les tables des xarafos mais n'en avoir jamais tenu en main.

— Parce que le change est toujours variable, nous autres commerçants n'acceptons que les comptes à peu près justes sans nous mêler de rendre la monnaie sur les grosses pièces.

Elle déclara les changeurs très honnêtes, pesant les monnaies avec précision et appréciant à l'œil et au toucher la qualité des métaux précieux.

François n'écoutait plus l'arithmétique compliquée de l'alchimie grâce à laquelle les xarafos transmutaient l'étain en argent. Il goûtait avec curiosité ses énormes crevettes dans leur sauce brune et épicée qu'elle avait appelée kari, tout en regardant parler son visage animé que soulignait une tresse de cheveux noirs, porté par un cou fin mis en valeur par deux tours d'un collier de petits grains d'or.

— Tu aimes ?

— C'est excellent. Très parfumé.

— Je sais. Moi, je n'ai jamais goûté les camarões. C'est pour les farangi. Je ne mange que des légumes. C'est bon aussi.

— Tu es bien élégante et jolie pour vendre ainsi de la nourriture dans la rue.

Elle rit avec coquetterie et prit le temps de servir un client dont les cheveux étaient gris de duvet comme s'il sortait d'un poulailler.

— Si j'étais une grosse femme sale, tu n'aurais pas approché mon étal. Vrai ?

Le volailler acquiesça bruyamment en prenant François à témoin. Il mangeait gloutonnement car il leur confia d'un air satisfait que ses porteurs noirs, accroupis là-bas au milieu d'un amoncellement de cages à poules en forme de gros oursins, l'attendaient pour livrer une importante commande à la Miséricorde.

Elle prenait plaisir à retenir l'attention de François.

— Je suppose que tu viens d'arriver avec la flotte. Ici, c'est le petit bazar où se tient le marché chaque matin. On y vend surtout des volailles. On organisait autrefois des combats de coqs sur la terrasse en pierre là au milieu de la place. Le vice-roi a interdit ces combats il y a une douzaine d'années. Soi-disant parce que c'était un jeu cruel. En réalité, c'est parce que l'on y pariait beaucoup d'argent qui échappait aux taxes que paient les maisons de jeu. Bien entendu on organise encore des combats en cachette en dehors de la ville. En tout cas, on appelle toujours cet endroit le Terreiro dos Galos.

— Ça sentait un peu le poisson là où j'ai débarqué hier soir. Mais ça sentait surtout tellement d'odeurs nouvelles que je n'y ai même pas prêté attention. Dans mon pays, j'habite une ville de pêcheurs. L'odeur de poisson, on ne la respire même plus.

— Les curumbins les vendent en effet sur la rive Santa Catarina, là où les navires venant de Lisbonne déposent leurs passagers.

— Les curumbins ?

— Les Portugais appellent ainsi les pêcheurs. Pour nous, ce sont les harijan. C'est le varna des pêcheurs. Tu es pêcheur dans ton pays ?

— Non. C'est quoi un varna ?

— J'essaierai de t'expliquerai un jour si tu reviens me voir. Les farangi ne comprennent absolument rien à la société indienne. Le grand bazar se tient sur la rive, au-delà du palais du vice-roi. Tu devras aller le voir. Toute la ville s'y retrouve.

Elle se reprit :

— Je veux dire tous les marchands, les bouchers, les maraîchers, les domestiques et les servantes. Mais des fidalgos s'y promènent aussi pour le spectacle. Tu sais, ici tout pourrit très vite à cause du climat, ce qui oblige à faire seulement les achats de la journée. Alors, le marché est très animé tous les jours.

Elle commença à ranger ses bols, ses paniers et ses pots, aidée par le garçonnet vif et fluet qui entretenait à croupetons le fourneau à charbon de bois sur lequel cuisaient ses préparations. Nu sauf un pagne en tissu blanc, ses cheveux étaient aussi noirs et lisses que la tignasse d'Yvon était blonde et floue, activant un même fourneau à Dieppe. Elle l'appelait Vyan quand elle lui parlait dans un dialecte indien et cette proximité le troubla. Vyan et Yvon devaient avoir le même âge.

Après un long silence, elle inclina la tête sur le côté pour marquer un changement de sujet et renforcer l'interrogation.

— As-tu déjà une bonne amie à Goa ?

— Non. Pourquoi ?

— Comme ça, dit-elle d'un air angélique, les yeux au ciel.

François éclata de rire et lui prit le menton.

— Petite dévergondée. Viens-tu tous les jours au petit bazar ? J'adore ton kari. Je reviendrai sûrement. Pour le moment, je dois retrouver mon ami Jean qui est à l'hôpital. Nous sommes Français. Je m'appelle François.

— Ton ami… ami ?

— Mon ami tout court.

— Ah bon ! Tu sais, ici chacun vit comme il veut et moi, cela ne me dérange pas. Les prêtres et les officiers fulminent contre les hommes qui fréquentent les hommes. Je ne suis pas très instruite, mais je ne crois pas ceux qui disent que ces relations proviennent du manque de femmes sur les navires. Sinon, tout reviendrait dans l'ordre dès l'arrivée à Goa.

— Tu en sais des choses !

— C'est évident ! On trouve ici des filles beaucoup plus jolies que moi tant qu'on veut. Des noires, des blanches, des jaunes, des grandes, des petites, des grosses, des maigres, des vierges et des fillettes. Même les dames de grande famille sont sur les rangs. Elles sont quelquefois un peu usées sous leurs fards et leurs extravagances. Il y a des farangi qui les préfèrent paraît-il.

Elle cacha son rire de sa main, en levant les épaules comme pour se dissimuler entre elles.

— Si je savais tout, je ne vendrais pas du kari au petit bazar. Maintenant, je rentre chez moi avec mon fils. Mon mari m'attend.

Elle fut ravie de son air consterné.

— C'était pour rire. Vyan est le fils de ma cousine Sunayana et je vis chez mes parents. Alors, au revoir, le Français. Je m'appelle Asha. Cela veut dire espérance dans ta langue. Je suis catholique.

Il reprit d'un pas allègre la route de l'hôpital. Cette ville blanche et rouge était paradisiaque sous son ciel indigo. Jusqu'au soleil dont les gens importants se protégeaient sous leurs larges ombrelles, leurs sombreiros qui encombraient les rues. Lui, il s'en imbibait jusqu'aux os avec un sentiment de plénitude. Goa était là tout autour. Il n'en connaissait qu'une esplanade bousculée, une prison sordide, une rue tranquille cachant des femmes rieuses, une chapelle close, un marché aux volailles en cours de fermeture. Et une petite marchande indienne venait de faire de ce misérable inventaire un bilan fabuleux. Il ferma les yeux et frissonna d'excitation.

HOSPITAL DO REY NOSSO SENHOR

L'inscription confirmait que ce palais dont le soleil violent sculptait le décor manuélin portant les armes de Castille et du Portugal et la sphère armillaire de dom João Second était bien consacré aux malades. Le portail ouvrait entre deux colonnes torses sur un vestibule voûté profond et frais.

Il donnait sur un patio pavé au centre duquel une fontaine alimentait un bassin circulaire peuplé de nénuphars. À travers un passage ouvert dans le bâtiment perpendiculaire à l'entrée, on voyait qu'un jardin faisait suite à ce cloître. À l'ombre des galeries qui en faisaient le tour, des lits installés temporairement avaient recueilli les scorbutiques venant de débarquer de la flotte. Une vingtaine de patients étaient assis sur des bancs ou allongés sur des litières. Le portier l'invita à attendre comme eux la visite d'admission du médecin, du chirurgien et de l'apothicaire, et la décision du père surintendant. François lui expliqua qu'il venait rendre visite à un ami.

Ayant consulté le registre, le portier lui indiqua que Jean était dans la seconde salle de l'ouest où l'on soignait les plaies infectées. Un escalier de pierre monumental conduisait au premier étage sous une voûte digne d'un palais royal. Il paraissait être le cœur du vaste édifice. Des pères jésuites gravissaient les marches à grandes enjambées ou, semblant glisser sur elles, les dévalaient à petits pas rapides qui dénotaient leur longue habitude des lieux. Un médecin en toge noire passa gravement, replié sur sa science hermétique, suivi avec componction par un essaim de secrétaires et d'assistants comme un bateau de pêche accompagné de mouettes. Des serviteurs couraient de bas en haut et de haut en bas, porteurs de flacons, de pots et de vaisselles de terre, d'étain ou de Chine, de draps, de linges et de serviettes pliées avec le plus grand soin. La scène respirait l'ordre, la propreté, l'efficacité et le bien-être.

Jean avait la mine reposée et rassurée. Ses blessures avaient été sondées, nettoyées et traitées à l'aide d'onguents à base d'aloès et d'une plante indienne qui le soulageaient. La cicatrisation étant en bonne voie, il espérait sortir dans une dizaine de jours.

— Tu as passé une meilleure nuit que moi à ce que je vois. J'aurais dû me jeter par terre et feindre la douleur plutôt que débarquer bêtement, mon passeport à la main.

Le récit de son incarcération déclencha une hilarité qui vexa un peu François. Il s'en amusait lui-même mais il admettait mal que Jean en rît franchement.

— Pardonne-moi. C'est fâcheux mais drôle. Cela dit, nous devons l'un et l'autre une faveur à Antão de Guimarães. Il t'a sorti de la prison de la Ribeira et il m'a confié au père intendant. Les Jésuites sont les maîtres ici. J'ai la chance grâce à son intervention d'avoir pour voisin de lit un compatriote de Laval dont le savoir est encyclopédique. Je te présente François Pyrard.

L'homme avait une quarantaine d'années. Ses traits burinés et son hâle contredisaient son état déclaré de négociant banal.

— Il est à Goa depuis un an après des aventures incroyables. Il a tout regardé avec attention et il a beaucoup réfléchi.

J'ai appris de lui en deux jours ce que je n'aurais pas perçu en six mois.

Le résumé des aventures du marchand était en effet à couper le souffle depuis qu'il avait quitté Saint-Malo le 8 mai 1601 à bord du *Corbin*, en quête d'une route française vers les Indes. Il naviguait de compagnie avec le *Croissant*, sous pavillon de la Compagnie des marchands de Saint-Malo, Laval et Vitré. Déporté sur la côte de l'île de Saint-Laurent, jeté sur un récif de corail par la faute du capitaine et de son équipage, naufragé cinq ans aux Maldives sans voir passer un bateau, pris entre l'arbre et l'écorce dans l'attaque d'une flotte du roi du Bengale qui avait ravagé l'île, il était arrivé à Goa par Chittagong, la côte des Malabars, Cochin et Calicut.

Il conclut son bref résumé d'un sourire.

— Comme une synthèse de vous deux en somme, puisque j'ai commencé mon séjour à l'hôpital et en prison à la Sala. En tout cas, c'est grâce à ces circonstances compliquées que j'ai fini par entrer en Inde, blessé au dos par la rupture d'un mât de beaupré et prêt à passer de vie à trépas.

On savait jusqu'au bout du monde que l'hôpital de Goa était un paradis sur Terre, un haut lieu de science médicale, de consolation spirituelle et d'humanité pourvu que l'on fût vieux chrétien, homme – si possible Portugais –, et que l'on eût quelque raison de servir en Inde. Un hôpital hors du commun. Si on y était admis, on y était traité en seigneur, que l'on fût fidalgo ou simple arquebusier de troisième rang.

— Vois autour de toi comment nous sommes accommodés.

Jean fit remarquer les grands lits de sangles, les draps de coton fins et nets, les couvertures de soie chamarrée, les écuelles, les vases et les plats de Chine, les chemises, pantoufles, caleçons et mouchoirs immaculés, changés et blanchis tous les trois jours.

— Nous dînons à dix heures du matin et soupons à cinq de l'après-midi. Le pain, les soupes, la chair, poulets et

confitures sont sains et servis à satiété, sur l'ordonnance du
médecin notée par l'écrivain de cuisine. L'eau nous est apportée
chaque jour en cruches de la meilleure fontaine de Goa. Les
visiteurs de passage sont servis comme s'ils étaient des invités.
Médecins, chirurgiens, barbiers saigneurs et apothicaires nous
visitent chaque matin à huit heures et le soir à quatre,
annoncés par des coups de cloche et des fumigations prophylactiques. – Il se tourna vers le Lavallois. – Je sais que tu
partages mon admiration.

— Tout à fait, et encore plus. Les malades sont les protégés personnels du roi. Dans d'autres hôpitaux aussi exem-
plaires, on soigne les femmes et les étrangers. On accorde
autant de patience, de bonté et de soin à tous les malchanceux, jusqu'aux prisonniers, aux esclaves et aux idolâtres. Une
telle profusion et cette magnificence témoignent de la richesse
et la dimension spirituelle de l'empire des Indes.

Les mains croisées derrière sa tête, le marchand fixait la
lanterne suspendue au-dessus de l'allée centrale. François en
avait compté six, intrigué par leur curieux matériau translucide
et irisé. Les carepas, des coquilles d'huîtres amincies, tenaient
lieu à Goa de vitres pour la confection de fenêtres et de
lanternes montées à facettes à la façon d'un vitrail. Il continua
après un temps de réflexion :

— J'espère que cet état d'esprit généreux résistera aux tentations de la corruption qui gagne Goa. Mon ami François,
tu aurais échappé au remugle de la salle commune de ta
prison en glissant un bazaruque au geôlier qui t'aurait mis
ailleurs. Et tu aurais même évité la prison en glissant une
tanga au sergent.

— Je n'avais sur moi qu'une pièce de dix sols. Ma fortune.
De toute façon, je n'aurais pas pensé à acheter des fonctionnaires, même des petits agents.

— Presque tout s'achète déjà. Le moment viendra, je le
crains, où l'eau nous sera délivrée contre rançon.

François Pyrard se tourna vers eux sur le côté droit,
s'appuyant sur son coude.

— Le climat est malsain, chaud et humide. Le sang se corrompt très vite. C'est la raison de ma présence ici, des suites d'une simple écorchure au pied.

Les épidémies avaient tellement ravagé les Indes, que l'on fondait sur elles les stratégies militaires. Les épidémies pouvaient décimer les assaillants plus sûrement que les arquebuses, et ces guerres étaient sans fin. Au siècle dernier, le choléra avait sauvé Duarte Pacheco Pereira, bloqué dans Cochin par les dizaines de milliers de guerriers du samuttiri – le seigneur de la mer – de Calicut.

— Garçia da Orta consacre un long chapitre à la cholerica passio ou choléra sec. Il tue immanquablement en vingt-quatre heures.

— Exact. Les Indiens appellent cette maladie modashî. Nos compatriotes en ont fait mort-de-chien.

— C'est curieux, elle se déclare seulement en juin et juillet, et elle atteint surtout les mangeurs de concombres et de fruits de mer. Et, c'est encore plus bizarre, les débauchés. Le bézoard est un remède efficace contre le choléra, mais les indigènes utiliseraient paraît-il plus radicalement l'application d'une barre de fer rougie au feu sur les deux talons des malades. On dit que les douleurs du mal cessent aussitôt.

— Je veux bien croire qu'une barre chauffée au rouge appliquée sur la plante des pieds marginalise dans l'instant les maux de ventre, lança François. Dire que je tenais les hôpitaux pour des lieux d'ennui et les médecins pour des fâcheux !

Déjà assez vieil Indien pour ne plus s'amuser d'anecdotes, Pyrard s'agaça de la désinvolture de François. Il le ramena un peu sévèrement à la réalité.

— Rien n'est drôle ici. La région est infestée de mouches et de moustiques. Et puis les maladies nombreuses et souvent fatales ne sont pas seulement causées par la nature. Dans ce magnifique hôpital d'une netteté soigneuse, on soigne paradoxalement dans une propreté exemplaire les victimes de l'insalubrité d'une ville mal tenue.

Un peu surpris de s'être fait rabrouer, François acquiesça.

— C'est vrai que lorsque j'ai débarqué, j'ai senti deux odeurs très identifiables percer sous le parfum des épices. Les détritus de poisson comme à Dieppe, et la puanteur mélangée du bateau. Je n'y ai pas prêté attention en vérité. Ce sont des senteurs ordinaires.

— Trop ordinaires justement.

La rive Santa Catarina était la propylée de Goa quand arrivaient les flottes. Le reste du temps, elle servait au quotidien de latrines et de dépotoir qui attiraient les mouches, l'une des plaies de la ville avec les moustiques. Les architectes qui avaient érigé ces fameuses églises aussi belles qu'à Rome, une somptueuse résidence pour le vice-roi, des villas de rêve, cet hôpital aux allures de palais étaient de moins bons urbanistes. Les marchands qui collectaient à pleines cargaisons des pierreries, des porcelaines, des bois rares, des épices et de la soie toléraient que leurs trésors traînent parmi les immondices. Ils n'avaient rien fait ni les uns ni les autres pour balayer ni drainer Goa. Entre les églises dorées, ses rues étaient des bourbiers pendant la mousson, et l'on avait pensé il y avait à peine quatre ans à ordonner leur nettoyage car l'air était devenu irrespirable.

Jean fit le tour du lit et saisit la cruche posée sur la table de chevet qui séparait les lits.

— Les Romains savaient déjà construire des villes saines dans nos pays barbares mais nous l'avons oublié. Les rues de Paris sont aussi des cloaques.

Il se porta la cruche sous le nez.

— L'eau est très pure semble-t-il. C'est précieux dans un pays malsain.

— Ça dépend. Les Portugais en consomment énormément. Ils ont appris des Indiens le souci d'une propreté corporelle maniaque et la pratique de bains répétés. L'eau domestique la plus pure arrive de Banguenim à dos d'hommes. On a jugé inutilement coûteux de construire un aqueduc puisque les esclaves sont là et que leurs maîtres en tirent profit. Les points d'eau citadins sont pollués. Goa est assainie en principe par quatre collecteurs qui perdent leurs eaux avant même d'atteindre la mer et contaminent au passage tous les puits de la ville.

— Nos villes sont-elles plus propres ?

— Non, Jean. Mais ici, la dysenterie fait des ravages et toutes les fièvres sont potentiellement létales. Ces ordures répandues à profusion sous le soleil doivent nourrir ces maladies. Non ? Toi qui es chirurgien ?

— Disons apothicaire et naturaliste. Je partage ton sentiment sur le caractère fébrile des déchets et des eaux sales, sans que nous sachions pourquoi. Sinon qu'elles favorisent la prolifération des rats et d'insectes qui semblent jouer un rôle dans la transmission des maladies, mais encore une fois, la médecine ne peut se prononcer sur les raisons qui les déclenchent, ni pourquoi certaines dégénèrent en épidémies.

— Et les odeurs ?

— Les fumigations thérapeutiques sont une arme efficace. Les émanations odoriférantes favorisent les guérisons. Il est établi que les puanteurs sont porteuses de principes mortifères et que les vecteurs de contagion se nourrissent des miasmes. La nature protège les êtres vivants des toxicités et des dangers par de nombreux signaux d'alerte.

— Si je te suis bien, l'odeur déplaisante s'interposant sur la rive Santa Catarina entre les arrivants et l'Inde mythique serait une mise en garde ? Un avertissement que Goa est insalubre sous son fard aguichant ? Que sous le masque des fragrances exotiques, la gangrène pourrit chaque plaie et la nourriture se corrompt en quelques heures ?

— C'est une hypothèse, François.

Pyrard ne sut leur dire exactement le nombre des morts à Goa car il n'était pas parvenu à obtenir une réponse sûre à cette question. La rumeur disait que quinze à vingt malades mouraient chaque jour au Rey Nosso Senhor du fait de la carence des médecins. Frais arrivés du Portugal ignorant tout des maladies tropicales, ils repartaient trop tôt pour faire servir leur expérience. Selon lui qui avait longuement pratiqué l'hôpital, ce chiffre était surévalué. On lui avait rapporté comme digne de foi le chiffre de trois à quatre cents personnes adultes chaque année, hors maladies infantiles et attrition naturelle des vieillards. Soit un décès par jour en moyenne. À quoi il fallait ajouter les décès dans les autres hospices de Goa et les malades discrets qui choisissaient de mourir chez eux. D'un autre côté, il fallait aussi tenir compte de l'arrivée annuelle de la flotte. Elle débarquait des centaines de malades du scorbut dont beaucoup de moribonds venaient mourir à l'hôpital. Il était finalement difficile de s'y retrouver mais, l'un dans l'autre, quinze cents morts semblaient une bonne moyenne pour une année sans épidémie. En rapportant ce chiffre au petit millier de résidents portugais, la survie d'un fonctionnaire de la Casa da India relevait du miracle.

Pyrard s'allongea à nouveau à plat dos avec précaution, il s'en excusa en arrangeant son oreiller.

— Mon dos me fait encore souffrir. Les excès ajoutent la vérole aux autres maux, mais ici on l'accepte comme une gloire, d'autant plus qu'on s'en débarrasse aisément. Tu sais comment, Jean ?

— Selon le botaniste dont l'ouvrage m'éclaire, il s'agit du bois de Chine, la racine de Smilax china introduite en Inde par les commerçants chinois. Les effets curatifs de cette salsepareille sont avérés dans le traitement des tumeurs et des plaies dues au mal napolitain.

Le tintement impérieux d'une cloche suspendit leur conversation. Ce n'était pas l'heure du souper, ni celle de la visite des médecins. Le grondement des pas pressés d'un groupe de pères, d'officiers et de domestiques sembla aspirer le surintendant jusqu'au milieu de la salle où il s'arrêta. Un silence attentif étouffa aussitôt les conversations parasites des distraits et des malentendants.

— Mes frères. Dieu a rappelé à lui pendant son voyage dom João Forjaz Pereira comte da Feira, le vice-roi que dom Filipe Second nous avait destiné. Les vias portant les instructions du roi quant à sa succession viennent d'être ouvertes sous le contrôle des frères du monastère de São Francisco de

Assis, en présence de notre archevêque et gouverneur, des sénateurs et des conseillers d'État.

Le surintendant prit le temps d'un regard circulaire sur la salle, pour reprendre son souffle et faire languir l'auditoire.

— Je vous informe que dom André Furtado de Mendonça, commandant la flotte des régions du sud où il porte la guerre aux Hollandais et aux Indiens rebelles, a été désigné pour exercer le gouvernement pendant l'intérim de la viceroyauté. Une galère est partie le prévenir et le ramener à Goa où dom frei Aleixo de Meneses lui transmettra ses pouvoirs temporaires de gouverneur. Nous prierons dès ce soir pour lui dans toutes les églises et chapelles de Goa.

La troupe se remit à piétiner derrière sa cloche pour porter la nouvelle de salle en salle.

— À nous d'en faire notre nouveau protecteur, lança Jean. Je lui souhaite la robuste santé nécessaire à l'accomplissement de sa charge, mais je l'espère juste assez préoccupé par une douleur indécise pour avoir besoin de moi.

Sur les indications de Pyrard, François trouva la rue du Crucifix, en plein cœur de la ville, à deux pas du palais de l'Inquisition. Lorsqu'il s'arrêta un instant à l'intersection d'une rue étroite pour déchiffrer son nom, un Cafre en livrée verte qui arrivait au carrefour se planta brusquement, les mains derrière le dos, le nez en l'air, puis fit demi-tour et détala. François se demanda s'il avait été suivi jusque-là, mais l'hypothèse lui parut invraisemblable.

C'était la rue des Amoureux. Il lui revint aussitôt en mémoire que, selon Jean, Garcia da Orta avait vécu dans cette rue jusqu'à sa mort. Impossible décidément de se libérer du botaniste. L'adresse de Bhaskar Arunachalam était à quelques pas. Il était chirurgien. Comme le lui avait annoncé le marchand de Laval, les trois filets en coton du cordon des brahmanes apparaissaient dans l'encolure de sa manière de soutane blanche portée par-dessus le dhoti traditionnel drapé entre ses jambes. Ses cheveux sans doute aussi longs que sa barbe noire étaient ramassés dans un turban immaculé. Des pendants d'oreille achevaient de lui donner une allure exotique qui enchanta François. Son épouse chinoise s'appelait Tien Houa. Un brahmane n'aurait pas abrité chez lui des Indiens des classes inférieures. Et encore moins s'ils venaient de séjourner plusieurs mois sur les eaux noires de la haute mer, frappée d'impureté par les textes sanskrits. Des voyageurs étrangers de confession chrétienne étaient assez transparents pour ne pas entrer dans la hiérarchie des interdits religieux. En tout cas, la recommandation de leur ami commun, la science annoncée des deux Français et l'affirmation de la familiarité de Jean avec le roi de France les plaçaient dans une position fréquentable. Il voulut bien les héberger au second étage, assurant gîte et nourriture pour sept pardaus et demi par mois, un bail que François accepta sans discuter, n'ayant rien retenu de la leçon d'Asha sur les monnaies.

La rencontre d'un chirurgien indien et d'un apothicaire français dans l'ombre d'un médecin botaniste portugais lui sembla une heureuse conjoncture. S'ajoutant au vert bénéfique de l'homme du carrefour, le hasard se mettait en quatre pour les accueillir à Goa.

Une interminable barbe blanche lestée d'un nœud cachait les soixante-trois ans d'Afonso d'Albuquerque derrière son obsession de s'emparer du verrou du golfe Persique. Le vice-roi avait fait vœu de ne pas la tailler avant d'avoir pris Ormuz aux Arabes. Alors qu'il venait enfin de s'en rendre maître, il était mort le 16 décembre 1515 à bord de son navire qui venait de mouiller à Goa, foudroyé par une injuste disgrâce. *Mal com el-rei por amor dos homens et mal com os homens por amor de el-rei*, avait-il soufflé dans ses derniers instants. À quoi bon vivre ?

Dans une extraordinaire effervescence populaire, le lion des mers d'Asie – comme le surnommait le chah de Perse – avait été débarqué dans son grand manteau noir de commandeur de l'ordre de Santiago, en cotte de mailles, avec bottes et éperons, son épée au côté. Le corps avait été déposé dans l'église de la Montagne, Nossa Senhora da Serra, l'un des trois édifices religieux bâtis sur son ordre pour élever un rempart spirituel autour de la capitale qu'il avait fondée. Depuis, le monument funéraire du vice-roi indomptable faisait l'objet d'un culte idolâtre mêlant toutes les religions, qui rendait furieux les inquisiteurs.

La jeune épousée vêtue des pieds à la tête de brocart d'argent semé de perles déposa un bouquet de fleurs de jasmin devant le tombeau d'Albuquerque fleuri comme à l'accoutumée de marguerites et constellé de lampes à huile. Cramponnée au bras de son époux, elle reprit sa marche hésitante, descendant la nef dorée de l'église de la Montagne à petits pas graves et mesurés, soucieuse de ne pas trébucher et de maîtriser ses chapins, des manières de socques ou de babouches en argent serti de pierres et de perles, montées sur des semelles de liège épaisses d'une main. Couvrant juste ses orteils nus, elles s'échappaient à chaque pas comme pour la précéder.

Margarida de Fonseca Serrão, veuve de dom Fernando, venait de devenir le samedi 23 mai à trois heures trente de l'après-midi Margarida de Fonseca Serrão, épouse de dom Alvaro. Dès ce moment, elle allait pouvoir abandonner le voile, la robe noire et le collet blanc qui faisaient ressembler les veuves à des religieuses, et porter par-dessus une chemise crêpée la robe décolletée rouge bordée d'un galon d'or des femmes de condition.

Dona Catarina de Moura, la métisse distinguée qui l'avait hébergée pendant ses courtes fiançailles, lui avait tout appris en quelques jours de la mode de Goa. Elle était aussi compliquée, inconfortable et lourde à l'extérieur qu'elle était souple et relâchée voire libertine dans l'intimité des demeures, à l'imitation des Indiennes. Les métisses qui constituaient la grande majorité des femmes de la société goanaise avaient introduit ces vêtements d'intérieur dont la transparence et la fluidité soulignaient sans vergogne leur beauté. La jeune femme savait que la soie n'était pas de bon ton puisque les indigènes s'en entortillaient toutes, à l'exception du bajus, la jupe légère que les métropolitaines leur avaient empruntée. On préférait dans son milieu les mousselines de coton que les mainatos de la caste des blanchisseurs crêpaient avec une dextérité incomparable.

Margarida avait été initiée aux règles d'usage et de comportement à la messe, à la manière de s'installer dans un palanquin découvert ou fermé selon les circonstances, à la bonne ordonnance des cortèges de pages, de suivantes et d'esclaves qui ne la quitteraient pas un instant. Elle savait que les dames de qualité sortaient très rarement de chez elles, sinon pour rejoindre en cortège familial leurs quintas de villégiature ou pour se rendre à l'église accompagnées de leurs domestiques. Le choix était très vaste et les églises étaient, avec les couvents, les seuls monuments édifiants à Goa. De toute façon, que pouvait-on faire dans les rues sales et bruyantes parmi les Indiens canarins venus de la campagne, les curumbins, les soldats braillards, les mariniers désœuvrés et les boutiquiers voleurs ?

Elles lui semblaient pourtant bien tentantes ces rues odorantes gorgées d'émerveillements, résonantes d'une cacophonie de caravansérail. Surtout la rua Direita, la grande artère commerçante dallée qui traversait Goa depuis la Montagne jusqu'au palais de la forteresse. Dans un tissu urbain distribué entre les corporations, c'était la rue de l'artisanat précieux, des bois rares, des soieries et des tapis de Perse, des perles et des pierres fines des meilleurs bijoutiers et orfèvres arméniens, italiens et allemands. Au niveau de la Camara da Cidade, l'Hôtel de ville, elle s'élargissait en une place que l'on nommait le Leilão parce qu'on y vendait de tout aux enchères, depuis les chevaux arabes jusqu'aux esclaves africains. Il était hors de question pour elle d'y flâner, sinon à la rigueur en palanquin, protégée de la foule par un train de pages, de servantes et d'esclaves.

François fut empêché d'accéder à la place de l'encan par un attroupement qui lui barrait la route. La foule était repoussée en abord à coups de bambous et de plats d'épées par des Cafres arrogants qui se défoulaient de leur condition d'esclaves sous le couvert de la livrée de leur maître. Un cortège important allait bientôt passer, confisquant l'espace aux curieux. Il se rendait comme chaque après-midi à l'hôpital. Ce samedi, il rebroussa chemin, n'ayant pas à ce moment de raison majeure, sinon par plaisir, de descendre cette rue commerçante plutôt qu'une autre. Il dévala la pente à grandes enjambées, devançant un événement dont il percevait le concert lointain. C'est ainsi qu'il manqua de peu l'imposant cortège nuptial de chevaux, de palanquins et de piétons qui descendait d'un bout à l'autre la rua Direita dans un tumulte joyeusement discordant de trompettes, de fifres, de hautbois et de tambourins.

Allongée sur le tapis soyeux de sa litière découverte, adossée à des oreillers de brocart, Margarida vivait cette scène avec le sentiment étrange d'être à la fois actrice et spectatrice d'une représentation théâtrale. D'autant plus qu'on l'avait badigeonnée de fards qui commençaient à fondre, et que son environnement ne lui rappelait rien de connu. Parée comme une vierge en procession, elle était partagée entre la curiosité de ce nouveau monde chatoyant et bizarre où tout était à découvrir, la fierté de son installation avec une pompe de maharané, la gêne d'être offerte aux regards comme une curiosité et l'angoisse sourde d'une insondable solitude. Le presque inconnu caracolant à son côté sur un pur-sang arabe harnaché comme un cheval de cirque était donc son nouvel époux. Elle défilait entre deux haies de visages étrangers. Le nouveau cercle de ses relations, parents, clients et amis qui l'aspergeaient d'eaux de senteur et la bombardaient de fleurs, de fruits confits, de vœux et de dragées. Elle se surprit à chercher François dans la foule, tout en s'affolant à l'idée de se montrer à lui dans l'appareil ostentatoire de ses noces.

Au moment où elle écartait de son éventail cette ombre fugitive voletant sur une magnificence dont ne rêvaient même pas en métropole les Portugaises des plus grandes familles faute de pouvoir l'imaginer, le cortège s'arrêta. D'un cri, les six bhoïs déchargèrent son palanquin de leur épaule et le posèrent à terre. Ses femmes accoururent, l'aidant à se lever et à reprendre pied sur ses invraisemblables chaussures.

À trois pas, la résidence de l'intendant de l'arsenal des galères, sa nouvelle demeure, faisait le coin nord-ouest du campo do Paço, juste dans l'axe de la rua Direita. Elle jouxtait le palais du vice-roi dont elle était séparée par la porte monumentale élevée par dom Francisco da Gama à la gloire de son arrière-grand-père. La cérémonie du mariage se poursuivit par une parodie de tournoi, un spectacle équestre auquel participèrent tous les jeunes hommes du cortège, virevoltant, croisant des cannes de bambou et se bombardant d'oranges. Du balcon de leur hôtel, Margarida et dom Alvaro entourés des parents et relations d'importance du marié assistèrent à ces jeux d'adresse en battant des mains et en lançant des dragées aux enfants qui couraient tout autour. Après que les cavaliers en sueur se furent restaurés de fruits et de confitures, la fête s'arrêta brusquement, la laissant pantelante et soulagée. Dona Margarida da Fonseca Serrão était chez elle.

L'ayant dévêtue à grand soin, démaquillée, peignée, baignée et parfumée, ses femmes s'étaient retirées. Dom Alvaro avait disparu, absorbé quelque part par une affaire importante qui valorisait à la fois l'officier chargé de la lui soumettre d'urgence, et l'intendant qui devait la résoudre dans l'instant.

Débarrassée de sa robe d'apparat, les cheveux dénoués, Margarida se sentait légère et belle dans sa tenue d'intérieur à l'indienne qui caressait à peine sa peau. Au cours de son apprentissage des manières de la colonie dans un milieu métis, on avait ri autour d'elle des Portugaises portant à leurs risques et périls ces mousselines transparentes comme un nuage d'air tissé, adaptées aux membres gracieux et aux petits seins fermes des femmes de sang mêlé. Puisqu'il était élégant de montrer ici ce que l'on cachait soigneusement à Evora, elle avait décidé d'obliger sa pudeur à se libérer d'un coup, comme on se jette dans une eau froide. Elle n'était pas mécontente du résultat, et se trouvait une Goanaise très acceptable. José, le maître d'hôtel, lui présenta son personnel figé dans un alignement de parade militaire. Elle s'effara de compter jusqu'à quinze cuisiniers, servantes, laquais et esclaves, non compris les palefreniers, les gardes et les bhoïs porteurs qui restaient du ressort de son mari. Elle remit à plus tard leur inventaire et les renvoya à leurs occupations d'une phrase aimable qui les détendit et fit fleurir leurs sourires.

Redevenue silencieuse, sa maison lui parut presque familière. Plus vaste que la demeure qui l'avait hébergée jusqu'alors, elle n'en différait pas essentiellement. Elle s'était accoutumée au style indo-portugais de l'architecture et de l'ameublement goanais. Au-dessous d'elle, le rez-de-chaussée était aux domestiques, aux esclaves, aux réserves et aux chevaux. Les palanquins y étaient remisés, attendant les maîtres. Au débouché de l'escalier monumental conduisant à l'étage noble, la chapelle privée ancrait la demeure dans l'espace chrétien des Indes. Ses mules de velours noir glissaient sur la mosaïque de fragments de marbre et de céramique à travers une enfilade de salons, la salle à manger et la garde-robe. Secrétaires, vitrines et guéridons étaient en laque ou en ébène, comme les chaises longues et les sièges dont le cannage très fin, adaptation exemplaire du mobilier européen au climat goanais, était adouci par des coussins brodés de soie. Elle caressa de la paume de la main trois coffres en laque noire dont les cadenas chinois gardaient sans doute les grands mystères de l'Asie. Des panneaux d'azulejos, le sol frais en embrechados lui rappelaient le Portugal. Les vitraux translucides en losanges de nacre, une profusion de pièces de porcelaine chinoise et les longues nattes des pankas, les éventails suspendus au plafond de chaque pièce confirmaient qu'elle était ailleurs.

Les pièces de réception donnaient sur la place du palais. Elle était comble, comme chaque fin d'après-midi sans doute. Tous les parasols de Goa semblaient s'être rassemblés là, auréolant des fidalgos à cheval ou en litière, voire des piétons moins fortunés marchant sous leur sombreiro d'un pas dont la lenteur solennelle s'efforçait de leur tenir lieu de monture. Tous étaient visiblement très occupés à se combler mutuellement de civilités. Leurs pages couraient en tous sens. Elle les imagina porteurs de messages d'affaires ou de courtoisie, de provocations hautaines ou de billets galants. Son regard s'arrêta en fond de décor sur la Câmara Presidencial, la cour suprême de justice dont le chancelier avait la garde du sceau royal. Elle était au cœur de Goa.

Laissant retomber la tenture de soie brodée d'or, Margarida se posa sur une chaise à bras. Elle en bondit aussitôt, se souvenant que selon ses leçons de maintien, elles étaient réservées aux hommes. Les dames s'asseyaient en tailleur, jambes croisées, sur les canapés. Elle s'y essaya, grimaça de l'inconfort de cette position à laquelle elle devrait s'habituer, et eut plaisir à entrer dignement dans son rôle d'épouse d'un notable goanais. Tout bien pesé, il n'était pas très différent de ce qu'elle avait vécu à Evora, bien que les us et coutumes de Goa fussent exagérés par la concentration de la classe dirigeante, son souci de paraître, sa richesse de fraîche date et le train de vie sans modération qui découlait de tout cela. Elle savait tout de l'étiquette domestique, des réceptions, des distractions et des bonnes manières entre gens de même rang. Elle avait appris les règles du jeu de Tabolā qui cliquetait furieusement dans toute l'Asie du Sud-Est. Comment faire courir les porcelaines cauris le long des quarante-huit cases creusées dans une planchette de bois de santal, selon les chiffres indiqués par les tabolas de bambou jetées sur la table. Elle serait tout aussi attentive aux étourderies des servantes et aux fourberies des esclaves, qu'aux écornifleurs qui infestaient la ville, fidalgos autoproclamés se parant de noblesse et de fortunes d'emprunt.

De toute façon, dom Alvaro lui dirait qui elle serait admise à rencontrer en sa présence. Les Indes étaient une affaire d'hommes. À ce propos, son initiatrice n'avait pas abordé la question des plaisirs plus secrets qui occupaient, disait-on, l'oisiveté languide fondamentale de la société goanaise.

Dans la pénombre du jour déclinant, elle trouva sur l'arrière, du côté de la rive, une longue galerie-véranda couverte dans la tradition du vasary hindou, prête à rendre tolérable l'humidité prégnante de la mousson. Le soleil couchant l'éclairait d'une lumière rasante qui faisait luire les porcelaines et les bois cirés. Les baies s'ouvraient sur l'arsenal des galères et la Mandovi.

Les mâts de *Nossa Senhora do Monte do Carmo* pointaient avec l'autorité d'un rappel à l'ordre au-dessus du fouillis de palmes d'une rangée de cocotiers et cette vision inattendue la fit sursauter. Margarida n'avait pas eu le temps de penser à la caraque depuis son arrivée. Le ciel couchant était d'un jaune lumineux à l'horizon, comme au soir de leur atterrissage. Il y avait si longtemps. Combien de semaines déjà ? Effarée, elle recompta sur ses doigts. Une, tout juste ! Avait-elle donc oublié, en à peine huit jours, le cauchemar de quatorze mois de mer ? Il lui revint brusquement en mémoire ce que lui avait dit François le jour du démâtage. Mot pour mot : la plupart des voyageurs au long cours affirment qu'ils ont tout oublié de leur calvaire en posant le pied à Goa tant la cité est merveilleuse et le pays admirable et doux. Vous oublierez vous aussi tout cela.

Elle sortit sur le balcon abrité par la toiture faisant auvent et s'accouda à la rambarde, les yeux fixés sur la mâture à laquelle pendaient immobiles quelques pavillons que l'on avait oublié de rentrer dans l'effervescence de l'arrivée. Il lui vint à l'esprit qu'en débarquant de cet espace clos, humide et sale qu'elle avait maudit presque chaque matin, elle avait paradoxalement perdu sa liberté. Derrière la surenchère de ses qualificatifs, Goa serait-elle aussi une prison dont son nouveau mari et les règles d'usage seraient les geôliers ? On venait de l'initier aux jeux légers de la société de bon ton. Ces divertissements de femmes oisives remplaceraient-ils le plaisir de ses longues conversations confiantes avec ce garçon français intelligent et discret ? La sourde angoisse l'étreignit à nouveau.

Elle restait là, songeuse, respirant l'Inde et écoutant ses bruits secrets. La nuit était tombée. Les galères sur leur berceau et l'immeuble au grand toit qui masquait la vue sur la gauche avaient fondu dans l'ombre. L'angle de la galerie couverte qui régnait tout autour du bâtiment voisin était à quelques toises de la véranda. Un factionnaire y avait commencé sa garde. Elle distinguait sa forme un peu moins sombre quand il se rapprochait d'elle avant de s'enfoncer à nouveau dans le noir. Elle sursauta quand il hurla deux fois *Vigia ! vigia !* Son appel repris de proche en proche révéla des hommes invisibles répartis alentour, puis la nuit se réinstalla. José vint lui annoncer que le souper allait être servi. Elle se retourna. On avait allumé des lanternes de nacre qui brillaient d'irisations douces. Elle applaudit de plaisir, comme une enfant un matin de Noël.

Dom Alvaro l'attendait à l'entrée de la salle vers laquelle elle avait été guidée dans le frôlement des patins de velours. Il était vêtu d'une chemise et d'une manière de caleçon long en coton blanc. Il lui baisa la main sans dire un mot et la conduisit à l'autre bout de la longue table recouverte de dentelle blanche. Sous le regard des domestiques qui emplissaient la pièce en attendant de servir, c'était son premier contact intime avec cet homme qu'elle ne connaissait pas. Elle était accoutumée à la transparence des maîtres aux regards des domestiques, mais elle réalisa brusquement que l'étrange indécence des chemises de la société goanaise lui laissait les seins quasiment nus. Elle eut le réflexe instinctif de les cacher de ses bras croisés. Il rit, montrant de belles dents carnassières qu'elle n'avait pas remarquées dans les sourires de son frère cadet.

— Vous découvrirez, Margarida, la commodité de nos vêtements d'intérieur. Leur transparence choque bien naturellement les métropolitaines, mais elles s'y adaptent en quelques jours. Ici, le confort de nos habits est une défense contre un climat qui s'efforce de nous tuer. Et votre poitrine ne mérite pas la punition d'être cachée. Comme vous le savez, sitôt franchi le seuil de nos demeures, nos dames se recouvrent de tissus comme des oignons et s'enferment dans leurs palanquins.

Il était retourné s'asseoir en face d'elle à l'autre bout de la table, et leurs gens avaient aussitôt commencé à agiter éventails et chasse-mouches tandis qu'on leur présentait dans une vaisselle en porcelaine une profusion de mets qu'elle n'identifia pas tous, analysant leurs ingrédients sous des saveurs nouvelles. *Ambot-tik, ucodhé sandué, kismur* ou *sannu*, les noms indiens qui répondirent à ses interrogations ne la renseignèrent pas, mais tout cela était appétissant et fin. Elle regarda son nouvel époux, éclairé par un candélabre dont les flammes et les pendeloques ébranlées par les courants d'air du panka faisaient vibrer les ombres de son visage. Il avait la distinction de Fernando. La famille avait de la race. Alvaro ne ressemblait pourtant pas à son frère, et elle fut soulagée de ne pas devoir retrouver chaque jour le visage de son défunt premier mari. En s'asseyant, il avait d'un coup fait oublier qu'il était un peu empâté comme tous les Goanais. Les Indiens ignorant l'embonpoint les surnommaient par moquerie : *barrigudos*, les ventres.

Chacun à leur bout de table, n'ayant pas encore l'habitude l'un de l'autre bien que devenus intimes d'un coup, leur première conversation s'établit gauchement et resta conventionnelle. Elle s'orienta opportunément sur les circonstances de la mort accidentelle de Fernando, puis sur l'état social, physique et moral de ses belles-sœurs, cousins, cousines, oncles et tantes. Ayant épuisé l'inventaire des bulletins de santé, Margarida remarqua en riant qu'elle avait tout à l'heure fait l'inventaire de ses gens et qu'elle se demandait comment ils parvenaient à trouver chacune et chacun une utilité quand Rafael, le vieux José et Ana Maria la cuisinière suffisaient au service à Evora. Arrivèrent les desserts, les fruits, les massepains d'amandes, les caramels au lait de coco, les confitures sèches de mirabelles, de bananes, de coings et d'ananas et la spécialité goanaise : les bebincas feuilletés à la cardamome et au lait de coco.

Elle réalisa avec étonnement qu'il ne l'avait pas interrogée sur son voyage. Elle en fut contrariée un instant car elle avait beaucoup à en dire, puis heureuse à la réflexion. Elle choisit de ne pas aborder elle-même le sujet. Elle aurait risqué de révéler accidentellement sa longue familiarité avec François. Cette fréquentation n'était pas répréhensible certes, mais c'était un souvenir à elle. Et puis elle avait compris au cours de son apprentissage des usages de la société goanaise que la jalousie des hommes y était légendaire.

À ce moment, une Cafre d'un noir intense lança d'une voix rauque une mélopée reprise par deux autres femmes, dont une s'accompagnait d'une cithare dont le manche s'achevait en tête de dragon. Elle les trouva belles toutes les trois, d'une finesse et d'une élégance extrêmes, et elle imagina que leur chant exprimait leur regret de l'Afrique. Elle eut d'un coup une bouffée de nostalgie du Portugal. À l'autre bout, derrière les pyramides de fruits et de sucreries, Alvaro s'interrogeait sur l'opportunité d'appeler auprès de lui deux petits-cousins de seize et dix-sept ans, pour parfaire aux Indes leur éducation de fidalgos. Elle s'en aperçut juste à temps pour prendre un air préoccupé suggérant qu'elle pesait l'intérêt et les dangers d'une telle initiative. Le petit page qui devait à sa tignasse crépue le surnom de *Flocoso* – floconneux – chassait avec énergie les mouches qui aspiraient la confiture à ne plus pouvoir s'envoler. Un peu de moscatel de Setúbal pour marquer leur premier dîner l'avait rendue un peu grise parce qu'elle n'avait pas l'habitude du vin.

*

Le plancher de bois de fer d'une obscurité luisante était jonché de tapis de Perse resplendissant sur ce fond couleur d'anthracite. Leurs reflets métalliques indiquaient qu'ils étaient tissés de soie. Un amoncellement de couettes et de coussins duveteux couvrait un lit de sangles dont les pieds en bois tourné laqués en rouge se prolongeaient en colonnettes soutenant les quatre sommets d'une moustiquaire vaporeuse. Le mur lui faisant face exposait une tenture de coton blanc imprimé en indigo et en garance du motif indien de l'arbre de vie. Au-delà du symbole, il rappelait que Madras détenait l'art mystérieux, inconnu ailleurs, de fixer les couleurs de teinture.

Le dimanche 24 mai à deux heures après minuit, Margarida constata que, aussi prévenant que son frère Fernando, Alvaro ne rendait pas les relations intimes plus remarquables.

Après qu'elle l'eut raccompagné de quelques pas quand il regagnait sa chambre, elle marcha vers l'arbre de vie. Son index remonta ses branches comme mû par un tropisme qu'elle ne contrôlait pas. La pulpe de son doigt enregistrait le toucher de la toile fine. C'était agréable et doux. Rêveuse, elle conclut que cette absence de sensation pouvait trouver trois réponses. Ou bien l'on mentait effrontément sur une affaire banale, ou bien une certaine perversion dont elle et ses deux maris successifs ignoraient tout pouvait ajouter du piment à ces ébats, ou bien il lui manquait un sens, comme on peut être sourd ou aveugle.

Bien sûr, il y avait ce rêve étrange à Mozambique, qui l'avait laissée moite d'une intense émotion intérieure. L'arbre se perdait hors de portée de son geste, orteils déployés et bras tendu. Au-delà donc de sa capacité de réflexion. Puisque rien n'était changé sur le plan de son intimité conjugale, elle décida de cesser de se torturer l'esprit. Elle allait profiter sans réserve de la vie goanaise que lui offrait son remariage. La vie mondaine allait atteindre un paroxysme avec l'intronisation dans quelques jours du nouveau gouverneur. Elle tapota les coussins et les remit un peu en ordre, jeta au pied du lit la couette incongrue à cette saison et, à genoux sur le lit, borda soigneusement sa moustiquaire. Elle s'endormit aussitôt.

André Furtado de Mendonça était arrivé à forces de rames, venant de Mangalore où l'avaient atteint l'annonce de la mort du nouveau vice-roi et la décision royale de lui confier la continuité du gouvernement des Indes. La galère l'avait déposé à Panjim où il venait de gagner le couvent des Reis Magos.

Les Mendonça avaient bien servi l'Empire, et l'un d'eux, Joào de Mendonça Furtado, avait déjà été nommé gouverneur en 1564. Le prestige personnel de dom André était immense après trente années de carrière aux Indes dont huit de combats acharnés et la plupart du temps victorieux contre les Hollandais. Refusant tout honneur et toute autre charge que le commandement de l'armée du Sud, il s'était battu comme un chien aux Moluques, à Amboine, à Ternate. À Malacca trois ans plus tôt, il avait résisté quatre mois au blocus des quatre mille hommes de l'amiral Cornelis Matelief de Jong et de son allié le sultan de Johore. Ses deux cents soldats portugais et japonais tenant les bastions et la porte de Santiago avaient été décimés mais avaient tenu bon jusqu'à l'arrivée de la flotte salvatrice conduite par le vice-roi en personne. La forteresse avait mérité au cours du siège son surnom de *A Famosa*, l'Illustre. C'était lui qui avait assiégé la forteresse de Mappilah et capturé le pirate malabar Muhamad Kunjali Marakkar, la calamité de l'océan Indien et de la mer de Chine. Il l'avait traîné se faire décapiter et mettre en quartiers à Goa où l'on avait chanté un *Te Deum* et allumé des feux de joie.

Portugais et Indiens louaient unanimement sa bravoure légendaire, son énergie fougueuse, sa probité scrupuleuse et son sens élevé du devoir. On respectait tout autant sa piété et sa règle de moine soldat. On ne l'avait jamais vu en compagnie d'une femme. Mendonça n'était pas d'assez ancienne noblesse pour recevoir le titre de vice-roi mais il avait cette envergure. Dès l'annonce de sa nomination, on sut qu'il allait aussitôt remettre en ordre les Indes que l'archevêque, soucieux principalement de brandir sa crosse épiscopale comme un sceptre, avait laissée filer entre ses doigts gantés de soie violette. Il devrait faire vite. Son successeur était probablement déjà en route depuis un ou deux mois puisque la flûte *Cabo Espichel* avait dû toucher Lisbonne en septembre, pavillons en berne, ramenant le corps de dom Joào Forjaz Pereira.

Une escouade de forçats s'activait à nettoyer le campo où allait avoir lieu la parade militaire, et à y dresser des estrades pour les dignitaires et les ambassadeurs des États indiens. Sans atteindre les fastes protocolaires de l'intronisation d'un vice-roi, la prise de fonction du gouverneur allait se dérouler avec un cérémonial digne de la confiance royale et du poids de sa charge. Exerçant leur mandat à quelque huit ou dix mois de mer de la métropole dans chaque sens, donc à près de deux ans au mieux d'une réaction à leurs rapports, les vice-rois et leurs intérimaires étaient des proconsuls omnipotents. Le roi leur abandonnait par la force des choses les pleins pouvoirs diplomatiques et militaires, encadrés par des directives générales quant à la guerre aux ennemis du royaume et au soutien de l'évêque et de l'évangélisation. Ils n'étaient plus des conquérants mais ils étaient bien plus que les gérants de l'empire qu'ils avaient le devoir sacré de défendre du bec et des ongles. De leur clairvoyance et de leurs initiatives dépendaient à court terme les bénéfices de la Carreira da India et à moyenne échéance le destin du Portugal.

La responsabilité du vice-roi était écrasante mais en retour il bénéficiait de revenus au moins aussi lourds que sa tâche. Ses appointements officiels de trente mille cruzados d'or se multipliaient disait-on jusqu'à trente fois. Maître des charges, des récompenses, des dons, des rentes et des prébendes, il était entouré de la clientèle pressante des courtisans éperdus de cupidité. Émanation du roi, il apparaissait peu en public, sinon dans des cérémonies fastueuses de même essence que celles qui entouraient encore les rares apparitions solennelles du doge de Venise bien que le Portugal eût rogné les ailes du lion de Saint Marc.

Selon la tradition, la passation du pouvoir aurait lieu au couvent des Reis Magos. Le vice-roi quittant transmettrait à son successeur l'état des forteresses, la liste de la flotte et l'inventaire des biens et des moyens du gouvernement de la couronne en Inde. Un problème protocolaire rare se posait. Dom frei Aleixo, archevêque de Goa, exerçait l'intérim de la vice-royauté depuis que dom Martin Afonso de Castro était mort de dysenterie à Malacca quelques mois après avoir contraint les Hollandais à battre en retraite. Second personnage dans le protocole des Indes, l'archevêque allait donc passer ses fonctions temporaires à un gouverneur de moindre rang que lui. Il y avait plus fâcheux. Raccompagné solennellement, le vice-roi quittant sa charge demeurait traditionnellement jusqu'à son départ aux Reis Magos, où il attendait dans un digne isolement son embarquement pour Lisbonne. Dom frei Aleixo, lui, allait devoir revenir en hâte pour célébrer le *Te Deum* d'intronisation de son successeur. Les secrétaires du palais du vice-roi et de l'archevêché se réunissaient depuis plus d'une semaine en colloques fiévreux pour trouver comment pallier cette conjoncture ridicule.

L'archevêque ne décolérait pas, d'autant plus que les querelles de protocole remplissaient déjà son antichambre, mise en effervescence par l'affaire du palanquin. Il était interdit aux fidalgos de circuler en litières, jugées contraires à la morale. Les inquisiteurs prétendaient que leur fût étendue la disposition qui autorisait les prélats à déroger à l'interdiction royale. Ils alléguaient que s'asseoir sur les mules de bas clergé était incompatible avec leur dignité. Et l'on se disputait continûment sur le chapeau, sur le privilège des chaises à dossier et sur l'ordre des places en haut bout de table aux audiences du Saint-Office. Les secrétaires se mirent d'accord sur l'idée lumineuse que sa seigneurie irait selon son habitude faire retraite pour quelques jours au monastère capucin de Nossa Senhora do Cabo juste en face des Reis Magos. Il en reviendrait avec l'apparat habituel, devançant le gouverneur comme si de rien n'était. La tension retomba à l'archevêché, sans atténuer l'exaspération de dom frei Aleixo, alimentée par les louanges du commandant de la flotte du sud dont on lui rebattait les oreilles.

La veille de la cérémonie, dom André Furtado de Mendonça reçut du bout des lèvres pincées de son prédécesseur l'état des Indes dont il connaissait bien mieux que lui la situation. Il remonta la Mandovi le mercredi 27 mai en grand appareil nautique, à bord de sa galère escortée par les manchuas des hauts fonctionnaires, sur lesquelles cornets et hautbois sonnaient jusqu'à faire croire qu'arrivait la grande mousson. Il débarqua aux marches de l'esplanade, reçut les clés de la ville sous l'arche triomphale du palais de la forteresse et se rendit à cheval à Santa Catarina en cortège dont on ne voyait ni le début ni la fin tant le peuple voulait le voir et l'acclamer. L'église faisait fonction de cathédrale en attendant l'achèvement de la Sé. La cathédrale en construction s'adossait chœur contre chœur à São Francisco de Assis, comme si l'on ne savait plus où donner de la tête pour glorifier Dieu et ses saints. Le nouveau gouverneur prêta serment sur les Évangiles présentés par un archevêque maussade, et gagna son palais sous les arcs de triomphe dressés par les corporations qui avaient rivalisé d'imagination. La ville ne s'entendait plus, tant était assourdissant le concert de musiques martiales, de cloches, de coups de canon et de pétards d'artifice. Goa s'étourdissait de l'avènement d'un vice-roi selon son cœur. Ceux qui avaient eu la chance d'apercevoir quelque chose

répandirent la nouvelle que, pendant toute la durée du cérémonial, dom André était resté en cuirasse.

Quand il apprit qu'un médecin familier du roi de France
avait assisté le comte da Feira pendant ses derniers jours, le
gouverneur le fit rechercher. Il lui fit commander à l'hôpital
de venir le voir dès son exeat. Il serait reçu aussitôt, sans
avoir à prendre langue.

Le vendredi 29 mai, deux jours après la fête, François quitta maître Gaspar Salanha un peu avant neuf heures du matin, avec l'assurance d'une occupation au salaire modeste mais bienvenu, consistant à vérifier et ranimer la centaine d'aiguilles marines des galères et des stationnaires de Goa. Il disposait de quatre mois d'ici à octobre, époque à laquelle reprendraient les opérations navales contre les musulmans au nord et les pirates malabars au sud. Le pilote en charge des instruments nautiques lui avait précisé d'un ton rogue que la Casa n'avait pas besoin d'un quelconque savoir étranger, surtout pas dans le département des cartes et portulans dans lequel il lui était interdit de mettre les pieds. Le pilote-major de la flotte lui avait parlé de sa pierre magnétique d'une qualité exceptionnelle. C'est ce qui l'intéressait. François reconnut dans cet argument la finesse de maître Fernandes et il lui en sut gré.

Jean sortant ce matin-là de l'hôpital, François n'avait que quelques pas à faire à partir de l'arsenal de la Ribeira Grande pour le retrouver et le conduire à sa convocation au palais. Il atteignait l'immeuble de la Monnaie quand il dut s'arrêter pour laisser passer l'escorte d'un dignitaire qui en sortait à cheval, accouplé à son parasol. L'homme en chapeau et courte cape dont il ne voyait que la silhouette à contre-jour retint un instant sa monture, puis la mit au pas. Les livrées vertes qui s'éloignaient devant lui réveillèrent l'image du Cafre de la rue des Amoureux mais il mit la rencontre au bénéfice du hasard dans la cohue multicolore et n'y prêta pas attention.

Jean l'attendait devant le portail de l'hôpital, vêtu de neuf depuis le chapeau jusqu'aux souliers. Il venait d'émarger à sa grande surprise la perception d'un pardau d'argent et de cette tenue de coton blanc simple mais d'un confort inégalé dont l'administration dotait tous les malades guéris qui faisaient ainsi littéralement peau neuve. Il allait découvrir la ville, n'ayant pas mis le nez dehors depuis son débarquement sur un brancard.

À quelques exceptions près, toutes les institutions civiles et militaires de Goa étaient implantées sur la rive de la Mandovi, laissant en quelque sorte le cœur de la ville à la religion. Le qualificatif guerrier du palais de la forteresse était moins justifié par son plan laissant percer la Renaissance, que par le bastion sur lequel il était construit, dominant le fleuve de quelques mètres. La défense de l'île de Tuswadi sur laquelle était établie Goa reposait sur les forts de sa périphérie mais surtout sur les fleuves Mandovi et Zuari dont les estuaires l'entouraient de toute part. La ville semblait compter plutôt sur l'effet psychologique de l'architecture massive de ses bâtiments publics pour dissuader ses ennemis. L'austérité tranquille de leurs plans était d'ailleurs démentie par la légèreté de leurs galeries, de leurs arcades et de leurs hautes toitures en ciseaux à quatre pans. Les architectes des bastions de l'empire s'étaient laissé séduire par le charme indien.

La demie de neuf heures sonnait quand ils gravirent l'escalier extérieur au plan en T conduisant à l'étage noble. Bien qu'il fût remarquablement large et malgré l'heure matinale, des personnages à la mine soucieuse s'y bousculaient dans l'agitation des cabinets quand change le pouvoir. Montant ou dévalant, fébriles les uns, empesés les autres, ils affichaient, rien qu'en parcourant ces degrés, le poids de leur fonction, leur proximité des décideurs et le prix de leurs conseils.

Sur leur affirmation qu'ils étaient attendus dans les meilleurs délais par le gouverneur, un officier les laissa se joindre, d'une mauvaise grâce soupçonneuse, aux quémandeurs et aux courtisans qui remplissaient l'antichambre d'un bruissement d'impatience et de prétention. Tous ces hommes en noir élégant les regardaient avec dédain en ricanant de leurs bouches rougies par le jus de la noix d'arec dont ils se teintaient aussi les ongles en vermeil. Goa mâchait continûment du bétel. Leur compagnie semblait grimée pour une représentation théâtrale et leurs attitudes apprêtées renforçaient l'impression d'une troupe en scène. Un quatuor de fidalgos parés de chaînes et de bagues en or s'esclaffa de la prétention de ces rustres au vêtement modeste et tenant leur chapeau à la main d'être reçus avant eux qui restaient coiffés. Jean allait riposter quand François, dont la culture goanaise avait fait des progrès rapides, l'en dissuada en le retenant par le bras. Il y avait mieux à faire qu'à régler des comptes inégaux dans ce lieu dont le décor sortait de l'ordinaire.

On appelait cette antichambre la salle des Armadas, des flottes. Ses murs étaient couverts de panneaux peints sur toile récapitulant la composition de toutes les escadres des Indes depuis celle de Vasco de Gama. On y lisait les noms de leurs capitaines et on y découvrait par des images explicites les fortunes funestes des plus malchanceux de leurs navires, incendiés, naufragés ou coulés bas. Les plus anciens tableaux de ce mémorial étaient déjà estompés, rongés par l'humidité des moussons comme un second naufrage.

Mendonça recevait le conseil de la Camara da Cidade venu lui rendre compte des affaires de la ville. Les édiles sortirent en groupe à la fin de l'audience, échangeant des saluts. Ils affichaient la mine préoccupée seyant à de hauts responsables quittant un entretien d'État et l'on voyait à la lenteur de leurs pas et à leur dos légèrement voûté combien étaient lourds les soucis et les secrets de leurs charges.

Après un bref conciliabule deviné au loin derrière la porte auguste, un huissier accourut les chercher. Stupéfait lui-même de cette entorse au protocole, il multipliait, échine ployée, les gestes d'incompréhension à l'intention des quémandeurs furieux. Ils traversèrent l'antichambre sous une volée de regards meurtriers, contournant les courtisans suffoqués dont aucun ne s'écarta ni ne leur rendit au passage les courbettes qu'ils pensaient convenables. La morgue et la flagornerie naturelles dans les cercles aux franges du pouvoir étaient exacerbées par l'exotisme tropical de Goa. La préséance échauffait les fidalgos jusqu'à la fureur. Un protocole d'une infinie complexité régissait l'ordre et le nombre des salutations réciproques. En traversant la salle, Jean et François auraient vingt fois offensé à mort si leur médiocre condition ne les eût opportunément rendus négligeables.

La salle des audiences donnait sur la place du palais par de grandes fenêtres en panneaux de carepas. La moitié supérieure du mur opposé était couverte par quatre rangées de portraits des vice-rois, toisant les visiteurs du haut de leurs grandeurs passées. Le nouveau maître temporaire des Indes avait transformé la salle d'apparat en cabinet de travail en faisant simplement poser sur des tréteaux un grand plateau derrière lequel il était assis au milieu de la pièce. Derrière lui, au fond, un panneau de velours noir brodé des armes du Portugal sacralisait un fauteuil à très haut dossier posé en majesté sur une estrade couverte d'un tapis à la persane. L'installation provisoire dressée sur l'ordre du gouverneur marquait sa différence avec les dignitaires de robe et de cabinet. Elle signifiait que son intérim ne s'embarrasserait pas du protocole d'une charge honorifique, et qu'il entendait continuer à agir concrètement en homme de terrain. Qu'il était en campagne. Pour que nul n'en doutât, il avait fait poser sur une console la cuirasse, le morion et l'épée qu'il portait lors de son intronisation.

Cette image guerrière leur remit en mémoire leur entrevue avec dom Estêvão, le gouverneur têtu de Mozambique, et elle leur plut. Le Portugal comptait encore quelques grands serviteurs inébranlables.

Le teint du gouverneur était cireux, et ses yeux jaunes confirmaient la rumeur qu'il avait contracté une affection pernicieuse du foie à Malacca. On laissait entendre qu'il aurait été empoisonné. Il balaya d'un geste l'offre de services de Jean.

— J'ai trop de soucis immédiats et trop peu de temps disponible pour m'encombrer maintenant de médecine.

— Dans ces conditions, je ne comprends pas bien en quoi je puis être utile à votre seigneurie ni pourquoi elle m'a fait appeler aussitôt.

— Je suis condamné, je le sais, j'ai beaucoup à faire, et je dois le faire très vite. J'ai déchiré avant-hier les lettres de l'ambassadeur de Pégu et je les lui ai jetées à la figure. Je l'ai renvoyé prévenir son roi hypocrite que je compte aller moi-même lui expliquer qu'on ne peut pas impunément ouvrir les ports birmans aux Hollandais malgré l'engagement solennel qu'il a pris devant moi, la main sur le cœur. Et j'irai le rappeler au passage au roi d'Achem à Sumatra qui s'est lui aussi vendu aux Bataves. Tu m'accompagneras quand je partirai rétablir la légitimité des droits de notre couronne dans le sud. Surtout, puisque mes fonctions actuelles mettront probablement fin à ma carrière aux Indes, tu seras mon médecin personnel quand je rentrerai mourir au Portugal. J'aurai alors le temps de penser à mon corps qui se pourrit de l'intérieur comme notre empire. Moi, je suis là d'abord pour soigner l'empire.

François parcourait des yeux la juxtaposition écrasante des effigies des précédents vice-rois tout en écoutant les propos du gouverneur. Il constata que Jean tardait à accepter son offre d'emploi. Dom André sembla lui aussi s'en étonner.

— Aurais-tu l'intention de rester plus longtemps à Goa ou de poursuivre ton voyage à travers les Indes ?

— Non, votre seigneurie. J'aurais d'ailleurs peu de chances, le voudrais-je, d'être autorisé à sortir du territoire de Goa. Vous le savez bien. J'accepte cet honneur avec gratitude.

— À la bonne heure. Votre sauvegarde à tous les deux a reposé pendant votre traversée sur le comte da Feira. Vous n'avez plus de protecteur depuis votre arrivée ici et à mon sens, il était urgent de vous en trouver un.

L'audience était terminée le temps d'un *Pater Noster*. Jean prenait congé en s'inclinant quand Mendonça remarqua François figé à sa place, absorbé dans sa contemplation des vice-rois. Tournant la tête, le gouverneur balaya du regard la galerie de portraits et s'enfonça un peu plus dans son fauteuil, leur désignant du doigt deux sièges pliants pour les inviter à s'asseoir.

— Je t'accorde que toutes ces âmes ne pèseront pas toutes le même poids le jour du tribunal de Dieu. Garde-toi cependant, jeune homme, de désigner lesquels de mes prédécesseurs seront accueillis par les anges et lesquels seront livrés aux démons d'après leurs portraits dont je te vois faire l'inventaire critique. Les artistes ont le talent de rendre clairs des yeux chafouins, tout autant que les mauvais peintres peuvent gâcher par maladresse un beau regard.

Il observa longuement le mur historié auquel il semblait prêter attention pour la première fois depuis sa prise de fonctions.

— La continuité des Indes. Notre empire, la grandeur de l'histoire et la vanité de la condition humaine.

Il parlait lentement, en détachant ses phrases.

— Les conquérants ont d'abord accompli leur œuvre derrière Almeida et Albuquerque. Le temps généreux de ces bâtisseurs charismatiques illuminés est achevé depuis longtemps. Ils ont permis que commence le temps des prêtres. Ils se sont surtout occupés de gérer les âmes. Alors est venu très vite celui des hauts fonctionnaires. Beaucoup, disons la plupart, ont été l'honneur du Portugal.

Il balaya les tableaux d'un index inquisiteur.

— Les visages empâtés de quelques-uns, avachis sur leurs cols de dentelle, trahissent la cupidité qui fut leur unique souci. Elle ne les a pas exemptés de mourir à leur tour.

Son doigt désigna par saccades les trois premiers portraits et s'immobilisa en direction du quatrième. Il décrivait un homme barbu, la tête penchée et l'air triste portant une cotte de mailles et un pectoral sous un manteau noir bordé d'un galon doré. Il était coiffé d'un bonnet rond de clerc.

— Lopes de Sequeria. Le premier gouverneur qui a eu l'idée d'acheter l'inattention des auditeurs royaux. Il semble avoir l'air accablé par sa forfaiture. L'hypocrite masque sa jubilation en récapitulant les sacs d'or qu'il a détournés. Il s'attriste en réalité des trafics qui lui ont échappé.

François réprima son rire, se demandant si le gouverneur avait vraiment l'intention d'être drôle.

— La corruption a commencé très vite. Avant même le retour en Inde de Vasco da Gama puisque, à droite de Sequeria, c'est dom Vasco, revenu comme vice-roi, le premier à porter ce titre à nouveau après Almeida.

Sa main retomba.

Décontenancé par cette condamnation à laquelle il ne s'attendait pas et qu'il ne souhaitait pas entendre, François était mal à l'aise au point de tenter de faire dévier l'entretien.

— Si je compte bien ces portraits, trente-quatre vice-rois se sont déjà assis sur ce trône. C'est beaucoup en à peine un siècle.

— Trente-six avec Afonso de Castro et frei Aleixo de Meneses que je viens de remplacer. Les vice-rois et les capitaines des places sont nommés pour trois ans. Les conseillers savent que c'est trop court pour gouverner vraiment mais le roi pense utile pour la solidité de son règne de s'attacher le plus grand nombre de nobles en les conviant à partager la richesse et la gloire.

Il eut un bref ricanement.

— Il craint aussi de les voir devenir trop puissants s'ils restaient trop longtemps en place. – Il soupira – . Il n'a pas tort.

— Alors, le pouvoir est exercé continûment par des titulaires sans expérience.

— Tu raisonnes bien, l'apothicaire. Cette politique nuit aux intérêts de l'Inde, et elle a pour effet d'ériger la prévarication en religion d'État.

— Et qu'en pense le peuple ?

— Il est mécontent de ce renouvellement incessant qui éparpille le pouvoir pour mieux partager les prébendes. D'un autre côté, il adore les festivités d'intronisation.

Dom André scrutait la galerie de portraits, les mains crispées sur les accoudoirs. Il se retourna vers eux.

— Vous a-t-on raconté l'histoire des mouches saoules ? Non ? Un mendiant gît prostré sous le porche d'une église, implorant l'aumône des fidèles. Ses jambes sont couvertes d'ulcères sur lesquels grouillent les mouches. Un homme apitoyé a l'idée charitable de chasser les mouches qui importunent le miséreux. De quoi te mêles-tu ! s'écrie le vieillard furieux. Elles étaient saoules. Tu as fait s'envoler des mouches rassasiées. Celles qui vont les remplacer seront affamées et me suceront plus voracement le sang.

François hocha la tête en faisant une moue entendue sans oser aucun commentaire. Le gouverneur reprit après un silence. Il semblait penser à voix haute.

— Dans l'ombre complice de ces dignitaires couverts d'honneurs, les marchands et les petits fonctionnaires ont compris qu'ils pouvaient eux aussi profiter des Indes en graissant quelques pattes. L'idée a fait du chemin. La gangrène a gagné tout l'empire.

Il corrigea doucement ses propos.

— C'est maintenant mon peuple. Je l'aime tel qu'il est.

La tête levée, il semblait regarder au loin, jusqu'aux frontières de l'empire.

— Notre royaume est immensément riche au point de ne pas s'apercevoir qu'il est saigné méthodiquement par un essaim de mouches. Il est trop vaste. L'Inde est beaucoup trop lointaine pour nos forces. Ce n'est pas l'empire qui défaille, c'est le Portugal qui s'asphyxie. Nous ne tenons plus la bride d'une main assez ferme car nous manquons aujourd'hui d'hommes de valeur et de devoir.

— Les Hollandais...

Dom André ne laissa pas Jean achever.

— Les luthériens ont compris le parti qu'ils peuvent tirer de ces constatations. Les prédateurs tournent autour de nous comme des chacals. C'est pour cela qu'il faut de temps à autre accrocher ici et là des portraits de gouverneurs en cuirasse sur le mur des vice-rois en velours.

Il se leva et alla à pas comptés s'asseoir sur le trône dont le dossier était surmonté de la sphère armillaire symbolique.

— Je me suis assis un instant sur ce fauteuil il y a quarante-huit heures, juste le temps d'une cérémonie protocolaire. Je ne l'occuperai pas assez longtemps pour avoir le loisir de poser pour un peintre, à supposer d'ailleurs que Dieu me concède d'achever mon mandat. Afonso de Castro, le trente-cinquième et dernier vice-roi, n'est pas encore accroché au mur. Son portrait posthume n'est pas esquissé. L'archevêque, lui, qui m'a transmis avant-hier l'intérim du pouvoir, a commencé depuis longtemps à prendre la pose au cas où l'on oublierait de rappeler son passage transparent à la postérité. Leurs places les attendent au bout de cette ligne. Je serai le numéro trente-sept. Je serai accroché exactement ici.

Il revint vers eux, désignant du doigt la place virtuelle où commencerait une nouvelle rangée de neuf tableaux, et regagna sa table de travail.

— La mort m'a déjà assigné un rendez-vous et elle s'impatiente mais j'aurai le privilège de continuer à exister publiquement. Et le mur continuera à se couvrir de gloires défuntes. Jusqu'à ce que ce palais s'effondre et entraîne l'empire dans sa chute. Ou inversement.

Mendonça jouait distraitement avec un kriss malais à la poignée d'ivoire tourmenté dont il faisait jouer la lame dans un curieux fourreau disproportionné en forme d'anthurium.

— Parmi tous ces visages diversement soucieux, je ferai partie des gouverneurs et des vice-rois représentés en armes. Peut-être que nous, les gens de guerre, serons oubliés plus tard que les autres. Un peu plus tard. L'histoire retient avec avidité les exploits guerriers mais l'ingrate oublie plus vite les noms de ses héros que les dates de leurs faits d'armes. Elle ignore le plus souvent les victoires silencieuses des grands commis sur les abus, sur l'obstruction des fonctionnaires ou sur leur incapacité. Les gens du peuple, eux, se moquent des batailles car ils n'aiment pas la guerre.

Médusés, Jean et François restaient silencieux et immobiles pour ne pas rompre le charme, craignant qu'il n'interrompe ces confidences inattendues, un soliloque plutôt qu'un discours à leur intention. Un officier passa la tête dans l'entrebâillement de la porte et fit comprendre par gestes que l'on s'impatientait dans l'antichambre. La dague cogna violemment contre la table.

— Fichez-moi la paix, enfin !

Dom André bondit, écarta brutalement l'officier et disparut dans l'embrasure de la porte. Ils l'entendirent admonester l'assistance d'une voix forte :

— Que ceux qui sont pressés par des tâches utiles s'en aillent. Je saurai les retrouver où qu'ils soient quand j'aurai besoin d'eux. Que les autres attendent puisqu'ils n'ont rien d'autre à faire. J'ai reçu la charge de la sauvegarde et de la prospérité de tous. Je l'assumerai mais laissez-moi tranquille un instant !

François lança à mi-voix :

— Je pense que l'on met déjà nos têtes à prix dans l'antichambre.

Le gouverneur claqua le battant et revint vers eux en frottant ses phalanges. On aurait pensé à s'y méprendre qu'il se préparait à cogner mais peut-être cette impression n'était-elle pas totalement infondée. Il grommela en haussant les épaules.

— Les oisifs et les quémandeurs doivent assumer pleinement leur destin de parasites.

Il se rencogna dans sa chaise à bras et se prit le front dans la main. Il semblait avoir oublié leur présence mais il leva les yeux vers eux, sans changer d'attitude.

— Je crois comprendre, à travers les mises en garde dont j'ai été abreuvé, que vous êtes érudits l'un et l'autre et que vous prétendez être venus à Goa par simple curiosité. Est-ce croyable ? Que fais-tu, toi, quand tu ne contemples pas les portraits des vice-rois la bouche bée ?

— Je connais la façon de construire les aiguilles marines et de les ranimer. Je vais travailler à cela à l'arsenal.

Mendonça le coupa d'un geste.

— Ça, je sais. J'ai donné mon accord à ton embauche dans cet établissement sensible. Je te demande si tu fais profession de pilote ou d'autre chose et ce que tu viens vraiment faire ici.

— Je suis l'assistant d'un hydrographe de Dieppe, votre seigneurie. La Terre Australe nous interpelle. J'espère trouver à Goa des informations sur elle.

— Ça signifie que tu sais lire les cartes. Alors fais attention si tu ne veux pas finir au Tronco. Vos compatriotes sont peu nombreux ici, et on s'en méfie depuis les agissements d'un soi-disant comte de Monfart. Il était très entendu sur l'art de faire exploser des mines et beaucoup trop curieux de visiter nos forteresses. On l'a mis au cachot à Ormuz avant de le renvoyer l'an dernier à Lisbonne sous les fers. J'ai appris aux Reis Magos que deux autres Français sont ici depuis quelque temps. L'un est arrivé par accident et il ne nous dérange pas.

— Je pense qu'il s'agit de François Pyrard. Je l'ai rencontré à l'hôpital et je viens de le quitter.

— C'est bien son nom. L'autre, un jésuite, est apprécié m'a-t-on dit pour son sens pédagogique et ses recherches sur les langues indiennes. Je constate que l'on n'a rien à reprocher aux Français mais ils sont devenus suspects depuis que l'on a arrêté l'espèce d'espion d'Ormuz.

— Les aventuriers sont de toutes nations. Notre roi Henri que je sers n'a aucune curiosité pour vos places. Sinon, il m'aurait confié en secret la mission de les observer et de les décrire.

— Et il ne t'en a pas chargé ? À la bonne heure ! Si tu étais un espion, tu aurais la courtoisie de m'en avertir bien sûr en offrant tes poignets aux fers.

Il restait sévère, mais ses yeux pétillèrent quand il fit le geste de tendre ses deux poings fermés. Jean rougit de son ânerie.

— Je suis stupéfait que vous ayez fait tous les deux ce voyage hasardeux dans le seul but de venir voir vivre notre ménagerie. Tous ici cherchent fébrilement la fortune comme des malades. Vous dites avoir débarqué sans argent et ne songer qu'à enrichir vos arts respectifs. Vous êtes sans doute des fous à lier mais moi, je vous crois parce que j'ai besoin d'imaginer qu'il existe des hommes de bien. Sans ambition personnelle autre que leur enrichissement immatériel. Si elle est désintéressée, votre curiosité peut m'être précieuse.

— Votre seigneurie, la réputation de Goa est un aimant puissant pour les voyageurs curieux que nous sommes. Elle est suffisante de toute façon pour attirer l'homme le plus timoré sur le premier navire en partance. C'est pour cela que nous avons désiré ardemment ce voyage.

— Je te sais gré, l'apothicaire, de ton discours pompeux. Pour aller voir la Terre Australe, ajouta-t-il en désignant François, il fallait, toi et tes aiguilles, embarquer à Amsterdam. Les Bataves vont bientôt décider du sort de l'hémisphère sud. Ils assiègent sans répit Malacca. Ils commencent à fonder des comptoirs à Sumatra. Ils sont déjà les mieux placés pour vérifier de visu à quoi ressemble ta Terre Australe. Une abstraction dont je n'ai au demeurant rien à faire si elle ne produit rien d'utile au commerce ni à la religion.

Le gouverneur se frottait à nouveau les phalanges. Il réfléchissait. Il recula son fauteuil, se leva en portant dans une grimace la main à son côté et fit le tour de sa table de travail contre laquelle il se posa à demi assis, s'y appuyant des deux mains.

— Le Portugal a besoin dès maintenant de témoins objectifs de son œuvre. La dimension de notre engagement pour l'expansion de l'Occident est déjà méconnue parce que la révélation fracassante du Nouveau Monde a été versée au crédit de l'Espagne, et parce que les Hollandais entrent en scène et commencent à détourner les regards sur eux. Alors, tous ceux dont nous avons dérangé les affaires et qui courent maintenant à la curée vont commencer avec délices à piller notre héritage tout en déclarant à grands cris qu'il est sanglant.

François ne put retenir une exclamation et interrompit dom André.

— Maître Fernandes, le pilote-major de la flotte m'a exprimé exactement la même certitude navrée au cours de notre voyage. C'était le 15 août dernier, à la pointe sud de l'Afrique.

Confus de sa réaction, il salua de la tête et compléta vivement sa phrase pour se rattraper :

— Votre seigneurie.

Le gouverneur ignora l'interruption. Il traversa la pièce à grandes enjambées et alla se planter devant le portrait d'Albuquerque qu'il fixa de bas en haut, les mains croisées derrière le dos, tenant son poignard malais, leur parlant sans les regarder.

— Albuquerque bouillait d'impatience. Il a subjugué les seigneurs de la guerre, gagnant les unes après les autres les places indiennes, arabes et malaises jusqu'au détroit d'Ormuz.

Il dégaina son kriss et le mania vivement autour de son visage avec des gestes de barbier de comédie.

— Il a coupé partout assez de nez et d'oreilles pour que l'on conservât longtemps son souvenir. Il a tenu l'empire à bout de bras. Et le Portugal avec lui.

Mendonça rentra le kriss dans son étui et occupa ses mains en faisant glisser la lame d'un mouvement alternatif.

Porté par l'impatience, l'officier entra à nouveau de quelques pas dans la pièce en écartant les bras pour signifier qu'il n'y pouvait rien. Déjà éberlué par l'importance que ce gouverneur décidément atypique accordait à ces visiteurs étrangers de piètre vêture, il s'arrêta brusquement, effaré de le trouver debout devant ces gens de peu assis.

Mendonça s'étira. Il était de très bonne humeur. Il imita dans un éclat de rire le geste d'impuissance de l'officier.

— Nous aurons tout le temps de discourir de l'état du monde et de la fougue d'Albuquerque pendant notre voyage. À nous revoir à bord d'une galère si je trouve le temps d'aller mettre en ordre le sud, et de toutes façons sur la caraque qui me ramènera au Portugal. Si, comme je commence à le comprendre, Dieu est pressé de reprendre mon âme en cours de route, tu t'occuperas de mon cadavre, l'apothicaire, comme tu as très bien arrangé m'a-t-on dit la dépouille du comte da Feira.

— Ce sera un immense honneur pour moi d'embaumer votre seigneurie, mais si elle me le permet, je vais rassembler dès maintenant les plantes et les médecines pour guérir son corps, plutôt que les aromates pour le conserver.

— Approvisionne les deux. On n'est jamais assez prudent.

Son visage redevint grave.

— Ouvrez les yeux puisque vous prétendez vouloir tout voir mais ne vous aventurez pas là où les étrangers sont indésirables. J'ai éprouvé un plaisir insoupçonné à vous parler librement parce que votre absence de convoitise me réjouit. Elle me réconforte. Ne commettez pas l'erreur d'en inférer que Goa serait la capitale des libertés de pensée et d'expression. Méfiez-vous des oreilles accueillantes. N'attirez pas trop l'attention de ma police ni surtout du Saint-Office. On vous observe depuis votre débarquement. Ma police m'a rapporté votre existence comme une curiosité à surveiller. J'ai la main sur elle mais rappelez-vous à chaque instant que le Saint-Office a la main tout autant sur moi que sur vous. J'ignore ce que l'archevêque et les inquisiteurs vous préparent, mais soyez certains qu'ils y réfléchissent.

Ils descendirent l'escalier de la forteresse un grand quart d'heure avant midi. Quittant la fraîcheur du palais, la chaleur méridienne les surprit. Traversant à grands pas le campo do Paço, François entraîna Jean vers la rua Direita dont on entendait la rumeur toute proche. Les ventes étaient en cours au Leilão.

— Ne marche pas si vite. Tu cours.

— Si tu veux voir, nous devons y aller avant la fermeture du marché.

— Tu es ici depuis deux semaines. Moi, je les ai vécues dans une salle d'hôpital enfermée sur ses misères. Laisse-moi un peu le temps de m'imprégner du spectacle. Ne me bouscule pas.

— De quoi te plains-tu ? François Pyrard t'a raconté l'Inde de long en large. Tu viens d'avoir le privilège d'un entretien personnel avec le gouverneur qui t'a expliqué les dessous du pouvoir. Tu ne te débrouilles pas trop mal. Tu pourrais reprendre la mer dès cet après-midi, ta curiosité satisfaite.

Jean s'immobilisa. Il souleva son chapeau et balaya son front d'un revers de manche.

— François ! Arrête tes énervements de garçon inculte et mal élevé. Je viens herboriser ici parce qu'un livre m'a révélé une ouverture sur une flore inconnue chez nous. Tu sais très bien que mon enquête n'est pas commencée. J'ai vu des herbacées odorantes infuser dans les tisanières de l'hôpital, mais pas la moindre tige d'une graminée.

— Attends-toi au pire. Tes graminées, tu vas les trouver un peu sèches.

— Prêtes pour mon herbier.

— Racornies. Comme les fidalgos qui se morfondent en ce moment dans l'antichambre du gouverneur. La nature est complice.

— Ne te gausse pas bêtement, François. Ces puissants nous revaudront leur vexation publique.

— Un incident insignifiant qu'ils ont déjà oublié.

— Tiens donc !

— Passé leur mauvaise humeur, ils garderont surtout de cette matinée le souvenir de leur rencontre en tête à tête avec le gouverneur. Cet honneur confirme leur importance. Elle nourrira leur morgue.

Jean s'éventait de son chapeau tout en observant la place en tournant lentement sur lui-même. Tout absorbé par le spectacle, il répondait machinalement.

— Nous avons croisé tout à l'heure des personnages importants, issus de grandes familles. Ils ne nous apprécient pas.

— Ils sont tous occupés à édifier leur fortune. Les amuseurs de la caraque faisaient rire en disant qu'un fonctionnaire malhonnête était un pléonasme.

— Tu vas un peu vite, François. C'est une caricature.

— Peut-être mais l'intronisation d'un nouveau gouverneur est favorable aux manigances. Aujourd'hui, les truqueurs de comptes voient avec une divine surprise leur passif apuré d'un coup. Le comte da Feira est mort avant même d'arriver. La restauration du pouvoir qui n'en finit pas conforte leur impunité. Sachant le gouverneur un homme de guerre, ils l'espèrent étranger aux affaires et peu soucieux d'entrer dans les registres.

Jean acquiesça, interrompant son investigation circulaire.

— Je suis au moins d'accord avec toi sur ce point. Je les imagine occupés à cet instant à faire valoir leur expérience pour mieux le dissuader d'y mettre le nez.

— Leur mécompte sera gravissime. Le discours que vient de nous tenir dom André annonce une main de fer.

— Restaurer les valeurs humaines n'est pas en son pouvoir mais aura-t-il au moins le temps de remettre en ordre la fonction publique ?

La place du palais était circonscrite par un courant de fidalgos à pied ou à cheval, tournant dans le même sens en conversant entre eux ou échangeant des civilités. Ce passeio était serein et de bonne compagnie. Le centre de l'agora était empli par une foule d'une inconsistance ordinaire. Dans ce mitan désœuvré, nul n'avait d'autre projet que se faire voir et occuper le temps.

Un tumulte éclata derrière eux. Une altercation échauffait deux petites troupes d'officiers qui, se rencontrant malencontreusement, se contestaient le salut comme si leur vie en dépendait. L'une faisait état du droit d'usage pour revendiquer la primauté du plus grand nombre. Le parti adverse se réclamait des privilèges de l'un des siens, déclaré fidalgo da casa d'el-Rey Nosso Senhor. Épousant les prétentions de leurs maîtres respectifs, les domestiques en livrée se toisaient l'un l'autre, poussaient leurs parasols le plus haut possible, et se provoquaient de gestes, d'invectives et de regards furieux comme si leur propre honneur dépendait de l'issue du conflit. À ce niveau de blocage, l'affaire semblait de la plus haute importance. En discussion animée non loin d'eux, trois fidalgos qui semblaient maîtres en jurisprudence des conflits de préséance débattaient de l'éventualité d'une réparation par les armes.

François se pencha vers Jean.

— Ma parole ! Ces gens sont fous ?

— Leurs piaillements s'efforcent de valider les preuves douteuses de leur condition. Pyrard m'a éclairé sur les « fidalgos du cap de Bonne Espérance » qui, embarqués valets à Lisbonne, débarquent gentilshommes à Goa. Au point que les fidalgos authentiques déposent chaque année au palais le nobiliaire officiel les distinguant des imposteurs.

Contournant la zone de discorde et laissant le campo à ses querelles, ils remontèrent l'avenue, Jean suivant François. À l'ouvert de la rua Direita, le marché aux chevaux était fameux pour la perfection de ses petits étalons de Perse et de Mascate, dont des oiseaux affairés disputaient le crottin à des essaims d'énormes mouches.

— Quelle plaie, ces mouches vertes, s'agaça François qui agitait son chapeau en moulinets devant sa figure.

— Des lucilies, précisa Jean, didactique. Elles assument leur rôle dans la nature. Tu devrais plutôt t'émerveiller de retrouver devant toi à même le sol, presque en liberté, les trésors captifs qui t'ont fait rêver naguère dans les échoppes de Lisbonne. C'est fabuleux. Voilà donc la source des trésors indiens de la rue Neuve.

Ils avaient atteint un somptueux capharnaüm. Les marchands mettaient sous le nez du chaland tout ce qui, beau et rare, pouvait attirer son regard, solliciter son intérêt, lui faire envie. Des quincailleries et des porcelaines de Chine jusqu'aux paravents de laque et aux meubles en bois de camphre, des pierres dures, des jades et des ivoires travaillés aux tapis d'Ispahan superposés en couches par douzaines, on trouvait tout entassé là en îlots précieux parmi lesquels il fallait se frayer prudemment un chemin.

On se pressait en jouant des coudes autour des pregoeiros, les crieurs priseurs dirigeant les enchères d'où le Leilão tirait son nom. Ils mettaient en vente au plus offrant des biens faillis ou vendus par décision de justice et les particuliers cédaient tout le reste de gré à gré à ciel ouvert. Experts, vendeurs et acheteurs se comprenaient par signes et gestes de convention dans une cacophonie d'annonces, d'interjections, d'appels et de boniments qui submergeait, quand on s'en approchait, le fond sonore pourtant assourdissant du vaste marché étalé au soleil.

Les hommes de condition s'en protégeaient par leurs sombreiros maintenus au-dessus de leurs têtes par leurs bhoïs. L'espace était couvert presque sans interstices par ces ombrelles, comme s'il était colonisé par une migration de gigantesques coulemelles. Accessoires d'une ostentation empruntée aux dignitaires hindous, elles étaient tellement nombreuses à cette heure-là dans la grande artère commerçante, qu'elles formaient un toit en marche, transparent et multicolore, où dominaient l'orange et le vert.

À leur ombre, les capes et les chapeaux ronds portugais piquetaient de noir une manière de mascarade où se seraient donné rendez-vous tous les costumes de la Terre. La plupart étaient de soie ou de satin bigarré, jusqu'aux robes des servantes, au point que les tuniques fleuries des commerçants chinois paraissaient presque sobres dans cette débauche de couleurs vives. Les plus remarquables figurants de ce grand spectacle étaient les gens de l'Âdil Khan venus de la terre ferme. On voyait de loin leurs hauts turbans pointer au-dessus des têtes. Ils étaient vêtus de hauts-de-chausses ou de grandes jupes de soie et chaussés de souliers cornus à la turque, en cuir rouge et doré.

Ocrés, bronzés, cuivrés, olivâtres, bruns, blancs ou noirs, Cafres de Mozambique, nègres de Guinée ou Indiens du Bengale, les esclaves étaient nus. François avait entraîné Jean vers le haut de la rue.

— La partie la plus étonnante de ce marché est là-bas. Il faut absolument que tu voies ça. C'est là que l'on vend les hommes et les femmes.

— Nous irons bien sûr mais il y a tant à fouiner ici. J'ai déjà visité des marchés aux esclaves en Barbarie. Et j'ai vu à Lagos l'un des plus élégants et le plus vieux d'Europe. Un charmant bâtiment à arcades, jaune d'or sous le ciel bleu de l'Algarve, devant lequel on expose les captifs rapportés de Mauritanie.

François fut choqué par le cynisme de Jean. Comme tous les Dieppois, il ignorait totalement l'esclavage dont il avait à peine une vague idée lointaine. Il n'avait rien remarqué à Lisbonne où quelques Maures passaient inaperçus. À Goa, la réalité lui avait sauté au visage. Il venait pour la seconde fois au marché de la rua Direita sans s'être habitué à voir des hommes, des femmes et des enfants négociés comme des marchandises. Son malaise était difficile à analyser. D'après ce qu'il avait lu et imaginé, il s'attendait à des captifs enchaînés dont le regard sombre aurait porté la rage impuissante et la fureur de l'Afrique. Il ne lisait aucune servitude, aucune haine, aucun défi dans les yeux de ces prisonniers sans entraves. Leur nudité humiliante, contrastant avec les tenues apprêtées des goanais, renforçait paradoxalement l'impression d'une liberté naturelle.

Des jeunes beautés venues de Golconde, du Malabar ou du Bengale exposaient intégralement leurs charmes. Elles les enjolivaient sans gêne en montrant leurs talents et suggérant leur savoir-faire. Se donnant étonnamment en spectacle, elles rivalisaient de leur mieux avec les étrangères, les négresses importées de Mozambique ou de Guinée, dont la cote était au plus haut. Les mélopées des Indiennes excitaient moins les chalands semblait-il que les seins debout et les cheveux frisés des Africaines. Vexées, les chanteuses avertissaient à la cantonade, en se pinçant le nez d'un air dégoûté, que les négresses puaient fort la sueur. La contribution désinvolte des captives à leur acquisition au meilleur prix déroutait François.

— J'ai une belle pièce pour toi, jeune homme. À voir ton air absorbé, tu sembles un connaisseur. Regarde et apprécie ! Cette fille est métisse d'une Bengalie. Elle croîtra d'année en année en beauté et en docilité. Elle est vierge. La visiteuse assermentée des femmes là-bas s'en portera garante. Pour vingt pardaos, elle est à toi. On apprécie dans tout l'océan Indien la qualité de mes impubères. Touche le soyeux de sa peau ! Touche !

La fillette âgée de sept à huit ans tout au plus agitait son petit derrière pathétique en faisant semblant de se caresser une poitrine à venir pour paraître plus femme. François la regardait, pétrifié. Le marchand, vêtu à l'arabe et coiffé de la calotte blanche des musulmans, se dandinait d'une babouche sur l'autre comme un canard avec un air bonhomme.

— Que veux-tu que je fasse d'une esclave aussi frêle et d'une enfant si jeune ?

Estomaqué, le maghrébin se tourna vers Jean.

— Ton ami est-il puceau, impuissant ou sodomite pour poser une question aussi bête ?

Il les dévisagea l'un et l'autre puis il éclata d'un rire vulgaire en se pliant en deux.

— Oh ! Pardon ! Je comprends que vous êtes en ménage. Excusez-moi d'avoir troublé votre intimité, messeigneurs.

Il leur décocha un geste virile du bras, le majeur émergeant raide de son poing fermé, et dirigea la gamine d'une claque sur les fesses vers un sergent qui observait la scène avec attention en tordant sa moustache.

— Jean ? Où sommes-nous tombés ? balbutia François.

— Mon cher, si le spectacle te dérange, que viens-tu y faire ? C'est toi qui m'as entraîné ici toute affaire cessante. Par tes soins, ma première vision de Goa la Dorée, après son hôpital, est son marché aux esclaves.

Le sergent plaisantait avec la fillette toute en sourires.

— Vois comment cette gamine impudique fait tout ce qu'elle peut pour être achetée par ce soudard.

— Ces captifs sont de bonne volonté. Les voyageurs s'étonnent de l'apparente connivence qui rapprocherait à Goa les esclaves et leurs maîtres, même s'ils les traitent sans trop de ménagements et en usent sans limites.

— Mais comment cela se peut-il ?

— Au Brésil, le travail est très dur dans les plantations de canne à sucre. Le besoin de main-d'œuvre est considérable. Les fonctionnaires rentrant au Portugal y font d'ailleurs quelques profits au passage, en revendant des esclaves achetés avant de partir. Ici, au contraire, les tâches ne sont pas très rudes. Les travaux ménagers, le soin et le plaisir des maîtres, le transport de l'eau, la vente de confitures, de tapisseries, de broderies et d'autres ouvrages de dames ne sont pas des occupations trop pénibles. Vois ces domestiques autour de nous. Procurer de l'ombre à son maître n'est pas une charge inhumaine.

À trois pas de l'éventaire des négresses de Guinée narguant les Indiennes en colère un peu plus loin, ils s'assirent face à face sur deux des gros blocs de taille disposés en travers de la rue pavée. Ils permettaient de la traverser à pied sec d'un trottoir à l'autre quand la mousson la transformait en torrent.

Leurs chapeaux leur servaient à la fois d'éventails et de chasse-mouches.

— Goa est une place de négoce. La seule industrie est l'exploitation des cocotiers. L'argent s'y multiplie par l'achat et la revente de graines et de baies qui naissent naturellement et se recueillent sans trop d'efforts quelque part ailleurs, ou de produits des manufactures de Chine. Les esclaves sont ici plutôt décoratifs qu'ouvriers. Certains sont plus heureux et moins occupés que les plus pauvres des Indiens ou des journaliers dans nos campagnes. Familiers de riches demeures, ils sont assurés de manger à leur faim. Les femmes fréquentent pour la plupart les lits de leurs maîtres. Il paraît qu'avoir commerce avec ses esclaves n'est pas considéré comme un péché.

— Quelle hypocrisie complaisante des prêtres, si tu dis vrai. Ces femmes caressées sans vergogne par leur propriétaire sont d'abord leurs captives, Jean.

— Oui, mais pas forcément. Le maître s'occupe paraît-il de les marier. Dès lors, il s'abstiendra d'en user. Les enfants mâles qu'il a de ses rapports avec ses esclaves sont légitimés. La mère reste la propriété de son maître mais elle est libre. À moins qu'il ne l'affranchisse, et s'il meurt, elle le sera aussitôt.

— Penses-tu me convaincre que la colonisation des Indes aurait fondé une société idéale dans laquelle chacun occupe-rait sa juste place dans une harmonieuse opulence ?

— Pourquoi pas ?

— Devrais-je du même coup m'attendrir de la générosité des maîtres affranchissant après usage les filles qu'ils ont for-cées ?

Ils étaient bousculés par des passants qui les heurtaient du pied ou du genou, prenant appui de la main sur leurs épaules ou sur leur tête pour restaurer leur équilibre en les injuriant. Jean réfléchit un instant et s'enfonça d'un coup de poing son chapeau sur la tête, comme pour donner un tour léger à leur controverse.

— Je répète ce que j'ai appris à l'hôpital, François. Nous verrons à l'usage. Nous découvrons déjà que l'homme pourrait apparemment accepter sa servitude d'une façon consensuelle.

— Cela ne se peut.

— J'ai dit « apparemment ». Pyrard m'a affirmé n'avoir rencontré que des nègres et des négresses bien nourris et probablement satisfaits de leur sort. Nous allons vérifier qu'il y a évidemment des mauvais maîtres à Goa.

— Le sort de ces esclaves n'est peut-être pas inhumain, soit. Malgré tout, ils sont proposés à la vente comme les chevaux qui sont là-bas en face, dont on retrousse pareillement les lèvres pour apprécier la denture.

— Pire ! Les chevaux sont parés et harnachés avec soin, tandis que ces gens sont nus. D'ailleurs, tous les Indiens iraient nus si les prêtres ne les obligeaient pas à porter des vêtements qui les gênent.

— Tu n'es pas drôle. Ces jeunes femmes dont on inspecte le pucelage, ces enfants impubères que l'on propose aux soldats sont un spectacle indigne d'un État chrétien. Nous ne pratiquons pas cette infamie au royaume de France.

François se rongeait les ongles. Il se sentait sali par cette gamine qu'on lui avait offerte comme une bonne affaire à saisir. Le sergent l'avait acquise, après lui avoir palpé les cuisses et les fesses, comptant ses pièces comme il aurait réglé un bibelot chinois. Il regrettait du coup de ne pas l'avoir achetée pour la mettre à l'abri. Que tout cela était compliqué !

Les chevaux s'énervaient, harcelés depuis trop longtemps par les taons et invectivés par les chiens que cette agitation excitait. Un afflux de charrettes et de porteurs avait annoncé l'approche de la fermeture. Les xarafos rangeaient leurs monnaies dans des sacoches en cuir. Les vendeurs remballaient leurs marchandises dans le remue-ménage des fins de marchés. On repliait partout les éventaires. Les meubles et les ballots s'éloignaient, suspendus aux bambous des porteurs. Les captifs et les captives aidaient les marchands à refermer leurs fers, plus par vieille habitude que par précaution. Leurs chaînes commençaient à s'éloigner dans un raclement métallique rythmé.

François fit de la tête un geste de négation.

— C'est incroyable. On me traitera d'affabulateur quand je raconterai cela à Dieppe.

Il se déplia, assouplit ses genoux ankylosés et donna rageusement du pied dans une balle de foin qui se dispersa sans s'envoler.

— Je ne parviens pas à imaginer que l'Église a encouragé l'exploitation de l'homme par l'homme.

Jean triturait une paille échappée du parc d'un maquignon. Il se débarrassa d'une chiquenaude du fétu qu'il avait torturé en boule.

— Il faut te faire une raison, François. L'infant Henri qui avait placé les découvertes sous la croix des Chevaliers du Christ a accepté le premier la notion d'esclavage. Les Églises ibériques ont approuvé la traite. Les Espagnols l'ont érigée en programme d'État pour les plantations et les mines des Terres Neuves. La force musculaire d'idolâtres privés d'âme aidait l'implantation chrétienne dans le Nouveau Monde à catéchiser. Il s'agissait d'une manière d'énergie naturelle comme l'eau courante, les mulets ou le vent. Ici même, les prêtres ont un ou deux esclaves à leur service.

Dès la reconnaissance des côtes africaines, les premiers Maures collectés par les navigateurs lusitaniens avaient d'abord eu valeur de spécimens, de curiosités et de preuves. Et puis, quand quelques nègres du cap Vert avaient été rapportés à Lisbonne, on avait compris qu'il suffisait d'aller se servir. La population du Portugal était peu nombreuse et pauvre. L'entreprise spirituelle de l'infant Henri était terriblement coûteuse. C'était une aubaine pour la financer. La Casa avait aussitôt organisé l'exploitation de la terre des nègres, capable de relancer l'épopée africaine qui s'essoufflait depuis près de trente ans. Le prince Henri obtint un droit d'un cinquième des recettes. Colomb, lui, avait parlé d'esclaves sitôt son retour. Il disait avoir découvert une contrée fabuleuse en bordure de la Chine, où Leurs Majestés puiseraient à pleines mains de l'or et des épices tant qu'ils en voudraient. Il mentait. Il ne rapportait en réalité pas grand-chose, sinon quelques pelotes de coton et des perroquets à plumes vertes et à col rouge, des Amazones de Cuba. Alors, pour faire bon poids, il avait proposé d'expédier aussi des esclaves. Des idolâtres, disait-il, en habillant son offre d'un alibi religieux. Il proposait de transformer en travailleurs forcés les Indiens cannibales irrécupérables par les prêtres.

François écoutait, bras croisés, le dos voûté et le front têtu.

— Et la pieuse reine de Castille aurait applaudi ?

— Isabelle a poussé de hauts cris.

— Tu vois ! Quand même !

— La reine jugeait insensée l'idée de lâcher des anthropophages dans les campagnes de la Castille.

Antão de Guimarães s'agenouilla, semblant se fondre dans sa soutane noire. Eux se signèrent et sortirent. Le soleil encore haut cet après-midi les éblouit, faisant cligner leurs yeux qu'ils abritèrent aussitôt sous leurs chapeaux. En ce dernier samedi de mai, la touffeur était suffocante et moite, réverbérée par les parois et par le parvis dallé de la placette. Ils se retournèrent pour attendre le jésuite.

La façade en latérite crue d'un ocre rouge paraissait d'autant plus sombre que les murs et les contreforts de la basilique étaient de part et d'autre badigeonnés de blanc de chaux. Sa sévérité était en accord avec la nef, assez dépouillée pour absorber le décor doré du retable et de la chaire, d'un art baroque raisonnablement maîtrisé. L'ombre d'un grand bâtiment la coupait fâcheusement en deux, obscurcissant en diagonale sa moitié inférieure droite et empêchant d'apprécier pleinement l'élégance classique de ses registres à pilastres discrets superposant les trois ordres grecs. Consacrée depuis peu, la basilique du Bom Jesus n'était pas entièrement terminée. Ils avaient apprécié de loin le travail d'un fresquiste et de ses aides qui, perchés sur un échafaudage, travaillaient à la voûte d'une chapelle latérale.

Jean et François étaient tous les deux la tête levée, détaillant la façade dominée par le monogramme IHS qui la plaçait sous la règle de la Compagnie de Jésus.

— *Iesus Hominum Salvator* ou IE-Sous en grec, lança avec bonne humeur Antão qui venait de les rejoindre.

— Je sais, coupa Jean.

— Bon ! Ne te vexe pas. Ne restons pas au soleil.

Le jésuite les entraîna vers l'édifice dont l'ombre se projetait si malencontreusement sur la façade du Bom Jesus. Élevé à toucher la basilique épaule contre épaule, trapu, sans aucun ornement, il semblait affirmer sa continuité avec elle dans une humble dépendance. Postérieure de quelques années, la basilique était en réalité son émanation.

— Vous entrez dans la plus remarquable des institutions de Goa.

— La nouvelle maison professe des jésuites je présume. Péché d'orgueil caractéristique de ton ordre, Antão ! Péché capital selon saint Augustin.

— Sois indulgent, mon frère ! Nous sommes fiers il est vrai du rôle pionnier de la Compagnie de Jésus en Inde et en Asie.

— Vous êtes une jeune congrégation. Je présume que vous n'étiez pas les premiers frères à vous installer à Goa.

— Bien pensé, frère Jean. Les premiers furent huit franciscains conduits par le frère António de Louro pour fonder São Francisco de Assis. C'est d'ailleurs un franciscain, Pedro de Covilhã, confesseur de Vasco de Gama, qui a dit la première messe sur le sol indien. Cette congrégation de grands voyageurs méritait bien cet honneur car elle a véritablement inspiré la dynastie d'Aviz et l'expansion du Portugal.

— Vous avez pris le relais.

— Les critiques innombrables contre notre compagnie sont assez acides en effet pour attester l'ampleur de son influence spirituelle.

— Pourquoi vous appelle-t-on ici les paulistes ?

— Nous devons ce surnom qui nous honore au père Diogo de Borba qui a placé la fraternité de Santa Fé, notre premier collège, sous le patronage de São Paulo.

— Et pourquoi avoir choisi Paul ?

— Parce qu'il était l'apôtre des gentils.

— Des gentils quoi ? s'étonna François.

— Les non juifs, à l'exception des musulmans. Vous ne savez vraiment rien à Dieppe.

Il s'excusa de sa plaisanterie en joignant les deux mains. Diogo destinait le collège à accueillir les idolâtres convertis pour les instruire dans leur propre langue. La Compagnie de Jésus venait à peine d'être reconnue par le pape. Dès son arrivé à Goa avec le titre de nonce apostolique, le frère Francisco Xavier avait eu une révélation. De cette maison sortiraient des hommes de toutes langues capables de répandre la religion chrétienne parmi les peuples de l'Asie et d'y multiplier le nombre des fidèles.

— Il était un ver luisant à l'échelle de l'Asie mais il a éclairé le monde jusqu'aux Moluques, la Chine et le Japon.

Encadrant le jésuite, ils arpentaient la galerie entourant une cour carrée plantée de quatre jeunes palmiers. Crépi à chaux et à sable, le cloître qui régnait sur deux niveaux d'arcades en plein cintre était aussi dépouillé que la façade. La sécheresse de l'architecture montrait que la maison professe des jésuites n'était pas un lieu de méditation mais de travail.

— Pyrard, ce compatriote érudit que ton intervention intelligente m'a permis de rencontrer à l'hôpital, est admiratif de votre imprimerie.

— Il a raison. C'est l'une de nos initiatives les plus heureuses. La première presse à imprimer sur le sol indien a été installée à São Paulo il y a juste cinquante ans.

À force de persuasion et de ténacité, Francisco Xavier avait hissé le collège au niveau des meilleures universités européennes. On avait dû transférer les cours en raison de la multiplication des classes. Le nouveau collège était construit sur la colline d'où Albuquerque avait dirigé le siège de Goa, près de la chapelle Nossa Senhora do Rosário. C'est là que le maître enseignait déjà le *Credo* et les commandements aux enfants, en plein air car ils étaient trop nombreux pour tenir dans la nef. Plus de six cents élèves y étudiaient maintenant, et beaucoup entraient ensuite au séminaire.

— Ordonnez-vous des prêtres indiens ?

— Depuis plus d'un demi-siècle.

— Cela m'étonnerait que vous fassiez aussi des jésuites, opposa Jean.

— Pas pour le moment s'ils ne sont pas de père et mère portugais mais cela viendra un jour. Accorde-nous un peu de temps. À côté de São Paulo, le séminaire de São Roque reçoit des novices portugais et met leurs vocations à l'épreuve de la règle.

— Le prestige de votre enseignement et le rayonnement de Francisco Xavier doivent porter ombrage aux autres ordres. Non ?

Les yeux au ciel, Antão affecta une totale incompréhension.

— Pourquoi, Seigneur, nous craignent-ils les uns, nous détestent-ils d'autres et nous jalousent-ils tous ? N'a-t-on pas pris le soin de séparer nos territoires de mission évangélique à Goa et dans ses alentours ? Les franciscains ont le nord, les jésuites le sud, et dans l'île même, les paroisses ont été réparties entre jésuites et dominicains. Les augustiniens se sont installés sur la colline de l'est, en terrain neutre.

Le jésuite avait ôté son chapeau qu'il tenait horizontalement devant lui comme s'il eût représenté le plan de la ville, désignant sur ses bords les territoires des congrégations. Il posa le doigt là où les couvents des augustiniens, des augustiniennes, des carmélites déchaussées, des franciscains et des dominicains de São Tomé s'élevaient alentour, certains encore en cours de construction. Ils montaient vers le ciel comme si les ordres religieux se bousculaient pour marquer leur territoire en bordure de l'Asie.

— Tu es à Goa depuis à peine deux semaines, et tu en parles comme si tu y vivais depuis deux ans.

— Je suis bien naturellement instruit de l'histoire de notre compagnie. Et puis les récits de mes frères lors de nos conversations ressassées pendant plus d'une année en mer me donnent effectivement l'impression d'être ici depuis des lustres.

Il affecta un profond soupir.

— En vérité, nous sommes habitués aux aigreurs voire à l'hostilité. Même à l'Inquisition. Nos querelles vénielles durent depuis toujours. Nos frères prêcheurs dominicains et franciscains et leurs révérends pères sont d'ailleurs nos plus fidèles aiguillons. Il est exact qu'il nous arrive de nous invectiver. N'est-ce pas le signe d'une saine émulation ?

— Vous vous disputez entre vous ?

— Jusqu'en chaire, François ! Ce n'est pas faute des recommandations de Francisco Xavier. « Gardez-vous bien d'avoir des disputes et surtout en chaire », recommandait-il sans cesse. « Et rendez-leur visite de temps en temps », ajoutait-il.

— Notre ami français croit savoir que vous seriez en procès à Rome contre dom frei Aleixo de Meneses. Seriez-vous brouillés même avec l'archevêque ?

Antão s'assit d'un bond sur la balustrade où il posa soigneusement son chapeau avant de rectifier ses cheveux ébouriffés.

— C'est un autre problème, Jean, tu le sais et tu t'en amuses. Puisque la constitution de la Compagnie de Jésus a été déclarée à Saint-Denis de Montmartre, dans ton pays, tu es bien placé pour savoir qu'Ignace de Loyola a fait reconnaître par Paul III notre seule obéissance absolue au pape et au général de la compagnie. Nous appartenons au clergé régulier, mais c'est dans le siècle que nous offrons notre vie au Saint-Père et à l'Église pour combattre l'hérésie et le paganisme.

Ses deux mains à plat de part et d'autre, les talons de ses sandales battaient machinalement une colonnette de latérite.

— Par le fait de leur constitution les jésuites ne relèvent pas de l'évêque de Goa, mais de leur père provincial. C'est tout simple. Nous avons un profond respect pour dom frei Alexo. Il exerce sa charge depuis une quinzaine d'années et s'est fait apprécier pour sa charité envers les nécessiteux et sa générosité attentive pour aider l'érection des couvents et des monastères. Il a l'humilité d'être un augustinien et l'orgueil d'en porter l'habit noir et la ceinture de cuir.

— N'en fais pas trop, frère Antão. Tout Goa brocarde son train princier calqué sur celui du vice-roi.

— En terre de mission, l'image spirituelle de l'Église est plus lisible dans un cadre doré.

Jean fit la moue. Il vint rejoindre le religieux sur la balustrade et lui donna une bourrade amicale.

— Vous êtes de bien curieux prêtres, vous les jésuites. On glose sur votre indépendance, votre élitisme et les trésors d'un ordre en principe mendiant. On jase sur le luxe de vos maisons, sur les fontaines des jardins de la villégiature champêtre réservée à vos frères comme une Alhambra à une demi-lieue de la ville.

Antão fit de la tête un signe de dénégation.

— Notre maison de repos accueille nos frères malades et ceux qui rentrent épuisés de leurs missions lointaines. Pendant leurs voyages, leur bagage se borne à leur bréviaire. Notre règle est ascétique et notre maître en a donné cent fois l'exemple, lui qui ne rêvait que de puissance et de richesses avant sa conversion.

Il désigna leur entourage de la main.

— Vois l'architecture rigoureuse de notre maison professe. Notre enseignement est gratuit.

— Alors, de quoi vivent vos écoles ?

— Le roi et le vice-roi dotent l'entreprise missionnaire, et beaucoup de Portugais sont assez riches grâce à la Carreira pour soutenir nos collèges et leur léguer des biens.

— Et les Indiens ?

Le jésuite se tritura l'oreille.

— Pour soutenir l'effort d'évangélisation, leurs communautés sont tenues de verser chaque année au vice-roi une contribution égale aux revenus des temples que nous avons démantelés.

— Vous ne manquez pas de souffle ! Comptez-vous sur cet impôt cynique pour gagner l'amitié des Indiens ?

— Que veux-tu ? Nous sommes en guerre totale contre le paganisme.

Antão fit signe à François de se rapprocher d'eux.

— Je vais vous révéler pourquoi on nous envie et on nous déteste au plus haut niveau de la vice-royauté.

Il fit de la main un geste invitant à parler plus bas. C'était un jeu puisque le cloître était désert.

— En contrepartie de leur lourde charge d'enseignement, le roi a octroyé aux jésuites de Goa les saquates. C'est ainsi que les Persans désignent les tributs que les ambassadeurs apportent selon la coutume au nouveau vice-roi quand il prend sa charge. Les présents devrais-je dire car notre souverain n'exige bien sûr aucune contribution de ses alliés. Mais il accepte avec bienveillance leurs aimables coutumes. Quand les rois indiens manquent d'imagination, leurs ambassadeurs contrits offrent en s'en excusant, faute de mieux, des sacs de perles et de pierreries.

Il avança les mains dans un geste d'offrande en affichant une mine contrite, suspendant son récit un court instant pour ménager sa chute.

— C'est alors que le représentant de la Compagnie de Jésus subtilise lestement ce trésor sous les narines écarquillées du vice-roi.

Sa main rafla dans le vide l'évocation du don protocolaire.

— Privilège des jésuites, votre seigneurie !

Il rit aux éclats en battant des pieds.

Impressionné jusque-là par la maturité d'Antão, Jean le trouva d'un coup bien jeune pour s'enfoncer au cœur de l'Asie avec son seul bréviaire pour viatique, mais la Compagnie de Jésus savait ce qu'elle faisait. Il tenta à nouveau de le désarçonner, moins par curiosité que par jeu.

— Médisance, égoïsme, manque de charité et d'humilité, cupidité nous apprends-tu ! Les files doivent être longues devant les confessionnaux des jésuites.

— Sur la forme, je ne manquerai pas de m'accuser d'avoir manqué de charité pour le plaisir d'une plaisanterie. Sur le fond, pardonne-moi de te rétorquer que tu n'y comprends rien. Il s'agit seulement d'une gestion intelligente des retombées de l'entreprise indienne.

La balance commerciale ne se résumait pas en quintaux de poivre. Beaucoup de ressources exceptionnelles étaient générées non par le commerce mais par la diplomatie qui le rendait possible. Elles étaient redistribuées sur place selon les besoins, sans grever les finances du Portugal. Francisco Xavier avait été d'une exigence impitoyable envers ses frères, et il n'avait pas hésité à faire exclure de la compagnie ceux qui étaient inattentifs à exécuter ses ordres. Le premier évêque de Goa, João d'Albuquerque, avait ordonné lui-même le procès de son vicaire pour incapacité. Il avait besoin d'un encadrement énergique. Son diocèse s'étendait sur la moitié de la Terre, du cap de Bonne Espérance jusqu'en Chine.

Jean revint à la charge, au désespoir de François qui lui lança un regard réprobateur.

— J'oubliais ! Il est notoire que vous faites travailler des esclaves dans vos propriétés agricoles.

— Quoi encore ! Il est exact que nous gérons des cocoteraies dont nous tirons des ressources significatives. Les esclaves sont la main-d'œuvre universelle des empires ibériques. Les nôtres servent Dieu. Cela dit, je te signale, puisque les cocotiers t'intéressent, que c'est nous qui avons développé et encouragé leur plantation et leur exploitation. L'*Arte Palmarica*, un traité qui fait référence, a été écrit par un de nos frères. Tu devrais le lire plutôt que les pamphlets contre nous.

Au moment où ils sortaient de la maison professe sur le parvis du Bom Jesus, raccompagnés jusqu'au seuil par Antão, un attroupement encombrait l'avenue plantée de palmiers séparant la basilique et São Francisco de Assis. Ils s'approchèrent tous les trois dans la foule qui confluait, curieux d'un événement méritant un tel intérêt. Des officiers à cheval encadraient une cohorte de portefaix dans un brouhaha de cris et de gesticulations. Trois éléphants avaient traîné jusque-là les mâts d'une bigue de levage. On venait de la dresser avec leur aide près du palais épiscopal, auquel était accolée la future cathédrale en construction depuis près d'un demi-siècle, sans doute parce que l'Église avait des chantiers plus urgents dans les nouveaux territoires.

Suspendues horizontalement à des bambous de fort diamètre portés sur l'épaule par deux files de cinq esclaves, des pièces de ferronnerie progressaient lentement depuis la Ribeira et arrivaient sur le plateau. François reconnut les quatre grilles qui avaient perturbé l'aiguille marine de *Nossa Senhora do Monte do Carmo*. Elles allaient achever de clore la cour carrée sur laquelle donnait le grand escalier couvert conduisant à l'antichambre de la salle d'audience des archevêques. Antão leur fit remarquer que l'aigle bicéphale qui décorait ces œuvres d'art allait afficher au cœur de Goa le symbole de l'ordre des augustiniens dont Aleixo de Meneses portait l'habit. Juste en face de celui des jésuites.

— Longtemps après la fin de son épiscopat, l'aigle à deux têtes narguera encore les paulistes. Et tu nous dis orgueilleux et éperdus d'hégémonie ! Je te prends à témoin que les ordres amis ont pris modèle sur les jésuites.

François revit la timonerie de la caraque, le jour où il avait découvert les grilles de fer qui faisaient aujourd'hui le spectacle. Quand était-ce ? Début juillet, au moment du virage devant le Brésil. Presque un an. Le petit Simão rabougri et son chiffon sale autour de son doigt blessé. Un simple timonier s'étant fait écraser l'index par une ferraille à la gloire des augustiniens mériterait-il d'être béatifié pour son dévouement à la cause chrétienne ? Et pour être mort à Mozambique ? Mêlés dans la fosse commune, ses petits os d'homme trapu ne devaient plus être identifiables. Jusqu'au jugement dernier tout au moins. Quelle pagaille ce serait alors à Mozambique quand sonneraient les trompettes ! À moins que son corps fût resté intact. Vérifiait-on de temps à autre si une éventuelle odeur suave révélait la présence d'un bienheureux dans les charniers du vulgaire ?

Les cris furieux d'un cornac l'avertirent qu'un éléphant marchait tranquillement vers lui en balançant sa trompe.

Le dimanche 31 mai, deux semaines après son arrivée à Goa, François franchit le porche de São Francisco de Assis pour assister, pour la première fois, à une grand-messe. À vrai dire, comme il ne travaillait pas encore à l'arsenal, les jours défilaient indéfiniment de la veille au lendemain et il n'avait pas remarqué que l'on était dimanche. Il passait là par hasard quand avaient retenti les cloches et la foule l'avait attiré. Jean, lui, avait entrepris ce matin-là de sortir de la ville par le quartier de São Paulo et de poursuivre vers la lagune qui s'étendait au sud.

François s'était difficilement frayé un chemin jusqu'au portail. Sous leurs indispensables ombrelles, fidalgos l'épée au côté et dames de condition apprêtées à outrance arrivaient à grand tapage de chevaux et de palanquins. Servantes, pages et esclaves transportaient tout un attirail de dévotion de bon ton, chaises chinoises en bois doré, tabourets, sacs, aumônières et coussins de velours, mouchoirs, missels, éventails, nattes et tapis persans pour la prière. Comme à Alfama mais ici plus que partout ailleurs, le combat de bourdons, de cloches et de carillons était assourdissant. São Francisco de Assis tenait tête dans les graves au Bom Jesus de l'autre côté de l'esplanade, et aux voix impérieuses des églises jumelles Nossa Senhora da Serra et Santa

Misericórdia en direction de la lagune. Santo Agostinho, São Tomé, São Paulo, São Roque, São Lázaro et Santo António saluaient elles aussi un nouveau jour du Seigneur. Dans une tessiture féminine plus haute et plus légère, un chapelet de sanctuaires et de chapelles conventuelles participait à la fête au nom de Santa Luzia, de Santa Maria Magdalena, de Nossa Senhora da Graça et de Nossa Senhora du Rosário. Les Cinco Chagas et la Cruz dos Milagres se mêlaient aussi au concert, ponctué des tintements frénétiques des chapelles qui apportaient la religion dans les hospices et les prisons. On entendait très loin comme en écho Nossa Senhora do Cabo apportée par le vent de mer et les cousines campagnardes des faubourgs proches, Nossa Senhora de Guadalupe et Madre de Deus.

Le parvis était étroit, enserré par les murs du couvent de São Francisco. Multipliée par les domestiques et leurs bagages, la cohue aurait annoncé un caravansérail interlope plutôt qu'un lieu de culte. Contournant les chrétiens avérés, les *cristãos novos*, les nouveaux convertis, vêtus de coton blanc, leur long chapelet de bois autour du cou et leur certificat de confession à la main, revendiquaient leur foi nouvelle en s'efforçant de ne pas déranger.

Les fidèles venus des belles demeures progressaient avec solennité, multipliant les gestes de courtoisie, accompagnés de l'appareil ostentatoire de leur maison au grand complet. Juchées sur leurs chapins instables, les dames cheminaient à pas menus, guidées de part et d'autre par leurs gens attentifs, tenant avec dévotion leur chapelet de grains d'or et de perles, fardées, couvertes de brocarts de soie brodés d'or, tintinnabulantes de diadèmes, de colliers, de boucles et de bracelets. Toutes les pierres de l'Inde scintillaient sous la transparence ombreuse de leurs longues mantilles en gaze noire. Dans les recoins secrets des montagnes de Ceylan et de Birmanie, les doigts cornés des chasseurs forcenés de rubis avaient caressé avec un respect religieux les gouttes écarlates du sang pétrifié d'Asura. Les yeux de la déesse Saitya vivaient sans s'éteindre dans les saphirs du Vijayanagar teintés en bleu profond par le cobalt. La charge active de ces pierreries échappait aux

Occidentales, trop matérialistes et trop superficielles pour percevoir leurs effluves démoniaques. Chaque dimanche, l'idolâtrie indienne horrifiante s'introduisait subrepticement dans l'église de Dieu, cramponnée aux parures des femmes comme une passagère clandestine.

Sous la voûte soutenant la tribune, les hommes se bousculaient un peu plus pour apporter l'eau bénite aux dames. La foule était au-dedans aussi confuse, agitée et bruyante qu'au-dehors, traversée encore par quelques palanquins obstinés à transporter leurs passagères jusqu'à l'exact emplacement de leurs oraisons. Sous ses plafonds en stuc et ses décors sculptés, la nef était d'une ordonnance stricte, enrichie par des peintures décrivant la vie du saint patron de part et d'autre du maître-autel baroque.

L'exubérance de l'art religieux goanais éclatait sur la paroi de l'abside sculptée et dorée depuis le pavement jusqu'à la voûte. Deux alignements de pankas se balançaient au-dessus des têtes sous l'effet d'appareillages de cordes et de poulies pour brasser mollement l'air étouffant d'encens et de parfums. L'assistance ordinaire restait debout, piétinant les dalles tombales couvrant les restes des premiers prieurs franciscains. Les saris des servantes indiennes tranchaient sur l'uniformité austère de l'assistance. La morosité noire des habits des religieuses, des vêtements des hommes et des voiles des femmes mariées faisait éclater les mantilles de couleurs vives supposées cacher les cheveux des demoiselles en dévotion. Elles les désignaient au contraire aux regards, car la messe était l'occasion de les proposer en bel arroi à des gendres potentiels.

Le brouhaha de cent conversations était assourdissant. Il baissa à peine un instant quand on chanta l'introït. Des bandes de soldats désœuvrés parcouraient la nef comme à la promenade, et cette canaille s'esclaffait et s'interpellait sans prêter attention à l'office. Tout juste se joignirent-ils, au moment de l'élévation, à l'assistance qui se frappait la poitrine en implorant trois fois le Dieu de miséricorde, la main gauche tendue vers le Saint-Sacrement comme s'il s'était agi d'une bouée de sauvetage. *Deus de misericórdia ! Deus de misericórdia ! Deus de misericórdia !* Et ils recommencèrent aussitôt à rire haut et à se disputer de plus belle.

Cette kermesse laissait François effaré. L'insolence tapageuse de Goa n'avait d'égale que la désinvolture des mœurs de ses habitants. En dehors de l'odeur d'encens consumé ici en généreuses volutes, rien en fait ne ressemblait dans ce tumulte profane à ce qu'il avait appris à Dieppe. Sa courte expérience exotique du Portugal ne l'avait pas non plus préparé à ces étrangetés. Immergé dans l'ambiance d'un dimanche goanais, il parcourait la nef sans trouver où se fixer, hésitant entre dévotion et opportunité, imaginant que Margarida était agenouillée sous l'une des mantilles noires. Il n'était pas venu dans ce but mais l'idée s'était brusquement imposée à lui comme une certitude. Et avec elle la crainte douloureuse de manquer une chance exceptionnelle de la revoir et d'être reconnu d'elle.

L'*Ite missa est* déclencha une nouvelle cohue et le retour bruyant, quand éclataient les orgues, des pages et des servantes parées comme des éventaires d'orfèvres. François se faufila rapidement vers la sortie et se posta au milieu du parvis, tourné vers le portail d'où refluaient très lentement les fidèles, ralentis par la progression processionnaire des dames. Plusieurs se dirigèrent vers lui, soutenues par leurs aides comme des marionnettes, et son cœur eut à chaque fois un petit soubresaut, mais elles passèrent sans lui faire aucun signe, juste venues, faussement indifférentes, le détailler sans vergogne derrière leur maquillage de scène à l'ombre des mantilles.

L'un de ces pantins grotesques marqua une courte pause à sa hauteur, comme une hésitation. Derrière un éventail, son visage repeint en rouge, en noir et en blanc selon les canons goanais ne retint pas son attention puisque son regard était ailleurs, déjà en quête d'un autre espoir à venir. Le portrait sourit et lui dit très vite en français :

— Je suis horrible et absolument ridicule, je le sais, mais si vous avez l'inconvenance d'éclater de rire, je vous ferai bastonner par mon page.

L'épouvantail s'éloigna. Stupéfait, il s'affola de ne pas avoir décrypté le visage de Margarida sous sa couche de fards, ni même reconnu ses yeux. C'était trop tard. Il resta là, décontenancé, les bras ballants, son chapeau à la main, tandis qu'à quelques pas, à grandes gesticulations cérémonieuses, on enfermait indûment son rêve dans un palanquin.

François n'avait que quelques pas à faire pour rejoindre la rue du Crucifix en marchant contre le soleil. S'il chérissait l'élégance des ciels normands et la douceur qu'ils conféraient aux paysages du pays dieppois, les contrastes brutaux de la lumière tropicale le ravissaient. Jean l'avait convaincu de porter toujours un chapeau contre le danger immédiat d'insolation, mais il n'appréciait pas, après les premiers jours, l'ombre intempestive du large bord qui le privait de l'éblouissement. Il ne cherchait pas à expliquer la jubilation que lui causait cette lumière extravagante. Il la traversait comme un milieu inconnu, une matière dense, tactile, bourdonnante, plus proche de l'eau en réalité que de l'air impalpable de la Normandie. Il aimait écouter le bruit de la lumière, cette vibration intense qui meuble le silence ou se superpose aux sons environnants. Dans la fournaise blanche vers laquelle il marchait sous la chaleur torride, êtres et choses étaient sublimés en un théâtre d'ombres fantastiques.

*

Les formes rouges qui se déformaient en grimaçant hurlaient des mots incompréhensibles qui lui heurtaient douloureusement les tempes. Il repoussa violemment de la main un éventail qui lui avait frappé le nez et tenta de se redresser pour faire face aux agresseurs, car il était allongé par terre. Sous l'effort, l'arrière de son crane explosa dans une fulgurance qui irradia son dos jusqu'au sacrum. François passa nerveusement sa main sur son visage et réveilla l'odeur dégoûtante du sang. Il se tourna sur le côté et vomit.

Un visage se cristallisa parmi les taches floues. L'Indienne lui demanda s'il allait mieux. La question le prit de cours, et il se demanda par rapport à quoi il pouvait aller mieux, la figure en sang et le dos rompu. Il tenta d'expliquer son doute et y renonça car ses lèvres tuméfiées ne formulaient que des mots boursouflés. De l'eau gicla sur sa figure, dont il attrapa quelques gouttes, le reste coulant en filets frais à l'intérieur de sa chemise, le surprenant un peu mais sans désagrément. Juste au-dessus de son visage, la jeune femme lui offrait des yeux compatissants et des seins libérés par sa posture charitable. Il remercia le ciel d'avoir d'abord accommodé son œil valide sur ce bonheur. Elle était jolie et il fut agacé, meurtri plus exactement, de se montrer à elle en si piètre condition physique.

Il replia ses jambes, roula sur le ventre et se redressa sur ses avant-bras puis sur un genou après l'autre. L'Indienne le saisit par le bras et le retint pendant qu'il cherchait son équilibre. Le cercle de curieux autour de lui oscillait d'un bord et de l'autre. Il s'adossa au mur derrière lui et ferma les yeux, les mains crispées sur son ventre. La nausée revenait à nouveau, arrivant de très loin. Elle grandissait pour l'envahir encore.

François se réveilla sur son lit, le nez sur le traversin. Arunachalam aidé de sa femme chinoise était occupé à oindre les plaies de son dos avec une pâte à l'odeur très forte. Dès qu'il le vit revenu à lui, son soigneur lui indiqua, avant même de lui demander comment il se sentait, que l'onguent s'appelait mocebar et il le décrivit comme un mélange proportionné de camphre, d'aloès, de myrrhe et de gomme de lentisque. Sa chemise déchirée et noircie de sang coagulé était soigneusement pliée sur son coffre.

— Que m'est-il arrivé ?

— Tien Houa vous a trouvé par terre tout près d'ici, gisant au milieu d'un cercle de badauds. Selon les témoins, vous avez été rossé par trois Cafres qui vous suivaient et ont fondu sur vous par derrière.

— Je n'avais sur moi rien à voler que quelques bazarucos. Mon seul bien vaillant est ma pierre d'aimant. Je la laisse toujours ici sous clé dans mon coffre.

— Il semble qu'ils cherchaient seulement à vous tuer à coups de gourdins et ils ont presque réussi. Rien de plus. Retournez-vous doucement et buvez.

Le bol contenait un liquide translucide d'un gris tirant sur le vert, d'une horrible amertume.

— C'est un remède à base d'aloès pilé, de girofle et d'écume de bois de Chine infusés dans le kanjî, l'eau de cuisson du riz. C'est une liqueur excellente pour tous les flux mauvais. Maintenant je vais vous passer ma pommade sur les lèvres et sur votre œil. D'ici une heure vous ne sentirez plus rien. Dans deux jours, vos plaies seront cicatrisées et dans une semaine il n'y paraîtra plus. Notre médecine est très efficace.

— Me tuer ? Je suis ici depuis quinze jours et je ne connais personne hormis un marchand français et un jésuite.

— À Goa, les Européens s'assassinent entre eux pour des motifs futiles. Alors, les bastonnades sont des péripéties courantes. De dos, ces diables verts vous auront pris pour un autre.

— Vous avez dit verts ? Encore ! C'est la troisième fois que je croise des Cafres portant cette couleur.

— Tien Houa a entendu dire que vos agresseurs portaient une livrée verte. Ma potion va vous aider à vous endormir. Reposez-vous.

L'affaire s'éclaircit lorsque Jean rentra de sa promenade sur les cinq heures

— La Casa da Moeda ! Bien sûr ! C'est de là que sortaient tes domestiques peints en vert et donc tes agresseurs. Dom Henrique de Matos Macedo, ce haut fonctionnaire avare et décharné, que nous avons délogé à bord de *Nossa Senhora do Monte do Carmo*. Il est rien moins que le sous-intendant de la Monnaie. Après le mauvais coup qu'il a déjà failli nous porter à Mozambique, je pensais bien qu'il nous revaudrait cela à Goa.

— J'avais oublié Mozambique. Il aurait la rancune bien longue ce fidalgo. Et puis d'abord, c'était toi l'usurpateur de son logement. Pas moi, ton simple assistant.

— Sans doute. Sauf que tu t'es inutilement moqué de lui. Et puis, même si l'on est peu de chose devant les puissants de Goa, j'étais le médecin personnel du vice-roi. C'est à ce titre qu'il a été contraint de me céder la place. Je suis encore plus ou moins le médecin personnel du gouverneur. S'attaquer à moi présente un danger potentiel de désagréments en retour.

— Comment saurait-il que le gouverneur t'a appelé auprès de lui avant-hier ?

— Nous avons indisposé assez de fidalgos quand dom André nous a reçus avant eux, pour que toute la société de Goa soit au courant et nous haïsse. En tout cas, l'adversaire est identifié. Restons sur nos gardes. Il s'agit peut-être d'un simple avertissement.

Jean saisit bol posé par terre et en flaira le fond.

— Je vais suivre avec un vif intérêt la cicatrisation de tes plaies et la résorption de tes ecchymoses. La pharmacopée indienne est d'une richesse insoupçonnée.

— Te servir est un honneur sinon un plaisir, ami. La résorption de mes ecchymoses ! Ton culot n'a d'égal que ton absence de scrupules. Je manque me faire tuer, et maître Jean s'extasie devant la richesse insoupçonnée des drogues qui tentent de me rendre un visage acceptable. Quand nous sommes convenus que je serais ton assistant, il n'était pas précisé que je devrais être aussi ton substitut pour les bastonnades à mort. Si tu prenais l'initiative d'assumer toi-même à l'avenir les vengeances et les haines que tu suscites, monsieur le médecin du gouverneur, tu analyserais bien mieux les effets de ces drogues sur l'organisme.

Le brahmane passa la tête dans l'ouverture de la porte. Jean l'invita à entrer et l'interrogea aussitôt sur ses onguents. Leur colloque dura jusqu'à la nuit. Il porta sur les similitudes et les différences entre la médecine et la pharmacopée indiennes et les pratiques occidentales, sur leurs emprunts réciproques, sur les préceptes de Pline, Dioscoride et Galien introduits en Inde par les physiciens arabes. Sur la diète et les lavements, sur la bonne façon de poser le doigt sur l'artère pour prendre le pouls d'un malade.

Sur la saignée surtout, pratiquée à outrance par les médecins portugais à l'hôpital et par les sangradores nouvellement convertis sur la place du Pelourinho Velho. Les brahmanes ne pratiquaient pas la saignée. Jean exulta, trouvant dans la médecine indienne et son rejet de la lancette un argument naturel contre une pratique qu'il jugeait déraisonnable et qu'il supposait être nocive sinon mortelle. Il fut un peu chagriné d'apprendre que ce refus de la saignée était la conséquence d'une horreur fondamentale du sang et d'une manière générale du caractère sacrilège de l'ouverture du corps humain. Sa tentative de débat sur les effets pervers de l'extraction du sang d'un malade affaibli tourna court. Son hôte n'avait aucune idée là-dessus.

— Notre médecine utilise d'autres pratiques pour évacuer les humeurs mauvaises, les flux nuisibles et les poisons.

— Le bézoard ?

— Entre autres. Il est efficace contre les morsures de scorpions et de serpents. Il est souverain contre le cobra.

— Le cobra ?

— C'est une couleuvre. On la nomme cobra de capelo parce qu'elle étend une membrane en forme de capuchon de part et d'autre de sa tête.

— Les serpents sont-ils dangereux en Inde ? s'enquit François.

— Oui et non. Ils sont timides et n'attaquent jamais. Les Indiens vont nu pieds. Il suffit de ne pas les déranger dans leur sieste. Sinon, ils mordent. La mort est très douloureuse.

Jean revint à la pharmacopée indienne.

— D'autres remèdes que le bézoard ?

— Le meilleur bézoard vient de la gazelle. Méfie-toi. Les charlatans en font d'excellentes imitations. Cela dit, l'un des plus courants remèdes à Goa est la poudre de datura.

Garcia da Orta avait décrit cette herbe amère aux feuilles nerveuses et aiguës semblables à l'acanthe, dont les fleurs

grosses comme des nèfles étaient d'un bleu de romarin, piquetées et emplies de semences. Quelques pincées de ces graines
mêlées à du poivre et à des feuilles de bétel avaient un effet
fortement diurétique. On en faisait ici un usage trop souvent
abusif. Elle poussait en quantité au Malabar. Prise avec du
vin, cette poudre provoquait un profond sommeil traversé de
songes et d'hallucinations violemment colorés. On la nommait
herbe aux fous aux Maldives. On trouvait en Nouvelle
Espagne une cactée nommée mexcalli ou peyotl dont on
extrayait un suc procurant lui aussi des hallucinations colorées. Son administration nuancée trouvait à Goa beaucoup
d'emplois crapuleux comme voler les maîtres ou tromper les
maris. Celui qui avait absorbé du datura restait plongé dans
l'inconscience, secoué par une hilarité d'imbécile, pendant
cinq, six ou vingt-quatre heures selon les doses ingérées.
Quand les femmes entendaient jouir impunément d'un amant,
elles administraient de cette semence à leur époux, mêlée à du
vin ou à un potage. Une heure après, le malheureux perdait
connaissance et jugement. Il tombait dans un délire béat, sans
plus savoir ni ce qu'il faisait ni ce qu'il voyait, puis s'endormait
profondément. Il aurait tout oublié au réveil.

Prêtant d'abord un intérêt poli au dialogue savant, François
portait une attention croissante aux effets du datura.

— Dites-moi, messieurs les savants docteurs, cette herbe
hallucinogène est bigrement généreuse, si elle procure des
sensations jubilatoires et permet indirectement de recevoir ses
amants en toute impunité. Quel formidable outil de jouissance.

— Pas seulement. Cette drogue est aussi un poison. À
forte dose, elle peut provoquer la mort. On s'en sert couramment pour se débarrasser d'un ennemi ou d'un gêneur.

François jeta un regard à Jean qui lui rendit une moue
appréciatrice du danger.

— J'en traite les effets en l'évacuant par tous les moyens
d'extraction des principes nocifs, ventouses, cataplasmes,
vomitifs, purgatifs, bains chauds et frictions violentes des
jambes et des bras.

Ils rangèrent le datura et disputèrent doctement des vertus réelles ou supposées du pissat de vache. Considéré comme un fortifiant par les médecins indiens, l'hôpital du Roi avait décidé de tester l'effet du pissat sur ses convalescents en en versant dans les tisanières. Le tollé avait tourné à l'émeute. Sitôt éteint le début d'incendie causé par le bris d'une lanterne, le père surintendant avait exigé que l'on arrêtât l'expérience.

Au moment où Jean et le brahmane discouraient de plantes médicinales au crépuscule, Margarida était à sa toilette, dans son casaquin transparent d'intérieur. Ses femmes lui brossaient les cheveux pour le souper. Elle avait ôté sa rivière de rubis qui la décorait à la messe, et portait un seul rang de perles.

— Vois comme notre maîtresse est jolie, Marianinha. Ne croirait-on pas doña Paula ?

— Qui est cette belle dame, Talika ?

Les deux métisses s'écrièrent en chœur :

— C'est une sirène, maîtresse.

— Une sirène ? M'expliquerez-vous cette bizarrerie ?

— Doña Paula était une dame jeune, cultivée et jolie. Elle faisait la lecture à un gouverneur de Goa. Bien sûr, ils devinrent amants. C'était obligé d'arriver. Un jour, l'épouse les découvrit et en devint folle furieuse. Cette méchante femme ordonna de dévêtir Paula, de lui attacher les bras et les jambes et de la jeter à la mer du haut d'une falaise. Elle accepta quand même sa supplication de conserver son collier de perles auquel elle tenait comme à un gage d'amour.

— Cette dévergondée avait le front de demander à une femme de conserver au cou un cadeau du mari qui la trompait ?

— Ah non, maîtresse. Pas du tout. C'est son confesseur qui le lui avait donné.

— Un prêtre ! Elle avait reçu un cadeau d'amour d'un prêtre ! Mais quelle horreur ! Votre histoire est affreuse. Dieu me garde de ressembler à cette femme impudique.

Les deux métisses étaient bouche bée.

— Mais, maîtresse, c'est une belle histoire d'amour. Pourquoi es-tu fâchée ? Tout le monde aime dona Paula à Goa. Elle est devenue une sirène. Donc, c'est presque comme une sainte.

— Une sainte ! Grand Dieu ! Tu dis n'importe quoi. Qui t'a appris ce catéchisme ? C'est une légende. Des sornettes bien peu édifiantes que vous ne devriez pas colporter comme des pies.

— C'est une histoire vraie, maîtresse. D'ailleurs, un village porte son nom près de Panjim. C'est là qu'elle habitait. Les nuits de clair de lune comme ce soir, elle sort de la mer et elle se promène le long du rivage, toute nue. Beaucoup de gens l'ont vue marcher sur la plage avec son collier de perles. Ce n'est pas une preuve ça ?

Margarida congédia ses femmes avec irritation. Quand, encore indignée, elle rapporta l'histoire à dom Alvaro quelques instants plus tard, il sourit. Il lui dit que beaucoup de légendes sur les sirènes couraient chez les Indiennes de Goa et que ces fables ne devaient pas la bouleverser ainsi.

*

Cette nuit-là, la chambre fut traversée par une bourrasque qui arracha les fenêtres. Un torrent de pluie s'écrasa sur le plancher. Les servantes criaient que c'était la grande mousson et qu'il fallait aussitôt refermer les baies. Ses bras et ses pieds étaient liés. Les femmes avaient disparu sans plus se soucier d'elle. La pluie tombait de partout car le toit s'était envolé. Les étoiles perçaient la nuit, et de chacune d'elles coulait un filet d'eau que le vent éparpillait en pluie. Par la fenêtre,

Margarida apercevait nettement un homme vêtu de blanc éclairé par la lune. Il venait vers elle mais il n'avançait pas car il luttait contre la tempête. Elle comprit que c'était François puisqu'il la protégeait chaque fois qu'elle était en péril, comme le jour où le mât s'était rompu.

Elle tenta de l'appeler mais, bien qu'elle tendît son corps à l'extrême, ses cris étaient inaudibles comme si sa bouche était emplie de bourres de coton. Soudain, l'inconnu fut assailli par une bande de Noirs qui lui assénaient des coups de bâtons. Il les chassa à coups de pieds en virevoltant et il les mit en fuite. Quand le héros entra enfin dans la chambre comme s'il nageait dans l'air, elle vit que c'était bien François et elle en fut soulagée. Au lieu de lui sourire, sa figure se déforma dans une mimique horrifiée. Elle réalisa qu'elle était toujours enduite de fards violents. Elle lui criait en silence qu'elle était bien Margarida et qu'il ne devait pas repartir.

Il entreprit de lui nettoyer le visage à l'aide de sa manche mais il ne faisait que la barbouiller un peu plus de rouge et de noir. Il arracha un pan de la moustiquaire pour continuer son travail. Il s'était assis sur le lit, penché sur elle, et elle sentait son corps contre le sien. En lui frottant le front, il perdit l'équilibre et ses lèvres s'écrasèrent sur les siennes. La grande onde venue du fond de son corps éclata avec violence comme la nuit de Mozambique, et elle se réveilla, entortillée dans la moustiquaire trempée de sa sueur.

Des granules dérangeaient son dos. Elle avait oublié de défaire son collier avant de se coucher, et il s'était rompu, répandant ses perles au creux du lit. La Mandovi et les cocotiers luisaient immobiles sous la lune.

François se présenta à son travail comme convenu le jeudi après-midi qui était le 4 juin, le visage tuméfié. En se rendant à la Ribeira Grande, il avait fait un détour pour contourner la Monnaie. Il était partagé entre la peur et la fureur d'être réduit à avoir peur. Ayant pris sa part des bagarres équitables entre gamins et pêcheurs dieppois séparés par des rivalités de quartiers inexpiables, il ne craignait pas les coups et savait en donner, à charge de revanche. Il ne s'était jamais senti menacé avant son agression. Les notables avaient ici le droit de faire massacrer n'importe qui. Les gens honnêtes, eux, n'étaient pas libres de se faire justice et n'imaginaient même pas la réclamer.

Son irritation faillit exploser quand Gaspar Salanha éclata d'un rire franc en découvrant sa triste figure. Le pilote-major ne lui posa aucune question. Il était assez logique qu'il fût parfaitement au courant de l'affaire dans le milieu fermé de l'arsenal, mais le jeune Dieppois fut très agacé que son employeur fût ostensiblement du parti de ses agresseurs. Il faillit réagir et esquissa même un mouvement instinctif de repli vers la porte.

Le destin qui le surveillait d'un œil lui envoya d'urgence un ange de garde. Il lui barra la route et lui souffla qu'il n'avait pas vraiment la liberté de renoncer par dépit à un salaire qui lui était indispensable. Gêné de son réflexe de mauvaise humeur, François confirma à maître Gaspar le plaisir que lui procurait l'honneur de vérifier et de réactiver les aiguilles marines de la flotte des galères. Il insista sur son appréciation de la confiance exceptionnelle qui lui était faite. Il ressentait d'ailleurs un réel plaisir à l'idée d'exercer à nouveau son art, supportant mal de vivre en oisif, de subir des événements extérieurs échappant tous à sa volonté et finalement de rester en marge de Jean. Servir les Portugais lui était d'ailleurs agréable, même s'ils se défiaient de lui en général et si l'un d'entre eux l'avait laissé pour presque mort.

Le pilote coupa court.

— Fais-moi voir cette fameuse pierre dont Fernandes m'a dit tant de bien.

François délaça la bourse en toile qu'il portait à la ceinture et en fit glisser sur la table un paquet enveloppé d'une peau de chamois. La pierre héritée de son arrière-grand-père pesait près d'une livre. Enchâssé d'argent, le bloc de magnétite d'un noir argenté était presque exactement cubique. Il était surmonté d'une pyramide de malachite. Elle était d'un vert profond ourlé de volutes sombres, comme un petit bloc de mer pétrifiée. L'objet était en lui-même impressionnant et presque somptueux. La pierre avait déjà été dérobée quelque part quand Robert Costentin l'avait saisie sur un galion espagnol, car elle était de facture arabe. La tradition familiale affirmait que l'inscription gravée sur la monture était une dédicace au sultan ottoman Sélim Ier Yavuz « la Foudre » qui avait détrôné les Mameluks en Égypte.

Maître Gaspar émit un sifflement admiratif.

— Je n'ai jamais vu de pierre aussi remarquable. Elle semble en effet d'une force exceptionnelle. Ce serait un souvenir de famille selon ce que m'a dit Fernandes ?

— L'unique héritage de mon ancêtre qui armait en course contre les Espagnols et qui est mort ruiné.

— C'est triste de se ruiner pour faire la guerre à ces maudits bâtards. Le monde est injuste mais ta famille mérite le respect. Ta pierre est arabe à ce que je vois. Elle va donc se retourner contre eux puisque certaines de nos galères vont porter grâce à elle la guerre droit sur Bab El-Mandeb. Et se faire la main sur les pèlerins de La Mecque dans les parages de Socotra.

François s'enquit des conditions matérielles de son travail, et réclama un assistant. Il s'était pris d'amitié à bord de la caraque pour Manuel Brochado, un apprenti forgeron déluré et curieux de tout. Il était lui aussi un obligé de leur protecteur dom Baptista Fernào qui employait son père comme intendant de sa quinta de Sintra. Manuel arrivait des chantiers de Lisbonne pour travailler ici à l'arsenal. François aurait aussi besoin d'un carreau de marbre d'un empan de côté, d'un fourneau en terre et de charbon de bois réduit en poudre. Puisqu'il devait achever son contrat d'ici le mois d'octobre, ils se mirent d'accord sur le fait qu'il consacrerait cinq après-midi par semaine, du lundi au vendredi, à la vérification de la centaine d'aiguilles marines de la flottille des galères et des galiotes.

La présence d'un étranger dans l'atelier secret des instruments et des cartes nautiques était inenvisageable. Pour contourner cette difficulté, maître Gaspar décida qu'il irait s'installer à l'arsenal des galères. D'ailleurs, il y serait sur place, ce qui éviterait d'avoir à transporter les compas jusqu'à la Ribeira Grande. Une pièce lui serait réservée dans le bâtiment de l'intendance. Il fut prévenu que la garde ne lui permettrait pas d'en sortir et qu'il ne serait pas autorisé à se promener seul dans la Ribeira das Galés. Les compas de mer lui seraient apportés cinq par cinq, et repris chaque vendredi soir après qu'il les eut vérifiés.

L'immeuble de l'intendance des galères était typiquement goanais, avec son toit de tuiles à quatre pans abritant généreusement du soleil ou de la pluie une galerie ouverte qui régnait tout autour, desservant de l'extérieur tout l'étage. La pièce d'angle assignée à François servait à archiver les registres administratifs, qui s'entassaient le long des murs dans une obscurité poisseuse. L'odeur de moisi les avait saisis à la gorge quand on avait ouvert la porte à grande protestation des gonds réveillés à coups de talons. En cognant ici et là, deux esclaves décoincèrent à grand-peine les volets déformés qui obstruait les deux fenêtres. Plus exactement les ouvertures striées de barreaux qui en tenaient lieu. Une colonie de blattes surprises par la lumière se dispersa derrière les registres. Peut-être nichaient-elles à l'intérieur, pensa François qui ne se souvint pas si les cafards se nourrissaient de papier comme les fourmis blanches. Parce que, dans ce cas, il ne devait pas rester grand-chose derrière les couvertures de cuir. Il passa le doigt sur l'un des dos nervurés et le retira enduit d'une poussière grasse d'un vert de bronze dont il flaira sans surprise l'odeur de moisi.

Il serait facile de dégager assez d'espace pour s'installer à l'aise, et l'aération du local le rendrait rapidement aussi sympathique que l'atelier de Dieppe. Les grands registres lui rappelaient la bibliothèque de Guillaume Levasseur. Le courant d'air contribuerait à la conservation de ces archives en perdition. Un coup d'ongle lui confirma que les barreaux étaient de bois tourné et non de métal. Il demanda que les trois coffres bardés de fer empilés dans un angle de la pièce fussent emportés ailleurs.

— Ne me dis pas que tu crois toi aussi à l'idée saugrenue d'une influence du fer sur les aiguilles marines.

— Pas plus que dom João de Castro, maître Gaspar. Mais pas moins. C'est lui qui a constaté cette attirance étrange et qui a appelé à la vigilance. Et nous l'avons vérifiée à bord de notre caraque, quand les grilles du palais de l'archevêque ont été déposées dans la timonerie, à proximité du compas de route. Maître Fernandes te l'a-t-il raconté ?

— Oui, en me parlant de toi et de tes compétences. Je ne parviens pas à imaginer quelle capacité aurait le fer de déranger l'attraction cosmologique de l'étoile Polaire. Mais après tout, ce que nous te demandons est de ranimer nos aiguilles. Tes lubies sont ton problème.

— Le tien aussi, maître, si tu partages comme je l'imagine mon souci de te rendre des aiguilles justes.

Ils débattirent alors de la meilleure façon d'étalonner un compas de référence. La méthode de la médiane des ombres au lever et au coucher du soleil le même jour était impossible à pratiquer à terre faute d'horizon, et un instrument d'ombre selon Pedro Nunes était délicat à construire et à étalonner. Restait donc, suggéra François, à se référer au compas maître de *Nossa Senhora do Monte do Carmo*, dont il avait soigneusement établi la variation jusqu'à ce que la côte indienne lui cachât l'horizon au lever du soleil. Il fut convenu qu'il irait le lendemain après-midi le chercher à bord de la caraque, muni d'un sauf-conduit signé de l'intendant.

Ils avaient été rejoints de mauvaise grâce par l'officier responsable des archives. Il se moquait totalement de leur sort et semblait tout à fait étranger à cette intrusion qui ne le dérangeait pas. L'annonce qu'un fourneau à charbon de bois serait installé au milieu d'elles le laissa de marbre malgré les risques d'incendie. Il attira à lui un registre, déclenchant une petite avalanche de poussière, d'oubli et d'écailles de peinture à la chaux tombées du mur lépreux. La pièce avait été ocre naguère, et le substratum réapparu là où s'était écaillée la chaux dessinait en champlevé un profil grotesque sur le fond blanc de la paroi. Jetant le gros volume sur la table, l'officier fit observer d'un air désabusé que, même avec la plus grande malveillance, il serait impossible d'enflammer ces blocs de papier compacts, dont les pages gorgées d'eau lors de chaque saison humide étaient racornies et soudées entre elles par la chaleur des saisons sèches. De toutes façons, ajouta-t-il, bien malin serait celui qui parviendrait à en tourner les pages sans les réduire en farine. L'archiviste se préparait à rentrer au Portugal, et son aigreur venait de l'impossibilité qui avait été la sienne de retirer quelque profit que ce fût de ses fonctions, ni de monnayer un tant soit peu l'accès interdit à ses dossiers confidentiels qui n'intéressaient que les blattes.

Sur les cinq heures du soir, François fut maître d'un atelier chargé de mémoire portugaise et tapissé de champignons indiens. Il se souvint de Mozambique. La moisissure africaine y digérait la chaux de la chapelle du Rempart. Comme l'Afrique, l'Inde rejetait tranquillement les envahisseurs, sans hâte mais avec la certitude d'y parvenir un jour ou l'autre. Il entreprit de commencer jusqu'à la nuit à épousseter son domaine, et à le ranger pour dégager une table de travail qu'il tira sous l'une des ouvertures.

Quand il sortit sur la galerie en étirant ses courbatures, le paysage avait viré au jaune sous le soleil de la fin du jour. La Ribeira das Galés s'étendait à ses pieds jusqu'à la Mandovi. Il compta douze galiotes d'une vingtaine de bancs, alignées démâtées sur des chantiers perpendiculaires au fleuve, leurs proues effilées tournées vers lui. Elles étaient à des stades divers de réparation. Une vingtaine de galiotes et cinq galères à vingt-cinq bancs étaient au mouillage, embossées entre des coffres, collées l'une à l'autre, la plupart recouvertes d'un taud. Une soixantaine de bateaux constituant le reste des deux flottes du nord et du sud devaient hiverner à Cochin ou à Ormuz.

Sur la droite, les mâts de *Nossa Senhora do Monte do Carmo* dominaient les cocotiers touffus de leur verticalité sèche. Il l'avait complètement oubliée. Les voyageurs disaient vrai. Dès l'arrivée en Inde, les peines du voyage sortaient de la mémoire. Maître Fernandes, son intercesseur bienveillant, avait disparu lui aussi derrière Gaspar Salanha, le nouveau maître goanais qu'il lui avait offert. Ses amis et ses relations de voyage étaient déjà remplacés par d'autres visages. Goa s'imposait avec force et le passé méditatif et nostalgique cédait à la prégnance du présent dynamique.

— François ? Que faites-vous ici ? Comment êtes-vous entré ?

Il se retourna vers la voix qui l'interpellait. Sur le balcon du bâtiment voisin, Margarida était penchée vers lui à en basculer par-dessus la rambarde. Elle serrait sur sa poitrine un châle de mousseline blanche. Les souvenirs qu'il était prêt à ranger revinrent d'un coup. Il était stupéfait. La forme blanche lui remit en mémoire l'apparition noire et parfumée de l'après-midi des dauphins, quand Margarida était venue s'accouder au plat-bord près de lui. Sauf qu'il était aujourd'hui du côté des dauphins.

— Senhora ! Je vais travailler ici plusieurs jours à régler des aiguilles marines. Mais vous-même, que faites-vous toute seule sur le balcon de cette maison ? Vous y êtes occupée ?

Il prit aussitôt conscience de la stupidité de sa question et s'en mordit les lèvres.

— J'ai craint en vous voyant là que vous ne soyez en train de faire quelque bêtise. Moi ? Je n'ai absolument rien d'autre à faire que d'habiter ici.

Elle compléta.

— Avec mon mari. Savez-vous que je suis mariée ? Depuis – elle compta sur ses doigts – douze jours déjà. Je m'appelle

toujours doña da Fonseca Serrão, mais j'ai changé d'époux.
C'est drôle. Non ?

Il bredouilla une formule de compliment qui la fit rire.

— Vous faites une drôle de tête.

Il se méprit sur sa remarque.

— Et encore, mes ecchymoses se sont dégonflées. J'ai été
arrangé comme cela dimanche dernier, juste après vous avoir
croisée à Sào Francisco de Assis. J'ai été sauvagement agressé
par les sbires du sous-intendant de la Casa da Moeda.

— Matos Macedo ? C'est une relation de mon mari. Je
ne sais pas en quoi vous l'avez dérangé, mais je trouve dom
Henrique très antipathique. Vous le confirmez. Pardonnez-
moi. D'ici je n'avais rien remarqué à contre-jour. Je vous ai
mis en garde le jour de notre arrivée. Vous en souvenez-vous ?

François était décontenancé. Il savait que la jeune femme
était arrivée à Goa pour épouser son beau-frère, et il avait
d'ailleurs aperçu dom Alvaro sur le tillac, quand il était venu
la chercher à la barre de l'Aiguade le jour de l'arrivée. Mais
il ne s'attendait pas à ce qu'elle fût déjà mariée.

Il faillit lui demander si elle était heureuse, mais il réalisa
que cela serait incorrect. Il se tut. En fait, il était très gêné
de cet aparté impromptu dans un cadre accidentel qui n'était
pas à son avantage. Cette rencontre était tellement différente
de celles qui les avaient rapprochés sur la caraque, quand ils
partageaient le même espace à survivre. À bord, toute passagère de marque qu'elle était, ils étaient sur un pied d'égalité.
Il était même dominateur parce qu'il était un professionnel
de la mer, et elle non, ce qui lui conférait une supériorité
sur elle. Ici, près de se toucher la main, ils étaient séparés par
quelques pas d'un vide plus absolu qu'un mur. Elle dans une
belle résidence et lui dans les communs. Elle s'était dite
inquiète de le voir à cet endroit, en train de faire quelque
bêtise. Il se demanda si elle était déçue qu'il fût là par hasard,
et non parce qu'il aurait eu la folie de chercher à la voir coûte
que coûte. Il aurait voulu réfléchir et il n'en avait pas le
temps. Il tourna la tête vers le fleuve.

— *Nossa Senhora do Monte do Carmo*. L'avez-vous reconnue derrière les cocotiers ? C'est si loin maintenant.

— Je la regarde chaque jour, François. J'y ai vécu des heures graves. J'ai trouvé ici une vie de rêve, du moins je le suppose, mais pas au point d'effacer de ma mémoire une page très importante de ma vie. Une page très lourde à tourner.

Il se demandait si Margarida lui déclarait qu'elle tenait à lui ou s'il n'était pas l'un des souvenirs à ranger précieusement. S'il entrait ou pas dans les heures graves qu'elle voulait sauvegarder. Le doute glaça la sueur qui coulait le long de son dos. Il se risqua à éclaircir ce point de la façon la plus directe.

— Senhora... Je ne sais pas si c'est correct de vous dire cela. Je crois que l'un des quelques souvenirs heureux ou malheureux que je conserverai de ce voyage est de vous avoir rencontrée. En réalité, j'en suis certain.

Elle fit semblant de s'interroger sur le sens de sa déclaration et elle le relança avec coquetterie.

— J'espère être inscrite dans les pages heureuses de votre journal personnel.

— Vous êtes mon plus beau souvenir de voyage. Vous m'avez dit des mots très forts au moment où nous nous sommes quittés à bord. Vous étiez libre, je veux dire indépendante à ce moment. Maintenant, bien sûr, nos relations ne peuvent plus être aussi directes et confiantes. Je le comprends très bien.

La jeune femme sur son balcon éluda une seconde fois sa déclaration besogneuse et la retourna d'une pirouette.

— Les Indiennes sont réputées pour leur beauté. Est-ce votre avis, François ? Goa a la réputation d'être une ville très... chaude ? C'est ça ?

— Il est vrai que les Indiennes sont bien faites.

Il pensa élégant de monter le niveau de ses réflexions et de placer le débat sur un plan digne et neutre.

— Les prêtres les trouvent trop aguichantes. Ils se lamentent d'ailleurs du danger qu'elles constituent.

Elle le prit à contre-pied.

— Ils se lamentent ? Les saints hommes ! Pas autant je suppose que les épouses légitimes des coureurs de beautés exotiques. Avez-vous déjà succombé aux charmes de Goa ? On dit que les femmes y sont folles des Blancs.

Il sentit ses joues rougir d'un coup de chaleur et il fut heureux que la distance cachât son trouble. Il se demanda si la question était agressive, inquiète ou juste amusée. Il ne mentirait pas en répondant non, et il pensait de toute façon qu'elle ne le croirait pas. Asha était déjà très présente dans son quotidien et elle avait la vocation d'être une amante à très court terme. Il se sentit coupable d'un mensonge par tentation. Ce n'était pas le mot exact. Il récapitula en hâte. *Je confesse*, etc. *et à vous mon père, d'avoir péché par pensée, par action et par omission.* C'était ça. Action, pas encore. Omission, non, encore que ce serait une solution. Omettre volontairement ne serait pas un oubli mais un mensonge. Il choisit de mentir par pensée. C'était une superbe excuse. En fait, puisqu'elle avait un nouveau mari, ils étaient largement quittes.

Une servante apparut sur le balcon, chercha sa maîtresse du regard sur la droite puis sur la gauche, et se rapprocha d'eux en courant. Elle le dévisageait avec étonnement.

— Votre bain est prêt, maîtresse.

La jeune femme sursauta et se retourna à demi.

— Je viens, Marianinha.

Elle revint vers lui.

— Les maris sont férocement jaloux à Goa. Marianinha m'est fidèle et sûre. Si dom Alvaro apprenait notre conversation amicale, votre visage déjà abîmé deviendrait méconnaissable. Dans le cas où il serait particulièrement bienveillant. S'il était vraiment courroucé, vos amis fleuriraient votre tombe et la mienne dès le retour de la saison des fleurs. Bonsoir, François.

Elle s'éloigna dans l'ombre et disparut, comme le jour où il lui avait raconté la légende de l'arbre de nuit, quand l'hiver tombait sur l'Atlantique.

Pendant qu'elle était à sa toilette et se brossait les cheveux, doña de Fonseca Serrão sut accidentellement, par une maladresse que, dans le courant de la nuit, Marianinha avait été appelée dans la chambre de son mari. Elle apprit ensuite dans un flot de larmes de l'esclave que ses deux autres femmes avaient leur jour ou plutôt leur nuit auprès de leur maître. La brosse en argent partit à la volée.

— Pourquoi m'as-tu frappée, maîtresse ? Tous les maîtres font ainsi à Goa. C'est la coutume, et puis c'est quoi une esclave ? Ça ne compte pas. Je t'aime bien et tu es méchante avec moi. Tu m'as fait mal. Ma joue sera tout enflée demain. Et dom Alvaro va être furieux contre moi.

Margarida faillit lui demander dans sa rage froide si elle avait pris du plaisir à faire l'amour. Elle planta ses ongles dans les accoudoirs de sa chaise à bras quand elle réalisa qu'elle était en train de faire une scène de jalousie à une esclave. L'humiliation la tétanisa et elle contint sa question. Pouvait-elle être jalouse de la jeune Indienne ? Être furieuse et blessée ne la mettait pas au-dessous de son rang, mais extérioriser son désarroi et se disputer avec une domestique achetée pour quelques pièces au Leilão n'était pas concevable. Elle devait encore apprendre à maîtriser ses gestes dans cette société hautaine dont les allures guindées cachaient des mentalités de filles et de soldats de fortune sous les brocarts de leurs accoutrements.

— Je t'ai frappée parce que tu ne dois pas parler de ces choses, petite gourde. C'est impertinent et très mal élevé. Je connais parfaitement les habitudes de Goa, et d'ailleurs mon mari me dit tout ce qu'il fait. Oserais-tu croire qu'il couche avec toi en cachette ? Petite sotte !

Là, elle allait un peu loin. Elle se mordit les lèvres. Laisser croire que son mari la mettait au courant de ses pulsions ancillaires la mettait dans une situation ridicule qui ne valait pas mieux qu'une scène de jalousie. Elle espéra que l'Indienne n'avait pas remarqué la grosseur du mensonge et se replia.

— Je t'interdis de parler de cette histoire à dom Alvaro. Il serait vraiment très en colère. Maintenant, va-t'en. Je n'ai plus besoin de toi ce soir.

— Tu ne m'en veux pas, Maîtresse ?

— Fiche-moi le camp. J'ai mal à la tête.

Se construire une attitude à long terme.

Elle choisit de prendre le temps de réfléchir à l'avenir, et ne parla pas de sa découverte au cours du dîner. Elle anima même une conversation badine et animée sur la vie à Goa durant la mousson.

L'ange de François qui s'était attardé à visiter Goa et traversait par curiosité la demeure de dom Alvaro plongea un index connaisseur dans la marmelade de coings, une spécialité importée d'Ormuz, le suça, replia avec précaution ses ailes pour franchir la fenêtre et s'envola vers la lune en se frottant les mains. Il avait fort à faire à Goa mais sa mission, pas routinière du tout, devenait très intéressante.

Un jésuite accourait du fond de la galerie, moitié marchant moitié courant, en faisant de grands gestes dans leur direction, auxquels répondit Antão qui fit quelques pas vers lui. Il leur avait fait porter tôt ce vendredi matin une invitation à venir faire une rencontre intéressante à la maison professe. François et Jean pratiquaient très occasionnellement mais ils appréciaient tous deux de discourir librement sur la religion et sur l'Inde avec le jésuite et d'ailleurs avec tous les religieux ouverts au dialogue. Le pilier spirituel de Goa était bien plus subtil que le pilier fondé sur le poivre.

— Voici la surprise que je vous réservais : un Français de Rouen. Le père Étienne de la Croix, philosophe, théologien et linguiste renommé. Il arrive de Margão.

— J'enseigne modestement à sept lieues dans le sud, au collège royal de Salsète. Quel plaisir de rencontrer des compatriotes. J'ai déjà eu l'occasion d'aider le frère Gaspar Aleman, notre visiteur des prisons, à faire libérer François Pyrard. L'avez-vous rencontré ? Après François Pyrard et votre serviteur, vous débarquez à deux. La communauté française vient de doubler d'un seul coup.

Le père devait être un peu plus âgé qu'Antão, puisqu'il professait à Goa depuis sept ans. Il se consacrait à l'étude de l'hindi et des langues locales, le malayalam du Kérala, le marathi parlé dans le Maharastra, et le konkani d'écriture latine, spécifique à Goa. Il était volubile et ses yeux bleus pétillaient d'enthousiasme. Jean lui confirma que Pyrard avait fait son éloge et que le gouverneur lui-même venait de leur signaler sa présence bénéfique à Goa.

— Ils sont trop indulgents. L'une des difficultés que le Seigneur nous impose est que l'on parle seize langues différentes au collège São Paulo. On aurait recensé dit-on plus de mille dialectes indiens !

Francisco Xavier exigeait le contact direct avec les gentils. Le truchement d'interprètes empêchait de suivre ce précepte, faisant obstacle aux conversions raisonnées. Dès le premier concile provincial tenu à Goa, l'évêque avait ordonné que nul catéchumène ne serait baptisé sans avoir été instruit dans sa langue des articles de la Sainte Foi. Le baptême des adultes devait être volontaire.

— Le Christ ne s'est pas beaucoup exprimé en hindi, remarqua Jean, aussi dubitatif que François.

— C'est à nous de le traduire.

— Étienne a raison. Il est vrai que nous avions jusque-là baptisé au nom du Père, du Fils et du Saint-Esprit à en avoir les bras fatigués selon les propres termes de Francisco Xavier. Il recommandait de mettre beaucoup de diligence à baptiser les enfants dès leur naissance. Lui-même est crédité de trente mille baptêmes en dix-huit mois. Un jour, quatre prêtres ont baptisé à São Paulo trois cents catéchumènes le cierge à la main. Ce n'était pas une exception, parce que la chasse aux orphelins reste un souci constant. Nous les baptisons encore par centaines.

François était perplexe. Il se demandait si Antão était critique ou admiratif en énonçant ces performances effarantes.

— Les nourrissons convertis par fournées et les adultes volontaires comme tu les nommes, frère Étienne, restent-ils attachés à leur nouvelle religion ?

Antão soupira et fit la moue.

— Pas toujours. C'est difficile à estimer. Nous sommes relativement confiants en la force du message du Christ et dans l'exemplarité des valeurs que nous inculquons aux idolâtres. Nous savons bien que quelques conversions de façade ont pour seule motivation l'acquisition d'avantages matériels. La sincérité de l'engagement chrétien n'est pas donnée à tous.

— Il est vrai aussi, compléta le frère Étienne, que quelques-uns de nos convertis ne résistent pas longtemps aux rebuffades de leur communauté. Et que certains s'adonnent en cachette aux pratiques idolâtres à titre de précaution. Tout Indien peut s'affirmer librement hindou ou musulman, sous réserve de ne pas pratiquer sa religion. Par contre, les nouveaux chrétiens retombés dans la perversion sont traqués par les inquisiteurs qui terrorisent la population. Le Saint-Office est plus puissant à Goa que partout ailleurs.

Jean saisit l'opportunité de rebondir sur les pratiques indiennes sur lesquelles il n'osait pas trop questionner des prêtres.

— Comment avez-vous engagé la catéchisation des Indes ?

Naïvement, Vasco de Gama et les héros du voyage historique avaient d'abord pris d'un commun accord les Indiens pour de bons chrétiens. Ils avaient remarqué comme une curiosité culturelle une figuration agitée de la Vierge aux multiples bras. Ils s'étaient esclaffés des dents pointues, des rictus et des langues pendantes des monstres grimaçants objets de la vénération des foules idolâtres, qu'ils prenaient pour des saints revus à la manière indienne. Ils avaient peut-être été trompés en découvrant parmi les hindous des membres de très vieilles communautés chrétiennes du Tamil Nadu et du Kérala, respectées pour la pureté de leur religion. Elles avaient été converties au VIe siècle par des hérétiques nestoriens venus de Syrie ou peut-être par saint Thomas lui-même. Cela prêtait à confusion.

— Aussitôt passée la première émotion des Indes, nous avons très vite compris que les Indiens étaient idolâtres. Albuquerque resta d'abord très souple quant à la religion des gentils, interdisant seulement les satî, l'immolation rituelle des veuves par le feu. La pratique se perd Dieu merci mais l'acte reste banal.

Le père Étienne opina de la tête.

— Cette crémation vive perdure. C'est incompréhensible. Malgré toutes les forces de notre persuasion, nous ne parvenons pas à dissuader les femmes, vêtues d'un sari de mariée rouge et or, de s'asseoir en position du lotus sur le brasier qui va consumer le corps de leur époux.

— Peux-tu me répéter cela ? souffla François, les yeux écarquillés.

— Les Indiennes suivent leur époux dans la mort dans un charivari de chants et de trompes. On dit que la règle aurait été instituée à l'origine pour dissuader les femmes d'empoisonner leur mari. Et puis, ce serait devenu une coutume de bon usage.

— Une coutume de bon usage !

— Beaucoup d'entre elles s'affolent mais n'osent pas braver l'opprobre qui les ferait mépriser jusqu'à leur mort. Elles s'empoisonnent avant qu'on les brûle.

— Les parents, les proches encouragent ce geste fou ?

— Quelques familles raisonnables projettent sur la veuve de l'eau teintée d'indigo. La moindre tache de cette couleur rend impur. Deux gouttes d'indigo les sauvent.

— Quelle horreur !

Étienne reprit aussitôt la parole :

— Il me revient à l'esprit un exemple édifiant. Quelque temps après mon arrivée à Goa, je discutais du bienfait de l'interdiction de cette barbarie avec un de mes meilleurs catéchumènes, intelligent et vif, qui m'aidait à instruire ses frères. Il était apparemment tout à fait convaincu de l'horreur de ce suicide. Après m'avoir renouvelé, ses iris vrillés dans les miens, l'assurance de son rejet tétanique d'une coutume aussi épouvantable, il m'a appris d'une paupière navrée que le corps d'une femme est assez huileux pour activer la carbonisation rapide de cinq ou six corps d'hommes.

Un silence consterné les écrasa pendant quelques secondes. Antão se jucha sur la balustrade où François vint le rejoindre.

Jean allait de droite et de gauche, les mains croisées derrière son dos.

Le frère Étienne s'adossa à l'arcade.

— Albuquerque interdisait seulement l'exercice des cultes hindous idolâtres. Sous la pression du clergé, est venue, vingt ans plus tard, l'interdiction d'ériger des idoles et de construire des temples. Et puis nous en avons rasé une année plus de deux cents. Nous avons réduit les droits publics des gentils. En particulier de la caste des brahmanes qui nous restent hostiles. Nous convertissons surtout le petit peuple. Francisco Xavier déjà était profondément déçu de son bilan.

Jean arrêta sa marche et se planta devant le jésuite.

— François Xavier leur a dit comme ça : « Ne sacralisez pas les animaux ! Abandonnez vos superstitions ! N'écoutez pas les brahmanes ! » Et ça n'a pas marché ? « Instruisez-vous dans la foi chrétienne ! » Conviens que l'ambition de détrôner d'emblée les prêtres indiens était naïve.

— Sans doute. L'un des obstacles est que la culture des Indiens est fondamentalement idolâtre. Nos processions, les chants, les flots d'encens, les cavalcades et les spectacles organisés par les prêtres n'ont pas la force des cérémonies païennes des temples indiens. Une dramaturgie visuelle, sonore, olfactive !

Le frère Étienne laissa voleter un silence.

— On a de temps à autre coupé les oreilles des moutons et les crêtes des coqs dans les villages pour les rendre impropres aux sacrifices, puisque les hindous immolent à leurs dieux des animaux sans défaut ni tache.

— Fichtre. Écrêter les coqs ! Jusqu'où va se nicher votre message biblique ?

— Il faut faire flèche de tout bois.

— *Ad Majorem...* Les Indiens, que l'on dit naturellement brutaux et fanatiques, se sont-ils jamais révoltés contre l'interdiction de leurs cultes et surtout la destruction de leurs temples ?

— Les farangi, les Francs, étaient détestés mais craints. Cinq jésuites ont été massacrés à Cuncolim dans la province de Salsète. Ce fut la conséquence directe d'un coup de main militaire maladroitement commandé qui avait inutilement brûlé des temples et des villages.

Le jésuite ajouta en fermant les yeux et en levant l'index droit :

— Et malencontreusement blessé une vache sacrée qui n'a pas survécu.

Après avoir consulté Étienne à voix basse, Antão leur demanda de les suivre et les entraîna derrière lui. Ils traversèrent le cloître qui venait de se remplir d'une troupe affairée d'enfants encadrés par des pères aussi agités qu'eux. Quelques-uns des adolescents étaient vêtus d'habits et d'oripeaux symbolisant à traits caricaturaux l'Europe, l'Afrique et l'Asie. Ils portaient les uns des instruments de musique et d'autres des images et des devises pieuses. Une douzaine étaient déguisés et grimés en singes. On répétait un divertissement en l'honneur de l'archevêque pour la fête de la conversion de Paulo, l'une des rares occasions pour sa seigneurie de quitter son palais entourée d'un décorum royal. Les jésuites comptaient beaucoup sur ces mascarades pour distraire sainement les élèves et pour remplacer dans leurs jeunes esprits les cérémonies païennes par des spectacles édifiants.

Fendant la troupe turbulente qui se jetait dans leurs jambes, ils gagnèrent dans l'angle opposé un escalier s'enfonçant sous le bâtiment. Un long couloir obscur aboutissait à une porte fermée dont Antão avait emprunté la clé. La crypte était dépouillée, marquée du seul monogramme IHS gravé dans la pierre. Il y régnait l'odeur de santal consubstantielle à toute idée goanaise de purification et de propreté. Une colonne oblique de lumière solaire éblouissante semblable à de la matière dense tombait d'un oculus percé au ras de la voûte. Au centre, un coffre allongé en bois sombre, apparemment un cercueil, reposait sur une table de pierre. Les deux jésuites se signèrent et s'agenouillèrent, le front penché, un long moment. Jean et François restaient debout, gênés,

bras croisés, respectant leur silence. Quand ils se relevè-
rent, ils ôtèrent le couvercle du cercueil qui était seulement
posé, et Antão alla l'appuyer contre le mur. Le coffre était
capitonné de soie blanche. Un drap de brocart également
blanc recouvrait ce qui devait être un corps. Les tissus précieux étaient maculés de taches d'humidité. Avec d'infinies
précautions, Antão en souleva l'extrémité et la replia. Un
visage de cire sombre apparut. Il leur fit signe d'approcher et
chuchota :

— Francisco Jassu de Azpilcueta y Xavier.

Jean et François se signèrent d'un geste réflexe, la gorge
nouée et firent un pas sans oser approcher plus du corps dans
ses habits sacerdotaux altérés par le temps. Leurs yeux étaient
fixés sur le visage impassible. Ils savaient qu'il était conservé
parfaitement depuis sa mort il y avait un demi-siècle dans la
concession de l'île de Sangchuan au large de Canton. Le corps
de Xavier avait été transporté de Chine dans l'église Nossa
Senhora de Anunciada sur la colline de la forteresse de Malacca,
enterré dans la chaux, extrait de son cercueil comme c'était
là-bas la coutume, enfoui à nouveau à même la terre tassée à
coups de pieds. On l'avait à nouveau déterré, malmené, trim-
ballé à Colombo puis à Cochin. Il était arrivé à Goa dans une
liesse populaire qui avait duré trois jours et trois nuits. Pendant
tout ce temps, son corps était resté sans le moindre signe de
corruption, rose et souple, exhalant une odeur de musc selon
les uns, de myrrhe selon d'autres. Il restait étonnamment
intact, sans onguent ni huile, ni aucune autre matière utilisée
pour les embaumements. Le chef charismatique de la mission
d'Asie semblait endormi en odeur suave, comme s'il allait se
relever pour dénoncer encore les abus et fustiger les débauchés,
invectiver le roi pour sa mollesse et administrer le baptême à
tours de bras. François eut un vertige, se signa nerveusement
et sortit.

Quand ils vinrent le rejoindre quelque temps plus tard,
Jean, lui aussi, était pâle.

— Vous le gardez ainsi hors de vue des fidèles ?

— Oui. Nous le conservons presque en secret tant nous craignons des débordements incontrôlables, surtout le 3 décembre, jour anniversaire de sa mort. Il fait l'objet d'une dévotion furieuse. Le cercueil a été transféré ici depuis l'achèvement de la maison professe. Nous placerons Francisco Xavier en majesté au Bom Jesus dès que la canonisation aura été prononcée par le pape. Cela viendra très vite.

François fit un crochet par le Terreiro dos Galos pour dire bonjour à Asha. Il avait eu jusque-là de longues journées oisives et il allait chercher ce vendredi sur les deux heures son sauf-conduit pour se rendre à bord de Nossa Senhora do Monte do Carmo. Depuis qu'ils avaient fait connaissance, il passait voir la jeune Indienne presque chaque matin en voisin, pour bavarder de la ville autour d'un bol de légumes ou de poissons minuscules frits dans une sauce au tamarin. Leur amitié s'était enrichie petit à petit, sans qu'il en prît garde – mais elle, si – d'une connotation amoureuse dont ni l'un ni l'autre n'était responsable. Il avait remplacé un jour le geste du *namaskar*, la posture des mains jointes paume contre paume à hauteur de la poitrine qui résume à l'instant la réunion de deux âmes dans un geste de paix, par un léger baiser sur la joue. Elle connaissait bien cet usage occidental trivial puisqu'elle le lui avait rendu avec naturel.

Deux fois, sans raison particulière, ils avaient affermi leur relation d'un baiser furtif sur les lèvres, en amis, sans insister, comme une maladresse. François ne parvenait pas à déterminer qui en avait pris l'initiative. Il lui était important de savoir s'il dirigeait leur relation ou s'il la subissait. De façon récurrente, au cours des nuits étouffantes où il se retournait sur sa natte trempée de sueur en s'énervant de ne pas trouver le sommeil, ce débat aboutissait chaque nuit à la même conclusion provisoire qu'il s'en fichait totalement. Et que cela ne changeait en rien son amour pour Margarida.

Ce jour-là, il venait se faire plaindre, sous le prétexte de lui raconter sa visite à François Xavier. Asha portait ce jour-là son corps de fillette sous le sari orange de leur première rencontre. Après avoir tâté ses ecchymoses d'un doigt poli car les agressions étaient monnaie courante à Goa, elle devint sérieuse. Elle venait de décider qu'il était temps de concrétiser leurs relations.

— Tu comprends, mes cousines et mes amies se posent des questions. C'est humiliant pour ma famille.

Ils convinrent que, puisqu'il était libre de son temps le samedi, il passerait la chercher le lendemain vers une heure.

François dévala la pente en sifflotant d'un pied sur l'autre vers la Ribeira Grande où l'attendait effectivement l'ordre signé de l'intendant. Il constata une fois encore que le moulin à poivre de la Carreira da India tournait rond. Le sergent de garde à la porte du front de mer était celui qui l'avait envoyé en prison le soir de son arrivée. Il le serra dans un abraço chaleureux et sans rancune. Il se rembrunit quand François expliqua à son nouvel ami que le sauf-conduit qu'il lui présentait l'autorisait à se rendre à bord de *Nossa Senhora do Monte do Carmo*. La caraque était désarmée et son nouvel équipage embarquerait dans quelques jours pour prendre en charge sa remise en condition de mer. Le bateau était laissé sous la surveillance d'une escouade de soldats et d'une poignée de marins sous le commandement d'un sobresaliente. Cette promotion avait rendu ce jeune officier d'un orgueil démesuré, disait-on dans les cercles des maisons de jeu. On y racontait en pleurant de rire qu'il arpentait la dunette avec le dos soucieux d'un capitaine, les yeux fixés au loin en direction de l'estuaire prêt à essuyer les grains de la grande mousson.

— Que tu entres ou que tu sortes, le Français, c'est toujours la même chose. Tu es nanti de passeports signés par des autorités d'un niveau inimaginable et ton histoire ne correspond jamais à aucun cas prévu. Et il faut que ça tombe chaque fois sur moi. Je vais me faire muter à une autre porte.

— Ce n'est pas tout, ajouta François à voix confidentielle. Les ordres de l'intendant m'autorisent à prélever une aiguille de mer. C'est inscrit ici en toutes lettres. Et qui plus est, tout militaire ou fonctionnaire doit m'apporter l'aide nécessaire à l'accomplissement de cette mission de première importance.

Cette histoire d'aiguille acheva d'embrouiller le sergent. Ils décidèrent de clarifier cette affaire au plus vite. Un caporal partit en courant à l'intendance de l'arsenal avec ordre d'en rapporter un contreseing dans les meilleurs délais.

Sur les quatre heures, François saisit des deux mains les pommes tressées des tire-veilles. Il allait affronter pour la quatrième fois l'épreuve obligée pour passer du monde terrien au monde de la mer. L'odeur de brai était atténuée ou peut-être s'y était-il habitué. Au ras de l'eau, la coque était à nouveau, comme à l'îlot de la Croix, plantée d'un large tapis d'algues filamenteuses d'un beau vert, comme une prairie grasse semée de patelles. Il repoussa du pied l'almadie, rappelant au passeur qu'il devait l'attendre à proximité en guettant ses signaux pour le retour. À la rapidité de son ascension, il se sentit un vieux marin.

Le tillac était barré de l'énorme vergue que l'on avait descendue sur des chevalets au niveau du plat-bord pour soulager la mâture et donner moins de prise au vent. Elle était enveloppée des replis de la grand-voile ferlée sans grand soin et grossièrement recouverte de prélarts goudronnés. L'énorme paquet dépassait de plusieurs toises des deux côtés de la caraque. Le pont laissé libre était encombré de cordages en vrac, d'emballages vides, d'ordures et de haillons. Les figurants qui tenaient naguère la scène avaient disparu, rendant plus pathétique ce décor réaliste de cour des miracles. Une meule de paillasses jetées en tas pourrissait au pied du grand mât en dégageant une puanteur aigre. Des blattes couraient tout autour, affairées, maîtresses d'un territoire en désordre d'une richesse infinie. Un rat passa en trottinant, serein puisque la saison de la chasse à son peuple était fermée. Il se coula dans la grande écoutille.

L'équipage et les passagers avaient fui le navire dès qu'ils avaient été autorisés à le faire, comme la panique vide une ville investie par la peste. Ils avaient laissé à leurs successeurs le soin de faire le ménage de cette bauge si bon leur semblait ou de mettre le feu à tout cela. Ce n'était plus leur problème. Eux en avaient assez fait et on ne les y reprendrait plus. Pour l'instant tout au moins car, qu'ils le veuillent ou non, dès qu'ils avaient posé le pied en Inde, leur destin s'était résumé en une abominable alternative. Ils avaient le choix de mourir à Goa ou d'affronter une nouvelle traversée des enfers. L'aller entraînait un retour et le retour était encore plus dur que l'aller disait-on. Dans l'encombrement extravagant des cales et des ponts, les quintaux de poivre et de girofle entassés à portée de la main allaient attirer les pirates comme le miel les mouches, et feraient naître à bord des appétits obsessionnels. Les loqueteux rentrant les poches vides, la haine au cœur et la rage au ventre envieraient jusqu'au crime les bourses rebondies des nouveaux riches. Les gabiers rapetasseraient continûment le gréement pourri par les pluies de la mousson. Les bateaux démantibulés par la mer prendraient l'eau de toutes leurs coutures. Oui, le retour serait pire que l'aller.

Quelqu'un avait arraché les toiles à voile qui fermaient leur réduit, laissant quelques lambeaux cloués à la cloison. Leur demeure n'était plus qu'une anfractuosité à l'abri des vents d'ouest. Il s'attendrit de retrouver cette caverne dans laquelle il avait vécu neuf mois coupés par l'hivernage à Mozambique. Un fourneau débordant de cendres indiquait qu'elle servait maintenant de cuisine aux gardiens. Des écuelles de terre, une marmite en fer et un panier d'oignons germés étaient entassés le long de la paroi éclaboussée par une giclée d'huile d'olive. François eut une bouffée d'indignation devant le sans-gêne des soldats, comme s'ils avaient occupé et saccagé une propriété personnelle.

Deux soldats débouchèrent du gaillard d'avant et l'interpellèrent. Ils coururent vers lui en vociférant, se glissant avec peine sous la grand vergue, comiques et furieux d'être empêtrés dans les glènes de cordage et la voile en paquet. Son sauf-conduit n'eut aucun effet, probablement parce qu'ils ne savaient pas lire. Ils le poussaient par les épaules et les bras vers le plat-bord avec l'intention déclarée de le jeter à la mer. Il se débattit, criant qu'il exigeait de voir immédiatement leur chef, sous peine de déclencher la colère foudroyante du gouverneur en personne. La menace était simplette mais elle méritait d'être soupesée. Les gardes osèrent prendre le risque de déranger le sobresaliente.

Le capitaine temporaire, un garçon de son âge prématurément vieilli, occupait très partiellement les appartements de la dunette comme il aurait porté un uniforme trop grand de plusieurs tailles. Son dos voûté, sa maigreur et sa peau diaphane révélaient une santé congénitalement précaire ou bien un trop long séjour en Inde. Ou la conjonction aggravante des deux. Ses cheveux noirs s'étalaient en désordre sur un front haut dont ils soulignaient la pâleur. Une moustache peu fournie que l'on aurait cru un déguisement enfantin dessiné au bouchon s'efforçait de donner une allure martiale à un visage de poète.

Après l'avoir dévisagé d'un œil hautain, l'officier cueillit d'une main nonchalante l'attestation que François lui tendait. Il l'avait présentée d'un geste vif, accompagné de l'affirmation que l'importance de sa mission dépassait le besoin d'en connaître d'un simple subalterne. Il n'eut pas à forcer la voix car Luis d'Albuquerque bondit sur ses pieds et foudroya les soldats d'un discours ravageur. Il y était question de la mutation salutaire à Mozambique des imbéciles incapables de distinguer les affaires du niveau d'un caporal de celles de la compétence d'un officier faisant fonction de commandant temporaire d'une caraque des Indes. Pourquoi ne l'avaient-ils pas immédiatement informé de cet ordre signé de l'intendant de la Ribeira Grande au lieu de prendre des initiatives imbéciles ? Rendre compte aussitôt. Ce n'était pas compliqué ! Même pour des demeurés du Tras-Os-Montes. Rendre compte !

Le sobresaliente à l'homonymie si prestigieuse s'excusa de l'incident, se lamentant que la Carreira da India fût contrainte de faire au mieux avec les paysans analphabètes qu'on lui envoyait. Les bouts des doigts de la main droite posés sur sa tempe, il évoqua les lourdes responsabilités qui étaient les siennes. Sa crainte permanente de devoir faire face à des incidents graves avec sa poignée de soldats et de matelots de rebut. Sa hantise du feu, de la tenue du mouillage surtout, alors que la mousson et ses énormes nuages attiraient les grands vents d'ouest vers Goa qu'ils n'allaient pas tarder à atteindre. François faillit lui expliquer que c'étaient les vents qui poussaient les nuages et non l'inverse mais il acquiesça d'un air entendu.

Sa proposition de se rendre lui-même chercher l'aiguille de mer soulagea visiblement le lieutenant qui ignorait manifestement – et très légitimement – de quoi il s'agissait et où cet objet de première importance pouvait bien se trouver à bord de l'énorme navire dont il avait la garde. Il laissa avec courtoisie son visiteur libre de faire son devoir pour le service du Portugal, puisqu'il connaissait si bien le bateau. Lui-même était très occupé à rédiger un rapport sur les conditions déplorables dans lesquelles il assumait son commandement.

Les compas de mer étaient toujours rangés dans l'habitacle de la timonerie et François fut soulagé de les trouver à leur place et en bon état, dans l'abandon qui désolait la caraque. Le compas étalon calé bien horizontalement sous le bras, il s'attarda sur le tillac. Une remontée de tristesse vint lui mouiller les yeux quand il réalisa qu'il quitterait la caraque dans quelques minutes pour ne jamais y revenir. Il s'était attaché à ce monstre pataud et despotique, à la fois belle et bête qui, bon gré mal gré, les avait conduits sains et saufs en Inde. Il comprit pourquoi Sebastião de Carvalho, le chantre borgne de Camões, avait trouvé sa vérité en errant obstinément sur la mer jusqu'à la mort tragique dont il avait assumé la probabilité croissante comme une paisible fatalité. Accomplissant un pèlerinage en quelque sorte, François était partagé à cet instant entre les souvenirs à retrouver et une curiosité à satisfaire. Bien qu'il n'eût jamais approché l'appartement des femmes au cours de la traversée, il l'avait imaginé par bribes au fil de ses entretiens avec ses passagères.

Il le trouva sans peine, à l'étage, au fond de la coursive bâbord et il identifia aussitôt les six lits de sangles superposés qu'elles lui avaient décrits, la table suspendue par des courroies de cuir et le lanterneau au plafond. Il posa la précieuse boîte qui ankylosait son bras gauche sur le plateau et s'assit sur l'un des deux bancs, les mains posées à plat sur les cuisses. Il était un peu gêné d'être entré dans cette pièce interdite, et déçu de ne pas respirer quelques traces légères du parfum de Margarida. Trois semaines après le mouillage, le réduit sentait franchement mauvais, comme tout le reste de la caraque. En attendant les girofles, une poche d'odeur de misère stagnait encore dans la cale et infestait les entreponts. Il s'étonna que six femmes délicates sans expérience de la mer aient vécu aussi longtemps recluses dans ce trou à rat sans perdre l'esprit. Une lumière gaie tombait de l'ouverture au plafond, seul luxe appréciable de cette cellule de religieuses cloîtrées. François s'adossa au montant qui soutenait l'un des châlits supérieurs et étendit les jambes.

Frappée par un rayon de soleil, la vitre du compas renvoyait diagonalement, de bas en haut, un carré de lumière réfléchie sur le ciel de la couchette qui lui faisait face, un plafond léger en bois grossier l'isolant du lit du dessus. Cette projection l'intriguait et il entreprit de reconstituer la trajectoire de la lumière à partir de la position du soleil. Alors qu'il se penchait sur le compas pour lire sur la rose la direction du nord, un rapide éclair rouge vif éclata en marge de son champ de vision. Il chercha à renouveler cet incident lumineux en déplaçant la tête et après quelques tentatives l'éclat rouge se ralluma. Il jaillissait d'un interstice entre deux lattes disjointes du faux plafond de la couchette. Il ne vit rien de remarquable en approchant son œil de la fente, car sa tête masquait alors le rayon lumineux.

Juché sur un banc, il inspecta la couchette supérieure et constata qu'un second plancher de pin doublait le planchéiage du dessous, enfermant une sorte de double fond épais de deux ou trois doigts. Les sangles soutenant la paillasse que l'on avait sans doute jetée au pied du mât avec les autres étaient tendues à une main au-dessus de ce plancher. François fut surpris du soin avec lequel ce mobilier rustique avait été construit. Un nœud d'une des planches de pin avait sauté, laissant béante une petite ouverture ronde du diamètre d'une pièce de monnaie. La chose qui renvoyait l'éclat rouge était sans doute tombée dans ce trou. Une investigation rapide lui révéla qu'une des lattes était à moitié déclouée. Selon les lois naturellement perverses des probabilités, l'objet était coincé à l'autre bout de la couchette. Sa décision fut aussitôt prise de déclouer tout le fond du lit en s'aidant de la planche faisant levier, ce qui ne lui prit que quelques instants.

L'objet apparut à la lumière comme une grosse goutte de sang luminescente traversée par en dessous par le soleil réfléchi. La bague était montée en or rose. Le rubis hémi-sphérique, lisse et rond, gros comme une griotte était serti par cinq griffes. Le bijou était simple, mais sa pierre irradiait quand elle était touchée par le soleil. François fit tourner sa trouvaille dans la lumière puis la mit dans sa poche. La passagère ayant perdu ce bijou avait sans doute imaginé un larcin. Il recloua grossièrement le planchéiage en s'aidant de la tranche d'une latte comme d'un marteau, reprit son compas sous le bras et alla remercier son hôte.

Le jeune maître à bord contempla d'un œil respectueux l'objet de tant d'attention et s'étonna que l'aiguille fût capable d'indiquer aux pilotes la direction de Goa à l'aller et de Lisbonne au retour. François lui répondit que c'est un peu plus compliqué, mais qu'il avait bien raison de s'étonner de ce mystère insondable, ce qui acheva de lui valoir l'amitié du sobresaliente.

Le patron de l'almadie le fit s'impatienter une dizaine de minutes avant de répondre aux gestes qu'il lui faisait à se désarticuler les épaules. La boîte magique fut descendue main sur main avec précaution au bout d'un filin. François se retourna une dernière fois, salua d'un large geste circulaire les gaillards et le tillac de *Nossa Senhora do Monte do Carmo*, flatta son plat-bord d'une main superstitieuse et commença sa descente.

Manuel avait installé selon ses instructions le fourneau et la réserve de charbon de bois, et l'attendait en époussetant les registres. Margarida n'était pas sur sa véranda, ce qui l'arrangeait. Lui-même resta à l'intérieur de l'atelier, évitant de se montrer à la fenêtre. Il ne se sentait pas capable de soutenir une conversation avec la jeune femme alors qu'il se préparait à faire l'amour avec une Indienne. L'impression bizarre de tromper une femme mariée avec laquelle il n'entretenait aucune liaison le mettait de méchante humeur. Il bénissait le ciel de disposer encore de son dimanche de congé pour prendre un peu de recul. Il repartit rapidement, chargeant son aide de se procurer d'ici au lundi une jatte de terre et une jarre d'eau de source qui serviraient à refroidir et à tremper les aiguilles après leur passage au feu.

François arriva à l'heure dite au Terreiro dos Galos quand fermaient les échoppes. Ce samedi 6 juin, le brahmane était parti avec sa Chinoise pour Carambolim, en pèlerinage à l'un des rares temples consacrés à Brahma. Il avait le souci d'honorer l'Entité suprême, un peu négligée dans les prières parce que moins populaire que Shiva et Vishnou, les deux autres membres de la trinité initiale. Jean était éloigné par une expédition naturaliste exploratoire dans la campagne desséchée. Son but était de repérer les sites prometteurs à la saison des pluies. François se réjouissait de cette conjoncture heureuse qui le rendait maître de leur demeure.

Asha se débarrassa du petit Vyan en l'envoyant renouveler la provision de charbon de bois aux charbonnières de Mata Vacas. François fut stupéfait quand la jeune Indienne refusa catégoriquement de le suivre chez eux à deux pas, rue du Crucifix, bien qu'il l'eût assurée que la maison était vide.

— Je n'y poserai pas le pied, même en l'absence du chirurgien.

— Crains-tu quelque humeur maléfique liée à ses pratiques de la médecine ?

— Non, François. C'est la demeure d'un brahmane.

— Et alors ? Bashkar voyage en ce moment en dehors de l'île de Goa. Il n'en saura rien.

— Je ne franchirai pas son seuil.

Elle laissa passer un silence, et ajouta en parlant très vite, d'un ton agacé :

— Je rendrais cette demeure impure si j'y faisais l'amour avec toi.

— Tu es jeune et jolie ! Quelle souillure te serait attachée par principe en prenant du plaisir ? C'est absurde.

Elle prit une voix sévère d'institutrice morigénant un élève dissipé, et lui fit savoir qu'ils iraient sans discussion chez ses parents, dans le quartier des pêcheurs.

— Tu n'as pas à porter un jugement sur le dharma. C'est la loi du bon ordre de l'univers. Comme tous les farangi, ça te dépasse. Si tu veux comprendre un peu Goa, tu dois au moins essayer de comprendre comment est organisée notre communauté. Non ?

Elle confectionna un gros bonbon qu'elle expliqua être une boulette d'un mélange de noix d'arec et d'onny, de la coquille d'huître réduite en poudre, entortillée dans une papillote en feuille de bétel. Elle lui tendit. Il le refusa, s'agaçant de voir à longueur de journée tout Goa mâchouiller cette mixture et recracher une salive qui rougissait les gencives et jonchait le sol d'éclaboussures sanglantes. Elle insista gentiment, lui expliquant que non seulement le bétel soignait les dents et donnait bonne haleine, mais qu'il était aussi un excitant amoureux léger. Au demeurant, aucun homme ni femme à Goa ne ferait l'amour sans avoir d'abord mâché du bétel. C'était donc à prendre ou à laisser.

Il prit.

Ils descendaient côte à côte la longue avenue des Naus d'Ormus qui conduisait à la Mandovi en aval de l'arsenal, lui, mastiquant son examen de passage avec une application prudente. C'était curieux, chaud et frais à la fois, et pas désagréable. Pour le moment, il ne ressentait aucune excitation particulière. À cette heure de soleil intense, la voie était

déserte. Portant trois calebasses empilées sur sa tête comme
si de rien n'était, Asha s'était lancée avec volubilité dans une
dissertation compliquée qui lui traversait les oreilles sans y
laisser de trace, car il l'entendait sans l'écouter vraiment,
concentré sur son initiation au bétel. Elle s'arrêta brusquement de marcher, déchargea ses récipients, et lui fit face.

— Mon jatî a été déterminé à travers mon cycle cosmique
par mon karma. Toi aussi, tu as ton jatî. Même si tu ne le
sais pas parce que vous, les farangi, qui êtes tellement puissants, vous ne percevez même pas les rythmes de la nature.
À se demander si vous êtes aussi intelligents que vous le dites.

— Je te croyais catholique.

— Ça n'a rien à voir avec la religion ! Tu es bête ou quoi ?
Tu fais semblant ou tu te moques de moi ?

— Que cela ait à voir ou non, ça m'étonnerait que j'aie
un jatî.

— Ne plaisante pas.

— Mon ami Antão, un jésuite, m'a déjà expliqué vos
galimatias autour des castes. Ce partage systématique préétabli
de la société n'existe nulle part au monde que chez vous.
Que tu le veuilles ou non, il n'est pas chrétien.

— D'abord, ce sont vos missionnaires qui ont inventé le
mot caste. Nous ne partageons pas la société comme tu dis,
et galimatias et systématique, je ne sais pas non plus ce que
ça signifie. C'est toi qui es compliqué dans ta tête alors que
c'est simple en réalité. Nous naissons dans notre jatî qui déter-
mine notre varna, notre couleur. Même si je suis devenue
chrétienne, ça ne change pas mon cycle cosmique. Peux-tu au
moins comprendre ça ?

Elle résuma finalement la hiérarchie du varna en comptant
sur ses doigts : les brahmanes, les kshatriya, les vaishya et les
shudra. Il lui demanda à quoi cela correspondait. Elle lui
expliqua qu'au-dessous des sages initiés, les brahmanes, venait
la classe des chefs et des guerriers, puis celle des producteurs
terriens et des commerçants. Les shudra constituaient en bas
de l'échelle le gros de la population, les serviteurs des trois
varna supérieurs. Il l'interrogea alors sur sa position sociale,
puisqu'elle tenait tant à sa hiérarchie.

— Je comprends que tu es une shudra. C'est ça ?

Elle répondit en levant les yeux au ciel que, comme les marins et d'une façon générale tous les corvéables des viles besognes, les pêcheurs étaient des harijans que l'on nommait à Goa curumbins, encore en dessous des shudra.

Il se récria.

— Tu n'es pas un pêcheur mais une commerçante, toi aussi, et une chrétienne qui plus est. Que fais-tu là-dedans ? Les Occidentaux vous ont fait découvrir une société nouvelle fondée sur d'autres relations entre les hommes et les femmes et entre eux et le ciel. Pourquoi persistez-vous à rester enclavés dans votre système invraisemblable ? Ne me fais pas croire que tu ne peux pas sortir de ton jatî, de ton varna ou de je ne sais quoi encore ?

Il était énervé à la fin. Elle rit et elle l'embrassa.

— D'abord, on ne vous a rien demandé. Ensuite, je suis une toute petite marchande et pas une commerçante. Le jatî c'est une fois pour toutes quels que soient le niveau social et les relations entre les gens, que les farangi le veuillent ou non. Si l'aigle Garuda déposait dans notre jardin un diamant aussi gros qu'une mangue et si j'achetais toutes les maisons de Goa avec, je resterais une harijan chrétienne cousue d'or, mais une harijan quand même. Je n'épouserais jamais un shudra ni encore moins un vaishya. Et même, jamais je ne prendrais un repas avec eux. Je ne pourrais toujours pas préparer la nourriture d'un brahmane. Et je ne vois pas en quoi cela te dérangerait puisque moi je m'en accommoderais sans problème dans ma tête.

Elle dansait en parlant, virevoltant sur ses pieds nus en mimant du corps et des mains l'hypothèse de Garuda déposant une mangue étincelante à son intention. Elle était stupéfiante de grâce et de gentillesse. François était partagé entre désir et attendrissement. Il opta pour une admiration médiane.

— Tes connaissances me surprennent, Asha. Tu dis être une moins que rien. Où as-tu appris tout cela ?

— C'est inné. C'est le fondement même de notre existence. Le cours de nos vies antérieures a déterminé notre jatî. La façon dont nous maîtrisons notre vie actuelle tire le jatî de notre prochaine vie vers le haut ou vers le bas. J'espère que le mien évoluera vers le haut. En tout cas, il ne peut pas descendre plus bas. Sinon dans un animal. Tu me vois transformée en chatte ou en souris ? Ou en mouche importune ? Heureusement, les mouches ne vivent que quelques jours. Ce n'est pas trop long.

Elle lui fit une jolie grimace, reprit son chargement des deux mains et le jucha sur sa tête. François, qui s'agaçait quand même d'être traité d'étranger stupide, persista dans sa tentative de la convaincre de ce qui lui semblait une incohérence.

— D'abord, ça m'étonnerait que l'on ne t'ait pas appris au catéchisme que les animaux n'ont pas d'âme. Il faudrait que tu choisisses clairement entre Jésus et Vishnou. Ensuite, selon ton histoire de varna comme tu dis, je suis un serviteur. Un harichan. C'est pour ça que tu peux me fréquenter puisque tu ne connais personne en dehors de ton jatî.

— Ha-ri-jan, pas chan. Ça te dérange que je me promène avec toi ?

— Ne sois pas bête. La question est que moi, je sais des choses auxquelles la plupart des riches ne comprennent rien. Des choses du niveau des brahmanes. Alors comment gères-tu ma situation ?

— Là là ! Le farangi est vexé ! Toi, ce n'est pas pareil, François. Mon confesseur va condamner mon amour pour toi. Il serait content d'être à ta place, tu sais ? Il me fait durer bien longtemps pour des péchés même pas véniels. Il dit qu'il faut qu'il les élucide pour déterminer une pénitence bien adaptée. Là, quand je vais me confesser pour nous deux, il va me faire dire au moins dix dizaines de chapelet pour que je reste un bon bout de temps dans l'église. Et puis ce sera réglé entre le Seigneur et moi.

Elle fit le geste large de se débarrasser les épaules d'une charge encombrante, sans altérer l'équilibre parfait de tout ce qu'elle portait sur la tête.

— En Inde, t'aimer malgré ton varna compliqué ne me fera pas réincarner dans une souris. Ne t'inquiète pas pour mon âme. Je peux faire tout ce que je veux avec toi, ça ne compte pas, ni pour mon présent, ni pour mon futur.

Tout en étant sensible à une démonstration qui renforçait son désir tendre, François était un peu vexé de sa transparence.

— La haute estime dans laquelle tu me portes me touche infiniment. Je suis en somme encore moins qu'un harijan qui n'est rien. C'est bien cela ?

— Ne sois pas bête toi non plus. Tu sais très bien ce que je veux dire. Pour nous, l'union d'un homme et d'une femme est un élan vital venu du cœur pour faire le bien. Mais le métissage des varna est une faute contre l'ordre naturel.

François en resta pantois. Asha parlait comme un livre. Elle eut le dernier mot en lui tendant finement un piège qui l'obligea à éclater de rire.

— Tu as voyagé si longtemps avec des fidalgos sur ton bateau. Tu as sans doute beaucoup d'amis maintenant.

— Quelques-uns. Certains sont morts. J'ai lié amitié avec le pilote-major. Et surtout avec le frère Antão, un véritable ami.

— Et avec les autres farangis ? Vous étiez combien à vivre ensemble.

— Tu sais, nous avons voyagé ensemble mais séparément.

— Ah bon ? Dis donc, vos castes ne se mélangent pas beaucoup elles non plus. Vous ne faites pas vous aussi des galimatias comme tu dis ?

En approchant du faubourg bordant le fleuve, elle lui expliqua en tournant la tête et les calebasses vers lui pour le regarder de face que sa famille vivait honorablement de la pêche et que son père et ses deux frères gagnaient très bien leur vie. Pêcheurs réputés, fournisseurs attitrés du couvent des augustiniens, ils étaient même assez riches pour posséder un bateau en propre avec tous ses filets et éperviers et pour appointer quatre marins. Une almadie, précisa-t-elle avec fierté en articulant avec soin, avec laquelle ils approvisionnaient en eau les caraques portugaises à l'ancre pendant l'hivernage, quand la grande mousson interdisait de sortir pêcher au large. Le bassin de la Ribeira grouillait de sardines, mais c'était un fretin méprisé par les professionnels.

La rue de la corporation des pêcheurs débouchait sur l'avenue en bordure du chantier naval. Son ouvert était planté d'une croix en pierre au pied de laquelle quelques bouquets de marguerites brunies par la dessiccation donnaient l'impression d'avoir été déposées là par les gestes votifs d'un culte disparu. La famille d'Asha habitait près du carrefour, dans un ensemble de maisonnettes en bois peintes à la chaux, rehaussées d'ocres rouge et jaune. Elles tranchaient sur les misérables cabanes qui leur faisaient suite. Leur alignement de guingois se perdait dans un lointain grisâtre mais lumineux. Le ciel a la charité de teindre en argent le bois brut abandonné par la misère ou l'oubli à ses intempéries. Le quartier était planté de cocotiers, l'arbre parfait qui filtre le soleil et laisse passer le vent.

— Tu me fais honte !

Asha était hors d'elle. Ses yeux sombres avaient viré au noir de jais, pailleté d'éclats d'intense réprobation. La mère et une petite colonie de femmes et filles qui se pressaient autour d'eux avaient quitté la pièce dans un envol coloré et glapissant. Frémissant d'indignation, le père venait d'arracher en silence le gobelet de cuivre d'un geste mesuré mais brutal de la main gauche. Un geste d'infamie. François réagit avec colère, se massant la mâchoire.

— Quelle mouche a piqué ton père, Asha ? Il m'offre de l'eau avec gentillesse et il me la retire aussitôt des mains, les yeux fous, en manquant me casser les dents et rouvrir mes plaies.

— Tu es répugnant. Mes parents sont furieux et moi je suis mortifiée devant eux et devant mes cousines de t'avoir amené sous notre toit. Pourquoi m'as-tu fait un tel affront ?

— Quel affront ? Que vous prend-il tout d'un coup ?

— Tu as porté ce bol à ta bouche.

— Je commençais à goûter en effet cette fameuse eau de Banguenim que l'on dit incomparable. Et alors ?

— Et alors, maintenant, il est yechhal. Impur. Tu devais laisser couler l'eau dans ta bouche sans que tes lèvres touchent le bord. Le plus misérable des harijan sait ça.

— Encore vos crises de pureté ! Ton père accepte apparemment sans la moindre objection de me prêter sa fille pour en jouir. Il semble même heureux et honoré de cela. D'un autre côté, il s'affole à en mourir que ma bouche effleure son bol. C'est bien ça ? Vos mœurs sont celles de sauvages privés d'amour-propre et de raison.

Il regretta aussitôt ces mots, mais ils étaient lâchés et puis, de toute façon, il était très fâché lui aussi.

— Moi une sauvage ? Tu me méprises parce que je suis une Indienne qui te propose de faire l'amour avec elle ? Veux-tu humilier ma famille ? Sale farangi !

— Asha !

Elle était hors de tout contrôle.

— Parfaitement. La règle de notre vie est fondée d'abord sur la pureté de la pensée, des actions et des gestes. Et sur la propreté du corps. Et nous sommes devenus chrétiens en accord avec ces préceptes qui nous sont communs. Au moins pour la pensée et les actions, parce que pour le reste il n'est pas difficile d'être plus propres que vous, qui ne vous lavez jamais et qui entrez dans vos églises sans ôter vos souliers qui ont marché dans les bouses et dans les détritus.

Les yeux plissés, le nez froncé d'un air dégoûté, à gestes alternatifs des bras, mains à plat, elle mimait des pieds traînant dans la fange.

— Vous ne distinguez même pas votre main droite pour la nourriture de votre main gauche souillée par les excréments. Vous crachez par terre et vous sentez mauvais. Vous êtes vraiment pires que des porcs. Il doit être terriblement crasseux et puant, ton pays si lointain qui te rend tellement prétentieux.

François supportait mal ces critiques d'une petite Indienne, d'autant plus vexantes qu'elles étaient fondées. Il était très énervé lui aussi. Depuis qu'ils s'étaient retrouvés ce jour-là, Asha compliquait tout pour des raisons sans queue ni tête.

Elle était lancée dans une conversation véhémente en hindi avec son père. Sa barbe et ses cheveux d'un noir luisant suggéraient qu'il était dans la force de l'âge, malgré une maigreur ascétique et des yeux creux de vieil ermite. Il portait le dhoti élémentaire drapé entre ses jambes maigres dont on suivait chaque nerf et chaque vaisseau sanguin, mais une chemise de coton blanc et des sandales à lanières de cuir le distinguaient ostensiblement du petit peuple dont les hommes vivaient uniformément pieds et torse nus. François se tenait bras croisés à l'écart, partagé entre gêne et irritation. Au bout de ce qui lui sembla être un plaidoyer mêlé d'une dispute tempérée de respect filial, l'Indienne se retourna vers lui, radoucie. Elle joignit ses deux mains dans le geste d'un namaskar d'armistice.

— Sagar vient de réaliser que tu n'es pas informé de nos coutumes, et trop maladroit pour boire sans renverser de l'eau partout et te rendre ridicule. Il te pardonne surtout parce que tu viens de débarquer d'un long voyage en mer que lui-même qui est marin n'a jamais accompli. Il te respecte pour cela. Il te renouvelle son hospitalité sous son toit puisque tu es mon ami. Ce n'est pas vrai que tu sens mauvais. J'ai dit cela parce que j'étais très déçue. Viens. On oublie.

François pensa diplomatique et poli d'imiter le geste de salut en direction du père, et prit la main d'Asha. Ils traversèrent l'enfilade des trois pièces qui partageaient la maison. Le mobilier se réduisait à quelques jarres de conservation alimentaire et à deux coffres de rangement dont les pieds reposaient dans des écuelles remplies d'eau pour piéger les fourmis. Le sol de terre battue et polie était jonché de nattes sur lesquelles étaient retournées s'accroupir en rond les femmes et les fillettes. Occupées à écosser des graines ressemblant à des lentilles, elles laissaient courir leurs mains sans quitter le visiteur des yeux.

La demeure ouvrait sur un jardin planté d'hibiscus et de gardénias. Plus exactement, il avait été planté d'hibiscus et de gardénias en un temps où la nature était encore odorante et verte. Pour l'heure, le sol sableux était jonché de feuilles racornies luisant comme des éclats de verre. La plante du pied droit brûlée vive au contact du sol blanc de chaleur, François fit un bond par réflexe, et se réfugia sur une tache d'ombre. Il avait oublié qu'il était nu-pieds depuis qu'Asha l'avait obligé à se déchausser avant d'entrer chez ses parents. Au centre de l'Éden calciné, le tulsi, le plant de basilic rituel semblait mort. Le basilic plaisait à Vishnou et chaque jardin en cultivait un à son intention. Cette attention envers un dieu protecteur efficace de l'ancienne religion ne remettait pas en cause la foi en Jésus-Christ, réducteur drastique du Panthéon indien pléthorique. Le modeste tulsi planté comme par inadvertance au cœur des jardins des nouveaux catholiques goanais échappait, malgré l'évidence de sa répétition, à l'œil inquisiteur du Saint-Office. En tout état de cause, ces touffes végétales dont l'odeur attirait autant les chats que les avatars de Vishnou n'étaient pas des idoles. Juste une attention immatérielle et donc difficiles à réprimer. Une manière d'exutoire honorant les parents décédés et, plus loin qu'eux, les parents de ces parents qui les avaient plantées.

Les craquelures d'un bassin limoneux entourant un puits montraient que cette source d'ablutions quotidiennes était depuis longtemps asséchée. Dans tous les temples, on priait pour que la pluie vienne enfin, et les processions des chrétiens imploraient d'autres saints dans le ciel afin de n'oublier aucun des intercesseurs possibles. Imperturbable dans l'aridité persistante, les bouquets de palmes des cocotiers hachuraient de traits d'ombres bleues cette désolation brune. Zébrant la luminosité intense, ils cachaient aux yeux un appentis qu'il n'avait pas distingué, vers lequel elle l'entraîna.

Sa bouche était fraîche et elle sentait bon. Ils firent l'amour délicatement, en savourant. Elle avait insisté gentiment mais fermement pour qu'il se couche sur le dos et qu'il y reste quoi qu'il advienne. François s'était alors souvenu avoir entendu les marins de la caraque raconter cette coutume des Goanaises. Il constata que les hommes ne perdaient pas au change en renonçant à leur position conquérante pour se livrer aux initiatives et à l'imagination fertile de ces félines voluptueuses aux doigts fureteurs et agiles. Il se demanda au bout de combien de temps un Européen, quelle que fût sa condition, soldat, intendant, marchand, évêque ou inquisiteur, répudiait tout devoir, abjurait toute règle et s'abandonnait en déroute aux tentations accumulées par Dieu dans Goa la Dorée. Il se dit que les saints conseillers du Seigneur avaient été un peu pervers en donnant aux Indiennes une nature de feu avant de leur envoyer des soldats chrétiens et des missionnaires.

La maison de jeu était une grande bâtisse à deux étages dépassant les toits de la Rua dos Chapeleiros. La rue des Chapeliers s'ouvrait sur le Terreiro dos Gallos en direction du sud. François restait tout empreint de la tendresse d'Asha. Ils s'étaient longtemps promenés le long du fleuve, main dans la main. Elle lui avait demandé de lui raconter Dieppe. Elle ne comprenait pas à quoi ressemblait sa ville aux maisons grises avec des toits noirs. Sans cocotiers, en plus. Ni comment la mousson pouvait durer là-bas toute l'année. Ils avaient remonté en sens inverse leur trajet jusqu'au Terreiro et ils venaient de se quitter là. Un Cafre en livrée surchargée de galons dorés soupesa sa modeste condition de toute la hauteur de ses fonctions, avec l'air suffisant des portiers conscients des hiérarchies sociales. Il le prévint d'un ton souverain que les querelles étaient formellement interdites à l'intérieur par décret du vice-roi. François souleva cérémonieusement son chapeau et il pénétra dans une odeur de camphre et de bois de santal.

Goa comptait une dizaine de ces cercles de jeu très surveillés car lourdement taxés. On y perdait ou y gagnait un peu, beaucoup d'argent aux cartes, aux dés ou à d'autres hasards. On pouvait simplement y jouer au trictrac, aux dames ou aux échecs. Le décor cossu indiquait que la maison recevait la meilleure société et en tirait grand profit. Les fidalgos authentiques s'y mêlaient aux aventuriers, à des joueurs et à des badauds de toute extraction. Des soldats ivres bousculèrent François pour entrer en force, s'affichant bruyamment dans des postures bravaches et provocantes. On comprenait, rien qu'à les voir maîtres en cette maison où leur présence était subie plus que tolérée, qu'une soldatesque insultante infestait Goa pendant l'hivernage.

Il accéda au second étage à travers deux haies de Cafres torses nus, le sabre à la ceinture, assez musclés pour déconseiller aux idées malfaisantes d'aller plus loin. La foule y était moins agitée mais plus compacte. La concentration des joueurs et la grosseur de leurs enjeux attiraient les spectateurs et avaient sans doute la vertu de les calmer. Il aperçut Pyrard qu'il reconnut de dos à son uniforme neuf de malade guéri. Ils étaient convenus de se retrouver là ce samedi sur les six heures après midi, pour fêter sa sortie de l'hôpital autour d'un flacon de vin de Porto. Jean était déjà auprès de lui. Ils étaient accoudés tous les deux à une table sur les autres côtés de laquelle trois hommes faisaient rouler des dés dans un silence tendu que perçaient des annonces brèves. François les rejoignit. Il ignorait les règles du jeu, mais l'attention tétanisait les maxillaires des parieurs. Les trois fidalgos avaient laissé tomber leurs capes sur le dos de leurs sièges, et avaient largement dégrafé leurs pourpoints sous lesquels ils transpiraient. Depuis trois semaines qu'il vivait en plein air dans les senteurs de l'Inde, François qui avait oublié les remugles *sui generis* de la caraque fut désagréablement surpris par l'odeur âcre des aisselles. La température était suffocante. Les fenêtres découpaient sur les murs des rectangles d'une nuit refermée sur elle-même, dont la noirceur de charbon restituait avec un soin malveillant toute la chaleur accumulée dans la journée.

La partie étant suspendue, Pyrard se retourna et leur fit remarquer l'éclairage. Plantées au centre de larges bobèches, les chandelles portées par trois grands lustres contribuaient de toutes leurs petites flammes à rendre l'atmosphère oppressante.

— Ces lustres vénitiens sont inattendus. Ne les trouvez-vous pas insolents ?

— Ils sont splendides et ils illuminent plus brillamment sans doute que le feraient quelques lanternes en écailles d'huîtres suspendues ou posées sur les tables. Ils sont assortis au mobilier soigné. En quoi te semblent-ils déplacés ou dérangeants ?

— Ils n'éclairent pas mieux que le feraient des lustres moins somptueux qui seraient venus de Lisbonne. Convenez-en. Ce luxe coûteux est un gaspillage ostentatoire dans ce cercle dont les pratiques n'ont que faire du décor.

— Peut-être mais cela n'a rien d'insolent. Envers qui ?

— Ces œuvres d'art créées par les verriers de Murano ont été conçues pour illuminer a giorno des fêtes élégantes dans des palais du Grand Canal.

— Leur choix est heureux.

— Pas heureux, délibéré.

Pyrard restait la tête levée, les yeux parcourant les grands lustres comme s'il y cherchait quelque chose. Il hocha la tête.

— La Rome de l'Orient ! Goa ne brille pas seulement par ses couvents, ses églises et ses sanctuaires. Elle étale sa réussite et son opulence comme Rome écrase maintenant ses rivales italiennes de tout le poids de ses architectes et de ses artistes. Ces lustres ont été accrochés ici comme une provocation. Ils humilient Venise comme on expose les bois d'un cerf abattu. On les prostitue dans cette maison de jeux. On les réduit ici à sortir de l'ombre les tricheries malhonnêtes de joueurs qui ne remarquent pas leur élégance et n'imaginent même pas leur valeur.

Jean et François échangèrent une moue dubitative traduisant leur impression que leur ami voyageur en faisait un peu trop. Jean haussa les épaules.

— Sauf que Venise n'est pas un cerf abattu. Elle a perdu le monopole du poivre mais elle est peut-être entrée dans son âge d'or. Le Sénat a légiféré pour encadrer les extravagances des patriciens, jusqu'à leur prescrire de laquer en noir leurs gondoles. Titien, le Tintoret, Véronèse y ont fait leur fortune et un compositeur nommé Monteverdi est en train de grandir. Son *Orfeo* a fait un triomphe l'an dernier.

Pyrard hocha la tête et se retourna vers la table pour suivre une nouvelle partie. Des serveurs circulaient avec des plateaux, apportant massepains, gâteaux de riz, fruits et boissons à la demande. Dans une alcôve du couloir desservant les deux grandes salles à jouer, trois Indiennes accompagnaient à la cithare leurs chants que l'on entendait à peine dans le bruit ambiant.

Debout derrière les spectateurs assis, ils se laissèrent captiver par l'agonie d'un joueur rouquin dont la pâleur faisait ressortir les éphélides plantées de deux oreilles rougies à cœur par l'excitation. Il perdit irrémédiablement, en un quart d'heure de malchance obstinée, une pile de réales haute de deux empans. Un homme hilare et en gilet graisseux s'agitait derrière eux en les bousculant pour mieux voir. Contenant sa jubilation selon la règle, il leur glissa, la bouche en coin, dans un effluve aigre d'alcool de palme, que le fruit d'une année de malversations au moins finissait de s'évaporer ce soir. Il ajouta que dom Armando dos Santos ayant ruiné son commerce d'huile par un procès truqué, il venait ici chaque jour surveiller sa fortune au jeu, et qu'il était heureux de constater enfin qu'il restait encore un peu de justice ici-bas.

Dans l'encoignure d'un élargissement du couloir faisant face aux musiciennes, deux Portugais et un Chinois à haut bonnet noir étaient en discussion d'affaires, penchés dos courbés sur une table basse, têtes jointes en un cercle confidentiel. Ils venaient de se redresser, de se claquer les paumes en signe d'accord et de se lever en emportant leurs tasses et leur théière. Prêts à bondir, les trois Français prirent aussitôt leur place en bousculant d'autres candidats car la compétition était sévère autour des sièges disponibles. Pyrard commanda par signes à un serveur pressé un flacon de Porto et trois verres. Il proposa de contourner leur homonymie en distinguant désormais François de Dieppe et François de Laval.

La table en laque noire de style indo-portugais était incrustée de papillons en nacre. En balayant une petite flaque de thé du revers de la main, Jean la déclara d'un goût détestable. Les deux François la jugèrent très élégante et le traitèrent de Parisien. François de Laval s'étira en allongeant les jambes, les pouces dans sa ceinture.

— Tu parais familier de ces lieux.

— Je suis c'est vrai un habitué non pas des tables de jeu mais de leur entourage.

Les parties se déroulaient généralement dans une grande dignité, voire avec une générosité qui attirait les badauds désargentés. Outre le quart des gains reversé au tenancier, la coutume était que les heureux gagnants abandonnent volontairement quelques pardaus au personnel desservant les tables, et aux observateurs de bon conseil ou supposés leur avoir porté bonheur. On nommait cette libéralité de bonne civilité le barato.

— La qualité d'étranger attire les largesses. J'avoue avoir eu plusieurs fois recours sans honte au barato quand j'ai débarqué ici les poches vides.

— Et tu en as vécu ?

— Voyez autour de vous. Beaucoup de tables sont jonchées de pièces d'or. Elles sont les plus entourées de spectateurs excités à commenter les jeux et à obtenir l'attention des joueurs sur leurs suggestions. Les largesses en or ne sont pas exceptionnelles. Il suffit de bien choisir sa table et son joueur, et d'être un courtisan habile sinon un conseiller chanceux.

François leur tournait le dos de trois quarts, regardant tout autour avec curiosité. Le contraste avec le joli rêve qu'il venait de vivre éveillé lui était insupportable.

— C'est la première fois que j'entre dans une maison de jeu. Il n'y en a pas à Dieppe. À vrai dire, je n'imaginais même pas que cela existait quelque part.

— Et ?

— Je suis content d'avoir vu ça mais je ne pense pas que je reviendrai par plaisir. Ni pour risquer les quelques bazarucos que me font gagner les aiguilles marines, ni pour voir s'enrichir des fidalgos déjà cousus d'or.

— Tu viens de constater que beaucoup perdent au contraire.

— J'aime encore moins voir de l'argent gaspillé. J'ai éprouvé un réel dégoût de voir cet homme obstiné à perdre une fortune que personne ne lui contestait. Même s'il l'avait probablement gagnée de façon malhonnête. Chez nous, à Dieppe, chaque sou se mérite. Et il s'économise précieusement.

— François nous fait encore une leçon de morale.

— Je comprends sa réserve, Jean. Une certaine accoutumance est nécessaire.

— Si tant est que vos jeux d'argent soient indispensables à la vie, répliqua François d'un ton vif. C'est quoi tout ça ?

Il balaya la salle des deux bras en prenant Pyrard à témoin.

— C'est du jeu ! La plupart des spectateurs autour de nous sont ici moins par espoir de grappiller quelques miettes qu'en raison de la fascination qu'exerce le jeu.

— Mais la plupart ne jouent pas eux-mêmes. Alors où est leur plaisir ? Voir les autres engager leur avenir sur le hasard, c'est absolument excitant ?

— C'est clair que tu n'es pas un joueur et c'est tant mieux. Vois-tu, l'angoisse naît à des niveaux variables des enjeux.

— Bien que Dieppois, j'avais compris ça.

— Alors, les joueurs de peu de ressource misant quelques bazarucos de leur poche sont aussi excités que les gros parieurs. Et les simples spectateurs tremblent à voir fondre ou s'empiler des cruzados ou des réales du Portugal qui ne leur appartiennent pas.

Observateur professionnel en quelque sorte, pas loin de se considérer comme tel en tout cas, Jean Mocquet s'agaçait un peu de trouver un maître dans ce marchand de Laval dont la faculté d'observation pertinente semblait inépuisable.

Les joueuses de cithare étaient parties sans que personne n'y prêtât attention, laissant la place à une jeune femme mince en tunique de soie noire fendue très haut. Elle était apparue sur l'estrade, portant un archet et un fragile instrument à deux cordes tendues le long d'un très long manche. Elle marchait du petit pas discret et humble des femmes asiatiques. Une hôtesse annonça d'une voix nasillarde que Ma Xianghua allait interpréter le *Reflet de la lune dans la source.*

— La musique chinoise est écrite pour des chattes en chaleur, grommela Pyrard en faisant la grimace.

François, qui regardait intensément l'artiste, fut choqué par cette sortie intempestive. Jean avait plein la bouche de ce nouvel ami qu'il commençait à trouver prétentieux et grossier. Il n'avait aucune idée de ce que pouvait être le genre de musique qu'on venait d'annoncer. Une musique – il chercha à la qualifier – élégante ? Ou d'agrément ? N'ayant jamais rien entendu d'autre que les instruments de fête et de danse de village, ou depuis peu le tintamarre militaire des flottes, il attendait intensément une expérience nouvelle. La révélation d'une sensation inconnue.

Le serveur leur apporta le flacon de vin et trois gobelets transparents que Jean identifia comme étant l'œuvre de verriers persans.

— C'est incroyable. Mes amis, je vous affirme que notre roi Henri ne boit pas ordinairement dans une verrerie d'une telle finesse. Que l'on vienne ici perdre ou gagner des fortunes est banal en soi. Sous ces lustres de Venise que tu nous faisais justement remarquer tout à l'heure, je suis effectivement stupéfait du luxe étalé dans ce lieu public où les soldats éméchés se jettent dans nos jambes l'insulte aux lèvres.

— C'est Goa, répliqua Pyrard. Le pire et le meilleur confondus en un tout à la disposition de tous.

La violoniste avait commencé à jouer. La mélodie douce et prenante était à peine audible dans le brouhaha des conversations.

— Mais taisez-vous à la fin !

François s'était retourné vers eux pour leur chuchoter son cri d'indignation.

— Écoutez cette jeune femme. Elle fait vibrer cet instrument barbare comme une harpe céleste. J'ignorais qu'il existait des sons aussi limpides.

Ils se moquèrent de lui. Il insista pour qu'ils fassent silence un moment, au moins par politesse. L'élégance des gestes de l'artiste tirant et poussant son archet avec une délicatesse tendre était inattendue dans l'ambiance virile de la maison de jeu. L'air qu'elle interprétait était mélancolique, et la passion de son jeu était en désaccord avec le visage hermétique de la violoniste. François y lisait – à tort peut-être – une résignation sereine, le chagrin d'être là, très loin de chez elle, la déception de n'être pas appréciée et pire, de n'être pas écoutée ni même entendue. Il percevait la tristesse de l'âme en perdition d'une culture bousculée. Du mépris pour un public barbare ? Il n'en était pas sûr. Un immense chignon d'un noir absolu accentuait la finesse et la pâleur de son visage, emprisonné entre sa robe noire et cette coiffure écrasante. Par quels chemins aventureux, par quels accidents de la vie cette artiste si frêle avait-elle abouti dans cette maison de jeu ?

Quand elle se leva à la fin du morceau et salua pour la forme un public qui lui tournait le dos et n'avait même pas remarqué sa présence, François bondit de son tabouret et applaudit avec un enthousiasme qui fit se retourner leurs voisins. Surprise de cette manifestation d'intérêt, la jeune femme fut visiblement gênée de son ampleur. Elle leur jeta un regard apeuré et disparut comme si elle s'enfuyait. François se rassit à regret. Jean se pencha vers lui.

— Pouvons-nous à nouveau parler ?

— C'était beau, non ?

Jean soupira et se redressa.

— François de Dieppe a terminé sa minute d'émotion. Contrairement à toi qui voulais aller ailleurs et qui es ici par hasard, nous avons fait, nous, un voyage de quatorze mois dans le seul but de visiter cette ville. La nouvelle Rome. Et qu'y voyons-nous ? Cette maison d'un luxe exorbitant dans laquelle, en quelques instants, se risquent, se perdent ou se gagnent autour de nous des fortunes inimaginables.

— Serait-ce là l'aboutissement de l'entreprise initiée par la volonté du prince Henri ?

François de Laval remplit à la ronde leurs trois verres et reposa soigneusement le flacon de Porto.

— Jean, je suis arrivé ici par erreur et j'en remercie le ciel. J'ai beaucoup regardé et réfléchi. Nous sommes ici au cœur de l'incohérence fondamentale de Goa. Elle résulte de la quête simultanée du poivre et des âmes en friche, sans que l'on puisse déterminer exactement où passe la frontière mouvante entre les deux motivations. À quel moment cessent les convictions généreuses, le sacerdoce, la rémunération légitime des efforts et des risques ? Où commencent d'un autre côté la tentation du pouvoir, les abus et la soif de tous les profits ?

— En d'autres termes, si je te suis bien, les scrupuleux deviendraient-ils des prévaricateurs ?

— Ici, ils cèdent tous immanquablement à la tentation d'être malhonnête. La question est : au bout de combien de temps ?

— Ces ingrédients pimentés n'étaient-ils pas nécessaires à la réussite du projet ? Aucune congrégation religieuse n'a jamais conquis un empire matériel par la prière et la bonté.

— Non, sans doute. Le pire côtoie donc le meilleur au sein de cette troupe de saltimbanques revêtus des costumes d'hommes de guerre, de mission, de négoce, de pouvoir ou d'aventure. Ou des défroques disparates de tous ces rôles entre-mêlés.

François était songeur, faisant tourner le vin dans son verre. En fin de compte, cet homme rugueux avait des yeux perçants et méritait attention. Il commençait à comprendre pourquoi Jean s'en était entiché.

— J'ai passé l'après-midi dans la cabane d'un patron pêcheur. Un curumbin dont la fille charmante est amoureuse de moi et me l'a gentiment prouvé. J'ai trouvé ces gens satisfaits de la pauvreté de leur condition, soucieux avant tout d'occuper dignement leur place dans l'ordre de l'univers. Ils m'ont semblé heureux et exempts de tout sentiment d'envie. Le contraste entre cette après-midi sereine et ce soir dégoulinant de richesses jetées à poignées sur les tables est terrifiant. Comme était insupportable tout à l'heure le gaspillage du talent d'une musicienne dans ce tumulte.

— Voilà l'explication des états d'âme de François ! s'exclama Jean. Il est un peu simpliste de résumer l'Inde éternelle à une modeste cabane servant d'écrin à une fille douce et candide, la Chine à une mélodie et Goa à cette bruyante maison de jeu et de prostituées. Tu es prêt à crier haro sur tes frères, qui ne seraient que des envahisseurs barbares et dépravés. N'oublie pas, François, qu'ils ont eu tous les courages.

Pyrard approuva de la tête.

— Ceci n'excuse pas cela mais tu as raison, Jean. Et puis n'oublions pas non plus la duplicité du climat en évaluant les torts et les mérites réciproques. Les Indiens sont physiquement constitués pour y vivre à l'aise, s'accommodant de ses effluves comme s'il s'agissait d'un zéphyr. La différence est que nous, nous en mourons. La terrible mortalité de nos compatriotes européens aventurés ici a une conséquence inéluctable sur la société de Goa. Elle explique la corruption des officiers et le relâchement des mœurs.

— Je suis d'accord avec toi qu'elle les légitime d'une certaine manière. Ici, tout en servant la couronne et la maison de l'Inde, on doit d'abord vivre très vite. S'enrichir d'abord avant qu'il ne soit trop tard. La morale déviante serait imposée par l'environnement naturel ?

— Plus ou moins. Les exemples sont éloquents, quand une épidémie peut vider en quinze jours une rue de tous ses habitants. À part les religieux venus faire des chrétiens, personne ne fait le voyage aux Indes par amour d'autrui. La règle de ce jeu pervers est de profiter aussitôt de sa fortune, de jouir du mieux possible de la vie avant qu'elle ne vous quitte, en espérant bien sûr revenir assez riche pour assurer ses vieux jours. Sinon, pourquoi être venu jusqu'ici à si grand risque ?

— À part toi, arrivé par accident, et François et moi débarqués par pure curiosité, lui d'une terre mythique, moi des vertus des herbes. Au moins sommes-nous immunisés tous les trois contre la fièvre de l'or.

— Qui sait ?

— En tout cas, nous n'en ressentons pas les symptômes.

— Te prendrais-tu le pouls chaque jour avec angoisse ? Ou avec impatience ?

Légèrement gris, François qui buvait rarement sentit croître une telle bouffée de tendresse pour Asha que les larmes lui vinrent aux yeux. Il se sentit brusquement terriblement seul. Il se demanda ce qu'il était venu faire dans cette ville si contraire à sa pratique de la vie. Étranger au peuple indien dont la philosophie et la vie naturelle le bouleversaient, il était tout autant exclu de la société goanaise et il était d'ailleurs heureux de ne pas lui appartenir. Son apparence traversait Goa sans plus peser que son ombre. Il ne s'était jamais posé à Dieppe la question de son devenir. L'atelier de Guillaume Levasseur avait empli son univers physique, affectif et intellectuel. Il y avait été heureux, fier d'apprendre et de pratiquer un art difficile, d'acquérir un savoir au-dessus du commun. Et maintenant, la perspective de rendosser tranquillement sa vie ordinaire et sa blouse de travail qui l'attendaient suspendues à un clou lui traversa la tête comme une condamnation.

Il s'affola. Où était donc désormais son varna à lui ? Au retour de ce transit sous le tropique lumineux où il n'avait pas sa place, retrouverait-il l'enthousiasme dont ont besoin les hommes, comme l'eau est nécessaire aux plantes ? Il comprit pourquoi Jean repartait sans cesse dans un nouveau voyage. Peut-être serait-il lui aussi condamné à l'errance pour ne pas s'enfoncer dans la mélancolie ?

À moins de ne pas rentrer.

Il lui vint à l'esprit que Margarida ne pouvait pas être heureuse sous l'accoutrement grotesque dans lequel il l'avait rencontrée à la messe. Elle ne pouvait avoir trouvé le ferment de son épanouissement dans le carcan de la société de Goa, recluse dans son propre intérieur et en représentation permanente au-dehors. Il décida que c'était impossible. Il allait la sauver de ce piège. Ils allaient s'échapper ensemble des conventions sociales insupportables vers un refuge indien hors du temps et connu d'eux seuls.

Et Asha ? Encore ému de la douceur de son amante, il se sentit honteux et médiocre. Il trompait indignement deux femmes que leur condition et leur culture opposaient sans qu'il parvînt à les départager. Celle qui le bouleversait et celle

qui le comblait de tendresse. Il était atterré d'une superficia-
lité dont il ne s'était jamais senti coupable jusqu'à ce samedi
câlin devenu sans qu'il y prît garde son jour de vérité.

— Comptes-tu passer la nuit ici, le Dieppois ?

Ses compagnons étaient debout et s'apprêtaient à partir. Il
licha les dernières gouttes de son verre pour manifester sa
réalité et se leva, s'assurant de la main à la table. Il était
vraiment ivre. Il les suivit en mesurant ses pas, imaginant
masquer une ébriété qu'il assumait mal, se recalant au toucher
aux références solides d'un environnement fluctuant. Parce
qu'il fut surpris de ne pas la trouver fraîche, la nuit lui sembla
plus étouffante encore que l'intérieur. La lune venait de se
lever et montait à travers les palmes. Un homme aux yeux
morts accroupi sur le seuil le visage levé vers le ciel annonçait
le lendemain, comme une litanie, l'apogée de Mirg et l'arrivée
de la mousson. François le dépassa en suivant les autres, puis
retourna sur ses pas. Il lui mit une poignée d'arcos de cuivre
dans la paume, refermant dessus sa main dans la sienne.
Comme s'il lui confiait son avenir et ses secrets.

Il venait par inadvertance de devenir un homme et il n'était
pas certain que ce fût une bonne nouvelle.

Le Pelourinho velho était à un jet de pierre du cercle de jeu. Ouverte dans la journée aux petits marchands et aux sangradores, les barbiers soigneurs-saigneurs, la place devenait à la nuit tombée, quand les sergents avaient terminé leur service, l'endroit de toutes les transactions discrètes, des trafics louches et des recels. On appelait cela le *baratilha*, le « bon marché » d'objets à la provenance douteuse proposés par des vendeurs sur le qui-vive à des chalands peu curieux. Jean voulait profiter de cette opportunité pour se faire une idée sur la valeur de ses parures d'autruche qui constituaient toujours son seul capital et son trésor de guerre. Le marché de la nuit était une curiosité suffisante de toute façon pour les pousser à remonter la rue des Chapeliers en direction du vieux pilori.

Une cinquantaine de lanternes posées par terre piquetaient la nuit de lueurs d'un orange vif, faisant paraître bleu le sol blanchi par la lune au premier quartier. Jean se fit passer pour un client potentiel auprès d'un Chinois en costume du Xinjiang. Sous un haut bonnet de feutre noir, il portait un manteau ouvert sur une chemise nouée sur le ventre par une longue ceinture de soie. Son pantalon bouffant était pris dans des bottes de cuir noir. Dans ce vêtement viril, on l'aurait cru arrivant à l'instant des routes de la soie à travers les déserts et les steppes. Il proposait sur une natte des ivoires de Canton et quelques curiosités sans cesser de jeter des regards inquiets alentour. Il l'assura qu'il pourrait lui procurer d'ici huit jours une douzaine de plumes de la meilleure autruche pour cinq ou six xerafins. D'où Jean déduisit qu'il pouvait espérer obtenir des siennes une dizaine de pardaus xerafins au marché légal du Leilão.

— *Carapuças !*

Le cri d'alarme fit éclater le marché furtif, qui s'éteignit et se fondit dans la nuit.

— *Carapuças ! Carapuças !*

Le fier marchand des steppes emballa prestement ses ivoires qui disparurent sous son manteau. Il s'accroupit, bonnet enfoncé jusqu'aux yeux, bras croisés et mains dans ses manches, se fondant comme une pierre dans la pénombre. Une troupe d'une douzaine d'hommes masqués venait de jaillir derrière eux de la rue des Chapeliers. Ils étaient couverts de longues capes que retroussaient des épées. Des visières de toile masquaient leurs visages sous leurs capuches. Ils avaient la silhouette inquiétante de pénitents noirs.

Ignorant les deux Français restés debout sans réagir, la bande s'abattit sur un juif pétrifié, à qui ils confisquèrent une aiguière et deux plats en argent, lui arrachant sa bourse sous la menace d'une arquebuse appuyée sous le nez. Le malfrat qui le tenait en joue le frappa en pleine figure du canon de son arme et il tomba en arrière sans un cri. Les assaillants détalèrent aussitôt dans la nuit, s'enfuyant dans la Rua Grande en direction du faubourg de l'est. Leur cavalcade réveilla l'aboiement furieux de cent chiens poltrons dont aucun ne leur courut après. L'attaque avait duré le temps d'un clin d'œil.

Jean accourut et se pencha sur la victime qui se protégea le visage des deux mains.

— Ne craignez rien. Ils sont partis. Je suis médecin. Avez-vous mal ?

Il ramassa la toque qui avait roulé à quelques pas et la tendit au marchand agressé. Il se releva péniblement, la main sur le bas du visage. Du sang suintait entre ses doigts. Sous la lune, ils voyaient qu'il était livide.

— Ils m'ont cassé les dents mais je dois être heureux. J'ai pensé qu'ils allaient me faire éclater la tête. Ils tuent souvent. Pour le plaisir.

— Qui sont ces brigands ?

— De simples soldats désœuvrés. Le visage caché sous les capuches de leurs carapuças, ils vivent de rapines et d'autres méfaits. Nul n'est à l'abri de leurs coups de mains sur le chemin de leurs équipées nocturnes, et malheur à la demeure qu'ils décident de prendre d'assaut à l'heure du souper.

Les ombres revenaient une à une, les spadassins s'étant éloignés, et un petit attroupement se forma autour d'eux. Quatre à cinq mille soldats étaient l'une des plaies de Goa. Il y avait parmi eux des repris de justice enrôlés faute de volontaires, dont la justice avait été bien aise de se débarrasser. Quelques nobles avaient acheté l'abandon de poursuites criminelles en s'engageant à servir en Inde. Fidalgos, cavaleiros ou simples soldados selon leur rang avaient perçu lors de leur enrôlement à Lisbonne une cinquantaine de cruzados qu'ils avaient dépensés pour s'équiper, laissant le reste à leur famille au Portugal. Nourris par le roi durant la traversée, ils restaient sans solde pendant leur séjour à Goa, jusqu'à la reprise des opérations de guerre en octobre après l'hivernage de la mousson. Le boire et le manger leur étaient dispensés assez largement à table ouverte par l'archevêque, quelques seigneurs et gentilshommes comme le général désigné de l'armée du nord, dom Diogo Furtado de Mendonça, neveu du gouverneur. Les congrégations tenaient aussi table ouverte.

Pour leur logement, la plupart s'étaient mis en ménages temporaires avec des solteiras, des célibataires. Ces métisses luso-indiennes filles ou veuves perdues de réputation parvenaient souvent à une enviable aisance qui leur permettait d'entretenir à demeure un soldat. Pour l'honneur et pour leur plaisir car tout *homem branco*, l'homme blanc, fût-il une crapule, avait la cote auprès des dames. Délinquants au pire, désœuvrés au mieux, manquant tous de ressources et tous affolés par l'opulence de l'Inde, les soldats étaient à Goa des criminels en puissance. Leurs mœurs dépravées, leur morgue, leur irréligion et leurs sévices infestaient la ville pire que les maladies.

— La police n'intervient pas ?

— La justice a renoncé à les poursuivre tant ils sont dangereux quand ils sont menacés. Ils se défendent furieusement en jetant des bombes qu'ils emplissent de poudre à canon, et ils font tout sauter en l'air plutôt que se rendre. Ce sont des démons.

Pyrard rentra de son côté. François et Jean regagnèrent la rue du Crucifix, chacun dans ses pensées. Au carrefour de la rue des Amoureux, Jean s'arrêta et rompit leur silence.

— Après tout, personne n'a jamais prétendu que ce serait le paradis sur terre.

François qui suivait à quelques pas revint à sa hauteur.

— Pardon ?

— Je disais que nul ne s'attend à trouver ici le paradis terrestre.

— Pourquoi pas ?

— Tout n'est pas forcément édifiant à Goa.

— Non mais quant au paradis, on a tort.

— Tort de quoi ?

— De ne pas le chercher ici.

— Ah bon ?

— Il n'y a pas que l'or et le poivre dans la vie. Il faut réfléchir un peu, c'est tout.

— Tu aurais une idée là-dessus ?

— Peut-être.

— Depuis longtemps ?

— Déjà une dizaine de minutes.

En rentrant dans la chambre, François trouva Louise dans son coin habituel. Il avait baptisé la blatte du prénom de la vieille chaisière de l'église Saint-Jacques. Du temps où, du coin de la bouche, tous les petits galopins comme lui la traitaient de punaise de sacristie en faisant mine de lui donner un sou qu'ils ne lâchaient pas dans la corbeille qu'elle leur tendait en reniflant. Parmi cent cafards de toutes tailles allant et venant dans une incohérence apparente qui relevait d'une organisation mystérieuse du règne animal, Louise était remarquable par la constance tranquille de ses habitudes. De là était née leur familiarité affectueuse dont Jean avait vainement tenté de le dissuader en le mettant en garde contre des proliférations qui échapperaient à leur contrôle. Pris à témoin en tant que propriétaire des lieux, Bhaskar avait la même considération universelle pour les baratas que pour les feuilles des arbres et les oiseaux du ciel.

Le lendemain dimanche à l'entrée de la grand messe, fidèles et opportunistes mondains confondus avaient tous les yeux fixés sur une barrière de nuages gris qui montait dans le ciel derrière la tour des augustiniens. À l'*Ite Missa est*, une lumière de crépuscule plongeait le parvis dans la pénombre au beau milieu du jour. Le vent mou depuis une semaine était tombé. Les pavillons du Portugal pendaient le long des mâts comme si la nation était en deuil. La chaleur oppressante inquiétait la nature qui s'était tue, saisie de l'angoisse sourde générée par les éclipses de soleil et les phénomènes naturels anormaux. Dans les hortas, les papillons s'étaient faits discrets. Dans la campagne alentour, le bétail agacé par les mouches et les taons fouettait l'air de la queue, les poules couraient en tous sens et l'on sentait que l'humeur exécrable des coqs tentait de cacher leur désarroi. On chuchotait presque sur les parvis des églises où l'on parlait haut d'habitude, et ils se vidèrent rapidement. Les palanquins se hâtaient de rentrer avant la pluie. Ils avaient déjà renoncé aux tentures de cotonnades, de velours ou de soie pour adopter une vêture appropriée en cuir ou en toile épaisse. Les serviteurs avaient transformé de la même façon les parasols en parapluies en remplaçant la soie des sombreiros par des étoffes cirées.

Goa était prête à recevoir la grande mousson.

Sur les cinq heures, la nuée s'assombrit encore jusqu'à un noir de cataclysme. Une bourrasque fit courir des risées sur la Mandovi et mit les cocotiers en effervescence. En atteignant la ville, elle souleva les derniers tourbillons de poussière de la saison sèche, fit s'envoler les éventaires de quelques marchands imprévoyants, enleva des chapeaux, chahuta les palanquins pour faire peur à leurs occupantes et tenta d'arracher les parasols des mains de leurs porteurs. La chaleur tomba d'un coup et une bouffée fraîche d'odeur de vase traversa l'air devenu plus léger. La première goutte s'écrasa par déférence sur la place du Palais, puis une autre, dix et mille suivies d'un rideau de pluie drue qui balaya le Campo en crépitant sur les dalles et sur les toits. La mousson était arrivée.

La cataracte rafraîchissante eut pour effet de faire rentrer les Portugais et sortir les Indiens. François et Jean qui étaient venus prendre le pouls de Goa sur le parvis du Bom Jesus avaient trouvé refuge sous le porche de la maison professe. Les fidalgos refluaient en houspillant leurs bhoïs qui ne les mettaient pas assez vite à l'abri, se frayant difficilement un chemin à travers un peuple en liesse. Dans tous les quartiers, on se préparait depuis des heures pour ne rien manquer du début.

Laissant Jean renfrogné attendre que la pluie cesse un jour, François se lança dans la foule comme un épagneul dans une mare aux canards sauvages. La ville indienne entière était dehors, battant des mains et dansant ruisselante sous l'averse, dans l'eau jusqu'aux mollets et vêtements collés au corps. Les femmes semblaient enduites de peinture comme des bois polychromes sous leurs voiles devenus transparents qui épousaient leur corps, et ces milliers de femmes nues teintes de couleurs vives se balançant bras en l'air semblaient les prêtresses d'une cérémonie orgiaque. Comme une fête spontanée de la fécondité, le retour de la grande mousson annonçait à l'Inde les fleurs, les fruits, les baies et le riz à venir. Le prétexte était légitime pour rendre grâce aux dieux pour tous leurs bienfaits passés et pour leurs attentions futures. Que les prêtres chrétiens le veuillent ou non, la mousson était manifestement, mieux que les gravures des catéchismes, la preuve du grand ordre de l'univers.

Au moment où il atteignait la Rua Direita, un front d'eau boueuse descendant de la montagne passa en grondant devant lui, poussant de sa vague de tête des détritus innommables, déchets putréfiés, viscères de l'abattoir du Mata-vaca, déjections humaines et animales, carcasses momifiées de rongeurs que les chiens avaient compissées de dégoût. Goa se débarrassait de l'écume accumulée dans ses recoins sordides en imaginant faire peau neuve. Collectée par le flot le long du Leilão, une masse échevelée de paille de riz servant aux emballages, d'herbe sèche et de végétaux morts cachait comme elle le pouvait en se mêlant à lui le flot de pourritures dévalant vers la mer. Transformée en égout à ciel ouvert, l'élégante Rua Direita était infranchissable. Elle le resterait quelques heures encore, jusqu'à ce qu'elle ait fini de collecter et d'évacuer l'amas de menues épaves qui retardaient son cours. Se heurtant en aval au barrage du palais du gouverneur, le flot avait trouvé un déversoir solennel en s'engouffrant sous l'arc des vice-rois. La mousson commençante avait des allures de petite catastrophe naturelle.

Dès qu'elle fut déchargée de son costume de parade, libérée de sa coiffure extravagante et nettoyée de ses couches de fards, Margarida rejoignit son mari à l'une des fenêtres du grand salon. Elle contempla le déluge et le Campo do Paço inondé avec une curiosité teintée d'une légère inquiétude. La maison vibrait sous leurs pieds, car le torrent boueux venait buter contre leur porche. Il avait inondé au rez-de-chaussée les quartiers des domestiques, l'écurie et les resserres. Leurs gens qui avaient l'habitude de ces débuts spectaculaires de la saison humide dans les quartiers bas de Goa avaient évacué plusieurs jours auparavant les réserves de vivres, l'épicerie et les meubles vers les étages, et suspendu les palanquins au plafond de leur remise. Dom Alvaro avait ordonné de conduire les chevaux à la horta car ils se seraient affolés dans leurs stalles. Les domestiques s'affairaient en tous sens mi-fâchés et à demi joyeux, sans être vraiment utiles à quelque chose puisqu'il ne restait rien à faire. Faute d'être autorisés à aller patauger au dehors, ils participaient par leur effervescence à la fête collective de la mousson.

Le lavage à grande eau des rues, des caniveaux et des collecteurs mettrait pour un temps en déroute les larves d'insectes et les miasmes emportés vers le fleuve. Malgré l'intérêt sanitaire de ce grand nettoyage, la Rome de l'Orient détestait la saison humide, s'agaçait de ses inconvénients, sentait se réveiller ses rhumatismes et s'inquiétait des risques accrus de gangrène pourrissant la moindre blessure. Sa crainte était surtout de voir se gâter les cargaisons qui attendaient d'être chargées à bord des caraques de retour.

Dans les faubourgs, Goa l'Indienne s'anima, réveillée par ces ondées toniques. Une formidable odeur d'humus porta jusqu'à la ville la gratitude de la végétation. Les plaines à riz qu'un chaume brunâtre faisait ressembler à des aires à battre se remirent à vivre au rythme du calendrier agricole et se peuplèrent d'esclaves au travail. Les rizières prirent en quelques jours, quand brillait le soleil, leur vert presque insoutenable que l'on aurait cru émis par une source de lumière intérieure. Partout, la terre calcinée se recouvrit d'un duvet couleur d'espérance. Les fleurs s'ouvrirent dans les champs et dans les hortas, en semis, en bouquets, en arbres, en buissons, en grappes, en touffes, en girandoles. Goa redevint un jardin botanique. Vishnou huma à nouveau à pleines narines les offrandes de basilic plantées pour lui dans les jardins indiens, et son épouse Lakshmi lui massa plus tendrement les pieds.

Le quotidien se réorganisa comme à l'accoutumée dans une ville venteuse et trempée. Chaque averse libérait des ruisseaux en crue dans les rues descendant du plateau. Elle ouvrait de nouvelles gouttières sauvages, s'insinuant aussi aisément sous les tuiles cossues qu'à travers les toits de palmes. Selon la fortune des occupants, écuelles en terre cuite, bassins en cuivre, en porcelaine de Nankin ou de Canton, calebasses ou seaux de bois dressaient dans tous les intérieurs des petits barrages contre le déluge. Tuswadi, l'île de Goa tout entière était une flaque de boue couleur de mangue qui déteignait sur ses deux fleuves bordiers. Au plus fort des orages, quand les précipitations drues martelaient le sol, des éclaboussures constellaient de rouge les pieds des murs. Ces taches de terre diluée s'accumulaient en bande colorée plus dense de jour en jour. Elle montait le long des maisons blanches comme si la boue engloutissait la ville. Musulmans et Indiens traînant sur leurs talons leurs pantalons de coton blanc se crottaient de rouge jusqu'aux mollets comme les fouleurs de raisin aux vendanges.

Il ne pleuvait pas continûment mais Goa s'était mise à vivre une succession de jours maussades. Libéré de sa longue attente, le plafond opaque n'était pas pesant, ni uniforme, ni encombré de ces nuées sans contours distincts qui attristaient les ciels normands de la Toussaint. La couverture tropicale était au contraire construite de formes nettes, de gros nuages bourgeonnants projetés jusqu'au plus haut du ciel, de strates bien étagées, de flocons, de volutes, de plumes ou de lentilles en forme d'os de seiche. Une lumière blanche filtrée par les vapeurs jouait à travers cette architecture gigantesque pour en colorer chaque élément d'une belle harmonie de noir, de gris ou de blanc et en multiplier les combinaisons à l'infini. Lors de trouées fugitives, le voile se déchirait sur un instant de ciel, révélant un bleu nuancé, en dégradé subtil passant du cobalt pur au zénith à un bleu céruléen pâle au voisinage de l'horizon. Puis l'ouverture se refermait aussitôt sur cet échantillon de beau temps.

Gonflée par le vent de sud-ouest, une énorme houle se dressait en approchant du rivage et s'écrasait en rouleaux grondants sur le cordon infini de sable doré soulignant le littoral indien. Les lascars eux-mêmes étaient entrés en hivernage. Ces esclaves provenant de la grande île de Sào Lourenço étaient recherchés pour leur capacité diabolique de franchir les barres dans les deux sens. Attendant l'instant propice, ils lançaient brusquement leur minuscule chelingue en écorce cousue à travers les déferlantes. Ils les franchissaient de justesse à coups rapides de pagaies, riant à pleines dents de la terreur de leurs passagers blêmes, trempés par les embruns. Ces démons noirs avaient renoncé à leur jeu infernal. L'océan était impraticable et les fous qui auraient imaginé prendre la mer ou tenter d'aborder en auraient été empêchés par des barres de sable érigées en travers des passes par les courants. Coupée du reste monde, l'Inde faisait le gros dos contre la mousson.

Un vol bigarré de jeunes filles en couleurs vives traversa le cloître trempé, poussé vers un catéchisme par deux pies-grièches en robes blanches et cornettes noires de religieuses.

Jean lança brusquement :

— Et les Indiennes ? Je ne vous ai pas encore interrogé sur les Indiennes !

Antão se tourna vers le père de la Croix.

— Aujourd'hui, c'est notre jour, Étienne. Tu répondras sans doute avec un meilleur argumentaire que moi. Je n'ai aucune opinion sur ce sujet, à peine débarqué, et je... — il hésita —, je crains de médire si je me fie à ce que l'on m'a rapporté pendant le voyage.

— J'ai peur qu'il n'y ait point médisance dans ce que l'on t'a rapporté, Antão.

Le père réfléchit un long moment.

— Que dire des Indiennes à un naturaliste curieux ? Et des métisses qui les multiplient. Je répondrai par une autre question. Comment inculquer des règles de vie chrétiennes à des femmes dont aucune n'est plus vierge passé douze ans voire moins ?

— Moins !

— On conduit des filles de huit ans se faire déflorer en cérémonie dans des pagodes consacrées à l'amour. L'idée fixe des Goanaises et leur principale activité est de se consumer en volupté.

— On m'a prévenu en effet, intervint Antão, que l'idée que cela est mal et attriste le Seigneur est proprement incompréhensible dans leur culture.

— D'autant qu'ils érigent des phallus en érection parmi leurs idoles et que des manières de vestales servantes des dieux jouent un rôle ambigu dans leurs temples. Les devédassi sont des balladeiras, des bayadères lascives. Ici, tout incite à la luxure.

— Pourquoi ici plus qu'ailleurs ? demanda François.

— Les philosophes et les médecins sont d'accord pour attribuer cette lubricité excessive au climat chaud qui amollit les corps et échauffe les esprits. Es-tu de cet avis ?

— C'est très probable. Encore que la chaleur soit peu propice à l'effort physique.

Ils reculèrent vers la paroi de la galerie car un grain brutal les éclaboussait. Jean en vint au fait.

— Sans t'offenser, frère Étienne, ce doit être bigrement difficile pour un prêtre d'être fidèle à son vœu de chasteté dans l'environnement quotidien de vos catéchumènes.

— Nous sommes coutumiers de cette question, Jean. Elle n'est même pas perfide parce que nous consacrons beaucoup de temps à en débattre au séminaire. D'autant plus que les femmes sont l'un des paramètres majeurs de la vie sociale goanaise. Bien sûr que c'est difficile.

— D'autant plus que les femmes sont bien faites en Inde comme nous l'avons constaté tous les deux. François surtout, ajouta Jean. Les Bengalies sont réputées pour leur beauté sculpturale. Les métisses et les quarteronnes surtout, de mères chinoises, japonaises, javanaises ou indiennes sont diaboliquement belles.

— Comme si Dieu avait voulu faire comprendre à nos vieux peuples introvertis d'Europe les promesses du mélange des sangs. Sous la pluie leurs vêtements déjà naturellement suggestifs les enduisent de couleurs plutôt qu'ils ne les habillent.

Vous les avez vues. Pendant la mousson, les femmes vont quasiment nues.

— Et vous résistez stoïquement à ces tentations colorées grâce à la prière et aux mortifications ?

— Les jésuites pratiquent seulement la mortification de la volonté.

— Ne noie pas le poisson, Étienne. Résistez-vous ?

— La plupart du temps oui, et bien plus qu'on ne le dit. Es-tu satisfait ?

Jean se tourna vers Antão qui restait silencieux, l'air sombre, en se mordant les lèvres. La pluie crépitait sur la cour et ils avaient forcé la voix pour s'entendre.

— Pardonnez-moi d'interroger si directement les religieux que vous êtes. Mon incorrection vous agresse dans votre quête personnelle mais il se trouve que je fais profession de curieux.

— Ne t'excuse pas. Ton questionnement est légitime. L'Europe se torture pour s'approprier les clés de notre réussite commerciale mais elle se fiche de la progression de l'évangile dans notre empire. L'œuvre de nos frères est plus difficile que les transactions des marchands qui n'ont qu'à se baisser pour ramasser leurs biens. Dieu accumule les obstacles devant ses serviteurs. Il les soumet à la tentation pour mieux les éprouver.

— C'est bien parce que je suis convaincu de la dimension spirituelle de l'œuvre portugaise en Inde que j'ai bravé un voyage infernal. Et François aussi il me semble.

— Jean a raison. Je ne suis pas un chrétien très fervent mais je comprends la dimension de votre épreuve parmi ces femmes en fleur.

— Et les conditions de notre évangélisation vous bouleversaient au point d'être venus nous voir ?

— Tu te moques mais pour être franc, cela ne nous empêche pas de dormir, admit Jean. Nous sommes ici pour des questions très matérielles. Mais puisque le hasard...

— Disons la Providence, mon frère.

— Puisque la providence, si tant est qu'elle ait le temps de s'intéresser à nos misérables personnes, nous a mis en relation, je gaspillerais une occasion inespérée si je ne vous tarabustais pas un peu.

— Tarabuste, mon ami.

— Donc, il est admis que vous cédez quelquefois à la tentation. Cela me semble parfaitement naturel. Me rassure plutôt. Je vous préfère pécheurs que sodomites.

— L'alternative mérite réflexion. Mais au fait, as-tu toi-même déjà fréquenté des Goanaises, mon frère prêcheur ?

— Moi, oui, avoua François en levant la main. Je l'ai rencontrée le premier jour où j'ai arpenté les rues de Goa, solitaire et sortant de prison. C'est une petite marchande. Elle se prénomme Asha. Elle est chrétienne, a-t-elle eu soin de me préciser. Je la vois régulièrement car elle est heureuse que je reste en relations suivies avec elle.

— Voilà. Tu as tout dit. Elle est chrétienne. Certainement convaincue, elle garde le diable au corps. C'est la raison pour laquelle nous n'acceptons pas de nonnes indiennes ni métisses.

— Moi qui débarque en Inde, je m'y suis longuement préparé mentalement, avec l'aide de Jésus. Après tout, c'est son intérêt. Mon temps serait mieux occupé à le servir qu'à me défendre des perversités alentour.

Antão avait réagi très spontanément. Étienne, qui l'observait avec attention, acquiesça.

— Nous avons bien sûr élevé des précautions de principe. Par exemple, ne jamais rester seul en présence d'une femme mais être toujours en compagnie d'un frère ou sous l'œil d'un témoin.

— C'est une sauvegarde de bon sens, pragmatique et simple.

— Oui. Reste que nous devons rencontrer des centaines de catéchumènes et de pénitentes chaque jour. Nous ne pouvons pas raisonnablement nous protéger à longueur de semaine contre nous-mêmes.

— Alors, qu'advient-il des prêtres qui succombent à la tentation ?

— Les mandements de l'évêque à l'issue de notre premier concile provincial étaient clairs là-dessus. Nous en sommes imprégnés.

Levant au ciel des yeux de faux dévots, Antão et Étienne récitèrent en chœur :

— « Si l'évêque ou le prêtre connaît charnellement celle qui se confesse à lui de ses péchés, ou sa fille spirituelle par pénitence, cet évêque fera pénitence quinze ans et le prêtre douze. »

Étienne ajouta un commentaire :

— Pour apprécier la gravité de la faute, il faut rapporter la durée de la pénitence aux six semaines méritées par le prêtre qui aurait laissé par négligence une souris grignoter une hostie consacrée.

— Ma parole ! Vous vous moquez des mandements de l'évêque !

— L'ironie ne nous est pas interdite, mon frère. Les mandements précisent enfin que si l'affaire vient à être connue du peuple, le clerc sera démis.

— L'Église n'aime pas laver son linge en public. L'ironie ne m'étant pas interdite non plus, je souligne au passage la recommandation de l'évêque de pécher plutôt à l'insu des fidèles. En quoi consistent ces pénitences ?

— Elles sont laissées à l'intime conviction du pénitent. Il peut se retirer dans le désert, se flageller, laisser pousser sa barbe comme Albuquerque, se priver de laitages ou réciter chaque matin une douzaine de *Pater Noster*.

— Mais tu es d'une impiété redoutable, frère Étienne ! Pour ta pénitence, dis-moi si c'est chose courante.

— Secret de la confession !

Ils rirent tous pour se détendre car, malgré la légèreté de leurs propos, les deux prêtres étaient rongés par une obsession. Des légions de femmes et de filles lascives allaient et venaient par milliers hors des confessionnaux. Leur vie était entièrement dévouée corps et âme à la transmission du message chrétien. Ils avaient prononcé des vœux de renoncement à des jouissances auxquelles les hommes sont attachés par-dessus tout. Ils avaient besoin de cette discipline mentale pour accomplir leur mission. Il n'était pas méritoire d'être pauvre parmi les pauvres car Dieu ne leur avait pas donné la richesse en naissant. Ni obéissant puisqu'ils adhéraient naturellement à la règle qu'ils avaient choisie. Il était moins facile d'être chaste parmi les luxurieuses, puisque le créateur leur avait conféré l'instinct de reproduction nécessaire à la pérennité de son œuvre.

Le père de la Croix conclut dans un sourire :

— À Goa, ceux qui avouent le péché de chair n'ont pas le sentiment d'avoir failli. Ils ont cédé à une irrésistible tentation divine.

La mousson avait pris son rythme. Chaque jour et chaque nuit, des averses ou des grains violents mais de courte durée s'écrasaient en rafales sur la ville. Le reste du temps, les accalmies étaient entrecoupées de passages pluvieux ordinaires. L'eau tombait alors en pluie fine avec une obstination tranquille, parce qu'elle avait l'éternité pour cela. Parce qu'il fallait bien débarrasser le ciel de toute cette eau accumulée avant qu'il s'effondre tout entier sur les têtes avec les saints, les anges, les prophètes, les bodhisattvas et les dix avatars de Vishnou.

François était entré dans la routine de son activité, modulant ses horaires pour rejoindre son atelier et rentrer rue du Crucifix quand il ne pleuvait pas trop. Son travail consistait d'abord à démonter les compas, c'est-à-dire à faire sauter de la pointe d'un couteau les joints de cire scellant la vitre, à retirer la rose et à désolidariser délicatement l'aiguille qui lui était fixée par des fils de soie. Il en brossait la rouille, la nettoyait à clair et la redressait au besoin avant de la confier à Manuel qui la saisissait par une extrémité à l'aide d'une pince et la portait au rouge sur le fourneau. Elle perdait alors son aimantation. Sous l'œil de son nouveau maître, le petit forgeron la plongeait dans une écuelle d'eau où, dans un chuintement bref, le fer brusquement durci sublimait son incandescence en petit flocon de vapeur. Totalement refroidie, François la reprenait alors en charge, vérifiait une fois encore sa rectitude et son aspect puis la polissait longuement d'une peau d'isard. L'ayant posée sur le marbre, il commençait alors à la régénérer.

Il la frottait lentement de sa pierre, tout au long, de bout en bout, à plusieurs reprises, toujours du milieu vers la pointe. Nul ne savait quel principe transférait la vertu de la pierre magnétique à l'aiguille des marins mais il ressentait au bout des doigts un contact charnel entre le minéral, aimant ou amant, et le métal. Il accompagnait de toute son âme l'union des deux éléments nobles, leur attraction sensuelle, profonde comme un acte d'amour. François avait le sentiment qu'en redonnant la vie aux aiguilles, son geste participait au grand mystère du renouveau périodique de la nature.

— Vois-tu, Manuel, mon maître à moi m'a initié à Dieppe au secret des aiguilles sans savoir quel pouvoir les anime. Aucun savant au monde ne connaît le secret de ma pierre noire ni sa relation cosmique avec la brillante étoile des marins.

Le gamin le regardait faire, la bouche entrouverte, captivé par la dimension du phénomène mystérieux investissant ce bout de ferraille. Lui, Manuel Brochado, un apprenti forgeron ne sachant ni lire ni écrire partageait un fabuleux secret avec les savants. Il avait même la chance insigne d'y participer un peu chaque jour.

— Cette aiguille de fer dont je ranime le souffle après l'avoir consumé sur ton fourneau va s'orienter à nouveau en direction de l'étoile guide du monde. L'unique astre immobile dans le ciel parmi tous ceux que nous apercevons sans pouvoir les compter parce qu'ils sont innombrables.

— Quand on ne voit pas le ciel, l'aiguille ne la voit pas non plus. Comment elle sait ?

— Quand l'étoile sera masquée par des nuages ou effacée par la lumière du jour comme elle l'est à cet instant, l'aiguille la désignera encore, au centre du septentrion. Elle est là !

nous dira-t-elle, comme si elle projetait le fluide contenu dans ma pierre jusqu'au pivot de la voûte céleste.

— C'est quoi le fluide ?

— Le fluide ? On oublie, Manuel.

— Comment tu l'appelles cette étoile ?

— L'étoile des marins a des noms dans toutes les langues. Estrela do Norte, Étoile polaire, Stella Maris, Tramontane. Les musulmans l'appellent Gàh.

— Elle ne bouge jamais ?

— Presque pas. Le ciel tourne autour d'elle.

— Pourquoi elle ne tombe pas, alors ?

— Ça, Manuel, c'est encore plus compliqué que le fluide. Allez, apporte le fil et les aiguilles. Nous allons fixer le fer aimanté sur la rose.

Quand il estimait que l'aiguille était suffisamment chargée de potentiel magnétique, il remontait l'ensemble, équilibrant la rose de papier de quelques grains de cire d'abeille. Il restait à comparer l'instrument au compas étalon apporté de la caraque. Tout étant achevé, il pouvait sceller à nouveau la vitre à la cire à cacheter, consigner les détails des opérations effectuées et noter la variation résiduelle sur un livre journal. Chaque opération lui prenait environ deux heures, sauf quand un défaut particulier exigeait de remplacer une vitre cassée, de renforcer une boîte disjointe, de changer une rose détériorée dont il avait quelques réserves ou de replacer correctement en la collant à la gomme arabique la cupule en agate dans laquelle se logeait la pointe du pivot. Chaque vendredi, maître Salanha venait vérifier le registre et il lui commentait les observations particulières de la semaine. L'échange des compas rectifiés et du nouveau lot à vérifier s'effectuait sous le contrôle de deux commis. Une dizaine de forçats manutentionnaires transportaient chacun une des boîtes magiques comme un Saint-Sacrement.

Le mardi 23 juin, la comparaison de son douzième compas révéla une étrange anomalie. Il venait de se relever, préoccupé, se massant les reins endoloris d'être longtemps resté penché sur la table, quand Margarida apparut à la porte de sa véranda emmitouflée dans son châle blanc. Il ne l'avait pas revue depuis près de trois semaines. Elle l'aperçut debout derrière sa fenêtre et lui fit un geste de la main. Il lui répondit d'un petit signe discret et se dirigea vers la galerie.

Quand il la retrouva du regard, elle était déjà arrivée au bout du balcon. Elle avait couru pensa-t-il et il eut pour elle une bouffée de tendresse. Comment pouvait-il si aisément se passer d'elle, en faire abstraction, alors qu'elle remplissait d'un coup l'univers par sa seule présence ? Pouvait-elle être simultanément incrustée dans sa vie et assignée à rester en dehors ? Elle semblait mélancolique et cela pouvait expliquer qu'elle fût restée invisible tout ce temps. Il l'imagina à nouveau prisonnière de la société artificielle de Goa. Que convenait-il de lui dire ? À quel titre pouvait-il se mêler de la vie de doña de Fonseca Serrão, la courageuse et digne jeune épouse d'un riche notable goanais possessif et jaloux ? Elle lui sourit. À coup sûr, ses yeux étaient tristes, mais son sourire était radieux.

— Bonjour senhora !

Elle le reprit :

— Vous m'avez appelée Margarida au moment où nous avons démâté. Je vous autorise à le faire en mémoire de ce jour où j'ai pensé que nous allions mourir. Vous en souvenez-vous ?

Elle eut honte de la niaiserie de sa question et regretta d'avoir dit bêtement « je vous autorise », au lieu d'une phrase plus spontanée comme « Voulez-vous m'appeler Margarida, François ? Comme à l'instant où nous avons démâté ? » C'était d'ailleurs ce qu'elle avait en tête, au lieu de cette permission condescendante. Elle fut fâchée d'être à ce point marquée déjà par les usages.

— Si j'en crois ce que vous m'avez raconté l'autre jour... Margarida, je ne suis pas certain que dom Alvaro approuvera cette familiarité, mais je prends avec gratitude le risque d'être empoisonné ou étranglé pour impertinence à votre égard.

— Mon mari assiste à un conseil au palais du gouverneur. Il a, il est vrai, tous les droits sur moi selon le code social de

Goa et je me conformerai absolument à cette règle. Parce que mon premier mariage m'a conféré une certaine indépendance, j'entends cependant obtenir quelques privilèges. Dont celui de conserver les amis de mon choix en dehors du cercle des siens. Même si je ne peux pas les voir librement. Je veux dire ailleurs que sur nos balcons respectifs. Regardez-nous dans ce touchant duo de trouvères.

Elle avait répondu en parlant très vite, d'un ton irrité. Sa détermination le surprit. Il devina que le ménage avait déjà traversé un gros nuage après quelques courtes semaines de mariage. Tout était malheureusement conforme à ses prévisions. Il restait gauche, enrichi de ce pouvoir nouveau de s'adresser à elle plus intimement, fort de la savoir affaiblie et tout aussi incapable de trouver quelque chose à lui dire de piquant, de drôle ou au moins de quelque intérêt. Il venait d'être promu au rang de familier, et il se sentait très au-dessous de ce privilège.

— Comment vivez-vous la grande mousson ?

Il était furieux à son tour de ne pas avoir trouvé mieux qu'une interrogation sur la saison pour relancer une conversation qu'il ne voulait surtout pas gâcher.

Elle lui raconta les affres de son inondation, puis ses après-midi incontournables de musique et de chants, les jeux, les bavardages sur tout et rien avec ses nouvelles amies. Elle décrivait une vie oisive, confortable et comblée, servie par une domesticité pléthorique, sucrée d'une profusion d'amandes, de confitures, de massepains et de pâtisseries de riz et de coco. Son ton enjoué était-il naturel ou lui donnait-elle le change ? Elle s'anima vraiment pour lui apprendre que Jeronima de Torres – Vous vous souvenez d'elle, François ? – était sur le point d'épouser un haut fonctionnaire de la Camara da Cidade. Ce fidalgo de quarante ans assez bel homme avait la fâcheuse réputation d'être un coureur de femmes mais l'étiquette de Goa voulait que l'on négligeât les fredaines quand on négociait un contrat de mariage. Surtout avec un aussi beau parti. Jeronima que l'on avait extraite un instant du couvent de Nossa Senhora da Serra pour être présentée à son prétendant était tombée folle de lui.

— C'est heureux puisque, si je calcule bien, il aurait l'âge d'être son père.

— Vous calculez mal, François. Dans notre milieu, un mari convenable doit s'être forgé dans l'expérience du pouvoir et des affaires, et de l'autre côté, une adolescente devient une vieille fille à vingt-cinq ans.

— Votre société accorde donc immanquablement des pucelles naïves à des hommes mûrs qui ont eu tout le temps d'apprendre ses règles perverses pour mieux les tromper.

Elle eut un sursaut d'agacement et resserra son châle autour de ses épaules. François pensa qu'il avait touché par mégarde un point sensible.

— Vous préféreriez le contraire ? Que des femmes riches et empâtées par l'âge épousent et entretiennent des jouvenceaux impécunieux ?

— La pirouette est facile, Margarida. Bien sûr, les solteiras ne sont effectivement pas des modèles édifiants.

— Vous savez déjà cela ? – Elle cherchait des arguments. – Un château de cartes tient debout tout ensemble, maintenu par des règles invisibles. Il s'abat d'un coup si l'on dérange un tant soit peu son équilibre, sa cohésion, en retirant l'un de ses composants. La société goanaise est un château de cartes.

— Un château ébranlé par les fidalgos autoproclamés, qui se sont hissés par ruse au-dessus de leur condition. Votre bonne société complice serait entraînée dans leur chute s'ils s'effondraient par malheur, se résorbant dans le paquet de cartes originel, dans la population grossière et anonyme dont ils sont issus.

— Vous savez ça aussi ?

— Je regarde et j'écoute. Voyez-vous, le peuple est inébranlable, sans faire d'efforts pour résister, parce qu'il ne peut descendre plus bas. Comme la caste des curumbins dans les quartiers indiens. Si vous saviez comme notre état vulgaire est reposant.

Elle ne répondit pas, décontenancée par son ton qu'elle croyait agressif. En réalité, François n'était pas en colère, seulement agacé qu'elle pût le croire vexé. Il fut sur le point de lui demander si elle avait déjà fréquenté des Indiens, des gens du peuple hors de chez elle, plus loin que les femmes et les esclaves qui la servaient tous les jours. Si elle connaissait de Goa autre chose que son entourage immédiat. Il se tint coi, ne voulant pas risquer de crever maladroitement la bulle de leur rencontre qui s'échauffait sans raison.

Elle lui révéla en mimant de la main un aparté confidentiel qu'Elvira et Maria Emilia avaient de leur côté fait l'objet d'avances poussées assez loin. Pour ces deux quadragénaires, c'était inespéré. Si le futur époux de Jeronima, dans la force virile de l'âge, faisait se pâmer les Goanaises, elles avaient l'une et l'autre, au même âge que lui ou à peu près, atteint l'âge canonique à partir duquel une servante était réputée ne plus être dangereuse pour un ecclésiastique. Ils convinrent que l'Église semblait bien imprudente de confier à des femmes d'expérience le soin de faire le lit de ses prêtres.

Il faillit alors lui parler de la bague mais il préféra attendre une meilleure occasion pour lui faire la surprise de sa trouvaille. Lui appartenait-elle ? La probabilité était d'une chance sur six. De toute façon, il la lui remettrait car elle était la mieux placée pour la restituer à sa propriétaire. À moins bien sûr qu'elle ait été perdue par tante Zenóbia ou par la malheureuse Custodia.

En échange de ces échos de vie mondaine, il était un peu gêné de lui parler de ses aiguilles marines mais elle parut s'y intéresser sincèrement. Elle lui dit même qu'elle aurait plaisir à voir comment il s'y prenait. Bien sûr, cela semblait utopique, à moins d'une envie improbable de dom Alvaro de venir constater lui-même son travail. Et de la permission inimaginable de l'accompagner dans sa visite.

— Pourquoi pas ? J'œuvre au profit de ses galéasses après tout et de votre côté vous savez maintenant assez de choses sur la navigation des caraques pour justifier votre curiosité.

— C'est vrai. Vous m'y avez fait prendre intérêt. Les connaissances que je vous dois ne me servent d'ailleurs pas beaucoup dans le courant de mes relations mondaines. – Elle rit. – Mon mari s'étonne de ma passion pour l'art des pilotes. Il l'estime absurde voire inconvenante pour une dame de la société et il ne tardera pas à la trouver plutôt suspecte. En tout cas, le hasard qui nous rapproche en ce lieu est étonnant.

Il hésita sur la réponse et prit le temps de bien la préparer. Elle relança la coïncidence.

— Non ?

— Oui et non. Que les instruments nautiques et la résidence de l'intendant de la Ribeira das Galés soient dans le même voisinage n'a rien de très miraculeux. Et si la demeure de dom Alvaro de Fonseca Serrão est proche de mon atelier, son épouse a toutes les chances de ne pas être très loin non plus. Ce n'est pas une coïncidence mais une simple logique de bonne intendance.

Sa repartie déclencha sur l'autre balcon un rire en chapelet qui lui donna la chair de poule, comme le jour béni des dauphins.

Un grain creva sur la Ribeira, faisant tomber quelques instants plus tard des lames d'eau des bords des toits. Elle lui fit un signe léger et s'envola vers son intérieur sans ajouter un mot. Elle avait pris une assurance nouvelle et François sut d'instinct qu'ils se verraient désormais régulièrement, que dom Alvaro le veuille ou non. Ce serait donc à lui de rester sur ses gardes car il mesurait les risques auxquels il allait s'exposer.

Margarida, Asha. Simultanément aimantes et aimées à des degrés divers. Un amour éthéré d'un côté, et de l'autre une gentille affection charnelle qui s'était déjà transformée en liaison régulière. Deux femmes confiantes dont il allait falloir gérer l'abondance. Il avait éludé le dilemme à la maison de jeu, embrumé par les vapeurs de Porto, mais il avait trouvé sa réponse quand ils rentraient du vieux pilori. Les informer l'une de l'autre. Bien sûr ! Ne pas les tromper ni les décevoir. Il fallait réfléchir très vite.

Ses yeux étaient tombés sur le compas volage. Son image d'abord transparente se matérialisa dans son esprit, poussant les deux jeunes femmes hors de ses préoccupations immédiates. Le problème technique à résoudre prit à nouveau le pas sur ses sentiments.

Bizarrement, le compas fautif tirait d'au moins deux quarts par rapport au compas étalon, qui déviait lui-même aujourd'hui de trois quarts par rapport à la veille. Tout cela était inhabituel, voire aberrant. Il multiplia les manipulations sans en tirer de conclusion nette. Voulant remettre en place d'un geste réflexe un registre sorti de l'alignement, il sentit que le gros volume butait sur quelque chose. Il le tira vers lui, le déposa par terre et plongea la main dans le renfoncement. Il en ramena deux fers à cheval.

Manuel qui s'était précipité lui expliqua qu'il venait de cacher là le matin même l'embryon de sa collection en cours de constitution. Il pratiquait assidûment l'encan et le vieux pilori, où on lui avait donné assez facilement ces objets de rebut pratiquement sans valeur marchande, en échange de quelques courses et autres menus services. Son intention était de les mettre à clair pendant ses loisirs. L'un des fers portait le poinçon des écuries du vice-roi. Marqué d'une étoile et d'un croissant, le second provenait sans doute d'un haras d'Arabie. François apprécia ce trésor original, mais dit à son collectionneur en herbe que ce n'était pas du tout une bonne idée de le ranger dans l'atelier. Il lui enjoignit de l'entreposer le plus loin possible sur le balcon pendant qu'ils travaillaient aux aiguilles car le fer les perturbait gravement. Comme son assistant s'affolait de sa bêtise, il le tranquillisa et lui dit qu'il venait au contraire de contribuer à confirmer accidentellement le bien-fondé de l'hypothèse géniale imaginée par João de Castro.

Et puis, deux porte-bonheur rencontrés inopinément sur sa route ne pouvaient être de mauvais augure.

Depuis leur arrivée à Goa, Jean et François avaient décidé d'un commun accord que, tout en demeurant ensemble, ils vivraient autant que possible chacun leur vie. L'expérience partagée d'une traversée dantesque les liait naturellement par une intimité quasiment gémellaire et par une complicité de tous les instants. Ils s'appréciaient beaucoup mais se connaissant trop, ils avaient décidé d'explorer chacun Goa à sa manière.

Jean voyait régulièrement Pyrard qu'il interrogeait sans relâche sur ses aventures aux îles Maldives et sur la côte de Malabar. L'homme le fascinait et l'agaçait beaucoup. Son talent de conteur l'impressionnait et ses connaissances étendues de la physique et des plantes le déconcertaient. Elles le vexaient secrètement. Parce que ce voyageur exubérant allait jusqu'à se piquer aussi de médecine, Jean avait vertement contredit son affirmation que le scorbut était contagieux par l'haleine. Il avait été obligé de reconnaître sur le reste le bien-fondé des recommandations de François de Laval quant aux méthodes de sa prévention. Bref, Mocquet cachait un véritable dépit de la concurrence évidente entre leurs deux livres à venir, puisque le marchand de Laval avait, comme lui, l'intention de publier son voyage. Il avait vécu des péripéties étonnantes, auprès desquelles sa propre description de Goa risquait fort de paraître banale.

Jean avait jeté déjà sur le papier le plan de son ouvrage sous un large titre calligraphié :

Voyage en Éthiopie, Mozambique, Goa & autres lieux d'Afrique & des Indes orientales fait par Jean Mocquet, garde du Cabinet des Singularités du Roi aux Tuileries.

Parce que le sulfureux Linschoten avait déjà tout révélé des Indes, et parce que François Pyrard avait beaucoup à dire lui aussi, il avait pensé utile de rédiger un avertissement liminaire au lecteur : « Pour ce qui est de la ville de Goa et du pays des environs, je ne prétends pas en faire ici une bien exacte et ample description, car plusieurs modernes en ont traité bien amplement, et tout cela est déjà connu à un chacun. »

Tout le reste était à écrire.

François lui reprochait déjà ce préambule réducteur, le pressant de donner au contraire son sentiment personnel sur tout ce qu'ils voyaient autour d'eux, au lieu de se ranger derrière le témoignage des autres. Voyageur d'une rare expérience, ne serait-il pas convaincu d'avoir quelque chose d'intéressant à exprimer sur les particularités de Goa ? Il s'étonnait surtout que Jean n'eût pas l'intention de s'étendre non plus sur la traversée océanique, qu'il entendait résumer au principal.

— Démâter dans les parages de Tristan da Cunha n'est pas une aventure banale ! Cela mérite au moins quelques lignes. Je ne te comprends absolument pas. Pourquoi veux-tu publier une description d'un voyage exceptionnel dont tu minimises toi-même la portée ? Tu m'inquiètes, Jean. Prendrais-tu de l'âge ou serais-tu épuisé par une Bengalie trop experte ?

L'apothicaire avait pris la mouche. Il avait rétorqué qu'il n'était pas assez familier de la mer pour écrire là-dessus des choses de bon sens, et que sur ce point aussi, Pyrard ferait bien mieux que lui, puisqu'il avait eu la double bonne fortune de faire un vrai naufrage et de s'en sortir sain et sauf.

— Pyrard a déjà bien avancé son ouvrage. Il le rédige comme un guide utile au voyageur à la manière de Linschoten. Je reconnais honnêtement la qualité de ses témoignages. Il m'apporte énormément d'informations, jusqu'à m'étonner de leur étendue et de leur pertinence. Il m'a fait lire son prologue. Il prend du recul par rapport aux choses de la marine auxquelles il réfléchit beaucoup.

Le marchand de Laval déplorait que l'abondance des biens produits sur leur sol grâce à la bonté divine ait selon lui détourné les Français de la mer.

— Il a probablement raison, Jean. Mais Pyrard n'a pas le monopole d'une réflexion sur les peuples marins. Nous avons nous-mêmes débattu de cela aux Hiéronymites de Belém le jour de notre embarquement. T'en souviens-tu ?

— Je m'en souviens très bien mais il va très loin. Il propose un débat fondamental sur les relations entre la mer et l'esprit d'entreprendre. Selon lui, les peuples au ventre creux auraient rapporté de leurs navigations au long cours de quoi assurer l'opulence de leurs villes.

— Une évocation de ta part de l'expansion possible de la France et des nations de l'Europe serait agréable au roi. D'autant plus que tu as son oreille.

— Sans doute et je m'en entretiendrai certainement très longuement avec le roi Henri car je me flatte qu'il prenne effectivement plaisir à mes discours. Cela dit, rédiger là-dessus une manière de traité n'est pas mon affaire. Je suis un voyageur curieux, pas un rhétoricien du commerce et des manufactures. Je suis venu ici herboriser en physicien naturaliste. Écris toi-même ton journal de voyage après tout, si cela te chante. Une brusque pléthore de livres sur Goa ne manquera pas d'attirer l'attention sur nous tous.

François n'avait pas insisté car il sentait que Jean était un peu meurtri et probablement assez mécontent de lui-même. En tout cas, il arpentait avec application en voyageur curieux les abords de la lagune et les hauteurs de la montagne. Deux fois par mois, après s'être dûment fait tamponner l'autorisation de sortie sur l'avant-bras, comme tous les canarins franchissant les portes, il embarquait à bord d'une almadie à six rameurs pour s'en aller vers le nord sur la terre ferme à quatre lieues de Goa. Relevant du sultanat de l'Adil Khan, le district de Bicholim était interdit aux étrangers. Il devait le privilège de son passeport délivré par le corregidor à ses fonctions d'apothicaire du gouverneur. Elles lui valaient aussi le truchement d'un officier interprète de la caste guerrière des naires.

Il rentrait fourbu de ses excursions de deux ou trois jours à pied et à cheval, trempé, endolori, les pieds englués de boue, chargé de végétaux dégoulinants. Il était ravi de ses investigations, et il était intarissable sur la foule qui allait par les chemins en procession, hommes et femmes, charrettes, ânes, chevaux et buffles convergeant vers Goa chargés d'une profusion de légumes et de vivres, de cruches de lait, de sacs de riz, de paniers de citrons, de mangues et de tamarins. Il s'était fait refouler avec véhémence de plusieurs temples dédiés à Bhagavati, la déesse de Goa, aux cris de farangi ! Il avait fui un jour, mi-affolé mi-riant.

— Un yogi décharné m'a couru dessus. Il était nu et couvert de cendres, épouvantable comme un mort échappé d'un bûcher funéraire.

Jean ne faisait pas qu'herboriser à Bicholim. Il logeait régulièrement chez un Indien de la caste des mainatos, les blanchisseurs, ces artistes capables pour deux bazarucos de vous rendre une paire de chemises plus blanches que neuves et crêpées menues comme un nuage. Ils étaient convenus autour de quelques pièces de monnaie qu'on lui donnerait aussi à souper mais il était apparu dès le premier jour que l'hospitalité indienne s'étendait au-delà de l'attente d'un voyageur occidental.

— Il me mena à coucher dans un appentis derrière la maison.

François le coupa et prolongea la phrase d'une voix traînante et modulée, comme s'il lisait un poème :

— Le jardin ombré de palmes était planté d'hibiscus et de gardénias. Son centre était marqué par un buisson de basilic. Au fond, un appentis caché dans une ombre propice s'ouvrit sur toutes les voluptés.

Jean sursauta.

— Pourquoi dis-tu cela ?

— Parce que, mon cher Jean, j'ai un peu l'habitude des intérieurs indiens et de leurs appentis complices. Ce peuple a préservé le jardin d'Éden. Je crains que notre civilisation ne soit occupée à le saccager au nom de la paix du Christ.

— Le fait est que j'avais à peine jeté mon chapeau qu'une Indienne poussa vers moi une fille d'un très jeune âge, en me faisant comprendre par des gestes sans équivoque que je devais avoir affaire à cette enfant. Elle pouvait avoir treize ans. Comme je me récriais, mon truchement m'affirma d'un air préoccupé que j'offenserais gravement et inutilement cette famille si je refusais leur fille. L'enfant avait fondu en larmes et la mère se tordait les bras de contrariété.

— Alors ?

— Kishori a peut-être seize ans après tout.

Les collectes botaniques pendaient en nappes suspendues à des fils tendus à travers le grenier transformé en séchoir parce que leur logeur-médecin se passionnait pour ce regard occidental sur la pharmacopée indienne. Jean, qui noircissait d'apostilles les marges des *Coloquios dos Simples*, discutait tous les soirs de vertus médicinales avec Arunachalam, et ils ne semblaient ni l'un ni l'autre devoir jamais se lasser de commenter Garcia da Orta. Quelques curiosités étaient ramenées rue du Crucifix, leurs racines prises dans une motte de terre grasse entortillée dans une feuille de bananier. Jean espérait les replanter devant la chambre du roi si elles survivaient au voyage. Il était déjà parvenu disait-il à acclimater des plantes américaines dans les jardins du Louvre.

Quand il ne travaillait pas à ses compas, François courait les marchés. Il passait quelquefois voir Antão de Guimarães à la maison professe. Le jésuite s'était mis avec ardeur au chinois. Il était enthousiaste à l'idée de partir dans les premiers jours de la nouvelle année rejoindre la mission São Paulo de Macau. Mettre ses pas dans ceux de Francisco Xavier et du père Matteo Ricci le confortait dans sa vocation. François qui se cherchait un avenir était un peu jaloux de cette plénitude spirituelle.

Grâce au sauf-conduit pour se rendre à bord de *Monte do Carmo* qu'il avait conservé, son tropisme marin le faisait traîner surtout à la grande Ribeira. On avait commencé à y réarmer la caraque et les galions *São Marcos* et *São João Evangelista*. C'étaient les deux meilleurs ou plutôt les moins mauvais des six parvenus à Goa. Les autres étaient en trop mauvais état pour atteindre Lisbonne sans couler bas. Leur dégradation gravissime ne contrariait pas les intendants car ils n'avaient pas été construits dans l'espoir de durer très longtemps. D'une certaine manière il était heureux que les lois de la nature fissent aussi bien les choses, en équilibrant au mieux les pertes humaines et l'usure des navires. Sinon, l'arsenal aurait été bien incapable d'affecter aux caraques de retour des effectifs conformes aux normes de la Carreira. Même en répartissant sur les coques saines les matelots des quatre galions trop délabrés pour reprendre la mer, on devrait faire appel avant l'appareillage à un complément d'Indiens voire à des Cafres.

On n'attendait pas l'arrivée de la flotte de 1609 avant le mois d'octobre. C'est alors que l'on finaliserait les besoins et que l'on apprécierait les disponibilités mais déjà, on recensait les équipages valides. Des visiteurs de la santé débusquaient dans les hôpitaux les parasites qui laissaient mûrir doucement leur convalescence en espérant qu'on les oublierait dans leurs lits frais.

Dès qu'il ne pleuvait pas à verse, les gabiers embarqués les premiers avaient fort à faire pour réviser entièrement voilures et gréements pourris. Ils étaient de très méchante humeur d'être remis au travail avant tous les autres, alors que la nouvelle flotte n'était pas encore arrivée. D'autant plus que l'humidité des toiles et des cordages les alourdissait considérablement tout en ramollissant la peau de leurs mains. Des panaris gonflaient leurs doigts à la moindre égratignure de leurs aiguilles de voiliers. Ils avaient revêtu des cabans, des capes et des manteaux de pluie en poil de chameaux d'Ormuz ou en feutres de laine, bariolés, zébrés de bandes coloriées tissées aussi serrées que de la toile à voile. Ces tenues qu'ils venaient de marchander les mettraient en mer à l'abri des intempéries. Elles affirmeraient aussi leur stature d'anciens du voyage quand ils débarqueraient à Lisbonne – si Dieu était d'accord –, revêtus des preuves de leur passage en Inde. D'ici là, ils s'exerçaient à endosser déjà la stature exotique des équipages de retour.

Brutalisés inutilement par des soldats que leur désœuvrement rendait vicieux, des esclaves et des condamnés processionnaires faisaient d'incessants va-et-vient entre deux averses. Ils portaient sur leurs épaules ou leurs dos des sacs de légumes secs délivrés dans les magasins par les intendants et leurs commis. Tout était soigneusement noté par les écrivains du contrôleur des douanes. La surveillance du Vedor da Fazenda s'exerçait au point de passage de tout ce qui entrait ou sortait

de la ville, comme une araignée aux aguets au milieu de sa
toile. Ses officiers, écrivains, contadors et apontadors comptables, priseurs, caissiers, payeurs s'installaient dès l'ouverture
des portes dans un pavillon fermé de barreaux tout autour.
En raison de la proximité des Cinco Chagas, l'église des Cinq
Plaies, on disait plaisamment qu'on avait mis en cage à la
douane les sixième et septième plaies de Goa.

L'arrimage des vivres périssables et des cargaisons marchandes
commencerait en octobre quand les pluies auraient diminué,
sur la grande esplanade fluviale du palais où étaient établis le
poids public et une seconde douane. L'arrivée de la flotte de
Lisbonne plongerait alors Goa dans une excitation fébrile car
il ne resterait que quelques semaines pour attraper la mousson
de retour vers le Portugal qui la mettrait dehors vers les Mascareignes et le cap de Bonne Espérance. Pour l'heure, les opérations étaient conduites sans énervement. Les survivants de la
flotte de l'année dernière s'étaient accoutumés à l'attente depuis
leur hivernage à Mozambique. Au total, le voyage aller et retour
de la caraque et des deux galions durerait un an de plus que
d'habitude mais était-on à un an près ?
    L'engourdissement relatif n'empêchait pas une activité de
tous les instants d'un bout à l'autre de la Mandovi. Dans un
grand chambardement seulement interrompu par la pluie, le
fret se rassemblait depuis plusieurs mois sous les immenses
hangars du Bangaçal, gardés jour et nuit par des soldats et
des mortes-payes. Sous leurs longs toits de tuiles brunes, ils
étaient ouverts à tous les vents comme des préaux d'écoles,
afin de favoriser la ventilation de l'humidité ambiante. Manu-
tentionnés sans ménagements par les esclaves sous la lumière
grise de journées sans soleil, les chargements indiens fabuleux
ne payaient pas de mine. Des ballots cousus à grands points,
de grossiers emballages de jute ou de nattes de palmes tressées
cachaient sous des haillons les trésors qui allaient justifier à
Lisbonne tant d'efforts, de dépenses et de morts.
    Cette apparente indigence était contredite par l'odeur puis-
sante, obsédante qui flottait sur Goa comme un parfum iden-
tifie une jolie femme et la garde présente longtemps après

son départ. Vingt mille quintaux de poivre de la côte de Malabar et quinze mille quintaux d'autres épices collectées par les galiotes, gingembre, muscade des îles Banda, girofle de Ternate et de Tidore, aloès aquilaria ou bois d'aigle, macis, benjoin, musc, civette et bois de santal se manifestaient loin alentour. Les sentinelles indiennes conservaient de leurs pratiques religieuses interdites le goût de faire brûler le soir, comme des encens, les grains échappés des sacs. Ces épices incandescentes, les girofles surtout, qui éclataient en étincelles sèches, contribuaient à exacerber les nuits capiteuses de Goa.

Venues de Macao, les porcelaines que l'on allait s'arracher aux enchères à Lisbonne gisaient pour le moment en tas désordonnés comme dans un immense évier. L'anil ou indigo faisait la fortune de Surat. Les soieries de Perse et les tapis de Turquie arrivés d'Ormuz s'empilaient à l'étage d'un entrepôt particulier, servant de couches somptueuses aux siestes de gardes-magasins désoccupés. Les lingots d'argent, les sacs de perles de Barhein, les pierres d'agate, de cristal de roche et de cornaline, la sardoine du Cambay, les grenats de Ceylan, le jade et le lapis-lazuli, les diamants de Golconde étaient serrés à l'écart dans une maison forte gardée par un détachement armé en guerre. Le risque d'un raid massif des carapuças sur ce trésor tentateur était si grand que les soldats, même en dehors de leur tour de garde, restaient éveillés et tremblants toute la nuit derrière leurs barricades. Traversés d'éléphants et de convois de chevaux arabes, les entrepôts des Indes avaient l'allure d'un de ces caravansérails saturés de ballots gris de poussières à Palmyre, Pétra, Samarkand ou Ispahan dont les noms magiques s'égrenaient depuis la nuit des temps le long des routes de la soie. Les chargements de la Carreira attendaient humblement leur heure éblouissante, tels ces trésors en devenir déchargés à même les bouses séchées des caravanes parce que les nomades des steppes et des déserts ne prêtaient aucune attention à ces marchandises sans utilité.

À la mi-juillet, au plus fort de la saison des pluies, la Ribeira fut agitée par un incident survenu à l'un des galions. L'eau monta rapidement dans les fonds du *Sào Joào Evangelista* qui, heureusement, s'échoua de guingois sur un banc peu profond. Cinq plongeurs indiens s'immergèrent pendant plusieurs heures. On disait sur le rivage noir de monde que leurs longs cheveux seraient aspirés vers la coque par le courant de la voie d'eau, permettant ainsi de la détecter. Cette technique qui se discutait passionnément sur la rive semblait relever plutôt de la légende que d'une pratique avérée. Les courageux plongeurs dont les interminables apnées s'expliquaient sans doute par une discipline mentale de yogi promenèrent en vain leurs têtes le long de la carène. Ils n'y découvrirent rien de notable. Il fallut donc vider entièrement le navire des futailles d'eau et de son lest de pierres avant de le mettre à la gîte sur un bord puis sur l'autre pour inspecter la carène et reprendre plusieurs lignes de calfatage qui avaient lâché. Les spectateurs remerciaient le ciel d'avoir été clément envers les futurs passagers du navire en prévenant leur naufrage. On imaginait bien que des centaines d'autres coutures étaient prêtes à s'ouvrir traîtreusement. Tant de dangers, de récifs, de vagues et de vents hurlants étaient accumulés sur la route, que nul n'avait songé jusqu'alors à la perspective de faire naufrage par la simple malveillance sournoise de quelques malheureux cordons d'étoupe. Un millier d'âmes et quelques milliers de quintaux de marchandises précieuses s'enfonce-raient tranquillement, bêtement, par grand calme, dans des eaux infestées de tiburons, pour une ficelle goudronnée ne valant même pas un bazaruco.

Dans la dernière semaine d'août, les pluies auxquelles on ne prêtait plus attention s'espacèrent. Des journées entières de ciel bleu annoncèrent l'approche de l'intersaison. Les rou-leaux étaient moins violents sur les plages. Les femmes en saris et les enfants nus recommencèrent à se laisser submerger en riant par les vagues dont le reflux ne tentait plus de les noyer en les entraînant au large.

Le 30 août une voile montant de l'horizon fit sonner le branle-bas de combat dans les forts de l'Aiguade et des Reis Magos. Ce ne pouvait déjà être la flotte. Craignant une avant-garde hollandaise, le gouverneur fit armer en hâte la douzaine de galères qu'il tenait en alerte. Cinq ans plus tôt, dix flûtes armées en guerre avaient croisé pendant trois semaines devant la barre. Il s'apprêtait à conduire lui-même les galères à l'abordage quand on identifia une caraque portugaise. On reconnut le lendemain *Nossa Senhora da Penha da França*. Elle arborait le pavillon d'un nouveau vice-roi.

Quand elle salua la terre à la barre de Panjim le 1er septembre, on apprit qu'il s'agissait de dom Rui Lourenço de Tavora. Ils avaient quitté Lisbonne au plus tôt, sans attendre l'appareillage de la flotte de cinq grosses caraques aux ordres de dom Manoel de Meneses et de trois autres arborant la marque de Luiz Mendes de Vasconcellos. Goa se mit à bourdonner. La conjonction du retour des beaux jours, de l'arrivée prochaine de la nouvelle flotte de Lisbonne et de l'installation d'un vice-roi annonçait les journées fastes.

Malheureusement on comprit du même coup avec consternation que la colonie allait perdre son gouverneur. Mendonça était l'objet d'une véritable vénération et d'une confiance absolue. Il était depuis si longtemps garant de l'ordre moral et de la sécurité de l'Inde que l'on pensait qu'il était là depuis toujours. Son départ était ressenti sourdement comme une catastrophe et faisait l'objet de toutes les conversations. Dom André aurait mérité bien plus que la plupart de ses prédécesseurs le titre de vice-roi qu'il n'avait pas reçu, restant un Governador da India. Le titre était glorieux mais il n'était pas à la dimension de cet homme au-dessus du commun. On convenait que le roi d'Espagne n'était sûrement pas bien informé des Indes ni du faible nombre de ceux qui le servaient à l'autre bout de la Terre avec intelligence et dévouement. Au fond, Felipe Troisième d'Espagne s'intéressait-il à l'empire du Portugal dont il avait coiffé la couronne par filiation dynastique sans en épouser la culture ? On était d'accord en tout cas pour affirmer que remplacer dom André était une décision aussi injuste que malencontreuse. Les moins énervés suggéraient que le gouverneur était très malade. Les plus optimistes suggéraient que le roi rappelait Mendonça parce qu'il était le seul à pouvoir le conseiller valablement sur l'avenir de l'Inde.

Le départ annoncé d'un homme d'une telle expérience administrative et militaire et d'un tel poids moral était effectivement d'autant plus regrettable que des ombres mauvaises obscurcissaient le ciel de Goa à peine revenue au soleil. Des rumeurs alarmantes circulaient dans les maisons de jeu et dans la société. La pression maritime des luthériens et des anglicans s'accentuait d'année en année. La menace se précisait devant le golfe de Cambay. Quatre vaisseaux anglais croisant devant Surate n'avaient pas insisté quand la forteresse les avait canonnés, mais dom Francisco Rolim, capitaine de Chaul, le plus fort maillon de la ceinture de bastilles établies autour du golfe, venait de tenir difficilement tête à un raid des musulmans conduits par le cheik Abdallah Kariman. Leur attaque massive par la mer et simultanément par la terre semblait être une répétition en vue d'opérations coordonnées à venir. Toutes ces citadelles avaient leur histoire, leurs faits d'armes, leurs héros. Damão prise et reprise par António da Silveira, par Martim Afonso de Sousa, par dom Constantino de Bragança, Baçaim fortifiée par Nuno da Cunha, Diu et Bombay offerts par Bahadur Sha, le sultan de Cambay en remerciement d'avoir repoussé une invasion des Mongols. Une épopée derrière des murailles glorieuses dont l'éternité commençait à se fissurer.

C'était encore pire dans le sud, la clé des Moluques. La situation était préoccupante à court terme. Des flottilles malaises gesticulaient autour d'Achem et des voiles anglaises avaient été aperçues au large de Malacca. Les Hollandais durcissaient de leur côté leur implantation en Asie. Ils avaient pris pied à Ceylan, l'île de la cannelle. Selon des marchands arrivés de Nagasaki, ils auraient établi une factorerie au Japon. C'était à peine croyable. Les Portugais avaient débarqué à Tanegashima depuis cinq ou six décennies. Ils étaient tenus à l'écart, sans être jamais parvenus à dérider des Japonais révulsés par le médiocre savoir-vivre occidental. Les Bataves faisaient-ils mieux, chaussés de leurs bottes de mer et éructant leur horrible langue ?

Ce contournement était à suivre avec une extrême attention. Le petit peuple des gens de mer portugais ne suffisait pas à combler inlassablement les rangs des équipages décimés de la Carreira. Les hérétiques, eux, armaient des flottes militaires et marchandes puissantes. Ils recrutaient leurs équipages au sein de larges communautés de pêcheurs de harengs, et cette manière de plancton nourricier semblait capable de faire de ces nations des thalassocraties universelles. Anglais et Hollandais tiraient parti avec intelligence des rancœurs et des rivalités locales indiennes. Écoutant les protestations, servant quelques revendications dynastiques, achetant des complaisances et flattant en toutes circonstances les prétentions protocolaires de roitelets enturbannés de soies de couleurs tendres, ils s'alliaient à bon compte de redoutables armées de guerriers fanatiques. Oui, tout cela était terriblement inquiétant.

Mendonça convoquait conseil sur conseil et ne quittait pas d'un instant le palais du gouvernement. Son successeur prendrait ses responsabilités pour l'avenir mais c'était à lui, un homme de guerre, de lui remettre l'empire en état de défense. D'autant plus que Lourenço de Tavora se rétablissait lentement des grandes fatigues du voyage. Il avait quitté les Reis Magos pour s'installer dans le palais de Daugim, résidence de villégiature des vice-rois en amont de Goa à la pointe est de l'île, le plus loin possible de la mer. L'air y était moins vif. La passation de pouvoir aurait lieu début décembre. Il semblait que le 3, jour anniversaire de la mort de François Xavier, tombait bien pour être une date particulièrement judicieuse si dom Rui était rétabli d'ici là. On était à quinze jours de l'équinoxe. Cela lui laissait deux mois et demi pour s'adapter les poumons au climat goanais.

Lors d'un de leurs rendez-vous hebdomadaires dans la maison de jeu de la Rua dos Chapeleiros, François de Laval qui avait des entrées partout leur révéla les rumeurs filtrant des conseils secrets du palais. Elles parlaient du renforcement de l'armée du sud et de la citadelle de Cochin afin d'y établir une base maritime avancée.

— Doña de Fonseca Serrão va s'ennuyer longtemps toute seule. Quelle tristesse. Si jeune mariée ! soupira Pyrard, ce qui fit sursauter François, déjà de mauvaise humeur car il détestait le lieu.

— Pourquoi ce commentaire ?

— On dit que l'intendant de l'arsenal pourrait s'y rendre en personne dès que la mer sera praticable aux galères, afin d'élaborer le programme des travaux du nouvel arsenal et de les faire hâter.

— Et ton air narquois ?

— Mon cher François, depuis que nous bavardons Jean, toi et moi à longueur de mousson, j'ai cru comprendre par inadvertance que tu prêtais intérêt, en voisin, à cette dame noble qui a voyagé avec vous. Alors, j'ai pensé que ce pouvait être une nouvelle intéressante pour toi.

Il avait mis son bras sur les épaules de François, qui se dégagea.

— Tu penses trop loin.

Pyrard n'insista pas.

— Pardonne-moi cette allusion maladroite. D'ailleurs, la situation dans le sud est tellement grave qu'il est plutôt malvenu d'en plaisanter.

Le couvent de Nossa Senhora da Serra accueillait pour des retraites les femmes nobles en absence temporaire de tuteur ou de mari. La société des fidalgos gérait de façon autoritaire le désœuvrement de ses filles et de ses épouses. Leurs amis, leurs frères et leurs cousins, les officiers de passage, les prédicateurs, tous étaient des traîtres potentiels. Ces maris infidèles étaient bien placés pour le savoir. Ils prenaient leurs précautions. Donc, François allait au contraire être privé de ses courtes rencontres avec Margarida. Il était sûr que Pyrard savait très bien lui aussi cette coutume goanaise et il ne prit pas la peine de la lui rappeler. De toute façon, ses conversations fugitives allaient devenir impossibles dans peu de jours. Son contrat à la Ribeira das Galés qui le rapprochait miraculeusement d'elle arrivait à son terme. Il aurait achevé la révision des aiguilles à la fin du mois. Pouvait-il imaginer solliciter et obtenir un nouveau travail identique l'an prochain ? Rester après le départ de Jean et de leur protecteur comportait des risques incalculables puisqu'il comptait deux ennemis tout-puissants dans une ville où l'on tuait par jeu. Matos Macedo avait déjà lancé ses gens sur lui et Fonseca Serrão avait le pouvoir d'être un assassin légitime.

Devenu sourd au brouhaha de la salle et à la conversation des deux autres, François s'évada dans ses pensées. Peut-être était-il entré dans la vibration de son jatî ?

« Pour quelle impérieuse raison dois-je rester à Goa ?

Pour le bonheur platonique informulé d'approcher Margarida quelques instants, de temps en temps ?

Pour m'abandonner au besoin indéfinissable de la vision fugitive d'une femme qui ne m'appartient pas ?

Pour rester auprès d'elle à tout hasard, comme un recours si elle avait besoin de moi ?

Ça, c'est une bonne raison.

Un prétexte ou une raison ?

Une raison.

Tu es sûr ?

Je suis sûr de moi.

Et Asha ?

J'aime aussi Asha bien sûr. Quelle question ! Tranquillement. Je suis attaché au quartier serein des pêcheurs devenus mes amis. Je vibre en harmonie avec les senteurs et le rythme de l'Inde. J'ai déjà réfléchi à ça. Ce n'est pas un problème et je sais dans ma tête comment le régler.

Bien ! Bien ! Et cette angoisse à l'idée de rentrer vivre à Dieppe ?

L'angoisse. Ça, je ne sais pas où j'en suis. »

Un frisson l'avait déjà transi la nuit de la violoniste, à cet endroit même, le jour où Asha s'était donnée à lui. Il lui fallait bien admettre que la perspective de retrouver l'atelier de Guillaume lui était définitivement insupportable. Pas uniquement pour des raisons sentimentales ni d'environnement. Il y avait plus grave. En découvrant les Indes, il avait démythifié les portulans. Il avait percé le mystère des marteloirs. L'exotisme de leurs travaux patients au Pollet s'était volatilisé devant la réalité des tempêtes des quarantièmes, du cap des Aiguilles, de l'îlot de la Croix, de Mozambique et de Goa enfin. Sans doute restait-il alentour un monde immense, déployé jusqu'aux Philippines et au Japon mais il savait maintenant à quoi ressemblaient ces terres imaginées. Plutôt, il n'en savait pas plus qu'à son départ sur les grands blancs des mappemondes mais cela lui était indifférent. Son voyage à Goa marginalisait ces spéculations. Il s'en fichait, de la Grande Jave. « Les Bataves sont les mieux placés pour vérifier à quoi ressemble ta Terre Australe ! » lui-avait dit le gouverneur.

Reviendrait-il du bout du monde à l'atelier de Guillaume Levasseur nanti d'un si piètre bagage ?

Le rêve revenait chaque nuit. Toujours le même. Ne pas rentrer. François n'en avait pas encore totalement pris conscience. Il n'était pas certain de vouloir rester à Goa mais il avait déjà décidé de ne pas retourner à Dieppe.

« François. Enfin ! Entre vite ! La Grande Jave. Raconte-moi !

— La Grande Jave ? Je n'en ai rien vu et j'ignore même si elle existe.

— Ah bon ?

— Personne n'en parlait là-bas.

— Tu as bien sûr interrogé sur ses confins puisque tu en étais si proche. Sans doute l'enquête fut-elle ardue mais combien exaltante au lieu de nos questionnements sans fin ici, dans notre vieux Pollet. Quelle chance était la tienne de vivre tant de jours à son ombre !

— Pour être franc, je ne m'en suis pas soucié un seul instant.

— La géographie de la Terre t'intéresse encore ?

— Je ne sais plus.

— Tant d'entre nous donneraient leurs yeux pour apercevoir un instant, avant de les perdre, ces terres qui nous affolent. N'aurais-tu pas cherché à comprendre enfin ce qui nous échappe quand nous imaginons le monde depuis le fin fond de la Normandie ?

— Non, Guillaume.

— Mais alors, François, pourquoi es-tu parti aux Indes comme un fou ?

— Pourquoi ? L'ai-je jamais su en réalité ? Peut-être l'aventure était-elle trop ambitieuse pour moi. Trop grande. Peut-être n'étais-je pas assez mûr pour être persévérant. Peut-être ai-je succombé trop vite aux tentations des Indes. Depuis combien de temps suis-je parti ?

— Cela fera trois ans le mois prochain. J'ai vieilli de trois ans. Mes cheveux ont commencé à blanchir. Tu rentres rajeuni, régénéré.

— Trois ans ? Qu'en ai-je fait ?

« — Quelle géographie inconnue se cacherait encore derrière le cap de Bonne Espérance, plus loin que les tempêtes australes, là d'où tu reviens ?

— Je n'en sais rien. Je peux te raconter les mangues, les éléphants, des femmes de toutes les couleurs, comme nues sous la pluie. Les odeurs. Oui, les odeurs impalpables, les miroitements de la lumière qui font jouer les ombres. Je rapporte des ombres, Jean. Rien que des ombres. C'est ça l'Inde. »

*

Ce soir-là, campo do Paço, Margarida et dom Alvaro soupaient en tête à tête. Leur conversation s'était limitée comme à l'accoutumée depuis quelques semaines à des banalités sans chaleur quand on amena les desserts. L'intendant de l'arsenal des galères saisit un caramel entre le pouce et l'index.

— Mendonça m'a commandé de me rendre aussitôt dans le sud.

Margarida ne leva pas les yeux de son assiette de confitures.

— Tout Goa sait cette grande nouvelle depuis longtemps, Alvaro. Je vous sais gré de me confirmer ce soir ce que m'ont déjà appris mes amies. Vous allez installer un nouvel arsenal à Cochin. La ville est très mal défendue par sa vieille citadelle. C'est un point faible en effet. Vous agirez très bien. Compliments.

— Vous savez cela ?

— Oui. Je sais aussi que l'on renforcera les garnisons des forteresses de Cananore, de Barcelore et de Mangalore. Eh bien, mon ami, je saurai me passer de vous tout ce temps. C'est bien ce que je dois répondre ?

Dom Alvaro était stupéfait, sa confiserie au bout des doigts.

— Est-il contraire aux usages qu'une épouse ne soit pas totalement idiote ?

— Vous m'étonnez, Margarida. Bien. Puisque vous parlez très à propos des usages, la superintendante de Nossa Senhora da Serra se prépare à vous recevoir pendant mon absence. J'y fais aménager votre appartement.

Margarida leva imperceptiblement les sourcils.

— J'espérais que vous auriez la courtoisie de me dispenser de cette coutume humiliante. Je me suis trompée. Comme souvent. De votre côté, vous trouverez à Cochin assez de domestiques pour occuper vos nuits. Bonsoir, Alvaro.

— Bienvenue, Senhora de Matos. Comment allez-vous ce soir ? Bonsoir, Catarina.

— J'apprends que dom Alvaro t'abandonne, Margarida. Quelle nouvelle ! Restera-t-il longtemps absent de Goa ? Est-il possible que ton mari manque les fêtes de l'intronisation du vice-roi ? Vas-tu faire retraite à la Serra pendant son absence ?

— Hélas oui, Catarina, j'irai à la Serra. Cela ne me réjouit pas. Mais bon !

— On dit que l'on s'y ennuie beaucoup malgré une bibliothèque réputée. Moi, la lecture m'ennuie. Il paraît que l'on trouve des ouvrages étonnants sur une certaine étagère supérieure, parmi des livres édifiants et des vies de saints !

— Des livres licencieux à la Serra ? Des médisants sans aucun doute. Enfin, c'est la coutume et je m'y résignerai. Nos hommes craignent de laisser leurs femmes sans surveillance, Catarina.

— Ont-ils vraiment tort, ma chérie ? Bonsoir, dom Joaquim ! Quel plaisir de vous rencontrer ce soir chez Margarida et Alvaro. Maria Leonor se remet-elle de son entorse ? La pauvre. Mais quelle folie ! Qu'allait-elle faire sur le dos de cet éléphant ? Les palanquins sont si commodes et sans danger. Dites-lui tous mes vœux. Vous le promettez ?

Une rumeur de cohue montait de la rue, alimentée par le piétinement et les interjections d'une fourmilière de domestiques qui débordaient sur la place du palais. Le tumulte contenu était percé d'entrechoquements de chaînes, d'étriers, de tous les anneaux d'argent doré des harnachements, de tintements d'épées de parade, de claquements des fers des chevaux qui marquaient le pas sur le dallage, inquiets, tenus à bride courte par leurs palefreniers maures. Le fond sonore guerrier de cette nuit métallique était pacifié par des rires et des interpellations joyeuses que traversaient sans les interrompre les commandements brefs lancés par les bhoïs synchronisant leurs mouvements en déposant les palanquins de leurs dames.

Ce samedi 20 septembre, l'intendant de l'arsenal des galères et la senhora da Fonseca Serrão offraient à souper avant le départ de dom Alvaro pour Cochin. Elle avait géré seule toute l'après-midi les paroxysmes de la grande excitation de la préparation de la réception car Alvaro était rentré très tard d'un des nombreux conseils convoqués par le gouverneur. Un émissaire était venu le chercher inopinément et cette urgence était tombée mal.

Alvaro et Margarida recevaient en haut de l'escalier d'honneur leurs invités, conduits jusqu'à eux avec déférence par le maître d'hôtel cafre portant manteau et épée. Les hommes en capes de velours, leurs épouses en grande robe et mantille noire montaient les degrés à pas étudiés, entre deux haies de porteurs de flambeaux que les parures de diamants faisaient éclater en étincelles. La livrée orange et bleue des Fonseca, harmonieusement contrastée en couleurs gaies, paraissait ce soir-là traversée de bandes heurtées presque blanches et d'un bleu sombre de lapis-lazuli. Cet effet d'optique dû à la lumière chaude des chandelles qui éclaircissait l'orange et fonçait le bleu énervait les serviteurs indiens car l'indigo était une couleur d'infamie. Le phénomène intriguait la jeune femme. Toute à sa perplexité rêveuse, elle ne remarqua pas l'arrivée devant elle d'un couple de notables que son mari était descendu précipitamment accueillir sur le seuil. Alvaro l'interpella.

— Margarida ! Le vedor et la senhora de Melo nous font l'honneur de leur présence.

Garcia de Melo, le contrôleur des finances, était une figure essentielle de Goa. Second personnage laïque juste après le vice-roi, il était titulaire d'une charge qui faisait rêver. L'une des plus grosses prébendes institutionnelles des Indes orientales. L'ampleur de ses revenus semblait à la dimension de sa ceinture. Parmi les « gros ventres » de Goa, son embonpoint était exemplaire. On s'en moquait avec discrétion. Son intégrité n'était pas exempte de rumeurs, mais on lui reconnaissait unanimement l'intelligence et l'envergure d'un haut dignitaire compétent assumant sa charge avec talent. Elle était excessivement lourde car la gestion financière de la Carreira da India, établie sur un réseau inextricable et fluctuant de monnaies et de cours d'achats et de ventes, était un tour de force. L'un dans l'autre, dom Garcia servait le roi du mieux possible, avec un complet dévouement à la hauteur légitime de ses appointements exorbitants. Il avait l'air très sombre, comme s'il était de mauvaise humeur.

— Ne martyrisez pas la senhora Fonseca, dom Alvaro. Nous avons bien d'autres soucis ce soir. Quelles sont les nouvelles du gouverneur ?

— Il se porte à merveille, dom Garcia. Je l'ai quitté toujours aussi déterminé.

Son mari avait pris sa taille dans un geste intime qui surprit Margarida et la gêna. La vie libertine de Goa n'interférait pas avec la stricte étiquette des relations mondaines. Le vedor était manifestement stupéfait.

— Dieu soit loué. Déjà ? Quand sortira-t-il de Rey Nosso Senhor ?

— Plaît-il ?

Alvaro avait blêmi et n'avait pu réprimer un haut-le-corps.

— Le gouverneur accordait une audience privée à l'ambassadeur de l'Adil Khan lorsqu'il a eu un malaise cet après-midi. C'est du moins ce que l'on m'a rapporté voici une heure alors que je rentrais d'une inspection à Panjim. La rumeur déforme les faits puisque vous étiez avec lui. Goa se sera affolée à tort.

Vous me donnez l'heureux avis que dom André est hors de danger.

Dom Alvaro avait reçu de plein fouet une nouvelle qu'il ignorait. Le vedor regarda l'intendant d'un œil étonné, faillit dire quelque chose et se ravisa. Se tournant vers Margarida, il la salua d'une inclinaison de tête et s'éloigna vers les pièces de réception en entraînant d'autorité sa femme qui s'attardait.

L'éclair de ce bref incident avait pétrifié le couple.

— Vous m'avez caché l'indisposition de dom André. Sans doute afin de m'épargner une inquiétude inutile. C'est délicat de votre part. Je comprends maintenant pourquoi vous êtes rentré si tard. Vous arriviez de l'hôpital bien sûr. Vous êtes pâle, Alvaro. Ce mal dont souffre le gouverneur serait-il contagieux ? Recevons nos hôtes. Nous parlerons de tout cela plus tard, voulez-vous ?

Elle lui tourna le dos, retournant d'un demi-tour déterminé à ses devoirs de maîtresse de maison.

— Bonsoir, dom João. La senhora de Telo ne vous accompagne pas ? Ces fièvres nous épuisent toutes. Lui ferez-vous mes amitiés ? À tout à l'heure, dom João. Cette demeure est la vôtre, vous le savez.

Sur les deux heures après minuit, il fut clairement établi qu'Alvaro da Fonseca avait une maîtresse. Leurs derniers hôtes raccompagnés tout en sourires, ils s'étaient assis dans la véranda, d'un commun accord, sans se dire un mot. Ils étaient demi-étendus sur des chaises longues. La pièce était obscure car les lanternes vacillaient, à bout de souffle. Certaines s'étaient déjà éteintes en grésillant, dans une ultime bouffée de fumée âcre. Dans les salons, les servantes vaquaient à tout débarrasser et ils entendaient de loin les bruits domestiques éteints des après-fêtes.

Margarida caressait distraitement de la main les accoudoirs en palissandre. Elle préférait ce bois chaleureux qui se laissait aimer, au noir glacial de l'ébène. Elle décida qu'elle détestait définitivement l'arrogance tarabiscotée des meubles chinois. Son regard tomba sur son mari qu'elle avait oublié. Il attendait qu'elle commence.

— Alvaro. Que vous couchiez dans votre lit mes servantes et nos esclaves africaines fait partie des mœurs de Goa. C'est sordide mais je l'ai accepté comme un mal nécessaire. Que vous ayez une maîtresse quatre mois après notre mariage est une infamie. Pire, c'est vulgaire. Qui est cette femme ?

— À quoi bon vous dire son nom ? Nous sommes amants depuis les premiers mois de mon arrivée à Goa. Votre belle-sœur l'avait appris et l'avait acceptée comme une amie.

— Que Maria de Graça ait eu cette indulgence m'importe peu. Je plains tout au plus votre première épouse. Je veux savoir qui est cette femme. Je l'apprendrai de toute façon par mes servantes. Épargnez-moi l'humiliation supplémentaire de m'ouvrir à elles de mon infortune. Vous êtes décevant mais vous ne pouvez être à ce point médiocre.

— Carmen da Rocha Marques.

— La belle Carmen ! Bien sûr ! Riche, influente, veuve et courtisée. Le meilleur parti de Goa. Le soleil ne se couche pas dit-on sur les terres et les propriétés amassées avant de mourir par son notaire de mari. Pourquoi ne l'avez-vous pas épousée, vous son élu de cœur, au lieu de m'appeler en hâte, à peine veuve, toute affaire cessante ?

— La mère de Carmen est une Bengalie. C'est une métisse.

— Elle a l'élégance et l'intelligence des métisses. Je ne vais tout de même pas vous vanter ses charmes et ses mérites. Vous avez bon goût. Elle est reçue comme une amie par la meilleure société goanaise. Alors pourquoi ?

— Les Fonseca servent la couronne depuis assez longtemps pour prétendre sinon à la vice-royauté des Indes, du moins aux fonctions de gouverneur. Je brigue le commandement d'Ormuz qui en est l'une des clés.

— Vous ne manquez pas d'ambition, mon mari. Je vous en fais compliment.

La plupart des femmes des grandes familles goanaises étant d'origines mélangées, une épouse de pur sang portugais était un atout supplémentaire quand plusieurs candidats étaient en lice pour des nominations aux fonctions représentatives.

Ils en avaient assez dit l'un et l'autre. Margarida gérait dans une indifférence qui l'étonnait elle-même l'effondrement de sa nouvelle vie hors de chez elle et loin du Portugal. La pénombre cachait ses yeux humides, mais elle ne pleurait pas.

— Il y a une autre raison.

Elle sursauta.

— Quoi encore ?

— Je ne veux pas de mestiços dans ma lignée. Comprenez-vous cela ?

Elle comprenait parfaitement.

— C'est très noble, Alvaro. Vous êtes un parfait fidalgo goanais. Orgueilleux, ambitieux, épicurien et débauché. Carmen pour la volupté et les bâtards, et moi pour la pureté de la race et les réceptions. Je suppose que je dois considérer cela comme un honneur ?

Elle se leva et vint se planter devant son mari.

— Alvaro, l'étiquette goanaise veut que les femmes entrent en dévotions à Nossa Senhora da Serra en l'absence de leur seigneur et maître. Vous me l'avez rappelé récemment en m'annonçant votre départ. Je vous le dis tout net : je n'irai pas à la Serra. J'attendrai librement votre retour de Cochin. Si du moins vous êtes assez médiocre pour ne pas y mourir de malaria.

Il se leva d'un bond.

— Margarida ! Ce serait une provocation. Elle ferait scandale. Vous ruineriez mon... – il corrigea – notre crédit. J'ai d'ailleurs le pouvoir marital de vous contraindre à vous conformer aux usages. J'en userai de gré ou de force.

— Contraignez les ardeurs de votre pouvoir marital, mon ami. Doux ! Auriez-vous oublié que j'étais déjà une Fonseca avant notre mariage ? Votre frère, qui n'était pas entiché d'une métisse, lui, m'avait déjà honorée du nom de votre famille. Je le portais déjà avant de vous épouser. Je me suis flattée grâce à lui d'amitiés qui ont atteint l'entourage du comte, maintenant marquis de Castelo Rodrigo. Le vice-roi du Portugal m'accorde une bienveillante affection pour des raisons accidentelles qui seraient trop longues à vous expliquer et qui, au demeurant, ne vous regardent pas.

— Qu'en ai-je à faire ?

— À faire ? L'alternative est simple. Ou bien vous me dispensez de votre plein gré de la retraite à la Serra, ou bien je rentrerai au Portugal à bord de la caraque de dom André. Il sera inutile dès lors de vous préoccuper de votre carrière. Sinon pour conserver au mieux vos fonctions actuelles qui sont déjà très honorables mais tellement fragiles, vous savez !

Trois jours plus tard, à dix heures du matin, quinze galiotes conduites par deux grandes galères de guerre appareillèrent pour aller constituer la flotte du sud, encouragées par les carillons portant les vœux de bon voyage des congrégations. L'événement marquait la réouverture de la saison navigable et annonçait la reprise des opérations militaires. Devant la Ribeira das Galés, la Mandovi s'était couverte d'almadies enfoncées au-delà du raisonnable sous le poids de leurs passagers. Plus grandes et plus ornées encore de pavois et d'oriflammes, les manchuas à six ou huit rameurs des notables faisaient assaut de musiciens dans un vacarme d'instruments assez bien accordés à leur bord mais discordants dans leur ensemble. Le vacarme était apprécié par la foule amphibie qui applaudissait chaque morceau à tout rompre. Quand les galéasses et les deux galères levèrent l'ancre et se mirent en marche, leur stricte ordonnance impressionna les spectateurs. Les trente-quatre rangs de rames se levant et s'abaissant tout ensemble dans un ordre parfait étaient une démonstration rassurante de puissance et d'ordre. Une salve d'artillerie fit lever des milliers d'oiseaux qui obscurcirent le ciel et déclencha des vivats qui coururent tout le long du rivage derrière l'écho de la déflagration. La flotte pavoisée et sa colonie de suiveurs se perdirent dans le coude de la Mandovi et le calme retomba sur Goa.

Margarida avait suivi le spectacle du balcon de sa véranda. Elle avait fait de la main un long geste d'au revoir qui ne s'adressait à personne. Il saluait son propre appareillage. Elle resta longtemps appuyée à la rambarde, les yeux sur le plan d'eau que traversaient lentement quelques embarcations déjà fatiguées, remontant le courant en sens inverse. Elle fit appeler le maître d'hôtel.

— Fais préparer la quinta, José. Je m'y rendrai demain matin.

— Vous y passerez la journée, Senhora ?

— Je m'y retire jusqu'au retour de dom Alvaro. Marianinha et Talika viendront avec moi. Le garde et les jardiniers là-bas suffiront au reste. Je ne recevrai personne.

— Vous emmenez Satish aussi ?

— Tu as raison, j'oubliais le cuisinier. Tu n'as pas besoin de lui ? Je te confie la maison. Sois discret quand tu tricheras sur les comptes. Je les vérifierai moi-même à mon retour.

— Je le sais, Senhora. Je me trompe toujours honnêtement.

— C'est tout, José. Merci.

Avec le retour des beaux jours, ils avaient repris l'habitude de prendre l'air à la fraîche avec leurs logeurs, quand les ombres traversaient les rues et commençaient à monter le long des façades de l'adret de la rue du Crucifix. À droite, à gauche, leurs voisins étaient aussi dehors en devisant sur le pas de leur porte. Chaque soir, tout Goa faisait salon dans les rues. Ils étaient assis sur les fauteuils en ébène cannés que l'on qualifiait d'indo-portugais. Ils portaient à cette heure chemises et caleçons jusqu'aux chevilles et ils étaient coiffés de la gualteira, une courte capuche de velours couvrant les épaules. Bhaskar avait retiré sa tunique. Son cordon de brahmane barrait en diagonale son torse nu qui rendait incongrus ses pendants d'oreille. Une écharpe aussi blanche que sa barbe était noire créait l'illusion qu'une pièce de coton unique assurait à la fois le drapé de son turban et la culotte nouée à l'indienne entre ses jambes.

Bien qu'elle fût située au cœur de la ville, la rue du Crucifix n'était plus passante à cette heure car il n'y avait plus rien à faire nulle part sinon prier dans les églises entre vêpres et complies. Sur la terre ferme indienne hors de l'île de Goa, c'était l'heure de l'offrande de la lumière déclinante au son mélancolique des conques marines. Bhaskar – le Faiseur de lumière, avait-il traduit – s'identifiait à ce moment du jour.

Ils buvaient à petites gorgées fraîches de l'eau de Banguenim. Chaque soir François se rendait aux grandes cruches des marchands d'eau postés au carrefour de la rue des Amoureux. Il y remplissait deux gorgolettes de faïence fine émaillées en blanc, rouge et noir de l'inévitable décor de fleurs et d'animaux. Leur hôte avait la prévenance de les laisser porter des gobelets à leurs lèvres sans crier au yeschhal. Lui buvait à la régalade. Les Européens disaient cet usage inélégant faute d'y parvenir sans ridicule. Seul François s'y était entraîné pour faire plaisir à Asha. Tien Houa présentait ses inévitables bebincas au coco. Ils en applaudissaient spontanément l'arrivée car elle était un geste fort de convivialité culturelle.

Dans le subtil entrelacs des rites propres à chaque communauté, offrir la nourriture aux voyageurs était un devoir sacré pour Bhaskar Arunachalam. Le médecin était assez ouvert à l'Occident puisqu'il exerçait son art à Goa, pour en explorer les particularismes sans transgresser les règles fondant la pureté de ses actes. La *Bhagavad Gîtâ*, le *Chant du Bienheureux*, le poème sublime de l'épopée sacrée du *Mahābhārata*, rappelait qu'un brahmane brille autant par sa science que par sa vertu et la maîtrise de ses actes. L'étude ouvrait la voie à la victoire sur l'ignorance ténébreuse et à la transmission de la connaissance. Les deux farangi érudits qu'il hébergeait étaient utiles à l'exercice de la pensée. La réputation de Mocquet était flatteuse puisqu'il venait d'être engagé temporairement au Rey Nosso Senhor sur la recommandation du gouverneur après que l'on eut porté en terre l'apothicaire major de l'hôpital. Selon le proverbe, avaient commenté les malades, les cordonniers étaient toujours les plus mal chaussés puisque les drogues que leur administrait cet homme savant ne l'avaient pas sauvé lui-même. Jean dirigeait la préparation des thériaques en attendant que revienne la caravelle partie chercher l'un des officiers de l'hôpital Santa Cruz de Cochin.

Ce soir-là, Antão de Guimarães leur rendant visite, le brahmane avait préparé une surprise de bon accueil. La présence du religieux chrétien dans sa demeure était un notable bonheur de l'esprit. Après avoir échangé le namaskar et avoir convié cérémonieusement le jésuite à s'asseoir en face de lui, il les pria de l'excuser un instant. Il réapparut sur le seuil, portant de la main gauche une cruche à bec en Chine bleue et dans la droite un paquet plat emballé dans une large feuille ressemblant à celle d'un figuier. Son ouverture précautionneuse révéla une galette feuilletée d'un noir luisant.

— Cha, dit-il d'un ton grave en leur mettant la chose sous le nez.

Bhaskar en rompit un fragment gros comme une noix muscade qu'il précipita dans l'eau bouillante de la cruche. Il referma soigneusement le paquet et s'assit en silence, saisissant des deux mains les corps sinueux des dragons noirs formant les bras de son fauteuil.

— Il infuse.

— Cha ? Le père Gaspar da Cruz a décrit une herbe dont les Chinois tireraient un breuvage précieux. Si je me souviens bien, il la nommait phonétiquement Té. Cette infusion a-t-elle un rapport ?

— Il s'agit des feuilles séchées d'un arbuste que l'on nomme cha en cantonais ou t'é en dialecte chinois.

— Cette plante est extrêmement rare.

— Ces feuilles sont hors de prix. Je les dois à la gratitude d'un marchand de Macao que j'ai sauvé de la morsure d'un naja.

— Datura ? demanda Jean.

— Non. Vanaharidra. Vous le nommez curcuma. C'est aussi un excellent antidote.

— Ou safran des Indes. Ce rhizome apprécié comme condiment serait un contrepoison ?

— Le témoignage de ses vertus infuse devant toi puisque ce négociant a pu m'en remercier.

Le médecin appuya sa réponse en se penchant vers Jean.

— Selon mon obligé, l'usage de cha a été introduit à la cour de Chine par des tribus nomades qui consomment exclusivement de la viande et du beurre de yak.

— Une nourriture aussi excessive doit sécréter trop d'humeurs nuisibles dans l'organisme.

— C'est clair. Ces nomades font un large usage de cette boisson. J'imagine qu'elle compense d'instinct le dérèglement de leur alimentation.

Le Père Gaspar, qui était assez fier d'avoir été honoré plusieurs fois de ce liquide protocolaire, le trouvait insupportablement amer mais rapportait qu'il avait des vertus diurétiques. La décoction rougeâtre dont ils crachotaient du bout de la langue les fragments végétaux était amère et plutôt désagréable au goût. Le rouge, remarqua Bhaskar, était une couleur sanguine dont sa caste se méfiait. D'autre part, elle était la couleur du varna des kshatriya, les guerriers. La curieuse boisson pouvait donc avoir des vertus positives. Son emploi médicinal méritant examen, ils convinrent d'un commun accord que le thé était une boisson désaltérante mais qu'il ne pouvait avoir aucune utilité sociale en dehors de la pharmacopée.

Jean n'avait jamais parlé de religion avec son logeur érudit, n'étant pas assez frotté de théologie ni même assez pratiquant pour s'écarter du domaine naturaliste et médical. La présence d'Antão lui donnait l'opportunité de tenter de comprendre les fondements de la culture brahmanique. Ses visites de temples lui avaient révélé des rituels obsédants, bruyants jusqu'à la gêne physique, qui lui semblaient en contradiction avec la sérénité apparente des fidèles. Il posa d'emblée une question pouvant fonder une discussion polémique.

— Je ne pense pas être discourtois envers mon ami le frère Antão ni envers toi, maître Arunachalam, en te demandant si un brahmane observe avec tristesse, avec résignation ou avec fureur les conversions des Indiens catéchisés par les prêtres portugais.

L'Indien fit tomber dans sa bouche une petite goulée de l'infusion et reposa sa coupelle avec soin.

— La fureur nous est étrangère. La résignation aussi. La tristesse ? Elle serait une impuissance dans le conflit permanent entre les trois composants de la nature qui sont le lumineux, le passionnel et le ténébreux. Madhusūdana, le pourfendeur du démon, dit à Arjuna, le guerrier défaillant : « Les sages ne s'affligent ni des morts ni des vivants. »

Son visage était impassible.

— Mon jatî m'a conféré le devoir d'une démarche tendant vers l'absolu. Celui qui espère parvenir à l'ascèse ne ressent ni désir, ni crainte, ni colère, ni dégoût. Il ignore le plaisir autant que le malheur. Je constate les entreprises de vos prêtres. Je ne pourrais m'en indigner sans céder au passionnel. La *Bhagavad Gîtâ* nous rappelle que nous ne devons pas fonder nos actes sur leur possible conséquence. Réussir ou échouer, gagner la bataille ou mourir importe peu. Le goût de vaincre est aussi détestable que la peur de la mort.

Il allait continuer mais il s'interrompit et se tourna brusquement vers Antão.

— Je ne comprends pas vraiment ta question mais comprends-tu ma réponse ?

— Je t'écoute avec une grande attention, lança Antão qui s'agitait sur sa chaise. Ton discours sibyllin est serein mais vous avez furieusement combattu nos premiers prêtres autrefois quand ils ont débarqué à Calicut. Je conçois bien que ton devoir qui s'oppose au mien est de contrarier l'enseignement de notre religion. Il est naturel. Reconnais-le !

Le brahmane fit un geste de dénégation.

— Nous ne combattons pas vos prêtres.

— Allons donc !

— Votre mot « religion » est trop étroit pour nous importuner.

Le jésuite resta coi. Jean occupa son absence.

— Laisserez-vous sans rien faire le christianisme s'échapper de l'île de Goa et envahir l'Inde ?

— Quand une servante maladroite répand sur le sol de l'huile de palme, elle s'étend de plus en plus loin sans que rien ne semble pouvoir l'arrêter. On jette sur elle un peu de sable. Il l'absorbe. Autour de Goa, l'Inde immense est comme un désert de sable. Et aussi la Chine derrière l'Inde. Ta religion s'y dissoudra comme l'eau s'évapore au soleil.

Antão restait silencieux. L'Indien prit le temps de vider sa coupelle à petites gorgées et la reposa.

— De toute façon, les varna supérieurs sont imperméables aux exhortations de vos prêtres. Ils convertissent les classes pauvres. Les shudra ou harijan qui épousent votre religion croient qu'ils y trouveront une meilleure considération.

— Ils contestent légitimement leur place dans votre hiérarchie sociale. Le Christ abolit la disparité entre les Indiens convertis.

— Ils rompent la loi de Mânava mais ils n'échappent pas en réalité à leur varna.

François allait confirmer qu'Asha lui avait déjà dit ça, quand Antão jeta une protestation comme un cri :

— Justement. La société indienne est inique. La Bible affirme l'unicité de corps et d'esprit du genre humain.

L'Indien ignora son intervention.

— Les nouveaux chrétiens sont fiers de montrer à leurs cousins hindous leur vêtement neuf et leur brevet de communion. Même si la croyance de vos convertis est loyale et sincère, leur cœur reste enraciné dans notre culture sociale et religieuse. Parce que l'Inde est une entité matérielle et immatérielle à la fois. Elle est indivisible. Par piété filiale et par la force de nos coutumes, les convertis ne se détachent pas de leur culture ancestrale sociale et cosmique. Ils s'en distancient seulement.

— Je suis malheureusement d'accord avec toi sur ce point mais nous faisons tous nos efforts pour les maintenir dans la foi du Christ.

La tête levée vers le ciel, le jésuite murmura comme s'il soliloquait :

— Francisco Xavier s'est interrogé lui-même sur la pérennité de son œuvre. Sur l'empreinte de son engagement et sur le nôtre à venir. La parole de Jésus-Christ a-t-elle partout abattu les idoles ? Resteront-elles couchées dans la poussière ?

Le brahmane leva les sourcils d'étonnement et prit le temps de répondre avec calme :

— Dans vos temples, Frère Antão...

— Nos églises consacrées, coupa le jésuite.

— Si tu veux. Dans vos églises, vous dressez des effigies pieuses. Pourquoi les nôtres seraient-elles des idoles que tu consacres ta vie à abattre ? – Il arrêta de la main l'éventuelle réplique du jésuite. – Nous ne sommes pas des idolâtres comme vous dites avec mépris. À travers ces représentations, nous honorons nos dieux. Comme l'infinité de saints que tes frères implorent un par jour à longueur d'année.

— Nos saints ne sont pas des dieux. Ils sont des intercesseurs. Ils ne sont pas présents dans la nature et ne revêtent aucune forme d'animal ni d'autres êtres biscornus.

— Et l'agneau de Dieu ? Et la colombe ? Pourquoi la colombe serait-elle divine et l'aigle Garuda une idolâtrie ? N'implorez-vous pas vos dieux et vos saints dès que la sécheresse persiste ou que l'orage menace ? Vous les appelez à grands cris dans les tempêtes. Tes intercesseurs sont intimement liés aux éléments, comme nos divinités.

— Ils n'exigent pas d'offrandes ni de sacrifices en échange.

— Ah bon ? Et si ce ne sont pas des offrandes, pourquoi plantez-vous des brassées de fleurs et de chandelles au pied de leurs statues ? Votre encens dont les volutes montent vers le ciel serait-il plus pur, plus spirituel que la fumée de nos baguettes de santal ?

Bhaskar se tenait le buste en avant, les yeux brillant de jubilation.

— Ton dieu n'apparaît-il pas sous trois personnifications ? Dieu, créateur de l'univers, est comme Brahmâ le fondateur de tout, sans début, ni durée, ni fin. Nous nous rejoignons sur ce principe. Ensuite, Christ ou Jésus est descendu du ciel comme Vishnou. Sauf que Vishnou, lui, revient aussi souvent qu'il est nécessaire pour remettre la Terre en ordre. Troisième avatar, Esprit saint, qui brûle continûment au fond de vos églises. Votre oiseau de lumière. Esprit saint ressemble à la langue de feu de Kali, dont la lumière est la fusion de toutes les couleurs dans le temps éternel.

Antão hésitait entre le rire et la colère. Sous son masque obstinément souriant, le jésuite réagissait à chaque mot. Il choisit de garder un ton neutre.

— Ton raccourci est saisissant mais je crains de ne pouvoir l'accepter en l'état.

— Je ne t'oblige pas à l'accepter. Je t'invite juste à réfléchir en dehors de ta religion.

Ils restèrent tous silencieux, regardant le fond de leurs coupelles comme s'ils y cherchaient un œcuménisme. Le brahmane leva la tête vers le ciel.

— Tu es mon hôte, Antão. Je respecte ton état de religieux voisin du mien d'une certaine manière. – Il se pencha vers le jésuite. – Les juifs partagent l'essentiel de votre fonds sacré et sont plus attachés à leurs rites que les chrétiens. Ai-je tort de dire cela ? Puisque vous vénérez un même dieu, pourquoi ne tolérez-vous pas les juifs jusqu'à les avoir chassés du Portugal ? Ni les luthériens ?

— Les rabbins ne s'intéressent pas à vous mais puisque tu en parles, vous allez bientôt voir débarquer les pasteurs.

— Tu n'as pas répondu. C'est vous qui redoutez de trouver les pasteurs en travers de votre route. Ils sont plus rigides et moins tolérants que vous.

— Tu veux dire plus convaincants que mes frères, Bhaskar ?

— Vois-tu, les Portugais ne m'inquiètent pas, ni les Hollandais à venir. Je crains beaucoup plus la pression de l'Islam. Le Coran propose un message simple à assimiler et à vivre.

— Je sais que l'Inde subit depuis plusieurs siècles l'influence de l'Islam. Il s'étend en Asie. Nous connaissons bien les Maures. Nous avons dû reconquérir le Portugal qu'ils avaient envahi.

— Les Arabes sont très intelligents. Comme les juifs. Ce qui est étonnant, c'est que les musulmans et vous implorez le même dieu créateur.

— Il n'a pas été révélé par le même prophète.

— Vous êtes bien compliqués. Votre religion est désincarnée et froide malgré vos processions qui occupent les rues pour impressionner le peuple. Les hindous n'ont pas eu besoin de la révélation d'un guru pour croire à l'enseignement des Veda. Ils participent à l'ordre naturel du monde, chacun à sa place parmi les hommes, les animaux, les plantes et les rochers.

Le brahmane opposait une logique élémentaire aux dogmes fondamentaux. Ses attaques courtoises mais véhémentes mettaient le jésuite mal à l'aise. On le voyait à la manière dont il agitait nerveusement son pied gauche. La nuit tombait. Il faisait très doux ce soir-là. La rue était calme et silencieuse. Les groupes assis comme eux dans l'ombre devant leurs seuils parlaient chacun pour soi. À peine percevait-on ici et là une exclamation lointaine suivie d'éclats de rire. Des cris venus du haut de la rue mirent brutalement fin à cette paix tranquille. Ils ne distinguaient rien mais les bruits d'une bagarre et de choses brisées furent traversés par un hurlement.

— *Carapuças !*

Comme tous leurs voisins dressés d'un seul mouvement, ils rentrèrent précipitamment, encombrés de leurs tasses, tirant leurs sièges qui raclaient le sol derrière eux.

Tien Houa alluma une chandelle et initia la combustion d'un de ces serpentins d'herbes séchées qui avaient la vertu d'éloigner les moustiques tout autour de l'océan Indien et de la mer de Chine. L'odeur rappela à François que Fleur leur en allumait le soir à Mozambique. Les petites fesses dodues de la mulâtresse lui traversèrent la mémoire comme une impiété primesautière.

Le brahmane tourna le buste à droite puis à gauche vers Jean puis François.

— Je n'ai pas l'indiscrétion de surveiller vos déplacements mais, étant obligé de vous voir vivre bien malgré moi, il me semble que vous n'observez pas beaucoup vos rites ni l'un ni l'autre. Nous n'avons jamais parlé de cela entre nous. Pouvons-nous continuer notre conversation avec le frère Antão sans vous importuner ?

L'interpellation qui s'adressait à lui fit sursauter François. Il s'était d'abord demandé ce qu'il faisait dans ce débat qui le concernait peu alors que Margarida était enfermée depuis trois jours dans un couvent à quelques minutes à peine de là. Depuis l'odeur du serpentin, il cherchait à imaginer à quoi Fleur pouvait bien être occupée en ce moment précis. Il rentra en hâte de Mozambique.

— Jean me contredira au besoin mais il est vrai que nous ne sommes pas des pratiquants assidus. Nous avons cependant des amitiés chaleureuses parmi les prêtres. Nous apprécions de les fréquenter.

Il inclina la tête en direction d'Antão.

Mocquet opina de la tête. Les relations de l'apothicaire avec Dieu étaient sympathiques mais distendues. Le brahmane rit sans méchanceté.

— C'est paradoxal. Vos prêtres s'époumonent à exiger que nous embrassions leur foi mais ils ne parviennent pas à convaincre leurs frères.

— Je te l'accorde hélas, répliqua Antão, mais là n'est pas le problème. Nous sommes ici en terre de mission.

— Ah ! C'est ça ! En terre de mission.

L'Indien s'amusait manifestement mais il se rembrunit.

— La mission ne s'intéresse donc pas aux soldats insolents. Ni à aucun Portugais semble-t-il. Le spectacle dissolu de votre prière du dimanche dérange l'hindou que je suis. N'est-ce pas étrange ?

— Tu as raison, maître Arunachalam. L'impiété de l'assistance pendant nos offices est en effet terriblement choquante. Les soldats ne respectent ni nos sacrements ni nos églises. C'est d'une infinie tristesse.

— C'est triste aussi pour vos jeunes convertis. Sais-tu pourquoi la ferveur des exercices spirituels est plus profonde dans nos temples que dans vos églises ?

Antão pencha la tête sur le côté, attendant une explication.

— Parce que vous ne dirigez pas les actes et les pensées de vos fidèles vers l'ascèse. Vos architectes érigent de magnifiques salles de prière. Vous passez devant vos églises sans y entrer, sans leur jeter un regard. Comme si leur érection monumentale représentait votre principal acte de foi.

Le brahmane laissa peser son accusation. Il reprit d'une voix douce et lente comme pour atténuer la vigueur de ses mots mais il les martelait de l'index sur le dragon d'ébène de l'accoudoir.

— Vous revendiquez l'effort collectif de vos missionnaires comme un brevet personnel de vertu. Nos relations avec les dieux sont directes et consubstantielles à notre quotidien. Récusez nos dieux si vous les prenez pour des usurpateurs mais ne méprisez pas nos croyants. L'ascèse à laquelle aspirent les hindous, leur conception de l'ordre du monde et leurs préceptes de vie sont d'une essence aussi noble que vos valeurs que vous n'appliquez même pas. Votre peuple est fondamentalement impie.

Il se redressa contre le dossier de son fauteuil, pour indiquer qu'il avait terminé.

— Pardonne-moi mon emportement déplorable, Antão. Les frères de ton ordre sont réputés pour leur intelligence et je suis heureux de pouvoir discourir avec toi en amitié.

— Je me réjouis moi-même de cette opportunité de notre échange vigoureux, Bhaskar. Mes frères seraient en effet très heureux à la maison professe de débattre de théologie avec un brahmane. Malheureusement, le Saint Office n'approuve pas vraiment ce genre d'initiatives. Les inquisiteurs seraient stupéfaits d'assister à notre conversation. Déjà qu'ils n'aiment pas les paulistes !

— Auraient-ils quelques raisons de s'en méfier, frère Antão ?

— À mon tour de te questionner, Bhaskar. Tu veux bien ? Comment peux-tu affirmer la réincarnation puisque nous vivons une seule existence terrestre qui s'achève par la destruction de notre dépouille charnelle ?

— Tu sais ça comment ? Ma certitude contre la tienne. Moi, je t'assure que nous avons déjà vécu plusieurs existences et que nous renaîtrons sous une autre forme.

— À l'évidence, non.

— Peux-tu le démontrer ? Notre esprit revient indéfiniment sur la Terre harmonieuse, sur laquelle nous abandonnons successivement nos cadavres poussiéreux. La Terre n'est-elle pas assez belle pour que vous soyez impatients de la quitter définitivement ?

— Nous rendons grâce à l'œuvre de Dieu. Il a créé la Terre et le Ciel. Son don le plus gratifiant est là-haut, où notre âme libérée de notre dépouille mortelle le rejoint au paradis.

— Je crois moi aussi que la conscience impérissable survit au corps à travers le cycle de la Samsara. N'est-ce pas l'âme comme tu l'appelles ?

— Mais ça n'a rien à voir !

— Toi aussi, tu renaîtras.

Antão resta suffoqué. L'idée de sa propre réincarnation le fit bondir.

— Mon âme revenue sur la Terre dans la chair d'un autre mortel ! C'est une idée impie et folle ! Elle attendra au purgatoire que Dieu fasse connaître son jugement quand sonneront les trompettes de la résurrection des corps.

Le brahmane éclata franchement de rire et se caressa longuement la barbe.

— Quel formidable encan le jour de la résurrection universelle ! Je te souhaite en tout cas d'y retrouver ta dépouille pour t'y réinstaller. Si personne n'y a pris ta place.

François qui avait craint une soirée de théologie savante commençait à s'amuser beaucoup. La bousculade du jugement dernier avait déjà frôlé son esprit quand il avait pensé au petit timonier Simào dans son charnier de Mozambique. C'était quand déjà ? Le jour où les éléphants transportaient les grilles de l'archevêque. Il y avait bien quatre mois de cela.

— Mon seul souci est de prendre garde de ne pas mourir sur un lit mais sur le sol. Sinon, je devrai le porter sur mon dos en cheminant vers ma nouvelle condition. J'espère que quelqu'un me rendra le service de me mettre par terre à l'heure de ma mort. Pour être prêt au voyage. Je te le souhaite aussi.

Antão s'inclina en joignant les deux paumes, parodiant un remerciement.

— Pardon de m'être égaré. Un instant de familiarité.

Leur hôte était attentif à donner à ses mots assez de douceur pour garder à leur conversation le ton courtois sans lequel elle serait devenue détestable.

— Vos prêtres jettent de l'eau sur tous les enfants qui passent à portée de leur bras. Nous pratiquons assidûment le lavage du corps et des vêtements et nous savons la vertu purificatrice des immersions sacrées. Vous ne vous lavez jamais. Alors pourquoi aspergez-vous frénétiquement nos nouveau-nés de quelques gouttes d'eau ?

— Le baptême ou l'ondoiement d'urgence les lavent du péché originel.

— Quel mal ont-ils commis dans le ventre de leur mère qui ne connaît pas votre dieu ?

— Nous avons hérité la désobéissance du premier homme.

— Admettons. Vous octroyez ce blanchiment d'autorité, sans exiger aucun engagement en retour ? Sans même la conscience d'un enfant en bas âge ?

— Nous le sauvons.

— Vous le sauvez malgré lui.

— Non. Pas malgré lui. Dans son inconscience, par précaution.

— C'est ce que je voulais dire. Les hindous acceptent les conséquences de leur vie antérieure, assument leur varna et préparent leur retour.

— L'eau du Gange vous purifie. Alors pourquoi t'étonnes-tu de l'eau bénite ?

— Le Gange nous lave de nos fautes humaines mais chacun a la responsabilité de conduire volontairement ses actes pour tirer sa prochaine réincarnation vers le haut pendant que tourne la roue de la vie. Voilà pourquoi notre culte est plus fervent que vos messes.

— Sauf que les chrétiens préparent eux aussi leur vie de lumière. Dieu partagera selon leurs mérites les vivants et les morts entre les élus vertueux et les damnés de l'enfer.

Le brahmane sembla méditer et en tout cas resta silencieux plusieurs minutes. Un couvent puis tous les autres appelèrent aux complies par des séries de trois légers coups de cloche.

En avertissant les fidèles que les religieux se préparaient à louer Dieu avant de s'endormir, ils rappelaient discrètement la prééminence vigilante de l'Église à Goa.

— Antão ? Espères-tu la fin du monde ?

— Non, bien entendu ! Mais nous l'accueillerions avec gloire si Dieu en décidait ainsi.

— Ta relation avec l'univers m'est vraiment incompréhensible.

— La création du monde est une question à laquelle nous proposons effectivement toi et moi des réponses différentes.

— Une interrogation peut nous rassembler. Pourquoi la Terre existe-t-elle ? Nous sommes assis sur nos chaises au milieu du cosmos en buvant tranquillement une décoction amère de cha dans des coupes en porcelaine de Chine. Des millions d'hommes que nous ignorons vivent loin d'ici, qui ne soupçonnent pas eux non plus notre existence, ni même un ailleurs. À quoi cela sert-il ?

— J'ai la réponse. Dieu a créé la Terre et la sphère des eaux autour d'elle pour y semer l'homme et la femme.

— Tout ça pour les hommes et rien d'autre ? L'objet le plus insignifiant de leur environnement, une perle montée par un orfèvre pour en faire une parure de femme, le chant d'un oiseau, le bourgeon d'un giroflier sont des signes aussi admirablement incommensurables de l'immensité du monde. L'univers est un.

— Nous sommes au moins d'accord sur l'éternité de Dieu.

— Alors pourquoi ton dieu éternel voudrait-il un jour arrêter le monde ? L'expérience serait-elle achevée ? Et cesserait avec elle Ôm, la vibration de l'univers dans la synthèse parfaite des trois Veda : la Terre, le Ciel et l'Espace ? L'harmonie cosmique se résorbant comme une motte de beurre fond au soleil ?

— Je vais y réfléchir, dit Antão en se levant.

— Mon âme et la tienne ne font qu'une. Je salue le dieu qui est en toi. Reviens me voir.

— Je reviendrai avec de bonnes réponses. Laisse-moi le temps de demander à Jésus de me souffler des arguments pour te convaincre.

L'Indien le retint légèrement par la manche.

— Puisque tu es un savant en astronomie, veux-tu m'éclairer sur qui a tort ou raison de diviser comme vous la journée en vingt-quatre heures de soixante parties, ou comme nous en soixante ghatis de vingt-quatre parties ?

Il le laissa aller avec un grand sourire.

— Je te taquine bien sûr, frère Antão. Je t'en demande pardon. Mais penses-y s'il te plaît. Ça me tracasse.

La route sinuait dans la campagne. Ils avaient remonté la Rua Grande vers la paroisse de São Tomé et ils étaient sortis de la ville. Il avait caressé de la main au passage le banian centenaire qui tenait compagnie à São Paulo. Ses racines adventives semblaient le soutenir comme une réplique végétale des arcs-boutants de la vieille église. Ils marchaient en direction du sud, vers la lagune. L'Indien tenait l'alezan par le licou. Ils allaient à petits pas de promenade. Juste avant de se coucher derrière la mer, le soleil apparut sous le plafond de nuages d'une dernière journée de septembre maussade. La lumière rasante projeta sur le sol orange les silhouettes démesurément étirées du cavalier et de son guide. Le paysage, allumé un instant, s'éteignit en trois temps. Les cocotiers d'abord, violemment dorés, puis les collines arrondies au loin vers Bicholim et enfin le ciel mauve qui s'obscurcit d'un coup.

La nuit ouvrit le grand concert des singes et des crapauds-buffles. Du moins supposa-t-il qu'il s'agissait de singes car il en avait souvent vu aux alentours de Goa. Quant aux crapauds-buffles, l'antonymie de ces noms accolés le faisait rêver de licornes et d'animaux fantastiques. Son guide ne parlait pas portugais. Il tenta de l'interroger par signes sur les cris de la nuit mais sa mimique lui valut en retour des mots qu'il ne comprit pas. Il se laissait porter au train de son cheval à travers la magie de l'Inde. Il n'avait jamais senti comme ce soir palpiter alentour cent mille petits cœurs affolés, inquiets de son passage ou se guettant l'un l'autre, proies et prédateurs pareillement excités par la peur ou par la tension de la chasse nocturne. La lune se fraya un chemin à travers un résidu de nuages qui se désagrégeaient, puis elle les bouscula pour s'imposer dans une trouée de ciel d'un noir satiné. La nature réapparut, d'un gris bleuté uniforme, comme si toutes les autres couleurs s'étaient résorbées.

Un messager l'avait averti la veille qu'on viendrait le chercher sur les six heures du soir. Vers quel rendez-vous mystérieux suivait-il cet inconnu taciturne loin dans la nuit ? Il ne craignait pas un piège. Le procédé eût été trop compliqué. Il ne cadrait pas avec les coutumes de cette ville de vengeances et d'agressions expéditives. Il s'agissait vraisemblablement d'une aventure galante ordinaire puisque Goa, affolée de plaisirs, s'épuisait en rendez-vous secrets. Venise restait un modèle jusque dans son libertinage effréné. Il espérait jolie cette femme amoureuse, croisée sans doute au sortir d'une messe, défigurée par le maquillage extravagant des grands jours.

Ils dépassaient quelques propriétés qu'il devinait en retrait de la route à leurs murs clairs zébrés par les troncs gris des cocotiers. Ils avaient atteint la zone des hortas au bord de l'eau, les cocoteraies plantées des indispensables maisons de villégiature goanaises, les quintas de la tradition portugaise. Les demeures devaient être désertes, attendant les loisirs de leurs propriétaires sous la garde de régisseurs endormis qui laissaient aux dogues insomniaques le soin d'éloigner les rôdeurs. Leurs aboiements accompagnaient leur marche, véhéments à leur passage, prolongés en accès sporadiques derrière eux et anticipés devant, selon la solidarité canine universelle qui fait hurler cent chiens à la lune dès que l'un d'eux a du vague à l'âme.

Le cheval s'engagea par habitude sur une allée empierrée qui prenait sur la droite. Ses sabots claquèrent sur les pavés, réveillant le zèle de quelques chiens domestiques et faisant faire silence à la faune cachée, attentive aux dangers de la nuit. François pensa qu'on devait entendre son équipage à une lieue.

La façade arrière de la maison qu'il distinguait au bout du chemin donnait sans doute sur la lagune. Au milieu du mur d'enceinte était greffé un écrasant portail en latérite plâtrée et chaulée à la manière goanaise. Une paire de triples colonnes corinthiennes inutilement massives encadrait une ferronnerie et supportait les volutes d'un fronton triangulaire percé d'une niche habitée par un saint et surmonté d'une croix. L'ensemble monumental imitait la façade d'une chapelle manuéline. Il sauta de sa monture que son guide attacha à un anneau avant d'ouvrir la grille qui tourna sans grincer, témoignant des mérites du régisseur. Le jardin planté d'arbustes luisants était fermé à une cinquantaine de pas par une maison blanche dont la simplicité harmonieuse contrastait avec le portail. Longue et basse, elle consistait en un rez-de-chaussée à pilastres régnant au niveau d'un perron d'une douzaine de marches auquel conduisait une allée rectiligne. Son sable très blanc fait sans doute de corail et de coquilles brisées luisait sous la lune comme une saline au soleil. Le guide silencieux lui montra la demeure, commentant son geste d'un mot bref ressemblant à *Pongal*! qu'il comprit comme une invite à y entrer.

Le sol du corridor était d'*embrechados* blancs à motifs de grosses fleurs rouges. Une enfilade de pièces à gauche, et à droite un grand salon étaient déserts mais illuminés a giorno par des lustres et des candélabres de Murano. L'abondance du mobilier d'ébène disposé sur des tapis persans indiquait que les invités pouvaient être nombreux les jours des réceptions, des concerts et des bals. Quelle que fût la raison de son rendez-vous dans cette quinta luxueuse, François fut gêné de la simplicité de sa tenue. Il boutonna instinctivement sa veste de toile, d'un geste rendu malhabile par son chapeau qu'il tenait à la main.

Il avançait pas à pas, comme dans un rêve, un peu sur le qui-vive. Le vestibule débouchait sur une véranda. Régnant sur toute la largeur de la villa, elle reliait deux ailes latérales encadrant une terrasse dallée fermée par une balustrade ajourée. La pièce était plongée dans l'obscurité, mais au dehors la lagune brillait sous la lune, griffée de traits noirs à peine obliques, comme si un artiste avait essayé sur une feuille blanche sa plume trempée dans de l'encre de Chine. Il admira une fois encore l'élégance discrète du cocotier dont le tronc long et mince porte haut ses palmes en s'efforçant de se faire oublier. Il traversa la pièce et admira la cocoteraie qui dévalait vers le plan d'eau.

— Vous voici enfin, François. Soyez le bienvenu.

La véranda était apparemment déserte. Venant de nulle part, la voix avait le timbre de Margarida. Il s'attendait à une surprise, mais celle-là dépassait l'entendement puisque la senhora da Fonseca était sous la garde de la mère supérieure de Nossa Senhora da Serra. Son inconscient malmené dut trancher en un éclair entre rêve et incompréhensible réalité.

— Margarida ?

— Sadar a été bien lent à vous conduire à la quinta. Je ne pense pas qu'il vous ait importuné en route. Son nom signifie Respectueux. C'est un serviteur de confiance mais il n'a jamais consenti à retenir le moindre mot de portugais. Sa discrétion est absolue. Il entretient notre cocoteraie.

Il s'approcha avec précaution d'une méridienne qui lui tournait le dos. Margarida en émergea, se dépliant souplement comme une panthère glissant d'un arbre, se débarrassa de ses mules de cuir doré et vint vers lui nu-pieds. Sur une jupe longue plissée en soie fluide mordorée, elle portait une jaquette semée de fleurs brodées en camaïeu de beige. Ce vêtement strictement ajusté et lacé avait la particularité déconcertante de laisser largement découvertes ses épaules et d'offrir sa poitrine nue. Une chemise de mousseline transparente comptait peu en effet, soulignant plutôt l'impudeur tranquille de la

tenue d'intérieur de la Rome de l'Orient. La mode extravagante des femmes de la haute société goanaise était en leur
privé d'un érotisme subtil. Ses cheveux dénoués tombaient en
boucles sur ses épaules. Il n'avait pas remarqué qu'ils fussent
si longs. Elle portait aux oreilles des pendeloques de perles
noires assorties à son collier auquel était attachée une petite
croix en rubis qui semblait rougir de confusion de se trouver
là. Il émanait d'elle ce parfum d'ylang-ylang qui l'avait envahi
le jour des dauphins et des poissons volants.

— Bonsoir, François. Vous avez l'air tout interdit.

Il faisait des efforts il est vrai pour ne pas fixer ses seins
sous la transparence de son vêtement, ni le reste de son corps,
aussi exactement dessiné que celui des Indiennes déshabillées
par la pluie. Elle savait parfaitement qu'elle le troublait mais
elle ne le provoquait pas. Elle se savait belle. Pour elle et pour
lui. Avait-elle déjà ressenti à ce point le plaisir de se sentir
désirable, embellie par le regard d'un homme ? Elle ne s'en
souvenait pas mais elle chassa la question de son esprit.

— Nous avons ici coutume de nous habiller légèrement.
Je m'y suis habituée. Les tisserands indiens font des prodiges
pour nous y aider. Imaginez-vous la finesse de cette mousseline ? Vous me trouvez indécente ?

— Oh non ! Enfin un peu.

Elle rit. François était stupéfait. Les jolis yeux inquiets de
la jeune femme qui l'avait ému à Lisbonne lors de l'appel des
passagers éclairaient ce soir le visage d'une dame étrangère à
sa structure sociale, échappant à ses références culturelles. Lui,
François Costentin, assistant du maître cartographe Guillaume Levasseur, il se trouvait dans une maison somptueuse
perdue au fond de la nuit, à plus d'une année de navigation
de Dieppe. Il était seul à seul avec cette femme extraordinairement belle, radieuse, assez libre d'esprit maintenant et assez
sûre d'elle et de lui pour se montrer dans son intimité.

Son émotion passée, une sérénité profonde envahit François comme s'il était sous l'effet d'une drogue. Il avait devant
lui l'éternité d'une nuit entière pour savourer la plénitude de
ce tête à tête. Il n'imaginait aucun projet conquérant et il

savait très bien que la femme qui le recevait ainsi ne songeait pas à le séduire malgré les apparences. Il raisonnait juste. Margarida s'était accordé le pouvoir de le rencontrer librement, ailleurs qu'entre leurs deux balcons. De le recevoir chez elle en ami en balayant les préventions sociales, avec en plus la satisfaction inoffensive de défier à distance un mari haïssable et inutilement jaloux. Elle le taquina.

— Quel homme vous faites ! Je vous plais ? Oui. Cela se voit. Pas seulement dans vos yeux.

Son réflexe pudique la fit éclater de rire.

— Ne tentez pas de cacher votre émoi derrière votre chapeau et ayez plutôt la galanterie de m'en faire compliment.

— Vous êtes éblouissante. Pardonnez-moi mon indiscrétion. Si je ne rêve pas, comment êtes-vous dans cette maison ? Je vous croyais enfermée selon les usages à la Serra.

— Disons que mon mari et moi avons transigé. J'ai installé ici ma retraite. Elle est aussi sûre sinon plus que le couvent, mais c'est moi qui en dirige la règle.

Elle jouait machinalement avec son collier.

— Nous allons souper voulez-vous ? Avez-vous faim ? J'ignore ce que Satish nous a préparé. C'est froid mais c'est peut-être comestible. Mes domestiques sont partis au mariage d'une sœur cadette de Talika à Banastarim, de l'autre côté du fleuve. Je n'ai pas eu le cœur de leur refuser d'assister à cette fête.

Elle le prit par le bras et l'entraîna sur la terrasse. Une table ronde et sa desserte y étaient dressées, drapées de nappes en dentelle blanche. Les lanternes de carepas de nacre, les cloches d'argent couvrant les plats, le service d'assiettes en porcelaine blanche à décors bleu, une grande aiguière à très long bec, le cristal et les couverts de vermeil étaient d'une finesse et d'un raffinement dont François connaissait l'existence par ouï-dire mais qu'il n'avait jamais imaginés. Il s'excusa de son vêtement mais elle le tranquillisa en lui révélant que même les fidalgos portaient chez eux des chemises très simples. Elle l'invita à se mettre pieds nus comme elle.

Ils prirent plaisir à dîner sans cérémonie, comme des enfants jouant aux gens du monde. Elle, parce que cela l'amusait d'être sans domestiques, lui, parce qu'il s'initiait aux belles manières en espérant qu'elle ne s'en apercevait pas. Ils commentaient le paysage alentour, détaillaient les décors du service chinois ou analysaient minutieusement la saveur des mets, très attentifs à n'échanger que des idées superficielles, des mots de faible poids n'aggravant pas leur intimité. Quand ils eurent fini de goûter à tout, elle désigna un carafon de cristal et lui demanda de remplir deux verres de moscatel.

— Je vous ai convié à célébrer ce soir un anniversaire.

— Ce n'est pas le mien. Fêtons-nous vos dix-sept ans ?

— Vous êtes en progrès, François ! Vous feriez un parfait fidalgo. Non. Nous sommes le 30 septembre.

— Et ?

— J'ai choisi ce jour parce que, il y a juste un an, Zenóbia s'est éteinte peu après notre arrivée à Mozambique. Vous souvenez-vous d'elle ?

— Le jour des dauphins et des poissons volants. Votre tante, tellement contrariée de vous trouver au bastingage parlant français avec un inconnu dont vous ignoriez jusqu'au nom.

— Elle était hors d'elle.

— J'avais de l'affection pour elle malgré ses préventions contre moi. Vous m'avez appris son décès quand nous nous sommes rencontrés par hasard dans la petite chapelle de Mozambique.

— C'est vrai.

— Vous m'avez justement dit ce jour-là que vous aviez besoin de moi si j'étais vraiment votre ami. Je pensais l'être. Après tout, je faisais partie de ses relations et des vôtres. Étiez-vous mon amie vous-même ?

— Je vous détestais en réalité, en vous disant cela. Il y avait trois mois que nous avions inhumé ma tante. C'était horrible. Nous l'avions laissée là, à même le sol, à peine recouverte d'une pelletée d'ossements dérangés pour lui faire un peu de place dans cet effroyable charnier. Je vous attendais comme une sauvegarde. Vous n'étiez pas venu. Vous n'aviez pas fait un geste ni envoyé le moindre signe.

— Je n'ai pas compris pourquoi vous ne me l'aviez pas fait savoir aussitôt.

— Je vous avais cherché malgré les convenances mais je ne vous avais pas trouvé. Je m'étais naïvement imaginé que, puisque vous saviez tout, vous étiez informé de mon deuil et de ma solitude.

— Je n'étais qu'un aide pilote. Étranger de surcroît. Maître Fernandes, le pilote-major, était ma seule caution.

— Après notre rencontre accidentelle, j'ai compris que vous viviez complètement à l'écart du cercle des notables de la citadelle.

— Hors de *Nossa Senhora do Monte do Carmo*, je n'existais pas.

— Je l'ai compris. J'en ai beaucoup voulu à notre petite communauté en danger d'être incapable dans sa détresse de rompre les barrières sociales et de se réinventer. Dom Cristóvão a bien su vous trouver quand il a eu besoin des soins de votre ami l'apothicaire. C'était donc possible.

Elle lui tendit l'un des verres et prit l'autre.

— Au fil de nos rencontres en mer sur la dunette, quand vous nous expliquiez tant de choses passionnantes sur la terre et le ciel, Zenóbia avait fini par ne plus se méfier de vous, à vous admettre puis à vous apprécier. Votre discrétion à mon égard la rassurait et votre délicatesse envers elle la touchait beaucoup. Quand le mât s'est rompu, vous avez su trouver les mots qu'il fallait pour raisonner notre terreur. Nous avions cru devenir folles. En nous tranquillisant, vous nous avez épargné les séquelles mentales de cet effroyable accident.

— Peut-être m'avez-vous donné vous-même ce jour-là la volonté d'être courageux. Je crois même que cela s'est passé ainsi.

— Qui plus est, vous êtes modeste.

François éluda le compliment.

— C'est un bien triste anniversaire

— Attendez. Je n'ai pas fini. Juste avant de rendre son âme à Dieu, Zenóbia qui m'abandonnait avant la fin du voyage m'a confiée à vous en me léguant son dernier sourire. C'était tout son bien depuis que l'on avait volé son unique richesse, un rubis discret qui était sans prix. Elle en était désespérée. Ma tante était pauvre. Elle vous jugeait un homme droit qui saurait me protéger quoi qu'il advienne. Nous célébrons l'anniversaire de votre engagement. Et sa confirmation si vous le voulez bien.

Elle leva son verre en le tendant vers lui.

La bague trouvée à bord de la caraque lui était sortie de la tête dans le cours tumultueux des événements de la soirée. Il venait d'identifier sa propriétaire. Il fut au désespoir de ne pas l'avoir dans sa poche comme souvent et de manquer ainsi la formidable opportunité de poser à l'instant ce souvenir posthume dans la main de Margarida. Il résista à l'envie de lui révéler aussitôt sa découverte, afin de ne pas gâcher la surprise qu'il lui ferait un autre jour. Pendant qu'il réfléchissait très vite, elle égrenait à nouveau les perles de son collier, rêveuse, jouant avec sa croix. Elle releva la tête et chercha son regard.

— Je suis très seule, François. Je n'ai pas ma place dans le cercle mondain qui agite Goa nuit et jour. Du moins, je ne l'ai pas trouvée, ni dans ma propre maison ni au dehors. J'ai un peu honte d'étaler ainsi ma faiblesse mais j'ai besoin de me confier à quelqu'un. J'ai confiance en vous. En vous seul.

Son charme était bouleversant. Sous la senhora da Fonseca en tenue libertine perçait encore la passagère enfermée dans sa cape noire apparue sur le pont de *Nossa Senhora do Monte do Carmo* le jour de l'appareillage de Lisbonne.

La lune était montée jusqu'au milieu du ciel. Elle éclairait la cocoteraie d'une lumière blanche qui faisait luire les palmes comme des lamelles d'argent. Le plafond de nuages s'en allait vers l'arrière-pays. La nuit était douce. Il ferait beau et chaud sur Goa demain. Margarida se leva de table et tendit la main vers lui.

— Venez. Je veux vous montrer quelque chose.

— Me montrer quoi ?

— C'est une surprise.

Ils marchaient côte à côte sur l'allée qui descendait en majesté vers la lagune. Son sable était frais sous leurs pieds nus. Leurs hanches ou leurs bras se frôlaient par instants. Après avoir débattu en détresse de ce qu'il convenait de faire, François décida de lui prendre la main. Il espérait qu'elle ne se méprendrait pas sur ses intentions. Il redoutait de la fâcher alors qu'elle se confiait à lui. Elle lui laissa sa main et il se détendit. Ils firent quelques pas ainsi puis elle accentua la pression de ses doigts sur les siens. Il retenait son souffle, de peur de rompre le charme. Quelques respirations plus tard, une odeur suave chassa l'ylang-ylang et submergea leur environnement sensoriel. François ne sut identifier sa nature entêtante qui rappelait le jasmin. Elle se serra contre lui. Le geste était instinctif, sans arrière-pensée exploratoire mais leurs corps s'épousèrent et s'en trouvèrent bien, marchant en couple d'un même pas. Ils se rapprochaient d'un arbuste de la taille d'un olivier. Il embaumait jusqu'à l'obsession.

— Quel est donc cet arbre qui sent si bon ?

Margarida s'arrêta et lui prit aussi l'autre main.

« Quel est donc cet arbre qui sent si bon dès que le soleil se couche et jusqu'à ce qu'il se lève ? Je n'ai vu cette plante en nul autre lieu que l'Inde à Goa. »

Elle marqua un temps.

— On l'appelle ici parizataco. Vous souvenez-vous de la légende que vous nous avez si joliment racontée en mer ?

— La princesse amoureuse du soleil ?

— L'amante délaissée, morte et brûlée selon la coutume indienne ? C'est l'arbre de nuit, François. Né des cendres de la fille du prince Parizataco. Voyez ! Ses fleurs grand ouvertes sont dorées sous la lune. Ce soir, il n'a fleuri que pour vous. C'est mon cadeau d'anniversaire.

— Puisque ce jour nous est commun, disons qu'il a fleuri pour nous deux.

— Il a fleuri pour nous deux.

En réalité, la senteur de l'arbre de nuit était exacerbée par l'arôme d'un philtre composé à leur intention par la princesse Parizataco. Elle n'était pas une légende. Elle avait détourné d'eux le filet d'Aphrodite, séductrice radieuse et traîtresse qui prétendait chasser sur ses terres. Elle ne voulait laisser à personne le soin de charmer ce beau couple, parmi les rares mortels à savoir son histoire et à s'en être émus.

L'homme effleura les lèvres de la femme. Elle lui rendit son baiser et les pointes de ses seins touchèrent son torse. Comme dans les rêves qui l'avaient laissée pantelante à Mozambique et l'autre nuit à Goa, l'onde mystérieuse fit durcir sa poitrine. Elle écrasa son visage et son corps contre lui. Il l'enlaça.

Dès qu'ils avaient senti les fleurs étranges, ils avaient su qu'ils allaient faire l'amour. Ils avaient atteint à leur insu le degré subtil et merveilleux où bascule le badinage entre un homme et une femme rapprochés par le hasard. Leur attirance réciproque se cristallise en la constatation évidente de leur désir partagé et de leur décision commune d'y céder. Rien dans leur comportement ne laisse deviner qu'ils sont amants mais, dans l'instant, ils partagent la joie grave et sereine de leur consécration mutuelle. Ils ont déjà la sérénité des couples.

Ils s'effondrèrent, soudés l'un à l'autre, aussi lentement qu'un flocon de neige. La vague géante grandit, submergea Margarida et explosa en elle avec violence. Elle cria de surprise. Le parizataco étendit son feuillage au-dessus des amants pour cacher son triomphe à Aphrodite.

La lune avait traversé le paysage. Elle déclinait déjà vers la haute mer et vers un autre jour. Margarida était étendue sur le dos, une jambe pliée sous elle, les deux bras allongés, légèrement écartés, les cheveux en désordre autour de son visage, offrant sa nudité à la lune. Les perles noires et la croix de rubis luisaient sur sa peau blanche. Elle avait l'impudeur païenne d'une Néréide ayant fui le banquet des dieux pour s'étendre un instant chez les mortels mangeurs de pain. Elle était restée une longue minute haletante, se mordant les lèvres, les yeux grands ouverts, étonnés.

Elle s'était dévêtue. En se débarrassant fébrilement de ses vêtements, elle n'avait pas compris exactement si elle se purifiait ou si elle reprenait sa liberté. Elle avait simplement éprouvé le besoin incoercible de se mettre nue. Son corps était parcouru de frissons car elle vivait encore son paroxysme. François se tenait sur la hanche, appuyé sur son coude et il la contemplait en silence. Il caressait son avant-bras de l'index, en allant chaque fois de la saignée du bras vers le poignet. Il avait retrouvé d'instinct le geste de la réanimation des aiguilles marines, du pivot vers la pointe, toujours, pour concentrer l'influx de la pierre d'aimant et le forcer à pénétrer le métal. Aimant. Amant. Avait-il le pouvoir de recharger l'influx vital de son amante ? Que pouvait bien penser tante Zenóbia, là-haut, de l'homme à qui elle avait fait confiance ?

— François ?

Il se pencha jusqu'à ses lèvres pour leur répondre en les effleurant des siennes.

— Je suis si bien. Je peux vous faire un aveu ?

— C'est votre choix.

— Vous m'avez fait devenir femme.

— Vous vous moquez, petite senhora. Ce n'est pas bien.

— Je ne me moque pas, François. Pour la première fois de ma vie, j'ai senti mon corps exploser. Il s'est sublimé dans un accomplissement absolu. Je ne peux pas vous expliquer. J'ai percé un secret suprême que je soupçonnais sans rien y comprendre. Avez-vous été bouleversé vous aussi tout à l'heure ? J'ai compris que tous les hommes prennent beaucoup de plaisir avec leurs maîtresses. Vous faites souvent l'amour ?

Il attendait cette question. Il se jeta à l'eau.

— J'ai une petite amie à Goa. Je la rencontre quelquefois. C'est une Indienne très modeste. Elle est baptisée. Elle s'appelle Asha.

— Ne prenez pas ce ton catastrophé. Vous vivez votre vie de célibataire. Moi, j'ai un mari après tout. Je ne vous demande pas si elle est jolie et intelligente. Elle l'est sûrement. Elle a de la chance de vous avoir rencontré.

Elle s'était tournée sur le ventre, le buste appuyé sur ses avant-bras, et elle le regardait de ses yeux d'émeraude, le menton posé sur ses deux poings.

— Ce cœur qui bat la chamade, cette convulsion intense jusqu'à la douleur, croyez-vous que l'on peut en mourir ?

— J'ai entendu dire que c'est arrivé.

— C'est une belle mort.

Margarida roula vers lui.

— Moi aussi, j'ai de la chance de vous avoir rencontré. Si nous mourions ensemble, François, de cette belle mort ? Nous avons déjà partagé tant de dangers que nous en survivrons malgré nous. Comme c'est dommage. Nous mettrions Goa dans une telle effervescence !

L'arbre complice les déroba à nouveau aux regards jaloux des dieux.

Ils se promenèrent longuement le long de la rive, main dans la main sans se parler pour rendre plus intime leur bonheur d'être ensemble. S'étreignant quelquefois comme des héros tragiques, ils allaient lentement, comme pour ralentir la nuit. Ils avaient compris l'un et l'autre que ce moment magique s'évanouirait au lever du jour, à l'heure où les sortilèges se dissolvent en rosée. Ils savaient que cette nuit irréelle rendrait médiocre et donc insupportable toute nouvelle relation d'amour.

Ils s'étaient étendus côte à côte, immobiles, main dans la main toujours. Ils n'avaient pas le temps de dormir. La nuit, elle, s'assoupissait. Quelques bâillements dans le noir du ciel annonçaient l'arrivée de l'aube destructrice des rêves. Alors, ils mirent fin à leur angoisse, ayant hâte de se retrouver seuls. Pour chérir et pour assumer chaque pulsation de cette nuit étrange mais aussi pour en décrypter les conséquences. Le destin avait tracé depuis longtemps le cours de leur vie sans leur laisser le choix de l'infléchir. Il venait de leur greffer un ferment de mémoire commune, les laissant libres d'en faire l'usage qu'ils voudraient, à condition que ce fût chacun séparément.

— Nous reverrons-nous ?

Il n'avait pas osé préciser : quand ?

— Je ne sais pas. Peut-être.

— Ne soyez pas gênée de me répondre non. Je sais bien que nous ne revivrons jamais cette nuit. J'ai pourtant quelque chose à vous remettre. Je reviendrai vous l'apporter quand vous jugerez le moment venu. J'en aurai pour un instant.

— Un cadeau ?

— Une surprise. C'est mon tour.

Il remontait vers la quinta, à grands pas déterminés, balançant sa marche de ses deux bras. Ils s'étaient dit adieu brièvement, d'un baiser furtif qui précipitait leur rupture sans risquer de ranimer leurs braises. Elle l'appela et le rejoignit en courant, relevant légèrement des deux mains sa jupe longue qui l'embarrassait.

— François ! Alvaro me bafoue chaque jour de façon ignoble. Malgré ma honte et ma rancune, je respecte mon mari. Je veux rester digne du nom que je porte parce que son frère d'abord et lui ensuite me l'ont offert. Je le respecte pour ne pas me perdre moi-même. Comprenez-vous cela ?

Elle criait presque, en lui serrant les deux mains. Elle tremblait convulsivement contre lui, comme le jour du démâtage.

— Je l'ai toujours su, senhora.

Il porta ses mains à ses lèvres en se penchant vers elle.

— Margarida, c'est pour cela aussi que je vous aime. Cela va être dur.

— Oui. Très dur. Vous m'avez fait connaître le désir. Dans combien de jours aurai-je envie de vous à en crier ?

L'horizon commençait à se dessiner en clair au-dessus de Bicholim. Elle s'arracha à lui et rejeta ses cheveux en arrière dans un geste de défi.

— Partez vite maintenant. Que Dieu vous ait en garde.

Le trajet jusqu'à Goa était l'affaire d'une petite heure de marche que François traversa comme un somnambule. Il émergeait d'une nuit blanche passée, du crépuscule à l'aube, du côté obscur du miroir, là où commence l'espace surnaturel d'où, en principe, on ne revient pas.

Le soleil était haut dans le ciel quand, rentrant de Banastarim, ses servantes eurent la surprise de trouver leur maîtresse endormie la tête dans les bras sous l'arbre étrange qui fleurissait la nuit. Ses fleurs couleur de thé jonchaient le sol alentour. Quelques pétales s'étaient posés sur ses cheveux dénoués. La senhora da Fonseca ressemblait à une sirène.

Dès le 15 octobre, le temps se remit à la pluie. L'intersaison ramena une alternance d'averses et de temps brouillé qui ralentit, à peine revigorée, la vie des Goanais. Ils étaient d'humeur bougonne, déçus d'être privés si rapidement du beau temps sec auquel ils venaient de se réhabituer. Le travail de François touchait à sa fin. Ils avaient décidé avec le maître pilote Gaspar Salanha qu'il consacrerait ses derniers travaux à construire cinq compas de mer destinés aux réserves du magasin, à partir des débris d'une dizaine d'instruments mal en point qu'on lui avait apportés en vrac. Il trouvait dans cette occupation minutieuse un dérivatif à un désarroi qui le rendait sombre et irritable.

Asha, qu'il continuait à voir régulièrement, s'en était aperçue. Il lui avait caché sa nuit éblouissante dans une horta de la lagune mais elle avait rapidement compris qu'il dépérissait d'amour.

— Tu as un gros chagrin, François. Je vois bien que tu es désespéré. Tu as donc une autre femme.

Il l'avait rabrouée, prétextant qu'il était simplement fatigué et que tous les Européens étaient plus ou moins malades à Goa.

— Ne me dis pas que j'ai tort. Si tu es dans un tel état, c'est parce qu'elle ne t'aime pas ou bien parce que vous ne pouvez pas vous aimer librement. Ton problème est que tu te consumes pour une senhora au-dessus de ton varna.

Il était resté sombre, comme rabougri par sa clairvoyance.

— François ! Ce n'est pas injurieux pour moi. Je suis triste mais pas en colère. Elle a de la chance, cette femme riche, de te rendre malade d'amour. J'espère qu'elle le sait et qu'elle apprécie son pouvoir. Moi, je ne serai jamais gravée dans ta vie. C'est normal. Je serais très étonnée d'être un problème pour toi mais si par miracle je dérangeais en quoi que ce soit tes projets, serait-il plus simple pour toi de me quitter ?

Elle avait insisté.

— Veux-tu que nous arrêtions de nous voir ? De toute façon, tu vas bientôt repartir en France. Alors, un peu plus tôt ou un peu plus tard, cela ne changera pas grand-chose. Tu partiras.

Parce que la symétrie aurait été drôle en d'autres circonstances, il avait failli révéler à Asha que Margarida avait elle aussi soupiré à son sujet : *Elle a de la chance de vous avoir rencontré.* Méritait-il une telle confiance ? À ce moment, il s'était senti indécis, lâche plus exactement, responsable médiocre de désarrois inattendus dont il n'avait pas su maîtriser les prémisses et qu'il vivait très mal.

Il avait agrippé le bras de la jeune Indienne, et lui avait ordonné de se taire, doucement mais avec une hargne contenue. Il lui avait appris d'une traite qu'il avait besoin d'elle à un point qu'elle ne pouvait imaginer. Qu'il ne repartirait jamais. Qu'il resterait avec elle à Goa, qu'il continuerait à travailler pour l'arsenal, qu'ils vivraient définitivement ensemble. Qu'ils se marieraient puisqu'elle était chrétienne et qu'il irait pêcher avec ses frères. Il l'avait serrée dans ses bras.

Asha avait levé les yeux au ciel.

— Sainte Vierge ! Monsieur est en crise. Tu dis n'importe quoi. Tu te mens à toi-même pour éviter de regarder la réalité en face. Et tu crois à tes propres mensonges. Tu es chaud. C'est vrai que tu es malade.

Elle avait tort de mettre en doute ses déclarations. Aucun signe n'était venu de la quinta. Chaque soir, François sortait le rubis de son coffre dans lequel il le cachait au fond d'une babouche. Il le faisait jouer dans la lumière en le passant au petit doigt, le seul le long duquel l'anneau pouvait glisser. Au cours de ce geste rituel, il renouvelait à Zenóbia son serment de veiller sur sa nièce.

Sans en prévenir Jean, ni Asha, ni Margarida, ni personne, il avait définitivement décidé de rester à Goa.

Dans la dernière semaine d'octobre, les pluies cessèrent complètement et la saison sèche s'installa vraiment. Le 3 novembre, la caraque *Nossa Senhora da Piedade* se présenta à la barre de l'Aiguade, et *Nossa Senhora de Jesus* le lendemain. L'hôpital fit à nouveau son plein de scorbutiques et l'on vit passer dans les rues des nouveaux venus décharnés, fagotés comme en métropole, les narines écarquillées de bonheur. Sur cinq navires de la flotte de dom Manoel de Meneses, un s'était jeté à la côte non loin du cap de Bonne Espérance. On était sans nouvelles des deux derniers. En admettant qu'ils arrivent à leur tour à bon port, il était douteux désormais que ces attardés puissent appareiller cette année pour Lisbonne. Le temps pressait à présent pour caréner et charger les navires avant l'établissement des vents de retour.

Le samedi suivant, Antão leur fit porter sur les deux heures après midi par un catéchumène le message de le rejoindre aussitôt à la maison professe. Le provincial y recevait un voyageur d'exception, débarqué de la caraque *Nossa Senhora de Jesus*. Pedro Fernándes de Queirós venait de Madrid où il avait rencontré le roi. Ce pilote portugais natif d'Evora servait les Espagnols aux Terres Neuves. Il avait navigué sur la ligne mythique des galions de Manille reliant d'une traite Acapulco aux Philippines. Il était l'un des rares navigateurs à avoir approché la Terre Australe dont il disait rentrer. Jean et François, n'ayant que deux rues à traverser, s'y rendirent aussitôt à grands pas derrière leur messager. Il les fit monter à l'étage et les introduisit dans la salle d'étude donnant sur le parvis du Bom Jesus.

Le navigateur hispano-portugais devait avoir un peu plus d'une quarantaine d'années. Son vêtement noir soigné de fidalgo montrait qu'il était au-dessus des simples capitaines marchands. Il portait au cou une croix en jais suspendue à une chaîne en grains d'argent. Contrastant avec son allure noble, quelques lacunes de sa denture témoignaient d'une longue pratique du scorbut. Les mèches de ses cheveux rares et déjà grisonnants étaient en désordre sur son front, libérées d'un bonnet qu'il avait jeté sur la table à laquelle il était assis mains croisées.

Queirós conciliait sans complexe son allure de marin au long cours et l'affirmation de sa position sociale. Dans son visage émacié bruni par des années de soleil et d'embruns, le regard illuminé de ses yeux clairs était presque insoutenable au fond d'orbites que l'on pouvait imaginer creusées par des années de privations. Cet homme à l'accent catalan qui ressemblait à une sculpture de cathédrale se tenait très droit, comme si une force intérieure lui épargnait le poids d'une incommensurable charge pour le tenir debout.

Il esquissa un sourire quand Antão présenta Jean au père provincial comme un médecin et naturaliste ami du roi de France. Il se leva et vint d'un geste spontané donner l'*abraço* à François quand il apprit sa qualité de cosmographe de Dieppe.

— J'apprécie la démarche novatrice de vos hydrographes. Je sais que votre Nicolas de Nicolay a traduit en français l'*Arte de Navegar* de Pedro de Medina. Grâce à lui, ce traité de navigation fondamental a franchi les Pyrénées. Je connais aussi la réputation de l'école de Dieppe et le travail des disciples du padre Desceliers.

— Tu sais le nom de notre maître fondateur !

Une bouffée de fierté fit rosir les joues de François.

— Je suis heureux de te rencontrer, jeune homme. Tu es mon ami. Toi et moi, nous dessinons le monde, chacun de notre façon et chacun à notre place mais nous le définissons ensemble. Parce que nous, les pilotes, avons besoin de vos cartes justes. Et parce que vous les rectifiez grâce à nos journaux de bord. Nous faisons un métier bien difficile les uns et les autres, parce que nous ne savons pas vraiment corréler les terres inconnues que nous découvrons. Mais nous tentons de comprendre. Nous, le nez sur la mer, vous, en réfléchissant au calme. Peu de cartographes quittent leur cabinet pour aller voir sur place. Tu es le premier que je rencontre outre-mer.

Brusquement projeté au rang des notables de l'assemblée par l'amicale familiarité dont il était gratifié, François sentit sa gorge se nouer. Aussi épisodique fût-elle, voire accidentelle, sa conquête de Margarida l'avait fait entrer de plain-pied dans la société des hommes mûrs. Peu habitué à son nouvel état, il était bousculé aujourd'hui par des égards démesurés.

Queirós s'était tourné vers le provincial. Il le salua d'une inclinaison de la tête pour s'excuser de cet aparté et retourna s'asseoir. Le religieux présidait en bout de table sous un grand crucifix, le pilote lui faisant face.

— On rapporte partout, maître Pedro Fernándes, qu'au cours de tes voyages, tu aurais rencontré la fameuse Terre Australe dont on dit merveilles. Nous avions hâte de t'entendre sur cette révélation prodigieuse et je te sais gré d'avoir accepté de venir aussitôt malgré les fatigues de ton voyage.

Il tendit vers lui sa main ouverte, l'invitant à parler.

— Mon révérend père, depuis mon retour de la Nouvelle-Espagne, je me suis efforcé de convaincre notre roi Felipe de me confier l'implantation d'une colonie chrétienne en Terre Australe car je sais où est cette terre fabuleuse.

Il parcourut l'assistance médusée d'un regard circulaire.

— La cour feint de se réjouir de ma découverte mais elle ne me croit pas. On me prend à Madrid pour un hâbleur ou pour un illuminé. Finalement, le conseil du roi m'a suggéré d'aller voir à Goa si une nouvelle expédition ne serait pas plus facile à conduire à partir de l'Inde. J'ai lieu de penser que l'on a pris ce prétexte pour se débarrasser de moi comme d'un importun mais je suis convaincu que c'est une idée sage. Nous sommes partis du Pérou jusqu'à présent, en traversant le Pacifique vers l'ouest. Nous lancerions la nouvelle expédition par l'est à partir de l'océan Indien.

— L'alternative te semble préférable ?

— Je vous dirai pourquoi.

Le pilote fit de la main le signe de patienter. Il se pencha sur la table vers François, encore sous le choc de son geste inattendu d'affection.

— Que pense mon jeune ami cosmographe d'une approche de la Terre Australe à partir des Indes orientales comme on me l'a suggérée à Madrid ?

François se recroquevilla sur sa chaise, pétrifié par sa notoriété soudaine et par l'importance du débat. Le regard bienveillant mais attentif du père provincial achevait de le terroriser. Placé face aux fenêtres grand ouvertes, il distinguait mal le pilote, de profil à contre-jour et cette silhouette opaque le décontenançait.

— Maître Pedro Fernándes, si la terre que nous imaginons et que nous nommons la Grande Jave à Dieppe est bien celle que tu as découverte, il est probable qu'elle est en effet aisément accessible par ici. C'est d'ailleurs la raison pour laquelle j'ai entrepris ce voyage à Goa, au plus près d'elle.

Queirós hochait la tête dans une manière d'approbation en regardant intensément François qui, enhardi par le silence respectueux de l'assistance, se sentait très détendu. Il était brusquement envahi d'enthousiasme. Grâce à cette rencontre miraculeuse le cauchemar était conjuré. Il s'enquérait enfin de la Terre Australe auprès de l'homme peut-être le plus capable d'en discourir. Il garda la parole, au nom de Guillaume.

— À dire vrai, mon maître Guillaume Levasseur te demanderait même pourquoi tu as choisi naguère la difficulté de la chercher à travers l'immense océan Pacifique au lieu de l'approcher directement par le détroit de Malacca.

Le pilote se tourna vers le provincial.

— La tradition inca affirme qu'une terre immense gît à six cents lieues dans l'ouest du Pérou. Nous avions en tête à l'époque l'extension de l'empire des Rois Catholiques dans la continuité des Indes occidentales. Dans l'hémisphère que leur a accordé le traité de Tordesillas à l'ouest de la démarcation. Pardonnez-moi, mon révérend père, je suis moi-même un marin du Pacifique élevé dans la culture espagnole des découvertes.

— Servir le roi d'Espagne n'est plus une erreur pour un Portugais depuis près de trente ans, mon fils. Je vous écoute tous les deux et vous semblez fort bien vous accorder sur la route à suivre. Sur quoi fondez-vous votre assurance alors que l'existence même de cette terre jamais vue est mise en doute ?

— Mon ami français confirmera mes dires j'en suis certain. Il nous apporte l'éclairage impartial des cosmographes étrangers sur ce continent qui se dérobe aux regards.

François pensa fortement à Guillaume et s'en remit à lui pour ne rien oublier. Il expliqua que la Terre Australe avait été imaginée par les géographes grecs. Pour eux, l'équilibre de la Terre nécessitait qu'une masse continentale dans l'hémisphère sud contrebalançât le poids de l'Europe et de l'Asie. Auxquelles s'ajoutait la Libye car ils ignoraient que l'Afrique était si grande. Le monde connu avait bien changé depuis les Grecs mais les maîtres n'avaient aucun doute là-dessus. Ils avaient la certitude à Dieppe qu'une terre immense qu'ils nommaient la Grande Jave existait bien derrière les îles Moluques, dans le prolongement de Ceylan, Java mineure, Sumatra et la Nouvelle Guinée. À moins que la Nouvelle Guinée n'en soit une partie, ce qui était possible puisque personne n'en avait encore fait le tour.

— Bravo, François ! – Le pilote se leva. – La Bible nous annonce cette terre inconnue. Là a été extrait l'or des ornements du temple de Jérusalem.

Il tendit ses deux mains ouvertes vers le provincial pour le prendre à témoin de l'évidence biblique. François se souvint aussitôt de leur première rencontre avec Antão. Il ouvrait la bouche pour annoncer le pays d'Ophir quand le provincial le devança.

— Le livre des Rois affirme en effet que Salomon arma une flotte à Eilat, sur laquelle embarquèrent ses gens et des marins expérimentés. Ils allèrent au pays d'Ophir.

— Oui, mon révérend père. Et ils l'ont trouvé puisqu'ils en sont revenus chargés de plus de quatre cents talents d'or. Vingt mille livres !

— Ce qui n'implique pas qu'Ophir soit la Terre Australe, ou la Grande Jave, c'est bien comme ça que tu la nommes, toi ?

François acquiesça. Il était aux anges. Exactement le raisonnement qu'ils avaient tenu avec Antão et Jean. Il lui fit un clin d'œil de connivence. Jean lui serra la main affectueusement. Queirós poursuivait son raisonnement. On n'avait pas trouvé ces mines d'or en Arabie heureuse ni sur le littoral de la mer Rouge comme l'avaient cru d'abord les exégètes. Elles n'étaient pas non plus dans l'océan Indien que les navires portugais pratiquaient intensément sans les avoir rencontrées. Le pays d'Ophir était plus loin encore. Il était donc dans les parages de la Nouvelle-Guinée, en bordure du Pacifique. Et Goa était sur la route de la flotte partie d'Eilat.

Le provincial écoutait accoudé, la tempe appuyée sur ses doigts.

— Tu dis avoir de bonnes raisons de penser que tu es revenu de ce pays par le côté espagnol ?

— J'affirme que j'ai découvert la terre du roi Salomon là où je la cherchais. J'ai touché ce continent mystérieux pour lequel Alvaro Mendaña est mort.

Un auditoire attentif se pressait autour de la table. Les sièges étant venus à manquer, on avait apporté des bancs au fur et à mesure que les jésuites affluaient.

— Tu honores notre maison professe, Pedro Fernándes. Nos frères apprendront beaucoup de géographie grâce au récit de ton expérience édifiante mais je comprends surtout qu'ils en tireront un très grand profit spirituel. Raconte-nous ta quête de la terre du roi Salomon.

Queirós avait tourné la tête vers les fenêtres, et l'on sentait que son regard glissait sur les toits de Goa plantés de clochers et allait se perdre au-delà, sur les horizons mythiques d'où il revenait.

— Il y a une quarantaine d'années, le vice-roi du Pérou décida d'envoyer une flotte à la recherche de la terre annoncée par la culture inca. Il en confia le commandement à son neveu Alvaro Mendaña.

Le pilote parlait d'une voix sourde. Il raconta comment la flotte partie de Callao de Lima en 1567 avait traversé le grand vide de l'océan Pacifique. En quête fébrile d'eau douce, les équipages affamés étaient au bord de la mutinerie quand ils avaient touché un archipel peuplé de naturels belliqueux à la peau noire. Ils l'avaient baptisé les îles du Ponant, et ils avaient donné à la plus grande le nom de la ville natale de l'un d'entre eux : Guadalcanal. Ils s'y étaient installés et ils avaient caréné leurs navires avant de rentrer par le nord du Pacifique, là où soufflent les vents d'ouest poussant vers la Californie. Leur voyage avait duré vingt-deux mois.

— À son retour, Mendaña a vainement tenté de convaincre le vice-roi du Pérou de peupler les îles qu'il avait découvertes.

— Les îles du Ponant. C'était, disons... flou.

— Trop vague en effet, mon révérend père. C'est pour ça qu'il les rebaptisa îles Salomon. Pour les valoriser en quelque sorte. Il s'est battu pendant près de trente ans pour être autorisé à repartir y fonder une colonie.

— Et pour quelle raison le vice-roi a-t-il brusquement pris intérêt à sa découverte ?

— L'irruption de Francis Drake dans le Pacifique. Elle a rendu opportune l'implantation d'un établissement catholique espagnol aux îles Salomon. Alors, Mendaña a reçu l'ordre d'aller peupler son archipel dans les plus brefs délais.

— C'est là que tu as rencontré Mendaña ?

— J'étais son pilote.

Le provincial apprécia d'une inclinaison de la tête.

— Il avait un peu plus de cinquante ans. J'en avais tout juste trente. Nous avons appareillé de Callao le dimanche 9 avril 1595.

— 1595 ! On venait cette année-là de décider la construction de notre basilique du Bom Jesus. Ton histoire et la nôtre se rejoignent dans un passé très proche. Mais poursuis je t'en prie.

Pedro Fernándes de Queirós qui se tenait là devant eux était-il le dernier des aventuriers désintéressés et généreux attardé dans un monde devenu mercantile ? On se passa à la ronde des gobelets d'eau. Tous, se rafraîchissant, eurent à cet instant le souvenir de leurs propres souffrances lors de leur traversée vers Goa, ravivées par un récit dont ils vivaient sans peine les affres pour les avoir subies.

— Nous étions quelque sept cents marins, soldats et colons hommes et femmes. Mendaña et moi étions à bord du *San Jerónimo*, le galion amiral. La flottille rassemblait trois nefs autour de nous. Notre capitaine général était transcendé par une fièvre inspirée. Je dois l'intelligence de ma vie à son charisme, à son courage et à son abnégation. Faisant route à l'ouest un peu au-dessous de l'équateur, nous avons découvert et nommé les îles Marquises en l'honneur de l'épouse du vice-roi du Pérou, la marquise de Mendoza.

Le narrateur s'interrompit pour laisser une cloche appeler à la prière de None au-dessus de leurs têtes, reprises en canon lointain par les couvents. L'assistance se recueillit dans le souffle mystique de l'épopée lusitanienne.

Le provincial fit signe à Queirós de reprendre.

— Équipages et passagers étaient exaspérés par les restrictions de vivres et d'eau. Le huitième de septembre, un vendredi, nous étions depuis deux jours en vue d'un archipel quand nous avons rangé de très près un volcan en éruption environné de vapeurs et de fumée. On ne se voyait plus l'un l'autre dans une odeur de soufre qui nous arrachait les poumons. La nef *Santa Ysabel* a disparu au cours de la nuit sans laisser aucune trace. Nous avons baptisé Sainte Croix l'île dont le volcan semblait garder l'accès comme un dragon furieux, et nous sommes entrés dans une baie profonde. C'était la caldeira envahie par la mer d'un autre volcan effondré il y a bien longtemps. Une cinquantaine de pirogues vinrent vers nous dans un profond silence coupé seulement par des chants d'oiseaux. Les naturels avaient la peau noire. Leurs cheveux étaient teints de différentes couleurs, les uns blancs, ou rouges ou jaunes. Certains avaient la moitié du crâne tondu. Ils portaient des parures ornées de dents de requins, de nacre et de coquillages. Ils nous lancèrent une volée de flèches et nous répondîmes par quelques coups de mousquets qui en tuèrent un et les éloignèrent dans un grand envol d'oiseaux levés de toutes parts.

Queirós racontait comme une odyssée romanesque ou comme une chronique historique du siècle passé une expérience remontant à moins de quinze ans. Son témoignage écrasait l'assistance du poids de l'aventure vécue. Aucun d'entre eux n'avait jamais appris la découverte d'une île inconnue de la bouche de son inventeur. Il leur révélait brusquement que l'ambition des découvertes n'était pas éteinte, que les contours du monde restaient flous.

François pensa au bonheur qu'aurait éprouvé Guillaume Levasseur à être là dans leur petit cercle. Il reconnut à ce moment derrière plusieurs rangs de frères le profil du pilote de la caraque qu'il n'avait pas revu depuis son débarquement. Maître Fernandes était arrivé sans qu'il le vît entrer, accouru lui aussi à la maison professe où l'on rêvait encore de terres neuves. François se sentit fort et un peu vaniteux de partager avec Fernandes et Queirós une connivence d'initiés.

Le pilote décrivait les Espagnols malades, épuisés de faim et de soif, à bout de nerf, découvrant la baie verdoyante de tous leurs yeux émerveillés. La luxuriance de la nature alentour leur avait fait augurer des récoltes abondantes et des voisins sociables après leur démonstration réciproque de force.

— Avec gratitude, nous avons nommé la baie Graciosa.

Dans les fumées des encensoirs, en chantant des cantiques, ils avaient planté une grande croix dans le sol et commencé à ériger autour d'elle les habitations de la colonie nouvelle. Ils avaient choisi pour cela un terrain ombragé de palmes, admirablement situé le long du rivage entre une vasque naturelle d'un bleu limpide et un cours d'eau vivace.

— Nous ignorions que leurs frondaisons fleuries servaient de repaire à tout un peuple de moustiques.

La communauté chrétienne s'était débattue pour survivre, minée par la malaria et harcelée par les Mélanésiens. Leur refusant toute nourriture, les naturels avaient décidé de les laisser mourir de faim.

— L'ambiance était abominable depuis le départ la flotte. Doña Ysabel, la femme exécrable de notre malheureux capitaine général, contribuait à entretenir ainsi que ses frères un climat délétère à bord de notre navire.

Dans leur camp retranché, des disputes assassines entre clans alimentaient une insubordination générale, achevant de les déchirer.

— Le 17 octobre, nous avons enterré provisoirement Alvaro Mendaña. Le capitaine du navire amiral Lorenzo Baretto est mort peu après. Je suis devenu le chef d'une communauté hagarde rendue incontrôlable par les manigances de doña Ysabel et de ses frères.

Un courant d'air héroïque avait chassé de la salle la moiteur engourdie de Goa. La dimension de l'entreprise faisait renaître autour de lui la fierté des conquêtes lusitaniennes, l'élan de Dias, de Cabral et de Vasco de Gama, l'esprit de Camões.

— J'ai abandonné Sainte Croix aux forces du mal et j'ai dirigé les débris de notre expédition moribonde vers l'archipel espagnol des Philippines, ramenant la dépouille de notre capitaine général. Accablés par les fièvres et par le mal de bouche, sans réserves de vivres, nous avons continué à mourir de faim. La capture d'un rat déclenchait des bagarres au couteau. Nous sucions le cuir des garnitures des mâts et trompions nos estomacs par des bouillies de sciure de bois. Nous avons atteint Manille à bout de force. Les trois quarts de mes compagnons avaient été immergés en cours de route. Beaucoup d'autres sont morts dans les jours qui ont suivi notre arrivée au port.

Le pilote laissa l'émotion retomber, puis compléta, le front dans les mains.

— Ils sont morts d'indigestion.

Le tintement d'un gobelet de cuivre rebondissant sur le sol fut ressenti comme une incongruité tandis que le maladroit devenu écarlate se précipitait pour le ramasser, le serrant contre sa poitrine comme pour le faire taire.

— J'ai ramené le *San Jerónimo* à Acapulco le onzième de décembre 1596. Nous n'avions pas retrouvé les îles Salomon. Je ne pouvais pas rester sur cet échec. Je savais que nous brûlions et que le succès était à notre portée.

Un murmure de compassion s'éleva. Quelques mots furent échangés, rapidement éteints sous les shhh ! indignés des auditeurs.

— J'ai eu à mon tour beaucoup de mal à convaincre le roi. Je suis allé jusqu'à Rome, supplier l'ambassadeur d'Espagne d'obtenir pour moi une audience du Saint-Père. Je suis rentré à Madrid nanti de la bienveillante recommandation de Clément VIII que me fût confiée la mission de christianiser la Terre Australe.

Christianiser la Terre Australe ! Cet homme de mer laïque avait la volonté de transporter tout seul le christianisme dans ce pays mystérieux. La terre encore inconnue, d'un accès aussi difficile, gardée par des naturels belliqueux, des volcans et des miasmes mortels était sans doute la plus extraordinaire des terres de mission à évangéliser. Colomb lui-même n'avait pas été animé par une telle volonté mystique. Les jeunes prêtres en oubliaient de respirer.

— Et le roi t'a enfin entendu ?

— Je suis parti de Callao avec trois cents hommes dont six franciscains un peu avant la Noël de 1605. Le 21 décembre.

Il n'y avait même pas quatre ans !

Queirós commandait le galion *San Pedro y Paulo*. Son vice-capitaine était Vaez de Torres à bord du *San Pedrico* et ils emmenaient une caravelle d'exploration, *Los Tros Reyes Magos*. Ils avaient traversé le Pacifique faisant route au rhumb légèrement au-dessous de l'ouest, contrariés par de mauvais vents. Ils avaient découvert ou aperçu plusieurs terres de faible dimension. En mars, les naturels d'une île dont il avait pris possession en la nommant Notre Dame du Bon Secours leur avaient appris que leur tradition orale parlait d'une terre immense dans le sud-ouest. Du plus loin de leur mémoire, personne n'était jamais allé vérifier cette légende.

Le silence absolu laissait entrer le bruissement des palmes sur le parvis du Bom Jesus comme si l'on entendait frissonner les cocotiers de l'île nouvelle.

— J'ai alors eu la révélation que je devais confier la flotte au commandement de Dieu et j'ai laissé nos navires suivre les vents selon sa Providence.

Un murmure monta des religieux qui se prirent à témoin de cette fantastique aventure. Ces jeunes prêtres à peine sortis de l'adolescence se donnaient mutuellement des bourrades d'amitié dans le dos pour laisser éclater leur bonheur de l'instant. Quelle formidable journée ! On était loin des querelles entre les ordres et des procès des inquisiteurs. Rien que la terre des hommes et la volonté de Dieu.

— Le Saint-Esprit a guidé nos navires pendant deux mois. Le premier de mai, un lundi, nous avons vu monter devant nous une terre magnifique. La Terre Australe ! Je l'ai baptisée Australie du Saint-Esprit. J'en ai pris possession jusqu'au pôle Sud.

Il balaya l'air d'un geste ample qui projetait sa phrase jusqu'à l'Antarctique.

— Le dimanche 14 mai, j'ai fondé la colonie de la Nouvelle Jérusalem. Au cours d'une messe d'action de grâce, j'ai conféré à tous mes hommes l'ordre des Chevaliers du Saint-Esprit. Nous nous sommes embrassés en versant des larmes d'allégresse.

L'assemblée se leva d'un bond comme libérée de sa tension extrême, et applaudit en riant de joie. Le pilote la calma d'un aller et retour de la main.

— Nous avons très vite acquis l'horrible certitude que les naturels étaient anthropophages. Onze jours plus tard, nous étions pour la plupart empoisonnés par les poissons toxiques pêchés dans le lagon. Il était clair que ces sauvages très agressifs attendaient que nous soyons affaiblis pour fondre sur nous. J'ai donné avec douleur l'ordre d'abandonner la colonie.

Queirós s'interrompit, le regard vide.

— La tempête m'a séparé de Vaez de Torres. J'ai touché Acapulco le 23 novembre par la route des galions de Manille. J'ai pris passage quatre mois plus tard à Vera Cruz à bord d'un galion qui rejoignait la flotte de l'or à La Havane. Il ramenait des barres d'argent des mines de Zacatecas et des porcelaines de Chine arrivant de Manille. Nous avons franchi grâce à Dieu les bancs de sable du détroit de Floride et échappé aux ouragans, aux flibustiers et aux corsaires d'Élisabeth d'Angleterre.

Le sillage des flottes de l'or vint se superposer à ceux de la Carreira da India. Les Portugais traitaient de haut les voyages de quelques mois aller et retour des Espagnols mais ils appréciaient en connaisseurs leurs cargaisons de métaux précieux et les dangers rencontrés sur leurs routes.

— Voilà ! Je ne sais pas ce qu'est devenu Torres. C'est un remarquable marin. Il est sans doute rentré maintenant sain et sauf en Nouvelle-Espagne ou au Pérou.

Pedro Fernándes conclut d'une voix douce et timide, comme s'il doutait de la Providence :

— Croyez-vous, mon révérend père, que je trouverai à Goa des oreilles assez attentives pour me permettre de sauver la Nouvelle Jérusalem ?

Le provincial repoussa son fauteuil pour s'adosser plus confortablement.

— Mon fils, ton récit édifiant et ton énergie généreuse méritent indubitablement que le Royaume y prête attention. Après tout Felipe Troisième, dont tu sembles désabusé, ne saurait être entièrement fermé aux formidables perspectives que tu lui proposes sous l'inspiration du Saint-Esprit.

Il réfléchit un instant en se caressant le menton.

— L'intronisation du nouveau vice-roi est fixée au 3 décembre. Je ferai bien volontiers transmettre une demande d'audience à dom Lourenço de Tavora si tel est ton souhait.

— Je suis infiniment sensible à l'intérêt que vous portez à ma découverte, mon révérend père. Merci mes amis, distribua-t-il à la ronde.

— La route de Malacca est désormais dangereuse à cause des Hollandais, suggéra une voix derrière eux.

— Ah ? Ces hérétiques vous importunent maintenant jusqu'ici ?

Queirós s'était levé à demi et cherchait du regard au-dessus des têtes celui qui venait de parler. Son regard s'était rallumé. Le provincial qui gardait ses mains croisées sur la table confirma d'un ton neutre d'homme d'Église que la situation était alarmante. Des flottes de plus en plus nombreuses croisaient à leur aise dans le détroit. Peut-être était-il trop tard maintenant, après tant d'années perdues, pour retrouver les îles Salomon.

— Je suis de taille à forcer le passage au nom du Christ si les luthériens qui n'ont rien à faire dans ces eaux voulaient me le contester.

— Dieu entende son serviteur fougueux, Queirós ! La dimension évangélique de ton projet te vaudra sans réserve le soutien spirituel de nos congrégations. Le temporel nous échappe. Nous prierons ce soir pour le succès de ton projet et pour la Nouvelle Jérusalem.

Il ajouta en se levant :

— Nous prierons aussi pour Goa.

— *Vivat nostra Sancta Fides !*

— *Vivat !* répondit la foule en tombant à genoux.

On avait annoncé dans toutes les paroisses qu'il n'y aurait pas de prédications ce dimanche 23 novembre dans l'île de Goa mais qu'une chaire serait érigée sur le campo de l'hôpital des lépreux, ainsi que l'estrade et les bûchers d'un autodafé. On avait vivement conseillé aux fidèles d'assister massivement à la grand-messe édifiante de l'Inquisition. Jean, François et Pyrard étaient convenus de se retrouver de bonne heure au coin nord du Leilão d'où ils avaient la vue à une centaine de pas sur le Sabaio, l'ancien palais de l'Âdil Khan. L'imposante bâtisse à plan carré était dévolue au Saint-Office. On racontait que les Cárceres en occupaient deux étages entiers, divisés en quelque deux cents cachots aussi serrées que les alvéoles d'un gâteau de cire d'abeilles.

La procession de l'autodafé allait partir de là. Autour d'eux, l'assistance était de condition modeste. On voyait peu de femmes, que ces manifestations indisposaient, et quelques très rares parasols élégants. Évitant de se commettre avec le peuple, les fidalgos et leurs épouses se rendraient directement à cheval ou en palanquin à São Lázaro où il était de la plus haute importance d'être vu. Parlant à l'abri de leurs chapeaux qu'ils tenaient en écrans, les hommes agenouillés autour d'eux murmuraient de proche en proche que les fauteuils de l'archevêque et du gouverneur resteraient vides tout à l'heure sur le campo, pour marquer la désapprobation concertée des deux têtes religieuse et séculière du gouvernement bicéphale de Goa. Les deux premiers personnages de la vice-royauté refusaient d'assister une fois de plus en simples spectateurs à une manifestation d'intolérance pompeuse se substituant à leur pouvoir.

François Pyrard se caressait le menton et le haut du cou, les yeux plissés.

— On dit en effet que l'un réclame en vain que les autodafés se déroulent aux augustiniens et s'étrangle du contournement orgueilleux de son autorité épiscopale. L'autre s'inquiète des conséquences nuisibles de l'Inquisition sur le grand commerce qui repose d'abord sur la confiance des négociants. On n'attire pas les investisseurs en les jetant en prison et en confisquant leurs biens.

— Tu as sûrement raison, mon cher Pyrard, mais j'ajoute que dom André déteste les crimes commis hors des nécessités de la guerre. Il nous l'a personnellement fait comprendre.

François réagit aussitôt.

— Tout à fait. L'Inquisition ne va pas condamner seulement des hérétiques caractérisés. Et le gouverneur en sera révulsé. C'est pour cela qu'il éludera l'autodafé. Pour ne pas sembler approuver ses crimes.

Pyrard, dont la blessure dorsale générait quelques douleurs résiduelles, se releva pour s'étirer, les mains prenant appui sur ses hanches. Il haussa le ton.

— On dit aussi que l'auditeur général aux causes criminelles civiles ne supporte plus d'avoir à exécuter sans appel les sentences d'un tribunal religieux dont il ne reconnaît pas la compétence. La justice des hommes sur la Terre relève partout du droit séculier.

L'entourage s'effondra, têtes baissées sous des chapeaux anonymes. Une main derrière eux le tira par la ceinture.

— Vas-tu finir, l'étranger ? Veux-tu te faire jeter dans le cortège des condamnés, et nous avec ? À Goa, on critique à voix basse et on maudit en silence.

Pyrard s'agenouilla à nouveau en grimaçant, choisissant avec précaution sa posture.

— Pardonnez-moi, amis. Le Seigneur ne m'a pas conçu pour de longues génuflexions. Si vous ne craignez pas les flammes du bûcher rien qu'à m'entendre, écoutez cette rumeur. La Relação, le tribunal civil, prépare délibérément un esclandre ce soir. Un magistrat m'a glissé en confidence que l'auditeur général ne se lèvera pas à l'issue de l'autodafé pour aller prendre selon la coutume les ordonnances de condamnation à mort des mains du premier inquisiteur.

— Comment sais-tu tout cela, toi l'étranger ? Tu es bien trop informé pour être un honnête spectateur.

L'homme qui le tenait à la ceinture le relâcha brusquement et s'écarta de lui, se levant à moitié, dos voûté et levant les mains à hauteur du visage, bras écartés, comme pour contenir l'intrus à distance.

— Attention, vous tous ! Je renifle à plein nez un provocateur de l'Inquisition qui prêche le faux pour débusquer les mal pensants.

Pyrard éclata de rire.

— Tranquillisez-vous, mes bons amis. Je vais, je viens. J'écoute, je flaire. Je questionne. Je prends un air niais ou bien admiratif. En flagornant, j'obtiendrais de tous les prétentieux la clé de leur coffre et la garde de leur femme.

François vola au secours de Pyrard.

— Écoutez. Nous sommes des ressortissants français amis du gouverneur. Nous faisons tous les trois profession de voyageurs et je peux vous assurer que nous craignons autant que vous l'Inquisition. Plus que vous en réalité, en raison de notre situation d'étrangers. Dom André qui nous honore de sa confiance nous a lui-même mis en garde.

Jean ne releva pas l'incident. Il réfléchissait.

— Si je récapitule ce que j'ai appris depuis mon arrivée à Goa, l'archevêque déteste pareillement le gouverneur et le provincial des jésuites. Tous deux le lui rendent à parts égales.

Tous les trois ensemble, ils sont d'accord pour dénoncer l'arrogance du premier inquisiteur, qui est lui-même, viens-tu de nous dire, en guerre ouverte contre l'auditeur général de justice.

— C'est à peu près cela, Jean. Le Saint-Office est universellement haï. Pour le reste, chacun, jaloux de ses prérogatives, s'efforce de fouiner dans ce qui ne le regarde pas.

On se dénonçait l'un l'autre au roi, à l'archevêque ou au Conseil suprême de l'Inquisition de Lisbonne. Les titulaires de charges subalternes se dénigraient entre eux et occupaient le plus clair de leur activité à saper le crédit de leurs confrères pour se mettre en valeur.

— Tous se retiennent par le col et se piétineraient au besoin pour gagner quelque préséance.

— Dans ces conditions, résuma Jean, le remplacement de Mendonça est une décision désastreuse. Je doute que Tavora ait le centième des vertus guerrières et morales de celui à qui il va succéder.

— Plus exactement qu'il tarde à remplacer sous le prétexte de ses fatigues. Au lieu de se jeter au palais pour assumer sa charge de vice-roi au plus vite puisque le temps presse.

— Assiégée au dehors et minée de l'intérieur, Goa court tranquillement à sa perte. C'est ça ?

— Et le peuple attend avec gourmandise d'applaudir le théâtre d'ombres au cours duquel on intronisera un simulacre d'autorité royale.

— Les fidalgos vont reprendre leur danse du ventre autour du nouveau maître.

— Qui songe encore ici à servir le Portugal ?

— Mendonça.

— Oui. Mais le siège austère de Mendonça, l'un des rares grands bâtisseurs de l'Inde, sera bientôt enlevé de la salle des audiences. On y rénove les ors du trône d'un nouveau courtisan incapable. Les fidalgos exultent. À peine éloignée, l'ère de la prévarication et des intrigues va revenir.

Un roulement de tambour annonça que le cortège s'ébranlait. La solennité funèbre de son rythme quaternaire lent – Rrrannn, Rrrannn, Rrrannn, Ra-ra-rrannn – annonçait l'issue tragique de cette procession tout à fait différente des cortèges consacrés d'habitude à louer Dieu. Celui-là révélait des turpitudes démoniaques et mettait en garde contre leurs tentations. Le bourdon de Sào Francisco de Assis se mit alors en branle. Il annonçait les événements exceptionnels et ses vibrations profondes semblaient provenir du sol comme un tremblement de terre. Les plus fieffés mécréants se mirent à craindre la justice de Dieu.

L'armée des dominicains ouvrait la marche. Mains dans leurs larges manches, les moines blancs barrés de leurs scapulaires noirs avançaient en rangs compacts, affichant la tranquille assurance collective des humbles défenseurs de la foi contre l'hérésie galopante. Sous leurs coules, leurs yeux brillaient de leur privilège de serviteurs de l'Inquisition. Leur cohorte était plantée au centre d'une immense bannière brodée d'une croix nue d'un dépouillement ostentatoire.

Pyrard se pencha vers Jean, parlant à toucher son oreille :

— Vois-tu ces fous de Dieu ? Infatués de leur pouvoir d'affoler les esprits et de torturer les corps d'hommes et de femmes au nom de la Sainte Église. Absous d'avance de leurs crimes, regarde ces sodomites vicieux jouir de leur impunité laïque et religieuse. Dieu peut-il permettre autant d'immoralité en son nom ? Jésus serait-il mort sur la croix pour annoncer l'Inquisition ?

Il était hors de lui. Jean haussa les épaules en signe d'impuissance.

— Verrons-nous les inquisiteurs ?

— Non. Les hiérarchies politique et religieuse ont été d'accord pour leur refuser le privilège de se faire porter en palanquin comme l'archevêque. Les mules leur semblent tout juste dignes du bas clergé et ils sont des cavaliers ridicules. Quant à piétiner en tête des moines, c'est tout simplement impensable. Je ne sais pas comment ils se déplacent, mais ils s'arrangent pour ne pas être vus. En tout cas, ils rejoindront directement la tribune de l'autodafé.

Une croix levée annonçait le clergé derrière les rangs du Saint-Office qui remontaient maintenant la Rua Direita, promenant sur le revers de leur bannière le portrait de São Pedro Mártir tenant une épée et un rameau d'olivier sous l'inscription *Misericordia et Justicia*.

Vingt rangées d'enfants de chœur en aubes de dentelle défilèrent devant eux, portés par le socle rouge de leurs robes affleurant le sol comme s'ils étaient montés sur un char de carnaval. Tenant des cierges et les navettes à encens, ils chantonnaient un cantique. Ils précédaient dix prêtres en chasubles brodées d'or à refus, balançant en cadence des encensoirs. Les effluves montant vers le ciel semblaient aspirer derrière eux les condamnés bien alignés.

Les premiers pécheurs véniels passèrent tête courbée et pieds nus, dans un ample vêtement noir rayé de bandes blanches tombant jusqu'à leurs chevilles. Leur chandelle allumée confirmait leur sauvetage, leur appartenance à la communauté chrétienne. Chacun était flanqué sur sa gauche d'un homme à l'air très grave. Les murmures de leurs voisins réconciliés leur expliquèrent que ces parrains appartenaient à la clientèle des inquisiteurs. Elle était constituée de chrétiens anciens et irréprochables, reconnus pour leur piété et leur générosité financière. Ces familiers du Saint-Office collaboraient bénévolement à l'exercice de la justice inquisitoriale. On ne les aimait pas beaucoup mais leur exemption d'impôts et de droits leur valait une certaine considération. Quelques jours avant la cérémonie, ces dévots distingués avaient reçu un bâton d'un envoyé du Saint-Office. Ils tenaient avec componction cet insigne de leur fonction solennelle au cours de l'autodafé.

Les fautes s'alourdissaient tout au long du cortège. Après le carré des nouveaux chrétiens ramenés sur le bon chemin, les pécheurs pardonnés, arriva la forêt ambulante des condamnés coiffés de la carocha, le chapeau pointu analogue en plus court à celui qui dressait vers le ciel les cagoules des pénitents de la Semaine Sainte à Séville. L'escouade de la honte portait le san-benito, l'habı de pénitence, une courte chasuble en toile jaune peinte devan et derrière d'une croix rouge de Saint André.

À l'avant-garde marchaient ceux qui, méritant la mort, avaient négocié leur pardon in extremıs par la franchise de leur confession, la douleur de leur repentir la profondeur de leurs remords. Ils n'avaient pas imploré en vain l'ındulgence de l'Église puisque leurs peines avaient été commuées en coups de fouet, en prison ou en travaux forcés. Les plus coupables iraient aux galères. Chaque jour de leur vie, tous rendraient grâce au ciel et aux inquisiteurs de leur réhabilitation, comptant pour peu, au regard de cette mansuétude, l'obligation de porter leur habit de honte leur vie durant. Encore leur survivrait-il, suspendu sous la nef de São Domingos jusqu'à ce qu'il tombe en poussière d'infamie. François se retourna à demi vers leur informateur inquiet.

— Pourquoi ces flammes peintes à l'envers au lieu de la croix ?

— Ces trois hommes méritaient le bûcher quand ils ont obtenu leur pardon. Tais-toi, de grâce ! Voilà maintenant les condamnés à mort. Nous sommes partout sous le regard des inquisiteurs. Tais-toi te dis-je, ou je t'étrangle !

Les chasubles de pénitence des victimes qui marchaient devant eux étaient grises et zébrées des flammes de l'enfer. Leurs effigies approximatives étaient peintes au milieu avec leur nom, leur ville de naissance ou pays d'origine et la liste de leurs péchés. Tout cela serait récapitulé longuement tout à l'heure car nul ne devait ignorer pourquoi ils seraient ce soir remis au bras séculier pour exécuter les sentences. Des démons ajoutés au décor désignaient aux chrétiens les sommets de l'hérésie.

Ceux qui marchaient vers le bûcher de leur exécution étaient précédés chacun par un crucifix qui leur tournait le dos puisqu'ils étaient rejetés par l'Église. Les yeux fous, ces damnés en devenir agrippaient leur cierge comme s'ils espéraient du ciel un miraculeux signe de grâce. Ils interpellaient absurdement Dieu, n'ayant pas compris qu'il avait imprudemment confié à son Église le soin d'interpréter son infinie bonté. À leur côté un confesseur se tiendrait prêt, le moment venu, à les préparer à la mort quand ils seraient hissés sur le bûcher pour y être étranglés charitablement avant d'être incinérés post-mortem. Les plus obstinés des renégats, saisis au corps et au cou par des chaînes, seraient brûlés vifs. Leurs cendres seraient jetées au fleuve pour se dissoudre dans la mer jusqu'à n'être plus identifiables le jour du jugement dernier.

Le tambour roulait très loin maintenant, comme un orage s'éloignant. Il était bien passé une centaine de condamnés. Après un court intervalle se présentèrent une vingtaine de pécheresses, rangées elles aussi par gravité croissante des fautes. La troupe mal ordonnée de ces femmes hagardes était pitoyable. Contrairement aux hommes qui faisaient des efforts inutiles pour bien se comporter, elles marchaient maladroitement, comme elles pouvaient, affolées des regards de la foule. Autour des trois Français, la tension était devenue sensible, même si la plupart des spectateurs agenouillés restaient étrangement impassibles, comme tétanisés par l'étalage implacable et si proche de la justice du Saint-Office.

La dernière des condamnées peinait sous le poids des chaînes de son immolation. Un brouhaha naquit sur leur gauche autour d'un homme à peine plus âgé qu'eux. On le retenait aux basques et aux épaules et une main impérieuse s'était plaquée sur sa bouche. Il sanglotait, la figure dans ses mains qu'il avait dégagées avec violence des entraves dont on l'accablait. La nouvelle se répandit que c'était sa femme qui passait devant eux. Elle allait être brûlée vive, convaincue de pratiques sabbatiques. L'homme demandait frénétiquement à la ronde ce que signifiait « sabbatique ». Une voix lui répondit que c'était l'un des plus terribles mots juifs. Il ne comprenait pas ce mot ni pourquoi on était venu arrêter sa femme puisqu'elle n'était pas juive. Ses voisins se taisaient. Moins par peur que parce qu'ils avaient honte de ne pas savoir eux non plus de quoi il s'agissait, sinon que c'était infiniment grave. Beaucoup se signaient frénétiquement en marmonnant des prières silencieuses.

Le groupe de femmes s'éloigna et un flottement agita l'assistance qui demandait à la ronde si la procession était terminée. On vit alors arriver trois charretons traînés par des mules couvertes de caparaçons peints de flammes à la manière du san-benito.

— Quoi encore ?

— Il faut aussi punir les livres hérétiques et jeter l'opprobre sur les condamnés assez insolents pour être morts avant l'exécution de la sentence voire avant leur arrestation. Leurs restes sont rassemblés dans des caisses pour être brûlés selon la règle.

— Ils sont fous à lier !

La dépouille de Garcia da Orta, botaniste de génie, philosophe, humaniste fervent, ami de Luis de Camões avait fini comme cela, jetée dans une charrette d'infamie. Médecin personnel et familier de Martim Afonso da Sousa, capitaine-major des mers de l'Inde puis gouverneur des Indes, le botaniste avait été accusé d'être retourné au judaïsme après sa conversion. Son corps avait été exhumé douze ans après sa mort et brûlé au cours d'un autodafé.

La foule se relevait en s'époussetant les genoux pour suivre de loin le cortège. Ils se mêlèrent un temps au courant pour ne pas se faire remarquer et s'en échappèrent à la Miséricorde. Tout Goa ou presque allait se masser sur le campo de São Lázaro. L'autodafé s'y tiendrait jusqu'au soir, avec sermon menaçant et l'interminable lecture édifiante des pièces de tous les procès. On allumerait à la nuit les bûchers des exécutions. La journée finirait en majesté dans une odeur de cochon grillé, dans le crépitement des étincelles portant vers le ciel l'hommage du Saint-Office.

Le lendemain matin, Talika vint avertir François que la senhora da Fonseca Serrão l'attendrait vers les deux heures.

Au milieu du jour, la route des hortas n'était plus qu'un chemin poussiéreux écrasé de soleil. Il rattrapait le peuple interminable des canarins. Les paysans hindous rentraient chez eux chargés d'empilements de paniers vides après les marchés du matin. Cette foule aux pieds nus allait sans bruit et les chiens faisaient la sieste. La nature s'était tue. Le paysage vibrait sous la chaleur et dans ce grand silence on entendait bourdonner la lumière et vrombir des insectes passant en petits traits sonores.

François pensa reconnaître le chemin empierré mais il se heurta à une terrasse inhospitalière de latérite rouge qui le toisait du haut d'une rambarde à balustres. Le chemin la longeait sur la droite. Il le laissa aller et revint sur ses pas. La quinta était un peu plus loin. Le grand portail semblait plus imposant encore au soleil mais les ombres bleues des palmes qui le zébraient en adoucissaient la rigueur architecturale. La maison semblait endormie à l'ombre de son toit de tuiles brunes qu'il n'avait pas remarqué dans la nuit.

À son tintement agacé, il comprit qu'il dérangeait la cloche. Il fut gêné un instant de troubler la tranquillité de la maison mais il était attendu puisque la servante de la matinée apparut aussitôt en haut des marches. Elle les dévala, accourant vers lui à petits pas serrés dans sa jupe longue pour lui ouvrir le portail. Une natte épaisse en fibre tressée était étendue en haut des marches, devant la porte. Elle était gorgée d'eau et il s'en dégageait une odeur fraîche et poivrée. Il hésitait entre l'enjamber ou poser le pied dessus, imaginant un usage sur lequel il interrogea l'Indienne.

— Vétiver. Il faut l'arroser tout le temps. Cela fait du bon air dans la maison.

Les pièces de réception étaient plongées dans la pénombre derrière le triple obstacle des larges auvents, de panneaux de carepas soigneusement clos et de volets intérieurs à peine entrouverts. L'Indienne lui fit signe d'attendre et disparut dans la véranda. Il l'entendit l'annoncer.

— Le fidalgo français est arrivé, senhora.

— Merci, Talika. Fais-le entrer. Apporte-nous de l'eau fraîche.

La servante revint dans son champ de vision et l'appela d'un geste. Il entra et s'immobilisa, silencieux, laissant à Margarida la responsabilité de diriger leur rencontre comme elle l'entendrait. La senhora était en tenue d'intérieur de soie grège. Elle avait noué un châle indien autour de ses épaules, comme celui qu'elle portait quand ils se rencontraient sur leurs balcons. Il lui sut gré de sa pudeur. Elle vint vers lui avec naturel et lui prit les deux mains en souriant comme s'ils étaient seulement de vieux amis.

— Bonjour, François. Je suis si heureuse de vous revoir. Venez là vous asseoir. Nous allons rester ici voulez-vous ? Il y fait frais et clair. Dehors, on meurt de chaud et la quinta est plongée dans le noir. Les salons sont faits pour les fêtes nocturnes. Le jour, ce sont des pièces horriblement ennuyeuses.

Il la laissait dire et faire, incapable d'aligner deux idées cohérentes, écartelé entre le bon ton d'une visite mondaine et le souvenir fulgurant de leur nuit sous la lune, sous la protection de Parizataco. Il se posa du bout des fesses sur le bord dur d'un des trois fauteuils en ébène que des coussins rendaient habitables. Ils faisaient cercle autour de la méridienne pour inviter à la conversation.

La senhora semblait tellement naturelle qu'il se demanda un instant si lui-même n'avait pas rêvé cette nuit irréelle. La domestique déposa un plateau sur une table basse en laque noire. Deux gobelets d'argent et des confituriers de cristal entouraient l'aiguière au long bec de porcelaine qu'il reconnut. Margarida la remercia silencieusement en esquissant le namaskar. Il restait attentif, mal à l'aise, n'osant pas la dévisager, tant par timidité que par crainte d'une émotion soudaine qu'il ne contrôlerait pas.

— Vous en faites une tête ! On vous croirait en visite chez une vieille tante à moustache. Vous m'avez dit que vous aviez une surprise pour moi et que vous viendriez me la remettre quand je vous ferais signe. Je suis curieuse de découvrir ce que vous m'apportez.

François prit le temps de la faire un peu languir. Il s'en étonna lui-même et pensa qu'il était vraiment transformé.

— Tendez votre main droite et fermez les yeux.

— Je les ferme.

François sortit la bague de la poche de sa veste et posa ses lèvres sur la pierre. Prenant la main de Margarida, il déposa le bijou au creux de sa paume, referma doucement ses doigts sur lui et les effleura d'un baiser.

— Comptez jusqu'à dix et vous aurez le droit d'ouvrir les yeux.

— ... neuf, dix.

La jeune femme laissa échapper un cri et resta interdite, les yeux fixés sur le rubis reposant au creux de sa main, comme hypnotisée. Elle était pâle.

— Comment cette bague est-elle parvenue jusqu'ici ? Elle a été volée à ma tante à bord de la caraque. Vous ignoriez même son existence puisque vous ne l'avez jamais vue à son doigt.

Il lui raconta les circonstances de sa découverte dans leur chambre abandonnée de *Nossa Senhora do Monte do Carmo*. Elle le regardait fixement, à son tour silencieuse, les yeux humides.

— C'est une vraie surprise. Non ?

— C'est un miracle, François. Zenóbia savait ce qu'elle faisait en me confiant à vous. Ce hasard confirme clairement la justesse de son choix.

Elle haussa les épaules.

— Malheureusement ou heureusement, je ne sais pas encore, vous allez bientôt repartir. Le destin qui vous a placé sur ma route vous en écarte aussitôt.

Il éluda, déviant la conversation.

— Je ne connais pas grand-chose aux pierres. Celle-ci est superbe. Du moins, je le suppose. Je n'en ai jamais vu d'aussi énorme. À vrai dire, je n'ai jamais vu de pierres précieuses des Indes ni du nouveau monde espagnol. Je suppose que votre tante accordait à ce bijou une valeur de souvenir.

Elle avait passé la bague à son annulaire et, s'étant rapprochée de la terrasse, elle la faisait briller dans le soleil. L'éclat rouge s'était rallumé.

— François, ce rubis en cabochon est entré dans notre famille dans des circonstances exceptionnelles. Son histoire est à peine croyable. Avez-vous entendu parler du cap Bojador ? Oui, je présume, puisque vous connaissez les cartes nautiques.

— Bien sûr. C'est le cap africain qui donnait accès à la mer des Ténèbres à la hauteur des îles Canaries.

— Vous êtes fatigant, François. On s'épuiserait à tenter de vous prendre en défaut. Le nom du héros qui a osé le franchir le premier ?

— Dites.

— Gil Eanes de Vilalobos.

— Je ne connais pas.

— Ah ! Il n'est pas entré dans la grande histoire comme Cabral ou Vasco da Gama. C'est pourtant le premier navigateur courageux de la longue chaîne de nos découvreurs. C'est lui qui, après quinze expéditions infructueuses, a osé franchir le premier le cap de la Peur. Tous les fidalgos avant lui avaient reculé. C'était en 1434. Au mois d'août. João

Premier venait de mourir et l'infant aîné dom Duarte d'être proclamé roi.

— Vous semblez savoir très précisément l'histoire des découvertes lusitaniennes. C'est plutôt surprenant pour une femme.

Margarida accentua par jeu une moue hautaine.

— Nous ne sommes pas toutes incultes, monsieur l'érudit, bien que nos pères et nos époux fassent tout pour cela.

Ils prirent juste le temps d'un rire et elle poursuivit aussitôt, avec attention :

— En réalité, là n'est pas l'explication de ma science. Ma famille lit et relit la *Chronique de Guinée* de Gomes de Azurara qui en rapporte les débuts.

— Je ne connais pas ce chroniqueur. Luis de Camões, votre grand narrateur, n'est pas très explicite il est vrai sur les débuts de votre épopée.

— Vous avez lu *Os Lusiadas* ? Jusqu'au bout ?

— Non, mais je les ai écoutées presque de bout en bout. Vous souvenez-vous de Sebastião de Carvalho ? Il ne fréquentait pas le château arrière de la *Monte do Carmo* c'est vrai. Ce rêveur philosophe déclamait les *Lusiades* tous les soirs et à chaque occasion. Sebastião était notre voisin sur le tillac. C'est pour ça que je connais Camões.

— C'est sans doute un immense poète mais je confesse que son livre m'est tombé des mains avant le troisième chant. Je ne suis pas assez cultivée sans doute ni instruite dans les humanités pour interpréter son symbolisme homérique. En tout cas, il est exact qu'il a omis de chanter les louanges d'Eanes. Heureusement, Azurara était plus attentif. Lui, il a rapporté les faits bruts de notre conquête, sans en omettre aucun.

— Il y a donc une relation entre votre tante, cette bague et votre Eanes de Vilalobos. C'est ça ?

— Gil était le trisaïeul de ma grand-mère, Maria Leonor Carrelhas de Vilalobos.

— Vous voulez dire que cette bague que j'ai tenue dans mes mains aurait appartenu au vainqueur du cap Bojador ? À l'écuyer d'Henri le Navigateur ! Ce serait fantastique.

Il s'était levé d'un bond.

— N'ayez pas de vapeurs, François. Pas encore. Ce n'est pas tout.

Margarida l'entraîna par le bras vers la terrasse. Ils s'accoudèrent à la balustrade, regardant le lagon. Il reconnut au loin sur la gauche le contour sombre de l'arbre de nuit. Il somnolait lui aussi comme tout le règne animal, attendant un nouveau crépuscule pour se remettre en fête.

— Cela s'est passé à Sagres, une bourgade où l'infant habitait encore une maison modeste en attendant de se faire construire une vraie demeure.

Elle lui raconta comment Gil avait décrit à dom Henrique les péripéties du voyage. Le franchissement du cap, en se tenant très au large par prudence. Il ne s'était rien passé. Aucun courant ne les avait entraînés vers le chaudron de l'équateur. Ils ne s'étaient pas perdus non plus dans l'entrelacs des bancs de sable qui devaient les emprisonner comme un labyrinthe. Il avait débarqué en canot sur la terre inconnue où il n'avait trouvé aucun habitant ni signe de vie. La plage n'était pas vraiment différente de toutes celles qui s'étendaient de l'Algarve à la Terre des Maures.

— La mer des Ténèbres venait de s'éclairer.

— Gil avait eu soin de recueillir des preuves de son exploit. Monseigneur, a-t-il dit, je vous ai rapporté quelque chose de ce pays où j'ai posé le pied. Il lui a offert une poignée de roses de Santa Maria. Vous les appelez en France des roses de Jéricho. Des petites boules ligneuses au ras du sol. L'infant a été bouleversé par ce présent. Il a entraîné l'écuyer dans son petit oratoire. Azurara n'a pas décrit la suite parce qu'il n'y a eu aucun témoin de la scène mais nous, nous la savons. Ils se sont agenouillés tous les deux. Dom Henrique a longuement prié et remercié le Christ.

Il l'interrompit en posant sa main sur son bras.

— Margarida. Vous souvenez-vous de l'instant où nous étions ainsi accoudés comme maintenant, côte à côte, sur le plat-bord de la caraque ? Vous entriez dans ma vie.

Pardonnez-moi de vous avoir interrompue. J'ai eu un instant l'impression d'avoir remonté le temps.

Elle poursuivait le cours de son récit comme si elle n'avait rien entendu.

— Puis l'infant a dit à Gil qu'il avait décidé de consacrer sa personne, son intelligence et son âme à la conquête de la route maritime jusqu'aux Indes et au royaume du Padre João. Que la nouvelle qu'il lui apportait faisait de ce jour le plus glorieux de sa vie. Que la conquête allait nécessiter encore beaucoup d'années d'efforts très durs. Peut-être plusieurs générations d'hommes. Puisque lui-même mourrait certainement avant de voir son aboutissement, sa contribution à cette immense entreprise était achevée, maintenant que la mer universelle était ouverte.

Margarida admirait le rubis, doigts écartés à bout de bras.

— Dans un geste spontané, il a retiré cette bague qu'il portait à l'auriculaire gauche et l'a glissée au doigt de Gil.

— L'infant ! Cet anneau a été porté par Henri le Navigateur ! Je l'ai mis à ma main. C'était presque un sacrilège. Non ?

— Mon Dieu, François, il est passé en près de deux siècles à bien des doigts moins dignes que le vôtre de le porter. En plus de ce présent personnel, l'infant a richement doté mon aïeul.

— Quelle histoire !

— Je ne vous ai pas encore tout dit.

Déjà abasourdi, François la laissa continuer.

— Dom Henrique avait reçu ce rubis le jour où son père João Premier l'avait nommé gouverneur de l'ordre des Chevaliers du Christ.

— Je sais ça. C'est depuis ce temps que vos navires portent la croix de l'ordre peinte sur leurs voiles.

— Les croix ouvertes et rouges comme des blessures. Ne me dites pas que vous connaissez aussi les origines de l'ordre ?

— Je vous écoute. Tout cela est si extraordinaire.

— Longtemps avant ces événements, le pape avait autorisé Dinis Premier à fonder cet ordre de chevalerie. Juste dix ans après le martyre des Templiers. Le roi voulait assumer l'expiation de ce crime et continuer leur œuvre. C'était en 1319. Ne me faites pas compliment de ma mémoire, cette date est un jalon de ma famille depuis que Gil a reçu ce présent.

Elle laissa peser un silence pathétique. S'adossant à la balustrade, elle se tourna vers lui.

— La suite est un secret. Les membres de ma famille ne le connaissent pas. Ils ne l'imaginent même pas.

Elle tendit sa main dans le soleil, pour ranimer l'éclat de feu.

— J'ai du mal à vous suivre. Comment savez-vous qu'un secret serait attaché à cette pierre puisque vos proches l'ignorent ?

— Parce que j'en suis l'unique dépositaire.

Il fixait la pierre, médusé.

— L'ordre des Chevaliers du Christ a hérité les terres et les biens confisqués au Temple. Parmi eux, le couvent du Christ à Tomar en Estrémadure, qui abritait leur trésor, est devenu le chef d'ordre des Chevaliers. Ici commence mon secret.

— J'ai déjà entendu de quoi rêver longtemps. Votre secret vous appartient.

— Mais je vais vous le révéler, François. La pierre que vous avez retrouvée était sertie sur la poignée de l'épée du dernier grand maître des Templiers. Elle a été subtilisée par un fidèle avant que sa lame fût brisée sur l'ordre de votre Philippe le Bel à l'instant où l'on brûlait vif Jacques de Molay.

François frissonnait nerveusement. La pierre luisait à nouveau au bout du bras tendu de Margarida.

— Le feu qui consuma un innocent irradie à travers elle.

— C'est la raison de cet éclat insolite !

— Dom Henrique, qui l'avait fait monter en bague, a révélé le secret de son origine en l'offrant à son écuyer. À la mort de Gil, elle s'est transmise chez nous par les fils aînés jusqu'à ma grand-mère qui était fille unique. À partir de ce moment, elle est curieusement passée du côté des femmes. Zenóbia l'a reçue parce que mon père est mort jeune. Le destin m'en confie maintenant la garde, étant sa seule héritière. Grâce à vous puisqu'elle a bien failli être à jamais perdue.

— C'est un trésor inestimable.

— Elle fait honneur à ma famille en rappelant l'exploit de Gil Eanes mais le nom de son premier possesseur reste un secret, transmis seulement de bouche à oreille à son nouveau détenteur. C'était la volonté de dom Henrique et elle a toujours été respectée. Imaginez-vous l'énergie accumulée dans cette gemme ? L'héritage de Jacques de Molay. La matérialisation de la puissance spirituelle et matérielle des Templiers serait une arme terrible entre les mains d'aventuriers sans scrupules de la politique ou de la foi. Elle sera un jour peut-être le ferment d'une autre croisade. C'est probablement pour cela que l'infant l'a confiée à Gil, le seul homme de sa cour au cœur assez pur pour braver les ténèbres pour Dieu et pour son roi.

— Que suis-je venu faire dans cette histoire ?

— Zenóbia m'a révélé le secret avant de mourir, pensant que la bague était perdue. Vous avez vous aussi mérité le droit d'être initié puisque vous l'avez retrouvée. Aujourd'hui, seuls vous et moi au monde savons que le Temple rayonne ici, à Goa.

Elle se redressa et vint se placer devant lui, mains jointes, les doigts croisés au niveau de sa poitrine.

— François. Vous m'avez dit un jour que votre ami Jean serait le médecin personnel de dom André. Vous allez donc repartir dans son entourage à bord du navire amiral de la flotte de Lisbonne. Ce bijou n'est plus seulement un héritage de ma famille. C'est un souvenir de vous qui me l'avez rendu. Un cadeau de départ en quelque sorte. Nos destins vont se séparer. Chaque soir, en le portant à mes lèvres, je penserai au bonheur que j'ai eu de vous rencontrer sur ma route.

François qui attendait l'instant propice se carra solidement sur ses deux jambes et croisa ses mains dans son dos.

— Je ne pars pas, Margarida. J'ai décidé de rester à Goa.

Elle se recula vivement.

— Vous êtes fou !

Son ton était cinglant. Son visage était contrarié, voire en colère.

— À quoi cela servirait-il ? J'espère que vous ne prenez pas une décision aussi déraisonnable à cause de moi. Vous savez bien que nous revoir ne servirait à rien qu'à nous meurtrir un peu plus.

— Soyez tranquille. Jean m'a déjà abondamment mis en garde contre l'absurdité de mes rêves. Depuis longtemps. Depuis le premier jour où je vous ai vue passer devant moi. Vous ne me verrez plus mais je resterai proche puisque tel était le vœu de votre tante. Ce secret me donne des droits sur vous et un devoir. J'ai choisi de rester, que vous le vouliez ou non.

Elle marcha vers la véranda.

— Venez. Rentrons.

Elle s'assit sur le pied de la méridienne, lui désigna un siège et s'empara d'un coussin de satin beige brodé d'un palmier ton sur ton, l'un des motifs à la mode de l'ameublement indo-portugais. Elle l'étreignit des deux mains, contre son buste.

— Quittez Goa et retournez en France. Éloignez-vous de moi, par pitié. Le plus tôt sera le mieux. Si je conservais le recours de vous appeler d'un instant à l'autre, pourrais-je vivre sereinement, dignement, en vous sachant si proche ?

— Il le faudra, senhorinha. Vous avez fait vœu de ne pas me revoir et cette vertu vous honore si elle me tue. Que je sois ici ou ailleurs, quelle est la différence ? Nos vies se sont confondues accidentellement. Comme deux sillons maladroits troublent l'harmonie d'un labour sur une longueur de quelques pas. Cet accident est derrière nous. À l'aune des licences de la société goanaise, j'admire votre détermination, je la comprends et je l'assume.

Il se leva.

— Ce n'est pas pour vous que j'ai décidé de rester. Non. Je suis très lucide. J'attendrai pour quitter Goa que revienne ma nostalgie de Dieppe. Je n'ai pas encore envie de rentrer. Je me sens bien ici. Plus exactement, je m'y sens moins mal que je serais là-bas, en Normandie. Je ne vous importunerai pas. Vous pourrez même vous persuader que je suis rentré en France. Ou mort. Voilà. Vous n'aurez aucune peine à m'oublier.

Elle restait silencieuse, pétrissant le coussin. Il caressa sa joue de l'index.

— Je vous quitte, petite senhora. Je ne vous dis pas adieu ni au revoir. Je pars. Le verbe partir peut simplement constater un mouvement ou se charger de désespoir. L'avenir ne nous appartient pas. Il choisira.

Il fit quelques pas vers la porte.

— François !

Il se retourna. Elle leva vers lui le dos de sa main pour bien montrer la bague.

— Je ne vous ai pas remercié.

Le mercredi 3 décembre, jour anniversaire de sa mort, le corps imputréfié de Francisco Xavier fut exposé dans le chœur au Bom Jesus. À peine le bedeau eut-il dégagé la clenche du loquet de son mentonnet, qu'un torrent humain amassé avant l'aube força les grandes portes et emplit d'un coup la basilique. La cohue dura jusqu'à la nuit, rompit une cinquantaine de côtes et fit deux morts par étouffement. Goa ne savait plus où donner de la tête ce jour-là puisque, peu après le passage du soleil au méridien, dom Rui Lourenço de Tavora fut intronisé trente-huitième vice-roi des Indes. Dom André Furtado de Mendonça s'était retiré depuis la veille aux Reis Magos. Il allait y attendre l'appareillage pour Lisbonne de la caraque *Nossa Senhora da Penha de França* prévu dans les tout premiers jours de la nouvelle année.

Le lendemain, à la nuit tombée, Jean et François furent arrêtés, conduits aux Cárceres et jetés dans une cellule du premier étage du Sabaio. À la lueur de la lanterne sourde de leur geôlier, ils lurent le numéro 43 peint au goudron au-dessus du chambranle. La porte épaisse percée d'un judas se referma sur eux, et une contre-porte pleine les plongea dans le noir. Un noir du premier jour, avant que Dieu ne dise

« Lumière ! » et qu'il sépare le jour et la nuit. François constata en palpant les murs qu'une lucarne qui devait normalement donner du jour à la pièce avait été obstruée par une maçonnerie grossière. Les inquisiteurs avaient probablement obscurci artificiellement quelques cellules de mise en condition, afin d'accroître la malléabilité de certains de leurs prisonniers. On les laissa seuls dans leur geôle. Cela souleva une controverse entre eux. François considérait cette intimité comme une faveur. Jean défendait l'hypothèse contraire d'une volonté d'entretenir leur inquiétude.

Le vendredi 5 décembre, Margarida eut la certitude qu'elle attendait un enfant. Le dimanche suivant, un officier vint l'avertir que la galère de dom Alvaro da Fonseca Serrão se présentait à la barre de Panjim. Affolée à l'idée de voir dom Alvaro envahir la quinta, effaroucher ses souvenirs et les faire s'envoler, elle décida de courir à la rencontre de son mari afin de le recevoir dans leur hôtel du Campo do Paço. La senhora fit préparer sa litière pour rentrer aussitôt à Goa avec Talika et le cuisinier, laissant au régisseur et à Marianinha le soin de rapatrier ses bagages.

Leur nuit d'*in-pace* était scandée par l'arrivée périodique d'un halo de lanterne sourde annonçant la délivrance d'une louche de riz et d'un trait d'eau versés dans des écuelles de terre cuite. En appréciant leurs ébréchures graisseuses du doigt, Jean avait suggéré que ces bols conservaient vraisemblablement en mémoire quarante ans de salives diverses depuis l'instauration du Saint-Office à Goa. Le noir absolu gommait la durée réelle de leurs journées indistinctes. En estimant leur nourriture à deux repas par jour, ils avaient calculé mentalement le nombre de léchages avant eux, pour s'occuper l'esprit. En s'y reprenant à plusieurs fois ils étaient arrivés à un total de vingt-neuf mille deux cents traces infinitésimales superposées.

Leur geôle était grande de sept pas sur huit, comptés sur un plancher qui sonnait dur sous le talon, à travers une odeur épaisse de latrines — ammoniac acide et merde plutôt douce — qui les avait suffoqués lors de leur incarcération. Endurcis aux odeurs fortes à l'école des caraques de la Carreira, ils s'y étaient habitués au point d'être maintenant presque incommodés par l'odeur exotique entretenue dans tout le bâtiment par la combustion continue de baguettes de santal. Ayant construit leur prison répugnante dans la cour intérieure de leur palais carcéral, les inquisiteurs consumaient plus d'encens indien que les idolâtres.

Ils furent extraits de leur cellule alors que leur horloge alimentaire avait compté huit écuelles. Ils devaient être le lundi 8 décembre. On les poussa dans un corridor dont les fenêtres grillées donnaient sur des cours étroites séparant quatre rangées de geôles sur deux étages. Ces tranchées faisaient de leur mieux pour distribuer un peu d'air et de jour aux prisonniers. Clignant leurs paupières sous la brusque lumière, ils eurent alors la confirmation de la mise en scène délibérément dramatique de leur emprisonnement au cœur des ténèbres.

Les gardes les dirigèrent à coups de manches de piques, à main droite, dans une pièce intérieure dont l'obscurité devait être propice à la contrition puisque quatre confessionnaux ventrus encombraient ses encoignures. Traversant un oratoire mitoyen, ils pénétrèrent dans une pièce aussi vaste que la salle d'audience du vice-roi, tapissée de taffetas en larges bandes jaunes et bleues. Ce bariolage baroque sembla d'assez mauvais goût à François. Jean lui glissa que les gardes suisses du Vatican portaient les mêmes couleurs. Leur échange énerva le chef de leur escorte qui leur enjoignit à voix basse de faire silence en roulant des yeux à faire fuir un démon. La salle des actes du Saint-Office de Goa était réputée être le plus terrible tribunal de toute la chrétienté. Elle était occupée à moitié par une estrade portant une longue table couverte d'un drap vert sombre, accostée de deux fauteuils à hauts dossiers. Quelques chaises, des tabourets et des sièges pliants complétaient un ameublement hiérarchisé dont la jouissance lors des procès devait faire l'objet de codes minutieux, d'intrigues et de jalousies féroces. Un crucifix planté du sol au plafond en était le seul ornement. Les cabinets des inquisiteurs s'ouvraient à l'autre bout. Ils y accédèrent à travers un secrétariat où un dominicain qu'une tonsure ceignait d'une auréole de cheveux roux recueillit leurs identités d'un air dégoûté. Il les rendit aux manches de piques pour une dernière invitation impérative à avancer.

— Comment peux-tu soutenir sans insulter le tribunal que tu serais à la fois un familier du roi de France et un bon catholique ?

Le poing de l'inquisiteur s'abattit sur la table.

— La reine de Navarre a élevé ton ami Henri dans le protestantisme le plus sectaire. Sa conversion d'opportunité à notre religion fut tellement prononcée du bout des lèvres qu'il s'est pris à deux fois pour abjurer le calvinisme. Quant à l'édit de Nantes reconnaissant aux huguenots la liberté de conscience, l'égalité civique et une centaine de villes de sûreté, ce n'était rien moins qu'une provocation.

— Je sers notre roi Henri, votre Grâce. Il m'honore en retour de sa confiance mais je ne suis pas son confesseur. Nous avons d'ailleurs mon ami et moi des relations amicales parmi les religieux de Goa. Ils peuvent témoigner de notre bonne foi.

— Ton roi hait les Habsbourg. Il s'est acoquiné avec les luthériens allemands et il se prépare à entrer en campagne contre l'Espagne. Vois-tu, le Saint-Office a les moyens d'être bien informé. C'est dommage pour toi. Puisque tu cites tes amis, vous fréquentez assidûment tous les deux le frère Antão de Guimarães, un jésuite parmi les plus frondeurs, les plus ouverts aux idées hérétiques. Nous avons émis un avis extrêmement défavorable à son envoi en mission en Chine.

Il ajouta d'un ton agacé :

— Mais les paulistes n'en font qu'à leur tête. C'est pourtant Francisco Xavier qui supplia dom João Troisième d'envoyer la Sainte-Inquisition en Inde pour soutenir les conversions et l'intégration religieuse. Dieu reconnaîtra les siens.

L'inquisiteur feuilletait son dossier.

— Le 8 novembre dernier, vous avez participé à la maison professe des jésuites à une réunion au cours de laquelle ont été prononcées des paroles inconvenantes envers le roi d'Espagne. Le crime de lèse-majesté ne concerne pas le Saint-Office mais cela en dit long sur l'insubordination des paulistes. On a émis au cours de cette séance des idées infondées sur la géographie de la Terre. Je sais bien que la Compagnie de Jésus se complaît à des débats déviants sur l'ordre du monde. Ils échappent à notre vigilance mais pas les laïcs comme toi imprégnés de ces idées aberrantes.

— Pedro Fernándes de Queirós est sans doute de très loin le découvreur le plus attaché au rayonnement de l'Église. Sa quête mystique d'un royaume catholique en Terre Australe à travers des pays sauvages nous a tiré des larmes.

— Des larmes ?

Le prêtre leva la tête. Il feignait la douleur. Son épaisse barbe et ses cheveux grisonnants en désordre lui faisaient un surprenant visage de Gorgone au regard triste. Il souleva des deux mains la masse de papiers posée devant lui et la laissa retomber.

— Et tout ça ? Je détiens une douzaine de chefs d'accusation majeurs contre vous deux. Chacun peut vous envoyer aux galères. Je passe sur les présomptions d'espionnage qui ne relèvent pas non plus du Saint-Office. As-tu conscience de ta situation ? Tu loges rue du Crucifix chez Bhaskar Arunachalam. Il est notoire que tu es en excellents termes avec lui. Alors, que complotez-vous toi et ce brahmane ? Sa caste de forcenés harcèle continûment les nouveaux chrétiens pour les faire renoncer à leur conversion et retomber dans l'idolâtrie.

— Nous sommes médecins lui et moi. Notre passion commune pour la chirurgie et pour l'herboristerie nous a naturellement rapprochés. Nous discutons nos approches symétriques de la botanique indienne selon Garcia da Orta.

— Tu lis Garcia da Orta ! Bien sur ! Un juif soi-disant converti vite retourné à Israël, dont la famille, les livres et la dépouille ont encombré plusieurs autodafés. Finalement, tu serais bon catholique mais tu t'entends à merveille avec les luthériens, les juifs et les idolâtres. Tu es œcuménique, c'est ça ?

— Je suis tolérant. Dans mon pays, c'est considéré comme une qualité.

L'inquisiteur bondit de son fauteuil, les deux poings plantés sur la table.

— Quoi ? Tolérant ! Tu me provoques ? Tolérant ! Hérétique, oui !

Il se rassit sans quitter Jean du regard puis recommença à feuilleter son dossier.

— Et toi, François Costentin, tu forniques avec une Indienne parce que tu es tolérant toi aussi ?

— Asha est une bonne catholique.

— Une nouvelle chrétienne qui se vautre dans la luxure. Ses parents, sa famille, tous des idolâtres irréductibles.

Son index pointé alla alternativement de l'un à l'autre.

— Vous deux ? On ne vous a pratiquement jamais vus à la messe ni l'un ni l'autre. Ni à plus forte raison dans un confessionnal ni à la table de communion. Ni à l'autodafé au Campo de São Lázaro. Si vous n'êtes pas des luthériens ni des juifs, vous êtes quoi ? Des athées !

— Disons des chrétiens légers, votre Grâce. Ce péché véniel relève-t-il vraiment du Saint-Office ?

— Prends garde, l'érudit. Ton impertinence est aux limites de l'outrage. On t'a entendu critiquer le tribunal de la Sainte Inquisition au passage du cortège de l'autodafé. J'ai ça aussi dans ce procès-verbal.

Il rechercha la pièce dans la liasse et la brandit.

— Voilà. Je lis : « La justice des hommes sur la Terre relève partout du droit séculier. » Il est écrit là que tu l'as dit ou approuvé. Ça veut dire quoi ? Irais-tu jusqu'à récuser la légitimité du Saint-Office ?

Et sans laisser à Jean le temps de répondre.

— Vous avez tous les deux une chance exceptionnelle. La dernière caraque arrivée de Lisbonne a apporté un édit du roi frappant d'expulsion les étrangers hollandais, anglais et français. Vous êtes tous soupçonnés d'espionnage et de complot contre les intérêts de l'Espagne. Dom Rui vient d'ordonner l'exécution immédiate de cet édit. Vous embarquerez dans deux semaines à bord de la première caraque, puisque vous accompagnerez Mendonça. Croyez bien que je le regrette. Dom André est d'ailleurs bien avisé lui aussi de quitter le territoire avant que nous nous occupions de ses idées généreuses.

Je vous suggère une fois au moins de remercier le ciel. Le Seigneur vient de vous sauver. Méditez sa sollicitude. Hors de ma vue !

Ils restaient interdits. L'inquisiteur les congédia d'un revers de main accompagné d'une moue comme s'il écartait des mouches à viande.

François sortit blafard du palais du Saint-Office. Jean s'étonnant de sa triste mine tandis qu'ils rejoignaient la rue du Crucifix, il lui avoua la ruine de sa décision de rester à Goa. L'apothicaire haussa les épaules.

— Je finirai par trouver des vertus à l'Inquisition si elle t'a empêché de donner suite à une idée aussi aberrante.

Ils étaient tout d'un coup surpris tous les deux par l'imminence du départ de la flotte. François n'y avait pas songé du tout, et Jean envisageait comme une vague notion l'épreuve d'une nouvelle traversée. Leur calendrier illimité venait de se réduire brusquement à quelques petits jours. Dans son désarroi, François était submergé par les visages de deux femmes. Fort de sa décision, il ne s'y était pas préparé et l'injustice de son sort le fit pleurer d'impuissance, ce qui eut le don de mettre Jean en colère.

Margarida avait dû rentrer de la quinta puisque tout Goa savait le retour de dom Alvaro. Elle n'était donc plus accessible.

Asha connaissait déjà la nouvelle quand il courut au Terreiro dos Galos lui raconter leur séjour au Sabaio. L'ordre d'expulsion immédiate des étrangers s'était répandu en ville. Elle était triste. Moins pour elle qui savait bien qu'il partirait très vite, que pour lui qui sanglotait sans honte. Elle le serra contre elle et posa sa tête sur son épaule.

— Mon François est malheureux. Il va perdre sa belle princesse. Alors, il vient demander à sa petite Asha toute la réserve de tendresse qu'elle peut encore lui donner pendant ses derniers jours en Inde.

— Tu sais combien je t'aime, Asha. C'est toi qui vas me manquer.

— Eh bien, tu m'emmènes avec toi en France. Je ne te manquerais plus.

Il s'écarta brusquement d'elle, et la regarda ébahi. Elle avait mis ses poings sur ses hanches.

— T'emmener à Dieppe ?

— M'emmener à Dieppe. Exactement. Ce n'est pas une bonne idée ? Depuis le temps que tu me le dis, tu comptes toujours m'épouser ? Alors, si tu rentres dans ton pays, il faut bien que je t'y suive. Mariés ici ou mariés là, le sacrement ne change pas. Ici, le problème sera vite réglé. Mes parents seront tristes mais ils me sauront heureuse de l'autre côté de la Terre si tel est le cycle de ma vie. Il y a des crevettes là-bas puisque tu m'as parlé de pêcheurs. Non ?

François fut pris de court.

— Euh.. oui. Ce sont les femmes chez nous qui les pêchent le long des plages.

— Eh bien voilà. J'irai en ramasser et parce que j'apporterai une grosse provision de poudre de kari, tes amis se disputeront autour de mon étal. Ils adoreront ma cuisine et je deviendrai très riche. Tu n'auras même plus besoin de travailler à dessiner sur tes peaux de moutons.

Il en restait la bouche ouverte.

— Asha ! Tu te vois à Dieppe ? Sans ta famille, sans tes frères, sans cocotiers, sans chaleur, sans soleil, je ne sais pas... sans rien de ce qui t'entoure ici !

Elle éclata de rire.

— Je t'ai fait peur ! Je plaisantais, François. Je mourrais de froid et de rhumatismes. De toute façon, je comprends très bien que tu aurais honte de ramener une petite Indienne aux pieds nus dans ton pays.

— Ne dis pas cela, Asha ! Tu sais parfaitement que c'est faux. Ne dis pas des choses pareilles.

Il lui prit les mains.

— Je suis vraiment sincère en te disant que tu serais malheureuse chez moi. La vie y est patiente et grise. J'avais fermement décidé de rester à Goa. Moi-même, j'ai très peur de me retrouver en tête à tête avec l'univers clos de ma jeunesse. Alors toi !

Elle se dégagea doucement et alla lui remplir un petit bol de légumes. Il le mangea distraitement à l'indienne, à petites pincées de la main droite.

— Vois-tu, Asha, je n'ai pas fait grand-chose d'utile à Goa en sept mois. Bien moins que je l'imaginais. Juste, par chance, un peu de travail selon mon art. Après si peu de jours, je vais repartir tellement changé que je me demande comment je vais passer mes jours à Dieppe, à tourner en rond en ruminant tant de souvenirs fantastiques.

Le Terreiro dos Galos était animé comme d'habitude. Les servantes et les intendants vaquaient à leurs achats, les poulets et les canards protestaient dans leurs cages. La vie roulait son cours tranquille. Elle continuerait sans lui.

— Quelle ville étrange ici, autour de nous, si plaisante, si paisible. Pourtant, on m'y a relevé pour mort. J'y ai vu partout des criminels lâches, des pervers maladifs, des fonctionnaires corrompus, des profiteurs insatiables, des courtisans insolents, des gens sans cœur ni pitié, tous ceux-là qui font marcher les Indes à leurs pas tortueux.

— Pourquoi voulais-tu rester à Goa alors ? Pas pour Asha ni même pour la farangi qui te rend malade d'amour. Alors pourquoi ?

— Je me sens bien ici.

Le bol de porcelaine à décor bleu pendait vide au bout de son bras gauche. Il avait porté sa main droite à son front, le marquant par mégarde de trois traces de sauce rouge.

— J'ai eu le privilège d'y croiser des hommes de fer comme dom André de Mendonça et de lumière comme Pedro Fernándes de Queirós. Et autour d'eux, des prêtres enthousiastes, totalement dévoués à leur foi. J'y ai vu une société multiple, tolérante malgré l'Inquisition, métisse par la force des choses. J'y ai senti comme je l'espérais passer le grand souffle des bâtisseurs de l'empire, la respiration puissante de la vieille Europe régénérée.

Asha battit des mains pour masquer sa détresse.

— Je ne comprends pas exactement ce que tu veux exprimer, mais tu le dis bien. Tu devrais faire des sermons en chaire. Tu es un vrai prédicateur. Tu viens aussi de te peindre les trois raies de Shiva sur le front. Nous, les Indiens sauvages, nous nous lavons les mains à l'eau dès la fin des repas. Finalement, je ne suis pas mécontente de ne pas te suivre dans ton pays de cochons.

Il la souleva du sol et l'entraîna dans un petit tourbillon joyeux.

Ils convinrent quelques heures plus tard, allongés côte à côte dans leur appentis du quartier des pêcheurs, qu'ils assisteraient ensemble à la messe de minuit à Sào Francisco de Assis.

— Comme un couple, précisa Asha en pivotant vers lui. Ce sera comme si nous allions nous marier. J'ai l'intention d'y communier avec la Sainte hostie. Je veux que tu me promettes d'en faire autant.

Aussi forte qu'elle était, elle ne put empêcher ses yeux de briller.

Les préparatifs de l'appareillage de la flotte faisaient bouillir les Ribeiras à l'approche du solstice d'hiver, alors que l'on préparait partout Noël dans les paroisses et dans les monastères. L'embarquement de la suite de dom André Furtado de Mendonça, capitaine-major de la flotte, à bord de la caraque amirale *Nossa Senhora da Penha de França* fut fixé au 26 décembre pour un appareillage à partir du 28.

Les autres suivraient à une semaine d'intervalle, derrière *Nossa Senhora do Monte do Carmo* battant le pavillon de dom Manoel de Meneses, capitaine-major des caraques. *Nossa Senhora da Piedade* partirait sous le commandement de dom Pedro de Coutinho qui venait de quitter le gouvernement d'Ormuz. Il prendrait à son bord l'ambassadeur de Perse et ses volumineux bagages. Chargé de négocier l'engagement du roi d'Espagne contre les Turcs, il emportait des cadeaux protocolaires somptueux. François Pyrad serait rapatrié à bord de *Nossa Senhora de Jesus* qui mettrait à la voile dans les premiers jours de février. Franchi le cap de Bonne Espérance contre les mauvais vents d'ouest, les navires allaient trouver enfin les vents du sud qui les pousseraient le long de l'Afrique. Sauf présence hollandaise, ils feraient escale à l'île de Sainte-Hélène où la flotte se regrouperait. Du moins en principe.

Jean était occupé à trier et à emballer ses herbes, ses onguents et ses plants à acclimater au Louvre. Il multipliait des démarches énervantes pour obtenir leurs passeports. Leur double statut paradoxal de protégés du gouverneur et d'étrangers expulsés compliquait singulièrement ses relations exécrables avec les fonctionnaires de la Casa da India. Il ne fut pas simple non plus d'obtenir la délivrance, comme à l'aller, de la botica, le coffre de drogues et d'ingrédients magistraux attribué au médecin personnel de dom André. Bien qu'il eût exercé quelques semaines les fonctions d'apothicaire de l'hôpital, ce qui avait été difficile au départ de Lisbonne quand il servait un futur vice-roi était une gageure à Goa où il raccompagnait un ancien gouverneur. Pour vaincre l'hostilité des comptables de l'apothicairerie, il avait été contraint de solliciter de guerre lasse une lettre de recommandation de Mendonça. Le prestige et la santé préoccupante de dom André avaient finalement attendri les comptables xénophobes.

Le 24 décembre, les rues de la ville s'encombrèrent d'étals recouverts de nappes blanches brodées et décorées de fleurs, couvertes de friandises, massepains, dragées, confitures et pâtes de fruits que l'on s'offrirait réciproquement en échangeant des vœux de bonne année. Aux carrefours, à l'entrée de chaque maison, des scènes de la Nativité grandes ou petites, toujours soignées et souvent ingénieuses, attiraient les badauds, parées et encadrées de soieries, de damas et de candélabres. Les plus remarquables représentations du mystère attiraient les familles dans les églises où des animations étaient mues et parlées par des marionnettistes. On s'écrasait au Bom Jésus pour y admirer une crèche vivante, dans un décor de palmes et de rochers peints. C'était le second Noël de Jean et de François au soleil des tropiques après la pauvre messe entendue dans les décombres fumants de la Miséricorde de Mozambique. Ici, la Rome orientale rayonnait des ors et des certitudes de sa foi conquérante.

La messe serait dite partout sur les onze heures du soir. Avant de s'y rendre, la coutume était de prendre sans retenue un souper généreux pourvu que l'on renonçât ce soir-là aux viandes et au poisson. La pénitence était douce puisqu'il restait à accommoder toutes les ressources culinaires de l'Inde végétarienne. François alla chercher Asha chez elle comme ils en étaient convenus. Il avait en poche un certificat de confession délivré par un prêtre en colère, moyennant la récitation d'un nombre incalculable de dizaines de chapelet et la promesse solennelle de revenir à une pratique régulière.

Elle apparut sur le seuil dans une aube blanche de nouvelle convertie, son certificat à la main. Il l'avait toujours vue en sari de couleur vive. Des fleurs de jasmin dégringolaient en guirlande le long de ses cheveux coiffés en queue de cheval. D'autres étaient assemblées en long collier de plusieurs rangs. Cette parure de fleurs blanches coulant le long de ses cheveux noirs sublimait sa tenue austère en robe de fête.

— Mogrî, commenta-t-elle en soulevant son collier. Elles sentent très bon. J'ai voulu te faire honneur pour ton dernier jour à Goa. Je suis en blanc, comme toi.

Elle fit un tour sur elle-même pour se faire admirer.

— Je te plais ?

Elle lui plaisait à en pleurer. Elle lui prit le bras et ils marchèrent vers la ville comme un couple ordinaire.

Le parvis de Sào Francisco de Assis était comme chaque dimanche une inextricable cohue que l'obscurité rendait inquiétante, embrasée de lanternes et de flambeaux comme un champ de bataille. Asha se serra contre lui. Il lui fraya du bras un chemin parmi les soldats et les fonctionnaires, les fidalgos et leurs domestiques, les anciens et les nouveaux chrétiens, les religieuses et les dames de la société caparaçonnées de leurs parures des grands jours.

La messe de la Nativité commença dans un grand brouhaha. Le silence tomba de mauvaise grâce comme à l'accoutumée au moment de l'élévation, quand cessa la cacophonie des appels pathétiques du *Deus de misericórdia*.

Au moment où ils s'approchaient l'un et l'autre de la table de communion, avant que le rang des hommes se sépare de celui des femmes, la jeune Indienne lui saisit la main et lui glissa prestement au doigt un mince anneau d'or. Il vit qu'elle portait elle aussi une alliance. Son sourire était espiègle et lumineux, puis elle prit l'allure recueillie des communiantes, les mains jointes et les yeux baissés.

Après l'*Ite Missa est,* elle s'accrocha à nouveau à son bras quand ils sortaient, portés dehors avec la foule par les chœurs triomphaux. Elle venait de se proclamer sa femme selon un rite à elle. Pour rire, jusqu'à demain et pour toujours. Ils avançaient l'un contre l'autre, silencieux et graves, pétris d'un bonheur intense et affolés de détresse absolue.

C'est alors qu'ils virent Margarida. Elle s'était postée devant le portail, sous son maquillage de théâtre, soutenue par ses femmes dans ses brocarts.

— Bonsoir, François. J'espérais tant vous trouver ici. Asha ? Comme vous êtes jolie. Je le savais. Vous formez un merveilleux couple.

Il restait interdit, la jeune Indienne à son bras comme une nouvelle épousée.

— Je n'ai que quelques instants. Je voulais vous souhaiter bon voyage. À tous les deux. Cette traversée sera tellement horrible.

Asha avait compris de qui il s'agissait. Elle réagit aussitôt.

— Moi je ne pars pas, senhora.

Margarida eut un sursaut d'étonnement

— Ah non ? Vous vous aimez pourtant. Cela se lit dans vos regards. Vous êtes libre et vous le laissez partir seul ? Notre vie est bien étrange.

Ses yeux allaient de l'un à l'autre. Elle hésita puis elle prit les mains de la jeune Indienne.

— J'aurai besoin de vous parler plus tard. Entre femmes et sans mon armure de parade. Marianinha saura facilement vous trouver si vous le voulez bien. Nous aurons beaucoup de choses à nous dire.

Elle revint vers François pour lui parler à voix basse :

— J'aurais bravé tous les interdits pour vous annoncer quelque chose avant votre départ.

Le rubis palpitait à son doigt, reflétant les flambeaux alentour.

— Je vous devais déjà cette pierre, François. Je sais depuis quelques jours que je vous devrai maintenant le bonheur de transmettre moi aussi son secret à mon enfant. À notre enfant. Que Dieu vous protège en mer.

Elle s'écarta, porta son index à ses lèvres et le posa successivement sur les leurs en manière de baiser fugitif. Ses femmes guidèrent son demi-tour laborieux sur ses socques et elle s'éteignit dans la nuit de Noël. Les artificiers chinois mirent à feu leurs pétards de fête.

Nossa Senhora da Penha de França

L'irrégularité des marées de la mer des Indes les avait surpris. À Dieppe comme sur le littoral français, les deux marées quotidiennes sont d'égale amplitude. À Goa, la mer se gonfle successivement chaque jour d'une vraie marée puis d'une toute petite, à peine perceptible. Une malencontreuse conjonction de la lune et du soleil fit que, en cette fin de décembre, la marée grande découvrait pendant la journée les vases de la Mandovi luisantes sous le soleil. Les gabares et les embarcations ne pouvant accoster de tout le jour à la Ribeira de Santa Catarina, leur embarquement eut lieu à marée haute pendant la nuit du 26 au 27.

Nossa Senhora da Penha de França n'était pas plus impressionnante que la *Monte do Carmo* mais, malgré leur accoutumance, l'obscurité d'une nuit de nouvelle lune et la rumeur de la foule excitée travestissaient une affaire relativement banale en opéra dramatique. Des hurlements traversant les appels et les vociférations de routine contribuaient à rendre effrayante cette nuit particulière. L'opportunité était rare pour tous les malfaiteurs aux aguets de trouver rassemblés dans l'ombre, en un seul lieu, autant de biens offerts en liberté hors des armoires de fer. Malgré leurs escortes, des fonctionnaires et des marchands étaient battus et dépouillés par les tire-laine accourus en meute de tout le territoire. Les patrouilles de soldats ne rassuraient pas les victimes en puissance, qui soupçonnaient chaque gardien de l'ordre d'être un carapuça. Elles n'avaient pas tort. Quelques-uns des sergents vers qui ils allaient en confiance étaient effectivement de ces soldats perdus qui tuaient par plaisir. Deux marchands malchanceux moururent sans un cri, étranglé l'un et percé l'autre d'un coup de poignard au ventre. Dans le noir, les nouveaux arrivants trébuchaient sur leurs corps en pestant.

La barque cogna contre la caraque et ils commencèrent son ascension, Jean suivant de très loin François, devenu familier de ces échelles diaboliques. Le tillac était presque totalement recouvert d'empilements de marchandises, et les cabanes de bois et de cuir de vache étaient déjà montées. Le désordre hallucinant les détendit, les forçant à rire. La stabilité du navire exigeant que les charges les plus lourdes fussent chargées dans les cales, rien n'empêchait formellement d'entasser les marchandises de moindre poids dans les hauts. Elles semblaient avoir échappé au contrôle d'un apprenti sorcier jusqu'à déborder dans les porte-haubans, et les ballots légers d'écorce de cannelle grimpaient le long du grand mât pour atteindre le niveau des gaillards. Au point qu'il semblait impossible que la caraque, chargée comme un chameau de Bactriane, fût en mesure d'établir sa voilure et de virer ses ancres. Certainement pas en tout cas de mettre ses canons en batterie si elle devait croiser par malheur le chemin d'un pirate en chasse. On déchargea à grands coups de gueule les bagages de trois hommes en colère qui prenaient le ciel à témoin qu'il fallait débarquer aussitôt d'un navire qui coulerait bas avant d'arriver au cap de Bonne Espérance. Par fatalité ou parce qu'il était trop difficile de se faire reconduire à terre avec ses coffres et ses colis, il n'y eut pas d'autres défections.

Comme si l'on disputait à bord une grande partie de colin-maillard, les marins se faisaient valoir en bondissant comme des chèvres le long des montagnes de colis, sautant de l'une à l'autre pendant que les passagers, traînant leurs biens, se faufilaient à travers les obstacles. Les appels, les ordres, les coups de sifflet et les imprécations se superposaient dans un charivari qui rendait illusoire tout espoir d'échange compréhensible jusqu'à l'aube qui mettrait fin à cette cacophonie. Au même désordre près, elle était étonnamment différente de la solennité religieuse des cérémonies au départ de Lisbonne. Cette nuit, marchands pompeux, fonctionnaires imbus de leurs charges passées, matelots effrontés, fidalgos insolents, officiers orgueilleux rivalisaient d'impertinences. Ils avaient hâte de partir. Maintenant qu'ils étaient des hommes riches, ils avaient appris à être exigeants et pressés. Tous des rescapés déjà de l'Atlantique, épargnés par les maladies, ces vainqueurs increvables rentraient en triomphe étaler leur fortune à Lisbonne et réclamer les récompenses de leurs vertus.

François s'était planté au centre du tillac, où restaient libres quelques pieds carrés de pont.

— Quelle pagaille ! Nous recommençons un interminable voyage, en étant cette fois emportés par le flot des trésors des Indes s'écoulant vers Lisbonne. Des grains d'or noir roulent sous nos pieds et nous les écrasons sans même y penser.

Un gamin efflanqué comme un chaton mouillé ramassait un par un jusqu'entre leurs pieds les grains répandus sur le pont. Il se mêla à leur conversation pour leur apprendre avec gravité que le poivre était maudit pendant les traversées de retour.

— Quelle misère ! L'Atlantique va chercher à envahir nos cales et le poivre va sans cesse obstruer les crépines.

— Ces épices vaudront de l'or délivrées à Lisbonne.

— En attendant, elles vont faire tout leur possible pour que nous n'y arrivions jamais.

Les anciens de la Carreira l'avaient prévenu que les grumètes allaient se relayer à fond de cale pendant la traversée pour déboucher les pompes. Pendant ce temps, la mer suinterait insidieusement à travers les coutures fatiguées du bordage. Il leur demanda s'il valait mieux, tout bien pesé, s'user les mains au fond des cales putrides en amassant un trésor de grains de poivre échappés des sacs, ou se désarticuler les bras sur le tillac aux bringuebales des pompes sous les taloches du maître. Jean lui conseilla vivement de préférer le bon air malgré les taloches aux bas-fonds semés de poivre. Le glaneur s'éloigna à croupetons, continuant à ramasser son petit trésor.

François tournait sur lui-même, bras écartés, le visage levé vers le ciel qui commençait à rosir.

— C'est céleste ! Sais-tu que je revis ? L'idée de rentrer à Dieppe me terrorisait. Sur ce pont de navire, je suis heureux de retourner chez moi. Les conséquences de ce voyage m'ont totalement dépassé. La traversée sera dure mais nous sommes increvables. Adieu, Goa la Dorée !

Sa voix s'était cassée. Jean posa les deux mains sur ses épaules, détournant le regard pour le laisser pleurer.

Ils durent s'écarter devant un fidalgo que des officiers guidaient avec déférence vers la dunette, manifestement très important à en juger par sa suite et par le nombre de ses bhoïs porteurs de bagages.

— Nous ne connaissions même pas le visage de ce fonctionnaire influent. Ni de tant d'autres sans doute. Nous étions vraiment incapables de faire carrière ici.

François fit un effort pour sourire.

— Pourquoi pas ? Le destin est insondable. Il arrange d'abord d'innombrables faits, anodins et disjoints en apparence, et puis leur conjonction accidentelle rend inévitable un tournant de la vie. Une chance à saisir ou au contraire un drame. Ou la rencontre d'hommes et de femmes qui n'auraient jamais dû se croiser. Ou leur séparation.

— Est-ce une chance ou un désastre ? Ils ne le savent pas encore.

— Mais ils n'y peuvent rien. Si ?

— Non. Ils n'y peuvent rien. Penses-y plus tard, François, quand tu te sentiras devenir fou de ne pas avoir fait ce qui, en réalité, échappait à ton pouvoir.

François commençait en effet à réaliser l'anormalité de son destin. Dans le pays de Dieppe, la rencontre d'un homme et d'une femme avait pour cadre naturel un village ou un bourg, voire un quartier. Les gens du haut bourg ne fréquentaient pas ceux du bas bourg et la rive gauche méprisait la rive droite comme l'adret regardait de loin l'ubac. Les mésalliances commençaient à la frontière d'un chemin ou d'un rempart. La formation des couples s'exerçant dans un espace de rencontre de quelques lieues carrées, les élus n'avaient pas beaucoup de choix. Du moins étaient-ils assurés d'une vie sans surprise, encadrée, rassurée par les règles sociales de leur communauté. Il avait eu le privilège exceptionnel d'échapper au sort commun. Il venait de constater que, de Rafaela la Lisboète à Asha l'Indienne, les filles de son milieu social enjolivaient le monde entier. Margarida était la preuve que l'amour pouvait même se glisser sous les barrières dont s'entourait la haute société. Alors, pourquoi le monde et la société le renvoyaient-ils méchamment l'un et l'autre à son quartier de Dieppe ? Était-il interdit de transgresser la règle ?

Sur l'ordre exprès de dom André, Jean et François furent logés sous la dunette avec la cinquantaine d'officiers et de domestiques de sa maison. On leur avait affecté deux des six couchettes d'une chambre analogue à celle occupée par les femmes à l'aller. Ils regrettaient leur cahute privative aérée de *Monte do Carmo* mais ils y étaient plus à l'abri. Et puis, leurs compagnons de voyage, trois jésuites retour de Chine et Álvaro Païs, le secrétaire chinois du gouverneur laissaient augurer des conversations fabuleuses jusqu'à faire apprécier la longueur du voyage. Leur condition était exceptionnellement confortable puisque quatre Anglais expulsés comme eux gisaient à fond de cale fers aux pieds.

L'appareillage de *Nossa Senhora da Penha de França* fut confirmé au dimanche 28 décembre. Elle déraperait à huit heures du matin à la remorque de canots à avirons, pour profiter du courant de jusant poussant vers Panjim où elle attendrait que se lève la brise de terre du soir pour tirer un bord vers le large.

Au moment de prendre les remorques et de relever l'ancre, la Mandovi autour de la caraque était couverte de l'habituel semis d'embarcations serrées comme un tapis de jacinthes d'eau. Almadies et manchuas pavoisées arboraient pour la plupart des pavillons frappés de la croix du Christ. Derrière les bruyantes manifestations des musiciens et des pétards, on comprenait que le silence régnait au contraire sur les berges où la foule n'avait jamais été aussi dense. Les Goanais venus saluer leur gouverneur avaient tous la gorge serrée. Dom André Furtado de Mendonça se tenait nu-tête sur le plus haut étage de la dunette, entouré de ses officiers. Il était drapé dans une cape de velours noir brodée d'argent qui semblait inutile par cette belle journée mais sous laquelle il grelottait. Il demanda silence d'un geste et le vacarme s'éteignit miraculeusement de proche en proche.

— Mes amis, je rentre au Portugal pour informer le roi de la situation des Indes. J'ai trop longtemps servi et aimé cette terre magnifique, son peuple riche de ses différences, ses colons courageux, la foi ardente de ses missionnaires pour imaginer la quitter sans retour. Sitôt ma mission achevée, je reviendrai à la tête des renforts de troupes et d'armes dont nous avons besoin.

Sa voix roulait sur le fleuve. On avait l'impression qu'elle résonnait à travers la ville, le long des berges, jusqu'au tréfonds des Indes. Des acclamations éclatèrent, stimulant les instruments à vent, les crécelles et les tambours. Le gouverneur réclama à nouveau le silence.

— Servez votre vice-roi et aimez votre archevêque. Ayez confiance en eux, ayez confiance en vous. Attendez l'avenir avec sérénité. Je vous promets de revenir défendre les Indes avec humilité et ferveur mais avec encore plus de force. Adieu vous tous !

Il ajouta à voix basse :

— Que Dieu vous garde.

Dom André se retourna vers les dignitaires qui l'accompagnaient et écarta les bras dans un geste de résignation.

— Sous réserve que le Seigneur me donne la force de revenir. Voire même d'atteindre seulement le Portugal. Appareillons maintenant, messieurs. Le temps m'est compté et Goa est pressée elle aussi.

La salve d'artillerie donna le signal des carillons, des pétards et des vagues de *ola* ! qui balayèrent la rive comme une risée. François s'était juché sur un ballot de bois de cannelle, se tenant d'une main à un hauban pour pouvoir se pencher au dehors. Margarida devait être sur le balcon de sa résidence, masquée par les cocotiers. Asha était sûrement comme convenu sur la plage du quartier des pêcheurs mais il y avait là-bas trop de monde pour la distinguer. Ses deux femmes étaient invisibles, mais il les savait là. C'était bien. Deux papillons, un mordoré et un petit blanc voletaient en se chahutant. Entrant dans son champ de vision, ils s'approchèrent de lui, lui frôlèrent le visage et s'enfuirent droit vers la terre. François agita gaiement vers eux son bras libre en leur criant :

— Au revoir Margarida ! Au revoir Asha !

Il était sûr à ce moment même qu'il serait d'une manière ou d'une autre de retour à Goa dans quelques courtes années. Le Ciel ne pourrait trop longtemps lui interdire ce droit. Leur accorder le bonheur aussi de le voir revenir.

Nossa Senhora da Penha de França manqua couler bas le 11 février de la nouvelle année 1610 au moment d'embouquer le canal de Mozambique. La caraque piquait lourdement du nez dans une mer formée à contre-vent. L'eau entrant en cataracte par ses écubiers, on fut heureux de l'alléger en hâte en précipitant par-dessus bord comme une insupportable nuisance quatre cents quintaux de cannelle, de girofle et d'autres marchandises d'un prix exorbitant. Tous les hommes valides y prêtèrent la main, dans un élan collectif de sauvegarde dont on se congratula, le danger écarté. Que valaient quelques boisseaux d'épices inutiles quand leurs vies étaient en jeu ?

Le cap de Bonne Espérance ayant été franchi difficilement, la Mesa et le Pão, la Table et le Pain de sucre, des reliefs fameux de l'Afrique australe défilèrent sur tribord un mois plus tard, le dimanche 14 mars, dans une longue houle amicale poussant vers Lisbonne et sous un joli ciel. Au cours de la grand-messe, le chapelain tonna contre la croyance idolâtre que le rejet de quelques colis de denrées superflues aurait évité leur naufrage, alors qu'ils devaient bien évidemment leur salut à l'intercession de leur sainte patronne. Son sermon fulminant acheva d'exaspérer des ouailles déjà critiques. On dénonça à grands cris l'ordre aberrant de jeter une fortune à la mer. Les conversations tournèrent toute la semaine autour de ce désastre et l'on fustigea l'imbécillité des couards qui y avaient prêté la main.

Jean ne quittait pas le chevet du gouverneur qui s'affaiblissait chaque jour. François se joignait à lui quand on portait le malade prendre l'air sur la dunette, à l'abri du vent. Ils éprouvaient l'un et l'autre une immense compassion pour dom André qui s'animait de sursauts de vitalité pour leur raconter inlassablement l'empire. Ils avaient compris tous les deux, depuis leur premier entretien au palais, que le gouverneur les tenait pour les seuls confesseurs sincères de ses angoisses. Ils s'efforçaient sans retenue d'être dignes de sa confiance.

Leur dernier entretien eut lieu le 21 mars. Il faisait un petit air frais de beau temps durable. À la demande de Mendonça, Jean avait rapporté sous son bras les *Chroniques des Indes* qu'il lui avait confiées en lui recommandant de les lire avec attention. Allongé sous deux couvertures de laine, le gouverneur parlait avec efforts, d'une voix rauque.

— Dom Henrique n'entendait pas conquérir un empire. Avec l'accord intellectuel des juristes, des moralistes et des théologiens, il voulait plutôt établir un espace ouvert de contacts et d'échanges commerciaux respectant les valeurs universelles de la chrétienté.

— Sa motivation était noble et imperméable aux critiques.

— Certes. Tout s'est d'ailleurs bien passé le long des côtes africaines dont les peuples étaient inorganisés. En arrivant à Calicut, nos découvreurs se sont heurtés à la résistance de communautés plus coriaces. C'était l'une des plus anciennes places de commerce du monde. Les musulmans étaient chez eux. Le Malabar leur doit son nom.

Le gouverneur reprit son souffle. Ses pommettes étaient rouges de fièvre.

— Dès le retour du voyage historique de Vasco de Gama, dom Manoel a recommandé de faire tout le possible pour obtenir du samorin de Calicut son amitié et l'autorisation de construire une forteresse pour soutenir un comptoir. Calicut était la clé des Indes.

Dom André souleva son buste, s'appuyant des mains sur le cadre de l'étroite litière.

— Passe-moi Correa. Celui-là.

Il se tourna péniblement sur le côté, feuilletant le volume, qu'il tenait des deux mains.

— Tu connais ce passage sur Calicut. « Les Maures comprirent qu'ils perdraient leur puissance si les nôtres arrivaient à établir entre le samorin et le roi du Portugal des liens d'amitié et de commerce qu'ils étendraient bientôt à toutes les contrées de l'Inde. Les marchands maures se réunirent donc en conseil et décidèrent entre eux de faire tout ce qu'ils pourraient afin de chasser les Portugais. »

Dom André arrêta sa lecture et tendit le livre refermé à Jean.

— Les quelques hommes laissés sur place pour y établir un premier comptoir en attendant le gros de nos forces ont été massacrés. C'est comme ça que tout a commencé. Afonso d'Albuquerque a ordonné d'incendier le palais du samorin et de se replier sur Cochin sur la lagune de Vembanad. Donne-moi *Ásia* maintenant. Cherche le passage sur les glaives. Tu sais ?

Il fut pris d'une quinte de toux.

— Non. Lis toi-même à haute voix.

— Les instructions royales ?

— Oui.

— « Dans les instructions écrites que Pedro Alvares Cabral avait reçues du roi, la principale était de traiter les Maures et les idolâtres de ces pays lointains avec le glaive matériel et séculier, laissant aux religieux le glaive spirituel. Et si ces gens étaient tellement obstinés dans leurs erreurs qu'ils ne voulussent d'aucune façon accepter les paroles de la vraie Foi, et refuseraient le principe de la paix qui doit unir les hommes et régner parmi eux pour la conservation de l'espèce humaine, et entraveraient l'exercice du commerce et des échanges, on devrait alors, par le fer et par le feu, leur faire une guerre cruelle. »

Jean referma *Ásia* et se tut. Dom André les regardait tous les deux d'un œil interrogateur.

François jugea convenable de relativiser la dureté des ordres royaux.

— Le Saint-Office combat l'hérésie de la même façon. Il n'y a là rien qui soit à verser à charge contre le roi du Portugal.

— On peut voir les choses ainsi. En tout cas, la guerre a été aussitôt impitoyable et brutale de part et d'autre. Le littoral s'est embrasé de bout en bout.

— Vos hommes avaient reçu l'absolution collective au départ de Lisbonne parce qu'ils risquaient la mort au cours du voyage, et ils avaient vécu l'enfer de traversées interminables. Ceux qui avaient survécu au scorbut et aux fièvres se sont trouvés mal affermis sur leurs jambes quand ils ont entrepris de s'attaquer à un monopole commercial ancestral et à une culture martiale fanatique.

— C'est vrai. Et ils ont rompu la puissance maritime musulmane. Nos corsaires contrôlaient tout l'océan Indien. Quand dom Afonso put établir notre empire à Goa, il construisit aussitôt des forteresses selon sa culture d'homme de guerre.

— Et des églises en action de grâce.

— Des églises oui. Aussi un hôpital parce qu'il était soucieux de ses hommes. Et une maison de la monnaie parce qu'il avait l'envergure d'un homme d'État.

Le gouverneur fut pris d'une nouvelle quinte de toux qui ensanglanta son mouchoir.

— Albuquerque a expliqué au roi sa méthode pour arriver à cela. « Je ne laisse debout ni une sépulture ni un édifice musulman. Les Maures que l'on capture vivants, je les brûle. » Il ferma les yeux.

— Et, effectivement, il les a brûlés. Goa avait été prise et perdue au cours d'épisodes violents. Dès la fin de la mousson de 1510, Albuquerque a repris la ville.

Parce que le gouverneur s'était tu, François osa intervenir.

— C'était le 25 novembre, le jour de Santa Catarina. La chapelle commémorative est le premier monument que j'ai vu en arrivant à Goa.

— La sainte a sans doute prié longtemps ce jour-là. Le rapport d'Albuquerque au roi revendiqua un effroyable massacre. « Ce fut, Sire, une très grande victoire. Quelque six mille Maures des deux sexes ont péri. » Il a ajouté : « C'est la première fois que nous vengeons dans ce pays la trahison et les méfaits dont les Maures se sont rendus coupables à l'égard de Votre Altesse. Cette vengeance retentissante inspirera terreur et stupéfaction. Ils ne nous nuiront plus. »

Les yeux fermés, il avait récité des phrases qu'il savait par cœur. Il les dévisagea l'un après l'autre.

— Voyez-vous, jeunes gens qui tentez généreusement de me faites croire que j'assume des doutes imaginaires, les hérétiques sont des abcès dangereux au sein de notre religion. L'Inquisition les détruit par le feu comme on assainit l'air pour arrêter une épidémie. Mais eux ? Les émirs qui ont érigé le magnifique khalifat de Cordoue étaient-ils des brutes ?

— Vous avez farouchement combattu les Maures pendant la reconquête.

— En ce temps, c'étaient eux les envahisseurs.

Jean et François s'étonnaient eux-mêmes de s'acharner à absoudre Afonso d'Albuquerque puisque le vice-roi indomptable avait assumé ses actes jusqu'à les revendiquer. Ils étaient là, à tenter maladroitement d'exorciser in extremis les doutes de dom André, probablement l'un des rares grands serviteurs du Portugal à avoir eu la volonté de concilier l'inflexibilité de l'empire et la charité chrétienne. Il leur sembla que leur situation étonnante était un présent inestimable du destin.

Jean tenta un autre argument.

— Dom André, le Coran appelle à la guerre sainte contre les ennemis de l'Islam et ordonne de les tuer sous le prétexte que rien n'est pire que l'idolâtrie. C'était un juste retour.

— Ces hommes brûlés vifs n'étaient pas des combattants de l'Islam. Ils s'opposaient seulement aux envahisseurs de leur pays. Comme nous lors de la reconquête.

Mendonça était presque inaudible. Autour d'eux, sa maison commençait à manifester son inquiétude. Jean le supplia de se reposer et demanda à Álvaro Païs, le secrétaire, de faire apporter du sirop de violette. Le gouverneur leur fit signe de la tête de s'approcher un peu plus.

— J'ai percé de mon épée des dizaines de guerriers hindous et j'ai étripé un capitaine hollandais trop arrogant. J'ai fait pendre des dizaines de déserteurs. Je n'ai jamais ordonné de brûler pour l'exemple une mosquée remplie d'êtres humains qui ne m'attaquaient pas, sous le prétexte qu'ils croyaient en un autre prophète. Ni transformé un asile de Dieu en chambre de torture. Mais je sais pourquoi on nous reprochera un jour d'avoir conquis les Indes.

Alors que François et Jean s'écartaient pour laisser ses gens ramener le malade dans sa chambre, dom André leva la main, leur faisant signe de ne pas s'éloigner. Il souffla :

— Ne vous y trompez pas, jeunes idéalistes. Bons ou mauvais vice-rois ou gouverneurs, nous admirons et nous assumons tous en notre âme et conscience l'héritage vertueux d'Albuquerque.

Il sourit en esquissant un geste d'impuissance. On l'emporta vers ses appartements.

François resta de longues minutes les mains croisées derrière le dos, les yeux fixés sur le pavillon portugais qui flottait à la poupe. Jean l'entendit murmurer :

— L'obsession de la mort omniprésente sous ses défroques de carnaval. Restes mortels dispersés en mer, ignominie des âmes privées de sépulture chrétienne, pourriture des corps vifs, meurtres horribles pour l'exemple et autodafés au nom de la foi. Pourquoi cette nation a-t-elle été choisie pour assumer seule ce destin tragique ? Où son peuple a-t-il trouvé l'énergie surhumaine de l'accomplir sans renoncer ni se rebeller ? Sans hurler de terreur ?

Dom André s'éteignit le 1er avril. Jean tenait prêts depuis quelques jours le benjoin noir de Sumatra et le camphre de Chine.

Le vendredi 2 juillet 1610 à Goa, les ombres commençaient à s'allonger après la touffeur de l'après-midi quand tintèrent les cloches de São Francisco de Assis. Elles annonçaient le baptême de Francisco, João, Alfonse da Fonseca Serrão, un tout petit nouveau chrétien en robe de dentelle ancienne de Setúbal.

Au même instant, à l'ouvert de la barre du Tage, d'autres cloches se mettaient en branle. Elles souhaitaient la bienvenue des clochers da Assunção et de Nossa Senhora dos Navegantes à *Nossa Senhora da Penha de França*. Une caravelle de grande garde était venue la reconnaître la veille, accompagnant l'odeur de l'Estrémadure. Une odeur douce de pins et d'oliviers qu'ils avaient oubliée là-bas. La caraque venait de jeter l'ancre devant Cascais un peu après la méridienne.

Passés les vivats et les salves de salut, l'allégresse abandonna derrière elle un peuple silencieux et grave, refermé sur lui-même pour prier et pour réfléchir. Les mâts qui avaient porté à travers les tempêtes la charge de leur heureuse traversée se retrouvèrent inutiles et tout nus quand l'équipage affala les vergues. Comme frappés de stupeur, les passagers levèrent tous ensemble la tête vers le ciel, confisqué pendant six mois par les voiles et restitué d'un seul coup tout entier. Il était d'un beau temps mitigé, avec des éclaircies laissant paraître un joli bleu ordinaire générateur de taches de lumière qui se couraient après sur le Tage et folâtraient sur les collines.

La caraque avait mouillé pratiquement bord à bord d'une flûte battant le pavillon bleu frappé de la croix blanche et du quartier rouge de Saint-Malo. À l'ombre de l'énorme navire, le petit trois-mâts appareillait pour Le Havre avec un chargement de porcelaines et d'indigo. Il se préparait à hisser son canot. L'opportunité était absolument inespérée, sous réserve de réagir dans l'instant car la flûte qui avait commencé à virer son ancre était sur le point de déraper. Fort de son prestige de Dieppois retour des Indes, François, penché sur le plat-bord, négocia en quelques échanges criés à tue-tête son embarquement immédiat, et le canot vint le chercher sous l'échelle du pilote. Il planta là Jean, stupéfait, lui laissant en deux mots le soin de régulariser son évasion et de rapatrier ses effets.

— Quelle chance ! Pas le temps de faire mes bagages. Je te les confie avec mon passeport. Prends surtout soin de ma pierre. Tu me la rapporteras à Dieppe. Ne fais pas de folies à Lisbonne. *Adeus !*

Le canot accosta le trois-mâts en quelques coups d'avirons. François enjamba le plat-bord et Jean le perdit de vue. Il reparut sur le porte-haubans du mât d'artimon du Malouin, agitant son chapeau. Quand la flûte abattit sur bâbord en prenant de l'ère, son plateau de poupe révéla en lettres blanches entre deux étoiles qu'elle s'appelait *Confiance en Dieu*.

Dès le lundi suivant, Mocquet alla remplir à la Casa da India ses formalités de sortie du Portugal. Une dizaine d'Anglais et deux Néerlandais expulsés du Brésil venaient d'arriver eux aussi à la barre du Tage. Rescapés des traversées infernales de la sphère des eaux, ils avaient le regard vide et la patience éternelle des revenants. Entravés sous la garde de soldats, ils savouraient leur supplément de vie en attendant qu'on les appelle un jour pour les envoyer n'importe où, peu leur importait.

Un officier le reçut sous une lisière basse de cheveux noirs coupés au bol, l'œil rancunier de trop d'administration routinière. Il leva brusquement la tête au vu des passeports qu'il venait de saisir d'une main inattentive.

— Tu te réclames de dom André de Mendonça et de la protection du roi de France ?

— Oui. Je suis un familier d'Henri le Grand.

— Tu l'étais. Un moine l'a poignardé il y a un peu plus d'un mois. Tu n'es pas au courant ? Un certain Ravaillac.

L'officier commença à remplir un formulaire d'une plume qui crachotait de l'encre, agacée d'être mal taillée.

— À voir ta tête, je comprends que tu étais vraiment son ami. Je suis navré pour toi. On dit à Lisbonne qu'il a été assassiné alors qu'il se rendait à un conseil pour porter la guerre en Espagne. Nous non plus, nous n'aimons pas les Espagnols.

Il inventoria du regard la petite foule des expulsés qui attendaient leur tour.

— D'après ce papier-là, tu voyageais avec un assistant. François Costentin. Tu es seul ? Il est mort en route ?

— Non. Il a saisi l'opportunité de sauter à bord d'un trois-mâts français qui rentrait en Normandie, chez lui. Il m'a confié le soin de régulariser son coup de tête.

L'officier eut un regard plus ennuyé que sévère.

— C'est infiniment regrettable au regard de notre souveraineté. Mais puisqu'il était expulsé, qu'il parte un peu plus tôt ou un peu plus tard ne fait pas grande différence.

— Je me porte garant de ses biens que je déchargerai avec les miens. Je l'ai mis en garde mais il débarqué comme un fou.

Le Portugais se redressa, la plume suspendue.

— À mon avis, les fous sont ceux qui restent à bord des caraques des Indes.

Il griffa le sauf-conduit d'un paraphe libérateur et le tendit à Jean.

— Tu pourras partir quand tu le voudras puisque tu béné-
ficies de la protection posthume de dom André. C'était un
juste.

L'officier confia d'un geste vif sa plume à la garde de
l'encrier et fronça les sourcils.

— C'était vendredi, dis-tu ? Il n'aurait pas embarqué à bord
de la *Confiança a Deus* ou quelque chose comme ça ton ami ?

— Oui. Une flûte de Saint-Malo. *Confiance en Dieu.*

— Elle lui a fait trop confiance. Elle s'est jetée samedi soir
sur les Berlenga, sous le cap Carvoeiro. Un coup de nordé
inattendu. C'est rare en juillet. Il n'a pas eu de chance.

Il hochait la tête en faisant la moue.

— Rentrer des Indes sans encombre et faire naufrage sur
un caillou portugais, c'est vraiment bête. Dis donc, tu n'aurais
pas le mauvais œil ? – Il compta sur ses doigts. – Ton roi,
un, dom André, deux et lui, trois, bigre ! Il vaut mieux ne
pas être de tes amis.

Immobilisé sous le choc, Jean attendait la suite, fixant son
certificat sans oser lever les yeux sur l'officier.

— À ce qu'on dit, il y a plus de survivants que de noyés.
Ils auraient été secourus par une pinque qui passait là pour
se rendre à Porto. Ton ami est peut-être bien à bord. Il savait
nager ?

Jean s'affola tout haut d'une angoisse que le Portugais prit
pour une divagation passagère.

— Il est parti sans elle. Sans sa pierre noire qui donne la
vie aux aiguilles. Il me l'a confiée. Je dois la lui apporter. Où
qu'il soit. S'il avait besoin d'elle pour naviguer dans les étoiles ?

Jean se calma et respira un grand coup. François était
sûrement sauf. Il attendrait sa pierre à Dieppe. Le rendez-vous
qu'il lui avait fixé était la preuve qu'il savait nager. L'officier
se leva en renversant sa chaise pour rendre son effusion soudaine à ce Français un peu dérangé qui écrasait en pleurant
de joie ses deux mains entre les siennes.

Les Aspres, août 2011

SOURCES

La trame historique de ce roman est fondée sur les chroniques de l'Inde portugaise, sur les travaux et les actes de l'Academia de Marinha de Lisbonne, et sur le fonds publié entre 1989 et 2001 par la revue *Oceanos* de la Commissão Nacional para as Commemorações dos Descobrimentos Portugueses.

Comme Guillaume Levasseur, dom André Furtado de Mendonça, Pedro Fernándes de Queirós et d'autres personnages historiques, deux témoins français ont été mêlés sous des traits imaginaires aux personnages romanesques. Les récits de Jean Mocquet, garde du Cabinet des singularités d'Henri IV et du marchand François Pyrard de Laval, contemporains de l'époque où se situe l'action, constituent l'essentiel des informations de première main sur la Carreira da India et sur Goa. Ils ont fait l'objet d'éditions critiques dans la remarquable collection *Magellane* des Éditions Chandeigne.

Jean Mocquet. *Voyage en Éthiopie, Mozambique, Goa & autres lieux d'Afrique & des Indes orientales* (1607-1610). Texte établi et annoté par Xavier de Castro avec une préface de Dejanirah Couto. (Chandeigne 1996)

Pyrard de Laval. *Voyage aux Indes orientales* (1601-1611). Texte établi et annoté par Xavier de Castro avec une préface de Geneviève Bouchon. (Chandeigne 1998)

Les *Colloques des simples et des drogues de l'Inde* de Garcia da Orta ont été traduits en français et présentés par Sylvie Messinger-Ramos, António Ramos et Françoise Marchand-Sauvagnargues, avec une préface de Mario Soares. (Actes Sud 2004)

LEXIQUE

Accore, accorer. Madrier servant à maintenir droit un bateau échoué.

Alcade. De l'arabe *al-qâdî*, magistrat chargé de fonctions municipales.

Amure. Cordage maintenant le bord au vent d'une voile. Par extension, bord du navire au vent.

Armada. Flotte.

Artimon. Le mât d'artimon est le mât situé à l'arrière d'un navire à plusieurs mâts. Il portait sur les caraques une voile axiale triangulaire dite voile latine.

Balancine. Cordage servant à soutenir l'extrémité d'une vergue pour l'orienter dans le sens vertical.

Bonnette. Voile additionnelle de beau temps placée soit en abord d'une voile soit en dessous pour augmenter sa surface.

Border. Raidir, tendre.

Bouliner. Aller à la bouline. Du nom de la manœuvre frappée sur le bord d'attaque d'une voile d'un navire remontant le vent. Par extension, remonter le vent.

Calin. De l'arabe *kala ì*, étain.

Cargue. Cordage servant à retrousser et saisir une voile pour la soustraire au vent.

Carré, carrée. Voire Voile carrée.

Casa da India. Après plusieurs baptêmes successifs au fur et à mesure de l'avancée portugaise, cette manière de chambre de commerce gérait à Lisbonne l'administration et l'exploitation de l'empire des Indes et de la Carreira da India, la route maritime le reliant à la métropole.

Civadière. Petite voile carrée placée à l'étrave, suspendue au-dessous du mât de beaupré.

Compas ou **compas de mer.** Instrument de navigation dérivé de la boussole élémentaire, dont la rose des vents est fixée à l'aiguille aimantée qui la maintient orientée en permanence au nord magnétique.

Coursive. Couloir de circulation.

Déclinaison. La déclinaison magnétique est l'angle entre le nord magnétique et le nord vrai. En termes d'astronomie nautique, la déclinaison du soleil ou d'un astre est sa distance angulaire à l'équateur céleste.

Drisse. Cordage servant à hisser une vergue.

Écoute. Cordage saisissant l'un des points inférieurs d'une voile.

Embouquer. Quitter la mer libre et entrer dans un chenal.

Faire servir. Orienter une voile pour lui faire prendre le vent.

Faubert. Balai flasque composé d'un assemblage de fils de caret ou brins de chanvre liés en pompon à une extrémité.

Fidalgo. Comme hidalgo en espagnol, noble, gentilhomme.

Gaillard. Partie extrême du pont d'un navire ou construction montée sur une de ces parties extrêmes.

Glène. Cordage rangé en rond (lové). On range aussi en glène l'extrémité inactive d'un cordage.

Grand largue. Allure d'un voilier qui reçoit le vent sur l'arrière du travers.

Grelin. Fort cordage ou câble servant à amarrer ou à remorquer un navire.

Grumète. Adolescent à tout faire non qualifié entre mousse et matelot, chargé des manœuvres de pont et de toutes les corvées en général.

Hunier. Voile carrée supérieure placée au-dessus des basses voiles principales.

Larguer. Lâcher, détacher un cordage, libérer une voile.

Marteloir. Canevas reposant sur des roses des vents, servant à construire une carte portulan et à établir graphiquement l'estime sur elle.

Méchoir. Le lieu du Mouchawara ou du conseil. Édifice dédié aux assemblées et manifestations politiques et protocolaires du sultan.

Misaine. Voile portée par le mât de l'avant.

Morue verte. La morue conservée par une première salaison à bord des navires de pêche, avant sa transformation dans les sécheries.

Nadir. Opposé au zénith sur la verticale d'un lieu.

Ouvidor. « Auditeur », juge subalterne instruisant une affaire judiciaire.

Padrão real. Mappemonde tenue au fur et à mesure à jour des informations géographiques rapportées de l'outre-mer. C'était un document protégé par le secret d'État.

Portulan ou **carte portulan.** Première carte manuscrite sur vélin apparue à la fin du XIIIᵉ siècle à l'usage des navigateurs.

Provedor. Équivalent de gouverneur ou de directeur général.

Raban. Tresse ou filin servant à saisir une voile contre sa vergue.

Rhumb, Rumb. L'une des trente-deux aires du vent, c'est-à-dire des trente-deux angles de 11° 15' couvrant le pourtour d'une rose des vents. Le terme s'utilise parlant du compas de mer ou du cap d'un navire.

Ris. Pli imposé à la voile par des liens noués, afin de réduire sa surface.

Souquer. Raidir, tirer fortement.

Tillac. Pont d'un navire, pont central d'une caraque.

Tire-veille ou **Tireveille.** Court cordage à nœuds fixé en bout d'une rambarde d'échelle de coupée afin de faciliter son usage pour sortir d'une embarcation ou y monter.

V.O.C. Vereenigde Oostindische Companie ou Compagnie unifiée des Indes orientales

Voile carrée. Il ne s'agit pas de sa forme, généralement trapézoïdale, mais d'une voile tendue sur une vergue perpendiculairement à l'axe du navire

Pour l'éditeur, le principe est d'utiliser des papiers composés de fibres naturelles, renouvelables, recyclables et fabriquées à partir de bois issus de forêts qui adoptent un système d'aménagement durable.

En outre, l'éditeur attend de ses fournisseurs de papier qu'ils s'inscrivent dans une démarche de certification environnementale reconnue.

Ce volume a été composé
par PCA à Rezé (Loire-Atlantique)

Cet ouvrage a été imprimé en France
par CPI Bussière
à Saint-Amand-Montrond (Cher)
en février 2012

N° d'édition : 01. — N° d'impression : 120353/4.
Dépôt légal : mars 2012.